KB132435

끝없는 세상

2

WORLD WITHOUT END
by Ken Follett

이 도서의 국립중앙도서관 출판예정도서목록(CIP)은
서지정보유통지원시스템 홈페이지(http://seoji.nl.go.kr)와
국가자료공동목록시스템(http://www.nl.go.kr/kolisnet)에서 이용하실 수 있습니다.
(CIP제어번호: CIP2019003594)

끝없는 세상

2

켄 폴릿 장편소설

한기찬 옮김

문학동네

일러두기

1. 고딕체는 원서에서 강조한 부분입니다.
2. 본문 중의 주석은 모두 옮긴이주입니다.
3. 성서 인용은 『성경전서 개역개정판』을 따랐습니다.

차례

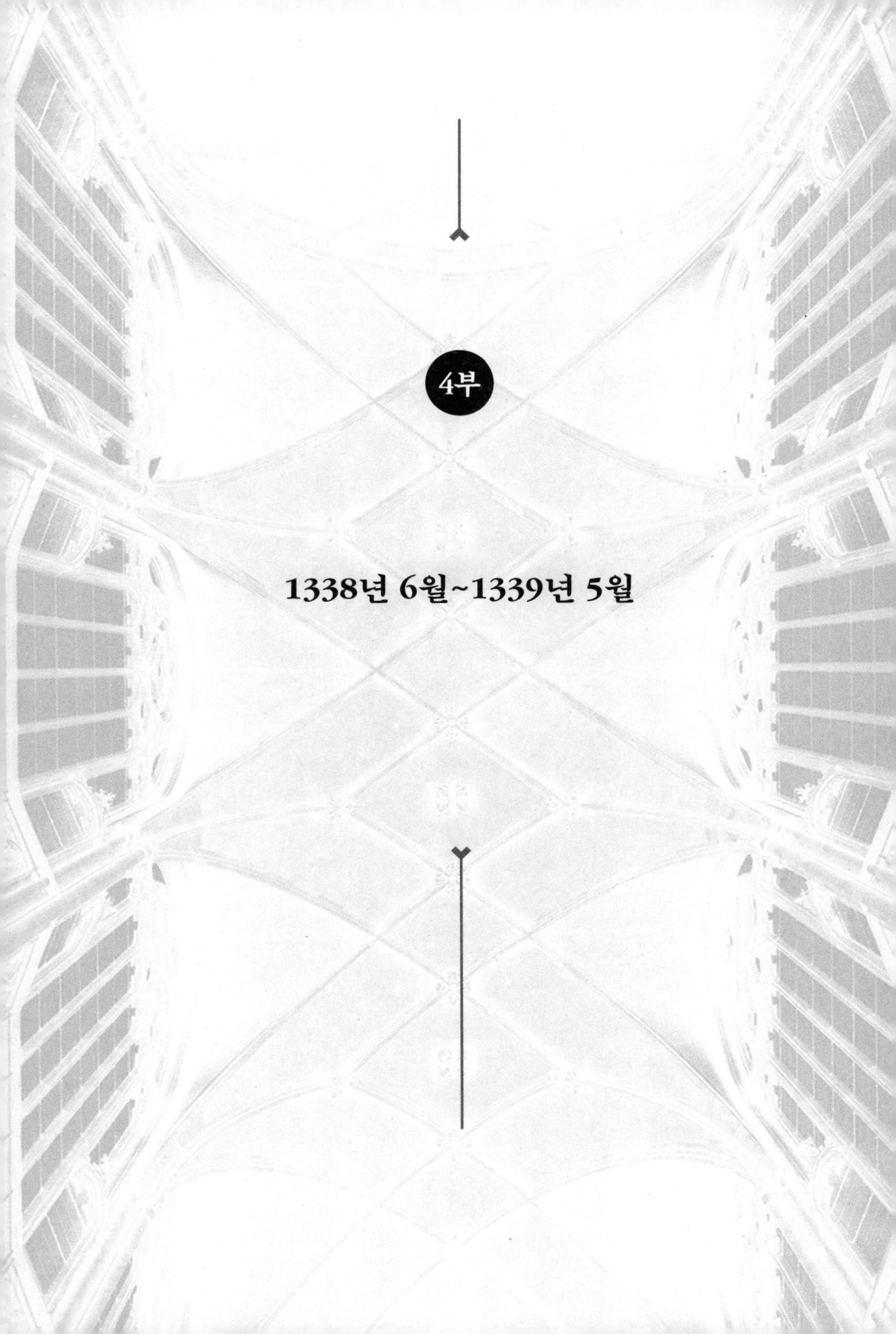

4부

1338년 6월~1339년 5월

30

1338년 6월은 비도 내리지 않는 화창한 날씨가 이어졌지만 양모 정기시장의 결과는 참혹했다. 킹스브리지 전체가 그랬지만 에드먼드 울러는 특히 타격이 컸다. 시장이 열린 주 중반쯤 캐리스는 아버지가 파산했다는 것을 알았다.

시민들은 상황이 나빠지리라 예상하고 할 수 있는 모든 대비책을 강구했다. 그들은 머딘에게 의뢰해 원래 있던 나룻배와 이언의 배에 더해, 장대로 밀어 강을 건널 수 있는 큰 뗏목 세 대를 만들었다. 뗏목을 더 만들 수도 있었지만 강둑에 댈 자리가 모자랐다. 수도원에서는 하루 일찍 경내를 개방했고, 밤새도록 횃불을 밝히고 나룻배가 바삐 오갔다. 사람들은 킹스브리지의 소매상인들이 강을 건너가, 딕 브루어의 술과 베티 백스터의 빵이 도강을 기다리며 줄 서 있는 사람들의 조급함을 달랠 수 있길 바라며 그들이 거기서 물건을 팔 수 있게 해달라고 고드윈을 설득해 허락을 받았다.

하지만 그 정도로는 충분하지 않았다.

평소보다 온 사람이 적었는데도 기다리는 줄은 훨씬 더 길었다. 추가로 투입한 뗏목도 모자랐지만, 양쪽 강안이 너무 질퍽해서 수레들이 연이어 진흙탕에 처박히는 바람에 소를 여러 마리 동원해서 끌어내야 했다. 게다가 뗏목 조정이 쉽지 않아 두 차례나 충돌 사고가 터지면서 뗏목에 타고 있던 사람들이 물에 빠지는 사고까지 일어났다. 다행히 익사한 사람은 없었다.

상인들 일부는 그런 문제들을 예상하고 발길을 돌렸다. 길게 늘어선 줄을 보고 돌아선 이들도 있었다. 반나절을 기다려 도시로 들어온 상인들 일부는 장사가 시원치 않자 하루이틀 후 자리를 접기도 했다. 수요일이 되자 나룻배를 통해 도시로 들어오는 사람보다 떠나는 사람이 더 많았다.

그날 아침 캐리스와 에드먼드는 런던에서 온 기욤과 함께 다리 공사장을 둘러보았다. 기욤은 부오나벤투라 카롤리만큼 거래 규모가 큰 고객은 아니었지만 올해 찾아온 고객 중에는 가장 중요했기 때문에 모두 극진히 대우했다. 그는 키가 크고 체격이 우람하고, 값비싼 이탈리아제 천으로 지은 선홍색 외투를 입고 있었다.

그들은 머딘이 쓰는 뗏목을 빌려 탔는데, 거기에는 높게 올린 갑판과 건축 자재를 운반하기 위한 권양기가 설치되어 있었다. 머딘의 어린 조수 지미가 장대를 쓰는 뗏목으로 그들을 강 건너로 데려다줬다.

지난해 12월에 머딘이 그토록 서둘러 세운 강 복판 교각에는 여전히 방죽이 둘려 있었다. 그는 에드먼드와 캐리스에게, 일꾼들이 사고로 석조물에 손상을 입힐 경우에 대비해 다리가 거의 완공될 때까지 방죽을 그대로 둘 생각이라고 설명했다. 그리고 방죽을 치운 자리에는 사석砂石이라고 하는 큰 돌무더기를 쌓아 강물의 흐름 때문에 교각이 훼손되지 않도록 할 작정이라고 했다.

이제 거대한 돌기둥은 나무처럼 강둑 가까이 얕은 물에 세운 작은 교각들을 향해 양옆으로 아치를 펼친 모양이 됐다. 작은 교각들 역시 한쪽은 중앙 교각들을 향했고, 다른 한쪽으로는 강둑의 교대* 쪽으로 아치를 만들어가고 있었다. 십여 명의 석공이 절벽에 붙은 갈매기집처럼 석조물에 정교하게 이어 붙여놓은 비계 위에서 분주하게 일하고 있었다.

나환자 섬에 내린 그들은 토머스 형제와 함께 있는 머딘을 발견했다. 그들은 강의 북쪽 갈래를 가로지르는 다리를 연결할 교대를 쌓고 있는 석공들을 감독하는 중이었다. 비록 교구 길드에 땅을 빌려주고 시민들에게서 빌린 돈으로 공사비를 충당하고 있긴 했지만 교량의 소유권과 관할은 아직 수도원 쪽에 있었다. 토머스가 종종 공사 현장에 나타나는 것은 그런 이유에서였다. 고드윈 수도원장은 소유권자로서 그 공사에 관심이 있었는데, 특히 다리의 모양이 어떻게 될지 관심이 많았다. 그는 이 다리가 자신에게 일종의 기념비가 되리라고 느끼고 있는 것이 분명했다.

머딘이 고개를 들어 금빛이 도는 갈색 눈으로 방문자들을 바라보자 캐리스의 심장은 빠르게 고동쳤다. 최근에 그를 만난 적이 거의 없었던 데다 만나도 일 이야기만 나눴다. 그래도 그녀는 여전히 그의 앞에서는 묘한 기분에 사로잡혔다. 가까스로 평소처럼 호흡하고, 무관심을 가장한 눈빛을 하고, 말하는 속도도 애써 늦춰야 했다.

두 사람은 불화의 골을 메우지 못했다. 그녀가 낙태에 대해 말하지 않았기 때문에 머딘은 그녀의 임신이 자발적으로 끝난 것인지 그렇지 않은지 알지 못했다. 둘 다 그 일을 입에 올리지 않았다. 그때 이후로 머딘은 두 번 그녀를 찾아와 진지한 얼굴로 다시 시작하자고 애원했다.

---

* 아치 받침대.

그녀는 그때마다, 자신이 다른 남자를 사랑하는 일은 없을 테지만 누군가의 아내이자 아이의 어머니로 살아갈 생각은 없다고 말했다. "그럼 대체 어떻게 살겠다는 건데?" 머딘이 물었을 때 그녀는 자신도 모른다고만 대답했다.

머딘은 전처럼 장난스럽게 굴지 않았다. 머리와 수염은 깔끔하게 다듬어져 있었다. 이제 그는 이발사 매슈의 단골이 됐다. 그리고 여느 석공들처럼 황갈색 튜닉 차림이었지만, 마스터라는 지위를 표시하는 모피로 가두리를 댄 노란 케이프를 두르고 깃 달린 모자를 쓰고 있어서 전보다 키가 조금 더 커 보였다.

여전히 증오심을 버리지 못한 엘프릭은 머딘이 마스터처럼 옷을 입자 그가 어떤 길드의 조합원도 아니라며 비방했다. 그러자 머딘은 자신은 마스터이며, 그 문제에 대한 해결책은 자신을 길드에 입회시키는 거라고 대꾸했다. 그 문제는 그 상태로 해결되지 않은 채 남아 있었다.

머딘은 이제 고작 스물한 살이었다. 기욤이 그를 보더니 말했다. "저 사람은 너무 어린데!"

캐리스가 머딘을 변호하고 나섰다. "저 사람은 열일곱 살 때부터 이 도시에서 가장 솜씨 좋은 목수였어요."

머딘은 토머스에게 몇 마디 더 한 뒤 그들에게 다가왔다. "교대는 기초를 깊이 파고 무겁게 만들어야 합니다." 그는 공사중인 거대한 돌무더기 쪽을 보며 설명했다.

"어째서 그런가요, 젊은 친구?" 기욤이 물었다.

손아랫사람 취급을 받는 데 익숙한 머딘은 상대의 말투를 대수롭지 않게 여겼다. 그는 엷은 미소를 지으며 말했다. "제가 실제로 보여드리죠. 양발을 이렇게, 가능한 한 넓게 벌려보십시오." 그러면서 시범을 보였다. 기욤은 잠시 머뭇대다가 그를 따라 했다. "두 발이 더 미끄러질 것 같은 느낌이 들지 않습니까?"

"그렇군요."

"다리 양쪽 끄트머리도 지금 선생님의 발처럼 벌어지려는 힘을 받습니다. 이것이 다리에 부담을 주게 되죠. 지금 선생님의 사타구니가 느끼는 긴장감처럼요." 머딘이 자세를 바로 하더니 이번에는 부츠를 신은 발로 기욤의 부드러운 가죽신을 단단히 밟았다. "이렇게 하면 선생님의 발은 더이상 미끄러지지 않고 사타구니에 느껴지는 긴장감도 한결 줄어듭니다. 그렇지 않습니까?"

"그렇군요."

"교대 역시 지금 제 발이 했던 것과 같은 효과를 내죠. 선생님의 발을 단단히 고정시켜서 부담을 덜어주는 겁니다."

"아주 흥미로운 얘기요." 기욤이 자세를 바로 하면서 생각에 잠긴 듯이 말했다. 캐리스는 그가 속으로 머딘을 과소평가해서는 안 되겠다고 생각했을 거라 짐작했다.

"여러분에게 이곳을 보여드리죠." 머딘이 말했다.

지난 육 개월 사이 섬은 완전히 달라졌다. 나환자 거주지의 흔적은 완전히 사라졌다. 돌투성이의 땅 대부분은 이제 단정하게 쌓인 석재 더미와 석회통, 목재 더미, 말아놓은 밧줄 같은 공사 자재가 차지하고 있었다. 토끼는 여전히 많았지만 이제는 공사 인부들과 땅을 나눠 써야 했다. 대장장이 한 명이 낡은 연장을 수리하고 새 연장을 만들고 있는 작업장도 있었고, 석공 오두막집 몇 채와, 작지만 신경써서 지어 균형이 잘 잡힌 머딘의 새집도 있었다. 목수와 석재 조각사, 회반죽 일꾼들이 비계에 있는 인부들에게 재료를 공급하느라 분주히 일하고 있었다.

"평소보다 인부들이 더 많은 것 같은데." 캐리스가 머딘의 귀에 대고 말했다.

머딘은 씩 웃었다. "일부러 잘 보이는 자리에 인부들을 배치했어." 그가 나지막하게 대꾸했다. "이곳을 찾아오는 사람들에게 새 교량 공사가 빠르게 진행되고 있다는 인상을 주려고. 내년에는 시장이 정상으로 돌아올 거라고 믿게 하고 싶어."

쌍둥이 다리로부터 뚝 떨어진 섬의 서쪽 끝, 머딘이 킹스브리지 상인들에게 빌려준 땅에는 야적장과 창고가 있었다. 그가 매긴 집세는 성안의 집세보다 낮았지만, 그래도 머딘은 벌써 그 땅을 임차한 비용으로 매년 지불하는 명목상의 금액보다 더 많은 돈을 벌어들이고 있었다.

그는 또 엘리자베스 클라크와 자주 만나고 있었다. 캐리스는 엘리자베스를 쌀쌀맞은 여자라고 생각했지만, 엘리자베스는 캐리스를 제외하면 이 도시에 있는 여자들 중 유일하게 머딘만큼이나 똑똑한 여자였다. 엘리자베스는 주교였던 아버지에게서 물려받은 책들을 가지고 있는데, 머딘은 매일 저녁 그녀의 집에서 책을 읽으며 시간을 보냈다. 캐리스는 그들에게 단순히 책을 읽는 일 외에 다른 일이 있는지 어떤지는 알지 못했다.

공사장을 모두 둘러보고 나서 에드먼드는 기욤을 강 건너로 데려갔지만 캐리스는 뒤에 남아 머딘과 이야기를 나누었다. "중요한 단골인가 보지?" 멀어져가는 뗏목을 보며 머딘이 캐리스에게 물었다.

"우리는 그에게 우리가 산 것보다 더 싼값에 품질이 떨어지는 양모 두 자루를 팔았어." 양모 한 자루는 세척해서 말린 양털 무게로 364파운드였다. 올해는 저품질 양모의 값이 자루당 36실링이고 고품질은 그 두 배였다.

"어째서 그런 거야?"

"양모값이 떨어지는 중이거든. 그럴 때는 갖고 있는 물건을 현금으로 바꾸는 편이 더 나으니까."

"하지만 올해 시장이 좋지 않을 거라고 예상했을 텐데."

"그래도 이렇게 나쁠 거라곤 예상 못했어."

"그건 좀 놀랍네. 당신 아버지는 언제나 추세를 내다보는 놀라운 능력을 가지셨잖아."

캐리스가 잠시 머뭇거리다 말했다. "불경기에 다리까지 없어서 그래." 사실은 그녀 역시 놀랐다. 시장 상황이 좋지 않을 거라는 예상을 하면서도 아버지가 여느 때와 같은 물량의 양털을 사들이는 것을 보고, 왜 구매량을 줄여 안전을 도모하지 않는지 의아했던 것이다.

"그럼 셔링 시장에서 남은 재고를 팔게 되겠구나." 머딘이 말했다.

"그게 바로 롤런드 백작이 바라는 거야. 문제는 우리가 그곳에서는 정규 상인이 아니라는 거지. 가장 좋은 거래는 그 지역 상인들이 모조리 차지할 거야. 킹스브리지에서도 그렇거든. 아버지와 두세 명의 다른 큰 상인들이 가장 큰 구매자와의 거래를 독차지하고, 군소 상인들과 외지에서 온 상인들이 남은 찌꺼기를 두고 쟁탈전을 벌여. 셔링 상인들도 분명 똑같은 짓을 하겠지. 거기서 양모 몇 자루를 팔 수는 있겠지만 모두 다 처분할 수는 없을 거야."

"그럼 어떻게 할 건데?"

"그것 때문에 당신과 얘기하러 온 거야. 어쩌면 교량 공사를 중단해야 할지도 몰라."

머딘은 그녀를 빤히 바라보았다. "그건 안 돼." 그가 나지막한 목소리로 말했다.

"정말 미안해. 하지만 아버지에게는 돈이 없어. 아버지가 팔지도 못할 양모에 돈을 다 쏟아부었거든."

머딘은 따귀라도 맞은 표정이 됐다. 잠시 후 그가 말했다. "다른 방법을 찾아야 해!"

그녀는 그런 그가 측은했지만 달리 희망적인 말을 해줄 수가 없었다. "아버지는 교량 공사에 70파운드를 내겠다고 약속하셨어. 절반은 이미 냈지만 남은 절반은 창고에 있는 양모 자루에 들어 있어."

"그렇다고 당신 아버지가 무일푼일 리가 없어."

"거의 무일푼이나 다름없어. 그리고 공사에 돈을 내겠다고 약속한 다른 몇몇 사람도 마찬가지 상황이고."

"공사를 좀 늦출 수는 있어." 머딘은 필사적인 심정으로 말했다. "장인 몇 사람을 내보내고 공사 자재를 줄일 수도 있고."

"그러면 내년 시장 때까지 다리를 짓지 못할 거야. 그러면 우리는 더 나쁜 상황에 처할 테고."

"그래도 완전히 포기하는 것보다는 낫지."

"그래, 그럴 테지." 그녀가 말했다. "하지만 아직은 어떤 조치도 취하지 마. 정기시장이 끝나면 다시 생각해볼 거니까. 그저 상황이 어떤지 알려주고 싶었을 뿐이야."

머딘은 여전히 창백했다. "그 점은 고마워."

뗏목이 돌아왔고 지미가 그녀를 강 건너로 데려다주기 위해 기다렸다. 뗏목 위로 올라서며 캐리스는 아무렇지도 않은 듯 물었다. "그런데 엘리자베스 클라크는 어떻게 지내?"

머딘은 그 질문에 좀 놀란 듯했다. "잘 지내는 거 같아."

"요즘 자주 만나는 거 아니었어?"

"특별히 그렇진 않아. 전부터 친구 사이였잖아."

"그래, 물론 그렇지." 캐리스는 그렇게 말했지만, 그것은 사실이 아니었다. 머딘은 캐리스와 많은 시간을 함께 보냈던 지난해에는 엘리자베스를 거의 완전히 잊고 지냈다. 하지만 그의 말이 사실이 아니라고 반박하는 것은 지나치다 생각하고 더는 아무 말도 하지 않았다.

그녀는 손을 흔들어 작별인사를 했다. 지미가 장대로 뗏목을 밀었다. 머딘은 엘리자베스와 연인 사이가 아니라는 인상을 주려 애쓰는 것 같았다. 실제로 그럴지도 모른다. 어쩌면 캐리스 자신이 머딘이 다른 사람과 사랑에 빠졌다는 사실을 인정하기가 어려운 건지도 모른다. 어느 쪽인지는 그녀도 알 수 없었다. 그러나 한 가지는 확실했다. 엘리자베스가 자신들을 연인 관계로 여긴다는 것. 엘리자베스가 머딘을 바라보는 눈길에서 캐리스는 확신할 수 있었다. 엘리자베스는 쌀쌀맞은 여자일지 몰라도 머딘에게만큼은 달아올라 있었다.

뗏목이 맞은편 강둑에 닿았다. 캐리스는 뗏목에서 내려 도시 중심부를 향해 걸어올라갔다.

머딘은 그녀가 전한 소식에 크게 동요했다. 그의 얼굴에 떠오른 충격과 실망을 떠올린 캐리스는 울적해졌다. 그녀가 애원하는 그를 거절했을 때도 그런 표정이었다.

그녀는 자신이 앞으로 어떤 삶을 꾸려가게 될지 여전히 알지 못했다. 자신이 무슨 일을 하든 언제나 높은 수익으로 지탱되는 안락한 생활을 할 거라고 생각했었다. 그런데 이제 그 기반이 흔들리고 있었다. 그녀는 궁지에서 벗어날 방법을 찾기 위해 머리를 쥐어짰다. 그녀의 아버지는 손실이 어느 정도인지 알지 못하는 것처럼 이상하리만큼 평온했지만, 그녀는 어떤 조치든 취해야 한다는 것을 알았다.

큰길을 따라 올라가던 캐리스는 육 개월 된 아기를 안고 가는 엘프릭의 딸 그리젤더를 지나쳤다. 그리젤더는 자신과 결혼해주지 않은 머딘을 영원히 비난하기 위해 사내아이의 이름을 머딘이라 지었다. 그리젤더는 여전히 그에게 순결을 잃은 거라고 거짓 주장을 하고 있었다. 지금은 모두가 머딘이 아기 아버지가 아니라는 사실을 알고 있었지만, 머딘이 그녀와 잠자리를 한 것이 사실이니 결혼하는 게 마땅하다고 생각하는 사람도 있었다.

캐리스가 집으로 들어가려는데 아버지가 밖으로 나왔다. 그녀는 놀란 눈으로 아버지를 바라보았다. 그는 긴 내의에 속바지, 긴 양말을 신은 차림이었다. "겉옷은 어떻게 하신 거예요?" 캐리스가 물었다.

그는 자신의 차림을 살펴보더니 넌더리가 난다는 듯이 말했다. "내가 정신이 나갔나보다." 그러고는 다시 집안으로 들어갔다.

외투를 벗고 볼일을 보고는 깜박 잊고 다시 입지 않은 것이 분명했다. 아버지의 나이에 그런 증상이 나타나는 것은 드물지 않은 일일까? 아버지는 마흔여덟 살이었다. 게다가 그의 증상은 단순한 건망증보다 더 나빠 보였다. 캐리스는 불안해졌다.

캐리스는 제대로 옷을 갖춰입고 나온 아버지와 함께 큰길을 가로질러 수도원 경내로 들어섰다. 에드먼드가 물었다. "머딘에게 돈 이야기를 했니?"

"네. 몹시 충격받은 것 같아요."

"뭐라고 하던?"

"공정을 늦추면 비용을 좀 줄일 수 있다고 했어요."

"하지만 그러면 내년까지 다리를 완공하지 못할 텐데."

"짓다 만 채 포기하는 것보다는 나을 거라고 하던데요."

두 사람은 알 낳는 암탉을 파는 퍼킨 위글리의 노점 앞에 이르렀다. 그의 경박한 딸 아넷이 끈을 단 달걀 쟁반을 목에 걸고 있었다. 캐리스는 판매대 뒤편에서 퍼킨의 일을 거들고 있는 친구 궨다를 보았다. 젖가슴이 커지고 배가 부푼 임신 팔 개월의 궨다는 한 손으로 허리를 짚은 채 등허리가 아파 몸을 곧추세운 예비 어머니의 전형적인 자세를 취하고 있었다.

계산해보니 매티의 약을 먹지 않았다면 캐리스도 임신 팔 개월째였을 것이다. 낙태한 후 그녀의 가슴에서는 젖이 흘러나왔는데, 자신이 한 짓에 대해 몸이 나무라는 것이라는 느낌을 지울 수 없었다. 그녀는 쓰라린 후회를 느꼈지만, 이성적으로 생각해보면 시간이 거꾸로 흘러 다시 한번 그런 상황이 돼도 똑같이 행동했을 것 같았다.

궨다는 캐리스와 눈이 마주치자 미소를 지었다. 그녀는 온갖 역경을 이겨내고 자신이 소원하던 것을 이루었다. 울프릭의 아내가 된 것이다. 말처럼 억세고 두 배는 더 잘생긴 그 울프릭이 지금 그곳에서 나무틀 한 무더기를 수레 바닥에 싣는 중이었다. 궨다의 삶을 생각하자 캐리스는 가슴이 벅차올랐다. "오늘은 좀 어떠니?" 캐리스가 궨다에게 물었다.

"아침 내내 등허리가 아파."

"이제 멀지 않았어."

"두 주 정도 남았을 거야."

"이게 누구신가?" 에드먼드가 말했다.

"설마 궨다를 기억 못하시는 건 아니죠? 지난 십 년 동안 일 년에 한 번씩 우리집에 손님으로 왔었잖아요!"

에드먼드가 미소지었다. "정말 몰라보겠구나, 궨다. 임신해서 그런가. 하지만 아주 건강해 보이는걸."

두 사람은 다시 걷기 시작했다. 캐리스는 울프릭이 상속받지 못했다는 사실을 알고 있었다. 궨다가 애썼지만 결국 실패했다. 캐리스는 작년 9월 궨다가 랠프에게 청원하러 갔을 때 있었던 일을 정확히는 몰랐지만, 랠프가 모종의 약속을 해놓고 나중에 그것을 어겼을 거라 짐작했다. 어쨌든 지금 궨다는 랠프에게 무서우리만치 증오심을 품고 있었다.

그 가까이에는 인근의 옷감 상인들이, 부자를 제외한 모든 사람이 집에서 옷을 지어입을 때 옷감으로 쓰는 성긴 갈색 모직 천 뷰렐을 파는 노점들이 늘어서 있었다. 양모 상인들과 달리 그들은 장사가 잘되는 것 같았다. 가공하지 않은 양모는 도매업이라 규모가 큰 구매자가 없으면 거래되지 않았다. 그러나 옷감은 소매업이었다. 누구나 옷감을 필요로 했고, 필요에 따라 누구나 옷감을 샀다. 형편이 안 좋을 때는 수요가 줄기도 하겠지만 옷감은 누구에게나 필요했다.

캐리스의 머릿속에 어렴풋이 한 가지 생각이 떠올랐다. 양모 상인은 양모를 팔 수 없을 때 양모를 옷감으로 짜서 팔기도 했다. 그러나 손이 많이 가는 일인데다 갈색 뷰렐은 수익성이 좋지 않았다. 사람들은 가장 싼 것을 찾기 때문에 장사꾼들은 값을 계속 낮춰야 했다.

그녀는 새로운 눈으로 옷감 노점을 둘러보았다. "여기서 가장 큰돈을 벌 수 있는 게 뭘까." 그녀는 중얼거렸다. 뷰렐은 1야드당 12펜스였다. 올을 촘촘하게 만들기 위해 물속에 넣고 때리는 축융縮絨 작업에 그 값의 절반 정도가 들어가고, 원색인 탁한 갈색이 아닌 다른 색을 내려면 또다시 돈이 들어간다. 염색공 피터의 노점에서는 야드당 2실링, 즉 24펜스에 파는 녹색과 노란색, 분홍색 천들이 인기였지만, 그것들도 색이 그렇게 선명하지는 않았다.

그녀는 이제 막 머릿속에 떠오른 생각을 말하기 위해 아버지에게로 고개를 돌렸지만, 그 말을 꺼내기 전에 그녀의 눈길을 끄는 장면이 있었다.

~

양모 정기시장에 온 랠프는 일 년 전 정기시장에서 있었던 불쾌한 일을 상기하고는 흉하게 일그러진 코를 만져보았다. 어쩌다 그 일이 일어났을까? 처음에는 별다른 악의 없이 아넷이라는 시골 여자아이에게 집적거렸는데 그애의 멍청한 애인에게 버릇을 가르치려다 결과적으로 자신이 수모를 안는 결과가 되고 말았다.

퍼킨의 노점으로 다가서면서 그는 그후에 일어난 일을 되새기는 것으로 자신을 위로했다. 그는 다리가 무너졌을 때 롤런드 백작의 목숨을 구했고, 채석장에서 단호하게 행동해 백작을 기쁘게 했으며, 비록 작은 마을에 불과하지만 마침내 위글리의 영주가 됐다. 벤 휠러라는 수레꾼을 죽인 일은 명예롭지 못했지만 그래도 자신이 그런 일도 할 수 있다는 것을 증명한 셈이었다.

형과의 불화도 원만히 수습됐다. 어머니가 성탄절 만찬에 형제를 불러 악수하게 하며 둘을 화해시켰다. 아버지는 형제가 적대관계인 주인들을 섬기는 건 불운한 일이지만, 내전이 벌어졌을 때 서로 적이 된 군인들이 그렇듯 각자 의무에 최선을 다해야 한다고 말했다. 랠프는 그 일을 다행으로 여겼고 형도 자신과 같은 감정이리라 여겼다.

그는 상속권을 불허하고 동시에 애인에게 버림받게 함으로써 울프릭에게 흡족한 복수를 할 수 있었다. 그 매력적인 아넷은 이제 빌리 하워드와 결혼했고, 울프릭은 야무지긴 해도 못생긴 궨다로 만족해야 했다.

울프릭에게 좌절한 기색이 보이지 않는 것은 유감스러웠다. 울프릭은 마치 랠프가 아니라 자기가 그 마을 주인이기라도 한 것처럼 가슴을 펴고 당당하게 마을 안을 활보했다. 마을 사람들은 그를 좋아했고 임신한 그의 아내는 남편을 숭배했다. 랠프가 안긴 좌절에도 불구하고 울프릭은 어찌된 영문인지 영웅처럼 굴고 있었다. 어쩌면 억척같은 그의 아내 때문인지도 모른다.

랠프는 울프릭에게 궨다가 벨 여인숙으로 자신을 찾아왔었던 일을 이야기하고 싶었다. '나는 네 아내와 잤지. 네 아내도 그걸 좋아하던데' 라고 말하고 싶었다. 그러면 울프릭의 얼굴에서 그 당당한 표정이 사라지겠지. 하지만 그러면 울프릭은 랠프가 약속을 했다가 비열하게 어겼다는 사실을 알고 그에 대해 우월감을 느낄 것이다. 랠프는 자신의 배신행위가 드러나 울프릭이나 사람들이 자신에게 퍼부을 경멸을 생각하자 몸서리가 쳐졌다. 특히 머딘은 그를 멸시할 것이다. 그럴 수 없다. 궨다와 뒹굴었던 일은 비밀로 간직해야 한다.

그들 모두 노점에 모여 있었다. 퍼킨이 가장 먼저 랠프를 발견하고는 여느 때처럼 굽실거리며 영주를 맞았다. "안녕하십니까요, 랠프 경." 그가 절하며 말하자 그의 아내 페기 역시 남편 뒤에서 무릎을 살짝 굽히며 인사했다. 궨다는 등이 아픈지 그곳을 문지르며 서 있었다. 달걀 쟁반을 들고 있는 아넷이 보이자 문득 쟁반에 놓인 달걀처럼 둥글고 단단한 그녀의 작은 젖가슴을 만졌던 기억이 떠올랐다. 그녀는 랠프가 자기를 보고 있는 것을 발견하고 새침을 떨며 시선을 내렸다. 그는 다시 한번 그녀의 젖가슴을 만지고 싶었다. 내가 그녀의 영주이니 안 될 것도 없지 않을까? 그는 생각했다. 그때 노점 뒤편에 있던 울프릭이 눈에 띄었다. 그는 조금 전까지 수레 바닥에 나무틀을 싣고 있었지만 지금은 가만히 서서 랠프를 바라보고 있었다. 그의 얼굴은 신중하고 무표정했지만 그 시선은 단호하고 흔들림이 없었다. 그 표정을 무례하다고 할 수는 없었지만 랠프에게는 명백한 위협으로 여겨졌다. '그녀에게 손대기라도 하면 네놈을 죽이겠다'는 말보다 더 명백했다. 어쩌면 정말 그렇게 해야 할지 모르겠는걸. 랠프는 생각했다. 저놈이 나를 공격하게 만들어보자. 그러면 검으로 저놈을 베어버려야지. 증오심으로 광분한 시골뜨기에게서 영주가 스스로를 지킨 셈이 될 테니 나의 행동은 절대적으로 정당할 것이다. 랠프는 울프릭의 시선을 받으며 아넷의 가슴 쪽으로 손을 들어올렸다. 그런데 바로 그 순간 궨다가 고통에 찬 비명을 지르는 바람에 모두의 시선이 그쪽으로 쏠렸다.

31

캐리스는 비명을 듣고 그것이 궨다의 소리라는 것을 알았다. 두려움이 그녀를 엄습했다. 뭔가 잘못됐다. 캐리스는 걸음을 서둘러 퍼킨의 노점으로 되돌아갔다.

궨다는 창백한 얼굴로 스툴에 앉아 있었다. 그녀의 얼굴은 고통으로 일그러져 있었고 손으로 다시 허리를 짚고 있었다. 옷은 흠뻑 젖어 있었다.

"양수가 터졌네. 진통이 시작된 거야." 퍼킨의 아내 페기가 팔팔한 어투로 말했다.

"아직 일러요." 캐리스가 불안한 듯 말했다.

"어쨌든 아기가 나올 거예요."

"그러면 위험한데." 캐리스는 결단을 내렸다. "그녀를 구호소로 옮기죠." 보통 구호소에서는 출산하는 여자를 맡지 않았지만 캐리스가 우기면 받아들여줄 것 같았다. 조산아는 병약하기 쉽고, 그것은 누구나 아는 사실이었다.

그때 울프릭이 다가왔다. 캐리스는 그가 너무 어려 보여 깜짝 놀랐다. 그는 이제 겨우 열일곱 살인데, 곧 아버지가 될 참이었다.

"좀 어지러워. 금방 괜찮아질 거야." 궨다가 말했다.

"내가 데려갈게요." 울프릭은 궨다를 번쩍 안아들었다.

"나를 따라와요." 캐리스가 말했다. 그녀는 앞장서서 노점 사이를 지나며 큰 소리로 외쳤다. "좀 비켜주세요. 길을 비켜주세요!" 그들은 이내 구호소에 도착했다.

구호소 문은 활짝 열려 있었다. 그곳에서 밤을 보낸 방문객들은 몇 시간 전에 빠져나가고 그들이 사용한 밀짚 매트는 이제 한쪽 벽에 높게 쌓여 있었다. 수도원 일꾼과 수련수사 몇 명이 자루걸레와 물통을 가지고 힘차게 바닥을 닦고 있었다. 캐리스는 가까이에서 맨발 차림으로 청소하고 있는 중년 여인에게 말을 걸었다. "줄리 자매님 좀 불러주세요. 캐리스가 보냈다고 하면 될 거예요."

캐리스는 비교적 깨끗한 매트를 찾아 제단 가까운 바닥에 깔았다. 그녀는 제단이 병자를 돕는 데 얼마나 효험이 있는지는 알지 못했지만 그래도 관습을 따르기로 했다. 울프릭이 마치 유리를 다루듯 조심조심 궨다를 매트에 내려놓았다. 궨다는 무릎을 세운 채 양다리를 벌린 자세로 누웠다.

잠시 후 나이든 줄리 자매가 왔다. 캐리스는 지금까지 살아오며 이 수녀에게 자신이 얼마나 많은 도움을 받았는지 생각했다. 이제 갓 마흔을 넘긴 수녀는 몹시 늙어 보였다. "이 사람은 궨다 위글리예요." 캐리스가 말했다. "아마 별일은 없겠지만 아기가 몇 주 일찍 나오려고 해서 여기로 데려오는 게 좋겠다고 생각했어요. 우리는 길거리에 있었거든요."

"아주 잘 생각했다." 줄리는 이렇게 말하고 캐리스를 살짝 밀어내고 매트 옆에 무릎을 꿇고 앉았다. "좀 어떠니?" 줄리가 궨다에게 말했다.

줄리가 궨다에게 나지막이 이야기하는 동안 캐리스는 울프릭을 바라보았다. 잘생긴 그의 앳된 얼굴은 불안으로 일그러져 있었다. 캐리스는 그가 애초에 궨다와 결혼할 생각이 없었다는 사실을 알고 있었다. 그는 언제나 아넷을 원했다. 하지만 지금 그는 오랫동안 궨다를 사랑했던 사람처럼 그녀를 걱정하고 있었다.

궨다는 고통에 찬 비명을 질렀다. "그래, 그래." 줄리가 말했다. 그녀는 궨다의 양다리 사이에 쭈그리고 앉아 그녀의 옷을 밀어올렸다. "아기가 곧 나올 거야."

다른 수녀가 나타났다. 캐리스는 그녀가 천사 같은 얼굴을 한 마이어임을 알아보았다. "시실리어 원장님을 모셔올까요?" 마이어가 말했다.

"원장님까지 오실 건 없어." 줄리가 말했다. "창고에 가서 뚜껑에 '출산'이라고 적힌 나무상자 좀 가져다주렴."

마이어가 빠른 걸음으로 사라졌다.

"아, 너무 아파요." 궨다가 말했다.

"계속 힘을 줘야 해." 줄리가 말했다.

"뭐가 잘못된 건가요?" 울프릭이 말했다.

"잘못된 건 없어." 줄리가 대꾸했다. "이건 정상이야. 여자들이 아기를 낳을 때 겪는 일이지. 자네는 막내인 모양이군. 아니라면 어머니가 아기 낳는 모습을 본 적이 있었을 텐데 말이야."

캐리스도 막내였다. 그녀는 출산이 고통스러운 일이라는 것을 알고 있었지만 실제로 본 적이 없었기 때문에 무서운 광경에 충격을 받았다.

마이어가 돌아와 줄리 옆에 나무상자를 내려놓았다.

궨다는 이제 신음하지 않았다. 눈을 감은 그녀는 잠이 든 사람처럼 보였다. 그러더니 잠시 후 다시 비명을 질렀다.

"아내 옆에 앉아서 손을 잡아줘." 줄리가 울프릭에게 말했다. 울프릭은 곧바로 그녀가 하라는 대로 했다.

줄리는 여전히 궨다의 옷을 들춰보고 있었다. "이제 힘을 주지 마라." 잠시 후 줄리가 말했다. "숨을 짧게 계속 쉬어봐." 그러면서 궨다에게 호흡 시범을 보였다. 궨다는 그대로 했다. 잠시 후 통증이 좀 가라앉는 듯이 보였다. 그러더니 다시 비명을 질렀다.

캐리스는 도저히 견딜 수가 없었다. 이것이 정상이라면 난산일 때는 어느 정도란 말인가? 그녀는 시간 감각을 상실했다. 모든 일이 너무 빠르게 일어나고 있었다. 그러나 궨다의 고통은 끝이 없는 듯했다. 캐리스는 그토록 싫어하는 무력감을 느꼈다. 어머니가 죽었을 때도 그런 무력감에 사로잡혔었다. 그녀는 돕고 싶었지만 어떻게 해야 좋을지 알 수 없었고, 너무 불안해 피가 나도록 입술을 깨물었다.

"이제 나온다." 줄리가 말했다. 그러면서 궨다의 양다리 사이로 손을 넣었다. 그 바람에 옷자락이 옆으로 흘러내렸고, 캐리스는 얼굴을 바닥으로 향한 채 머리카락이 흠뻑 젖은 아기의 머리가 믿을 수 없을 만큼 크게 벌어진 구멍 밖으로 나오는 광경을 볼 수 있었다. "맙소사, 얼마나 아플까!" 그녀는 겁에 질려 외쳤다.

줄리는 왼손으로 아기의 머리를 받쳤다. 아기는 천천히 몸을 옆으로 틀었다. 이윽고 작은 어깨가 빠져나왔다. 피부는 피와 다른 액체로 덮여 미끈거렸다. "이제 힘을 빼봐." 줄리가 말했다. "이제 거의 끝났다. 아주 예쁜 아기구나."

예쁘다고? 캐리스의 눈에는 끔찍하기만 했다.

아기의 몸통이 배꼽에 맥이 뛰는 통통하고 푸른 탯줄을 단 채 밖으로 나왔다. 그러더니 순식간에 다리와 발까지 쑥 빠져나왔다. 줄리는 양손으로 아기를 안아들었다. 아기는 작았고, 머리통은 줄리의 손바닥보다 작았다.

뭔가 잘못된 것 같았다. 캐리스는 아기가 숨을 쉬지 않는다는 것을 깨달았다.

줄리는 아기의 얼굴을 자기 얼굴 가까이로 들어올리더니 그 작은 콧구멍으로 숨을 불어넣었다.

다음 순간 아기가 입을 벌리고 공기를 마시고는 울음을 터뜨렸다.

"하느님을 찬미할지어다." 줄리가 말했다.

그녀가 자신의 소맷자락으로 아기의 귀와 눈, 코, 입을 부드럽게 닦아줬다. 그러더니 아기를 품에 안고 눈을 꼭 감았다. 그 순간 캐리스는 극기로 한평생을 보낸 한 여인의 삶을 보았다. 그 순간이 지나자 줄리는 아기를 궨다의 품에 안겨줬다.

궨다는 아기를 내려다보았다. "아들이에요, 딸이에요?"

캐리스는 문득 아무도 그 사실을 확인하지 않았다는 것을 알았다. 줄리가 몸을 굽혀 아기의 무릎을 벌려보았다. "아들이구나."

푸른 탯줄의 맥이 멈추고 하얗게 변하며 오그라들었다. 줄리는 상자에서 짤막한 끈 두 개를 꺼내 탯줄을 묶었다. 다음에는 작고 날카로운 칼을 꺼내 양쪽 매듭 사이의 탯줄을 잘랐다.

마이어가 줄리에게서 칼을 건네받고 상자에서 꺼낸 작은 담요를 건네줬다. 줄리는 궨다에게 아기를 건네받아 모포에 싼 다음 다시 돌려줬다. 마이어가 베개들을 가져와 궨다가 몸을 일으킬 수 있도록 등을 받쳤다. 궨다는 시프트 드레스의 위쪽을 끌어내려 퉁퉁 분 젖가슴을 꺼냈다. 아기에게 젖꼭지를 갖다대자 아기는 이내 물고 빨기 시작했다. 얼마 후 아기는 잠이 든 것 같았다.

탯줄의 한쪽 끝은 아직도 궨다의 몸 밖으로 나와 있었다. 얼마 후 탯줄이 움직이더니 흐물흐물하고 붉은 덩어리가 빠져나왔다. 후산後産이었다. 피가 매트를 적셨다. 줄리가 탯줄이 붙은 덩어리를 마이어에게 건네주면서 말했다. "이걸 태우거라."

궨다의 골반 부위를 살피던 줄리는 얼굴을 찡그렸다. 줄리의 시선을 따라간 캐리스는 아직도 피가 흐르고 있는 것을 발견했다. 줄리가 궨다의 몸에 묻은 피를 닦았지만 또다시 금세 피로 물들었다.

마이어가 돌아오자 줄리가 말했다. "시실리어 원장님을 모셔와, 어서."

"뭐가 잘못됐나요?" 울프릭이 물었다.

"지금쯤 피가 멎어야 하는데." 줄리가 대답했다.

갑자기 대기에 긴장감이 돌았다. 울프릭의 얼굴에 겁먹은 표정이 떠올랐다. 아기가 울자 궨다는 아기에게 다시 젖을 물렸다. 아기는 잠깐 젖을 빨더니 이내 또 잠들었다. 줄리는 연신 문 쪽을 바라보았다.

이윽고 시실리어가 나타났다. 그녀가 궨다를 살펴보고는 줄리에게 물었다. "후산은 했나요?"

"조금 전에요."

"아기에게 젖은 물렸고요?"

"탯줄을 자르자마자 물렸어요."

"의사를 불러와야겠군요." 시실리어는 빠른 걸음으로 나갔다.

수녀원장은 한동안 돌아오지 않았다. 이윽고 시실리어가 노란 액체가 담긴 작은 유리그릇을 들고 돌아왔다. "고드윈 수도원장이 이 약을 처방해주셨어요."

"궨다를 진찰하러 올 생각은 없다는 거예요?" 캐리스는 화를 냈다.

"어림없는 소리." 시실리어가 딱딱한 어조로 말했다. "수도원장은 수도사이자 사제이잖니. 그들은 여자의 음부를 보면 안 돼."

"포덱스*." 캐리스가 경멸조로 말했다. 라틴어 욕설이었다.

---

* 항문을 뜻함.

시실리어는 못 들은 척했다. 그녀는 궨다 옆에 무릎을 꿇고 앉았다. "이 약을 마셔라."

궨다는 약을 먹었지만 출혈은 멈추지 않았다. 그녀는 창백했고 출산 직후보다 더 약해져 있었다. 아기는 만족한 듯 그녀 품에서 잠들어 있었지만 나머지 사람들은 모두 겁에 질렸다. 울프릭은 계속 안절부절못했다. 궨다의 허벅지에 묻은 피를 닦고 있는 줄리의 얼굴을 보니 금방이라도 울 것 같았다. 궨다가 마실 것을 청하자 마이어가 에일을 잔에 따라 가져다줬다.

캐리스는 줄리를 한옆으로 데려가서 속삭였다. "저렇게 피를 흘리다 죽겠어요!"

"할 수 있는 일은 다 했어." 줄리가 말했다.

"전에도 이런 경우를 보신 적이 있어요?"

"그래, 세 번 봤지."

"그 사람들은 어떻게 됐어요?"

"모두 죽었어."

캐리스는 절망감에 나지막한 신음을 내뱉었다. "뭔가 할 수 있는 일이 있을 거예요!"

"저애는 이제 하느님의 손에 맡겨졌으니 기도를 올릴 수 있겠지."

"뭔가 할 수 있다는 말은 그런 뜻이 아니라고요."

"말조심하거라."

캐리스는 바로 가책을 느꼈다. 줄리처럼 친절한 사람과 다투고 싶지 않았다. "죄송해요, 자매님. 기도의 힘을 부정하려던 건 아니었어요."

"그래야지."

"하지만 저는 아직 궨다를 하느님의 손에 맡길 준비가 안 됐어요."

"그럼 어떻게 할 거니?"

"두고 보세요." 캐리스는 빠른 걸음으로 구호소를 나왔다.

그녀는 시장 안을 어슬렁거리며 돌아다니는 사람들을 성마르게 밀쳤다. 불과 몇 야드 떨어지지 않은 곳에서 생사의 드라마가 진행되고 있는데 여기서는 사람들이 뭔가를 사고팔고 있다는 것이 어이없었다. 그러나 그녀 역시 전에는 임산부가 산고를 겪는다는 말을 듣고도 하던 일을 계속했었다. 그때는 그저 산모가 무사히 출산하기만 기원했다.

캐리스는 수도원 경내를 벗어나 거리를 가로질러 현녀 매티의 집으로 달려갔다. 그녀는 노크를 하고 문을 열었다. 다행히 매티는 집에 있었다.

"궨다가 방금 아기를 낳았어요."

"뭐가 잘못됐니?" 매티는 즉각 되물었다.

"아기는 괜찮은데 궨다가 계속 피를 흘리고 있어요."

"후산은 했고?"

"네."

"그러면 피가 멈춰야 하는데."

"당신이 도와주실 수 있어요?"

"어쩌면 그럴지도 모르겠구나. 한번 해보마."

"제발 서둘러주세요!"

매티는 불에 올려놓았던 단지를 내리고 신을 신었다. 두 사람은 집을 나왔다. 매티는 문을 잠갔다.

"저는 맹세코 아기를 갖지 않을 거예요." 캐리스가 흥분한 어조로 말했다.

황급히 수도원으로 향한 두 사람은 구호소로 들어갔다. 캐리스는 진한 피냄새를 맡았다.

매티는 조심스럽게 줄리 수녀에게 인사를 건넸다. "안녕하세요, 자매님."

"잘 있었나, 매티." 줄리는 못마땅한 표정이었다. "수도원장님이 처방하신 약도 듣지 않는 마당에 당신이 이 여자아이를 도울 수 있다는 건가?"

"자매님이 저와 환자를 위해 기도해주신다면 혹시 모르는 일이죠."

그것은 외교적인 답변이었다. 줄리의 표정이 누그러졌다.

매티는 모자 옆에 무릎을 꿇고 앉았다. 궨다의 얼굴은 아까보다 더 창백했다. 그녀는 눈을 감고 있었다. 아기는 무턱대고 젖꼭지를 찾았지만 그녀는 아기를 거들어줄 기력도 없는 듯했다.

"계속 마실 것을 줘야 하지만 독한 술은 안 됩니다. 따뜻한 물에 작은 잔으로 와인을 한 잔 섞어 가져다주시겠어요? 그리고 맑은 수프를 뜨겁지 않게 준비해달라고 해주세요." 매티가 말했다.

마이어가 묻는 눈길로 줄리를 바라보자 줄리는 잠시 머뭇거리다 말했다. "어서 가봐. 하지만 매티가 가져오라고 했다고 하면 안 된다." 수련수녀가 빠른 걸음으로 자리를 떴다.

매티는 궨다의 드레스를 끝까지 올려 복부를 전부 드러냈다. 몇 시간 전까지만 해도 팽팽하던 피부는 이제 축 늘어져 주름이 져 있었다. 매티는 손가락으로 늘어진 살을 잡아보더니 부드럽고도 단호하게 궨다의 복부를 눌렀다. 궨다는 신음했지만 통증 때문이라기보다는 불편해서 그러는 것 같았다.

"자궁이 물러졌어. 수축하지 못한 거지. 그래서 피를 흘리는 거고." 매티가 말했다.

"어떻게 좀 해주실 수 없나요?" 울프릭이 금방이라도 울 것 같은 얼굴로 물었다.

"글쎄, 아직 잘 모르겠는걸." 매티는 마사지를 시작했고, 손가락으로 복부 아래 궨다의 자궁을 누르는 것 같았다. "이러면 자궁이 수축되는 경우도 있어."

모두가 말없이 그 광경을 지켜보았다. 캐리스는 숨을 쉬기도 두려울 지경이었다.

마이어가 와인을 섞은 물을 가지고 돌아왔다. "산모에게 먹여줘요." 매티가 마사지를 멈추지 않은 채 말했다. 마이어가 입술에 물잔을 대자 궨다는 목마른 듯 마셨다. "너무 많이 마시면 안 돼." 매티가 주의를 줬다. 마이어는 잔을 치웠다.

매티는 이따금 궨다의 골반 부위를 살피며 마사지를 계속했다. 줄리는 입속으로 기도를 올리는지 입술이 달싹거렸다. 피는 멈추지 않고 계속 흘러나왔다.

매티는 걱정스러운 얼굴로 자세를 바꿨다. 그녀는 궨다의 배꼽 바로 아래에 왼손을 얹은 다음 그 위에 오른손을 얹고는 서서히 힘을 주며 눌렀다. 캐리스는 산모가 아플까봐 걱정스러웠지만 궨다는 의식이 몽롱해 보였다. 매티는 궨다의 몸 위로 상체를 기울여 양손에 체중을 모두 싣는 듯했다.

"피가 멈추고 있어!" 줄리가 말했다.

매티는 자세를 바꾸지 않았다. "누가 오백까지 수를 좀 세어주겠어요?"

"제가 할게요." 캐리스가 말했다.

"천천히."

캐리스는 소리 내어 수를 세기 시작했다. 줄리는 다시 궨다의 몸에서 피를 닦았다. 이번에는 피가 배지 않았다. 그녀는 소리 내어 기도하기 시작했다. "예수그리스도의 어머니인 성모님이여……"

모두가 한자리에 모아놓은 석상들처럼 꼼짝 않고 있었다. 침상에 누워 있는 어머니와 아기, 어머니의 배를 누르고 있는 현녀 매티, 아기의 아버지, 기도하는 수녀, 그리고 수를 세고 있는 캐리스. "백열하나, 백열둘……"

캐리스의 귀에 자신과 줄리의 목소리 말고도 바깥 시장에서 나는 소리, 수백 명이나 되는 사람들이 일시에 떠드는 소리가 들리고 있었다. 매티의 얼굴에 힘겨운 표정이 떠오르기 시작했지만 자세를 바꾸지는 않았다. 울프릭은 소리 죽여 울었다. 햇볕에 그을린 그의 뺨 위로 눈물이 줄줄 흘러내렸다.

캐리스가 오백까지 다 세자 매티는 천천히 궨다의 배에 실었던 체중을 거뒀다. 모두가 피가 용솟음칠 것을 두려워하며 그녀의 질을 바라보았다.

피는 나오지 않았다.

매티는 길게 안도의 한숨을 내쉬었다. 울프릭이 미소지었다. 줄리는 "하느님, 감사합니다" 하고 말했다.

"산모에게 물을 주세요." 매티가 말했다.

마이어가 물이 가득 든 잔을 다시 궨다의 입술에 대줬다. 궨다가 눈을 뜨더니 그 물을 다 받아마셨다.

"이젠 괜찮을 거야." 매티가 말했다.

"고맙습니다." 궨다가 속삭이고는 다시 눈을 감았다.

"이제 가서 수프가 어떻게 됐는지 좀 알아봐줘요. 이애는 이제 체력을 회복해야 하니까. 그러지 않으면 젖이 말라붙을 거예요." 매티가 마이어에게 말했다.

마이어는 고개를 끄덕이고 나갔다.

아기가 울자 궨다는 기운을 내는 것 같았다. 그녀는 아기를 다른 쪽 가슴으로 옮기고 젖꼭지를 물렸다. 그런 다음 울프릭을 향해 미소지었다.

"정말 귀여운 사내아이네." 줄리가 말했다.

캐리스는 다시 한번 아기를 바라보았다. 처음으로 아기가 한 사람으로 보였다. 어떤 사람이 될까? 아빠 울프릭처럼 건장하고 착실한 남자가 될까, 아니면 외할아버지 조비처럼 나약하고 부정직한 인간이 될까? 그런데 아기는 어느 쪽도 닮은 것 같지 않았다. "누굴 닮은 거지?"

"어머니의 피부색과 머리색을 닮았구나." 줄리가 말했다.

정말 그렇네. 캐리스는 생각했다. 울프릭은 흰 피부에 갈기 같은 짙은 금발인데 아기는 검은 머리에 피부는 가무스름했다. 아기 얼굴이 누군가를 떠올리게 했는데, 그녀는 얼마 후 그것이 머딘이라는 것을 깨달았다. 말도 안 되는 생각이 그녀의 머릿속을 스쳤지만 곧 털어버렸다. 그러나 확실히 닮은 점이 있었다. "아기를 보니 누가 생각나는 줄 알아?" 캐리스가 말했다.

그 순간 그녀는 궨다와 시선이 마주쳤다. 눈을 크게 뜬 궨다의 얼굴에 당황한 표정이 스쳤다. 그러고는 보일락 말락 고개를 저었다. 극히 짧은 순간이었지만 그 몸짓이 의미하는 바는 분명했다. 입 닥쳐! 캐리스는 입을 꽉 다물었다.

"그게 누군데?" 아무것도 모르는 줄리가 반문했다.

캐리스는 멈칫하고는 머릿속으로 미친듯이 대답을 찾았다. 마침내 좋은 생각이 떠올랐다. "필리먼이요. 궨다의 오빠."

"물론 그럴 테지." 줄리가 말했다. "누가 가서 조카가 태어났다고 말해줘야겠네."

캐리스는 당황했다. 울프릭의 아이가 아니란 말인가? 그럼 누구의 아이지? 머딘의 아이일 리는 없었다. 머딘이 궨다와 잠을 잤을 수는 있어도—그는 유혹에 약하니까—일이 있고 나서 캐리스에게 그 일을 비밀에 부치지는 못했을 것이다. 머딘이 아니라면……

캐리스는 무서운 생각을 떠올리고 충격을 받았다. 궨다가 랠프에게 울프릭의 상속 문제를 청원하러 간 날 대체 무슨 일이 있었던 걸까? 이 아기가 랠프의 아이일 수도 있을까? 생각만 해도 소름이 끼쳤다.

캐리스는 궨다를, 그다음에는 아기를, 그리고 울프릭을 바라보았다. 울프릭은 여전히 눈물에 젖어 있었지만 얼굴 가득 기쁜 미소를 짓고 있었다. 아무런 의심도 없는 듯했다.

"아기 이름은 생각해뒀니?" 줄리가 물었다.

"그럼요. 새뮤얼이라고 지을 겁니다." 울프릭이 말했다.

궨다는 아기 얼굴을 내려다보며 고개를 끄덕였다. "새뮤얼. 새미. 샘."

"아버지 이름을 딴 거야." 울프릭이 행복한 듯 말했다.

32

양모 정기시장이 끝난 일요일에 대성당에 서 있던 고드윈은, 앤서니가 세상을 뜨고 나서 일 년 만에 킹스브리지 수도원이 완전히 달라졌다고 흐뭇하게 생각했다.

가장 주된 차이는 수사와 수녀를 격리한 일이었다. 이제 클로이스터나 도서실, 필사실에서 남녀가 한데 섞이는 일은 없었다. 성당 내에서도 성가대석 중앙에 새로 조각한 떡갈나무 칸막이를 내려놓아 미사중에 서로를 볼 수 없었다. 구호소에서만 가끔 어쩔 수 없이 섞일 뿐이었다.

강론 도중 고드윈 수도원장은 일 년 전 다리가 붕괴된 사고는 수사와 수녀의 방종과 시민들의 죄에 대한 하느님의 벌이라고 말했다. 수도원의 엄격하고도 청정한 새로운 기풍, 도시의 경건함과 복종만이 그들 모두에게 현세와 내세의 보다 나은 삶을 약속할 것이었다. 그는 그 일이 아주 잘 이루어졌다고 여겼다.

그는 수도원장 사택에서 회계 담당 수사 시미언 형제와 식사를 했다. 필리먼이 뱀장어 스튜와 사과주를 차렸다. "원장 사택을 새로 짓고 싶습니다." 고드윈이 말했다.

길쭉하고 야윈 시미언의 얼굴이 더 길쭉해졌다. "무슨 특별한 이유라도 있습니까?"

"나는 무두장이나 살 법한 집에서 사는 유일한 수도원장일 겁니다. 지난 열두 달 동안 이곳을 찾은 귀빈들을 생각해봐요. 셔링의 백작, 킹스브리지 주교, 몬머스의 백작들 아닙니까. 이 건물은 그런 귀빈들과 어울리지 않습니다. 이 집은 우리와 우리 교단에 대해 빈약하다는 인상을 줄 뿐이죠. 킹스브리지 수도원의 위상에 걸맞은 버젓한 건물이 필요합니다."

"사택을 원하시는 거로군요." 시미언이 말했다.

고드윈은 시미언의 어조에서, 그가 노리는 바가 수도원의 영광이 아니라 그 자신의 영광이라도 되는 양 비난하는 기색을 감지했다. "뭐 사택이라고 해도 좋소." 고드윈이 딱딱한 어조로 대꾸했다. "안 될 것도 없지 않습니까? 주교와 수도원장들은 관저에 사는 법이니까요. 그건 자신의 안락함을 위해서가 아니라 내빈의 편의를 위해서입니다. 그리고 그들이 대표하는 집단의 명성을 위한 것이고."

"물론 그럴 테죠." 시미언은 그런 부분에 대해 왈가왈부하기를 포기했다. "하지만 우리에게는 그럴 돈이 없습니다."

고드윈은 눈살을 찌푸렸다. 교회에서는 원로 수사들이 수도원장의 견해에 논박하는 것을 권장하고 있었지만, 그는 자신의 견해가 반박당하는 것이 싫었다. "말도 안 되는 소리군요. 킹스브리지는 이 나라에서 가장 부유한 수도원 중 하나입니다."

"늘 그렇게들 말해왔죠. 그리고 우리에게 아주 큰 자원이 있는 것도 사실이고요. 하지만 올해 양모값이 떨어졌습니다. 오 년 연속으로요. 수입이 줄어들고 있소."

그때 필리먼이 불쑥 끼어들었다. "사람들 말이 이탈리아 상인들이 에스파냐에서 양모를 구매한다고 하던데요."

필리먼은 달라지고 있었다. 일단 수련수사가 되는 야심이 달성되자 어쭙잖은 소년 같은 태도를 버리고 수도원장과 회계 담당 수사의 대화 중에도 끼어들 정도가 대담해졌는데, 그럴 때마다 흥미로운 관점을 제시하곤 했다.

"그럴 수도 있지." 시미언이 말했다. "게다가 다리가 없어서 양모시장의 규모가 더 위축됐지. 그래서 평소에 받던 각종 세금과 통행세 수입도 줄어들었고."

"하지만 우리에게는 농지 수천 에이커가 있잖습니까." 고드윈이 말했다.

"수도원 소유지 대부분이 지난해 큰비 때문에 흉작이었죠. 우리의 소작농들은 대부분 먹고살기도 버거울 정도입니다. 굶주린 소작농에게 세를 바치라고 강요하기는 어려운—"

"그래도 세를 내야죠." 고드윈이 말했다. "수사들 역시 굶주리고 있습니다."

필리먼이 다시 끼어들었다. "마을 토지 관리인이 어느 소작인이 세를 내지 않았다거나 어느 땅이 임차되지 않은 상태여서 세가 없다고 해도, 그 말이 사실인지는 아무도 확인하지 않잖습니까. 토지 관리인이 소작인한테서 뇌물을 받았을 가능성도 있고 말이죠."

고드윈은 좌절감을 느꼈다. 지난해 내내 이런 대화를 수도 없이 나누었던 것이다. 그는 마음을 굳게 먹고 수도원의 재정을 바짝 조이려 했지만 변화를 꾀하려 할 때마다 장벽에 부딪쳤다. "무슨 제안이라도 하려는 건가?" 그가 필리먼에게 짜증스럽게 물었다.

"시찰관을 보내 마을을 둘러보게 하십시오. 토지 관리인의 말을 들어

보고, 토지를 살펴보고, 굶어죽는다고 하는 소작농의 집을 찾아가보게 하는 겁니다."

"관리인이 뇌물을 받는다면 시찰관도 그럴 수 있잖은가."

"수사라면 얘기가 다르죠. 수사에게 돈이 무슨 소용이겠습니까?"

그 말에 고드윈은 필리먼에게 한때 도둑질 버릇이 있었음을 상기했다. 수사가 사적인 용도로 돈을 소유할 필요가 없다는 말은 이론상으로는 맞는 말이었지만, 그렇다고 해서 매수되지 말라는 법은 없었다. 그러나 수도원장이 보낸 시찰관이 방문하면 토지 관리인들도 조심할 것이다. "좋은 생각이군. 자네가 시찰관이 되겠나?"

"저야 영광이죠."

"그럼 그렇게 하는 것으로 결정하지." 고드윈이 말하고, 이번에는 시미언에게 말했다. "그래도 우리에게는 아직 적지 않은 수입이 있잖습니까."

"적지 않은 지출도 있죠." 시미언이 대꾸했다. "우리는 주교에게 보조금을 지급합니다. 수사 스물다섯 명, 수련수사 일곱 명, 연금 수령자 열아홉 명의 숙식비와 피복비를 지급하죠. 청소부, 조리사, 마구간 하인 등 일꾼 서른 명을 고용하고 있고요. 양초 구입비만 해도 엄청납니다. 게다가 수사복은—"

"그만, 됐습니다, 무슨 말인지 알았습니다." 고드윈이 성마른 어조로 말을 잘랐다. "그래도 나는 사택을 짓고 싶습니다."

"그럼 돈을 어디서 마련할 건가요?"

고드윈이 한숨을 지었다. "우리가 언제나 마지막으로 찾아가는 곳이죠. 시실리어 원장에게 부탁해보겠습니다."

잠시 후 고드윈은 시실리어 수녀원장을 만났다. 평소라면 교회 안에 있는 남성이라는 우월성을 내세워 수녀원장을 불러들였을 테지만, 이번에는 그녀를 조금 대우해줄 필요가 있었다.

수녀원장 사택은 수도원장 사택의 복사판이지만 분위기는 딴판이었다. 쿠션과 양탄자가 있고, 탁자에는 꽃을 꽂은 단지가 있었으며, 벽에는 성서의 어느 장면을 묘사한 바느질 견본품들이 장식되어 있고, 벽난로 앞에서 고양이 한 마리가 잠을 자고 있었다. 시실리어는 구운 양고기에 진한 레드와인을 곁들인 식사를 거의 끝내가던 중이었다. 고드윈이 도착하자 수녀원장은 베일을 썼는데, 그것은 수사와 수녀가 이야기를 나눌 때 지켜야 할 규칙으로 고드윈이 도입한 것이었다.

그는 베일을 썼건 쓰지 않았건 시실리어의 표정을 읽을 수가 없었다. 그녀는 선거에서 수도원장으로 뽑힌 그를 정식으로 환영했고, 수사와 수녀의 격리에 대한 그의 한층 엄격한 규율을 별다른 이의 없이 따랐으며, 이따금 구호소의 효율적 운영에 대한 실질적인 지적을 할 뿐이었다. 그녀가 자신의 의견에 반대한 적이 한 번도 없었는데도 그는 그녀가 실제로 자기편이라고 느낀 적이 없었다. 그는 이제 그녀를 즐겁게 해줄 능력을 잃은 듯했다. 그가 좀더 젊었을 때는 그녀를 소녀처럼 웃게 만들 수 있었다. 수녀원장은 그를 더이상 다정다감하게 대해주지 않았다. 어쩌면 그 스스로가 그런 능력을 잃어버린 것인지도 모른다.

베일을 쓴 여자와 한담을 나누기는 어려웠기 때문에 고드윈은 곧장 본론으로 들어갔다. "아무래도 고관 귀족을 접대할 새 건물을 두 채 지어야 할 것 같습니다. 건물 하나는 남자 전용, 다른 하나는 여자 전용으로요. 그 건물들은 각각 수도원장 사택과 수녀원장 사택으로 불리겠지만 주된 목적은 귀빈들에게, 그들에게 알맞은 숙소를 제공하려는 데 있습니다."

"그것참 흥미로운 생각이군요." 시실리어가 말했다. 여느 때처럼 열의는 없지만 고분고분한 어조였다.

"깊은 인상을 줄 석조건물이 필요합니다." 고드윈이 말을 이었다. "아무튼 원장님은 십 년 넘게 이곳 수녀원장으로 계셨죠. 이 나라에서 가장 연륜이 깊은 원로 수녀님 중 한 분이시고요."

"당연한 말이지만 내빈에게는 우리가 가진 부가 아니라 수도원의 성스러움과 수사와 수녀의 경건한 신앙심이라는 인상을 주는 것이 좋겠죠." 그녀가 말했다.

"지당한 말씀입니다. 대성당이 하느님의 권능을 상징하는 것처럼 건물들 역시 그런 것들을 상징해야 마땅하고요."

"새 건물이 들어설 자리는 어디로 잡으셨나요?"

이건 좋은 징조야. 고드윈은 생각했다. 시실리어는 벌써 세부적인 문제를 생각하고 있었다. "현재의 사택 근처가 되지 않을까 합니다."

"그러면 수도원장 사택은 성당 동쪽 끝이고 제가 쓸 사택은 이 양어지養魚池에 들어서겠군요."

고드윈의 머릿속에 문득, 어쩌면 시실리어가 지금 자신을 조롱하고 있는지도 모른다는 생각이 스쳤다. 고드윈은 그녀의 표정이 보이지 않았다. 여성에게 베일을 쓰도록 한 규칙에는 불편한 점이 있군. 그는 생각했다. "새로운 자리를 선택해도 상관없습니다만." 그가 말했다.

"그래요, 그러고 싶군요."

짧은 순간 침묵이 흘렀다. 돈 이야기를 꺼내기가 쉽지 않았다. 그는 베일에 관한 규칙을 바꿔야 할 것 같았다. 수녀원장에게만은 예외를 두는 방향으로. 이런 식으로는 도무지 협상을 할 수 없다.

고드윈은 다시 한번 단도직입적으로 말을 꺼냈다. "그런데 유감스럽게도 건축비로 쓸 만한 자금이 없더군요. 수도원 재정이 아주 빈약해서 말입니다."

"수녀원장 사택 건축비 말인가요? 그건 뜻밖인데요." 그녀가 말했다.

"아니요, 수도원장 사택 건축비 말입니다."

"오. 그러면 원장님은 수녀원 쪽에서 수녀원장 사택은 물론이고 수도원장 사택 건축비까지 대기를 원하시는 거로군요."

"아무래도 그래야 할 것 같습니다. 아무쪼록 원장님이 반대하지 않으시길 바랍니다만."

"글쎄요, 킹스브리지 수도원의 명망을 위해서라면……"

"그렇게 생각하실 줄 알았습니다."

"어디 보자…… 지금은 수녀들이 쓸 새 클로이스터를 짓고 있죠. 이제는 수사들과 함께 쓰지 못하게 됐으니까요."

고드윈은 아무 말도 하지 않았다. 시실리어가 클로이스터 설계를 돈이 덜 먹히는 엘프릭이 아니라 머딘에게 맡긴 것이 언짢았다. 그건 사치스러운 낭비였지만, 지금은 그 말을 할 계제가 아니었다.

시실리어가 말을 이었다. "그리고 그 공사가 끝나면 수녀들이 사용할 도서실과 그곳에 구비할 도서를 구입해야 합니다. 더이상 그쪽 도서실을 쓸 수 없게 됐으니까요."

고드윈은 성마르게 다리를 떨었다. 이건 무관한 얘기였다.

"그러고 나서 성당까지 포장된 보도가 있어야겠죠. 이제는 수사들과는 다른 길로 다녀야 하니까요. 그리고 궂은 날씨를 막아줄 것도 아무것도 없는 상태이죠."

"타당한 말씀입니다." 고드윈은 이렇게 말했지만, 실제로는 그만 좀 질질 끄시오!라고 말하고 싶었다.

"그러니까," 그녀는 단호한 어조로 말했다. "앞으로 삼 년 뒤에나 이 제안을 생각해볼 수 있겠네요."

"삼 년이라고요? 저는 지금 당장 공사를 시작하고 싶습니다!"

"지금으로서는 그 문제를 생각해볼 여지가 없을 것 같은데요."

"어째서 안 된다는 말씀이죠?"

"아시다시피 저희에게는 건축 예산이라는 게 있습니다."

"하지만 이 일이 더 중요하잖습니까?"

"우리는 예산대로 집행해야 해요."

"어째서 그렇죠?"

"그래야 재정적으로 튼튼하고 독립적이 될 수 있으니까요." 그런 다음 신랄한 어조로 덧붙였다. "저라면 구걸하러 다니지 않겠어요."

고드윈은 뭐라고 대꾸해야 좋을지 알 수 없었다. 게다가 수녀원장이 지금 베일 뒤에서 자신을 비웃고 있다는 끔찍한 느낌이 들기까지 했다. 조롱은 견딜 수 없었다. 그는 벌떡 일어섰다. "좋습니다, 시실리어 수녀원장님." 그가 차가운 어조로 말했다. "이 문제는 다시 얘기하기로 하죠."

"그래요. 삼 년 뒤에요. 그때를 기대하겠습니다."

그는 이제 그녀가 자기를 비웃고 있다는 것을 확신했다. 고드윈은 몸을 돌려 최대한 빠른 걸음으로 그곳을 빠져나왔다.

사택으로 돌아온 고드윈은 씩씩거리며 의자에 털썩 앉았다. "나는 그 여자가 정말 싫어." 그가 아직 그곳에 남아 있던 필리먼에게 말했다.

"수녀원장님이 안 된다고 하셨나요?"

"삼 년 뒤에나 생각해보겠다고 하는군."

"안 된다는 말보다 더 나쁜데요. 삼 년 동안 안 된다는 거니까요."

"우리는 언제나 그녀의 힘에 놀아나고 있어. 수녀원장에게 돈이 있으니까."

"저는 노인들의 말을 주의깊게 듣는답니다." 필리먼이 뚱딴지같은 말을 꺼냈다. "배울 것이 정말 많거든요."

"무슨 소리인가?"

"수도원에서 처음 방앗간을 만들고 양어지를 파고 토끼울을 쳤을 때,

수도원장은 시민들이 수사들이 만들어놓은 설비를 이용하는 대가로 사용료를 내야 한다는 규정을 만들었습니다. 시민들은 집에서 곡식을 빻거나 발로 밟아서 옷감을 축융하거나 연못이나 토끼장을 따로 만들지 못했죠. 모두 수도원에 돈을 내고 해야 했습니다. 수도원에서 이것을 법으로 보장해놓기도 했고요."

"하지만 그 법은 폐지됐잖은가?"

"달라졌을 뿐입니다. 금지하는 대신 일정한 과징금을 낼 경우 설비를 가질 수 있게 하는 것으로요. 그러다가 앤서니 원장님 시절에 그 규정이 폐지된 거죠."

"그리고 이제는 집집마다 맷돌이 있지."

"생선장수는 저마다 양어지가 있고 토끼울도 대여섯 군데나 설치됐고 염색업자들은 옷감을 수도원의 축융기로 가져오지 않고 자기 처와 아이들에게 밟게 하죠."

고드윈은 흥분했다. "만약 그 사람들이 모두 자기 설비를 갖는 특혜에 대한 과징금을 낸다면……"

"엄청난 금액이 되겠죠."

"사람들이 돼지새끼처럼 들고일어나지 않을까." 고드윈은 눈살을 찌푸렸다. "방금 말한 그 내용을 입증할 수 있나?"

"과징금을 냈던 사실을 기억하는 사람들은 많습니다. 그리고 수도원 어딘가에 기록이 남아 있을 겁니다. 어쩌면 『티모시의 책』에 있을지도 모르죠."

"그 과징금이 정확히 얼마였는지 알아보게. 전례에 근거를 둔 거라면 바로잡기 쉬울 테니까."

"한 가지 제안이 있는데 말입니다……"

"말해보게."

"이 새로운 제도를 원장님이 주일 아침 대성당 설교단에서 공표하시는 게 어떨지요. 하느님의 뜻이라고 강조하시면 효과가 있을 테니까요."

"좋은 생각일세. 그렇게 해야겠군."

33

"제게 해결책이 있어요." 캐리스가 아버지에게 말했다.

그는 식탁 상석에 놓인 커다란 나무의자에 등을 기대고 앉은 채 엷은 미소를 짓고 있었다. 캐리스는 그 표정을 알고 있었다. 회의적이지만 들어볼 마음은 있다는 의미였다. "말해봐라." 아버지가 말했다.

그녀는 약간 불안했다. 자신의 묘안이 아버지의 재산과 머딘의 교량 공사에 닥친 위기를 넘기는 데 효과가 있을 거라는 확신은 있지만 과연 아버지를 설득할 수 있을까? "우리에게 남은 양모를 천으로 짜서 염색하는 거예요." 그녀는 간단하게 말했다. 그러고는 숨을 죽이고 아버지의 반응을 기다렸다.

"힘든 시기에 양모 상인들이 종종 하던 일이지. 그런데 어째서 그게 해결책이라고 생각하는 거지? 비용이 얼마나 들어가는데?"

"세척하고 실을 뽑아 천을 짜는 데 자루당 4실링씩 들어요."

"그렇게 하면 천이 얼마나 나오지?"

"아버지가 36실링에 산 저품질 양모 한 자루에 4실링을 추가해서 천으로 짜면 48야드가 나와요."

"그걸 얼마에 팔 생각이냐……?"

"염색하지 않은 갈색 뷰렐은 야드당 1실링에 팔리니까 48실링이 되죠. 그러면 거기에 들인 비용보다 8실링이 더 나와요."

"우리가 거기에 쏟을 노고를 생각하면 그리 대단한 수익은 아닌걸."

"하지만 중요한 건 그게 아니에요."

"말해보렴."

"직공들은 돈을 빨리 벌기 위해 갈색 뷰렐을 팔죠. 하지만 거기에 다시 20실링을 들여서 천을 축융하고 올을 촘촘하게 한 다음 염색과 마무리 가공을 한다면 두 배는 받을 수 있어요. 야드당 2실링이고, 전부 합하면 96실링이에요. 그럼 들인 비용을 뺐을 때 36실링을 버는 거예요!"

에드먼드는 미심쩍은 표정을 지었다. "그렇게 간단한 거라면 어째서 다른 사람들은 그렇게 하지 않는 거지?"

"기본적으로 투자비가 없어서죠."

"돈이 없는 건 나도 마찬가지다!"

"런던의 기욤에게서 3파운드 받으셨잖아요."

"그 돈을 써버리면 내년에 무슨 돈으로 양모를 사겠니?"

"그 정도 수익이면 양모사업에서 손을 떼는 편이 낫죠."

에드먼드가 웃었다. "네 말대로 된다면 좋겠구나. 좋아, 저품질 양모를 조금 가지고 시험해봐라. 나에게는 이탈리아인들이 절대로 사지 않을 거친 데번산 양모가 다섯 자루 있다. 그중 한 자루를 줄 테니 네가 말한 대로 되는지 해보려무나."

∽

이 주 후, 캐리스는 마크 웨버가 자기가 가진 맷돌을 부수는 광경을 보았다.

가난한 사람이 소중한 연장을 부수는 장면을 본 그녀는 충격을 받았다. 너무 충격적이라 한순간 자신의 문제를 잊을 정도였다.

맷돌은 표면이 약간 울퉁불퉁한 원반처럼 생긴 두 개의 돌덩이로 이루어진 것이다. 큰 돌덩이 위에 작은 돌덩이가 얹혀 울퉁불퉁한 면이 잘디잔 톱니 모양을 이루도록 서로 딱 맞물렸다. 아래쪽 돌덩이는 고정되어 있고, 튀어나온 나무 손잡이로 위쪽 돌덩이를 돌린다. 이렇게 하면 두 돌덩이 사이에 놓인 이삭은 순식간에 가루가 됐다.

킹스브리지의 하층민들 대부분은 맷돌을 가지고 있었다. 극히 가난한 자들은 맷돌을 마련할 여유가 없었고, 유복한 자들은 제분업자에게서 빻아놓은 곡식을 사면 되기 때문에 맷돌이 필요 없었다. 그러나 자식들을 먹여 살리기 위해 한 푼이라도 아껴야 하는 웨버 같은 사람에게 맷돌은 돈을 절약하게 해주는 보배나 다름없었다.

마크는 자신의 오두막집 마당에 맷돌을 가져다놓았다. 빌려온 듯한 자루가 긴 쇠망치가 있었다. 누더기를 입은 야윈 소녀와 벌거숭이 어린아이가 아버지를 지켜보고 있었다. 그는 머리 위로 쇠망치를 치켜들었다가 긴 호를 그리며 내리쳤다. 볼만한 광경이었다. 그는 킹스브리지에서 가장 체구가 큰 사내이고, 어깨는 짐말 같았다. 돌덩이는 달걀껍질처럼 갈라지더니 산산조각이 났다.

"대체 왜 그러는 거예요?" 캐리스가 물었다.

"이제부터 수도원 방앗간에서 곡식을 빻아야 하잖아. 한 자루당 24푼이라는 사용료를 내고."

대답하는 마크는 침착했지만 캐리스는 기겁했다. "새 규칙이 무허가 풍차나 물레방아에만 적용되는 줄 알았어요."

"나는 내일 치안관 존과 함께 집집을 돌아다니며 맷돌을 부숴야 해. 그런 나한테 맷돌이 있으면 안 되잖아. 그래서 사람들이 볼 수 있는 길

거리에서 이 짓을 하고 있는 거야."

"저는 고드윈 수도원장이 가난한 사람들 입에 들어갈 빵을 뺏는 짓까지 할 줄은 몰랐어요." 캐리스는 격한 어조로 말했다.

"다행히도 우리에게는 천을 짤 일이라도 있지. 모두 네 덕분이다."

그제야 캐리스는 자신의 볼일을 떠올렸다. "일은 얼마나 됐어요?"

"다 끝났어."

"그렇게나 빨리요?"

"겨울에는 더 오래 걸리지. 하지만 여름에는 낮이 열여섯 시간이나 되니 아내 매지가 도와주면 하루에 6야드는 짤 수 있어."

"정말 굉장해요!"

"이리 들어와봐. 보여줄 테니까."

마크의 아내 매지가 방 한 칸짜리 집 뒤편에 있는 조리용 화덕 앞에서 있었다. 한 팔에는 아기가 안겨 있고 곁에는 부끄럼 타는 소년이 있었다. 매지는 남편에 비해 키가 1피트 이상 작았지만 몸집이 좋았다. 젖가슴이 커다랗고 엉덩이가 튀어나온 그녀를 보고 캐리스는 살찐 비둘기를 떠올렸다. 튀어나온 턱 때문에 호전적으로 보였는데, 전혀 틀린 것은 아니었다. 캐리스는 싸우기를 좋아하긴 해도 마음씨 고운 그녀가 좋았다. 매지가 손님에게 사과주를 대접하겠다고 했지만 캐리스는 사양했다. 그들에게 그럴 여유가 없다는 것을 너무 잘 알고 있었기 때문이다.

마크의 목제 베틀은 받침대 위에 놓여 있고 크기는 사방 1제곱야드보다 약간 컸다. 그것이 생활공간 대부분을 차지하고 있었다. 그 뒤편으로 뒷문 가까이에 식탁과 긴 의자 두 개가 놓여 있었다. 그들은 모두 베틀 주변 바닥에서 잠을 자는 것 같았다.

"옷감을 작은 단위로 여러 개 만들었어." 마크가 말했다. "여기서 1다스는 폭 1야드에 길이 12야드짜리를 말하는 거야. 이 공간에서는 더 넓게 만들 수 없거든." 갈색 뷰렐 두루마리 뭉치 네 개가 벽에 붙여 쌓여 있었다. "양모 한 자루에서 4다스가 나와."

캐리스는 그에게 가공하지 않은 양모를 표준 부대에 담아 가져다줬었다. 매지가 그 양모를 세척하고 정리하고 실로 자았다. 실 잣는 작업에는 시내의 가난한 여자들이 동원됐고, 세척과 분류는 아이들이 도맡았다.

캐리스는 천을 만져보고 흥분했다. 이제 계획의 첫 단계가 끝난 것이었다. "그런데 천이 왜 이렇게 성긴 건가요?" 그녀가 물었다.

그 말에 마크는 벌컥 화를 냈다. "성기다니? 내가 만든 뷰렐은 킹스브리지에서 가장 촘촘해!"

"그건 알아요. 트집잡으려는 게 아녜요. 이탈리아인들은 우리 양모를 가지고 전혀 다른 천을 만드니까 하는 소리예요."

"어느 정도는 직공의 힘에 달렸지. 실을 채워넣을 때 씨실을 치는 장치인 배튼을 얼마나 힘껏 미느냐에 따라 달라지니까."

"이탈리아 직공들이 모두 당신보다 힘이 셀 것 같지는 않은데요."

"그러면 직기가 다르겠지. 좋은 베틀이 있으면 더 촘촘하게 짤 수 있어."

"아무래도 그런 것 같군요." 이 말은 캐리스가 이탈리아제 베틀을 사오지 않는 한 이탈리아산 고품질 모직과는 경쟁할 수 없다는 의미였는데, 그것은 불가능했다.

그녀는 한 번에 한 가지씩만 해결하기로 마음먹었다. 그녀는 마크에게 4실링을 지불했다. 마크는 그중 절반을 일을 한 여자들에게 지불할 것이다. 기본적으로 캐리스는 8실링의 수익을 남긴 셈이었다. 8실링으로는 다리 공사비를 대기에 턱없이 모자랐다. 게다가 이런 속도라면 남아 있는 아버지의 양모를 모두 짜는 데 몇 년이 걸릴 것이다. "더 빨리 짤 수 있는 방법은 없을까요?" 캐리스가 마크에게 물었다.

매지가 대신 대답했다. "킹스브리지에 다른 직공들이 있지만 대부분은 기존의 옷감 상인들과 청부 계약이 되어 있어. 하지만 내가 시외에서 구해줄 수는 있어. 규모가 큰 마을에는 베틀이 있는 직공이 한 사람씩은 있기 마련이니까. 그 사람들은 대개 자기 실을 가지고 마을 사람들이 쓸 천을 짜거든. 그들은 보수만 좋다면 얼마든지 다른 일을 맡을 거야."

캐리스는 불안감을 감추고 말했다. "좋아요. 때가 되면 말할게요. 그런데 이 천을 염색공 피터한테 배달해줄 수 있어요?"

"물론. 지금 가져다주지." 마크가 대답했다.

캐리스는 깊은 생각에 잠긴 채 식사를 하기 위해 집으로 향했다. 눈에 띌 정도로 상황을 바꾸기 위해서는 아버지가 남겨둔 돈 대부분을 써야 할 것이다. 만약 일이 잘못되면 사태는 더 나빠질 것이다. 하지만 무슨 대안이 있단 말인가? 그녀의 계획은 모험이 따랐지만, 다른 사람들은 아예 계획조차 없었다.

집에 와보니 페트라닐라가 양고기 스튜를 차리고 있었다. 에드먼드는 식탁 상석에 앉아 있었다. 양모 정기시장의 침체가 아버지에게 미친 영향은 캐리스가 생각했던 것 이상으로 심각했다. 그는 평소의 활기를 잃고 괴로워하는 것까지는 아니더라도 종종 말없이 생각에 잠겼다. 캐리스는 그런 아버지가 걱정됐다.

"피륙공 마크가 자기 맷돌을 부수는 걸 봤어요." 캐리스가 자리에 앉으며 말했다. "대체 그게 무슨 뜻일까요?"

"고드윈이 완전히 제 권리를 행사한다는 뜻이지." 페트라닐라가 거만한 어조로 말했다.

"그 권리는 이미 시효가 지난 거예요. 그 규칙을 집행하지 않은 지 오래됐다고요. 그런 짓을 하는 수도원이 또 있나요?"

"세인트 올번스가 있지." 고모가 의기양양하게 말했다.

"듣자하니 세인트 올번스 사람들은 주기적으로 수도원에 반기를 든다더군." 에드먼드가 말했다.

"킹스브리지 수도원은 방앗간을 짓는 데 들인 돈을 회수할 권리가 있어." 고모가 반박했다. "네가 다리 공사에 투입한 돈을 회수하고 싶어하는 것처럼 말이야, 에드먼드. 그런데 다른 사람이 또다시 다리를 짓는다면 네 기분이 어떻겠니?"

아버지가 고모의 말에 대꾸하지 않자 캐리스가 나섰다. "그건 얼마나 빨리 그런 일이 일어났느냐에 달려 있을 거예요. 수도원의 방앗간은 수백 년 전에 만들어진 거잖아요. 토끼울과 양어지처럼요. 도시의 발전을 후퇴시킬 권리는 누구에게도 없다고요."

"수도원장은 사용료를 징수할 권리가 있어." 페트라닐라는 완강한 어조로 말했다.

"글쎄, 만일 그가 계속 이런 식으로 나간다면 돈을 낼 사람이 남아 있지 않을걸. 사람들은 셔링에 가서 살 거야. 거기서는 맷돌을 가질 수 있으니까."

"수도원의 요구가 신성하다는 걸 모르겠니?" 페트라닐라가 화를 냈다. "수사들은 하느님을 섬기는 사람들이야. 그것에 비하면 시민의 삶은 아무것도 아니지."

"고모의 아들 고드윈도 그렇게 생각해요?"

"물론이지."

"그럴 줄 알았어요."

"그럼 너는 수도원장의 일이 신성하다고 생각하지 않는 거냐?"

대답할 말이 없는 캐리스는 그저 어깨를 으쓱했다. 페트라닐라는 의기양양한 듯했다.

음식은 맛있었지만 캐리스는 긴장한 터라 많이 먹지 못했다. 다른 사람들이 식사를 끝내기를 기다려 그녀가 말했다. "저는 염색공 피터를 만나러 가봐야겠어요."

페트라닐라가 토를 달았다. "돈을 더 쓰려는 거니? 이미 네 아버지 돈 4실링을 피륙공 마크에게 줬잖니."

"그렇죠. 하지만 그 천은 원래 양모보다 12실링이나 값이 더 나가요. 저는 8실링을 번 거예요."

"아니지. 아직 천을 팔지 못했잖니."

페트라닐라가 한 말은 캐리스가 좀더 비관에 잠겼을 때 품었던 걱정이었지만 그녀는 울컥해 그 말을 부인했다. "하지만 저는 그걸 팔 거예요. 빨간색으로 염색하면 더 잘 팔릴 거고요."

"피터는 4다스의 천을 염색하고 축융하는 데 얼마를 달라고 할까?"

"20실링이요. 그렇지만 빨간 천은 갈색 뷰렐보다 값이 두 배는 나가니까 28실링을 더 벌게 될 거예요."

"팔린다면 말이지. 팔지 못하면 어떻게 할 건데?"

"저는 그걸 팔 거예요."

그녀의 아버지가 끼어들었다. "그냥 내버려둬요. 내가 한번 해보라고 했으니까."

∽

셔링의 성은 언덕 꼭대기에 있었다. 그 성은 카운티 셰리프의 집이었다. 언덕 기슭에는 교수대가 설치되어 있었다. 교수형이 있을 때면 죄수를 수레에 싣고 성에서 데려와 성당 앞에서 목매달았다.

교수대가 있는 광장은 시장으로도 쓰였다. 셔링 정기시장은 바로 이곳, 길드 집회소와 양모 거래소라고 불리는 커다란 목조건물 사이에서 열렸다. 광장을 에워싸고 주교 관저와 많은 여인숙들이 자리잡고 있었다.

킹스브리지가 난관을 겪는 올해 이곳에는 예년보다 많은 점포가 들어섰고, 시장은 장터 너머 거리까지 이어졌다. 에드먼드는 수레 열 채에 양모 마흔 자루를 싣고 왔고, 필요하다면 그 주가 끝나기 전에 킹스브리지에서 더 많은 양모를 가져올 수도 있었다.

그러나 실망스럽게도 그럴 필요가 없었다. 에드먼드는 첫날 양모 열 자루를 팔고는 장이 파할 때까지 더이상 팔지 못했고, 장이 파할 무렵 매입가 이하로 값을 내려 다시 열 자루를 팔았다. 아버지가 그토록 의기소침해 있는 모습을 본 적이 언제였는지 캐리스는 기억도 나지 않을 정도였다.

그녀는 아버지의 점포에 흐릿한 갈색기가 도는 빨간 천 네 폭을 늘어놓았고, 그 주가 끝날 무렵까지 네 폭 중 세 폭을 야드 단위로 팔았다. "이런 식으로 생각해보세요." 마지막 장날 그녀가 아버지에게 말했다. "전에는 팔 수 없는 양모 한 자루와 4실링이 있었다, 이제는 36실링과 천 한 폭이 생겼다고 말이에요."

그러나 그녀의 명랑한 말은 그를 골리는 결과가 되고 말았다. 캐리스는 침울했다. 그녀는 천을 다 팔 수 있다고 장담했었다. 그런데 결과는 완전한 실패까지는 아니지만 성공이라 말하기도 어려웠다. 들인 비용 이상으로 천을 팔지 못하면 문제에 대한 해결책이 없는 셈이었다. 대체 어떡해야 할까? 그녀는 점포를 떠나 다른 옷감 상인들을 살펴보러 갔다.

언제나 그렇듯 가장 좋은 천은 이탈리아제였다. 캐리스는 로로 피오렌티노의 점포 앞에서 걸음을 멈췄다. 로로 같은 옷감 상인은 가끔 구매업자와 긴밀하게 협력하기는 해도 양모 구매업자는 아니었다. 캐리스는 로로가 영국에서 얻은 매상고를 부오나벤투라에게 준다는 사실을 알고 있었다. 부오나벤투라는 그것으로 영국 상인들에게 가공하지 않은 양모 대금을 치렀다. 그런 다음 양모가 피렌체에 도착하면 부오나벤투라 집안은 그 양모를 판 수익으로 로로 집안에게 돈을 갚았다. 그런 식으로 그들은 금화와 은화를 유럽 건너편으로 운반할 때 따를 수 있는 위험을 피했다.

로로는 점포에 옷감을 두 폭만 내놓고 있었지만 이 지방 사람들이 염색한 어떤 옷감보다 색채가 선명했다. "가져오신 옷감은 이게 전부인가요?" 캐리스가 그에게 물었다.

"물론 그렇지 않아요. 이건 다 팔고 남은 겁니다."

그녀는 놀랐다. "다른 사람들은 장사가 시원치 않던데요."

그는 어깨를 으쓱했다. "최상급 옷감은 언제나 팔리기 마련이죠."

캐리스의 머릿속에 한 가지 생각이 자리를 잡아가고 있었다. "이 진홍색 옷감은 얼마예요?"

"야드당 7실링밖에 하지 않습니다, 아가씨."

뷰렐의 일곱 배였다. "하지만 이런 옷감을 살 만큼 여유가 있는 사람이 있을까요?"

"주교님이 제가 파는 빨간색 옷감을 거의 다 사셨고, 레이디 필리파도 청색과 녹색 옷감을 사셨고, 이 도시의 양조업자와 제빵업자의 딸들, 인근 촌락에서 온 영주와 그 부인들도 사시죠…… 경기가 나빠도 잘사는 사람은 늘 있으니까요. 이 진홍색은 아가씨에게 정말 잘 어울릴 것 같군요." 그러면서 그는 재빠른 동작으로 두루마리를 풀고 캐리스의 어깨에 한 폭을 댔다. "감탄이 절로 나오는데요. 봐요, 사람들이 벌써 당신을 바라보고 있잖아요."

캐리스는 미소지었다. "장사가 잘되는 이유를 알 것 같군요." 그녀는 옷감을 만져보았다. 올이 촘촘했다. 그녀에게는 이미 어머니에게서 물려받은 이탈리아제 선홍색 외투가 있었다. 그녀가 좋아하는 옷이었다.

"이렇게 빨간색을 내려면 어떤 염료를 써야 하나요?"

"모두 그렇듯이 꼭두서니를 쓰죠."

"어떻게 이렇게 선명한 색을 낼 수 있죠?"

"비밀이랄 것도 없어요. 명반을 쓰죠. 명반은 색을 선명하게 해주는 동시에 고착시키는 역할도 하거든요. 그래서 색이 바래지 않습니다. 아가씨는 이런 색 외투가 잘 어울려요. 영원한 기쁨이 될 겁니다."

"명반이라고요? 그런데 왜 영국 염색업자들은 명반을 사용하지 않아요?"

"명반이 아주 비싸거든요. 터키에서 들여오죠. 이런 사치는 특별한 여성들만을 위한 거랍니다."

"청색은요?"

"당신 눈과 같은 색 말이로군요."

그녀의 눈은 녹색이지만 그의 말을 정정하지는 않았다. "이건 정말 짙은 색이네요."

"영국 염색업자들은 대청을 쓰지만 우리는 벵골 인디고를 써요. 무어인 무역업자들이 인도에서 이집트로 인디고를 들여오면 우리 이탈리아 상인들이 알렉산드리아에서 사들이죠." 그러면서 그는 미소지었다. "아가씨의 뛰어난 미모를 돋보이게 해줄 그것이 얼마나 긴 여행을 하고 오는지를 생각해봐요."

"그렇군요, 생각해볼게요." 캐리스가 말했다.

염색공 피터의 강변 작업장은 에드먼드의 집만큼이나 컸지만 석재로 지어졌고 실내에는 벽도 마루도 없이 건물 뼈대뿐이었다. 커다란 화덕에 두 개의 무쇠솥이 얹혀 있었다. 각각의 솥 옆에 머딘이 공사할 때 만들었던 것과 비슷한 권양기가 설치되어 있었다. 그 권양기들은 거대한 양모나 옷감 자루를 들어올려 커다란 통 속에 넣는 데 쓰였다. 바닥은 늘 질퍽거렸고, 공중에는 김이 자욱하게 서려 있었다. 도제들은 열기 때문에 속옷만 입고 맨발로 일했는데, 얼굴에서는 땀이 줄줄 흘렀고 습기 때문에 머리가 번들거렸다. 톡 쏘는 냄새에 캐리스는 목구멍 안쪽이 따끔거렸다.

그녀는 피터에게 팔리지 않고 남은 천 한 폭을 보여줬다. "이탈리아제 천처럼 선명한 진홍색으로 염색해주세요. 그게 가장 잘 팔려요."

피터는 상대가 무슨 말을 하든 언제나 기분이 상한 것처럼 뚱한 표정을 달고 사는 울적한 사내였다. 그는 비난받는 것이 당연하기라도 하다는 듯 침울하게 고개를 끄덕였다. "꼭두서니를 가지고 다시 한번 염색해보지."

"그리고 명반을 쓰세요. 그래야 색이 고착되고 선명해질 거예요."

"우리는 명반은 쓰지 않아. 한 번도 쓴 적이 없어. 그런 걸 쓴다는 얘기는 들어본 적도 없어."

캐리스는 속으로 욕을 내뱉었다. 이 점은 미처 생각하지 못했다. 염색업자라면 염색에 관한 한 모르는 것이 없을 거라 여겼던 것이다. "그럼 한번 해보면 어때요?"

"우리에게는 명반이 없네."

캐리스는 한숨을 지었다. 피터는 해본 적이 없는 일은 무엇이든 불가능하다고 여기는 부류의 장인인 듯했다. "제가 한번 구해볼까요?"

"어디서 구한다는 건가?"

"윈체스터나 런던에서는 구할 수 있지 않을까요? 아니면 멜컴에서 구할 수 있을지도 모르죠." 멜컴은 가장 가까운 곳에 있는 큰 항구도시였다. 멜컴에는 유럽 전역에서 배들이 들어왔다.

"설령 명반이 있다 해도 쓰는 법을 모르는데."

"사용법을 알아낼 수는 없을까요?"

"누구한테서?"

"그럼, 제가 한번 알아볼게요."

그는 비관적으로 고개를 가로저었다. "나는 아무래도……"

그녀는 그와 말다툼하고 싶지 않았다. 그는 이 도시에서 유일하게 규모가 큰 염색업자였다. "다리가 나오면 건너고 봐야죠." 그녀가 유화적인 어조로 말했다. "지금은 그 문제로 시간을 빼앗지 않겠어요. 먼저 명반을 구할 수 있는지부터 알아볼게요."

그녀는 피터의 작업장을 나왔다. 이 도시에서 명반에 대해 알 만한 사람이 누가 있을까? 그제야 로로 피오렌티노에게 좀더 물어보지 않은 것이 후회됐다. 수사들은 이런 것을 알고 있을 테지만 이제 수사는 원칙적으로 여성과 대화하는 것이 금지되었다. 캐리스는 현녀 매티를 만나보기로 했다. 매티는 진기한 재료들을 끝없이 섞으며 살아왔으니 어쩌면 명반을 써봤을지도 모른다. 중요한 사실은, 수사나 약제사들은 무식하다는 말을 들을까봐 없는 이야기를 지어내기도 하지만, 매티는 모르면 모른다고 순순히 인정한다는 것이다.

매티는 캐리스를 보자마자 물었다. "아버지는 좀 어떠시니?"

"양모시장에서 실패한 것 때문에 좀 동요하신 것 같아요." 매티가 자신의 걱정거리를 알아차리는 것은 예삿일이었다. "점점 건망증이 심해지세요. 나이가 드신 모양이에요."

"잘 보살펴드려라. 좋은 분이니까."

"알아요." 캐리스는 매티가 무엇 때문에 그런 말을 하는지 알 수 없었다.

"페트라닐라는 이기적인 여자야."

"그것도 알아요."

매티는 막자사발과 공이로 뭔가를 갈고 있었다. 그녀가 그 사발을 캐리스 쪽으로 밀었다. "네가 이걸 해주면 와인을 따라주마."

"고마워요." 캐리스가 대신 갈기 시작했다.

매티가 돌 단지에서 노란 와인을 나무잔 두 개에 따랐다. "그런데 무슨 일로 왔지? 아픈 데도 없으면서."

"혹시 명반을 아세요?"

"알고말고. 상처를 아물게 할 때 소량을 수렴제로 쓰지. 설사를 멎게 할 때도 쓰고 말이야. 하지만 독성이 있어서 많이 쓰면 안 돼. 대부분의 독이 그렇듯이 그걸 먹으면 토할 수 있어. 내가 작년에 너에게 만들어준 약에도 명반이 들어갔단다."

"그게 뭐예요, 약초인가요?"

"아니, 광물이야. 무어인들이 터키와 아프리카에서 캐내지. 무두장이들이 가죽을 손질할 때 그걸 쓰기도 해. 명반으로 천을 염색하고 싶은 모양이구나."

"네." 언제나처럼 매티의 짐작은 불가사의할 정도로 정확했다.

"명반은 착색제 기능을 하지. 염료가 천에 잘 스며들도록 해준단다."

"명반을 어디서 구하세요?"

"나는 멜컴에서 사온단다." 매티가 말했다.

캐리스는 아버지의 일꾼 가운데 한 사람을 경호원 삼아, 예전에 몇 번 가봤던 멜컴까지 이틀 걸려 갔다. 그녀는 부두에서 향신료나 새장에 든 새, 악기 등 먼 나라에서 가져온 진기한 물건들을 파는 상인을 찾아냈다. 상인은 그녀에게 프랑스에서 재배한 꼭두서니 뿌리로 만든 적색 염료와 스피랄룸이라 불리는 명반을 팔았는데, 그 명반은 에티오피아산이라고 했다. 그는 꼭두서니 작은 통 하나와 1파운드짜리 명반 한 자루에 7실링을 불렀는데, 그녀는 그것이 제값인지 알 도리가 없었다. 그는 재고 전부를 팔면서 다음번 이탈리아 배가 들어오면 물건을 더 구해 놓겠다고 약속했다. 캐리스는 상인에게 염료와 명반을 얼마나 써야 하는지 물었지만 상인은 알지 못했다.

집에 돌아온 그녀는 팔고 남은 천 조각을 조리용 솥에 넣고 염색하기 시작했다. 페트라닐라가 냄새가 싫다고 불평해서 뒷마당에서 불을 피워야 했다. 그녀는 염료를 녹인 물에 천을 넣고 삶아야 한다는 것은 알고 있었고, 염색공 피터가 염료의 정확한 농도를 알려줬다. 하지만 명반을 어떤 방식으로 얼마나 써야 하는지 아는 사람은 없었다.

그녀는 시도와 오류를 반복하는 좌절을 수반한 과정을 시작했다. 염색하기 전에 천을 명반에 담가보기도 하고, 염색과 동시에 명반을 써보기도 하고, 염색한 천을 명반 용액에 넣고 삶아보기도 했다. 명반의 분량을 염료와 똑같이 하거나 더 많거나 적게 써보기도 했다. 매티의 제안에 따라 떡갈나무의 충영*이나 백악, 석회수, 식초, 소변을 섞어보기도 했다.

시간이 많지 않았다. 어느 도시나 길드 조합원이 아니면 천을 팔 수 없었는데, 여느 때의 규칙이 느슨하게 적용되는 장날만은 예외였다. 그리고 장은 모두 여름철에 열렸다. 마지막 장은 세인트 자일스 장인데, 성 자일스의 탄신일인 9월 12일에 윈체스터 동쪽 구릉지에서 열릴 예정이었다. 지금이 7월 중순이니 팔 주가 남아 있었다.

캐리스는 이른 아침부터 날이 어두워질 때까지 작업을 계속했다. 끊임없이 천을 솥에 넣었다 꺼내며 휘젓느라 허리가 아팠다. 독한 약품 속에 계속 담근 손은 빨개지고 따끔거렸고, 머리카락에서도 냄새가 나

* 식물에 곤충이 산란 기생하여 생긴 비정상적인 혹.

기 시작했다. 그러나 좌절감 속에서도 그녀는 이따금 행복을 맛보았고, 때로는 일을 하며 콧노래를 부르고, 어린 시절에 들어서 가사도 잘 기억나지 않는 옛 노래를 부르기도 했다. 뒷마당에 가까이 사는 이웃 사람들이 호기심 어린 눈으로 울타리 너머에서 그녀가 일하는 모습을 지켜보았다.

때때로 캐리스의 머릿속에, 혹시 이것이 자신의 운명이 아닐까 하는 생각이 스치곤 했다. 그녀는 자신이 무엇을 하며 살아야 하는지 모르겠다는 말을 여러 번 했었다. 하지만 마음대로 선택할 수 있는 것도 아니었다. 그녀는 의사가 될 수 없었고, 양모 상인이 되는 건 좋은 생각 같지 않았다. 남편과 자식에게 예속된 삶을 살고 싶지도 않았다. 하지만 결국 염색업자라니, 그건 꿈에도 생각해보지 않았던 일이었다. 그러나 그렇게 생각한 순간, 그녀는 이 일이 자신이 원하는 일이 아님을 알았다. 일단 시작한 이상 성공을 거두기로 작정했지만, 그것이 그녀의 운명은 아니었다.

처음에는 갈색기가 도는 적색이나 연분홍색이 고작이었다. 그러다가 진홍색이 제대로 나왔지만 미치도록 속상하게도, 볕에 건조시키면 색이 바래거나, 빨면 색이 빠져버렸다. 이중 염색을 해보았지만 일시적인 효과밖에 없었다. 나중에 가서야 피터는, 천으로 짜기 전에 실을 염색하거나, 아예 가공하지 않은 양모 상태였을 때 염색해야 염료가 더 완전히 밸 거라고 말했다. 그렇게 하자 색감은 조금 나아졌지만 그래도 고착력은 개선되지 않았다.

"염색을 배우는 길은 하나밖에 없어. 염색 장인한테 배우는 수밖에."
피터는 몇 차례 이렇게 말했다. 모두들 그런 식으로 생각하지. 캐리스는 깨달았다. 고드윈 수도원장은 수백 년 전에 쓰인 책을 읽고 의술을 배웠고, 환자를 보지도 않고 처방을 내렸다. 엘프릭은 처녀들의 우화를 새로운 방식으로 조각했다는 이유로 머딘을 혼냈다. 피터는 진홍색 염색을 시도조차 하지 않았다. 오로지 현녀 매티만 받들어 모시는 어떤 권위가 아니라 스스로 알아낸 사실에 근거해 판단했다.

어느 저녁 늦게 캐리스의 언니 앨리스가 팔짱을 끼고 입술을 오므린 채 캐리스가 하는 일을 지켜보았다. 마당 구석으로 어둠이 밀려들면서 캐리스가 피운 불에 앨리스의 못마땅해하는 얼굴이 붉게 비쳤다. "대체 이 바보 같은 짓에 아버지 돈을 얼마나 갖다 쓴 거니?" 앨리스가 물었다.

캐리스는 금액을 더해보았다. "꼭두서니와 명반 1파운드를 사는 데 7실링, 그리고 또 천값으로 12실링…… 모두 합해 39실링 들었어."

"맙소사!" 앨리스는 기겁했다.

캐리스도 움찔했다. 그것은 킹스브리지 시민 대부분이 받는 일 년 치 임금보다 많은 액수였다. "많은 액수이긴 하지만 나는 그것보다 더 벌 거야."

앨리스는 화를 냈다. "너에게는 아버지의 돈을 이런 식으로 낭비할 권리가 없어."

"권리가 없다고? 아버지가 허락하신 일이야. 뭐가 더 필요하다는 거지?"

"아버지는 늙어가시는 게 역력해. 판단하시는 게 예전 같지 않다고."

캐리스는 그 사실을 모르는 척했다. "아버지의 판단력에는 문제가 없어. 언니보다 훨씬 나을걸."

"넌 우리가 받을 유산을 축내고 있단 말이야!"

"지금 그걸 걱정하는 거야? 걱정 마. 내가 언니한테 갈 돈을 불려줄 테니까."

"나는 모험 같은 건 하고 싶지 않아."

"언니가 모험하는 게 아니야, 아버지가 모험하는 거지."

"우리가 받게 될 돈을 아버지가 탕진하게 해선 안 돼!"

"아버지한테 그렇게 말해봐."

앨리스는 좌절한 얼굴로 돌아갔지만, 캐리스도 큰소리쳤던 것만큼 자신 있지는 않았다. 어쩌면 이 일에서 성공을 거두지 못할지도 모른다. 그러면 그녀와 아버지는 어떻게 해야 할까?

마침내 정확한 공식을 찾아내고 보니 놀라울 정도로 간단했다. 양모 3온스에 꼭두서니 1온스, 명반 2온스의 비율이었다. 먼저 양모를 명반에 넣고 삶은 다음 용액을 다시 끓이지 않은 채 솥에다 꼭두서니를 첨가했다. 거기에 들어가는 또다른 성분은 석회수였다. 결과는 믿기지 않을 정도였다. 기대 이상으로 성공적이었다. 빨간색은 거의 이탈리아산 옷감만큼이나 선명했다. 캐리스는 그 색이 바랠 것이고 다시 한번 실망하리라 예상했지만, 건조하고 다시 빨고 축융한 뒤에도 색은 여전히 남아 있었다.

그녀는 피터에게 공식을 줬고, 그녀의 세심한 감독 아래 남아 있는 명반을 모두 사용해 고품질 양모 천 12야드를 한 통에 넣고 염색했다. 축융이 끝나자 마무리를 담당하는 직공을 시켜 가시 돋친 야생화의 꽃머리로 늘어진 실밥을 정리하는 등 자잘한 흠들을 손보게 했다.

캐리스는 완벽한 진홍색 천 한 꾸러미를 가지고 세인트 자일스 장으로 향했다.

그녀가 옷감을 풀고 있는데 런던 억양을 쓰는 남자가 그녀에게 말을 걸었다. "그 옷감 얼마입니까?"

그녀는 그를 바라보았다. 그는 화려하지는 않지만 값비싼 옷을 입고 있었다. 부유해 보이지만 귀족은 아닌 것 같았다. 떨리는 목소리를 누르며 그녀는 대답했다. "1야드당 7실링이에요. 이건 아주 좋은—"

"아니, 내 말은 그 옷감 전부 다 해서 얼마냐는 겁니다."

"12야드니까 84실링이죠."

그는 손가락 사이로 천을 만져보았다. "이탈리아 옷감만큼 올이 촘촘하지는 않아도 나쁘지 않군요. 금화로 27플로린 주겠소."

잉글랜드에는 자국의 금화가 없었기 때문에 피렌체의 금화를 통용했다. 그것은 3실링에다 잉글랜드 은화 36페니였다. 런던 사람은 그녀의 옷감을, 그녀가 야드당 파는 값에서 3실링 깎은 것이었다. 그러나 직감상 그는 굳이 값을 흥정하려는 것이 아닌 것 같았다. 그랬다면 더 낮게 불렀을 것이다. "그건 안 되는데요." 이렇게 말하면서도 그녀는 자신의 만용에 놀랐다. "저는 제값을 다 받고 싶어요."

"좋아요." 그는 즉각 대답했다. 그녀의 직감이 들어맞았다. 그녀는 그가 지갑을 꺼내는 모습을 짜릿한 기분으로 지켜보았다. 얼마 후 그녀의 손에는 금화 28플로린이 들려 있었다.

그녀는 금화 한 닢을 꼼꼼히 살펴보았다. 은화보다 약간 컸다. 한쪽 면에는 피렌체의 수호성인인 세례자 요한이, 다른 면에는 피렌체의 국화가 새겨져 있었다. 그녀는 이럴 때를 대비해 아버지가 미리 준비해준 새로 주조한 플로린 금화와 이 금화의 무게를 비교해보았다. 금화는 진짜였다.

"고맙습니다." 캐리스는 자신의 성공이 믿기지 않았다.

"나는 런던 치프사이드의 해리 머서라고 합니다. 나의 아버지는 잉글랜드에서 가장 큰 옷감 상인이시죠. 이 진홍색 천을 더 만들게 되면 런던으로 와요. 아가씨가 가져오는 것을 모두 사겠습니다."

"다 천으로 짜요!" 집에 온 캐리스는 아버지에게 말했다. "양모가 마흔 자루 남아 있잖아요. 모두 진홍색 천으로 만들 거예요."

"엄청난 일인데." 에드먼드가 생각에 잠긴 어조로 말했다.

캐리스는 자신의 계획이 효과가 있으리라 확신했다. "직공은 많아요. 모두 가난하고요. 피터가 킹스브리지의 유일한 염색공은 아니죠. 다른 사람들에게도 명반 사용법을 가르치면 돼요."

"일단 비법이 새어나가면 다른 사람들이 다 따라 할 거야."

그녀는 뜻하지 않은 난관이 있을 거라는 아버지의 말이 옳다는 것을 알았지만 그래도 마음이 급했다. "따라 하라죠. 그들도 돈을 벌면 되니까요."

에드먼드는 어떤 다그침에도 끄떡하는 법이 없었다. "많은 천이 매물로 나오게 되면 값이 떨어질 거야."

"이 사업에 수익성이 없어지려면 꽤 오래 걸릴 거예요."

그는 고개를 끄덕였다. "그건 맞는 말이다. 그러나 킹스브리지와 셔링에서 그렇게 많이 팔 수 있겠니? 부자가 그렇게까지 많진 않아."

"그럼 런던으로 가져가면 되죠."

"좋아." 에드먼드가 미소를 지으며 말했다. "결의가 대단하구나. 좋은 계획이다. 하지만 좋지 않은 계획이었더라도 너는 아마 성사되도록 만들었을 거야."

그녀는 곧장 피륙공 마크의 집에 가서 또 한 자루의 양모를 천으로 짜도록 했다. 그리고 매지에게는 에드먼드의 수레와 양모 네 자루를 가지고 인근 마을을 다니며 직공들을 구해보라고 했다.

그러나 캐리스의 다른 가족들은 행복해하지 않았다. 다음날 앨리스가 저녁식사를 하러 왔다. 모두 식탁에 앉은 자리에서 페트라닐라가 에드먼드에게 말했다. "앨리스와 나는 네가 옷감 짜는 계획을 다시 생각해봤으면 한다."

캐리스는 아버지가 고모에게 이미 결정은 내려졌으며, 돌이키기에는 규모가 너무 크다고 말해주길 바랐다. 그러나 에드먼드는 부드러운 어조로 이렇게 물었다. "그래? 이유가 뭐지?"

"너는 너에게 남은 모든 돈을 모험에 거는 거야. 그게 이유다!"

"이미 대부분을 모험에 걸었어. 팔지도 못할 양모가 창고 가득이라고."

"하지만 그러다가는 좋지 않은 상황을 더 나쁘게 몰아갈 수도 있잖니."

"나는 이 기회를 잡기로 마음먹었어."

그때 앨리스가 끼어들었다. "이건 제게 불공평한 일이에요!"

"어째서?"

"캐리스가 제 몫의 유산을 써버리고 있으니까요!"

에드먼드의 얼굴이 어두워졌다. "나는 아직 안 죽었다."

페트라닐라는 동생의 나지막한 목소리에 깃든 심상치 않은 어조를 감지하고 입을 다물었지만 앨리스는 아버지가 얼마나 화가 났는지 눈치채지 못하고 계속 밀어붙였다. "우리는 앞날을 생각해야 해요. 어째서 캐리스가 제 상속분까지 써버리도록 보고만 있어야 하죠?"

"그건 아직 그것이 네 재산이 아니기 때문이지. 그리고 어쩌면 앞으로도 그럴 일은 없을지 모르고."

"제 몫을 그렇게 내동댕이치게 둬선 안 된다고요."

"나는 내 돈을 어떻게 쓸 건지에 대해 남의 말을 들을 생각이 없다. 자식들에게는 더욱 그렇고." 그제야 앨리스도 분노로 팽팽해진 아버지의 목소리를 알아차렸다.

앨리스가 한풀 꺾인 목소리로 말했다. "아버지를 화나게 하려던 건 아니었어요."

그는 끙 하고 신음했다. 그것은 사과라고 보기 어려웠지만 에드먼드는 오래도록 꽁하는 사람이 아니었다. "자, 식사나 하자. 그리고 더이상 그 얘기는 꺼내지 말거라." 캐리스는 자신의 계획이 당장은 살아남았음을 알았다.

식사를 마친 캐리스는 염색업자 피터에게 큰 일거리가 생길 거라고 미리 일러주러 갔다. "그렇게는 안 되겠는데." 피터가 말했다.

그의 대답에 캐리스는 깜짝 놀랐다. 그는 늘 침울한 표정을 짓는 사람이지만 대개의 경우 그녀가 원하는 대로 들어줬다. "걱정 말아요. 여기서 염색을 모두 다 해야 하는 건 아니니까요. 다른 사람들에게도 일을 나눠줄 생각이에요."

"염색 때문이 아니야. 축융 때문이지."

"왜요?"

"우리는 집에서 축융을 하지 못하게 됐어. 고드윈 수도원장이 새로운 명령을 내렸거든. 그래서 수도원의 축융기를 써야 해."

"그러면 그걸 쓰면 되잖아요."

"그건 너무 느려. 기계가 낡아서 계속 고장이 나거든. 벌써 수없이 수리해서 나무가 새것과 오래된 것이 뒤섞인 바람에 제대로 작동하지 않는다고. 사람이 물통에서 발로 밟는 쪽이 더 빠를 정도니까. 게다가 축융기가 하나뿐이야. 그것으로는 평소에 킹스브리지의 직공과 염색공이 가져오는 일감조차 제대로 처리하지 못할 걸세."

정말 미칠 노릇이었다. 사촌 고드윈의 어리석은 권력 행사 때문에 자신의 계획 전체를 수포로 만들 수는 없었다. 그녀는 분개한 어조로 말했다. "하지만 기계가 제 역할을 하지 못한다면 수도원장은 발로라도 천을 밟게 해야 할 거예요!"

피터는 어깨를 으쓱했다. "그 사람에게 직접 그렇게 말해보든가."

"그럴 거예요!"

캐리스는 당당한 걸음걸이로 수도원을 향했지만, 도중에 마음을 바꿨다. 수도원장 사택의 홀은 시민과 만나는 장소로 쓰이기는 했지만 여자 혼자 약속 없이 가는 것은 좀처럼 없는 일이었고, 고드윈은 시간이

갈수록 점점 더 이런 문제에 까탈을 부리고 있었다. 게다가 그의 마음을 돌리는 데는 정면 대결이 최선책이 아닐 수도 있었다. 그녀는 이 문제를 다시 생각해보기로 했다. 그녀는 집으로 돌아와 응접실에 있는 아버지 옆에 앉았다.

"고드윈에게는 그 일을 뒷받침할 명확한 근거가 없을 거야." 캐리스가 다녀온 이야기를 하자마자 에드먼드가 말했다. "축융기 사용료라니, 그런 일은 한 번도 없었어. 축융기를 만든 건 시민 건축업자인 잭이었고, 필립 수도원장을 위해 제작한 것이었어. 잭이 죽자 필립 원장이 축융기에 대한 영구적 사용 권리를 시민들에게 넘겨줬던 것이고."

"그런데 사람들이 그 축융기를 쓰지 않았던 이유가 뭐죠?"

"손볼 수도 없을 만큼 상태가 나빠서 그랬지. 그 유지비를 누가 감당해야 할지 입씨름이 오갔을 거다. 그 문제가 해결되지 않는 동안 사람들은 다시 자기들이 직접 축융하기 시작한 거야."

"그렇다면 고드윈에게 사용료를 부과하거나 사람들에게 그걸 써야 한다고 강제할 권리는 없는 거잖아요!"

"실제로는 그럴 권리가 없지."

에드먼드가 수도원장에게 사람을 보내 만날 수 있는 편한 시간을 알려달라고 하자, 지금 만날 수 있다는 답이 왔다. 에드먼드와 캐리스는 길 건너 수도원장 사택으로 향했다.

캐리스는 일 년 새 고드윈이 많이 달라졌다고 생각했다. 이제 청년다운 열의는 찾아볼 수 없었다. 그는 마치 두 사람이 싸우러 왔다고 생각한 듯 경계했다. 그녀는 그에게 수도원장이 될 만한 강단이나 있는지 의심스러웠다.

필리먼이 그 자리에 함께 있었는데, 열심히 의자를 나르고 마실 것을 따르며 부산하게 움직이는 모습이 보기 딱할 정도였다. 그러나 그의 태도는 전에 없이 자신만만했고, 자신이 있을 곳이 이곳이라고 여기는 표정을 짓고 있었다.

"필리먼, 이제 삼촌이 됐겠네요." 캐리스가 말했다. "새로 생긴 조카 샘은 어때요?"

"저는 수련수사입니다." 필리먼이 점잔 빼는 어조로 대꾸했다. "세속적인 관계는 모두 청산했습니다."

캐리스는 어깨를 으쓱했다. 그가 누이동생 궨다를 아낀다는 것을 알고 있었지만, 필리먼 자신이 그렇다면야 그녀로서도 왈가왈부할 생각은 없었다.

에드먼드는 고드윈에게 단도직입적으로 문제점을 설명했다. "만약 킹스브리지의 양모 상인들이 돈을 벌지 못한다면 교량 공사는 중단될 거야. 그러나 다행히도 새로운 수입원이 생겼어. 캐리스가 질 좋은 진홍색 옷감을 만드는 법을 알아냈거든. 이 새로운 사업에 유일한 걸림돌은 축융기일세."

"무슨 말입니까?" 고드윈이 반문했다. "그것도 여기서 축융하면 되잖습니까."

"그럴 수 없어. 이곳 축융기는 낡고 비효율적이야. 기존의 분량만 하는 것도 벅찰 지경이니 다른 물량까지 처리할 여유가 없어. 네가 새 축융기를 만들거나—"

"그건 불가능한 이야기입니다." 고드윈이 말을 끊었다. "그럴 여유 자금이 없어요."

"그렇다면 너는 사람들에게 예전대로 자신의 집에서 축융할 수 있게 허가를 해줘야 해. 물통에 넣고 맨발로 밟는 방식으로."

고드윈의 얼굴에 떠오른 표정은 캐리스에게 낯익은 것이었다. 분개심과 상처 입은 자존심, 노새 같은 고집이 섞인 표정. 어렸을 때도 고드윈은 상대의 반대에 부딪칠 때마다 그런 표정을 지었다. 위협해서라도 상대방을 복종시킬 것이며, 그게 마음대로 되지 않으면 집으로 가겠다는 의미였다. 자기 뜻대로 하고 싶은 마음이 크다기보다, 캐리스가 보기에 고드윈은 반대 의견 그 자체에 굴욕감을 느끼는 것 같았다. 누군가가 그가 틀렸다고 여기는 것 자체가 생각도 할 수 없는 상처라도 되는 듯이. 이유가 어떻든 그가 그런 표정을 짓는 순간 캐리스는 이제부터 고드윈이 합리적으로 나오지 않을 거라는 것을 알았다.

"외삼촌이 제가 하는 일에 반대하실 줄 알았습니다." 고드윈이 성마른 어조로 에드먼드에게 말했다. "외삼촌은 수도원이 킹스브리지를 위해 존재한다고 여기시나보군요. 사실은 그 반대라는 것을 아셔야죠."

에드먼드는 벌컥 화를 냈다. "우리가 서로 의지하는 관계라는 걸 모르겠니? 나는 네가 우리의 그런 상호관계를 이해하고 있는 줄 알았다. 그래서 네가 선출되도록 도운 거고."

"상인이 아니라 수사들이 뽑은 겁니다. 이 도시와 수도원이 의존관계인지는 모르겠지만, 수도원은 이곳에 도시가 생기기 전부터 있었고 우리는 도시 없이도 존재할 수 있어요."

"물론 존재할 수 있겠지, 하지만 번성하는 도시의 약동하는 심장이 아니라 변경의 외딴곳에 불과할걸."

"오빠도 분명 킹스브리지가 번성하기를 원하잖아요. 그렇지 않다면 롤런드 백작과 맞서려고 런던까지 가지도 않았을 거예요." 캐리스가 끼어들었다.

"내가 왕실법정을 찾아간 건 수도원의 오랜 권리를 옹호하기 위해서였어. 바로 지금 내가 이 자리에서 하고 있는 일처럼."

"이건 배신행위야! 우리가 너를 지지했던 건 네가 교량을 건설할 거라고 믿었기 때문이었어!" 에드먼드가 성난 어조로 말했다.

"저는 빚진 것이 없습니다." 고드윈이 대꾸했다. "어머니는 저를 대학에 보내려고 집까지 파셨어요. 그때 저의 부유한 외삼촌은 어디 계셨던걸까요?"

캐리스는 고드윈이 십 년 전의 일에 여전히 분개하고 있다는 것에 놀랐다.

에드먼드의 표정이 차갑게 굳었다. "너는 사람들에게 이곳 축융기를 쓰라고 강요할 권리가 없어."

그때 고드윈과 필리먼 사이에 시선이 오갔다. 캐리스는 두 사람이 이미 그 사실을 알고 있다는 것을 깨달았다. 캐리스가 끼어들었다. "수도원장이 관대하게도 시민들에게 사용료를 받지 않고 축융기를 쓰게 허락했던 시절이 있었는지도 모르죠."

"그건 필립 수도원장이 시민들에게 준 선물이었어."

"저는 모르는 일입니다."

"이곳 기록에 분명 나와 있을 거야."

고드윈은 화를 냈다. "축융기를 쓸 수 없는 상태로 만든 것이 바로 시민들입니다. 그러니 수도원에서는 그것을 고치기 위해서라도 비용을 징수해야 합니다. 그게 어떤 선물이었든, 취소할 명분은 충분합니다."

아버지의 말이 맞았어. 캐리스는 깨달았다. 고드윈에게는 이 권리를 집행할 만한 근거가 없었다. 그는 필립 수도원장이 선물로 시민들에게 축융기를 준 사실을 알고 있었지만 무시하기로 작정한 것이었다.

에드먼드는 다시 한번 시도해보았다. "이 문제를 어떻게 해결할 수 있겠나?"

"저는 명령을 철회하지 않을 겁니다. 만만해 보일 테니까요."

바로 그것이 고드윈이 정말로 신경쓰는 문제라는 것을 캐리스는 깨달았다. 그는 마음을 바꾸면 시민들이 자신을 만만하게 볼까봐 두려운 것이었다. 역설적이게도 그의 완고한 고집은 그의 소심함에서 나온 것이었다.

"우리 중 누구도 다시 왕실법정을 찾는 번거로움과 비용은 치르고 싶지 않을 텐데." 에드먼드가 말했다.

고드윈은 벌컥 화를 냈다. "지금 왕실법정을 가지고 저를 위협하시는 겁니까?"

"나도 그런 일은 피하고 싶다. 하지만……"

캐리스는 두 사람이 이 다툼을 끝까지 밀어붙이지 않기를 기도하며 눈을 감았다. 그러나 그 기도는 응답받지 못했다.

"하지만 뭐죠?" 고드윈이 덤벼들 듯이 말했다.

에드먼드는 한숨을 쉬었다. "하지만 그래, 만약 네가 시민들에게 강제로 수도원 축융기를 쓰게 하고, 개인적인 축융을 막는다면 국왕에게 하소연하는 수밖에 없겠지."

"그럼 그렇게 해보시죠." 고드윈이 말했다.

34

몸통에 윤기가 돌고 부드러운 가죽 아래로 근육이 잘 발달된, 한두 살쯤 된 어린 암사슴이었다. 빈터 한쪽에 있는 사슴이 우거진 풀을 뜯기 위해 긴 목으로 덤불 가지를 밀쳤다. 랠프 피츠제럴드와 앨런 펀힐은 말을 타고 있었다. 축축하고 푹신한 낙엽들이 깔려 말굽소리는 나지 않았고, 훈련이 잘된 개들도 소리를 죽였다. 이런 이유 때문에, 그리고 아마도 풀을 뜯는 데 집중했기 때문에 사슴은 달아나기에 너무 늦을 때까지 그들이 다가오는 소리를 듣지 못했다.

랠프가 먼저 사슴을 발견하고 빈터 건너편을 가리켰다. 앨런은 긴 활을 오른손에, 말고삐를 왼손에 잡고 있었다. 그는 오랫동안 숙련된 동작으로 맥박이 한 번 뛰는 사이에 화살을 시위에 메기고 쏘았다.

개들의 동작은 그보다 느렸다. 시위 튕기는 소리와 화살이 허공을 가르는 휘파람 소리를 듣고서야 반응했다. 암캐 발리는 그 자리에 멈춰 서서 고개를 들고 귀를 세웠고, 제 어미보다 몸집이 큰 발리의 아들 블레이드는 깜짝 놀라 나지막이 으르렁댔다.

백조 깃털이 달린 1야드의 화살이 날아갔다. 화살촉은 2인치쯤 강철로 구멍이 나 있어 화살대와 단단히 맞물렸다. 끝이 뾰족한 사냥용 화살이었다. 전투용 화살은 갑옷을 비껴가는 대신 찍듯이 뚫고 들어가도록 끝부분이 정방형이다.

앨런의 솜씨는 괜찮았지만 완벽하지는 않았다. 화살은 사슴의 목덜미 아래쪽을 맞혔다. 갑작스러운 통증에 놀란 사슴이 뛰어올랐다. 사슴의 머리가 덤불 위로 올라왔다. 한순간 랠프는 사슴이 쓰러져 죽는 줄 알았지만 곧 튕기듯 달아났다. 화살은 여전히 목덜미에 박혀 있었지만 피가 솟구치지 않고 줄줄 흐르는 것으로 봐서 동맥을 비껴 근육에 박힌 모양이었다.

개들이 쏜 화살처럼 앞으로 달려나가고, 말들 역시 재촉하지 않았는데도 알아서 뒤따랐다. 랠프는 좋아하는 사냥용 말 그리프를 타고 있었다. 삶의 이유와도 같은 흥분감이 마구 밀려들었다. 신경이 따끔거리고 목구멍이 조여들고, 목청껏 고함을 지르고 싶은 누르기 힘든 충동이 밀려왔다. 성적 흥분감과 너무 유사해 그 차이가 구분되지 않을 정도였다.

랠프 같은 인간은 싸우기 위해 살았다. 왕과 남작들은 그런 자들을 영주와 기사 휘하에 두고 마을과 영지를 다스리게 했는데, 거기에는 한 가지 이유가 있었다. 왕에게 군대가 필요할 때면 언제든 말과 기사종자와 무기와 갑옷을 자급할 수 있도록 하기 위해서였다. 그러나 전쟁이 매년 일어나는 것은 아니었다. 때로는 반항적인 웨일스와 미개한 스코틀랜드 변경에서의 치안 활동 외에 아무 일 없이 이삼년이 지나가기도 했다. 그사이에 기사들에게는 할일이 있어야 했다. 체력과 마술馬術을 유지하고, 무엇보다 피에 대한 갈망이 유지되어야 했다. 병사는 적을 죽여야 하고, 그것은 욕구가 있을 때 더 잘 수행할 수 있다.

사냥이 답이었다. 국왕에서 랠프 같은 소영주에 이르기까지 모든 귀족은 기회만 있으면 사냥을 했는데, 일주일에 몇 번씩 하기도 했다. 그들은 사냥을 즐겼고, 사냥은 언제나 그들에게 전투의 기회를 보장해줬다. 백작의 성을 자주 방문하는 랠프는 롤런드 백작과 함께 사냥을 했는데, 캐스터햄에서 윌리엄 경의 사냥에 따라나설 때도 있었다. 자신의 영지인 위글리에 있을 때는 종자 앨런과 함께 인근 숲으로 사냥을 나갔다. 보통 멧돼지를 사냥했는데, 고기가 필요해서라기보다 멧돼지가 한판 붙어볼 만한 전투 상대이기 때문이었다. 여우를 쫓기도 하고, 드물지만 늑대를 사냥하기도 했다. 그러나 가장 좋은 사냥감은 사슴이었다. 기민하고 빠른데다 질 좋은 고기를 꽤 많이 얻을 수 있었다.

지금 랠프는 그리프에 올라탄 느낌, 말의 체중과 힘, 근육의 힘찬 움직임, 북소리처럼 울리는 말굽소리에 전율하고 있었다. 사슴은 수풀 속으로 사라졌지만 발리는 사슴이 간 곳을 알고 있었고 말들은 개들의 뒤를 따랐다. 랠프는 오른손으로 창을 던질 준비를 하고 있었다. 물푸레나무로 만든 긴 자루에 끄트머리를 불에 단련한 것이었다. 그리프가 길을 벗어나 뛰어오르자 랠프는 늘어진 나뭇가지 아래로 몸을 숙이면서 두 발을 단단히 등자에 고정하고 양 무릎에 힘을 주어 앉은 자세를 안정적으로 유지하며 말과 한몸처럼 움직였다.

덤불숲에서는 말들이 사슴만큼 민첩하게 움직이지 못하는 까닭에 뒤처졌지만 개는 유리했다. 랠프의 귀에 사냥감에 근접한 개들이 미친듯이 짖는 소리가 들렸다. 다음 순간 그 소리가 뜸해졌는데, 얼마 후 랠프는 그 이유를 알았다. 사슴이 수풀에서 벗어나 오솔길로 접어드는 바람에 개들이 뒤처진 것이었다. 그러나 이곳에서는 말이 유리했다. 그들은 순식간에 개들을 지나쳐 사슴과의 거리를 좁히기 시작했다.

랠프는 사슴의 기운이 떨어지고 있다는 것을 알았다. 엉덩이 부분에 피가 보였는데 개에게 물린 것일 것이었다. 필사적으로 달아나려고 기를 쓰느라 사슴의 걸음걸이는 고르지 않았다. 사슴은 단거리를 순간적으로 질주하는 데 능해서 처음의 속도를 오래 유지하지 못한다.

사냥감에 근접하자 랠프의 맥박도 빨라졌다. 그는 창을 단단히 잡았다. 몸집이 큰 동물의 단단한 몸속에 나무 꼬챙이를 박기 위해서는 상당한 힘이 필요하다. 가죽은 질기고 근육은 치밀하며 뼈는 단단하기 때문이다. 척추 뼈를 피해 급소를 노릴 생각이라면 가장 부드러운 목 부위를 표적으로 삼아야 한다. 정확한 순간에 재빨리, 온 힘을 다해 찔러야 한다.

말들이 바짝 따라붙었다는 것을 안 사슴은 필사적으로 덤불로 방향을 바꾸었다. 그 덕분에 사슴은 몇 초간 유예를 얻었다. 사슴이 머뭇거리지 않고 뛰어든 덤불 속을 뚫고 들어가느라 말의 걸음이 느려졌다. 그러자 개들이 다시 앞질렀다. 랠프는 사슴이 얼마 가지 못하리라는 것을 알았다.

개가 계속해서 물고 사슴이 점점 느려지면서 말이 사슴을 따라잡아 사냥꾼이 마지막 일격을 가하는 것이 여느 때의 패턴이었다. 그러나 이번에는 사고가 있었다.

개와 말이 거의 따라잡았을 때 사슴이 옆으로 갑자기 방향을 틀었다. 감각에 따르기보다 흥분에 사로잡혀 사슴을 쫓던 젊은 개 블레이드 역시 방향을 틀다 그리프 바로 앞으로 뛰어들었다. 속력을 내어 달리던 말은 멈출 수도 개를 피할 수도 없어 앞다리로 개를 세게 걷어차고 말았다. 체중이 70에서 80파운드나 나가는 맹견과 충돌하자 말은 곱드러졌다.

그 때문에 랠프도 내동댕이쳐졌고, 바닥으로 떨어지며 창을 놓쳤다. 그 순간 무엇보다 두려웠던 것은 그리프 밑에 깔릴지도 모른다는 것이었다. 그러나 땅에 떨어지기 직전 그리프가 가까스로 균형을 되찾는 모습이 보였다.

랠프는 가시덤불에 떨어졌다. 손과 얼굴이 가시에 잔뜩 긁혔지만 가지들 덕에 충격은 덜했다. 그렇기는 해도 화가 치밀었다.

앨런이 말을 멈췄다. 발리는 사슴을 뒤쫓았지만 얼마 후 되돌아왔다. 사슴은 무사히 달아난 것이었다. 랠프가 욕설을 내뱉고 비틀거리며 일어섰다. 앨런이 그리프를 잡고 말에서 내려 말 두 마리의 고삐를 쥐었다.

블레이드는 낙엽 더미 위에 쓰러져 주둥이에서 피를 흘리며 꼼짝 않고 있었다. 그리프의 편자에 머리를 얻어맞은 것이었다. 발리가 제 아들 곁으로 다가가 킁킁거리며 냄새를 맡고 코로 건드려보고 얼굴에 묻은 피를 핥아주더니 고개를 돌려 당황한 듯 바라보았다. 앨런은 발끝으로 블레이드를 건드려보았다. 아무 반응도 없었다. 블레이드는 숨을 쉬지 않았다. "죽었는데요." 앨런이 말했다.

"멍청한 개자식이니 죽어도 싸지." 랠프가 대꾸했다.

두 사람은 말을 걷게 하며 쉴 곳을 찾아 숲속을 걸었다. 얼마 후 랠프의 귀에 물소리가 들렸다. 소리를 따라가다 물살이 빠른 냇물에 이르렀다. 그는 그 냇물이 어디서 흘러오는지 알았다. 그들은 위글리의 들판에서 얼마 떨어지지 않은 곳에 있었다. "여기서 뭐 좀 먹도록 하지." 그가 말했다. 앨런이 말을 묶고는 자신의 안장주머니에서 마개 달린 술병과 나무잔 두 개, 음식이 든 범포 자루를 꺼냈다.

발리는 냇가로 가 목이 마른 듯 시원한 물을 게걸스레 마셨다. 랠프는 냇가 나무에 등을 기대고 앉았다. 앨런이 그 곁에 앉아 에일 한 잔과 치즈 한 조각을 건넸다. 랠프는 술만 받고 치즈는 사양했다.

상관의 기분이 나쁘다는 것을 아는 앨런은 랠프가 마시는 동안 잠자코 있었고, 아무 말 없이 랠프의 빈 잔을 채워줬다. 그때 고요 속에서 여자들의 목소리가 들려왔다. 앨런이 눈썹을 치켜세우며 랠프를 바라보았다. 발리가 으르렁거렸다. 랠프는 일어서서 개를 조용히 시키고는 발소리를 죽여 목소리가 들리는 쪽으로 걸어갔다. 앨런이 그 뒤를 따랐다.

랠프는 하류 방향으로 몇 야드 가다 걸음을 멈추고 수풀 사이로 바라보았다. 마을 아낙들 무리가 냇가에서 빨래를 하고 있었다. 바위가 튀어나와 있어 물살이 한층 빠른 곳이었다. 눅눅한 10월 낮이어서 춥지 않고 선선했다. 아낙들은 소매를 걷어붙이고 젖지 않게 치맛자락을 허벅지까지 올리고 있었다.

랠프는 그들 한 사람 한 사람을 뜯어보았다. 팔뚝이며 장딴지가 온통 근육질인, 이제 갓 넉 달 된 갓난아기를 등에 업은 궨다가 있었다. 퍼킨의 아내 페그도 돌멩이로 남편의 속옷을 북북 문지르고 있었다. 랠프의 가정부 비라도 거기에 있었는데, 서른 살쯤 되고 늘 굳은 표정을 짓는 여자였다. 랠프는 전에 그녀의 엉덩이를 두드린 적이 있었는데 어찌나 무뚝뚝한 표정으로 그를 바라보는지 두번 다시 건드리고 싶지 않았다. 그가 들었던 목소리의 주인은 과부 휴버츠였다. 혼자 사는 그녀는 엄청난 수다꾼이었다. 그녀가 냇물 한가운데 서서 큰 소리로 수다를 늘어놓고 있었다.

아넷도 있었다.

그녀는 바위 위에서 작은 옷을 물속에 담갔다가 다시 일어나 북북 문질러 빨고 있었다. 그녀의 길고 흰 다리가 감질나게 끌어올린 치맛자락 속으로 황홀하게 사라졌다. 그녀가 몸을 굽힐 때마다 윗옷이 처지며 나무에 매달린 유혹의 과실처럼 대롱거리는 희고 작은 유방이 보였다. 금발 끝자락은 젖어 있고, 예쁜 얼굴에는 자신은 이런 일을 할 사람이 아니라고 여기는 듯한 성마른 표정이 떠올라 있었다.

랠프는 그들이 한참 전부터 그곳에 있었을 거라고 짐작했다. 과부 휴버츠가 목청껏 떠들지 않았더라면 거기 있는지도 몰랐을 것이다. 그는 땅바닥 쪽으로 몸을 낮추고 무릎을 꿇은 자세로, 잎이 없는 가지 틈으로 그쪽을 엿보았다. 앨런도 옆에 웅크리고 앉았다.

랠프는 여자를 훔쳐보는 것을 좋아했다. 사춘기 때부터 종종 그랬다. 여자들은 몸을 긁기도 하고 다리를 쩍 벌리고 몸을 앞으로 수그린 채, 남자가 있는 자리에서는 결코 하지 않을 이야기를 주고받았다. 사실상 그들은 마치 남자처럼 행동하고 있었다.

그는 아무런 낌새도 알아채지 못하는 마을 여자들을 실컷 구경하고, 무슨 말을 하는지 엿듣기 위해 귀를 곤두세웠다. 랠프는 궨다의 작고 단단한 몸을 바라보며 그녀가 알몸으로 침대에서 무릎 꿇었던 일, 그녀의 엉덩이를 홱 잡아당기던 느낌을 되새겼다. 그녀의 반응이 달라졌던 것도 기억났다. 처음에는 냉랭하고 수동적인 태도로 자신이 하고 있는 행위에 대한 분개심과 혐오감을 애써 감추는 기색이 역력했는데 얼마 후 서서히 변화가 일어나기 시작했다. 목덜미가 붉게 물들고 가쁜 숨을 쉬는 가슴이 고스란히 드러났다. 그녀는 고개를 숙이고 눈을 감았는데, 랠프는 그것을 보고 수치심과 쾌감이 섞인 거라 생각했다. 그때 일을 기억하자 랠프는 호흡이 빨라지고 10월의 선선한 날씨인데도 이마에 땀이 맺혔다. 그는 궨다와 다시 잠자리를 할 수 있을지 궁금했다.

아낙들이 돌아갈 채비를 했다. 그들은 젖은 빨래를 바구니에 챙겨넣고 머리에 이더니 냇가 옆 오솔길로 걸어갔다. 그때 아넷과 그녀의 어머니 사이에 말다툼이 벌어졌다. 아넷이 가져온 빨랫감을 절반밖에 빨지 못했기 때문이었다. 아넷은 빨지 않은 나머지도 그냥 집으로 가져가려 하고, 페그는 마저 다 빨고 와야 한다고 다그치는 듯했다. 결국 페그는 화난 걸음으로 가버렸고 아넷은 실쭉한 얼굴로 남았다.

랠프는 자신에게 생긴 행운이 믿기지 않을 정도였다.

"저애와 재미 좀 봐야겠는걸. 조용히 돌아가서 저애가 도망갈 길을 막아." 랠프는 낮은 목소리로 앨런에게 말했다.

앨런이 움직였다.

랠프는 아넷이 남은 빨래를 아무렇게나 담가놓고 냇가에 앉아 부루통한 표정으로 냇물을 바라보는 것을 지켜보았다. 다른 여자들 목소리가 들리지 않을 만큼 멀어지고 앨런이 자리를 잡았다고 판단한 랠프는 몸을 일으켜 걸어나갔다.

그녀는 덤불을 헤치고 걸어오는 소리를 듣고 깜짝 놀라 고개를 들었다. 그는 그녀의 얼굴에 떠오른 표정이 처음에 놀라움과 호기심이었다가, 숲속에 그와 단둘이 있다는 사실을 깨달으면서 두려움으로 바뀌는 것을 보면서 즐겼다. 그녀는 벌떡 일어났고, 바로 옆에 온 랠프는 그녀의 팔을 가볍지만 단단하게 잡았다. "안녕, 아넷. 여기서 뭐하는 거지? 그것도 혼자서 말이야."

그의 행동을 제지해줄 다른 동반자가 있을지 모른다는 희망을 품은 듯 그녀는 그의 어깨 너머를 보았지만 발리밖에 없었고, 그러자 낙담한 얼굴이 되었다. "집에 가는 중이에요. 어머니도 방금 여기 계셨어요."

"급할 것 없잖아. 머리도 젖고 무릎까지 내놓으니 정말 매력적이구나."

아넷은 황급히 치맛자락을 아래로 끌어내리려 했다. 랠프가 다른 한 손으로 그녀의 턱끝을 잡아 자신의 얼굴을 보도록 했다. "미소 좀 짓지 그래? 그렇게 걱정스러운 얼굴 할 것 없어. 해치진 않을 거니까. 나는 네 영주잖아."

그녀는 미소를 지어보려 애썼다. "좀 당황해서 그래요. 영주님 때문에 놀랐잖아요." 그러면서 여느 때의 교태를 끌어내보려 했다. "영주님이 저를 집까지 데려다주실 수도 있겠네요." 아넷은 억지웃음을 지었다. "숲길을 가는 여자한테는 보호자가 필요하니까요."

"아, 물론 보호해주지. 그 멍청한 울프릭이나 네 남편보다 내가 훨씬 나을 거다." 그는 턱을 잡았던 손을 내려 그녀의 젖가슴을 움켜쥐었다. 그가 기억하던 대로 작고 단단했다. 그는 다른 쪽 젖가슴도 쥐려고 그녀를 잡았던 팔을 놓았다.

랠프가 팔을 놓는 순간 아넷은 달아났다. 숲길로 달아나는 그녀를 보고 그는 웃었다. 얼마 후 랠프의 귀에 놀라 지르는 비명이 들렸다. 그는 그 자리에 그대로 있었다. 앨런이 그녀를 데려왔고, 팔이 뒤로 꺾이자 가슴이 튀어나와 더 유혹적이었다.

랠프는 날의 길이가 1피트쯤 되는 날카로운 단검을 뽑았다. "옷을 벗어."

앨런이 그녀를 놓아줬다. 그러나 아넷은 말을 듣지 않았다. "부탁입니다, 영주님. 전 언제나 영주님을 존경—"

"벗어. 안 그러면 뺨을 베어 영원히 흉터가 남게 해주마."

허영심이 강한 여자한테 딱 맞는 위협이었다. 아넷은 즉각 굴복했다. 그녀는 울면서 아무 무늬도 없는 갈색 모직 시프트 드레스를 머리 위로 벗었다. 그녀는 벗은 옷을 뭉쳐 알몸을 가렸지만 앨런이 잡아채서 던져버렸다.

랠프는 그녀의 알몸을 빤히 응시했다. 그녀는 눈을 내리깔고 눈물을 흘리며 서 있었다. 홀쭉한 골반에 수풀을 이룬 어두운 금빛 음모가 선명했다. "울프릭은 이런 모습을 본 적 없겠지?" 랠프가 물었다.

그녀는 눈을 들지 않은 채 고갯짓으로 수긍했다.

랠프는 한 손을 그녀의 다리 사이에 집어넣었다. "네 이곳을 만져본 적도 없고?"

"제발, 영주님. 저는 결혼한 몸—"

"그럼 더 잘됐지. 순결을 잃을 걱정도 없으니까. 바닥에 누워."

아넷은 랠프에게서 뒷걸음치다 앨런과 부딪쳤다. 앨런이 능숙하게 발을 걸어 그녀를 땅바닥에 자빠뜨렸다. 랠프가 일어나지 못하도록 양쪽 발목을 잡았지만 아넷은 필사적으로 몸부림쳤다. "움직이지 못하게 눌러." 랠프가 앨런에게 말했다.

앨런은 강제로 그녀의 고개를 밑으로 숙이게 한 다음 두 무릎으로 팔 위쪽을 찍어 누르고 양손으로 어깨를 눌렀다.

랠프는 성기를 꺼내 문질러 더 단단해지게 했다. 그러고는 아넷의 허벅지 사이에 무릎을 꿇었다.

아넷은 비명을 지르기 시작했지만 듣는 사람은 아무도 없었다.

35

그 일이 있고 아넷을 처음 발견한 사람은 다행히도 궨다였다.

궨다와 페그는 가져온 빨래를 퍼킨네 집 부엌 화덕 언저리에 널었다. 궨다는 여전히 퍼킨네 집 일꾼으로 일했지만, 가을이 되어 밭일이 거의 없자 페그의 집안일을 도와주고 있었다. 세탁물을 다 널자 그들은 퍼킨과 롭, 빌리 하워드, 울프릭이 먹을 점심상을 차리기 시작했다. 한 시간쯤 지났을 때 페그가 말했다. "아넷한테 무슨 일이 생긴 건 아닐까?"

"제가 가보고 올게요." 궨다는 가기 전에 아기를 확인했다. 새미는 낡은 갈색 모포에 폭 싸여 바구니 요람에 누워 있었다. 아기는 또릿또릿한 까만 눈으로 화덕에서 피어오른 연기가 천장에 모여 물결치듯 구불대는 모양을 바라보고 있었다. 궨다는 아기의 이마에 입을 맞춘 뒤 아넷을 찾으러 나갔다.

바람 부는 밭을 가로질러 아까 왔던 길을 되짚어 걸어갔다. 랠프 영주와 앨런 펀힐이 말을 몰고 그녀 옆을 지나쳐 마을 쪽으로 달려갔다. 사냥을 일찍 마친 모양이었다. 궨다는 숲으로 들어가 아까 여자들이 빨래하던 곳으로 이어지는 오솔길을 걸어갔다. 도중에 맞은편에서 오고 있던 아넷과 마주쳤다.

"괜찮니? 어머니가 걱정하시는데." 궨다가 말했다.

"괜찮아." 아넷이 대답했다.

궨다는 뭔가 잘못됐다는 걸 확신했다. "무슨 일 있었지?"

"일은 무슨." 아넷은 시선을 피했다. "아무 일 없었으니까 내버려둬."

궨다는 아넷의 앞을 가로막고 그녀를 죽 살펴보았다. 표정을 보니 뭔가 지독한 꼴을 당한 것이 확실했다. 몸에 상처를 입은 것 같지는 않았지만—그녀의 온몸은 자락이 긴 모직 시프트 드레스에 거의 가려져 있었다—드레스에 핏자국처럼 보이는 검은 얼룩이 있었다.

궨다는 랠프와 앨런이 말을 타고 지나갔던 것을 떠올렸다. "랠프 영주가 무슨 짓을 한 거야?"

"집에 갈래." 아넷은 궨다를 밀치고 지나가려 했다. 궨다는 그녀를 멈춰 세우려고 팔을 잡았다. 세게 잡지도 않았는데 아넷은 고통스럽게 비명을 지르며 팔 위쪽을 만졌다.

"다쳤구나!" 궨다가 소리쳤다.

아넷은 울음을 터뜨렸다.

궨다는 아넷의 어깨를 감싸안았다. "집에 가자. 어머니에게 무슨 일이 있었는지 말해."

아넷은 고개를 저었다. "아무한테도 말하지 않을 거야."

그러기에는 너무 늦었지. 궨다는 생각했다.

아넷을 집으로 데려가면서 궨다는 일어났을 가능성이 있는 일들을 하나씩 짚어보았다. 아넷은 모종의 폭행을 당한 것이 분명했다. 지나가던 여행자 한두 사람한테 당했을 수도 있지만 그곳은 길과 떨어진 곳이었다. 언제나 그런 일은 범법자가 연루됐을 가능성이 있지만, 위글리

인근에서 범법자가 목격된 것은 오래전 일이었다. 그렇다, 가장 가능성이 높은 용의자는 랠프와 앨런이었다.

페그는 발끈했다. 그녀는 아넷을 스툴에 앉히고 드레스를 어깨까지 끌어내렸다. 양쪽 팔뚝 위쪽이 멍들고 부어 있었다. "누가 너를 억지로 누른 거구나." 페그가 성난 어조로 말했다.

아넷은 아무 대꾸도 하지 않았다.

페그는 집요하게 다그쳤다. "내 말이 맞지? 대답해. 안 그러면 더 심한 꼴을 당할 수도 있어. 누가 너를 누른 거 맞지?"

아넷은 고개를 끄덕였다.

"몇 명이었지? 어서 말해."

아넷은 말없이 손가락 두 개를 세웠다.

페그의 얼굴이 분노로 붉게 물들었다. "그자들이 너한테 그 짓을 한 거냐?"

아넷은 고개를 끄덕였다.

"그게 누구지?"

아넷은 고개를 저었다.

궨다는 아넷이 말하지 않으려 하는 이유를 알았다. 소작농이 영주를 고발하는 것은 위험한 일이었다. 궨다가 페그에게 말했다. "제가 랠프와 앨런이 말을 타고 가는 것을 봤어요."

"그들이냐? 랠프와 앨런?" 페그가 물었다.

아넷은 고개를 끄덕였다.

페그는 갑자기 속삭이듯 말했다. "앨런이 너를 누르고, 랠프가 그 짓을 했나보구나."

아넷은 다시 고개를 끄덕였다.

진실을 알아낸 페그는 분을 삭였다. 그녀는 딸을 안았다. "가엾은 것.

내 가엾은 아가."

아넷은 흐느껴 울기 시작했다.

궨다는 그 집을 나섰다.

곧 남자들이 점심을 먹으러 돌아올 것이고, 그들은 랠프가 아넷을 강간했다는 사실을 알게 될 것이다. 아넷의 아버지와 오빠, 남편, 그리고 전 애인은 격분할 것이다. 퍼킨은 바보 같은 짓을 하기에는 너무 나이가 들었고, 롭은 퍼킨이 하라는 대로 할 테고, 빌리 하워드는 아마도 말썽을 일으킬 용기가 없을 것이다. 그러나 울프릭은 분노로 날뛸 것이 분명하다. 랠프를 죽일 것이다.

그러고서 교수형을 당할 것이다.

궨다는 일의 방향을 바꿔놔야 했다. 안 그러면 남편을 잃을지도 모른다. 그녀는 아무와도 말하지 않고 빠른 걸음으로 마을을 가로질러 영주 저택으로 갔다. 그녀는 랠프와 앨런이 식사를 마치고 다시 외출했다는 말을 듣기를 바랐지만, 그러기에는 아직 시간이 일렀다. 실망스럽게도 그들은 아직 저택에 있었다.

그녀는 저택 뒤편 마구간에서 그들을 발견했다. 발굽에 탈이 난 말을 살펴보고 있었다. 보통 때 그녀는 그들이 자신을 볼 때마다 킹스브리지의 벨 여인숙 침대에서 벌거벗은 채 무릎을 꿇었던 모습을 떠올릴 것 같아 그들 앞에 있기가 거북했다. 그러나 오늘은 그런 생각이 떠오르지 않았다. 울프릭이 알기 전에 어떻게든 지금 당장 두 사람을 이 마을에서 떠나게 해야 한다. 그런데 뭐라고 말해야 좋을까?

한순간 그녀는 아무 말도 나오지 않았다. 그러나 이내 그녀는 필사적인 심정으로 말했다. "영주님, 롤런드 백작에게서 전갈이 왔어요."

랠프는 깜짝 놀랐다. "그게 언제 일이냐?"

"한 시간쯤 됐어요."

랠프는 말굽을 잡고 있는 말구종을 바라보았다. "여기에는 아무도 오지 않았는뎁쇼." 말구종이 말했다.

사자使者라면 당연히 영주 저택으로 와 영주의 하인에게 말을 전했을 것이다. 랠프가 말했다. "왜 하필이면 네게 전갈을 남겼을까?"

그녀는 역시 필사적인 심정에 즉흥적으로 말을 꾸며냈다. "마을 밖에서 만났어요. 랠프 영주는 어디 계시느냐고 묻길래 사냥을 가셨고 식사 때 돌아오실 거라고 말했어요. 그랬더니 머물지 않고 바로 돌아갔어요."

사자가 했다고 보기 어려운 행동이었다. 사자라면 보통 이곳에서 식사를 하면서 자기 말을 쉬게 했을 것이다. "왜 그렇게 서두른다고 하더냐?" 랠프가 다시 물었다.

궨다는 다시 한번 즉흥적으로 말을 꾸며냈다. "해가 지기 전까지 카우퍼드에 가야 한다고 했어요…… 감히 그 이유까지 물어볼 엄두는 내지 못했습니다."

랠프는 끙 소리를 냈다. 마지막 말은 그럴싸했다. 롤런드 백작의 사자가 시골 아낙한테 상세한 질문 따위를 받을 리 없었다. "그런데 어째서 그 전갈을 이제야 전하는 거냐?"

"영주님이 아까 영주님을 찾으러 밭을 가로지르던 저를 못 보고 그대로 말을 타고 지나가셨어요."

"아, 그래, 본 것도 같구나. 뭐 어쨌든. 무슨 전갈이었느냐?"

"되도록 빨리 백작의 성으로 오라고 하셨습니다." 그녀는 숨을 한번 몰아쉬고는 또다시 있을 법하지 않은 말을 덧붙였다. "식사 때까지 기다리지 말고 새로 말을 갈아타고 당장 오시라고요." 그런 전갈은 거의 있을 법하지 않았지만, 그녀는 어떻게든 울프릭이 나타나기 전에 랠프를 여기서 떠나게 해야 했다.

"그게 정말이냐? 백작이 그렇게 다급하게 나를 찾는 이유는 말하지 않고?"

"말하지 않았습니다."

"흠." 랠프는 생각에 잠긴 표정을 지으며 한동안 아무 말도 하지 않았다.

"지금 떠나실 건가요?" 궨다는 걱정스러운 듯이 물었다.

랠프는 그녀를 노려보았다. "그건 네가 상관할 일이 아닌데."

"제가 다급한 전갈을 제대로 전하지 못했다는 말을 듣게 될까 걱정돼서요."

"오, 그래? 그건 내 알 바 아니다. 물러가라."

궨다는 물러날 수밖에 없었다.

그녀는 퍼킨의 집으로 돌아왔다. 남자들이 밭에서 돌아올 무렵이었다. 요람에 얌전히 누워 있는 새미는 즐거워 보였다. 아넷은 아까 그 자리에, 옷을 끌어내려 어깨의 멍자국을 드러낸 채 앉아 있었다. 페그가 나무랐다. "대체 어디 갔었던 거냐?"

궨다는 대꾸하지 않았다. 그때 퍼킨이 들어서면서 말을 거는 바람에 페그의 정신은 그쪽으로 향했다. "대체 무슨 일이지? 아넷에게 무슨 일이 있는 거야?"

"이 아이가 운 나쁘게도 숲에 혼자 있을 때 랠프와 앨런을 만났어요." 페그가 대답했다.

퍼킨의 얼굴이 분노로 어두워졌다. "어쩌다 숲에 혼자 있었어?"

"내 잘못이에요." 페그는 이렇게 말하고 울기 시작했다. "이번에도 또 빨래를 다 끝내지 못했길래 혼자 남아서라도 끝내고 오라고 했어요. 그때 그 짐승 같은 두 놈이 거기 온 거예요."

"얼마 전에도 그들이 말을 타고 브룩필드를 지나가는 것을 봤어. 그때도 놈들이 거기서 오는 길이었던 거로군." 퍼킨은 갑자기 겁에 질린 듯했다. "이건 아주 위험한 일이야. 자칫하다가는 집안이 쑥대밭이 될 거야."

"하지만 잘못한 건 우리가 아니라고요!" 페그가 따지듯 말했다.

"뒤가 켕기는 랠프는 우리에게 죄가 없다는 사실 때문에 우리를 더 미워할 거야."

궨다는 맞는 말이라고 생각했다. 퍼킨의 비굴함 뒤에는 기민함이 숨어 있었다.

아넷의 남편 빌리 하워드가 흙이 묻은 손을 셔츠에 닦으며 들어왔다. 오빠 롭도 그 뒤를 따라 들어왔다. 빌리도 아내의 멍자국을 보았다. "무슨 일 있었어?"

페그가 딸 대신 대답했다. "랠프와 앨런의 짓이야."

빌리는 아내를 노려보았다. "그자들이 당신한테 무슨 짓을 한 거지?"

아넷은 눈을 내리깐 채 아무 말도 하지 않았다.

"두 놈을 죽여버리고 말겠어." 성난 빌리가 말했지만 공허한 위협이었다. 빌리는 유순한 성격에 체격이 빈약했고, 술에 취해도 싸우는 일이 없는 사람이었다.

울프릭이 마지막으로 들어왔다. 궨다는 지금 아넷이 얼마나 매력적으로 보이는지 그제야 깨달았다. 긴 목과 아름다운 어깨, 가슴도 반쯤 노출되어 있었다. 보기 싫은 멍자국도 또다른 매력이 되는 것 같았다. 울프릭은 감탄의 눈빛을 숨기지 않고 아넷을 보았다. 그는 감정을 숨길 줄 몰랐다. 그러나 다음 순간 지독한 멍자국을 보고 얼굴을 찌푸렸다.

"그자들이 당신을 강간했어?" 빌리가 물었다.

궨다는 울프릭을 주시했다. 비로소 상황을 파악한 그의 얼굴에 충격과 경악이 떠올랐다. 그의 흰 피부가 복받치는 감정으로 붉게 물들었다.

"그자들이 그 짓을 했어?" 빌리가 다시 물었다.

궨다는 존중받지 못하는 아넷이 갑자기 측은해졌다. 왜 모두가 그럴 권리가 있다는 듯이 그녀에게 괴로운 질문을 던질까?

마침내 아넷이 빌리의 질문에 말없이 고개를 끄덕였다.

울프릭의 얼굴에 험악한 분노가 번졌다. "누구라고요?" 그가 으르렁댔다.

"이건 당신이 나설 일이 아니야, 울프릭. 집으로 돌아가게." 빌리가 말했다.

퍼킨이 신경질적인 어조로 말했다. "말썽을 일으키는 건 좋지 않아. 이런 일 때문에 우리가 망해서는 안 된다고."

빌리는 성난 눈길로 장인을 바라보았다. "지금 무슨 말씀 하시는 겁니까? 우리가 가만있어야 된다는 말인가요?"

"영주를 적으로 삼으면 남은 평생을 고통 속에 보내야 할 거야."

"하지만 그자가 아넷을 강간했다고요!"

"랠프가 한 짓입니까?" 울프릭이 믿기지 않는다는 듯이 말했다.

"하느님이 벌을 주시겠지." 퍼킨이 말했다.

"나도 그럴 겁니다. 맹세하죠." 울프릭이 말했다.

"제발, 울프릭, 안 돼!" 궨다가 말했다.

울프릭은 문 쪽으로 걸어갔다.

겁먹은 궨다는 그에게 다가가 팔을 잡았다. 그녀가 랠프에게 거짓 전갈을 전한 것이 불과 몇 분 전이었다. 랠프가 그 말을 믿었다고 해도 얼마나 다급하게 받아들일지는 알 수 없었다. 그가 아직 마을을 떠나지 않았을 공산이 컸다. "영주 저택으로 가지 마." 그녀는 울프릭에게 애원했다. "제발 부탁이야."

울프릭은 거칠게 그녀를 밀쳐냈다. "저리 비켜." 그가 말했다.

"아이를 봐!" 궨다가 요람에 있는 새미를 가리키며 소리쳤다. "저애를 아버지 없는 아이로 만들 셈이야?"

울프릭은 밖으로 나갔다.

궨다가 그 뒤를 쫓아갔고 다른 사람들도 뒤따랐다. 울프릭은 흡사 죽음의 천사처럼 양옆으로 두 주먹을 불끈 쥐고 앞만 바라보며 당당히 마을을 가로질러 걸어갔다. 그의 얼굴은 분노 때문에 일그러진 미소를 짓고 있는 것처럼 보였다. 점심식사를 하러 집으로 가던 마을 사람들이 그에게 말을 걸었지만 아무런 대꾸도 듣지 못했다. 그중 일부는 그를 따라갔다. 그가 영주 저택을 향해 걸어가는 몇 분 사이 그의 주위에는 작은 군중이 형성됐다. 마을 관리인 네이트가 집을 나와 궨다에게 무슨 일이냐고 물었지만 그녀는 그저 "저 사람 좀 말려주세요, 누구든지, 어서요!" 하고 말할 뿐이었다. 소용없는 일이었다. 설령 그럴 엄두를 낸 사람이 있었다 해도 누구도 울프릭을 제지하지 못했을 것이다.

울프릭은 영주 저택 현관문을 벌컥 열어젖히고 들어갔다. 궨다가 바로 뒤에 있었고, 그들 뒤로 군중이 서로 밀치며 몰려들어갔다. 가정부 비라가 성난 어조로 말했다. "노크부터 하고 들어와야죠!"

"당신 주인은 어디 있나?" 울프릭이 물었다.

울프릭의 심상치 않은 표정에 비라는 겁을 먹었다. "마구간에 가셨어요. 이제 곧 백작의 성으로 떠나실 겁니다."

울프릭은 그녀를 제치고 주방을 지나갔다. 뒷문으로 나선 울프릭과 궨다의 눈에 랠프와 앨런이 말에 오르는 모습이 보였다. 궨다는 하마터면 비명을 지를 뻔했다. 그들은 겨우 몇 초 일찍 온 것이었다!

울프릭은 앞으로 뛰어나갔다. 절박해진 궨다는 순간적으로 울프릭의 발목을 걸었다.

울프릭은 땅바닥에 얼굴을 박으며 넘어졌다.

랠프는 그들을 보지 못했다. 랠프가 말에 박차를 가하자 말이 속보로 마당을 빠져나갔다. 앨런은 그들을 보고 상황을 파악했지만 피하는 게 상책이라 판단하고 상관의 뒤를 따라갔다. 앨런은 마당을 나서면서 느린 구보로 말을 몰아 랠프를 앞섰고, 그 때문에 랠프의 말도 속력을 올렸다.

울프릭은 벌떡 일어나 욕설을 내뱉으며 그들을 쫓아갔다. 궨다는 그 뒤를 쫓아 달렸다. 울프릭은 말의 속도를 따라잡지 못했지만 궨다는 혹시라도 랠프가 뒤를 돌아보고 무슨 일인지 알아보려고 말을 멈출까봐 겁이 났다.

그러나 두 남자는 새로 갈아탄 말의 팔팔한 힘을 즐기면서 뒤도 돌아보지 않고 마을을 빠져나가는 길을 달려갔다. 잠시 후 그들의 모습은 사라졌다.

울프릭은 흙바닥에 털썩 무릎을 꿇었다.

울프릭을 따라잡은 궨다는 남편을 일으키려고 팔을 잡았다. 그러나 그는 그녀를 거칠게 떠밀었고, 그 바람에 그녀는 비틀거리다 넘어질 뻔했다. 그녀는 충격을 받았다. 평소의 그답지 않았다.

"당신이 발을 걸어 나를 넘어뜨렸지." 그가 도움 없이 혼자 일어서며 말했다.

"나는 당신 목숨을 구한 거야."

그는 증오 어린 눈으로 그녀를 노려보았다. "당신을 절대 용서하지 않겠어."

∽

백작의 성에 도착한 랠프는 롤런드가 다급한 전갈은커녕 아예 전갈을 보낸 적도 없다는 말을 들었다. 성가퀴에 있던 신참들이 조롱하듯 웃어댔다.

앨런이 그 이유를 나름대로 추측했다. "아넷 때문일 겁니다. 우리가 저택을 막 떠날 때 울프릭이 저택 뒷문으로 나오는 걸 봤거든요. 그때는 별생각을 하지 못했는데, 그자가 영주님과 대결할 마음으로 왔던 모양입니다."

"틀림없이 그랬을 거야." 랠프가 혁대에 찬 날이 긴 단검을 만지며 말했다. "나한테 말했어야지. 그놈의 배에 칼을 쑤셔넣을 좋은 기회였는데."

"그리고 궨다가 그 일을 알고 있었을 겁니다. 그래서 날뛰는 남편을 영주님과 떼어놓기 위해 전갈을 날조했을 거고요."

"그렇군. 그래서 아무도 사자를 보지 못했던 거야. 처음부터 사자는 없었으니까. 교활한 년."

그녀는 벌을 받아 마땅하지만 그렇게 간단한 문제가 아니었다. 그녀는 분명 그것이 최선의 행동이었다고 말할 테고, 랠프는 영주를 공격하려는 남편을 말린 그녀의 행동을 잘못이라 주장하기 어려울 것이다. 게다가 만일 그가 그녀의 사기극에 대해 소동을 피우면 그녀가 그 자신보다 한발 앞서 선수 쳤다는 사실이 주목을 끌게 될 것이다. 그렇다, 공식적으로 처벌하기는 어려웠다. 하지만 비공식적으로는 그녀를 응징할 방법이 있을 것 같았다.

백작의 성에 있으면서 그는 백작과 백작 수행원들과 함께 사냥을 나가게 되었고, 아넷 일은 까맣게 잊었다. 그 이튿날 저녁 무렵 롤런드가 개인실로 그를 부를 때까지는 그랬다. 방에는 백작의 서기인 제롬 신부가 백작과 함께 있었다. 롤런드는 랠프에게 자리를 권하지 않았다. "위글리의 사제가 지금 이곳에 와 있네." 백작이 말했다.

랠프는 깜짝 놀랐다. "개스퍼드 신부가요? 백작의 성에요?"

롤런드는 그런 수사적 반문에 굳이 대답하려 들지 않았다. "자네가 자네 소작인인 빌리 하워드의 아내 아넷을 강간했다고 항의를 하더군."

한순간 랠프는 심장이 멎는 듯했다. 일개 농부가 감히 백작을 찾아와 항의하는 것은 상상도 못할 일이다. 소작농이 정식 법정에 영주를 고발하는 것은 극히 어려운 일이다. 그러나 농부도 얼마든지 교활할 수 있고, 위글리에 있는 누군가가 머리를 써서 사제를 시켜 항의하도록 설득한 것이 분명했다.

랠프는 별일 아니라는 표정을 지었다. "별일 아닙니다. 그래요, 제가 그애와 그런 건 사실이지만, 그애도 원했습니다." 그러면서 롤런드에게 같은 남자로서 충분히 이해할 수 있는 일 아니냐는 듯이 히죽 웃었다. "아니, 원하는 것 이상이었습니다."

롤런드의 얼굴에 혐오감이 떠올랐다. 백작은 제롬 신부에게 묻는 듯한 눈길을 보냈다.

제롬은 학식 있고 야심만만한 젊은이로, 랠프가 특히 싫어하는 부류의 인간이었다. 그가 거만하기 짝이 없는 얼굴로 말했다. "그 여자가 지금 여기 와 있습니다. 말이 여자지 아직 열아홉 살밖에 안 된 소녀죠. 양팔에 심하게 멍이 들었고 옷에 피가 묻어 있었습니다. 숲에서 경을 만났고, 경의 종자가 무릎으로 자기를 꼼짝 못하게 눌렀다고 하더군요. 그리고 울프릭이라는 남자도 함께 와 있는데, 경이 그 장소에서 말을 타고 떠나는 모습을 목격한 자가 있다고 합니다."

랠프는 개스퍼드 신부에게 백작의 성에 가자고 설득한 사람이 울프릭일 거라 짐작했다. "그건 사실이 아닙니다." 랠프가 목소리에 분노를 담아 말했다.

제롬은 미심쩍은 표정을 지었다. "그 여자가 왜 거짓말을 하겠습니까?"

"아마 누군가 우리를 보고 그 여자 남편에게 말했겠죠. 그자가 아내를 때려 멍들게 했을 테고요. 남편의 매질을 막으려고 강간당했다고 주장했을 겁니다. 그러고는 자기 드레스에 닭 피를 묻혔을 거고."

롤런드는 한숨을 지었다. "좀 바보 같은 짓 아닌가, 랠프?"

랠프는 백작의 말이 정확히 무슨 뜻인지 알 수 없었다. 백작은 자기 부하들이 빌어먹을 수도사처럼 지내길 바라는 걸까?

롤런드가 말을 이었다. "자네가 이럴 거라고 경고했던 사람이 있지. 내 며느리는 자네가 늘 나에게 문제를 안겨줄 거라고 했었어."

"필리파 말씀입니까?"

"자네는 레이디 필리파라고 해야지."

그제야 랠프는 서서히 사태를 이해하기 시작했다. 그는 믿기지 않는다는 투로 말했다. "제가 백작의 목숨을 구한 뒤로 저를 승진시키지 않으신 것도 그 때문이었습니까? 여자가 반대하기 때문에요? 백작의 부하를 여자가 고르도록 놔두시면 백작의 군대 꼴이 어떻게 되겠습니까?"

"물론 자네 말이 맞아. 그래서 결국은 그애 생각에 따르지 않았던 거지. 여자들이 알지 못하는 것 하나는, 배짱 없는 사내는 땅 파는 데 말고는 쓸모가 없다는 거지. 겁쟁이들을 데리고 전쟁을 할 수는 없으니까. 하지만 자네가 언젠가 말썽을 일으킬 거라는 말은 맞았어. 지금 같은 평화시에는 소작농의 아내가 강간당했다고 징징대는 빌어먹을 사제 따위나 만나며 골머리 쓰고 싶지 않네. 앞으로 두번 다시 그런 짓은 하지 말게. 난 자네가 시골 아낙과 잠을 자든 말든 상관하지 않아. 그 문제라면 자네가 사내놈들과 붙어먹더라도 상관없어. 하지만 자발적이든 아니든 남의 아내를 건드렸다면 어떤 식으로든 그 남편에게 보상해줄 각오는 하게. 농부들 대부분은 매수에 넘어가는 법이니까. 그저 자네 일을 내 문제로 만들지 말란 말이야."

"알겠습니다, 백작."

"개스퍼드 신부 문제는 어떻게 처리할까요?" 제롬이 말했다.

"어디 보자." 롤런드가 생각에 잠긴 어조로 말했다. "위글리는 내 영지 외곽에 있지. 내 아들 윌리엄의 소유지에서 그리 멀지 않은 곳이야, 안 그런가?"

"그렇습니다." 랠프가 대답했다.

"자네가 그 아이와 만난 곳이 영지 경계에서 얼마나 떨어졌나?"

"1마일입니다. 바로 위글리 외곽이었으니까요."

"그건 아무래도 좋아." 백작이 이번에는 제롬에게 말했다. "그저 구실에 불과하다는 건 누구나 알 테지만, 개스퍼드 신부에게 사건이 일어난 곳이 윌리엄 경의 영지니까 나는 판결할 수 없다고 전하게."

"괜찮은 생각입니다, 백작."

"그들이 윌리엄을 찾아가면 어쩌죠?" 랠프가 말했다.

"그렇게 할지는 의문이로군. 하지만 만약 계속 고집을 피운다면 자네가 윌리엄과 상의를 해두는 편이 좋을 거야. 결국 농부들도 항의하는 데 지치겠지."

마음이 놓인 랠프는 고개를 끄덕였다. 한순간 자신이 엄청난 판단 착오를 저지른 것이 아닐까 무서운 생각까지 들었고, 아넷을 강간한 대가를 치르게 될 줄 알았다. 하지만 결과적으로는 자신이 예상했던 대로 별일 없이 넘어간 셈이 되었다.

"고맙습니다, 백작." 랠프가 말했다.

랠프는 이 일에 대해 형이 뭐라고 할지 궁금했다. 그런 생각을 하자 수치심이 들었다. 하지만 아마도 머딘은 이 일을 알지 못할 것이다.

∽

"우리는 윌리엄 경에게 항의해야 합니다." 위글리로 돌아왔을 때 울프릭이 말했다.

문제를 의논하기 위해 마을 사람이 모두 성당에 모여 있었다. 개스퍼드 신부와 관리인 네이트도 있었지만 무슨 영문인지 나이 어린 울프릭이 모임을 주도하고 있었다. 그는 궨다와 아기 새미를 군중 속에 남겨둔 채 전선에 나선 것이었다.

궨다는 그들이 그 문제에서 손을 떼기로 결정하길 기도하고 있었다. 랠프가 벌을 받지 않고 넘어가기를 원하는 것은 아니었다. 그렇긴커녕 그를 산 채로 끓는 물에 집어넣는 광경을 보고 싶었다. 그녀 자신은 강간하겠다고 위협했다는 이유만으로도 두 사람을 죽였는데, 그 기억이 회의 도중 이따금 떠올라 몸서리가 쳐졌다. 하지만 울프릭이 주도적인 역할을 하는 것은 마음에 들지 않았다. 어느 정도 아넷에게 남은 감정이 있어서일 텐데, 그 사실이 궨다에게 상처를 주고 마음을 아프게 했다. 그러나 더 큰 이유는 그런 그가 두렵기 때문이었다. 그는 랠프와의 반목으로 이미 상속 문제에서 대가를 치렀다. 랠프가 또 어떤 식으로 앙갚음하려 들까?

"나는 피해자의 아버지요. 나는 이 일로 더이상 말썽이 생기는 걸 바라지 않습니다. 영주의 행동에 대해 항의하는 건 무척 위험한 짓이오. 영주는 항의하는 자가 옳든 그르든 그들을 벌줄 방도를 찾기 마련이란 말이오. 그러니 이 문제는 여기서 그만 덮읍시다." 퍼킨이 말했다.

"그러기에는 너무 늦었습니다." 울프릭이 말했다. "우리는 이미 항의를 했으니까요. 적어도 우리 마을 신부님은 그렇게 하셨죠. 이제 와서 물러선다고 우리가 얻을 건 아무것도 없습니다."

"우리는 너무 멀리까지 갔소." 퍼킨이 반박했다. "랠프는 백작 앞에서 곤욕을 치렀습니다. 이제는 어떤 일이든 제 마음대로 해서는 안 된다는 사실을 알았을 거요."

"그 반대일 겁니다." 울프릭이 말했다. "그는 이번 일을 무사히 넘겼다고 생각할 겁니다. 그러니 그런 짓을 또 저지를지도 모릅니다. 앞으로도 이 마을 여자들은 안전하지 못할 테고요."

궨다도 방금 퍼킨이 한 말을 이미 울프릭에게 했었다. 그때 울프릭은 아무 대꾸도 하지 않았다. 그는 영주 저택 뒷문에서 그녀가 발을 걸어 넘어뜨린 뒤로 그녀에게 말도 붙이지 않았다. 처음에는 울프릭이 스스로를 바보 같다고 여기고 골이 난 것뿐이라고 여겼다. 백작의 성에서 돌아올 때쯤에는 다 잊어버릴 거라 생각했다. 하지만 오산이었다. 그는 일주일이나 잠자리에서든 잠자리 밖에서든 그녀에게는 손도 대지 않았다. 눈도 마주치지 않았고, 외마디로 대꾸하거나 그저 끙 소리만 낼 뿐이었다. 궨다는 우울해지고 있었다.

관리인 네이트가 말했다. "랠프를 상대해봐야 이기지 못할 걸세. 소작농이 영주를 이긴 적은 없으니까."

"전 그렇게 생각하지 않습니다." 울프릭이 말했다. "누구에게나 적은 있기 마련입니다. 어쩌면 랠프를 제지하고 싶은 사람이 우리만이 아닐지도 모릅니다. 아마 우리는 랠프가 법정에서 유죄판결을 받는 광경은 보지 못할 겁니다. 하지만 그자가 그런 짓을 또 하기 전에 망설이게 만들고 싶다면 그를 최대한 곤혹스럽게 만들어야 합니다."

몇몇이 동의하는 듯 고개를 끄덕였지만 울프릭을 지지한다고 나서서 말하는 사람은 없었다. 궨다는 울프릭의 주장이 먹히지 않을 거라는 희망을 품기 시작했다. 그러나 그녀의 남편은 결의로 다져진 사람이었다. 그는 신부에게 물었다. "개스퍼드 신부님은 어떻게 생각하십니까?"

개스퍼드는 젊고 가난하고 성실한 사제였다. 그는 귀족을 두려워하지 않았다. 그에게는 야심도 없었다. 주교가 된다거나 지배층에 오르는 것도 원치 않았다. 따라서 귀족을 만족시켜야 할 하등의 필요가 없었다. "아넷은 무자비하게 폭행당했고 우리 마을의 평화는 범죄로 인해 손상됐고 랠프 경은 사악하고 야비한 죄를 범했습니다. 그는 그 일을 고해하고 뉘우쳐야 합니다. 희생자와 우리의 자존심을 위해, 그리고 랠프 경을 지옥불에서 구하기 위해서라도 우리는 윌리엄 경을 찾아가야 합니다.” 개스퍼드 신부가 말했다.

여기저기서 동감의 뜻을 표했다.

울프릭은 나란히 앉아 있는 빌리 하워드와 아넷을 바라보았다. 결국 사람들은 아넷과 빌리가 원하는 대로 행동하게 될 거라고 궨다는 생각했다. “나는 말썽을 원치 않습니다.” 빌리가 말했다. “하지만 이왕 시작한 일은 끝을 내야 하겠죠. 이 마을의 모든 여자를 위해서라도요.”

아넷은 바닥에서 시선을 들지 않은 채 동의의 표시로 고개를 끄덕였다. 실망스럽게도 궨다는 울프릭이 이겼다는 사실을 깨달았다.

“당신이 원하던 대로 됐네.” 성당을 나서면서 궨다가 울프릭에게 말했다.

그는 끙 소리를 냈다.

그녀는 말이 나온 김에 밀어붙였다. “결국 당신은 앞으로도 계속 빌리 하워드의 아내의 명예를 지키는 데 목숨을 걸기로 한 거야. 자기 아내와는 말도 섞지 않으면서.”

그는 아무 말도 하지 않았다. 새미가 부부의 불화를 알아차린 듯 울기 시작했다.

궨다는 절망감에 휩싸였다. 그녀는 사랑하는 사람을 얻기 위해 천국과 지옥을 오갔고, 그와 결혼해 그의 아기까지 낳았는데, 지금 그는 그녀를 원수처럼 대하고 있었다. 조비의 행실은 어느 누구에게도 모범이 못 됐지만, 그런 그도 아내를 이런 식으로 대하지는 않았다. 그녀는 그를 어떻게 대해야 좋을지 알 수 없었다. 그녀는 사랑하는 자식과 자신을 관련지어 그의 애정을 되살려볼 생각으로 아기를 한 팔에 안은 채 다른 한 손으로 울프릭을 건드려보았지만, 그는 거부한 채 몸을 비켰다. 밤에 그의 등에 가슴을 바짝 붙이고 그의 배를 쓸고 성기를 만지며 유혹해보았지만 그것도 효과가 없었다. 지난여름 아넷이 빌리와 결혼하기 전 그가 얼마나 완강했는지를 떠올린다면 예상되는 일이기는 했다.

좌절감에 싸인 그녀는 외쳤다. "대체 왜 그래? 나는 당신 목숨을 구하려 했던 것뿐인데!"

"그러지 말았어야 했어."

"랠프를 죽이게 놔두면 당신은 교수형을 당했을 거야!"

"당신에게는 그럴 권리가 없어."

"나에게 권리가 있고 없고 하는 것이 이 일과 무슨 관계인데?"

"바로 그게 당신 아버지의 철학이지, 안 그래?"

그녀는 깜짝 놀랐다. "그게 무슨 뜻이야?"

"당신 아버지는 어떤 일을 할 권리가 있든 없든 개의치 않는 사람이잖아. 그저 자신에게 최선이라고 생각되는 일을 할 뿐이지. 가족을 부양하기 위해 당신을 팔아버린 것처럼."

"그렇게 팔려간 나는 강간당할 뻔했어! 내가 당신 발을 걸었던 건 당신이 교수대에 가는 일이 일어날까봐 그런 거였고. 그것과 이건 전혀 다른 문제야."

"당신이 계속 그렇게 생각하는 한 당신 아버지도 나도 이해하지 못할 거야."

그녀는 문득 그의 말이 틀렸다는 것을 증명하는 것으로는 그의 애정을 되살리지 못하리라는 것을 깨달았다. "그렇다면…… 그래 나는 이해하지 못해."

"당신은 나에게서 스스로 결정할 힘을 빼앗아갔어. 당신은 나를, 당신 아버지가 당신을 다루듯 다룬 거야. 한 인간으로서가 아니라 통제해야 할 대상으로. 여기서 내가 옳은가 그른가는 중요하지 않아. 중요한 건 결정을 내리는 사람이 당신이 아니라 나라는 거야. 하지만 아버지가 당신을 팔아넘겼을 때 당신은 그가 당신에게서 빼앗은 것이 무엇인지 몰랐던 것처럼 지금도 그걸 모르고 있어."

그녀는 여전히 그 두 가지가 완전히 다른 문제라고 여겼지만 계속 그렇게 주장하지는 못했다. 그가 뭐 때문에 화가 났는지 어렴풋하게나마 알 것 같았기 때문이다. 그는 독립성이 강했다. 그것은 그녀도 똑같기 때문에 얼마든지 공감할 수 있는 문제였다. 그런데 그녀가 그에게서 독립성을 빼앗은 것이었다. 궨다는 머뭇머뭇 말했다. "……이제 이해할 것 같아."

"이해한다고?"

"앞으로 다시는 그러지 않을게."

"좋아."

그녀는 자신이 반은 맞고 반만 틀렸다고 생각했지만 불화를 끝내고 싶은 마음에 이렇게 말했다. "정말 미안해."

"그럼 됐어."

울프릭은 여전히 말을 별로 하지 않았지만 그녀는 그의 울화가 어느 정도 누그러졌다는 것을 알 수 있었다. "당신은 내가 당신이 윌리엄 경에게 랠프 사건에 대해 항의하러 가는 것을 원치 않는다는 걸 알고 있겠지만, 당신이 그렇게 하겠다고 결심했다면 막지 않을게."

"반가운 얘기로군."

"그런데 어쩌면 내가 그 일에 도움이 될지도 몰라."

"오, 어떻게?" 그가 반문했다.

36

윌리엄 경과 레이디 필리파가 사는 캐스터햄의 저택은 한때 성이었다. 아직도 성가퀴가 붙어 있는 둥근 석조의 본성이 남아 있는데, 이제 이곳은 폐허처럼 변해 외양간으로 쓰이고 있었다. 안뜰을 에워싼 성벽은 온전했지만 해자의 물은 말랐고, 남아 있는 구덩이는 채소와 과수를 재배하는 데 쓰였다. 한때 도개교가 있던 자리에는 정문 관리실까지 연결된 간소한 경사로가 있었다.

새미를 안은 궨다는 개스퍼드 신부와 빌리 하워드, 아넷, 울프릭과 함께 관리실 아치 밑을 지났다. 경비를 서는 젊은 병사가 긴 의자에 늘어진 자세로 앉아 있었지만, 사제복을 보자 그들을 제지하지는 않았다. 느슨한 분위기에 궨다는 용기가 났다. 그녀는 레이디 필리파와 단둘이 만날 기회가 생기기를 바라고 있었다.

현관을 통해 저택 안에 들어서자 전통 양식의 커다란 홀이 나왔다. 높다란 창은 교회의 창과 모양이 비슷했다. 홀이 집 전체의 절반 정도를 차지한 것처럼 보였다. 그 나머지는 짐작건대 군사적 방어 목적보다는 귀족의 사생활에 더 중점을 둔 현대식 개인 공간일 것 같았다.

가죽 튜닉 차림의 중년 남자가 탁자에 앉아 계산자의 눈금을 세고 있었다. 그는 그들 일행을 일별하더니 계산을 마치고 석판에 기록한 다음 입을 열었다. "어서 오십시오, 나그네 여러분."

"안녕하십니까, 집행관." 남자가 하는 일을 어림으로 짐작한 개스퍼드 신부가 말했다. "우리는 윌리엄 경을 뵈러 왔습니다."

"백작께서는 저녁식사 때나 오실 겁니다, 신부님." 관리인이 공손하게 말했다. "그런데 무슨 용건이신지요?"

개스퍼드가 용건을 설명하기 시작하자, 궨다는 살며시 자리를 빠져나왔다.

그녀는 가사를 처리하는 곳을 찾아 집을 돌아갔다. 목재로 증축한 부분이 있었는데, 아마도 부엌일 것 같았다. 부엌문 옆에서 하녀가 의자에 앉아 물을 담은 큰 대야에서 양배추의 흙을 씻어내고 있었다. 어린 하녀가 애정 어린 눈길로 아기를 바라보았다. "아기가 몇 살이에요?" 그녀가 물었다.

"넉 달, 이제 거의 다섯 달이 돼가요. 이름은 새뮤얼이에요. 보통 새미, 샘이라고 부르죠."

그때 아기가 그녀를 보고 웃자 그녀는 "어머나" 하고 감탄사를 내뱉었다.

"나는 당신처럼 평민인데, 레이디 필리파를 뵙고 하고 싶은 이야기가 있어요." 궨다가 말했다.

하녀는 얼굴을 찌푸리며 곤란한 듯한 표정을 지었다. "난 부엌하녀일 뿐인걸요."

"하지만 종종 마님을 뵐 거잖아요. 나를 위해 그분에게 말씀 좀 전해주세요."

그녀는 누가 엿들을까봐 걱정되는 듯 뒤쪽을 흘긋거렸다. "그러고 싶지 않아요."

궨다는 일이 예상보다 어려울 수도 있겠다고 생각했다. "나를 위해 말만 좀 전해주면 안 될까요?"

하녀는 고개를 저었다.

그때 안쪽에서 누군가의 목소리가 들렸다. "누가 나한테 말을 전해달라는 거지?"

궨다는 자신이 곤경에 빠지게 될까봐 긴장했다. 그녀는 부엌문 쪽을 바라보았다.

잠시 후 레이디 필리파가 밖으로 걸어나왔다.

그녀는 분명 미녀는 아니지만 보기 좋은 외모를 하고 있었다. 콧날이 곧고 턱은 강인해 보이고, 녹색 눈은 크고 맑았다. 미소를 짓지 않고 살짝 눈살을 찌푸리고 있었지만, 그럼에도 그 얼굴에서 어딘가 우호적인 사려가 엿보였다.

궨다가 그녀의 질문에 대답했다. "저는 위글리에서 온 궨다라고 합니다, 레이디."

"위글리라고?" 필리파는 더욱 얼굴을 찌푸렸다. "그런데 나에게 무슨 할말이 있다는 거냐?"

"랠프 영주에 대한 이야기입니다."

"아마도 그럴 거라고 짐작은 했어. 자, 안으로 들어와라. 부엌 화덕 옆에서 아기를 따뜻하게 해줘."

귀족 부인들 대부분은 궨다처럼 신분이 낮은 사람과는 말도 섞지 않으려 하지만, 필리파는 어딘지 좀 무서워 보이는 외모 속에 너그러움이 숨어 있는 모양이었다. 그녀는 필리파를 따라 안으로 들어갔다. 새미가 보채자 궨다는 아기에게 젖을 물렸다.

"자리에 앉아도 좋다." 필리파가 말했다.

그것은 더욱 유별난 일이었다. 소작인은 보통 마님과 이야기할 때 서 있어야 한다. 필리파가 친절을 베푸는 것은 아마도 아기 때문인 것 같았다.

"자, 이제 말해보거라. 랠프가 무슨 짓을 한 거지?" 필리파가 말했다.

"혹시 작년 킹스브리지 양모 정기시장 때 벌어진 싸움을 기억하고 계시는지요."

"기억하고말고. 랠프가 어떤 시골 여자아이 몸을 더듬다가 그애의 잘생긴 약혼자한테 코가 부러졌지. 물론 그 청년도 하지 말아야 할 짓을 했지만, 랠프는 야수 같은 작자야."

"정말 그렇습니다. 지난주에 그 사람이 바로 그 여자아이 아넷과 숲에서 마주쳤어요. 그는 종자에게 그녀를 붙들게 하고 그녀를 강간했습니다."

"저런." 필리파는 안쓰러운 표정을 지었다. "정말 짐승 같은 인간이야. 돼지, 멧돼지 같은 작자. 나는 진작부터 그자가 영줏감이 못 된다는 걸 알았어. 시아버님에게 그자를 진급시키면 안 된다고 말씀드렸건만."

"백작님이 그 충고를 따르지 않으신 건 애석한 일이네요."

"그 약혼자는 정의를 원하겠구나."

궨다는 대답을 망설였다. 이 복잡한 이야기를 어느 선까지 말해야 할지 알 수 없었다. 하지만 그녀는 직감적으로 어떤 사실도 숨기면 안 된다고 생각했다. "레이디, 아넷은 결혼을 하긴 했지만 다른 남자하고 했답니다."

"그럼 그 잘생긴 청년을 얻은 행운의 아가씨는 누구지?"

"공교롭게도 울프릭은 저와 결혼을 했습니다."

"그거 축하할 일이로구나."

"울프릭은 지금 증언을 하려고 아넷의 남편과 함께 여기 와 있어요."

그 말에 필리파는 날카로운 눈으로 궨다를 바라보았다. 필리파는 뭔가 토를 달려는 눈치였지만 마음을 바꾼 듯했다. "그런데 당신들은 무슨 일로 여기 온 거지? 위글리는 내 남편의 영지가 아닌데."

"그 사건은 숲에서 일어났어요. 백작님은 그곳이 윌리엄 경의 영지에서 일어난 일이어서 판결하실 수 없다고 하셨습니다."

"그건 핑계야. 롤런드 백작은 마음이 내키면 뭐든 판결하시는 분이니까. 그분은 당신이 최근 진급시킨 부하를 벌주고 싶지 않으신 것 같구나."

"아무튼 우리 마을 사제가 윌리엄 경에게 그 사건을 말씀드리기 위해 이곳에 와 있어요."

"그런데 너는 나에게 뭘 원하는 거지?"

"레이디는 여성이시니 이해하실 거예요. 남자들이 강간에 어떤 구실을 갖다붙이는지요. 여자가 먼저 유혹했다느니 자극했다느니 하는 말을 붙이죠."

"그렇지."

"만약 이번 일을 무사히 넘기면 그는 또다시 그런 짓을 저지를 거예요. 어쩌면 제가 그 대상이 될지도 모르고요."

"내가 될지도 모르지." 필리파가 말했다. "그 작자가 나를 볼 때 눈빛이 어떤지 본다면 너도 알 거다. 연못에 있는 거위를 바라보는 개의 눈빛 같거든."

그것은 고무적인 말이었다. "혹시 윌리엄 경에게 랠프가 이 일을 무사히 모면하지 않는 것이 얼마나 중요한지 말씀해주실 수는 없을까요."

필리파는 고개를 끄덕였다. "그럴 수 있을 것 같구나."

새미는 젖을 먹다 잠이 들어 있었다. 궨다는 자리에서 일어섰다. "고맙습니다, 레이디."

"나를 찾아오길 잘했어." 필리파가 말했다.

∽

다음날 아침 윌리엄 경이 그들을 불렀다. 그들은 큰 홀에서 그를 접견했다. 옆에 앉아 있는 레이디 필리파를 보자 궨다는 반가운 마음이 들었다. 그녀는 궨다에게 우호적인 시선을 보냈다. 궨다는 그 눈빛이 필리파가 남편과 이야기를 나누었다는 의미라고 해석하고 희망을 품었다.

윌리엄은 그의 아버지인 백작처럼 키가 훤칠하고 검은 머리인데 최근 머리가 벗어지며 검은 수염과 눈썹 위로 둥근 대머리가 드러나자 명성에 걸맞게 사려 깊고 권위 있게 보였다. 그는 드레스에 묻은 핏자국을 조사하고 아넷의 멍자국을 살펴보았다. 이제 멍자국은 성이 난 듯한 붉은색에서 푸른색으로 변해 있었다. 그럼에도 그것을 본 레이디 필리파의 얼굴에는 분노가 떠올랐다. 궨다는 필리파의 분노가 상처의 위중함 때문이라기보다는 건장한 종자가 양 무릎으로 여자를 찍어누르는 동안 다른 사내가 강간하는 잔혹한 장면을 연상했기 때문일 거라 짐작했다.

"음, 지금까지는 모든 일을 제대로 처리했구나." 윌리엄이 아넷에게 말했다. "일이 있고 나서 바로 가장 가까운 마을로 가서 믿을 만한 사람들에게 상처를 보여줬고 가해자의 이름을 말했다는 거로군. 그럼 이제 셔링 카운티법정의 치안판사에게 소장을 제출하면 된다."

아넷이 불안한 얼굴로 물었다. "그게 무슨 뜻입니까?"

"소장은 라틴어로 작성한 고발장을 말하지."

"나리, 저는 라틴어는커녕 우리 글도 쓸 줄 모르는데요."

"개스퍼드 신부가 네 대신 해줄 것이다. 판사가 소장을 피고측 배심원에게 제출할 것이고, 너는 그들에게 사실 그대로만 말하면 된다. 그건 할 수 있겠느냐? 그들이 좀 곤란할 정도로 자세하게 물어볼 텐데."

아넷은 결연한 얼굴로 고개를 끄덕였다.

"그들이 네 말을 믿으면 카운티 셰리프를 시켜 한 달 후 재판이 열릴 때 법정에 출두하도록 네게 소환 명령을 내릴 것이다. 그때 보증인 두 사람이 필요하다. 네가 재판에 나온다고 보증하는 보증금을 낼 사람."

"하지만 누가 제 보증인이 되겠습니까?"

"개스퍼드 신부가 할 수 있겠고, 내가 나머지 한 사람이 되어주지. 내가 보증금을 내주마."

"정말 고맙습니다, 나리!"

"인사는 내 아내한테 하거라. 강간 때문에 내 영지의 치안이 교란되는 걸 허용해서는 안 된다고 설득한 사람이니까."

아넷은 필리파에게 감사의 눈길을 보냈다.

궨다는 울프릭을 바라보았다. 그녀는 남편에게 영주의 아내와 무슨 이야기를 나눴는지 말해줬다. 그는 그녀와 시선이 마주치자 감사의 뜻으로 거의 알아차릴 듯 말 듯 고개를 끄덕였다. 일을 이렇게 되게 만든 것이 그녀라는 사실을 알았던 것이다.

윌리엄이 계속 말했다. "재판 때 너는 모든 이야기를 처음부터 다시 하게 될 것이다. 또한 너의 친구들 모두가 증인이 될 것이다. 궨다는 옷에 피가 묻은 채 숲에서 나오는 너를 보았다고 증언하고, 개스퍼드 신부는 당사자에게 직접 들었던 내용을 증언하고, 울프릭은 항의하러 간 현장에서 말을 타고 떠나는 랠프와 앨런을 보았다고 증언할 것이다."

그들 모두 엄숙한 얼굴로 고개를 끄덕였다.

"한 가지 더 알아야 할 것이 있다. 일단 시작하면 이 일은 도중에 그만두지 못한다. 상소 철회는 중죄이며 엄중한 처벌을 받게 돼. 랠프가 나중에 어떤 앙갚음을 할지는 제쳐두고라도 말이다."

"저는 마음을 바꾸지 않을 거예요. 하지만 랠프는 어떻게 될까요? 어떤 처벌을 받을까요?" 아넷이 말했다.

"오, 강간에 대한 처벌은 하나밖에 없다." 윌리엄 경이 말했다. "교수형이지."

∽

그들은 모두 성의 큰 홀에서 윌리엄의 하인들과 종자들, 개들과 함께 외투로 몸을 감싸고 바닥에 깐 푹신한 골풀에 기분좋게 누워 잠을 청했다. 커다란 벽난로에서 타다 남은 깜부기불이 희미하게 빛나는 속에서 궨다는 주춤거리며 한 손을 남편의 팔에 얹고 그의 모직 외투 위를 쓰다듬었다. 강간 사건이 일어난 후로 사랑을 나누지 않았기 때문에 그녀는 남편이 자신을 원할지 거부할지 알 수 없었다. 그의 발을 걸었다는 이유로 그는 내내 그녀에게 화를 냈었다. 남편은 그녀가 레이디 필리파를 만나 중재한 것을 그 일에 대한 벌충으로 여겨줄까?

그는 즉각 반응을 보이며 그녀를 끌어당겨 키스해줬다. 그녀는 고마운 심정으로 긴장을 풀고 그의 품에 안겼다. 두 사람은 한동안 그렇게 노닥거렸다. 궨다는 너무 행복해 눈물이 날 지경이었다.

그녀는 그가 자신의 몸 위로 올라오기를 기다렸지만 그는 그러지 않았다. 그녀에게 다정해진데다 그녀의 손에 닿은 그의 성기는 이미 단단했는데 사람들이 많아서 주저하는 듯했다. 사람들은 장소에 개의치 않고 사랑을 나눴고, 흔한 일이라 별로 주목하지도 않았다. 그러나 울프릭은 수줍음을 탔다.

하지만 궨다는 그의 사랑이 돌아왔는지 확인하기로 마음먹고 이내 그의 몸 위로 올라가 외투로 자신들을 덮었다. 궨다는 그들이 몸을 움직이기 시작했을 때, 사춘기에 접어든 한 소년이 불과 몇 야드 떨어진 곳에서 눈을 휘둥그레 뜨고 자신들을 바라보고 있는 것을 보았다. 어른이라면 못 본 척 눈을 돌려줬겠지만, 그 나이 때 아이에게는 성이 매혹적인 불가사의라서 시선을 뗄 수 없을 것이었다. 궨다는 행복감에 휩싸여 별로 개의치 않았다. 그녀는 소년과 시선이 마주쳐도 동작을 멈추지 않은 채 미소를 지었다. 소년은 놀라서 입을 딱 벌린 채 몹시 당혹스러워했다. 기분이 상한 듯 소년은 잠시 후 몸을 돌리고 팔로 눈을 가렸다.

궨다는 머리끝까지 외투를 끌어올리고 올프릭의 목덜미에 얼굴을 묻은 채 쾌감에 몸을 맡겼다.

37

두번째로 왕실법정을 찾은 캐리스는 자신감을 느꼈다. 광대한 웨스트민스터 홀도, 판사석 주변에 몰려 있는 부유한 권력자들도 이제는 위협적으로 느껴지지 않았다. 전에 해봤기 때문에 이제 요령을 알았고, 일 년 전에는 낯설었던 것들이 이제는 익숙했다. 심지어 오늘은 그녀도 런던의 유행을 따라 오른쪽은 녹색, 왼쪽은 청색인 옷을 입었다. 그녀는 주변 사람들을 살펴보며 즐거운 기분으로 그들의 얼굴에 드러나는 삶을 짐작해보고 있었다. 독단적인 사람, 절망에 빠진 사람, 당황한 사람, 교활한 사람이 있었다. 휘둥그레 뜬 눈과 불안한 태도를 보면 런던에 처음 온 사람이 누구인지 알 수 있었고, 자신이 마치 식견이 풍부한 사람인 것 같은 우월감을 느꼈다.

걱정되는 것이 있다면 그들이 변호사 프랜시스 북맨을 기용했다는 것이었다. 그는 젊고 학식이 풍부하고, 그녀가 생각하기에 대부분의 변호사들처럼 자신감이 넘치는 인물이었다. 그는 모래색 머리에 동작이 민첩하고, 체구가 작고, 언제나 논쟁을 벌일 만반의 준비가 되어 있는 듯했는데, 그를 보면 캐리스는 창턱에 앉아 빵 부스러기를 쪼아먹으며 맹렬하게 경쟁자들을 쫓아내는 건방진 새가 연상됐다. 그는 그들의 사건은 논란의 여지없이 명백하다고 했다.

고드윈 쪽 변호사는 이번에도 그레고리 롱펠로였다. 그레고리는 롤런드 백작을 상대로 승소를 거두었기 때문에 고드윈은 이번에도 당연히 그에게 변호를 의뢰했다. 그레고리가 자신의 역량을 증명한 적이 있다면 북맨은 미지수인 셈이었다. 하지만 캐리스는 고드윈에게 충격이 될 만한 무기를 감추고 있었다.

고드윈은 자신이 캐리스와 그녀의 아버지, 그리고 킹스브리지 전체를 배신했다는 사실을 알고 있었지만 전혀 내색하지 않았다. 전에 그는 고루한 앤서니 수도원장과는 다른, 도시의 요구에 공감하고 수도원과 상인 모두의 번영을 갈망하는 개혁자를 자처했었다. 그러나 수도원장이 되고 일 년도 채 되지 않아 정반대 노선으로 돌아서더니, 앤서니보다 한층 더 인습에 얽매이고 있었다. 부끄러워하는 기색도 보이지 않았다. 캐리스는 그 생각을 할 때마다 분노로 얼굴이 달아올랐다.

그에게는 시민들에게 수도원 축융기를 사용하도록 강제할 권리가 없었다. 맷돌 사용을 금지시키고 개인 양어지와 토끼울에 과징금을 부과한 것 같은 다른 시행령들은 비록 지나치게 가혹하기는 해도 엄밀히 따지자면 옳았다. 그러나 축융기는 무상으로 사용되어야 하는 것이고, 고드윈도 그 사실을 알고 있었다. 캐리스는 고드윈이 하느님의 사업을 위한 것이라면 어떤 책략도 용서된다고 여기는 것이 아닌지 의심스러웠다. 하느님의 종이라면 속인보다 정직함에서는 더더욱 엄격해야 마땅하지 않은가?

그녀는 재판 순서를 기다리며 법정에서 서성거리는 동안 아버지에게 그 점에 대해 말했다. 에드먼드가 말했다. "나는 설교단에서 자신의 도덕성을 주장하는 자들을 한 번도 믿은 적이 없다. 그 고상한 족속들은 언제나 정작 자신이 지켜야 할 규칙을 깨뜨릴 핑곗거리를 만들어내거든. 차라리 평범한 죄인들과 거래하는 게 낫지. 그런 사람들은 진실을 말하고 약속을 지키는 것이 길게 볼 때 자신에게 득이 된다고 여기니까. 그들은 그런 면에서 마음을 바꿀 가능성도 높고."

아버지의 상태가 좋은 이런 순간이 올 때마다 캐리스는 그동안 그가 얼마나 변했는지 깨달았다. 요즘은 예전처럼 빈틈없고 기지 넘치는 아버지를 자주 볼 수 없었다. 잊어버리는 일이 많고 곧잘 주의력이 흐트러졌다. 캐리스는 이런 쇠퇴가 자신이 알아차리기 몇 달 전부터 시작된 것일지도 모른다고 생각했다. 그렇다면 그가 양모시장의 붕괴를 예견하는 데 실패한 이유가 바로 그것이었을 것이다.

며칠 기다린 끝에 그녀는 일 년 전 수도원 대 롤런드 백작의 소송을 판결했던, 분홍색 얼굴에 썩은 치아를 가진 윌버트 휘트필드 경 앞에 불려나갔다. 판사가 동쪽 벽에 있는 판사석에 착석하자 캐리스는 자신감이 떨어지기 시작했다. 한낱 인간이 이처럼 엄청난 권력을 가진다는 건 무서운 일이었다. 만일 그가 잘못된 판결을 내리면 캐리스가 새로 시작한 사업은 꺾이고 그녀의 아버지는 파산할 것이며 새 다리를 지을 공사비를 댈 사람은 아무도 없게 될 것이다.

잠시 후 그들의 변호사가 변론을 시작하면서 그녀의 기분은 한결 나아졌다. 프랜시스는 최초의 축융기가 전설적인 건축업자 잭에 의해 어떻게 고안됐는지, 필립 수도원장이 어떤 연유로 시민들에게 무상으로 축융기를 사용할 권리를 주었는지, 축융기의 역사에서부터 시작했다.

그런 다음 고드윈의 반론을 앞질러 처리했다. "축융기가 잘 관리되지 못해 속도가 느린데다 고장이 잦은 것은 사실입니다. 그렇다고 축융기를 사용할 수 있는 권리가 없어졌다고 주장할 수는 없습니다. 축융기는 수도원의 자산이니 유지도 수도원의 책임입니다. 수도원장이 이런 의무를 제대로 이행하지 못했다고 해서 달라지는 것은 없습니다. 시민들에게는 축융기를 수리할 권리도 의무도 없습니다. 필립 수도원장의 양도는 조건부가 아니었습니다."

여기서 프랜시스는 비장의 무기를 꺼내들었다. "수도원장이 그 양도가 조건부였다고 주장할 경우에 대비해 본 법정에 필립 수도원장의 유언장 사본을 제출했습니다."

고드윈은 깜짝 놀랐다. 그는 그 유언장이 분실된 것처럼 꾸미려고 애를 썼었다. 그러나 머딘의 부탁을 받은 토머스 랭리가 도서실에서 유언장을 찾아 하루 동안 가지고 있었다. 그 정도 시간이면 에드먼드가 사본을 만들어두기에 충분했다.

캐리스는 자신의 노림수가 좌절된 것을 알고 충격에 싸여 일그러지는 고드윈의 얼굴을 느긋하게 바라보았다. 고드윈은 앞으로 불쑥 나서며 분개한 어조로 말했다. "대체 그것을 어떻게 입수한 겁니까?"

그 질문은 의미심장했다. 고드윈은 "그것을 어디서 찾았느냐?"고 물은 것이 아니었다. 만약 그것이 정말 분실된 것이었다면 그렇게 물었어야 한다.

그레고리 롱펠로가 언짢은 얼굴로 그에게 입을 다물라는 손짓을 했다. 고드윈은 입을 다물고 뒤로 물러났다. 그는 그제야 자기 죄를 스스로 드러낸 셈이 되고 말았다는 것을 깨달은 듯했다. 하지만 이제 와서 후회해봐야 너무 늦었지. 캐리스는 생각했다. 판사는 고드윈이 화를 낸 이유가, 고드윈 자신이 그 문서가 시민들에게 유리하다는 것을 알고 감추려 했기 때문이었음을 분명히 알았을 것이다.

그 직후 프랜시스는 재빨리 물러났는데, 캐리스는 현명한 판단이라고 생각했다. 그 시점에서 물러남으로써 그레고리가 변론을 하는 동안 판사의 심중에는 고드윈의 이중성이 생생하게 남아 있을 것이기 때문이다.

그러나 그레고리의 접근 방식은 그들 모두를 경악하게 했다.

그가 앞으로 나서며 판사에게 말했다. "판사님, 킹스브리지는 칙허장을 부여받은 자치도시가 아닙니다." 그는 마치 그것으로 할말을 다 했다는 듯이 말을 멈췄다.

엄밀히 따지자면 맞는 말이었다. 대부분의 도시는 그 지역 백작이나 남작과 별도의 계약을 맺지 않고 자유롭게 장사를 하고 시장을 열 자유를 부여하는 국왕의 허가장을 갖고 있었다. 그곳 시민들은 국왕 외에는 그 누구에게도 의무를 지지 않는 자유인이었다. 그러나 킹스브리지 같은 몇몇 도시는 여전히 주교나 수도원장 같은 대군주의 소유로 남아 있었는데, 세인트 올번스와 베리 세인트 에드먼즈 같은 도시가 그랬다. 그곳들의 지위는 다른 도시들만큼 명확하지 않았다.

"그렇다면 얘기가 달라지는군요. 자유 시민만이 왕실법정에 고소할 수 있으니까요. 그 점에 대해 할말 있습니까, 프랜시스 북맨? 당신의 의뢰인들은 농노 신분이오?" 판사가 말했다.

프랜시스가 에드먼드에게 고개를 돌리고는 나직하면서도 다급하게 물었다. "이전에 그 도시 시민이 왕실법정에 고소한 적이 있습니까?"

"없소. 수도원장이—"

"교구 길드에서는 그런 적이 없다는 말이죠? 당신이 길드장이 되기 전에도요?"

"거기에 관해서는 아무런 기록도—"

"그러면 선례를 주장할 수 없겠군. 젠장." 프랜시스가 다시 판사 쪽으로 고개를 돌렸다. 그의 얼굴은 순식간에 근심스러운 표정에서 자신만만한 표정으로 바뀌었다. 그는 별로 대수롭지 않은 일을 논의하고 있다는 투로 말했다. "판사님, 이곳 시민들은 자유인입니다. 그들은 종신 자치시민으로 살고 있습니다."

그레고리가 재빨리 말했다. "보편적 형태의 종신 자치시민이 아닙니다. 장소에 따라 다르다는 뜻이죠."

"문서로 작성된 관례가 있습니까?" 판사가 말했다.

프랜시스가 에드먼드를 바라보았다. 에드먼드는 고개를 저었다. "이런 일을 문서로 작성하는 데 동의해줄 수도원장은 없을 겁니다."

프랜시스가 판사 쪽으로 고개를 돌렸다. "문서로 작성된 관례는 없습니다, 판사님, 하지만 분명히—"

"그렇다면 본 법정에서는 먼저 당신들이 자유인인지 아닌지부터 판단해야겠군요." 판사가 말했다.

에드먼드가 직접 판사에게 말했다. "판사님, 시민들은 자기집을 자유롭게 사고팔고 있습니다." 그것은 영주의 허락을 얻어야 하는 농노에게는 없는 중요한 권리였다.

"하지만 당신들에게는 봉건제도의 의무가 있습니다. 수도원장의 맷돌과 양어지를 이용해야 하잖습니까." 그레고리가 말했다.

"양어지 같은 것은 상관없습니다. 중요한 것은 왕실 사법체계와 시민의 관계니까요. 국왕의 집행관이 그 도시에 자유롭게 들어갈 수 있습니까?" 윌버트 경이 말했다.

"아닙니다. 도시에 들어가려면 허락을 구해야 합니다." 그레고리가 대답했다.

"그건 수도원장이 결정한 것이지 우리가 결정한 것이 아닙니다!" 에드먼드가 분개한 어조로 말했다.

"좋아요. 그곳 시민들은 왕실 배심을 맡고 있소, 아니면 면제를 주장하고 있소?" 윌버트 경이 말했다.

에드먼드는 머뭇거렸다. 고드윈은 의기양양한 표정을 지었다. 배심을 맡는 것은 시간을 잡아먹는 일이어서 모두가 가능한 한 기피했다. 잠시 후 에드먼드가 대답했다. "면제를 주장하고 있습니다만."

"그럼 이 문제는 결정됐소." 판사가 말했다. "당신들이 농노이며 그에 맞는 의무를 거부하는 것이라면 지주를 상대로 국왕의 사법권에 호소할 수 없습니다."

그레고리가 의기양양한 어조로 말했다. "그 점에 비추어 이 청원을 기각해주실 것을 부탁드립니다."

"그렇게 판결하겠소." 판사가 말했다.

프랜시스는 충격을 받은 얼굴이었다. "판사님, 제가 한말씀 드려도 될까요?"

"안 됩니다." 판사가 말했다.

"하지만, 판사님—"

"한마디만 더하면 법정 모욕죄를 적용하겠소."

프랜시스는 입을 다물고 고개를 숙였다.

"자, 다음 사건." 윌버트 경이 말했다.

다른 사건을 맡은 변호사가 나와 변론을 시작했다.

캐리스는 어리둥절한 기분이었다.

프랜시스가 그녀와 그녀의 아버지에게 항의하듯 말했다. "당신들이 농노 신분이라는 걸 진작 말씀해주셨어야죠!"

"우린 농노가 아니오."

"판사가 방금 그렇다고 판결했어요. 그렇게 불완전한 정보만 가지고는 승소할 수 없단 말입니다."

그녀는 그와 입씨름을 벌이지 말자고 생각했다. 그는 잘못을 인정할 줄 모르는 부류의 젊은이였다.

고드윈은 너무 흡족해서 가슴이 벅찼다. 그는 자리를 뜨면서 마지막으로 못된 말을 하고 싶은 유혹을 이기지 못했다. 고드윈은 에드먼드와 캐리스에게 손가락을 흔들어 보였다. "언젠가는 두 분이 하느님의 뜻에 복종하는 지혜를 터득하게 되기를 바라겠습니다." 그는 엄숙한 어조로 말했다.

"오, 꺼져버려요." 캐리스는 이렇게 말하고 등을 돌렸다.

그녀는 아버지에게 말했다. "이 일로 우리는 완전히 무력해지고 말았어요! 우리에게 축융기를 무상으로 사용할 권리가 있다는 것을 증명했는데도 고드윈이 여전히 그 권리를 쥐고 놓지 않다니!"

"그렇게 된 것 같구나." 아버지가 말했다.

캐리스는 프랜시스에게 고개를 돌렸다. "뭔가 우리가 할 수 있는 일이 있을 거예요." 그녀가 성난 어조로 말했다.

"글쎄요. 킹스브리지를 정식 자치도시로 만들면 되겠죠. 당신들의 권리와 자유를 명백히 하는 칙허장을 받아서 말입니다. 그러면 왕실법정도 이용할 수 있게 될 겁니다."

캐리스는 희미한 희망을 보았다. "그렇게 하려면 어떻게 해야 하죠?"

"국왕에게 신청하면 됩니다."

"국왕이 칙허장을 내려주실까요?"

"세금을 납부하기 위해 필요하다고 주장한다면 분명 솔깃해할 겁니다."

"그러면 한번 해봐야겠네요."

에드먼드가 주의를 줬다. "고드윈이 발끈할 거다."

"그러라죠." 캐리스가 굳은 어조로 말했다.

"상대의 공격을 과소평가하지 말거라. 하찮은 논쟁에서조차 그애가 얼마나 무자비하게 구는지 너도 잘 알잖니. 이 일은 전면전이 될 거야."

"그럼 그렇게 되라죠." 캐리스가 차갑게 말했다. "전면전 말이에요."

"오, 랠프. 네가 어떻게 그럴 수가 있니?" 어머니가 말했다.

머딘은 부모님의 집 희미한 빛 속에서 동생의 얼굴을 살펴보았다. 랠프는 완전 부정과 자기합리화 사이에서 갈등을 겪는 것 같았다.

이윽고 랠프가 입을 열었다. "그 여자가 일을 그렇게 만들어버린 거라고요."

모드는 화가 났다기보다는 곤혹스러워했다. "하지만 랠프, 그애는 남의 아내잖니!"

"농부의 아내일 뿐이죠."

"그렇더라도 말이다."

"걱정 마세요, 어머니. 소작인의 말만 믿고 영주에게 유죄판결을 내리는 일은 없을 테니까."

머딘은 정말 그럴지 확신이 없었다. 랠프는 소영주이고, 그 일로 캐스터의 윌리엄 경에게 반감을 산 것 같았다. 재판 결과를 속단하기 어려웠다.

아버지가 엄한 어조로 말했다. "설령 그들이 유죄판결을 내리지 않더라도—진심으로 그러기를 기도한다만—이것이 얼마나 수치스러운 일인지 생각해봐! 너는 기사의 아들이다. 어떻게 그 사실을 잊을 수 있단 말이냐?"

머딘은 어이가 없고 화가 났지만, 놀라지는 않았다. 랠프는 언제나 폭력적인 성향이 있었다. 어린 시절 머딘은 툭하면 싸우려고 달려드는 랠프를 달래고 농담을 해가며 겨우 떼어놓곤 했다. 만약 이번에도 끔찍한 강간을 저지른 사람이 동생이 아니었다면 머딘은 그자가 교수형 당하는 꼴을 보고 싶었을 것이다.

랠프는 줄곧 머딘의 눈치를 보고 있었다. 그는 어머니의 비난보다 형의 비난이 더 신경쓰였다. 그는 언제나 형을 우러러보았다. 한편 머딘은 이제 자신이 랠프 옆에서 말썽을 부리지 못하게 막지 못하므로, 그저 그가 사람들을 공격하지 못하도록 구속할 만한 방도만이라도 있길 바랐다.

마음이 산란한 부모님과의 논쟁이 한창일 때 노크 소리가 들리고 캐리스가 들어왔다. 제럴드와 모드에게 미소짓던 그녀의 얼굴은 랠프를 보자 달라졌다.

머딘은 그녀가 자기를 만나러 온 거라 짐작하고 자리에서 일어섰다. "런던에서 돌아온 줄 몰랐어." 그가 말했다.

"방금 도착했어. 잠깐 얘기 좀 할 수 있을까?"

그는 어깨에 외투를 걸치고 그녀와 함께 싸늘한 12월의 잿빛 거리로 나섰다. 연인 관계를 끝낸 뒤로 일 년이 흘렀다. 그는 그녀가 구호소에서 유산했다는 사실을 알았고, 그녀가 고의적으로 유산했을 거라 짐작했다. 그 일 이후 몇 주에 걸쳐 두 번 그녀를 찾아가 돌아와달라고 사정했지만 그녀는 거절했다. 당황스러운 일이었다. 그는 그녀가 아직도 자신을 사랑하고 있다고 느꼈지만, 그녀는 완강히 거부했다. 그는 희망을 버렸고, 때가 되면 자신도 슬픔에서 벗어나게 될 거라 생각했다. 그러나 그렇지가 않았다. 그녀를 보면 여전히 그의 심장은 빠르게 뛰었고, 이 세상 어떤 일보다 그녀와 대화를 나누는 것이 행복했다.

그들은 큰길까지 걸어가 벨 여인숙으로 들어갔다. 늦은 오후라 주점은 조용했다. 그들은 여러 가지 향신료를 넣은 뜨거운 와인을 주문했다.

"소송에서 졌어." 캐리스가 말했다.

머딘은 깜짝 놀랐다. "어떻게 그럴 수가 있지? 필립 수도원장의 유언장까지 준비했—"

"유언장도 별 소용이 없었어." 머딘은 그녀가 몹시 실망했다는 것을 알 수 있었다. 그녀가 설명했다. "고드윈의 영악한 변호사가 킹스브리지 시민들이 수도원에 속하는 농노 신분이며, 농노는 왕실법정에 고소할 수 없다고 주장했어. 그래서 판사가 소송을 기각했고."

머딘은 화가 났다. "그런 바보 같은 소리가 어디 있어. 그러면 수도원장은 법이고 증서고 뭐고 상관없이 뭐든 자기 마음대로 할 수 있다는 말이잖—"

"알아."

머딘은 그녀가 자신이 속으로 수없이 되뇌었던 말을 내뱉는 그를 못마땅해한다는 것을 깨달았다. 그는 분개심을 누르고 현실적으로 접근하기로 했다. "이제 어떻게 할 생각이야?"

"자치도시 칙허장을 신청할 거야. 이 도시를 수도원장의 통제에서 해방시키기 위해. 우리 변호사는 충분히 가능하다고 보고 있어. 뭐랄까, 그는 우리가 축융기 소송에서도 이길 거라고 생각했으니까. 국왕은 프랑스와의 전쟁 때문에 돈이 꼭 필요해. 세금을 낼 수 있는 번창한 도시를 간절히 바라지."

"그런데 칙허장을 얻기까지 시간은 얼마나 걸리지?"

"나쁜 소식은 그거야. 적어도 일 년, 어쩌면 더 걸릴지도 몰라."

"그리고 그동안 너는 진홍색 옷감을 만들 수 없겠구나."

"그 낡은 축융기로는 불가능해."

"그러면 교량 공사도 중단해야 하겠군."

"지금으로서는 해결책이 없을 것 같아."

"젠장." 정말이지 말도 안 되는 일이었다. 이 도시의 번영을 쉽사리 되찾을 수 있는 수단을 찾았는데, 완강한 한 사람이 그들을 가로막고 있었다. "어떻게 우리 모두 고드윈을 그렇게 잘못 볼 수 있었지?" 머딘이 말했다.

"그 기억을 떠올리게 하지 말아줘."

"우린 그의 통제권에서 벗어나야 해."

"나도 알아."

"하지만 지금부터 일 년 이내에 그렇게 해야 해."

"나도 무슨 수가 있었으면 좋겠어."

머딘은 머리를 쥐어짰다. 그러면서 캐리스를 유심히 바라보았다. 그녀는 런던에서 산 듯한 새 옷을 입고 있었다. 여러 가지 색이 들어간 요즘 유행하는 옷인데, 그 옷 때문에 진지하고 불안한 상태일 텐데도 쾌활해 보였다. 진녹색과 중간 톤의 청색이 그녀의 눈을 생기 있게 보이게 하고, 피부를 빛나 보이게 했다. 아주 자주 있는 일이었다. 그는 교량 공사와 관련해 그녀와 한창 이야기를 나누다가도—그들은 다른 문제에 대해서는 거의 대화를 나누지 않았다—문득 그녀가 얼마나 아름다운지 깨닫곤 했다.

그런 생각을 하는 동안에도 해결 방법을 고심하던 그의 머릿속에 한 가지 아이디어가 떠올랐다. "독자적으로 축융기를 만들면 돼."

캐리스는 고개를 저었다. "그건 불법이야. 고드윈이 치안관 존을 시켜 철거할걸."

"축융기를 도시 밖에 설치하면 되지 않겠어?"

"숲속에? 그것도 불법이야. 숲에는 국왕의 산림관리인이 있잖아." 산림관리인은 숲의 치안을 책임졌다.

"그럼 숲이 아닌 다른 데 설치하면 되지."

"어디를 가든 그곳 영주의 허락을 구해야 해."

"내 동생이 영주야."

랠프 이야기가 나오자 캐리스의 얼굴에는 혐오감이 떠올랐는데, 이

내 그의 말을 되새겨본 듯 표정이 달라졌다. "위글리에 축융기를 설치한다는 거야?"
"안 될 것 없잖아."
"거기에 축융기 수레를 돌릴 만큼 물살이 빠른 개울이 있어?"
"있을걸. 하지만 그런 개울이 없어도 거룻배와 마찬가지로 소가 돌리면 돼."
"랠프가 하게 해줄까?"
"물론이지. 내 동생이잖아. 내가 부탁하면 들어줄 거야."
"고드윈이 펄펄 뛰겠군."
"랠프는 고드윈 따위는 개의치 않아."
머딘은 자신의 제안에 캐리스가 기뻐하고 흥분하고 있다는 것을 알았다. 하지만 그에 대한 그녀의 감정은 대체 어떨까? 그녀는 한 가지 해결책이 생긴 것을 기뻐하고 그것으로 고드윈의 허를 찌르고 싶어했지만, 그 이상은 알 수 없었다.
"기뻐하기 전에 먼저 이 생각을 충분히 검토해보자." 그녀가 말했다. "고드윈은 킹스브리지 밖으로 옷감을 반출하지 못하도록 하는 규정을 만들 거야. 많은 도시에 그런 법이 있으니까."
"길드의 협력이 없으면 그런 규정을 집행하기는 아주 어려울걸. 그리고 설령 그런다고 해도 빠져나갈 방도가 있어. 어쨌든 옷감을 짜는 건 지금도 대부분은 시골에서 하고 있잖아, 안 그래?"
"맞아."
"그 옷감을 도시로 가져오지 않으면 돼. 위글리의 직조공에게 보내는 거지. 그곳에서 염색하고 새 축융기로 축융해서 런던으로 가져가는 거야. 고드윈에게 그걸 막을 권한은 없어."
"축융기를 만드는 데는 얼마나 걸릴까?"

머딘은 하나하나 짚어보았다. "나무틀을 짜는 건 이틀 정도면 돼. 기계 장치 역시 나무로 만들기는 하지만 그보다는 좀더 걸릴 거야. 정밀하게 측정해야 하니까. 사람과 재료를 동원하는 게 관건이지. 성탄절 다음주까지는 끝낼 수 있어."

"정말 잘됐어. 그렇게 하자."

엘리자베스가 주사위를 굴린 다음 마지막 남은 말을 게임판 위의 원점으로 옮겼다. "내가 이겼어!" 그녀가 말했다. "말 세 개를 모두 끝냈어. 자, 벌금 내."

머딘은 은화 한 닢을 줬다. 태뷸러*에서 그를 이기는 사람은 딱 두 명인데, 엘리자베스와 캐리스였다. 그는 게임에서 져도 별로 신경쓰지 않았다. 오히려 상대할 적수가 있다는 것이 기뻤다.

그는 의자에 등을 기대고 배로 만든 술을 마셨다. 1월의 추운 토요일 오후였고 밖은 이미 어두웠다. 엘리자베스의 어머니는 난로 옆 의자에서 입을 벌린 채 가볍게 코를 골며 자고 있었다. 그녀는 벨 여인숙에서 일했지만, 머딘이 딸을 찾아올 때면 언제나 집에 있었다. 그는 그것이 오히려 좋았다. 그러면 엘리자베스와 키스를 할지 안 할지 고민할 필요가 없었다. 그는 그런 문제로 고민하고 싶지 않았다. 물론 그는 엘리자베스에게 키스를 하고 싶었다. 그녀의 차가운 입술과 단단하면서도 납작한 가슴의 촉감을 기억하고 있었다. 하지만 그것이 캐리스와의 사랑이 완전히 끝났다는 의미는 아니었다. 그는 아직 그럴 준비가 되지 않았다.

"위글리에 새로 설치한 축융기는 어때?" 엘리자베스가 물었다.

---

* 주사위놀이의 일종.

"완성됐어. 지금 가동되고 있지." 머딘이 자랑스럽게 말했다. "캐리스는 벌써 일주일 전부터 그곳에서 천을 축융하고 있어."

엘리자베스는 눈썹을 치켜세웠다. "직접 한다는 거야?"

"아니, 말이 그렇다는 거지. 실제로는 피륙공 마크가 축융기를 돌리고 있어. 하지만 그 역시 그 일을 해줄 마을 사람 몇 명을 훈련시키는 중이야."

"캐리스의 오른팔 역할을 맡는다면 마크에게도 잘된 일이야. 그는 평생 가난하게 살아왔으니까. 이 사업이 괜찮은 기회가 될까?"

"캐리스가 새로 시작한 사업은 우리 모두에게 유익할 거야. 덕분에 다리를 완공할 수 있을 테니까."

"꽤 영리한 여자야." 엘리자베스가 무덤덤한 어조로 말했다. "하지만 고드윈이 뭐라고 할까?"

"아무 말도. 그는 아직 이 사실을 알지도 못할걸."

"그래도 알게 될 테지."

"그가 할 수 있는 일은 별로 없을 거야."

"그는 자존심으로 뭉친 사람이야. 자기보다 한 수 앞서는 사람을 절대로 용서하지 않을걸."

"그 정도는 감당할 수 있어."

"다리 공사는 어느 정도 됐어?"

"별의별 문제가 있었지만 애초에 세운 일정과 두 주 정도밖에 차이가 없어. 일정을 따라잡으려면 돈을 써야겠지만, 다음 양모 정기시장 때는 다리를 사용할 수 있을 거야. 임시로 나무 보도를 깔면 되니까."

"너와 캐리스 두 사람이 이 도시를 구한 거구나."

"아직은 아니야. 하지만 그렇게 할 거야."

그때 노크 소리가 나자 엘리자베스의 어머니는 화들짝 놀라며 깨어났다. "이 시간에 누구지? 밖이 어두운데." 그녀가 말했다.

에드먼드가 데리고 있는 도제들 중 하나였다. "머딘 마스터, 교구 길드 회의에 참석하시라는 전갈입니다." 아이가 말했다.

"무슨 일 때문이지?" 머딘이 물었다.

"에드먼드님이 머딘 마스터에게 교구 길드 회의에 참석하라 전하라고 하셨어요." 아이가 말했다. 분명 전갈 내용만 암기했을 뿐 더이상 아는 게 없을 것이다.

"다리 공사 때문인가보군." 머딘이 엘리자베스에게 말했다. "비용 때문에 걱정하는 거겠지." 그는 외투를 집어들었다. "술 잘 마셨어. 게임도 잘 했고."

"원하면 언제든 상대해줄게." 엘리자베스가 말했다.

그는 도제와 나란히 큰길에 있는 길드 집회소로 걸어갔다. 길드에서는 연회가 아니라 회의를 열고 있었다. 킹스브리지의 유력 인사 스무명 남짓이 가대를 댄 큰 탁자에 둘러앉아 에일과 와인을 마시면서 나지막한 목소리로 이야기를 나누고 있었다. 그들에게서 긴장과 분노의 기미를 느낀 머딘은 걱정스러워졌다.

에드먼드가 탁자 상석에 앉아 있었다. 그 옆에 고드윈 수도원장이 있었다. 길드 조합원이 아닌 수도원장이 참석했다는 것은, 머딘이 짐작했던 대로 교량 공사에 관한 회의임을 암시했다. 하지만 공사 담당 수사 토머스 대신 필리먼이 있었다. 이상한 일이었다.

머딘은 최근 고드윈과 사소한 언쟁을 벌였다. 그가 지난 일 년간 맺은 계약은 일당 2페니에 나환자 섬 임대료였다. 계약을 갱신할 때가 되자 고드윈은 일당 2페니를 유지하자고 제안했다. 머딘은 4페니를 요구했고, 결국 고드윈이 양보했다. 혹시 그 문제를 가지고 길드에 불만을 제기한 걸까?

에드먼드가 그답게 거두절미하고 말했다. "우리가 자네를 여기로 부른 것은 고드윈 수도원장이 자네를 교량 공사 마스터 건축업자 자리에서 해고하고 싶어하기 때문일세."

머딘은 한 대 얻어맞은 듯한 표정을 지었다. 꿈에도 생각 못한 일이었다. "뭐라고요? 하지만 저를 임명한 분이 고드윈 원장님이잖아요!"

"그러니 자네를 해고할 권리도 있는 셈이지." 고드윈이 말했다.

"하지만 이유가 뭐죠?"

"공사 일정에도 차질이 생겼고 예산도 초과했네."

"일정에 차질이 생긴 건 백작이 채석장을 봉쇄했기 때문이고, 예산을 넘어선 건 일정을 따라잡아야 했기 때문입니다."

"모두 핑계야."

"수레꾼이 죽은 것도 제 탓이란 말인가요?"

고드윈이 받아쳤다. "자네의 동생이 죽였잖나!"

"그것이 저와 무슨 상관이죠?"

고드윈은 그 질문을 무시한 채 덧붙였다. "그는 강간 혐의로 기소된 사람이야!"

"형제의 행실을 문제삼아 공사 마스터를 해고할 수는 없습니다."

"자네가 뭔데 할 수 있다 없다 하는 건가?"

"저는 교량 공사를 맡은 책임자입니다!" 다음 순간 머딘의 머릿속에 공사 마스터로서 그 자신이 할 일은 모두 끝내놓았다는 사실이 떠올랐다. 가장 복잡한 부분 대부분의 설계를 끝냈고, 석공들이 작업할 목재 형판도 다 만들었다. 아무도 만드는 법을 알지 못했던 방죽도 만들었다. 무거운 석재를 강 한복판으로 운반하는 데 필요한 수상 기중기와 권양기도 만들었다. 그는 이제 어떤 건축업자라도 나머지 작업을 마무리지을 수 있다는 것을 깨닫고 낙심했다.

"계약 갱신을 보장한다는 약속은 한 적이 없네." 고드윈이 말했다.

그것은 사실이었다. 머딘은 자신을 편들어줄 사람이 있는지 둘러보았다. 아무도 그와 눈을 마주치지 않았다. 그는 그들이 이미 고드윈과 이 문제를 이야기했을 거라 짐작했다. 절망이 엄습했다. 왜 이런 일이 생겼을까? 공사 일정에 차질이 생기거나 예산을 초과했기 때문이 아니었다. 공사 일정이 늦어진 것은 머딘 잘못이 아니었고, 어쨌든 원래의 일정을 따라잡는 중이었다. 대체 진짜 이유가 무엇일까? 그렇게 자문하자마자 머릿속에 답이 떠올랐다. "위글리에 설치한 축융기 때문이군요!" 그가 말했다.

고드윈이 성마른 어투로 대꾸했다. "그 두 가지가 연관됐다고 볼 순 없지."

에드먼드가 나지막하면서도 분명한 어조로 말했다. "거짓말쟁이 수사 같으니라고."

필리먼이 처음 입을 열었다. "말조심하십시오, 길드장!"

그런 말에 물러설 에드먼드가 아니었다. "머딘과 캐리스가 수도원장보다 한 수 앞섰지, 안 그런가, 고드윈? 그들이 위글리에 설치한 축융기는 완전히 합법적이야. 네가 패한 것은 네 탐욕과 완고함이 초래한 결과야. 그리고 지금 이런 식으로 앙갚음을 하는 거지."

에드먼드의 말이 맞았다. 머딘만큼 유능한 건축업자는 없었다. 고드윈도 그 사실을 알겠지만, 그것에 개의치 않는 것이 분명했다. "저를 대신할 사람은 누구입니까?" 머딘이 물었다. 그러나 이내 그는 자신이 던진 질문에 스스로 대답했다. "엘프릭이겠군요."

"그 일은 아직 결정된 게 아닐세."

"또 거짓말을 하는군." 에드먼드가 말했다.

필리먼이 다시 입을 열었고, 그의 목소리는 한층 더 날카로웠다. "그런 식으로 말씀하시면 교회 재판에 넘길 수도 있습니다!"

머딘은 이 일이 혹시 게임에서 쓰는 수에 불과한 것은 아닌지, 고드윈이 계약을 재조정하기 위해 쓰는 하나의 방책이 아닌지 궁금했다. 그는 에드먼드에게 말했다. "교구 길드도 이 문제에 대해 수도원장과 합의를 하신 건가요?"

"이건 교구 길드에서 동의하고 말고 할 문제가 아니야!" 고드윈이 말했다.

머딘은 그의 말을 묵살한 채 기대감 어린 눈으로 에드먼드를 바라보았다.

에드먼드는 부끄러워하는 표정을 비쳤다. "수도원장에게 권한이 있다는 것은 부인할 수 없네. 길드 조합원들이 대부금으로 교량 공사를 재정적으로 지원하고 있지만, 수도원장이 이 도시의 대군주이니까. 이것은 처음부터 합의된 사항이야."

머딘은 고드윈에게 물었다. "달리 또 하실 말씀이 있습니까, 수도원장님?" 그는 내심 고드윈이 진짜 요구 사항을 꺼낼지도 모른다는 희망을 품은 채 대답을 기다렸다.

하지만 고드윈은 차가운 어조로 대꾸했다. "없네."

"그럼 안녕히들 계십시오."

그는 한순간 더 기다렸다. 아무도 입을 열지 않았다. 침묵이 그에게 모든 일이 끝났다고 말해줬다.

그는 방을 나왔다.

건물 밖으로 나온 그는 차가운 밤공기를 깊이 들이마셨다. 방금 일어났던 일이 도저히 믿기지 않았다. 이제 그는 교량 공사 마스터가 아니었다.

그는 어두운 거리를 따라 걸어갔다. 맑게 갠 밤이어서 별빛만으로 길을 찾을 수 있었다. 그는 엘리자베스의 집 앞을 지났지만 그녀와 이야기 나눌 기분이 아니었다. 캐리스의 집 앞에서 잠시 머뭇거렸지만 그곳 역시 지나쳐 강변으로 내려갔다. 나환자 섬 맞은편 강가에 그가 쓰는 작은 배가 있었다. 그는 그 배에 올라타 노를 저어 강을 건넜다.

집에 도착한 머딘은 밖에 잠시 서서 터지려는 눈물을 참으며 하늘의 별들을 바라보았다. 진실은, 결국 그가 고드윈보다 한 수 앞서지 못했다는 것, 오히려 그 반대라는 것이었다. 그는 수도원장이 자기에게 맞서는 사람에게 어떤 대가를 치르게 하는지 방심했던 것이었다. 머딘은 자신이 똑똑하다고 여겼지만 고드윈보다 못했다. 적어도 그가 더 무자비했다. 수도원장은 상처 입은 자존심을 지키고 앙갚음하기 위해서라면 도시와 수도원을 파멸로 이끌 수도 있는 사람이었다. 그것이 그에게 승리를 안겨준 셈이었다.

머딘은 집에 들어가 자리에 누웠다. 홀로, 기진맥진한 채.

38

랠프는 재판 전날 밤을 뜬눈으로 지새웠다.

그는 교수형당하는 사람들을 많이 보아왔다. 매년 이삼십 명가량의 남자들과 몇몇 여자가 셔링성 감옥에서 치안관 수레에 실려 교수대가 준비된 언덕 아래 시장 광장으로 끌려왔다. 흔히 있는 일이었지만 이날 밤 랠프의 기억 속에 남아 있던 교수형당한 사람들이 되살아나 그를 괴롭혔다.

떨어지면서 목이 부러져 바로 죽는 사람도 있지만 그 수는 그리 많지 않았다. 대부분은 서서히 질식해서 죽었다. 그런 이들은 발길질을 하고 몸부림을 치고 입을 딱 벌린 채 헐떡이며 소리 없는 비명을 질렀다. 그러고는 똥오줌을 지렸다. 마법을 썼다는 이유로 유죄판결을 받았던 한 노파가 떠올랐다. 그녀는 떨어지면서 자기 이빨로 혀를 끊어서 뱉어냈다. 교수대 주위에 모여 있던 군중은 피 묻은 살덩어리가 허공을 날아 흙바닥에 떨어지자 겁에 질려 뒷걸음쳤다.

모두가 랠프에게 교수형은 아닐 거라고 말했지만 그는 그 생각을 머릿속에서 떨칠 수가 없었다. 사람들은 롤런드 백작이 소작인의 말만 믿고 자기의 영주를 처형당하게 방치하지는 않을 거라고 했다. 하지만 지금까지 백작은 전혀 개입하지 않고 있었다.

예비 배심은 랠프에 대한 기소를 셔링의 치안판사에게 돌려보냈다. 모든 배심원이 그렇듯 이들도 주로 롤런드 백작에게 충실한 카운티의 기사들로 구성되어 있었다. 그럼에도 불구하고 그들은 위글리의 농부들이 제시한 증거에 입각해 판단하는 것 같았다. 남자들로 이루어진 배심원단은—물론 여자들이 배심원이 되는 경우는 없었다—자신들과 같은 귀족을 기소하는 데 전혀 망설임이 없었다. 실제로 그들은 질문을 던지면서 랠프가 한 짓에 혐오감을 내비쳤고, 그중 일부는 배심이 끝난 뒤 그와 악수하기를 거부했다.

랠프는 본재판에서 아넷이 다시 증언하지 못하도록 그녀가 셔링으로 떠나기 전 위글리에 감금할 계획을 세웠었다. 하지만 잡으러 가보니 그녀는 벌써 떠나고 없었다. 그의 수를 읽고 일찌감치 출발한 것이었다.

오늘은 또다른 배심원들이 사건 심리를 할 예정이었지만 실망스럽게도 그중 최소 네 사람이 예비 배심원을 맡았던 사람들이었다. 양쪽 배심에 제시되는 증거가 똑같을 가능성이 높았으므로, 배심원들에게 모종의 압력이 행사되지 않는 한 이번 배심이라고 평결이 달라질 것 같지 않았다. 수를 쓰기에는 너무 늦어버렸다.

랠프는 이른 새벽에 일어나, 셔링 시장 광장에 있는 법원 여인숙 일층으로 내려갔다. 그는 추위에 떨며 뒷마당 우물의 얼음을 깨고 있는 소년에게 빵과 에일을 가져오라고 시켰다. 그런 다음 공동 침실로 돌아가 머딘을 깨웠다.

두 사람은 간밤의 퀴퀴한 술냄새가 풍기는 추운 객실에 함께 앉았다. 랠프가 말했다. "교수형을 당할까봐 두려워."

"나도 그래." 머딘이 말했다.

"어떻게 해야 좋을지 모르겠어." 소년이 술이 담긴 조끼 두 개와 빵 반 덩어리를 가져왔다. 랠프가 떨리는 손으로 술잔을 들어 길게 한 모금 들이켰다.

머딘은 머리를 쥐어짤 때면 늘 그렇듯 얼굴을 찌푸리고 시선을 비스듬히 위로 향한 채 기계적으로 빵을 조금씩 먹었다. "내가 생각할 수 있는 건 아넷에게 고소를 취하해달라고 설득하고 합의를 보는 거야. 배상하겠다고 하고."

랠프는 고개를 저었다. "그애는 철회할 수 없어. 허용되지 않는 일이야. 그래도 철회한다면 처벌받을 거야."

"나도 알아. 하지만 일부러 의문의 여지가 있는 미약한 증거만 제시해줄 수는 있지. 보통 그렇게들 하는 것 같던데."

랠프의 마음속에 희망의 불씨가 살아났다. "그럼 동의해줄지도 모르겠군."

심부름꾼 소년이 장작을 한아름 가져와 난로 앞에서 무릎을 꿇고 불을 지피기 시작했다.

머딘이 생각에 잠긴 어조로 말했다. "아넷에게 얼마를 제시할 수 있어?"

"20플로린 있어." 잉글랜드 은화로 3파운드에 해당하는 액수였다.

머딘이 헝클어진 붉은 머리칼을 손으로 쓸며 말했다. "그리 큰 액수가 아닌데."

"시골 여자한테는 큰돈이야. 하지만 그애의 집은 농부치고는 부유한 편이지."

"위글리에서 돈을 모으지 못했어?"

"갑옷을 사야 했어. 영주가 되면 전쟁에 나갈 준비를 해둬야 하니까."

"내가 좀 빌려줄 수도 있어."

"얼마나 있는데?"

"13파운드."

랠프는 너무 놀라 한순간 자신이 처한 곤경도 잊을 정도였다. "그 큰 돈이 어디서 났어?"

머딘은 좀 억울한 표정을 지었다. "열심히 일도 했고 보수도 괜찮았지."

"하지만 형은 교량 공사 마스터에서 해고됐잖아."

"그래도 일감은 잔뜩 있어. 게다가 나환자 섬에 있는 땅을 세주고 있고."

랠프는 분개했다. "목수가 영주보다 돈이 더 많다니!"

"공교롭게도 너에게는 다행한 일이지. 아넷이 얼마나 요구할 것 같아?"

걸림돌 하나가 떠오른 랠프는 다시 풀이 죽었다. "문제는 그애가 아니라 울프릭이야. 그자가 이번 일의 주모자거든."

"물론 그럴 테지." 축융기를 설치하느라 위글리에서 많은 시간을 보낸 머딘은 울프릭이 아넷에게 차이고 난 직후 궨다와 결혼했다는 사실을 알고 있었다. "그럼 그 친구하고 얘기를 해보자."

랠프는 그래봤자 소용없으리라 생각했지만 잃을 것도 없었다.

두 사람은 차가운 2월의 바람을 막기 위해 외투를 걸치고 을씨년스러운 잿빛 공간으로 나왔다. 그들은 시장을 가로질러 벨 여인숙으로 들어갔다. 그곳에는 위글리에서 온 사람들이 묵고 있었는데, 랠프는 분명 윌리엄 경이 숙박비를 지불했을 거라 짐작했다. 그의 도움이 없었다면 그들은 소송을 시작도 하지 못했을 것이다. 하지만 랠프는 자신의 진짜 적은 윌리엄의 요염하고도 심술궂은 아내 필리파라고 확신했다. 그녀는 랠프가 자신에게 마음을 두고 있다는 걸 알면서도, 아니 어쩌면 바로 그 이유 때문에 그를 미워하는 듯했다.

울프릭은 일어나 있었고, 두 사람이 들어섰을 때 베이컨을 넣은 죽을 먹고 있었다. 랠프를 본 울프릭은 얼굴이 무섭게 변하더니 의자에서 벌떡 일어섰다.

랠프는 그 자리에서 싸움을 벌일 태세로 자신의 검에 손을 가져다댔지만, 머딘이 상대를 달래는 몸짓으로 양손을 펴 보이며 황급히 앞으로 나섰다. "나는 친구로서 온 겁니다, 울프릭." 머딘이 말했다. "화내지 말아요. 그랬다가는 내 동생 대신 재판을 받게 될 테니까."

울프릭은 양손으로 허리를 짚은 자세 그대로 서 있었다. 랠프는 실망했다. 고통스러운 긴장감에서 벗어나기 위해 한바탕 싸움이라도 벌이고 싶었다.

울프릭이 베이컨 껍질 조각을 바닥에 뱉고 입속에 든 음식을 삼킨 다음 말했다. "말썽을 일으키려는 것이 아니라면 무슨 일입니까?"

"합의해보려는 겁니다. 랠프는 아넷에게 죗값으로 10파운드를 배상할 의향이 있어요."

랠프는 그 액수에 깜짝 놀랐다. 머딘이 그 대부분을 내게 될 테지만, 그는 아무런 망설임도 없었다.

"아넷은 고소를 철회하지 못해요. 그런 일은 허용되지 않으니까요." 울프릭이 말했다.

"하지만 증거를 바꿀 수는 있죠. 처음에는 자신도 그러기로 동의했다가 나중에 마음을 바꾸었는데 너무 늦었다는 식으로 말한다면 배심원들도 랠프에게 유죄 평결을 내리지 않을 겁니다."

랠프는 울프릭의 얼굴에서 그 말에 마음이 동하는 기색이 있는지 주시했지만 그는 무표정했다. "지금 당신들은 아넷에게 뇌물을 줘서 위증을 시키려는 겁니까?"

랠프는 절망감에 싸이기 시작했다. 울프릭은 아넷이 돈을 받기를 원치 않는 것이 분명했다. 그의 목적은 보상이 아니라 복수였다. 그는 교수형을 원하고 있었다.

머딘은 조리 있게 말했다. "다른 형태의 정의를 제안하는 겁니다."

"지금 동생을 곤경에서 벗어나게 하려는 거잖습니까."

"당신도 그렇게 하지 않았을까요? 당신에게도 형이 있었잖아요." 랠프는 울프릭의 형이 부모와 함께 다리 붕괴 사고 때 죽었다는 사실이 기억났다. 머딘이 계속 말했다. "당신도 이런 상황이라면 형의 목숨을 구하려 하지 않았을까요? 그가 아무리 나쁜 짓을 했다고 해도요."

울프릭은 상대가 가족애를 호소하고 나오자 깜짝 놀란 눈치였다. 울프릭은 랠프에게도 그를 사랑하는 혈육이 있다고 생각해본 적이 없는 것이 분명했다. 하지만 잠시 후 그는 다시 원래의 태도로 돌아왔다. "우리 형 데이비드라면 절대 그런 짓은 저지르지 않았을 겁니다."

"물론 그렇겠죠." 머딘이 상대방의 감정을 누그러뜨리는 어조로 말했다. "그렇더라도 당신은 랠프를 구하기 위해 방법을 찾는 나를 비난하지 못할 겁니다. 특히 아넷에게 해가 되지 않고도 할 수 있는 일이라면 말이죠."

랠프는 형의 매끄러운 화법에 감탄했다. 저런 말솜씨면 나무에서 새를 내려오도록 호릴 수도 있겠어. 그는 생각했다.

그러나 울프릭은 쉽게 설득되지 않았다. "마을 사람들은 랠프를 몰아내고 싶어합니다. 똑같은 일을 다시 저지를까봐 두려우니까요."

머딘은 그 말에 대한 대꾸는 피했다. "우리의 제안을 아넷에게 전해줄 수 있겠죠? 어쨌든 이 문제는 그녀의 결정에 달린 거니까요."

울프릭은 잠시 생각에 잠긴 듯했다. "당신들이 그 돈을 지불할 거라고 어떻게 믿습니까?"

랠프의 심장이 뛰기 시작했다. 울프릭의 태도가 누그러지고 있었다.

"재판 전에 캐리스에게 현금을 맡겨놓겠습니다. 랠프가 무죄판결을 받으면 캐리스가 아넷에게 돈을 줄 거예요. 우리 모두 캐리스를 신뢰하니까요." 머딘이 대답했다.

울프릭이 고개를 끄덕였다. "당신 말대로 이 일은 내가 결정할 일이 아닙니다. 아넷에게 전하죠." 그러고는 위층으로 올라갔다.

머딘은 긴 숨을 토했다. "정말 단단히 화가 났군."

"하지만 형이 잘 설득했어." 랠프가 감탄한 투로 말했다.

"그는 그저 말을 전하는 데 동의한 것뿐이야."

그들은 울프릭이 비워놓은 식탁에 앉았다. 심부름꾼 소년이 와서 아침식사를 하겠느냐고 물었지만 두 사람 모두 사양했다. 여인숙 객실은 햄과 치즈와 에일을 가져오라고 외치는 손님들로 가득했다. 여인숙은 법정에 참석할 사람들로 북적거렸다. 그럴싸한 핑곗거리가 없는 한 셔링의 모든 기사는, 고참 성직자와 부유한 상인들, 연수입이 40파운드 이상 되는 카운티의 유력 인사들은 으레 재판에 의무적으로 참석해야 했다. 윌리엄 경, 고드윈 수도원장, 에드먼드 길드장도 마찬가지였다. 랠프와 머딘의 아버지인 제럴드 경도 몰락하기 전에는 정기적으로 재판에 참석했다. 배심원으로 직접 참여하거나, 납세 문제나 의회 의원을 선출하는 등의 용무를 처리하기도 했다. 그 밖에도 피고인들, 피해자들, 증인들, 보증인들도 많았다. 재판이 열리면 도시에 있는 여인숙은 대목을 맞는 셈이었다.

울프릭은 두 사람을 한참 기다리게 했다. "위에서 무슨 이야기들을 하고 있을 것 같아?" 랠프가 말했다.

"아넷은 돈을 받는 쪽으로 마음이 기울 가능성이 높아. 그녀 아버지는 그런 딸을 지지할 테고, 아마 남편 빌리 하워드도 그럴 거야. 하지만 울프릭은 진실을 말하는 게 돈보다 더 중요하다고 생각하는 부류야. 궨다는 남편에 대한 충실함 때문에라도 남편의 뜻을 지지할 테고, 개스퍼드 신부 역시 똑같은 행동 방침을 지닌 사람이지. 무엇보다 중요한 것은 그들이 이 문제를 윌리엄 경과 의논해야 한다는 거야. 윌리엄 경은 레이디 필리파가 하자는 대로 할 사람이야. 그런데 무슨 이유인지는 몰라도 그녀는 너를 싫어해. 여자들은 대체로 대결보다는 화해를 선택하는 편이지만." 머딘이 말했다.

"결국 반반이라는 말이로군."

"그래."

여인숙 손님들이 아침식사를 마치고 빠져나가기 시작했다. 그들은 광장 건너편에 있는 법원 여인숙으로 향했는데, 그곳에서 재판이 열릴 예정이었다. 자칫하다가는 너무 늦을 것 같았다.

마침내 울프릭이 나타났다. "아넷은 싫다고 합니다." 그는 불쑥 이렇게 말하고는 돌아섰다.

"잠깐만 기다려봐요!" 머딘이 말했다.

울프릭은 그 말에 개의치 않고 다시 위층으로 올라가버렸다.

랠프는 욕설을 내뱉었다. 잠시였지만 그는 처형을 피할 수 있으리라는 희망을 품었었다. 그런데 이제 그의 운명은 다시 배심원의 손에 떨어지고 말았다.

밖에서 작은 종을 요란하게 치는 소리가 들려왔다. 셰리프의 부관이 관련자 모두를 법정에 소환하는 신호였다. 머딘은 자리에서 일어났다. 랠프도 마지못한 듯이 형을 따라 일어났다.

법원까지 걸어간 그들은 뒤편에 있는 커다란 방으로 들어섰다. 가장 안쪽 구석에 높은 단이 있고 판사의 '긴 의자'가 놓여 있었다. 보통 긴 의자라고 부르긴 하지만 실제로는 왕좌처럼 조각한 나무의자였다. 판사는 아직 착석하지 않았지만 그의 서기가 단 앞에 놓인 탁자 앞에서 두루마리 문서를 읽고 있었다. 한쪽에는 배심원들이 앉을 긴 의자 두 개가 놓여 있었다. 그 외에 다른 의자는 없었다. 나머지 사람들은 각자 있고 싶은 자리에 서 있으면 됐다. 누구든 방해하는 사람에게는 판사의 권한으로 즉결을 내림으로써 질서를 유지했는데, 판사 자신이 직접 증인이 되는 범죄에는 재판도 필요 없었다. 랠프는 겁에 질린 앨런 펀힐을 발견하고 말없이 그 옆으로 가서 섰다.

랠프는 아예 이곳에 오지 말았어야 하는 건 아닐까 하고 생각했다. 병이 났다거나 날짜를 잘못 알았다거나 오는 길에 말이 다리를 다쳤다는 식으로 핑계를 댈 수 있었다. 하지만 재판이 연기되는 결과만 불렀을 것이다. 결국 셰리프가 무장한 부관들을 데리고 체포하러 올 테고, 그들을 피한다면 범법자로 찍힐 뿐이었을 것이다.

하지만 그렇더라도 교수형보다는 나을 것이다. 그는 지금이라도 도망쳐야 하나 생각했다. 아마도 이 여인숙을 빠져나갈 수는 있을 것이다. 하지만 도보로는 그리 멀리 가지 못한다. 이 도시의 시민 절반이 그를 추적할 것이고, 그래도 잡히지 않으면 셰리프의 부관들이 말을 타고 쫓아올 것이다. 또한 그가 달아났다는 사실은 그 스스로 유죄를 인정한 것으로 비칠 것이다. 물론 아직까지는 벗어날 기회가 아예 없는 것은 아니다. 아넷이 겁을 먹고 증언을 분명하게 하지 못할 수도 있다. 어쩌면 중요한 증인들이 나타나지 않을 수도 있다. 최후의 순간에 롤런드 백작이 개입할 가능성도 남아 있었다.

법정은 사람들로 가득했다. 아넷, 마을 사람들, 윌리엄 경과 레이디 필리파, 양모업자 에드먼드와 캐리스, 고드윈 수도원장과 호리호리한 그의 조수 필리먼 등이 보였다. 서기가 탁자를 두드리며 정숙을 요구하자, 판사가 옆문으로 들어섰다. 판사는 대지주인 기 드 부아 경이었다. 대머리에 배불뚝이인 그는 백작의 오랜 전우였고, 그 점은 랠프에게 유리할 수 있었다. 그러나 레이디 필리파의 삼촌이기 때문에 그녀가 그의 귓속에 랠프에게 불리한 말을 속닥거렸을 가능성도 있었다. 그는 절인 고기와 독한 에일로 아침식사를 한 사람처럼 불쾌한 얼굴을 하고 있었다. 그는 자리에 앉더니 큰 소리로 방귀를 뀌고는 흡족한 듯 한숨을 쉰 뒤 입을 열었다. "자, 재판을 시작합시다."

롤런드 백작은 이 자리에 없었다.

랠프의 사건이 첫 순서였다. 판사를 포함해 모두가 가장 큰 관심을 갖고 있는 사건이었던 것이다. 기소장이 낭독되고 아넷이 증언을 위해 호출됐다.

랠프는 이상하리만큼 재판에 집중할 수가 없었다. 전에도 전부 들었더라도 그는 아넷이 오늘 조금이라도 다른 이야기를 하지 않는지, 모호한 점은 없는지, 망설이거나 머뭇대는 기색을 살피고 열심히 귀를 기울여야 마땅했다. 하지만 그는 이것이 숙명이라는 느낌에 사로잡혔다. 그의 적들은 전력을 기울이고 있었다. 그의 유일하고도 강력한 후원자인 롤런드 백작은 참석하지도 않았다. 그의 형만이 곁을 지켜줬는데, 머딘은 이미 그를 돕기 위해 최선을 다했고 그 시도는 실패로 끝났다. 랠프는 운이 다한 것 같았다.

궨다와 울프릭, 페그, 개스퍼드의 증언이 잇따랐다. 랠프는 그동안 자신이 이 사람들에 대해 절대권력을 휘두르고 있다고 생각했는데, 어찌된 일인지 승리를 거둔 것은 그들이었다. 배심원장인 허버트 몬테인 경은 랠프와 악수도 하지 않으려던 사람이었다. 그는 통증이 얼마나 심했는지, 피가 얼마나 많이 흘렀는지, 그 일을 당하면서 그녀가 울었는지 같은, 범죄의 끔찍한 면을 부각시키는 질문을 던졌다.

랠프가 말할 차례가 됐고, 그는 기소 배심원단도 믿지 않았던 이야기를 작은 소리로 더듬거리며 늘어놓았다. 앨런 펀힐은 그보다는 나았다. 앨런은 단호한 어조로 아넷은 랠프와의 성행위를 원했으며, 두 사람이 냇가에서 즐기는 동안 자신에게 자리를 비켜달라고 했다고 말했다. 그러나 랠프는 배심원들의 표정을 보고 그들이 앨런의 말을 믿지 않고 있다는 것을 분명히 알았다. 그는 재판이 거의 따분하게 느껴지기 시작했고, 얼른 끝나 자신의 운명이 결정되기만 바랐다.

앨런이 뒤로 물러났을 때 랠프는 새로운 인물이 옆에 와 있다는 사실을 알아차렸다. 그의 귀에 나지막한 목소리가 들렸다. "내 말 잘 들으세요."

힐끔 뒤를 보자 백작의 서기인 제롬 신부였다. 그 순간 랠프의 머릿속에 이런 법정은 성직자에 대해서는 재판권이 없다는 생각이 스쳤다.

판사가 배심원단을 향해 평결을 물었다.

제롬 신부가 속삭였다. "당신 말에 안장을 얹고 밖에 대기시켜뒀습니다."

랠프는 얼어붙었다. 제대로 들은 걸까? 그는 고개를 돌리고 물었다. "뭐라고요?"

"얼른 달아나요."

랠프는 뒤를 돌아보았다. 출입구까지 수많은 사람이 길을 막고 있었고 대부분은 무장하고 있었다. "불가능한 일이오."

"옆문을 이용하면 될 겁니다." 제롬이 고개를 살짝 기울여 조금 전 판사가 들어왔던 문을 가리켰다. 랠프는 옆문과 자기 사이에는 위글리 사람들만 있다는 것을 즉시 알아챘다.

배심원장 허버트 경이 거만한 태도로 자리에서 일어섰다.

랠프는 옆에 서 있던 앨런 펀힐과 눈이 마주쳤다. 두 사람 사이에 오간 이야기를 모두 들은 앨런이 기대 어린 눈으로 그를 바라보았다.

"지금 가요!" 제롬이 속삭였다.

랠프는 자신의 검에 손을 가져다댔다.

"우리는 위글리 랠프 경의 강간 혐의에 유죄라고 평결합니다." 배심원장이 말했다.

그 순간 랠프는 검을 뽑았다. 그는 검을 허공에 휘두르며 문을 향해 돌진했다.

한순간 경악에 찬 침묵이 흐르더니 방안에 있던 사람들이 일제히 고함을 질렀다. 그러나 무기를 든 사람은 랠프뿐이었으며, 그는 다른 누군가가 무기를 뽑아들기 전까지 한순간의 여유가 있음을 알고 있었다.

울프릭만이 그를 제지하기 위해 무모하게 앞으로 나서며 길을 막았는데, 조금도 겁을 먹지 않은 단호한 표정이었다. 랠프는 검을 번쩍 들어 울프릭의 두개골을 두 동강낼 셈으로 한복판을 힘껏 내리쳤다. 그러나 울프릭은 민첩하게 뒷걸음치며 옆으로 몸을 피했다. 그럼에도 칼끝이 그의 얼굴 왼편을, 관자놀이에서 턱까지 베었다. 갑작스러운 고통에 울프릭은 비명을 지르며 양손으로 뺨을 감쌌고, 다음 순간 랠프는 그 옆을 지나쳐 달렸다.

그는 문을 벌컥 열고 나와 몸을 돌렸다. 앨런 펀힐이 그의 옆에서 달려갔다. 배심원장이 검을 높이 뽑아들고 앨런의 뒤를 바짝 쫓았다. 랠프는 한순간 순수한 고양감을 맛보았다. 바로 이것이 해결책이어야 했다. 토론 따위가 아니라 싸움. 이기든 지든 그는 그런 방식이 더 좋았다.

랠프는 쾌감이 실린 고성을 지르며 허버트 경을 찔렀다. 그의 칼끝이 배심원장의 가슴을 스치며 가죽 튜닉을 뚫었지만, 늑골을 관통하기에는 거리가 멀어 피부만 살짝 베고 뼈까지 닿지는 못했다. 그럼에도 허버트는 통증보다는 두려움 때문에 비명을 지르더니 뒤로 비틀거리다

등뒤에 있던 사람들과 부딪쳤다. 그 순간 랠프는 문을 쾅 닫았다.

랠프는 법원을 길게 관통하는 통로에 나와 있었다. 한쪽 끝에 시장 광장으로 통하는 문이 있었고 다른 한쪽은 마구간으로 통했다. 말이 어디 있는 거지? 제롬은 말이 밖에 있다고 했다. 앨런은 이미 뒷문을 향해 뛰고 있었다. 랠프도 그 뒤를 따랐다. 두 사람이 뒷마당으로 뛰어들었을 때 등뒤에서 왁자한 소리가 났다. 법정의 문이 열리고 사람들이 그를 쫓아오고 있었다.

뒷마당에도 말은 보이지 않았다.

랠프는 정문으로 통하는 아치 아래로 뛰었다.

그곳에서 그는 더할 나위 없이 반가운 광경과 맞닥뜨렸다. 그의 사냥용 말 그리프가 안장을 얹은 채 바닥을 차고 있었고, 그 옆에 앨런의 두 살배기 플레치가 서 있었다. 마구간 사동이 한입 가득 빵을 문 채 말 두 마리를 잡고 있었다.

랠프는 고삐를 잡고 말 위로 뛰어올랐다. 앨런도 말에 올라탔다. 법정에서 쏟아져나온 군중이 아치 아래를 지날 때 두 사람은 말에 박차를 가했다. 마구간 사동이 겁에 질려 얼른 비켜섰다. 말들은 쇄도하듯 앞으로 돌진했다.

그때 군중 속에서 누군가가 단검을 던졌다. 단검은 그리프의 옆구리에 살짝 박혔다가 떨어졌고, 그러자 말은 더 속도를 올렸다.

그들이 전속력으로 거리를 가로지르자 남녀노소 할 것 없이 거리에 있던 시민들과 가축들이 사방으로 흩어졌다. 그들은 옛 성문으로 돌진해서 통과한 후 채소밭과 과수원 사이에 드문드문 있는 교외 가옥들 사이를 지나갔다. 랠프는 뒤를 돌아보았다. 추적자는 보이지 않았다.

물론 셰리프의 부관들이 쫓아오겠지만, 그러려면 먼저 말을 끌고 와 안장을 얹어야 할 것이다. 랠프와 앨런은 이미 시장 광장에서 1마일쯤 떨어져 있었고, 말들은 전혀 지치지 않은 것 같았다. 랠프는 환희를 느꼈다. 오 분 전만 해도 교수형을 당해도 할 수 없다고 체념하고 있었다. 그러나 이제는 자유의 몸이었다!

갈림길이 나왔다. 랠프는 무작정 왼쪽 길로 접어들었다. 들을 가로질러 1마일쯤 달리자 삼림지대가 나왔다. 일단 그곳에 이르면 길을 벗어나 사라지리라.

하지만 그다음에는 어떻게 할 것인가?

39

"롤런드 백작은 영리하게 처리한 거야." 머딘이 엘리자베스 클라크에게 말했다. "재판이 거의 끝까지 가도록 내버려두었지. 그는 판사에게 뇌물을 주지도 않았고 배심원에게 영향력을 행사하지도 않았고 증인들을 위협하지도 않았어. 자신의 아들 윌리엄 경과 다투는 일도 피했지. 하지만 그렇게 하고도 자기 부하가 교수형당하는 꼴을 보는 수모는 당하지 않은 거야."

"지금 그는 어디 있어?" 그녀가 물었다.

"나도 몰라. 그날 이후 랠프를 보지 못했으니까."

두 사람은 일요일 오후 엘리자베스의 집 부엌에 앉아 있었다. 그녀가 그에게 저녁식사를 차려줬다. 햄을 넣고 뭉근하게 끓인 사과 스튜와 겨울 채소, 그녀의 어머니가 일하는 여인숙에서 사왔는지 훔쳤는지 모를 와인이었다.

"그럼 이제 어떻게 될까?" 엘리자베스가 물었다.

"랠프에게는 여전히 사형선고가 내려져 있겠지. 위글리로 돌아가거나 이곳 킹스브리지로 오면 체포될 거야. 사실상 그애는 스스로 범법자가 되기를 선택한 셈이야."

"그가 할 수 있는 일은 없는 거야?"

"국왕의 사면을 받아낼 수는 있지만, 그러려면 엄청난 돈이 들 거야. 랠프나 내가 마련할 수 있는 것보다 훨씬 많은 돈이."

"랠프에 대한 네 감정은 어때?"

머딘은 움찔했다. "글쎄, 물론 나도 그애가 죗값을 치러야 마땅하다고 생각해. 그러면서도 그애가 벌을 받지 않았으면 해. 지금으로선 어디 있든 무사하기만 바랄 뿐이야."

머딘은 지난 며칠 사이에 랠프의 재판 이야기를 여러 사람에게 들려줬지만, 가장 날카로운 질문을 던진 것은 엘리자베스였다. 그녀는 지적이면서도 공감 능력이 있었다. 문득 일요일 오후마다 이렇게 시간을 보내는 것도 그리 어려운 일이 아니겠다는 생각이 들었다.

그녀의 어머니 새리가 여느 때처럼 불가에서 꾸벅꾸벅 졸다 갑자기 눈을 뜨더니, "내가 이렇게 정신이 없구나! 파이를 깜박 잊었네" 하고 말했다. 그녀는 자리에서 일어나 엉망이 된 백발을 손으로 매만졌다. "배티 벡스터에게 무두장이 길드에 내갈 햄과 달걀파이를 만들라고 했어야 하는데 말이야. 그들이 내일 벨 여인숙에서 사순절 전야 만찬을 할 예정이거든." 새리는 어깨에 담요를 두르고 밖으로 나갔다.

단둘이 남는 건 흔치 않은 일이라 머딘은 조금 어색해졌지만 엘리자베스는 편안해 보였다. 엘리자베스가 말했다. "그런데 이제 교량 공사에서 손을 떼게 됐잖아. 앞으로 어떻게 할 생각이야?"

"지금 하고 있는 일은 많아. 양조업자 딕 브루어의 집을 짓는 중이지. 딕은 은퇴하고 아들에게 사업을 물려줄 준비를 하고 있지만, 그가 말하길 자신은 구리솥이 있는 한 절대로 일을 놓진 않을 거래. 아무튼 그는 옛 성벽 외곽에 채소밭이 딸린 집을 갖고 싶어해."
"아, '연인들의 들판' 너머에 있는 그 건축 부지?"
"응. 킹스브리지에서 가장 큰 집이 될 거야."
"양조업자에게 돈이 떨어지는 법은 없으니까."
"한번 보러 갈래?"
"건축 부지를?"
"그 집. 완공되지는 않았지만 벽과 지붕은 있어."
"지금?"
"아직 해가 지려면 한 시간은 남았는걸."
그녀는 뭔가 다른 계획이 있었던 것처럼 망설였지만, 그러자고 했다.
그들은 후드가 달린 묵직한 외투를 입고 밖으로 나섰다. 3월의 첫날이었다. 중심가를 내려가는 그들의 등뒤로 눈발이 몰아쳤다. 두 사람은 나룻배를 타고 교외 쪽 강변으로 건너갔다.
양모 거래에 부침이 있었지만 도시의 경제는 매년 조금씩 나아지는 듯했고, 수도원은 수도원 소유의 초지와 과수원을 임대를 목적으로 주택 부지로 변경하고 있었다. 머딘은 자신이 십이 년 전 처음 킹스브리지에 왔을 때만 해도 없었던 집이 오십 채는 들어섰을 거라 짐작했다.
딕 브루어의 새집은 길에서 안으로 쑥 들어간 자리에 있는 이층 건물이었다. 아직 덧문이나 문짝이 없어 뚫려 있는 벽은 나무틀에 갈대를 엮어 만든 바자울로 막아놓았다. 전면 출입구는 이렇게 막혀 있었지만 머딘이 엘리자베스를 데려간 뒤편에는 잠금 장치가 붙어 있는 임시 나무문이 있었다.
머딘의 조수인 열여섯 살의 지미가 부엌에서 도둑이 들지 않게 지키고 있었다. 지미는 미신을 맹신했는데, 언제나 가슴에 성호를 긋고 어깨 너머로 소금을 뿌리곤 했다. 큰 화덕 앞 긴 의자에 앉아 있는 그의 얼굴이 근심스러워 보였다. "안녕하세요, 마스터. 마스터가 오셨으니 저는 가서 저녁을 먹고 와도 될까요? 롤 터너가 저녁을 가져오기로 했는데 오지 않아서요."

"어두워지기 전까지만 돌아와."

"고맙습니다." 지미가 빠른 걸음으로 그곳을 나섰다.

머딘이 집안으로 통하는 문가를 지났다.

"아래층에는 방이 네 개 있어." 그가 그녀에게 아래층을 보여주며 말했다.

"이 많은 방을 어디에 써?" 그녀가 믿기지 않는다는 투로 말했다.

"부엌, 응접실, 식당, 홀이지." 머딘이 아직 계단이 없는 위층으로 통하는 사다리를 오르자 엘리자베스도 뒤따랐다. "여긴 침실이 네 개야." 위층에 올라가자 머딘이 말했다.

"여기선 누가 사는데?"

"딕과 그의 아내, 딕의 아들 대니와 그의 아내, 그리고 딕의 딸이 살 거야. 그 딸도 계속 혼자 살지는 않을 테지만."

킹스브리지 시민 대부분은 방 한 칸에 온 가족이 살았고, 부모와 아이들, 조부모, 장인, 장모나 시부모 할 것 없이 모두 나란히 바닥에 누워 잤다. 엘리자베스가 말했다. "이 집은 저택보다 방이 더 많잖아!"

사실이었다. 수행원이 많이 딸린 귀족도 여전히 부부가 쓰는 침실 하나와, 나머지 모두가 쓰는 큰 홀로 이루어진 방 두 칸짜리 집에서 살았다. 머딘은 킹스브리지의 부유한 상인들을 위한 집 몇 채를 설계했는데, 그들이 하나같이 열망하는 사치는 사적 공간이었다. 머딘이 생각하기에 이것은 새로운 유행이었다.

"창문에는 유리를 끼우겠지." 엘리자베스가 말했다.

"맞아." 유리창은 또하나의 유행이었다. 한때 킹스브리지에는 유리

장수가 없었던 시절이 있었는데, 일이 년에 한 번씩 들르는 유리 행상인이 고작이었다. 그런데 이제 이 도시에는 유리 장수가 상주했다.

두 사람은 다시 아래층으로 내려왔다. 엘리자베스는 난로 앞 지미가 앉았던 긴 의자에 앉아 손에 불에 쬐었다. 머딘이 그 옆에 앉았다. "나도 언젠가 이런 집을 지을 거야. 과일나무가 자라는 큰 정원이 딸린 집." 그가 말했다.

그때 놀랍게도 엘리자베스가 그의 어깨에 머리를 기댔다. "정말 멋진 꿈이구나." 그녀가 말했다.

두 사람은 불꽃을 빤히 응시했다. 그녀의 머리카락이 머딘의 뺨을 간질였다. 얼마 후 그녀가 그의 무릎에 손을 얹었다. 정적 속에서 그녀와 그의 숨소리, 타닥거리며 장작이 타오르는 소리가 들렸다.

"네 꿈속의 집에는 누가 사는데?" 그녀가 물었다.

"몰라."

"너도 어쩔 수 없는 남자구나. 나는 내가 살 집은 보이지 않지만 그 집에 누가 살게 될지는 알고 있어. 남편, 아이들, 내 어머니, 연로하신 시부모님, 그리고 하인 세 명이야."

"남자와 여자의 꿈은 다르군."

그녀는 고개를 들어 그를 응시하다가 그의 얼굴을 어루만졌다. "그 두 개의 꿈을 합치면 삶이 되는 거야." 그러고는 그의 입술에 키스했다.

그는 눈을 감았다. 그는 몇 해 전에 닿았던 그 입술의 부드러운 감촉을 기억하고 있었다. 그러나 아주 잠깐 그의 입술에 머물렀을 뿐, 그녀는 곧 얼굴을 떼었다.

그는 마치 방 한구석에서 자신이 자신을 바라보고 있는 것 같은 이상하리만치 초월적인 느낌에 사로잡혔다. 자신의 감정이 어떤 건지 알 수 없었다. 그녀를 바라보며 그는 그녀가 얼마나 아름다운지 새삼 깨달았다. 그리고 무엇이 그녀를 그토록 아름답게 보이게 하는지 자문한 순간, 마치 보기 좋은 성당의 각 부분들이 그렇듯 모든 것이 조화를 이루기 때문이라는 것을 깨달았다. 그녀의 입과 턱, 광대뼈, 이마는 만일 그가 여자를 창조하는 하느님이라면 만들었을 바로 그런 형상이었다.

그녀는 자신을 바라보는 그를 침착한 푸른색 눈으로 마주보았다. "나를 만져줘." 그러면서 외투 앞자락을 벌렸다.

그는 그녀의 한쪽 젖가슴을 살며시 쥐었다. 이것 역시 기억이 났다. 그녀의 젖가슴은 단단하고 납작했다. 그가 건드리자마자 젖꼭지는 주인의 냉정한 겉모습을 저버린 듯 단단해졌다.

"네 꿈속의 집에 내가 있고 싶어." 그녀가 말하고는 또다시 키스했다.

그녀는 아무 생각 없이 즉흥적으로 행동하는 것이 아니었다. 엘리자베스는 그런 적이 없었다. 그녀는 그동안 그와의 관계를 생각하고 있었다. 머딘이 별생각 없이 찾아가 아무런 계획도 없이 그녀와 이야기를 나누는 동안에도 그녀는 그들이 함께하는 삶을 상상했다. 어쩌면 이런 장면도 그 계획에 있었을 것이다. 그녀의 어머니가 파이를 핑계대며 두 사람만 남겨놓고 집을 나선 이유를 알 것 같았다. 그가 딕 브루어의 집을 보여주겠다는 바람에 하마터면 그녀의 계획이 틀어질 뻔했지만, 그녀는 무대만 바꾸었을 뿐 자신의 계획을 실행에 옮긴 것이었다.

감정적이지 않다고 해서 이 방식이 잘못된 것은 아니었다. 그녀는 이성적인 인간이었다. 그가 그녀를 좋아하는 일면이기도 했다. 또한 그는 그 이면에 열정이 타오르고 있다는 것도 알고 있었다.

잘못된 것이라면 그에게는 그녀에 대한 감정이 없다는 것이었다. 여자에 대해 합리적이고 냉정한 것은 그의 방식이 아니었다. 오히려 그 반대였다. 그는 사랑에 빠지면 욕망과 애정을 넘어 격정과 분노까지 느꼈다. 그러나 지금 그는 흥미롭고 우쭐하고 유쾌한 자극을 받는 느낌이기는 했지만 감정을 통제하지 못할 정도는 아니었다.

그의 키스가 미적지근하다는 것을 감지한 그녀는 몸을 뗐다. 그는 그녀의 얼굴에서, 모질게 억제했음에도 희미하게 드러난 감정을 보았고, 그 무표정한 얼굴 이면에 어린 두려움을 눈치챘다. 타고난 것처럼 감정 조절에 능숙한 그녀가 이런 행동을 하기까지 적지 않은 고민을 했을 텐데, 이제 그녀는 거부당할 것을 두려워하고 있었다.

그녀는 그에게서 몸을 떼고 일어서더니 치맛자락을 들어올렸다. 긴 다리는 균형이 잡혀 있었고, 그곳은 거의 눈에 보이지 않을 만큼 고운 금빛 털로 덮여 있었다. 그녀는 키가 크고 몸이 날씬했지만 허리 아래부터는 여자 특유의 곡선이 보기 좋게 넓어졌다. 그의 시선이 어쩔 수 없이 그녀의 음부를 에워싼 삼각형 쪽으로 쏠렸다. 음모가 연한 금빛이라 볼록 튀어나온 음순과 음순 사이의 가느다란 선이 들여다보였다.

시선을 들자 그녀의 얼굴에 떠오른 절망감이 보였다. 이제까지의 모든 시도가 소용없었다는 것을 안 것이었다.

"미안해." 머딘이 말했다.

그녀는 치맛자락을 내렸다.

"들어봐, 나는—" 그가 말했다.

그녀는 그의 말을 가로막았다. "말하지 마." 그녀의 욕망은 분노로 바뀌고 있었다. "네가 지금 무슨 말을 해도 거짓말이 될 테니까."

그녀의 말이 옳았다. 그는 그녀에게 위로가 되면서도 아주 틀리지는 않은 말, 예컨대 몸이 좋지 않다거나 이제 곧 지미가 돌아올 거라는 식의 이유를 생각해내려 애쓰고 있었다. 그러나 그녀는 위로를 원하지 않았다. 그녀는 이미 거절당한 것이었고, 미약한 변명거리는 오히려 선심처럼 느껴질 게 뻔했다.

그녀는 그를 빤히 바라보았다. 그녀의 아름다운 얼굴에서는 분노와 슬픔이 겨루고 있었다. 두 눈에서 좌절의 눈물이 흘러나왔다. "왜 나는 안 돼?" 그녀가 소리쳤다. 그러나 그가 대답하려고 입을 열려는 순간 그녀가 다시 말했다. "대답하지 마. 사실이 아닐 테니까." 이번에도 그녀의 말이 옳았다.

가려고 몸을 돌리던 그녀가 다시 돌아왔다. "캐리스 때문이야." 그녀의 얼굴이 격한 감정으로 씰룩거렸다. "그 마녀가 너에게 주문을 건 거야. 너하고 결혼하지도 않을 거면서 다른 사람도 너를 갖지 못하게 해놨어. 나쁜 여자야!"

마침내 그녀는 가버렸다. 문을 벌컥 열고 밖으로 나갔다. 흐느끼는 소리가 잠시 들렸지만, 그녀는 그대로 가버렸다.

머딘은 불꽃을 응시하며 중얼거렸다. "오, 빌어먹을."

∽

"설명해드릴 것이 있습니다." 일주일 후 대성당을 나설 때 머딘이 에드먼드에게 말했다.

에드먼드의 얼굴에 재미있어하는 부드러운 표정이 떠올랐는데, 머딘이 익히 아는 표정이었다. 그 표정은 이렇게 말하고 있었다. '나는 자네보다 서른 살이 많아. 그러니 내가 자네에게 배울 게 아니라 자네가 내 말을 경청해야지. 하지만 나는 젊은이들의 열정을 좋아해. 게다가 새로운 걸 배우지 못할 만큼 늙은 것도 아니니까.' 에드먼드가 말했다. "그러게. 하지만 벨에 가서 듣도록 하지. 와인을 한잔하고 싶으니까."

그들은 주점에 들어가 불가에 자리잡았다. 엘리자베스의 어머니가 와인을 가져왔지만, 잔뜩 거만한 표정을 지은 채 말도 걸지 않았다. 에드먼드가 말했다. "새리가 화난 게 자네 때문인가, 나 때문인가?"

"그건 신경쓰실 것 없습니다." 머딘이 말했다. "아저씨는 바닷가에서 맨발로 모래밭에 섰을 때 바닷물이 발가락을 훑고 지나가는 걸 느껴보신 적이 있나요?"

"물론이지. 아이들은 누구나 물에서 놀지. 나도 예전에는 아이였어."

"그때 파도의 움직임이 어땠는지 기억나세요? 물이 드나들며 발 옆으로 작은 수로를 만들고 모래를 쓸고 가는 느낌이요."

"그래. 아주 오래전 일이지만 자네가 무슨 이야기를 하는지 알겠네."

"바로 그 일이 예전 목재 다리에 일어났던 일이죠. 흐르는 강물이 중심 교각 밑에 있는 흙을 쓸어버린 겁니다."

"자네가 그걸 어떻게 아나?"

"붕괴 직전에 다리 목조부에 난 금의 모양을 보았거든요."

"지금 무슨 말을 하려는 거지?"

"강은 달라지지 않았어요. 예전에 그랬던 것처럼 새 교량의 토대도 침식할 겁니다. 예방하지 않는다면 말이죠."

"어떻게 예방한다는 말인가?"

"제 설계도를 보시면 신설 교량 각 교각의 둘레에 고정되지 않은 큰 돌무더기가 그려져 있어요. 그 돌무더기는 강물의 흐름을 흐트러뜨려서 영향력을 약화하는 역할을 합니다. 묶지 않은 실타래로 맞으면 간질이는 느낌이지만 단단하게 짠 밧줄로 맞으면 매질이 되는 것과 마찬가지죠."

"그걸 어떻게 알지?"

"다리가 붕괴된 직후 부오나벤투라가 런던으로 떠나기 전 그에게 물어봤습니다. 그는 이탈리아에 있는 교각 주변에서 이런 돌무더기를 본 적이 있는데, 늘 그 용도가 궁금했었다고 하더군요."

"흥미로운 얘기로군. 그런데 지금 자네가 나에게 이 이야기를 하는 건 일반적인 지식을 주려는 것인가, 아니면 구체적인 어떤 목적이 있어서인가?"

"고드윈과 엘프릭 같은 사람은 그런 것을 이해하지 못하고, 또 제가 말한들 듣지도 않을 겁니다. 멍청한 엘프릭이 저의 설계를 그대로 따라 하지 않기로 마음먹을 경우에 대비해 적어도 이 도시에서 한 사람만이라도 그 돌무더기가 있는 이유를 알고 있기를 바라기 때문입니다."

"하지만 그걸 알고 있는 사람이 있잖은가. 자네 말일세."

"저는 킹스브리지를 떠날 겁니다."

그 말에 에드먼드는 깜짝 놀랐다. "떠난다고? 자네가?"

그때 캐리스가 나타났다. "여기 너무 오래 계시지 마세요." 그녀가 아버지에게 말했다. "고모가 식사를 준비하고 계세요. 우리와 함께 식사할래, 머딘?"

"머딘이 킹스브리지를 떠난다는구나." 에드먼드가 말했다.

캐리스의 얼굴이 창백해졌다.

그녀의 반응을 보고 머딘은 흡족한 기분을 느꼈다. 그를 거부했던 그녀가 그가 도시를 떠난다는 말에 당황했기 때문이다. 그러나 이내 그는 그런 하잘것없는 감정을 느낀 자신이 부끄러웠다. 그는 그녀가 괴로워하는 것을 볼 수 없을 만큼 아직 그녀를 많이 좋아했다. 그렇기는 하지만 만약 그녀가 그 소식을 아무렇지도 않게 받아들였다면 그는 언짢았을 것이다.

"왜?" 그녀가 물었다.

"여기선 내가 할 일이 없으니까. 내가 뭘 짓겠어? 교량 공사도 할 수 없게 됐잖아. 대성당도 이미 지어져 있고. 남은 생을 상인들의 집이나 지으며 보내고 싶진 않아."

캐리스는 조용한 목소리로 물었다. "어디로 갈 생각인데?"

"피렌체. 전부터 이탈리아의 건축물을 보고 싶었거든. 부오나벤투라 카롤리에게 소개장을 부탁할 생각이야. 어쩌면 그의 탁송물과 함께 가게 될지도 모르고."

"하지만 이곳 킹스브리지에 있는 재산은 어쩌려고?"

"안 그래도 그 문제로 너와 이야기하고 싶었어. 나를 대신해서 관리해 줄 수 있어? 나 대신 세를 받고 수수료를 제한 나머지를 부오나벤투라에게 보내줘. 그러면 그가 우편으로 피렌체에 있는 나에게 전해줄 거야."

"수수료 같은 건 받고 싶지 않아." 그녀가 부루퉁한 어조로 말했다.

머딘은 어깨를 으쓱했다. "그건 일이야. 당연히 수수료를 받아야 해."

"어떻게 그렇게 냉정하게 말할 수 있어?" 그녀가 날카로운 목소리로 말하자 벨 여인숙 주점에 있던 사람들 몇몇이 고개를 들고 그들 쪽을 바라보았다. 그녀는 개의치 않았다. "넌 지금 친구들을 모두 버리고 떠나려는 거라고!"

"그건 내가 냉정한 게 아니야. 친구야 좋지. 하지만 나는 결혼이 하고 싶단 말이야."

에드먼드가 끼어들었다. "킹스브리지에서 자네와 결혼하고 싶어하는 여자는 많아. 미남은 아니지만 성공을 거둔 남자니까. 그게 외모보다 더 중요한 거야."

머딘은 찌푸린 미소를 지었다. 에드먼드의 솔직함은 상대방에게 경계를 풀게 만들었고, 캐리스는 그 특징을 물려받았다. "한동안 엘리자베스 클라크와 결혼할까 하는 생각도 했었죠." 머딘이 말했다.

"나도 그렇게 생각했네." 에드먼드가 말했다.

"쌀쌀맞기 그지없는 애야." 캐리스가 말했다.

"아니, 그렇지 않아. 하지만 그녀가 결혼하자고 했을 때 내가 물러섰어."

"아, 그래서 요즘 그애가 그렇게 심통이 나 있는 거구나." 캐리스가 말했다.

"그래서 그애 어머니가 머딘을 본체만체한 거였어." 에드먼드가 말했다.

"왜 거절했는데?" 캐리스가 물었다.

"킹스브리지에서 내가 결혼하고 싶은 여자는 하나뿐이거든. 그런데 그 여자는 다른 사람의 아내가 될 생각이 없어."

"하지만 그 여자는 너를 잃는 걸 바라지 않아."

머딘은 화를 냈다. "그럼 나더러 어쩌라는 거야?" 그가 크게 소리치자 주위에 있던 사람들은 대화를 멈추고 그들의 말에 귀를 기울였다. "고드윈은 나를 해고했어. 너는 나를 거절했고, 내 동생은 범법자가 됐어. 그런데도 내가 여기 있을 이유가 있다는 거야?"

"나는 네가 떠나는 걸 원치 않아." 그녀가 말했다.

"그걸로는 부족해!" 그는 버럭 소리를 질렀다.

주점 안이 조용해졌다. 그곳에 있는 모두가 그들을 알고 있었다. 여인숙 주인 폴 벨, 그의 풍만한 딸 베시, 여인숙 주점 종업원이자 엘리자베스의 어머니인 백발의 새리, 머딘을 고용하기를 거부했던 빌 왓킨, 간통을 일삼는 푸주한 에드워드 부처, 머딘의 셋집에 사는 제이크 쳅스토, 탁발 수사 머도, 이발사 매슈 바버, 그리고 피륙공 마크 웨버 등이 그곳에 있었다. 머딘과 캐리스의 연애사를 잘 아는 그들 모두가 그들의 말다툼에 큰 흥미를 보였다.

머딘은 개의치 않았다. 들으려면 들으라지. 그는 분노한 어조로 말했다. "나는 스크랩처럼 평생 네 관심이나 끌기를 기다리면서 주변에서 얼쩡댈 생각 없어. 나는 네 남편이 되고 싶은 거지 애완동물이 되고 싶은 게 아니라고."

"그럼 좋아." 그녀가 작은 목소리로 말했다.

갑작스럽게 변한 그녀의 어조에 머딘은 깜짝 놀랐다. 무슨 뜻인지 알 수 없었다. "뭐가 좋다는 거야?"

"좋아, 너와 결혼하겠어."

그는 잠시 너무 놀라 말문이 막혔다. 이윽고 그가 의심스러운 듯이 물었다. "진심이야?"

마침내 그녀가 그를 바라보며 수줍은 미소를 지었다. "응, 진심이야. 그러니까 나에게 청혼해줘."

"좋아." 그는 숨을 깊게 들이마셨다. "나와 결혼해줄래?"

"응, 할게." 그녀가 대답했다.

에드먼드가 소리쳤다. "만세!"

주점 안에 있던 사람들이 일제히 환호하며 박수를 쳤다.

머딘과 캐리스는 웃음을 터뜨렸다. "정말이지?" 머딘이 물었다.

"응."

두 사람은 키스했다. 머딘은 힘껏 그녀를 끌어안았다. 몸을 떼고 보니 그녀는 울고 있었다.

"내 약혼녀에게 와인 좀 가져다줘요." 머딘이 외쳤다. "아니, 아예 통째로 주세요. 모두에게 한 잔씩 돌릴게요. 그래야 우리 앞날을 위해 축배를 들 수 있을 테니까요!"

"즉시 대령하죠." 여인숙 주인이 말했다. 모두가 다시 한번 환호성을 올렸다.

∽

일주일 후 엘리자베스 클라크는 수련수녀가 됐다.

40

랠프와 앨런은 비참했다. 그들은 사냥한 고기와 물로 연명했다. 랠프는 평소 거들떠보지도 않았던 양파니 사과니 달걀이니 우유 같은 음식이 그리울 정도였다. 그들은 매일 밤 다른 장소에서 불을 피워놓고 잠을 청했다. 둘 다 좋은 외투를 입고 있었지만 한데에서는 그것만으로는 부족해 새벽마다 덜덜 떨며 잠에서 깨곤 했다. 그들은 길에서 만나는 힘없는 사람은 가리지 않고 약탈했지만, 약탈한 것들은 누더기나 다름없는 옷이거나 가축 사료, 숲에서는 아무것도 살 수 없는 돈처럼 하찮거나 쓸모없는 것들뿐이었다.

한번은 꽤 큰 술통을 훔쳤다. 그들은 술통을 숲 안쪽으로 100야드쯤 굴려서 옮기고 양껏 마신 뒤 곯아떨어졌다. 숙취와 불쾌감을 느끼며 잠에서 깬 그들은 4분의 3이나 술이 남은 술통을 들고 갈 수 없다는 것을 깨닫고 그 자리에 버려두고 떠났다.

랠프는 영주 저택, 활활 타오르는 난롯불, 하인들, 잔뜩 차린 만찬이 있던 이전의 삶이 그리웠다. 하지만 좀더 곰곰이 현실을 직시해보자,

자신이 그런 삶 역시 원치 않는다는 것을 알았다. 그런 삶은 따분했다. 어쩌면 그 때문에 그 여자를 강간했는지도 모른다. 그에게는 자극이 필요했다.

숲에서 한 달을 보낸 뒤 랠프는 좀더 계획성 있게 살아야겠다고 마음먹었다. 은신처를 마련하고 식량을 보관할 만한 근거지가 필요했다. 따뜻한 의복과 신선한 식품처럼 실제로 소용이 될 만한 물건을 훔칠 수 있도록 약탈도 계획적으로 해야 했다.

그가 그런 마음을 먹었을 무렵 그들은 방랑 끝에 킹스브리지에서 불과 몇 마일 떨어지지 않은 구릉지에 와 있었다. 랠프는 겨울에는 황량하고 헐벗은 그 구릉지가 여름에는 방목지로 이용되며 구릉지 우묵한 곳에 목동들이 돌로 얼기설기 지어놓은 오두막이 있다는 사실이 기억났다. 십대일 때 머딘과 함께 사냥을 나왔다가 엉성한 오두막들을 발견하고 활로 잡은 토끼와 뇌조를 거기서 구워먹은 적이 있었다. 그때도 랠프는 겁에 질린 동물을 쫓고 활을 쏘아 쓰러뜨리고 단도와 곤봉으로 마무리짓는 사냥의 짜릿함을, 생명을 빼앗는 무력이 주는 황홀한 느낌을 즐겼었다.

다시 여름이 되어 풀이 무성해지기 전까지 이곳에 올 사람은 없었다. 성령강림절이자 양모 정기시장이 열리는 기간인 그때까지는 아직 두 달이 남아 있었다. 랠프는 견고해 보이는 오두막 하나를 골라 거처로 삼았다. 문짝도 창문도 없고 그저 야트막한 출입구 하나뿐이었지만 지붕에 연기를 내보낼 구멍이 있었다. 그들은 불을 피우고 한 달 만에 처음으로 따뜻하게 잠을 잤다.

킹스브리지와 가깝다는 사실에 랠프는 또 한 가지 쓸 만한 묘안을 떠올렸다. 사람들이 장에 갈 때가 강탈하기에 적기라는 사실을 깨달은 것이다. 그들은 치즈와 사과주가 담긴 병, 벌꿀, 귀리 비스킷 등 시골 사람들이 만들고 도시인들이 필요로 하는 식품을 운반했다. 그것은 범법자에게 필요한 물품이기도 했다.

킹스브리지 시장은 일요일마다 열렸다. 랠프는 요일을 아예 잊고 살았지만, 여행중인 탁발 수사에게서 3실링과 거위 한 마리를 약탈하기 전에 요일을 물어봤다. 그다음 일요일에 랠프와 앨런은 킹스브리지로 가는 길에서 그리 멀지 않은 곳에 진을 치고 불을 피운 채 밤을 꼬박 새운 뒤, 새벽에 길 쪽으로 다가가 엎드려서 기회를 노렸다.

처음 나타난 무리는 수레 가득 꿀을 운반하고 있었다. 킹스브리지에는 말이 수백 마리가 있었지만 초지는 부족해서 언제나 건초를 공급받았다. 그러나 랠프에게는 건초가 필요 없었다. 숲에 있는 한 그리프와 플레치는 먹을 풀이 모자랄 일이 없었다.

랠프는 기다림이 지루하지 않았다. 매복은 옷을 벗는 여자를 지켜보는 일과 비슷했다. 기대의 시간이 길어질수록 그만큼 더 짜릿했다.

얼마 지나지 않아 노랫소리가 들려왔다. 천사 같은 그 목소리에 랠프는 목덜미의 머리카락이 곤두섰다. 안개가 낀 아침이어서 노래 부르는 사람들이 랠프의 시야에 들어왔을 때 그들의 머리에 후광이 있는 것처럼 보였다. 앨런도 랠프와 똑같은 생각을 하고 있었는지 두려움에 헉하고 숨을 몰아쉬었다. 그러나 후광처럼 보인 것은 여행자들 등뒤에서 안개 속으로 희미하게 비추는 겨울 해였다. 시골 아낙들이 각자 달걀 바구니를 들고 있었는데, 달걀은 약탈할 만한 가치가 없었다. 랠프는 아낙들이 그냥 지나가도록 그대로 숨어 있었다.

해가 좀더 높이 올랐다. 랠프는 시장으로 가는 길이 이제 곧 사람들로 붐벼 약탈이 어려워지지 않을까 은근히 걱정했다. 얼마 후 일가족이 나타났는데, 삼십대로 보이는 부부와 십대의 남매였다. 그들의 얼굴이 어렴풋이 눈에 익었다. 랠프가 킹스브리지에 살았을 때 장날에 본 적이 있던 사람들 같았다. 그들은 여러 가지 물건을 운반하고 있었다. 남편은 등에 묵직한 채소 바구니를 짊어졌고, 아내는 산 닭이 묶인 긴 장대를 어깨에 둘러메고 있었으며, 소년은 어깨에 묵직한 햄을 짊어졌고, 소녀는 아마도 소금을 넣은 버터가 들어 있을 항아리를 지고 있었다. 햄 생각을 하자 랠프의 입안에 침이 고였다.

뱃속에서부터 짜릿한 흥분이 솟구쳤다. 랠프는 앨런에게 고갯짓을 했다.

그 가족이 눈앞까지 왔을 때 랠프와 앨런은 덤불에서 뛰쳐나갔다.

여자가 비명을 지르고 소년도 공포에 질려 소리질렀다.

남자가 어깨에 짊어진 바구니를 채 내려놓기도 전에 랠프는 그의 복부를 칼로 찌르고 갈비뼈 바로 밑에서부터 위로 베었다. 남자의 고통에 찬 비명은 칼끝이 그의 심장을 관통하면서 뚝 끊겼다.

앨런은 여자를 향해 칼을 휘둘렀다. 칼날이 거의 끝까지 목을 가로질렀고 잘린 목에서 붉은 피가 솟구쳤다.

신이 난 랠프는 소년에게로 몸을 돌렸다. 소년은 재빨리 반격해 왔다. 짊어졌던 햄을 팽개친 소년은 칼을 뽑아들고 있었다. 랠프가 칼을 아직 머리 위로 치켜들고 있는 사이에 소년이 달려들어 랠프를 찔렀다. 그러나 숙련되지 않은 마구잡이여서 상대에게 손상을 입히기는 어려웠다. 칼은 랠프의 가슴을 완전히 빗나가 오른쪽 팔 윗부분을 찔렀다. 갑작스러운 통증에 랠프는 칼을 떨어뜨렸다. 그 순간 소년이 몸을 돌려 킹스브리지 쪽으로 달아났다.

랠프는 앨런을 돌아보았다. 앨런은 소녀 쪽으로 몸을 돌리기 전 그애 어머니의 숨통을 끊느라 멈칫했는데 그 바람에 하마터면 목숨을 잃을 뻔했다. 랠프는 소녀가 앨런에게 버터 항아리를 던지는 것을 보았다. 잘 던져서인지 순전히 운인지는 모르지만 버터 항아리는 앨런의 뒤통

수를 정통으로 맞혔고, 앨런은 도끼에라도 맞은 듯 땅바닥에 나동그라졌다.

다음 순간 소녀도 오빠를 따라 내달렸다.

랠프는 허리를 숙여 왼손으로 칼을 집어들고 아이들을 뒤쫓기 시작했다.

아이들은 쌩쌩하고 발이 빨랐지만 다리가 긴 랠프는 곧 아이들을 따라잡았다. 어깨 너머로 돌아본 소년은 바짝 다가온 랠프를 발견했다. 놀랍게도 소년은 걸음을 멈추고 몸을 돌리더니 칼을 치켜든 채 소리를 지르며 그에게 달려들었다.

랠프도 달리던 걸음을 멈추고 칼을 치켜들었다. 달려들던 소년이 랠프의 칼이 닿지 않는 거리에서 멈췄다. 랠프는 앞으로 나서며 고함을 질렀지만 그것은 시늉뿐인 공격이었다. 소년은 몸을 숙여 랠프의 공격을 피하고는, 랠프가 균형을 잃었다고 판단하고 그의 칼이 닿는 범위 안으로 걸어들어가 바싹 근접한 거리에서 랠프를 찌르려 했다. 하지만 그것이 바로 랠프가 예상한 행동이었다. 랠프는 민첩하게 뒷걸음쳐 발뒤꿈치로 버티며 소년의 목에 정확히 칼을 꽂고는 칼끝이 목뒤로 뚫고 나올 때까지 쑤셔넣었다.

소년이 쓰러져 죽자 랠프는 자신의 정확하고 효율적인 공격에 흡족해하며 칼을 도로 뽑았다.

시선을 들자 소녀는 저멀리 사라지고 있었다. 그는 발로 뛰어서는 그애를 따라잡을 수 없고, 말을 가져오는 사이 이미 킹스브리지에 도착하리라는 것을 깨달았다.

랠프는 뒤를 돌아보았다. 놀랍게도 앨런이 비틀거리며 일어서고 있었다. "나는 저 여자아이가 자네를 죽인 줄 알았어." 랠프가 말했다. 그는 죽은 소년의 튜닉에 자신의 칼을 닦고 칼집에 넣은 다음 왼손으로 오른팔에 난 상처를 눌러 지혈했다.

"머리가 지독하게 아픕니다." 앨런이 대꾸했다. "나리가 모두 다 죽이셨습니까?"

"여자아이는 달아났어."

"그애가 우리가 누군지 알까요?"

"아마 나는 알아봤을지도 몰라. 전에 이 가족을 본 적이 있거든."

"그렇다면 우리는 이제 살인자 낙인이 찍히겠군요."

랠프는 어깨를 으쓱했다. "굶어죽는 것보다는 교수형이 낫지." 그러면서 그는 세 구의 시체를 바라보았다. "어쨌든 누가 오기 전에 시체들을 길에서 치우자고."

그는 왼손으로 죽은 사내를 잡아 길가로 질질 끌고 갔다. 앨런이 시체를 들어 덤불 속에 던져넣었다. 그들은 여자와 소년도 같은 곳에 던져넣었다. 랠프는 시체들이 행인의 눈에 띄지 않는지 확인했다. 길바닥에 흐른 피는 벌써 진흙 속에 스며들어 검은 진흙빛으로 변해 있었다.

랠프는 죽은 여자의 옷자락을 찢어 팔뚝의 상처를 싸맸다. 여전히 아팠지만 흐르던 피는 어느 정도 멈췄다. 그는 성교 후에 찾아드는 기분과 비슷한, 싸움 뒤에 찾아드는 가벼운 우울에 빠졌다.

앨런이 약탈물을 챙기기 시작했다. "벌이가 괜찮은데요. 햄, 닭, 버터……" 그는 사내가 지고 있던 바구니 속을 들여다보았다. "……양파도 있네요! 물론 지난해 수확한 거지만 아직 상태가 괜찮아 보이는데요."

"묵은 양파도 없는 것보다는 낫다고 어머니가 말씀하셨었지."

랠프는 앨런을 쓰러뜨렸던 버터 항아리를 집어들려고 허리를 숙이는 순간 엉덩이에 날카로운 쇠붙이가 닿는 것을 느꼈다. 앨런은 그의 앞쪽에서 묶어놓은 닭을 챙기고 있었다. 랠프가 말했다. "누구냐……?"

거친 목소리가 들렸다. "꼼짝 마."

랠프는 이런 명령에 복종한 적이 없었다. 그는 목소리가 들린 곳에서 앞으로 펄쩍 뛰면서 몸을 돌렸다. 어디선가 나타난 남자 예닐곱 명이 그곳에 서 있었다. 랠프는 당황했지만 곧 왼손으로 칼을 뽑았다. 가장 가까이에 있던 사내—분명 랠프를 뭔가로 건드린 자가 그자일 것이었다—는 그를 상대하기 위해 칼을 들어올렸지만, 다른 사내들은 닭을 잡아채고 햄을 놓고 다투는 등 약탈품을 챙기기에 급급했다. 랠프가 상대와 교전하는 사이 앨런도 닭을 지키기 위해 칼을 휘둘렀다. 랠프는 그들이 범법자 무리이고, 자신을 약탈하려는 것임을 깨달았다. 그는 분개했다. 이것들을 얻으려고 사람까지 죽였는데 이놈들이 달려들어 빼앗아가려 하고 있었다! 그는 두렵지 않았다. 오직 분노만이 그를 감쌌다. 그는 왼손만 쓸 수 있었지만 분노의 힘으로 상대를 공격했다. 다음 순간 권위 있는 목소리가 들려왔다. "칼을 거둬라, 바보 같은 놈들."

그 소리에 사내들은 일제히 동작을 멈췄다. 랠프는 혹시 속임수가 아닌가 하며 칼을 휘두를 태세를 갖춘 채 소리가 들린 쪽을 바라보았다. 어딘가 모르게 고귀한 태생으로 보이는 이십대의 잘생긴 사내였다. 그는 값비싸 보이기는 하지만 몹시 더러운 옷을 입고 있었다. 이탈리아제 진홍색 망토에는 낙엽과 잔가지가 붙어 있었고, 고급 브로케이드* 외투에는 음식 얼룩 같은 자국이 있었으며, 밤색의 고급 가죽 스타킹은 여기저기 긁힌데다 진흙투성이였다.

"나는 곧잘 도둑들한테서 훔치지." 새로 나타난 사내가 말했다. "알겠지만 그건 죄도 아니거든."

랠프는 자신이 궁지에 몰렸다는 것을 알았지만 그래도 호기심이 생겼다. "네가 혹시 '은신자 탬'이냐?"

---

* 여러 가지 무늬를 넣어 짜거나 수놓은 직물을 이르는 말.

"내가 어렸을 때도 은신자 탬 이야기가 있었지. 하지만 때때로 누군가가 그 역을 하더군. 기적극에서 수사가 악마 역할을 맡는 것처럼."

"넌 평범한 범법자가 아닌데."

"그건 너도 마찬가지잖아. 내 짐작이 맞는다면 너는 랠프 피츠제럴드겠지."

랠프는 고개를 끄덕였다.

"네가 도망쳤다는 얘기는 들었다. 언제 너와 맞닥뜨리게 될지 궁금했는데," 탬이 길 위아래를 살펴보았다. "우연히 이렇게 만나게 되는군. 어쩌다가 이 자리를 고른 거지?"

"먼저 날짜와 시간을 골랐지. 오늘은 일요일이야. 농부들이 팔 물건을 가지고 킹스브리지 시장으로 가는 날. 바로 이 길을 지나서."

"이런. 나는 법을 벗어나 산 지 십 년이나 됐지만 그런 생각은 해본 적도 없어. 어쩌면 우리는 손을 잡는 게 좋을지도 모르겠군. 그런데 그 무기 좀 치워주겠나?"

랠프는 잠깐 망설였지만 탬은 무장을 하지 않은데다, 무기를 내린다고 해서 특별히 불리해질 것 같지 않았다. 어쨌든 그와 앨런 두 사람이 상대하기에는 머릿수가 많아 싸움을 피하는 것이 상책이었다. 랠프는 천천히 칼을 칼집에 꽂았다.

"좀 낫군." 탬이 랠프의 어깨에 팔을 두르자, 랠프는 그가 자신과 키가 같다는 사실을 알았다. 랠프만큼 키가 큰 사람은 그리 많지 않았다. 탬은 그를 숲 쪽으로 이끌며 말했다. "다른 친구들이 약탈물을 챙기도록 놔둬. 잠깐 이쪽으로. 둘이 할 얘기가 꽤 많을 것 같으니까."

∽

에드먼드는 탁자를 두드리더니 말했다. "내가 긴급히 교구 길드 회의를 소집한 것은 범법자 문제를 의논하기 위해서입니다. 하지만 알다시피 나는 굼뜬 늙은이라 내 딸에게 대신 상황을 요약해달라고 부탁했소."

캐리스는 진홍색 옷감 사업에 성공한 덕분에 현재 교구 길드 조합원이 되어 있었다. 이 새로운 사업 덕에 그녀의 아버지는 재산을 지킬 수 있었다. 또한 수많은 킹스브리지 시민들이 그 덕에 부유해졌는데, 특히 웨버 일가가 그랬다. 그녀의 아버지는 교량 공사비를 대겠다는 약속을 지킬 수 있었고, 전반적으로 경기가 호전되었기 때문에 다른 상인들 역시 약속을 지켰다. 교량 공사는 매우 빠르게 진행됐다. 유감스러운 건 이제는 머딘이 아니라 엘프릭이 마스터 노릇을 하고 있다는 사실이었다.

최근 들어 캐리스의 아버지는 솔선해서 나서는 일이 거의 없었다. 예전처럼 머리가 잘 돌아가는 순간은 갈수록 줄었다. 아버지가 걱정됐지만 그녀가 할 수 있는 일은 없었다. 그녀는 어머니가 병에 걸렸을 때 느꼈던 분노를 다시 한번 느꼈다. 어째서 아버지의 건강을 위해 할 수 있는 일이 없을까? 무엇이 잘못된 것인지 아는 사람도 없었다. 심지어 그의 병명조차 알 수 없었다. 사람들은 노쇠 때문이라고 하지만 아버지는 이제 겨우 쉰 살이었다!

캐리스는 자신이 결혼할 때까지 아버지가 살아 있기를 기도할 정도였다. 양모 정기시장이 끝나는 주 일요일 킹스브리지 대성당에서 머딘과 결혼할 예정이었고, 이제 한 달밖에 남지 않았다. 도시 길드장의 집안 결혼식은 큰 행사가 될 것이다. 길드 집회소에서는 유력 인사를 위한 연회가, '연인들의 들판'에서는 수백 명의 하객을 위한 야외 연회가 마련될 예정이었다. 그녀의 아버지는 몇 시간 내내 연회의 식단과 여흥 계획을 짜더니, 까맣게 잊어버렸다며 다음날 처음부터 다시 시작했다.

그녀는 아버지 생각을 애써 털어버리고 그보다 좀더 다루기 쉬운, 아니 다루기 쉬운 것이기를 바라는 문제로 관심을 돌렸다. "지난 한 달 동안 범법자들의 약탈이 급격히 늘었어요. 대부분 일요일에 일어났고 희생자는 킹스브리지로 농산물을 나르던 사람들이었죠."

엘프릭이 그녀의 말을 가로챘다. "그 짓을 저지른 자가 바로 당신 약혼자의 동생이야! 그러니 우리가 아니라 머딘에게 가서 얘기해야지."

캐리스는 발끈하는 감정을 애써 눌렀다. 언니의 남편은 누군가를 비난할 수 있는 기회를 놓치는 일이 없었다. 그녀도 괴롭기는 하지만 랠프가 연루됐을 가능성이 높다는 사실을 알고 있었다. 머딘도 괴로워하고 있었다. 그리고 엘프릭은 그 사실을 즐기고 있었다.

"내가 보기엔 '은신자 탬'의 짓 같은데." 딕 브루어가 말했다.

"아마 그 두 사람 다일 거예요." 캐리스가 말했다. "제가 보기에는, 전투 훈련을 받은 랠프 피츠제럴드가 기존의 범법자 무리와 연합해서 더 조직적이고 효율적인 집단으로 만든 것 같아요."

도시에서 가장 성공한 제빵업자인 뚱뚱한 베티 백스터가 말했다. "그게 누구든 그들이 이 도시의 화근이 될 거예요. 이제 아무도 시장에 오지 않는다고요!"

그것은 과장이었지만 주말 시장에 오는 사람들 수가 급감하고 있는 것은 사실이었으며, 그 영향이 빵집에서 갈보집에 이르기까지 이 도시의 모든 업종에 미치고 있었다. "하지만 더 나쁜 일이 있어요." 캐리스가 말했다. "양모 정기시장이 사 주 남았어요. 여기 계신 분들 가운데 몇 분이 새 다리에 막대한 돈을 투자하셨죠. 그 다리는 시장이 열릴 때까지 목재로 임시 보도를 만들어서라도 사용할 수 있도록 준비되어야 할 거예요. 우리 대부분은 연례 시장의 수입에 형편이 좌우되니까요. 저만 해도 창고 가득 팔아야 할 진홍색 옷감이 쌓여 있어요. 비용이 잔뜩 들어간 것이죠. 만약 킹스브리지로 오는 사람들이 범법자들에게 약탈당한다는 소문이 퍼지기라도 하면 손님을 잃게 될 거예요."

사실 캐리스는 겉으로 내색한 것보다 훨씬 그 일을 우려하고 있었다.

그녀나 그녀의 아버지에게는 남은 현금이 없었다. 가지고 있던 돈은 모두 교량 공사나 가공하지 않은 양모와 진홍색 옷감에 묶여 있었다. 이번 양모 정기시장이 그 돈을 회수할 기회였다. 사람들이 몰리지 않으면 큰 곤경에 처할 것이다. 무엇보다 결혼식 비용을 어떻게 마련한단 말인가?

그 일을 걱정하는 사람은 그녀만이 아니었다. 보석세공인 길드의 수장인 릭 실버스가 말했다. "그렇게 되면 연속으로 삼 년째 불황을 맞는 셈이 됩니다." 그는 꼼꼼하고 까다로운 사람으로 언제나 흠을 찾기 힘들 만큼 공들인 차림새를 하고 다녔다. "그 경우 우리 조합원들 일부는 사업을 접게 될 겁니다. 일 년 사업의 절반이 양모 정기시장에 달렸으니까요."

"일이 잘못되면 이 도시는 망하게 됩니다. 그런 일이 생기도록 방치해선 안 될 것이오." 에드먼드가 말했다.

다른 몇 사람도 같은 의견을 내놓았다. 비공식적으로 회의를 주재하고 있던 캐리스는 사람들이 불만을 쏟아내도록 놓아두었다. 이런 식으로 사태의 심각성이 강조되면, 사람들은 그녀가 제시할 과격한 해결책을 쉽게 받아들일 것이었다.

"이건 셔링의 셰리프가 나서야 할 일입니다. 치안 유지도 못한다면 무슨 명목으로 봉급을 받는답니까?" 엘프릭이 말했다.

"그들도 온 숲을 다 휩쓸고 다니지는 못해요. 부하들이 그렇게 많지 않으니까요." 캐리스가 말했다.

"롤런드 백작에게는 부하가 많잖아요."

맞는 말이긴 했지만, 캐리스는 다시 한번 사람들이 토론하도록 내버려두었다. 그래야 그녀가 해결책을 제시했을 때 달리 실제적인 대안이 없다는 사실을 알 것이었다.

에드먼드가 엘프릭에게 말했다. "백작은 우리를 돕지 않을 걸세. 벌써 그 문제를 얘기해보았네."

실제로 그가 백작에게 보내는 편지를 받아쓴 캐리스가 말했다. "랠프는 백작의 부하였어요. 지금도 그렇고요. 범법자들이 셔링 시장으로 가는 사람들을 공격하지 않는다는 사실만 봐도 그래요."

엘프릭이 분개하며 말했다. "그 위글리 농부들이 애초에 백작의 부하를 상대로 고소를 하지 말았어야 했어요. 대체 자기들이 뭐라고."

그 말에 발끈한 캐리스가 대꾸하려는 순간 베티 백스터가 선수를 쳤다. "오, 그러면 당신은 영주들이 아무나 강간해도 된다고 생각하는 거예요?"

에드먼드가 끼어들었다. "그건 다른 문제예요." 그가 권위를 내세우면서 기운찬 어조로 말했다. "그 일은 이미 일어난 일이고, 지금 문제는 랠프가 우리를 약탈하고 있다는 겁니다. 자, 그러니 어떻게 하면 좋겠습니까? 셰리프도 우리를 돕지 못하고 백작도 도울 생각이 없으니."

"윌리엄 경은 어떨까요? 그는 위글리 사람들 편을 들어줬죠. 결국 랠프를 범법자로 만든 건 그입니다." 릭 실버스가 말했다.

"그에게도 요청해보았소." 에드먼드가 대답했다. "킹스브리지가 자신의 영지가 아니란 대답만 돌아왔소."

"이게 다 수도원이 지주이기 때문입니다. 우리에게 보호가 필요할 때 수도원장은 아무 소용이 없으니 말입니다." 릭이 말했다.

"그 때문에라도 우리는 국왕에게 칙허장을 신청해야 해요. 그러면 국왕의 보호를 받게 되니까요." 캐리스가 말했다.

"우리 도시의 치안관은 뭘 하고 있는 거랍니까?" 엘프릭이 말했다.

마크 웨버가 입을 열었다. 그는 치안관의 부관이기도 했다. "우리는 필요하다면 뭐든 할 준비가 되어 있습니다. 지시만 내려오면 말이죠."

"당신들이 용감하다는 건 모두가 알아요. 하지만 당신들의 역할은 도시에서 벌어지는 말썽을 처리하는 거죠. 존 치안관은 범법자를 추적하는 일에는 익숙지 않을 거예요." 캐리스가 말했다.

위글리에 있는 캐리스의 축융기를 다루고 있어 그녀와 밀접한 사이가 된 마크는 그 말에 함부로 화를 내지 못했다. "그러면 누가 그 일을 하죠?"

캐리스는 아까부터 이 질문이 나오도록 토론을 유도해왔다. "사실 우리를 기꺼이 도와줄 경험 많은 분이 계세요. 제가 그분에게 오늘 이 자리에 와주십사 부탁했어요. 지금 저기 예배당에서 기다리고 계십니다." 그런 다음 캐리스는 목소리를 높였다. "토머스, 이쪽으로 오시겠어요?"

홀 끝에 있는 소예배당에서 토머스 랭리가 나왔다.

릭 실버스는 미심쩍은 투로 말했다. "저 사람은 수사잖습니까?"

"수사가 되기 전에 군인이었죠." 캐리스가 설명했다. "그래서 팔 하나를 잃은 거고요."

엘프릭이 언짢은 듯 말했다. "부르기 전에 길드 조합원들 허락을 받았어야 하지 않나." 캐리스는 그의 말에 신경쓰는 사람이 아무도 없다는 것이 내심 흐뭇했다. 사람들은 토머스가 무슨 말을 할지에 더 흥미를 보였다.

"먼저 시민군을 조직할 필요가 있습니다." 토머스가 입을 열었다. "사람들의 말을 종합해보면 범법자 무리는 이삼십 명가량 됩니다. 그렇게 많은 수는 아니죠. 주일 오전마다 활쏘기 연습을 한 덕분에 시민 대부분은 큰 활을 능숙하게 사용할 수 있습니다. 잘 준비하고 현명한 지휘만 받는다면, 여러분 백 명 정도로도 범법자들은 간단히 퇴치할 수 있을 겁니다."

"좋은 생각이오." 릭 실버스가 말했다. "하지만 그전에 먼저 그들을 찾아야 할 텐데요."

"물론입니다." 토머스가 말했다. "나는 킹스브리지에 그들의 소재를 알 만한 사람이 있을 거라 확신합니다."

∽

머딘은 목재상 제이크 첩스토에게 구할 수 있는 한 가장 큰 것으로 웨일스산 석판 한 장을 구해달라고 부탁했었다. 제이크는 벌목 원정을 나갔다 돌아오는 길에 4제곱피트 크기의 얇은 웨일스산 회색 석판을 가져왔다. 머딘은 석판에 나무틀을 대고 설계 도판으로 사용했다.

캐리스가 교구 길드 모임에 나간 날 저녁 머딘은 나환자 섬에 있는 자기집에서 섬의 지도를 만들고 있었다. 섬의 일부를 선창과 창고로 세놓는 것은 그가 품은 야심 찬 계획의 극히 일부에 불과했다. 그는 교량과 교량 사이를 연결하는 섬의 교차로에 여인숙과 상점 거리가 들어설 거라고 예견했다. 자신이 직접 그곳에 건물들을 지어 사업욕이 왕성한 킹스브리지 상인들에게 세를 놓을 생각이었다. 도시의 앞날을 내다보면서 그곳에 들어설 건물과 거리를 상상하는 것은 흥분되는 일이었다. 만약 보다 나은 지도자가 있었다면 수도원에서 했을 법한 일이었다.

그 계획에는 자신과 캐리스가 살 새집도 포함되어 있었다. 현재 그가 사는 작은 집도 신혼 때는 아담한 보금자리가 되어주겠지만, 나중에 아이들이 생기면 더 넓은 공간이 필요해질 것이다. 그는 섬의 남쪽 기슭에 면한 장소 한 군데를 별도로 표시해놓았다. 그곳이라면 강에서 올라오는 신선한 공기가 불어들 것이다. 섬에는 주로 바위 지대가 많았지만 그가 염두에 둔 그곳은 넓지는 않아도 과일나무를 키울 수 있는 토양 지대였다. 그곳에 지을 집을 설계하면서 머딘은 기쁜 마음으로 그들이 함께 살아갈 매일의 삶을 상상했다.

문을 두드리는 소리에 그는 몽상에서 깨어났다. 깜짝 놀랐다. 밤중에 섬에 오는 사람은 없었다. 캐리스만 예외였는데 그녀라면 노크하지 않았을 것이다. "누구시죠?" 머딘은 불안한 어조로 물었다.

토머스 랭리가 들어섰다.

"지금은 수사님들이 잠자리에 들 시간 아닌가요?" 머딘이 말했다.

"고드윈은 내가 여기 있다는 걸 모르지." 그러면서 토머스는 석판을 바라보았다. "자네는 왼손으로 그리나?"

"왼손이나 오른손이나 별 차이가 없습니다. 와인 드시겠어요?"

"아니, 됐네. 아침기도까지 남은 몇 시간 동안은 깨어 있어야 하니 졸리면 안 되지."

머딘은 토머스가 좋았다. 십이 년 전, 머딘이 토머스가 죽으면 편지를 묻은 장소로 사제를 데려가기로 약속했던 그날 후로 두 사람 사이에는 유대감이 형성되어 있었다. 나중에 대성당 수리 공사 때 머딘은 그와 함께 일하게 됐는데, 토머스의 지시는 언제나 명확했고 도제들을 대하는 태도도 정중했다. 토머스는 자만에 빠지는 일 없이 자신의 종교적 소명에 진지하게 임했는데, 하느님의 종이라면 누구나 응당 그래야 하는 것이 아닐까 하고 머딘은 생각했다.

그가 토머스에게 불가에 놓인 의자를 손짓으로 가리켰다. "그런데 무슨 일입니까?"

"자네 동생에 관한 일일세. 누군가 그의 행동을 제지해야겠네."

머딘은 갑작스러운 통증을 느낀 사람처럼 움찔했다. "제가 할 수 있는 일이 있었다면 했을 겁니다. 하지만 그애를 만나지 못했고, 설령 만난다 해도 제 말을 귀담아들을지 모르겠습니다. 한때는 제 말을 따르기도 했지만 이제 그런 시절은 끝난 것 같아요."

"방금 교구 길드 집회에서 오는 길일세. 그들이 나에게 시민군을 편성해달라고 했어."

"제가 시민군에 들어갈 거라고는 기대하지 마세요."

"아니, 내가 온 건 그것 때문이 아니야." 그러면서 토머스는 심술궂은 미소를 지었다. "자네의 놀라운 재능에 군인의 기술은 빠져 있으니까."

머딘은 안타깝다는 듯 고개를 끄덕였다. "고마운 말씀이군요."

"하지만 그럴 생각이 있다면 말인데, 자네가 나를 도울 수 있는 일이 있어."

머딘은 꺼림칙한 기분을 느꼈다. "말씀해보세요."

"킹스브리지에서 멀지 않은 곳에 범법자들의 은신처가 있을 거야. 자네 동생이 있을 만한 곳이 어디일지 한번 생각해봐주게. 어쩌면 자네들 두 사람이 아는 장소일지도 몰라. 동굴이든지, 숲속에 버려진 삼림관리인의 오두막이든지."

머딘은 머뭇거렸다.

"동생을 배신하고 싶지 않다는 건 이해해. 하지만 그가 처음 공격했던 그 일가족을 생각해보게. 점잖고 근면한 농부와 그의 예쁜 아내, 열네 살 먹은 소년과 어린 소녀였지. 그중 세 사람은 죽고 어린 소녀는 이제 고아가 됐네. 아무리 동생을 사랑하더라도 자네는 우리가 그를 잡도록 도와줘야 하는 거야." 토머스가 말했다.

"압니다."

"그가 있을 만한 곳을 알고 있나?"

머딘은 아직 그 질문에 대답할 준비가 되어 있지 않았다. "동생을 생포하실 겁니까?"

"그럴 수 있다면 그리하겠네."

머딘은 고개를 저었다. "그 대답만으로는 부족합니다. 제가 필요한 건 보증이에요."

토머스는 한동안 잠자코 있었다. 이윽고 그가 말했다. "좋아, 자네 동생을 산 채로 잡겠네. 어떻게 해야 할지 방법은 모르겠지만 내가 방법을 찾아보지. 약속하겠네."

"고맙습니다." 머딘은 잠시 말을 멈췄다. 머리로는 자신이 이 일을 해야 한다는 것을 알았지만 마음이 반기를 들었다. 얼마 후 그는 억지로 입을 떼었다. "제가 열세 살이었을 때 우리는 사냥을 나가곤 했습니다. 때로는 나이가 더 많은 아이들과 함께 가기도 했죠. 온종일 밖에 머물면서 사냥한 것을 요리해 먹었어요. 때로는 초크 힐스까지도 갔는데, 그곳에서 여름철에 양을 방목하러 온 가족들과 마주치기도 했죠. 보통 양치는 여자아이들은 자유분방하고 대하기도 편하잖아요. 그중에는 키스를 허락하는 애들도 있고요." 머딘은 잠시 미소를 지었다. "겨울에는 그들이 그곳에 있지 않는데, 그때 그들이 쓰던 오두막을 은신처로 쓰곤 했습니다. 아마 랠프는 그런 곳에 숨어 있을 겁니다."

"고맙네." 토머스는 자리에서 일어섰다.

"약속을 잊지 마십시오."

"그러겠네."

"수사님은 십이 년 전 저를 믿고 비밀을 말씀해주셨죠."

"알고 있네."

"저는 수사님을 배신한 적이 없습니다."

"그것도 알아."

"이제는 제가 수사님을 믿을 차례군요." 머딘은 이 말이 두 가지로 해석될 수 있음을 알았다. 주고받기식의 요청이거나, 아니면 은근한 위협이거나. 그것은 아무래도 좋았다. 토머스가 받아들이고 싶은 대로 받아들이게 놔두자 싶었다.

토머스가 하나뿐인 손을 내밀자 머딘은 그 손을 잡았다. "나는 약속을 지키지." 토머스가 말하고 그곳을 나섰다.

∽

랠프와 탬은 말을 타고 나란히 언덕을 올랐고, 말을 탄 앨런 펀힐과 나머지 범법자들이 도보로 뒤따랐다. 랠프는 기분이 좋았다. 이번 일요일 아침의 약탈도 성공적이었다. 봄이 되자 농부들이 햇농산물을 시장으로 나르기 시작했다. 그들 패거리들은 새끼 양 여섯 마리, 벌꿀 한 단지, 마개로 막아놓은 크림 한 단지, 그리고 와인을 담은 몇 개의 가죽 부대를 운반하고 있었다. 여느 때처럼 범법자들의 피해는 경미했다. 희생자들 중 저돌적인 몇몇이 입힌 자상과 타박상 정도가 고작이었다.

랠프와 탬의 연합은 극히 성공적이었다. 두어 시간 가벼운 싸움을 벌이면 일주일 동안 호사스럽게 사는 데 필요한 모든 것을 손에 넣을 수 있었다. 나머지 시간에는 낮은 사냥으로 보내고 밤은 술을 마시며 보냈다. 밭 경계선에 대해 시비를 걸며 괴롭히거나 소작료를 속이는 응큼한 소작인도 없었다. 단 한 가지 부족한 것이 있다면 여자였는데, 오늘은 통통한 열세 살과 열네 살짜리 자매를 납치해서 그것도 부족함이 없었다.

유일하게 남은 미련은 국왕을 위해 싸워보지 못했다는 사실이었다. 그것은 랠프가 어린 시절부터 품은 야심이었는데, 아직까지도 그 미련을 버리지 못하고 있었다. 범법자가 되는 것은 너무나 쉬웠다. 무장도 하지 않은 소작농을 죽이는 일로는 자존심이 채워지지 않았다. 그의 내면에 있는 소년은 아직도 영광의 날을 갈망했다. 그는 자신에게든 남에게든 그가 진정한 기사의 영혼을 가졌다는 사실을 증명해본 적이 없었다.

하지만 그런 생각으로 풀이 죽을 그가 아니었다. 소굴이 있는 고지의 초원을 감추고 있는 듯한 언덕길을 힘겹게 오르는 동안 그는 즐거운 기분으로 오늘밤 벌일 잔치를 생각했다. 새끼 양을 꼬챙이에 꽂아 굽고 꿀을 넣은 크림을 마셔야지. 그리고 여자아이들…… 랠프는 자매가 여러 사내에게 차례로 폭행당하는 장면을 볼 수 있도록 두 애를 나란히 눕히기로 마음먹었다. 그 생각만으로도 심장이 빠르게 뛰기 시작했다.

그들은 돌로 지은 은신처가 보이는 곳에 이르렀다. 랠프는 이제 곧 이 은신처를 버려야 할 거라 생각했다. 풀이 무성하게 자라고 있어서 조만간 목동들이 올 것이다. 올해는 부활절이 일러 5월제가 끝나면 바로 성령강림절이다. 다른 근거지를 마련해야 할 것이다.

가장 가까이에 있는 오두막을 50야드쯤 앞뒀을 때, 랠프는 거기서 사람이 나오는 것을 보고 깜짝 놀랐다.

그와 탬은 동시에 말을 멈췄고, 범법자 무리는 손에 무기를 든 채 그들을 에워쌌다.

그 사람이 다가왔고, 랠프는 그가 수사라는 것을 알았다. 랠프 옆에 있던 탬이 말했다. "대체 이게 무슨……?"

수도복 한쪽 소매가 빈 채 펄럭이는 것을 본 랠프는 그제야 그 사람이 킹스브리지의 토머스 형제임을 알아보았다. 토머스가 마치 중심가에서 우연히 만나기라도 한 것처럼 그들에게 다가오며 말했다. "안녕하신가, 랠프. 내가 누군지 기억하겠나?"

"네가 아는 사람인가?" 탬이 랠프에게 물었다.

토머스는 랠프의 말 오른쪽으로 다가서더니 성한 오른팔을 뻗어 악수를 청했다. 대체 이자가 여기서 뭘 하는 거지? 하지만 팔이 하나밖에 없는 수사가 해를 끼칠 것 같지는 않았다. 당황한 랠프는 팔을 뻗어 토머스가 내민 손을 잡았다. 토머스는 랠프의 팔뚝을 따라 손을 죽 올리다가 그의 팔꿈치를 잡았다.

그 순간 랠프의 시야에 돌 오두막 근처에서 무엇인가 움직이는 모습이 포착됐다. 시선을 든 그는 가장 가까이에 있는 오두막 문에서 한 사내가 걸어나오는 것을 보았다. 뒤이어 두번째 사내가 나오고, 세 명이 더 걸어나왔다. 다음 순간 모든 오두막에서 일제히 사람들이 쏟아져나왔는데, 모두 긴 활에 화살을 메긴 상태였다. 랠프는 자신들이 매복 습격을 받았다는 것을 깨달았지만, 그 순간 그의 팔꿈치를 잡은 수사가 손에 힘을 주며 갑작스럽게 홱 잡아당기는 바람에 말에서 떨어졌다.

범법자들 무리에서 고함소리가 터져나왔다. 랠프는 등부터 땅바닥에 내동댕이쳐졌다. 그의 말 그리프가 겁에 질려 옆걸음질을 쳤다. 랠프가 일어서려 하자 토머스가 나무둥치처럼 그의 몸 위로 쓰러지면서 흡사 여자의 몸 위에 올라탄 사람처럼 그를 땅바닥에 깔아뭉갰다. "꼼짝 말고 그대로 누워 있어. 그래야 죽지 않을 거야." 그가 랠프의 귀에 속삭였다.

다음 순간 수십 대의 화살이 일시에 시위를 떠나는 소리가 들렸다. 허공을 가르는 그 무시무시한 소리는 별안간 폭풍우가 몰아치는 소리 같았다. 그것이 무슨 소리인지는 의심할 여지가 없었다. 엄청난 소리였다. 궁수가 백 명은 되는 것 같았다. 그 많은 사람이 은신처 안에 구겨넣어지기라도 한 것처럼 매복해 있었던 것이다. 토머스가 랠프의 팔을 잡는 행동이 밖으로 나와 화살을 쏘라는 신호였던 것이 분명했다.

토머스를 공격할지 망설이던 랠프는 마음을 바꾸었다. 화살에 맞은 범법자들의 비명이 들려왔던 것이다. 땅바닥에 누워 있어 제대로 볼 수는 없었지만 무리 중 몇몇이 칼을 뽑는 모습이 보였다. 그러나 궁수와의 거리가 너무 멀었다. 적을 향해 달려간다면 교전을 하기도 전에 쓰러질 것이다. 전투가 아니라 학살이었다. 그때 요란한 말굽소리가 났다. 랠프는 탬이 궁수들을 향해 돌진하고 있거나 달아나는 거라고 생각했다.

혼란에 싸인 순간은 그리 길지 않았다. 잠시 후 그는 범법자들이 일제히 퇴각했다는 것을 확신했다.

토머스가 그에게서 물러나며 베네딕트회 수도복 밑으로 날이 긴 단검을 뽑았다. "칼을 뽑는 건 꿈도 꾸지 말게."

랠프는 일어섰다. 궁수들 쪽을 본 그는 그들 대부분을 알아볼 수 있었다. 뚱보 딕 브루어, 호색한 에드워드 부처, 놀기 좋아하는 폴 벨, 심술궂은 빌 왓킨. 그들 모두가 소심하고 법을 준수하는 킹스브리지 시민들이었다. 그는 상인들에게 생포된 것이었다. 하지만 랠프가 놀란 건 그것 때문이 아니었다.

랠프는 호기심 어린 눈으로 토머스를 보며 말했다. "당신이 내 목숨을 구한 겁니까."

"자네 형이 부탁해서일 뿐이야." 토머스는 딱딱한 어조로 대답했다. "만약 그 부탁이 없었다면 자네는 땅에 떨어지기도 전에 죽었을 걸세."

∽

킹스브리지 감옥은 길드 집회소 지하에 있었다. 돌벽에 바닥은 더럽고 창도 없었다. 난로도 없었다. 그래서 한겨울에는 얼어죽는 죄수들도 있었다. 하지만 지금은 5월이고 랠프에게는 밤이면 몸을 따뜻하게 해줄 양모 외투가 있었다. 그에게는 의자와 긴 의자, 작은 탁자 같은 몇 가지 가구도 있었는데, 머딘이 돈을 지불하고 치안관 존에게서 빌린 것들이었다. 빗장이 걸린 떡갈나무 문 맞은편에는 치안관 존의 사무실이 있었다. 장날과 정기시장이 열리는 동안에는 치안관과 그의 부관들이 그곳에서 말썽이 일어날 경우에 대비해 대기했다.

앨런 펀힐도 랠프와 같은 감방에 있었다. 킹스브리지의 궁수 하나가 화살로 그의 허벅지를 맞혔고 부상이 심하지는 않았지만, 달아날 수는 없었다. 하지만 은신자 탬은 무사히 달아났다.

오늘은 그들이 이곳에 있는 마지막날이었다. 정오에 셰리프가 그들을 셔링까지 후송할 예정이었다. 그들은 이미 궐석재판으로 사형선고를 받은 상태였다. 아넷을 강간한 혐의에, 법정에서 판사가 보는 앞에서 저지른 범죄들, 즉 배심원장과 울프릭에게 상해를 입히고 도주한 죄까지 추가됐다. 셔링에 후송되면 그들은 교수형을 당할 것이었다.

정오가 한 시간쯤 남았을 무렵 랠프의 부모가 그들에게 뜨거운 햄과 새로 구운 빵, 그리고 독한 에일 한 단지로 식사를 차려줬다. 머딘도 함께 있었다. 랠프는 이것이 작별인사라고 짐작했다.

아버지의 말이 그 사실을 확인해줬다. "우리는 너를 따라 셔링까지 가지는 않을 거다."

어머니가 이어서 말했다. "우리는—" 어머니의 말이 끊어졌지만 랠프는 그녀가 무슨 말을 하려던 것인지 알았다. 그들은 아들이 교수형당하는 것을 보지 않겠다는 것이었다.

랠프는 에일은 마셨지만 음식은 먹지 못했다. 이제 곧 교수대로 갈 참인데 음식을 먹는 것은 무의미했다. 어차피 식욕도 없었다. 앨런은 음식을 먹어치웠다. 그는 자신을 기다리는 운명이 뭔지 모르는 사람처럼 굴었다.

그들 가족은 어색한 침묵에 잠긴 채 앉아 있었다. 가족이 한자리에 있는 마지막 순간이었지만 무슨 말을 해야 할지 알지 못했던 것이다. 어머니는 소리 없이 울었고 아버지는 금방이라도 감정이 복받칠 듯한 표정이었고 형은 양손으로 머리를 싸쥔 채 앉아 있었다. 앨런 펀힐은 마치 따분한 듯한 얼굴로 있었다.

랠프는 형에게 물어볼 것이 있었다. 묻고 싶지 않은 마음도 있었지만 지금이 마지막 기회라는 것을 깨닫고 결국 물었다. "토머스 수사가 나를 말에서 끌어내려 화살을 맞지 않게 해줬고, 나는 그에게 목숨을 구해줘서 고맙다고 했어." 랠프는 형을 바라보며 말을 이었다. "그랬더니 형이 부탁한 거라고 하더군."

머딘은 그저 고개만 끄덕였다.

"토머스에게 부탁했어?"

"그래."

"그러면 형은 무슨 일이 일어날지 알고 있었던 거로군."

"그래."

"그런데…… 어떻게 토머스가 내가 있는 곳을 알았지?"

머딘은 대답하지 않았다.

"형이 말해준 거지?" 랠프가 말했다.

그들의 아버지가 놀라 말했다. "머딘! 네가 어떻게 그럴 수 있어?"

앨런 펀힐도 한마디했다. "배신자."

머딘이 랠프에게 말했다. "너는 사람들을 죽이고 있었어! 죄 없는 농부들과 그 아내들과 자식들을! 네 행동을 제지해야 했다고!"

놀랍게도 그 말을 듣고도 랠프는 화가 나지 않았다. 그는 목이 졸리는 듯한 느낌만 받았다. 그는 침을 삼킨 뒤 입을 열었다. "하지만 왜 토머스에게 내 목숨을 구해달라고 부탁했지? 내가 교수형을 당하는 쪽이 더 낫다고 생각했나?"

"랠프, 그만해." 모드가 말하고는 흐느껴 울었다.

"모르겠어." 머딘이 말했다. "어쩌면 그저 네가 좀더 살기를 바랐던 건지도 모르지."

"하지만 형은 나를 배신했어." 랠프는 금방이라도 울음이 터질 것 같았다. 눈 안쪽으로 눈물이 차오르고 머리가 조여드는 것 같았다. "형은 나를 배신했어." 그는 같은 말을 되풀이했다.

"맙소사, 그건 자업자득이야!" 머딘이 자리에서 일어나며 성난 어조로 말했다.

"얘들아, 싸우지 말거라." 모드가 말했다.

랠프는 슬픈 듯 고개를 저었다. "우리는 싸우려는 게 아니에요. 그런 시절도 끝났어요."

그때 문이 열리고 치안관 존이 들어섰다. "밖에 셰리프가 와 계시오." 그가 말했다.

모드가 랠프를 끌어안고 매달려 울었다. 잠시 후 제럴드가 조심스럽게 그녀를 떼어놓았다.

존이 밖으로 나가고 랠프가 뒤따라 나갔다. 그는 자신을 포승이나 쇠사슬로 묶지 않은 것이 놀라웠다. 전에 한 번 달아난 전력이 있는데 또 달아날까봐 걱정이 되지도 않는 걸까? 그는 치안관 사무실을 가로질러 바깥으로 나섰다. 그의 가족이 그 뒤를 따라왔다.

비가 오다 그친 듯 밝은 햇살이 젖은 도로에서 반사되고 있었다. 랠프는 눈부신 빛에 눈을 가늘게 떴다. 그렇게 빛에 적응하는 사이 그의 말 그리프가 안장을 얹고 대기하고 있는 것이 보였다. 랠프는 그 모습을 보자 기뻤다. 그는 고삐를 잡고 말의 귀에 속삭였다. "너는 배신하지 않았구나, 그렇지?" 주인이 돌아오자 기쁜 말이 코를 불며 발을 굴렀다.

셰리프와 부관 몇이 빈틈없이 무장한 채 말을 타고 기다리고 있었다. 그들은 랠프를 말에 태워 셔링까지 데려갈망정 두번 다시 모험을 할 생각은 없는 것이 분명했다. 랠프도 이번만큼은 달아날 길이 없으리란 것을 깨달았다.

그는 다시 한번 주위를 둘러보았다. 셰리프가 와 있기는 했지만 무장한 다른 기수들은 그의 부관이 아니었다. 그들은 롤런드 백작의 부하들이었다. 그리고 검은 머리에 검은 수염의 백작이 몸소 회색 군마를 타고 그곳에 와 있었다. 백작이 여기 웬일일까?

백작은 말에서 내리지도 않고 상체만 기울여 치안관 존에게 두루마리 양피지 한 장을 건넸다. "글을 읽을 줄 안다면 그걸 읽어보게." 롤런드가 여느 때처럼 입술 한쪽으로 말했다. "국왕의 칙서다. 우리 카운티의 모든 죄수가 나와 함께 국왕의 군대에 들어간다는 조건으로 사면되어 자유의 몸이 된다는 내용이다."

"만세!" 제럴드는 환성을 질렀다. 모드는 울음을 터뜨렸다. 머딘은 치안관의 어깨 너머로 칙서를 읽어보았다.

랠프는 앨런을 쳐다보았다. 앨런이 물었다. "그게 무슨 뜻입니까?"

"우리가 풀려났다는 얘기지!" 랠프가 말했다.

"내가 제대로 읽은 거라면 그런 내용이군요." 치안관 존이 말하고, 이번에는 셰리프에게 말했다. "셰리프도 이 내용이 유효하다는 것을 확인해주시겠습니까?"

"나도 확인했네." 셰리프가 말했다.

"그러면 더이상 말할 것도 없군요. 두 사람은 백작과 함께 가도 좋소." 치안관은 이렇게 말하고 양피지를 둘둘 말았다.

랠프는 형을 바라보았다. 머딘은 울고 있었다. 기쁨의 눈물일까, 아니면 실망의 눈물일까?

그러나 그런 것을 궁금해할 여유는 없었다. "자, 어서 서둘러라." 롤런드가 성마른 어조로 말했다. "이제 정식 절차는 끝났으니 길을 떠나자. 국왕은 프랑스에 계시다. 갈 길이 멀어!" 백작은 말을 돌려 중심가를 달려내려가기 시작했다.

랠프도 그리프의 옆구리를 찼다. 말은 구보로 백작의 뒤를 열심히 따랐다.

41

"당신은 이기지 못합니다." 수도원장 사택 홀에 놓인 커다란 의자에 앉은 그레고리 롱펠로가 고드윈 수도원장에게 말했다. "국왕은 킹스브리지에 칙허장을 내줄 겁니다."

고드윈은 그를 노려보았다. 왕실법정에서 한번은 백작을 상대로, 또 한번은 길드장을 상대로 승소를 거두었던 바로 그 변호사였다. 이런 실력자가 패한다고 말한다면 패소는 불가피할 것이 분명했다.

참을 수 없는 일이었다. 만약 킹스브리지가 국왕 자치도시가 된다면 수도원은 옆으로 밀려나고 말 것이다. 이 도시는 지난 수백 년간 수도원장의 다스림을 받아왔다. 고드윈이 보기에 이 도시는 하느님을 섬기는 수도원에 봉사하기 위해서만 존재했다. 그런데 이제 수도원은 돈의 신을 섬기는 상인들의 다스림을 받는 도시의 일부로 전락할 참이었다. 그리고 생명록*에는 이런 일이 일어나도록 방치한 수도원장이 고드윈

* 하늘나라에서 기록되는 의인 명부.

이라고 적히게 될 것이다.

"정말 그럴 거라고 확신하는 겁니까?" 낙담한 그가 물었다.

"나는 늘 확신하죠." 그레고리가 말했다.

고드윈은 짜증이 났다. 그레고리가 그 자신만만한 태도로 적을 상대할 때는 괜찮았지만 고드윈 자신에게 그런 태도를 취하자 분노가 치밀었다. 고드윈은 성난 어조로 말했다. "그럼 내가 부탁한 일을 할 수 없다는 말을 하려고 킹스브리지까지 먼길을 온 겁니까?"

"수임료도 정산할 겸 온 거죠." 그레고리가 자못 즐거운 듯이 말했다.

고드윈은 런던에서 산 옷을 입은 상태 그대로 그를 양어지 속에 집어던지고 싶었다.

그날은 성령강림절이 있는 주의 토요일로, 양모 정기시장이 열리기 전날이었다. 대성당 서쪽 초지에서는 수백 명의 장사꾼이 노점을 설치하고 있었다. 그들이 떠들고 외치는 어마어마한 소음이 고드윈과 그레고리가 식탁 끝에 앉아 있는 수도원장 사택의 홀까지 들릴 정도였다.

그때 한옆에 놓인 긴 의자에 앉아 있던 필리먼이 그레고리에게 말했다. "그런데 어떻게 그렇게까지 비관적인 결론에 이르게 되셨는지 수도원장님에게 설명해주시는 게 어떨까요?" 필리먼은 반은 아첨조이고 반은 경멸조처럼 들리는 특이한 어조로 말했다. 고드윈은 자신이 그런 어조가 마음에 드는지 그렇지 않은지 알 수 없었다.

그레고리는 그 어조에 별다른 반응을 보이지 않았다. "물론. 국왕은 지금 프랑스에 계십니다."

"거의 일 년 가까이 그곳에 계셨지만 별다른 일은 없었잖소." 고드윈이 말했다.

"당신도 올겨울에 교전 소식을 듣게 될 겁니다."

"무슨 말이오?"

"프랑스 놈들이 우리나라 남쪽 항구들을 습격한 이야기는 들었겠죠?"

"들었습니다." 필리먼이 말했다. "사람들 말이 프랑스 선원들이 캔터베리의 수녀들을 강간했다고 하던데요."

"우리는 언제나 적들이 수녀를 강간했다고 주장하죠." 그레고리가 짐짓 겸손한 투로 대꾸했다. "그러면 일반인들이 전쟁을 지지하기 마련이니까요. 하지만 놈들은 포츠머스를 불질렀어요. 그 결과 운송업은 심각한 타격을 입었습니다. 양모값이 급락한 건 아시겠지만."

"그랬죠."

"부분적인 이유로는 양모를 플랑드르로 운송하기가 곤란했기 때문이죠. 그리고 같은 이유로 보르도산 와인값은 급등했고."

우리는 급등하기 전의 가격으로도 그런 와인을 사마실 여유는 없었어. 고드윈은 이렇게 생각했지만 입 밖에 내지는 않았다.

그레고리가 말을 이었다. "내가 보기에 이 습격은 예비 행동에 불과한 것 같습니다. 프랑스군은 침략 함대를 짜고 있는 거예요. 우리측 밀정 말로는, 그들은 이미 즈빈강 어귀에 이백 척이 넘는 함선을 정박시키고 있다고 하더군요."

고드윈은 그레고리가 마치 자신이 정부의 일원이기라도 한 것처럼 '우리측 밀정'이라고 말한 것에 주목했다. 실제로는 들은 이야기를 옮기고 있는 데 불과했다. 그럼에도 꽤 설득력 있게 들렸다. "그런데 프랑스와의 전쟁과 킹스브리지가 자치도시가 되는 것이 무슨 상관이 있다는 겁니까?"

"세금 때문이죠. 국왕은 돈이 필요해요. 교구 길드는 상인들이 수도원의 통제를 벗어나면 더 번영할 것이고, 따라서 더 많은 세금을 내게 될 거라고 주장하고 있습니다."

"국왕은 그 주장을 곧이곧대로 믿는단 말입니까?"

"그런 일은 전에도 사실로 증명된 바 있습니다. 그것이 국왕이 자치도시를 만드는 이유죠. 자치도시는 거래를 창출하고 거래는 세금 수입이 되니까요."

이번에도 돈이 문제로군. 고드윈은 넌더리를 내며 생각했다. "우리가 할 수 있는 일이 없겠소?"

"런던에서는 없습니다. 그보다는 킹스브리지 쪽에 집중하라고 충고하고 싶군요. 교구 길드가 신청을 철회하도록 설득할 수 있겠습니까? 그 길드장은 어떤 사람입니까? 뇌물이 통할 사람인가요?"

"에드먼드 외삼촌 말인가요? 그 양반은 건강이 좋지 않아요. 급속히 노쇠하고 있소. 하지만 그 양반의 딸인 내 사촌동생 캐리스야말로 이 일의 배후 세력이죠."

"아, 그래요, 재판에서 본 기억이 나는군요. 좀 오만해 보이던데."

고드윈은 심술궂은 심정으로 생각했다. 냄비가 주전자를 보고 검다고 하는 격이로군. "그애는 마녀예요."

"마녀라고요? 그렇다면 도움이 될지 모르겠는데요."

"아니, 진짜 마녀란 의미는 아니었소."

그때 필리먼이 끼어들었다. "수도원장님, 사실은 그녀에 대해 그런 몇 가지 소문이 나돌았었죠."

그레고리가 눈썹을 치켜세웠다. "그거 흥미로운 얘기로군요!"

필리먼이 말을 이었다. "캐리스는 현녀 매티와 아주 가까운 사이죠. 매티라는 여자는 마법을 쓰는데 속기 쉬운 순진한 시민에게 묘약을 팔고 있습니다."

마녀라는 말에 착안한 필리먼의 이야기를 비웃으려던 고드윈은 입을 다물었다. 칙허장이라는 어리석은 생각을 물리칠 수 있는 무기라면 하느님이 보내주신 것이 분명할 것이다. 어쩌면 캐리스가 정말 마법을 쓰고 있을지도 모른다. 그건 모를 일이다.

"당신은 망설이는 것 같군요. 물론 당신이 사촌을 좋아한다면……" 그레고리가 말했다.

"어렸을 때는 그랬죠." 고드윈이 말했다. 그는 한때 순진했던 자신이 고통스러울 정도로 후회스러웠다. "하지만 유감스럽게도 그애는 하느님을 두려워하는 여인이 되지 못했소."

"그렇다면……"

"내가 이 사실을 조사해봐야겠군요." 고드윈이 말했다.

"내가 한 가지 제안을 해도 되겠습니까?"

고드윈은 그레고리의 제안이라면 지겨웠지만 그렇다고 말할 용기는 없었다. "물론 좋고말고요." 그는 약간 과장된 어조로 공손하게 대답했다.

"이단 조사는…… 불쾌한 것이 될 수 있습니다. 당신이 나서서 손을 직접 더럽힐 일은 아니죠. 게다가 그럴 경우 사람들은 수도원장과 대면하기를 꺼릴지도 몰라요. 그 일은 덜 위협적인 사람에게 위임하는 게 좋을 겁니다. 이를테면 여기 이 젊은 수련수사 같은 사람에게요." 그레고리는 필리먼을 가리켰다. 필리먼의 얼굴은 기쁨으로 달아올랐다. "이 사람의 태도는 뭐랄까…… 꽤 분별력이 있어 보이니까 말이죠."

고드윈은 마저리와의 정사라는 리처드 주교의 약점을 찾아낸 당사자가 필리먼이었다는 사실을 상기했다. 그는 분명 어떤 지저분한 일이라도 할 인물이었다. "좋소." 고드윈이 말했다. "자네가 뭘 알아낼지 두고 보지, 필리먼."

"고맙습니다, 수도원장님." 필리먼이 말했다. "저로서는 더없이 기쁜 일입니다."

∽

일요일 아침 사람들은 여전히 킹스브리지로 몰려오고 있었다. 캐리스는 머딘이 만든 널찍한 교량 두 개를 사람들이 도보로 혹은 말을 타고 건너는 모습을 지켜보고 있었다. 바퀴가 둘 또는 넷 달린 마차와 소가 끄는 수레에는 시장에 내놓을 상품들이 실려 있었다. 그 광경을 보자 흐뭇했다. 성대한 개통식 같은 것은 없었지만—아직 완공되지 않았지만 임시로 목재 보도를 깔아놓은 덕분에 이용할 수 있었다—그래도 다리가 개통됐고 범법자도 사라졌다는 소문이 널리 퍼져나갔다. 부오나벤투라 카롤리까지 찾아와주었다.

머딘이 통행세를 징수할 다른 방법을 제안했고 교구 길드는 그 방법을 채택했다. 전에는 다리 끝에 초소를 하나만 두어 병목이 일어났는데, 아예 다리에서 다리를 건널 때 지나게 되는 나환자 섬의 길을 따라서 임시 초소를 여러 개 두어 열 사람을 상주시켰다. 사람들 대부분은 걸음을 멈출 필요도 없이 통행세를 내고 지나갔다. "줄이 만들어지지도 않잖아." 캐리스가 혼잣말을 중얼거렸다.

날씨도 화창하고 온화한데다 비가 올 기미도 없었다. 이번 정기시장은 성공을 거둘 것 같았다.

또한 일주일 후에는 그녀와 머딘이 결혼할 예정이었다.

그녀에게는 아직 불안감이 남아 있었다. 머딘이 결혼 제도를 악용해 아내를 괴롭힐 사람이 아니라는 것은 알고 있었지만, 자신이 독립성을 잃고 다른 누군가의 소유물이 된다는 생각이 끊임없이 그녀를 괴롭혔다. 아주 드물게 그녀가 자신의 이런 감정을 누군가에게, 이를테면 궨다나 현녀 매티에게 털어놓으면, 그들은 그녀가 남자처럼 생각한다고 말했다. 뭐, 그렇다면 그런 것일 테지만, 어쨌든 그것이 그녀가 느끼는 감정이었다.

그러나 그를 잃는다는 것은 그 이상으로 슬프기 짝이 없는 일이었다. 그가 없다면 그렇게 내켜서 하는 것도 아닌 저 옷감 만드는 일 말고 그녀에게 무엇이 남을까? 그가 이 도시를 떠나겠다고 말한 순간, 그녀는 갑자기 미래가 텅 빈 것 같았다. 그리고 그녀는 자신이 그와 결혼하는 것보다 더 나쁜 유일한 것이 있다면, 그것은 그와 결혼하지 않는 일이라는 것을 깨달았다.

적어도 그것이 그녀가 좀더 긍정적인 마음일 때 스스로에게 말한 것이었다. 그러다 이따금 한밤중에 잠을 이루지 못하고 누워 있을 때면 마지막 순간에, 결혼식이 한창 진행되고 있을 때 결혼 서약을 거부하고는 경악한 하객들을 뒤로한 채 성당 밖으로 뛰쳐나가는 자신의 모습을 상상하곤 했다.

그러다 낮이 되어 만사가 제대로 굴러가고 있는 동안에는 그건 말도 안 되는 생각이라 여겼다. 머딘과 결혼해 행복하게 살 거라고 생각했다.

캐리스는 강둑을 떠나 시내를 가로질러, 벌써부터 아침미사를 기다리는 신도들로 북적대는 대성당으로 향했다. 원기둥 뒤에서 머딘이 자신의 몸을 더듬던 일이 기억났다. 그녀는 그들이 사귀었던 초기의 그 무모한 열정이, 길고도 깊이 있는 대화와 도둑 키스가 그리웠다.

그녀는 신도들 맨 앞 언저리에서 머딘을 발견했다. 머딘은 이 년 전 바로 그들의 눈앞에서 붕괴했던 성가대석 남쪽 측랑 부분을 살펴보고 있었다. 그녀는 머딘과 함께 그곳 궁륭 위쪽 공간으로 올라갔던 일, 그리고 그곳에서 토머스 수사와 소원해진 그의 아내가 주고받은 무서운 대화를 엿들었던 일을 떠올렸다. 그 대화는 그녀가 두려워하던 모든 일을 결정結晶처럼 명확하게 보여주었고, 그 결과 머딘을 거부하게 되었었다. 그녀는 머릿속에서 그 생각을 몰아냈다. "수리한 부분이 그런대로 유지되고 있는 것 같아." 그녀는 머딘이 하고 있을 생각을 어림해서 말을 붙였다.

머딘은 미심쩍은 얼굴이었다. "대성당의 일생으로 본다면 이 년은 짧은 시간이지."

"나빠진 징후는 보이지 않잖아."

"그래서 더 까다로운 거야. 눈에 보이지 않는 약점이 오랜 세월 아무 의심도 받지 않은 채 이어지다가 결국 뭔가 무너지고 마는 거지."

"어쩌면 약점이 없는 것일지도 모르잖아."

"아니, 분명히 있어." 머딘은 약간 성마른 어투로 말했다. "이 년 전에 붕괴가 일어난 이유가 있었어. 우리는 그 이유를 찾아내지 못했고 그래서 바로잡아놓지 못한 거야. 그 원인을 바로잡지 못했다면 여전히 약점이 있는 거라고."

"어쩌면 약점이란 것이 저절로 고쳐졌을지도 몰라."

그녀는 그저 대화를 이어가려는 생각에서 그렇게 말했지만, 머딘은 그녀의 말을 진지하게 받아들였다. "건축물의 경우 저절로 고쳐지는 법은 없어. 하지만 네 말이 맞아. 그럴 가능성도 있지. 이를테면 낙수 홈통이 막혀서 스며든 물이 덜 해로운 쪽으로 작용하게 됐을지도."

수사들이 성가를 부르며 줄지어 들어오기 시작하자 신도들이 조용해졌다. 수녀들은 다른 출입구를 통해 들어왔다. 두건을 쓴 행렬 가운데 얼굴이 창백하고 아름다운 수련수녀 하나가 고개를 들었다. 엘리자베스 클라크였다. 함께 있는 머딘과 캐리스를 본 그녀의 눈에 갑작스럽게 원망의 빛이 떠올랐다. 캐리스는 그 눈빛에 몸을 떨었다. 다음 순간 엘리자베스는 다시 고개를 숙이고 누가 누구인지 알 수 없는 수도복들 사이로 모습을 감추고 말았다.

"그녀가 널 미워하고 있군." 머딘이 말했다.

"나 때문에 너와 결혼하지 못했다고 생각하니까."

"그녀 생각이 맞아."

"아니, 그렇지 않아. 너는 원하는 사람 누구와도 결혼할 수 있었어!"

"하지만 내가 원한 건 너뿐이었어."

"너는 엘리자베스를 가지고 논 거야."

"그래, 그녀에게는 그런 식으로 보였을 거야." 머딘은 유감이라는 투로 말했다. "하지만 나는 그녀와 이야기 나누는 게 즐거웠어. 네가 냉정하게 돌아선 뒤로는 더욱 그랬고."

그녀는 마음이 편치 않았다. "그래. 하지만 엘리자베스는 기만당했다고 느끼는 거야. 그녀가 나를 보는 눈길이 신경쓰여."

"걱정할 것 없어. 그녀는 이제 수녀야. 너에게 해를 끼치지 못해."

그들은 다정하게 어깨를 바짝 붙인 채 잠시 말없이 나란히 서서 미사를 지켜보았다. 리처드 주교는 동쪽 끝 주교석에 앉아 미사를 주관했다. 캐리스는 머딘이 이런 의식을 좋아한다는 것을 알고 있었다. 그는 미사에 참석하면 언제나 기분이 좋아졌고, 사람들이 교회에 가는 이유가 그것이 아니냐고 말하기도 했었다. 반면 캐리스는 미사에 빠지면 사람들의 주목을 받기 때문에 나올 뿐이었고, 교회의 모든 것에 의혹을 품고 있었다. 그녀는 하느님을 믿었지만 하느님이 자신의 뜻을 사촌오빠 고드윈 같은 사람들에게만 계시한다는 사실에는 의구심이 들었다. 가령 신은 무엇 때문에 찬미를 바라는 걸까? 왕들과 백작들도 숭배를 요구했고, 소소한 지위를 가진 사람일수록 더 많은 복종을 요구했다. 그녀가 보기에 전능한 신이라면 킹스브리지 시민들이 자신을 찬미하든 않든 개의치 않을 것 같았다. 그것은 캐리스가 숲속의 사슴이 자신을 두려워하든 않든 개의치 않는 것이나 마찬가지였다. 때때로 이런 생각을 말하기도 했지만 그녀의 말을 진지하게 받아들이는 사람은 없었다.

그녀의 생각은 멍하니 앞날로 향했다. 여러 가지 징후로 보아 국왕이 킹스브리지에 칙허장을 내릴 가능성이 높아 보였다. 건강만 회복된다면 아마도 그녀의 아버지가 최초의 시장이 될 것이다. 그녀의 옷감 사업은 계속 성장할 것이다. 마크 웨버는 부자가 될 것이다. 도시가 번창하면 교구 길드는 궂은 날씨에도 누구나 편하게 거래할 수 있는 양모 거래소를 지을 수 있을 것이다. 그 건물 설계를 머딘이 맡게 될 수도 있다. 수도원의 재정도 나아질 것이다. 그렇더라도 고드윈이 그녀에게 고마워하는 일은 없겠지만.

미사가 끝나자 수사들과 수녀들이 줄지어 성당을 나서기 시작했다. 그때 수련수사 하나가 행렬에서 이탈하더니 신도들 쪽으로 걸어왔다. 필리먼이었다. 그런데 놀랍게도 필리먼은 캐리스에게 곧장 다가왔다. "이야기 좀 나눌 수 있습니까?" 필리먼이 물었다.

캐리스는 오싹한 느낌을 겨우 억눌렀다. 궨다의 오빠에게서는 뭔가 불쾌한 분위기가 흘렀다. "무슨 일이죠?" 그녀가 가까스로 예를 차려 대꾸했다.

"사실은 조언을 좀 들으려고요." 그는 호감을 사려는 듯한 미소를 애써 지으며 말했다. "현녀 매티를 알죠?"

"네."

"그녀가 쓰는 약을 어떻게 생각합니까?"

캐리스는 그에게 싸늘한 시선을 던졌다. 대체 무슨 이야기를 하려는 거지? 어쨌든 매티를 변호해주는 게 좋겠다고 판단했다. "물론 그분은 고전 문헌을 공부한 적은 없어요. 하지만 그녀가 만든 약은 효력이 있죠. 수사들이 조제한 약보다 나은 경우도 많아요. 내 생각에, 그건 매티가 기질에 대한 무슨 이론보다는 과거에 자신이 쓴 치료법 가운데 효과가 있었던 치료법에 따르기 때문일 거예요."

근처에 있던 사람들이 호기심에서 그들의 대화에 귀를 기울였고, 그중 몇몇은 자진해서 대화에 끼어들었다.

"매티가 노라에게 약을 줘서 열이 내린 적이 있어요." 매지 웨버가 말했다.

"내 팔이 부러졌을 때 이발사 매슈 바버가 뼈를 맞추는 동안 그녀가 준 약으로 통증을 없앴지." 치안관 존이 말했다.

"그녀가 약을 만들 때 뭐라고 주문을 외던가요?" 필리먼이 말했다.

"주문 같은 건 없어요!" 캐리스는 화난 듯이 말했다. "그녀는 사람들에게 약을 복용하면서 기도를 드리라고 해요. 하느님만이 낫게 해주신다고 하면서."

"그녀가 마녀일 가능성은 없습니까?"

"천만에! 그건 말도 안 되는 소리예요!"

"하지만 교회법정에 고소가 들어왔습니다."

그 말에 캐리스는 오싹했다. "누구한테서요?"

"그건 말할 수 없습니다. 하지만 조사하라는 지시를 받았어요."

캐리스는 어리둥절했다. 대체 누가 매티와 원수를 졌을까? 그녀는 필리먼에게 말했다. "매티가 얼마나 도움이 되는 사람인지는 누구보다도 당신이 알 텐데요? 매티는 당신의 누이동생이 샘을 낳을 때 그녀의 목숨을 구한 사람이에요. 매티가 아니었다면 궨다는 죽었을 거예요."

"그런 것 같긴 하군요."

"그런 것 같다니요? 궨다는 지금 살아 있잖아요."

"물론 그렇죠. 그러면 당신은 매티가 악마를 부르지 않는다고 확신하는 건가요?"

캐리스는 필리먼이 그 질문을 할 때 주변 사람들에게 들으라는 듯이 목청을 약간 높인 사실에 주목했다. 그녀는 영문을 알 수 없었지만, 일말의 의혹도 없이 대답했다. "물론 확신하고말고요! 원한다면 맹세라도 할 수 있어요."

"그럴 필요까지는 없습니다." 필리먼이 유들유들한 어조로 말했다. "조언 고마웠습니다." 그러면서 그는 인사를 하듯 고개를 약간 숙이더니 미끄러지듯이 그 자리를 떠났다.

캐리스와 머딘은 성당 출구 쪽을 향해 걸음을 옮겼다. "무슨 말도 안 되는 소리야! 매티가 마녀라니!" 캐리스가 말했다.

머딘은 걱정스러운 듯했다. "필리먼이 원한 건 매티에게 불리한 증언이었을 거야, 안 그래?"

"맞아."

"그런데 왜 너한테 왔을까? 누구보다도 네가 그 혐의를 부정할 사람이라는 건 짐작했을 텐데 말이야. 필리먼에게 그녀의 오명을 씻어줄 이유가 있어 보여?"

"모르겠어."

두 사람은 서쪽 문을 나와 초지로 향했다. 다양한 상품이 전시된 수백 개의 노점 위로 햇살이 비치고 있었다. "도무지 말이 안 돼. 그래서 걱정이 되는 거야." 머딘이 말했다.

"어째서?"

"그것은 남쪽 측랑에 약점이 생긴 원인과 같아. 원인을 알지 못하면 그 약점이 눈에 보이지 않는 사이에 손상을 입히지. 결국 모든 것이 무너져버리기 전에는 알아채지 못하는 거야."

∽

물론 날카로운 안목을 지닌 자가 아니면 그 차이를 알지 못할 테지만, 캐리스가 장에 내놓은 진홍색 옷감은 여전히 로로 피오렌티노가 팔던 것만큼 좋지 못했다. 짜임새가 그것만큼 촘촘하지 못했는데, 그것은 이탈리아의 직기가 더 우수하기 때문이었다. 색채는 그만큼 선명했지만

한 포를 펴놓고 보면 완전히 고르지 않았다. 이탈리아 염색업자들의 기술이 분명 더 좋았다. 그래서 그녀는 로로가 파는 가격의 10분의 1 가격으로 팔았다.

그럼에도 그 옷감은 단연코 킹스브리지에서 여태 생산됐던 영국제 진홍색 옷감 중에서는 최상급이었고, 장사도 활기를 띠었다. 마크와 매지는 그 옷감을 개인 손님에게 치수를 재고 재단을 해서 야드당 소매가로 팔았고, 캐리스는 윈체스터와 글로스터, 심지어 런던에서 온 포목상 같은 도매업자들에게 1포에서 6포 단위로 값을 할인해 팔았다. 월요일 정오가 되자 그 주가 끝나기 전에 옷감이 모두 팔릴 것 같았다.

점심때가 되어 거래가 뜸해지자 캐리스는 시장 안을 돌아다녀보았다. 그녀는 더없는 만족감을 느꼈다. 그녀는 역경을 이겨낸 것이었다. 머딘 역시 마찬가지였다. 그녀는 퍼킨의 노점 앞에서 발을 멈추고 위글리 주민들과 이야기를 나누었다. 궨다도 승리를 거두었다. 그녀는 불가능할 것 같던 울프릭과의 결혼을 성사시키고 아기 새미와 함께 이곳에 나와 있었다. 이제 한 살이 된 통통한 새미는 땅바닥에 앉아 있었고 즐거워 보였다. 아넷은 여느 때와 마찬가지로 쟁반에 달걀을 담아 팔고 있었다. 그리고 랠프는 국왕을 위해 프랑스에서 참전중이었는데, 영영 돌아오지 않을 수도 있었다.

조금 떨어진 곳에서 궨다의 아버지 조비가 다람쥐가죽을 팔고 있었다. 그는 사악한 인간이었다. 그러나 이제는 궨다를 괴롭힐 힘을 잃은 것 같아 보였다.

캐리스는 아버지의 점포 앞에 이르렀다. 그녀는 아버지에게 올해 양모 매입량을 좀 줄이자고 설득했다. 프랑스와 잉글랜드가 서로의 항구를 습격하고 배를 불태우는 마당에 국제 양모시장이 번성할 가능성은 없었다. "거래는 좀 어때요?" 캐리스가 아버지에게 물었다.

"안정적이다. 이번에는 내가 제대로 판단한 모양이야." 아버지는 신중해야 한다는 것이 자신이 아니라 딸의 판단이었다는 사실을 잊고 있었다. 하지만 그런 것은 아무래도 좋았다.

요리사 투티가 에드먼드의 식사를 가져왔다. 냄비에 담긴 양고기 스튜에 빵 한 덩어리, 에일 한 조끼였다. 장사를 할 때 중요한 점은 부유해 보이기는 하되 지나치게 부유해 보이면 안 된다는 것이다. 에드먼드는 오래전 캐리스에게, 고객은 성공한 사업가에게서 구매하는 것을 선호하지만 돈이 남아도는 것처럼 보이는 사람의 부에 보태준다는 생각에는 분개한다고 말했다.

"배고프니?" 아버지가 딸에게 물었다.

"몹시요."

그는 일어서서 스튜 냄비 쪽으로 손을 뻗었다. 다음 순간 에드먼드는 신음 같기도 하고 비명 같기도 한 이상한 소리를 내며 비틀거리더니 바닥에 쓰러졌다.

요리사가 비명을 질렀다.

"아버지!" 캐리스는 외쳤다. 그러나 아버지가 대답하지 않으리라는 것을 알았다. 그녀는 그가 양파 자루처럼 힘없이 쓰러지는 것을 보고 의식을 잃었다고 확신했다. 그녀는 소리지르고 싶은 충동을 애써 눌렀다. 그녀는 아버지 옆에 무릎을 꿇었다. 숨은 쉬고 있었지만 숨소리가 거칠었다. 그녀는 아버지의 팔목을 잡고 맥을 짚어보았다. 맥박은 강했지만 느렸다. 그리고 얼굴이 붉게 상기되어 있었다. 늘 불그스레했지만 지금은 한층 더 붉었다.

"무슨 일이죠? 어떻게 된 거예요?" 투티가 말했다.

캐리스는 가까스로 침착을 되찾고 말했다. "졸도하신 거예요. 마크 웨버를 불러줘요. 아버지를 구호소까지 옮겨야 하니까."

요리사가 뛰어갔다. 이웃한 점포에서 사람들이 모여들었다. 딕 브루어가 와서 말했다. "가엾은 에드먼드. 내가 도울 일은 없니?"

딕은 에드먼드를 옮기기에는 나이가 너무 많고 뚱뚱했다. "마크가 와서 구호소로 모셔갈 거예요." 그러면서 그녀는 울기 시작했다. "별일 아니어야 하는데."

그때 마크가 나타났다. 그는 에드먼드를 힘센 두 팔로 가볍게 안아들더니 소리를 지르며 군중 사이를 뚫고 나아갔다. "좀 비켜요! 길 좀 비켜요! 환자가 있어요."

캐리스는 정신없이 그 뒤를 따랐다. 눈물 때문에 앞이 거의 보이지 않아 마크의 널찍한 등에 바짝 붙어 따라갔다. 구호소에 이른 그들은 안으로 들어갔다. 고맙게도 줄리 자매의 울퉁불퉁 혹이 난 낯익은 얼굴이 보였다. "어서 시실리어 원장님 좀 모셔와주세요!" 캐리스가 그녀에게 말했다. 늙은 수녀가 황급히 나갔다. 마크는 에드먼드를 제단 가까이에 있는 밀짚 매트 위에 내려놓았다.

눈을 감고 거친 숨을 내쉬는 에드먼드는 여전히 의식이 없었다. 캐리스는 아버지의 이마를 짚어보았다. 열도 없고 차갑지도 않았다. 대체 왜 이렇게 되신 걸까? 너무나 갑작스럽게 일어난 일이었다. 방금 전까지 평소와 다름없이 말하던 아버지가 한순간에 의식을 잃고 쓰러진 것이다. 어떻게 이런 일이 일어날 수 있지?

시실리어 수녀원장이 왔다. 그녀의 기민하고 능률적인 움직임을 보자 마음이 놓였다. 수녀원장은 밀짚 매트 옆에 무릎을 꿇더니 에드먼드의 가슴과 맥박을 짚어보았다. 그러고는 숨소리를 듣고 얼굴을 만져보았다. "베개와 담요를 가져와요." 시실리어가 줄리에게 말했다. "그리고 의료 담당 수사 한 분을 모셔와요."

수녀원장이 일어서더니 캐리스에게 말했다. "졸도하신 것 같구나. 아마도 회복되실 거다. 우리가 할 수 있는 일은 편안하게 해드리는 것뿐이란다. 의사가 오면 사혈 처치를 권하겠지만, 그것 말고 유일한 치료가 있다면 기도뿐이지."

캐리스에게는 그것으로 충분치 않았다. "매티에게 가봐야겠어요." 그녀가 말했다.

구호소를 뛰어나와 시장을 빠져나가며 그녀는 자신이 정확히 일 년 전 궨다가 피를 흘리며 죽어가고 있을 때도 지금처럼 매티를 데리러 뛰어갔던 일을 떠올렸다. 그러나 이번에는 아버지 때문이었으므로 그때와는 다르게 공황에 빠졌다. 그때는 궨다가 무척 걱정됐지만, 지금은 세상이 무너지는 기분이었다. 아버지가 죽을지도 모른다는 두려움은, 이따금 킹스브리지 대성당 지붕에서 뛰어내리는 것밖에 달리 어떤 방법도 없는 꿈을 꿀 때처럼 무시무시했다.

거리를 가로질러 달리며 몸을 움직인 덕분에 마음이 좀 진정되어서, 매티의 집에 이르렀을 때는 어느 정도 감정을 추스를 수 있었다. 매티라면 할일을 알고 있을 것이다. 매티는 이렇게 말할 것이다. "전에도 이런 경우를 본 적이 있어서 다음에 어떤 일이 생길지 알아. 자, 이 치료법이 도움이 될 거야."

캐리스는 문을 쾅쾅 두드렸다. 바로 대답이 없자 초조해진 그녀는 걸쇠를 당겼고, 문이 열렸다. 캐리스는 안으로 뛰어들어갔다. "매티, 지금 당장 구호소로 가주세요. 아버지가!"

앞쪽 방은 비어 있었다. 캐리스는 부엌 사이를 가린 휘장을 옆으로 밀쳤다. 매티는 그곳에도 없었다. 캐리스는 중얼거렸다. "어쩌자고 하필 지금 집을 비우신 거예요?" 그녀는 매티가 어디 갔는지 짐작할 만한 실마리가 있는지 방안을 둘러보았다. 다음 순간 그녀는 그 방이 헐벗은 듯이 보인다는 것을 깨달았다. 작은 단지와 병이 모두 없어지고 선반은 텅 비어 있었다. 매티가 재료를 빻는 데 쓰던 절구와 막자도 없었고, 녹이거나 끓이는 데 쓰는 작은 항아리들도 보이지 않았고, 약초를 다듬는 칼도 보이지 않았다. 다시 앞방으로 나온 캐리스는 바느질 바구니, 와인을 따라 마시던 윤기 나는 나무잔, 장식용으로 벽에 걸어두었던 수놓인 숄, 애지중지하던 뼈로 조각한 빗 같은 매티의 개인 소지품도 사라졌다는 것을 알았다.

매티는 짐을 싸서 그곳을 떠난 것이었다.

캐리스는 이유를 짐작할 수 있었다. 매티는 분명 어제 성당에서 필리먼이 자신에 대해 물었다는 이야기를 들었을 것이다. 예로부터 교회법정은 양모 정기시장이 열리는 주의 토요일에 열렸다. 불과 이 년 전만 해도 수사들은 말도 안 되는 이단 혐의로 '미친 넬'을 재판했었다.

물론 매티는 이단자가 아니었지만 그 사실을 증명하기는 어려운 일이었으며, 나이든 여자라면 대부분 그 사실을 잘 알았다. 그녀는 자신이 재판에서 살아남을 확률을 계산해보고 확률이 희박하다는 사실을 알았을 것이다. 그래서 아무에게도 말하지 않은 채 짐을 꾸려 도시를 떠났을 것이다. 어쩌면 그녀는 장에서 물건을 팔고 돌아가는 농부에게 우마차에 태워달라고 했을지도 모른다. 캐리스는 첫새벽에 우마차에 올라타 도시를 떠나는 매티의 모습을 상상해보았다. 옆에는 소지품 궤짝이 놓여 있을 테고 얼굴을 가리기 위해 망토의 두건을 내려썼을 것이다. 그녀가 어디로 갔는지 짐작할 수 있는 사람은 아무도 없었다.

"이제 어쩌면 좋지?" 텅 빈 방안에서 캐리스는 중얼거렸다. 매티는 킹스브리지의 어느 누구보다도 병든 사람을 돕는 방법을 잘 알았다. 하필이면 아버지가 의식을 잃고 구호소에 누워 있을 때 사라지다니, 최악의 순간에 사라진 셈이었다. 캐리스는 절망에 싸였다.

이곳까지 뛰어오느라 숨이 찼던 그녀는 매티의 의자에 앉았다. 그녀는 다시 구호소로 달려가고 싶었지만 소용없는 일이었다. 그녀로서는 아버지를 도울 방도가 없었다. 어느 누구도 그럴 수 없었다.

도시에는 치료사가 있어야 한다고 그녀는 생각했다. 기도나 성수, 사혈에 의지하지 않고 과거에 효과가 있었던 단순한 치료법을 이용할 줄 아는 치료사. 매티의 빈집에 앉아 있던 캐리스는 문득 그 자리를 메울 사람, 매티의 방법을 알고 있고 그녀의 실용적인 생각들을 믿고 있는 사람이 한 사람 있다는 사실을 깨달았다. 바로 캐리스 자신이었다.

그 생각이 눈부신 계시처럼 그녀의 마음속에 환한 빛을 뿌렸다. 그녀는 그것이 의미하는 사실에 당황한 채 꼼짝 않고 그 자리에 앉아 있었다. 그녀는 매티가 주로 쓰는 약을 만들 수 있었다. 하나는 진통제였고, 하나는 구토제였으며, 하나는 상처를 씻는 데 쓰였고, 하나는 열을 내리는 데 쓰였다. 그녀는 흔히 쓰이는 약초의 용법도 전부 알고 있었다. 소화불량에는 딜, 열에는 회향, 복부팽만감에는 루타, 불임증에는 물냉이를 썼다. 그녀는 매티가 절대로 쓰지 않는 치료법도 알고 있었다. 이를테면 분뇨로 만든 고약이라든가 금은을 넣은 약, 피지皮紙에 써서 환부에 붙이는 부적 같은 것들이었다.

게다가 그녀에게는 그 일에 대한 본능적인 직관이 있었다. 시실리어 수녀원장도 그렇게 말했고, 실제로 캐리스에게 수녀가 되라고 권하기까지 했었다. 캐리스는 수녀가 될 생각은 없지만, 매티가 하는 일이라면 할 수 있을지도 모른다고 생각했다. 안 될 것도 없었다. 옷감 사업은 마크 웨버가 충분히 운영할 수 있었다. 어쨌든 지금도 그가 대부분의 일을 도맡아 처리하고 있었다.

셔링이나 윈체스터, 필요하다면 런던에 있는 다른 현녀들을 찾아가 방법을 묻고, 어떤 것이 효험이 있고 어떤 것이 그렇지 않은지 물어보면 될 것이다. 남자들은 자신들의 기술에 대해 입을 다물었다. 그들은 가죽을 무두질하거나 펀자를 만드는 데 무슨 초자연적인 힘이라도 있다는 듯이 그런 것을 '비법'이라 불렀다. 하지만 여자들은 보통 자신들의 지식을 다른 여자들에게 기꺼이 전해줬다.

수사들이 보는 고전 문헌을 읽어볼 수도 있다. 그런 것에도 진리는 들어 있을 것이다. 어쩌면 시실리어가 캐리스에게 있다고 본 그 본능이 성직자들이 믿는 미신적 치료법들 중에서 실용적인 치료법을 걸러내도록 도와줄지도 모른다.

캐리스는 의자에서 일어나 밖으로 나왔다. 그리고 구호소에서 기다리고 있을 일을 두려워하며 천천히 걸어갔다. 이제 그녀는 숙명이라는 느낌이 들었다. 아버지는 나아졌거나 그렇지 않으리라. 그녀가 할 수 있는 일은 자신의 결심을 실천에 옮겨, 훗날 사랑하는 사람들이 병들었을 때 그들을 도울 수 있도록 모든 치료법을 익히는 것뿐이었다.

시장을 지나 수도원 건물로 가면서 그녀는 눈물을 억지로 삼켰다. 구호소에 들어간 그녀는 아버지 쪽을 볼 엄두가 나지 않았다. 그녀는 침상으로 다가갔다. 시실리어 수녀원장, 줄리 자매, 조지프 형제, 마크 웨버, 페트라닐라, 앨리스, 엘프릭 등이 에워싸고 있었다.

어떻게 됐을까, 어떻게 됐을까. 그녀는 마음을 졸였다. 그녀가 앨리스의 어깨를 건드리자 비켜서며 자리를 만들어줬다. 아버지가 보였다.

아버지는 안색이 창백하고 지쳐 보이기는 했지만 살아 있고 의식도 돌아와 있었다. 그는 눈을 뜨고 캐리스를 보더니 힘없이 미소지었다.
"나 때문에 놀랐겠구나. 미안하다, 얘야."

"오, 하느님 감사합니다." 캐리스는 말하고는 울기 시작했다.

∽

수요일 아침, 머딘이 캐리스의 점포에 왔다. "베티 백스터가 방금 나에게 이상한 걸 물어봤어. 길드장 선거에서 엘프릭과 경합할 사람이 누구냐고 묻던데."

"무슨 선거? 우리 아버지가 길드장이잖아⋯⋯ 아, 그렇구나." 캐리스는 어떤 일이 벌어지고 있는지 깨달았다. 엘프릭이 사람들에게 에드먼드가 그 자리를 맡기에는 늙고 병들어서 새 길드장이 필요하다고 말하고 다니는 것이 분명했다. 그리고 자신을 후보로 내세우고 있었다.

"지금 당장 아버지에게 말씀드려야겠어."

캐리스와 머딘은 장터를 떠나 중심가를 가로질러 집으로 향했다. 에드먼드는 어제 수도원 구호소를 나왔다. 수사들은 그에게 사혈 말고 해줄 수 있는 일이 없다고 말했는데, 그것은 맞는 말이었다. 피를 뽑은 뒤 아버지의 상태가 더 나빠진 것이다. 아버지는 집으로 옮겨졌고, 일층 응접실에 침상이 마련됐다.

오늘 아침 에드먼드는 임시로 만든 침상에 쌓아놓은 베개들에 몸을 기대고 앉아 있었다. 그가 너무 힘들어 보여 캐리스는 그 소식을 전하기가 망설여졌지만 머딘이 에드먼드 옆에 앉아 사실을 그대로 전했다.

"엘프릭이 옳다." 머딘의 말이 끝나자 에드먼드가 말했다. "나를 봐라. 똑바로 앉아 있기도 힘들잖니. 교구 길드에는 강한 리더십이 필요해. 병자가 할 일이 아니다."

"하지만 아버지는 곧 나으실 거예요!" 캐리스가 외쳤다.

"그럴지도 모르지. 하지만 나는 늙었어. 내 의식이 얼마나 무뎌졌는지는 너도 진작 알아챘을 테지. 건망증도 생겼다. 게다가 가공하지 않은 양모가 시장에서 먹히지 않는데 나는 너무 느리게 대처했어. 지난해에는 큰돈을 잃었지. 고맙게도 진홍색 옷감 덕분에 다시 부를 찾았지만, 그건 내가 아니라 네가 한 일이지, 캐리스."

그녀도 그 모든 것을 인정했지만, 그래도 분이 가시지 않았다. "그러면 엘프릭이 그 자리를 넘겨받도록 보고만 계실 거예요?"

"그건 절대로 안 될 일이다. 엘프릭이 길드장이 되는 건 재앙이야. 그는 고드윈에게 지나치게 얽매여 있어. 자치도시가 되고 난 다음에도 수도원과 맞설 길드장이 필요해."

"그러면 누가 그 자리를 맡을 수 있을까요?"

"딕 브루어와 얘기해봐. 그는 이 도시에서 가장 부유한 사람 축에 들지. 길드장이 다른 상인들의 존경을 받으려면 부유해야 한다. 딕은 고드윈도, 어떤 수사도 두려워하지 않아. 그라면 훌륭한 지도자가 될 거야."

캐리스는 아버지가 말한 대로 하는 것이 내키지 않았다. 마치 아버지가 죽을 거라는 사실을 인정한 듯한 기분이 들었다. 아버지가 길드장이 아니었던 때가 언제였는지 기억도 나지 않았다. 그녀는 자신의 세계가 바뀌는 것을 원치 않았다.

머딘은 그녀의 그런 마음을 알았지만 강변하고 나섰다. "우리는 현실을 받아들여야 해. 지금 벌어지고 있는 일을 무시하면 엘프릭이 지도자가 되는 일이 발생할 거야. 그가 길드장이 되는 건 재앙이야. 그라면 칙허장 신청을 철회하려 들 수도 있다고."

그 말에 그녀는 마음을 굳혔다. "네 말이 맞아. 딕을 찾아가보자."

딕 브루어는 장터 곳곳에 몇 채의 수레를 갖다놓고 있었다. 수레마다 큰 술통이 하나씩 얹혀 있었다. 그의 자식들과 손자들과 사위들이 술통에서 술을 따르기가 무섭게 술이 팔리고 있었다. 캐리스와 머딘은 돈을 벌어들이고 있는 가족들을 지켜보면서 본보기로 큰 단지에서 술을 따라 마시고 있던 딕을 발견했다. 두 사람은 딕을 한옆으로 데려가 현재 벌어지고 있는 일을 설명했다.

"자네 아버지가 돌아가시면 그분의 재산은 자네와 언니가 똑같이 나누게 되겠지?" 딕이 캐리스에게 물었다.

"네." 캐리스는 에드먼드에게 유언장 내용을 들은 적이 있었다.

"현재 엘프릭이 갖고 있는 재산에 앨리스의 유산이 더해진다면 그는 엄청난 갑부가 되겠군."

캐리스는 문득 자신이 지금 진홍색 옷감으로 벌어들이는 돈의 절반이 언니에게 돌아가게 되리라는 것을 깨달았다. 아버지의 죽음에 대해 생각해본 적이 없었기 때문에 그 문제도 생각해본 적이 없었다. 그 사실은 그녀에게 충격으로 다가왔다. 돈 자체는 중요하지 않지만, 엘프릭이 길드장이 되도록 도와주고 싶지는 않았다. "이것은 누가 가장 부유한가 하는 문제가 아니에요. 우리는 상인들을 위해 일할 사람이 필요해요."

"그렇다면 대항마를 세워야겠군." 딕이 말했다.

"아저씨가 입후보해주시겠어요?" 그녀는 거두절미하고 물었다.

딕은 고개를 저었다. "나를 설득하려고 애쓰진 말게. 이번 주말에 나는 맏아들에게 사업을 넘겨줄 생각이야. 여생은 술을 만드는 대신 술을 마시며 보낼 생각이고." 그러면서 그는 큰 조끼에 담긴 술을 길게 들이켜고 흡족한 듯 트림을 했다.

캐리스는 그의 흔들릴 것 같지 않은 결의를 받아들일 수밖에 없었다. "그러면 우리가 누구와 교섭해보는 것이 좋을까요?"

"실질적으로 가능한 사람은 하나밖에 없어. 바로 자네."

캐리스는 깜짝 놀랐다. "저라고요? 무슨 말씀이에요?"

"자네는 칙허장을 얻기 위해 움직인 우리 길드의 활동에서 실질적인 배후자였어. 자네 약혼자가 설계한 다리는 양모 정기시장을 구했고, 자네의 옷감 사업은 양모시장의 침체에도 불구하고 이 도시가 부를 잃지 않도록 구해줬네. 자네는 현 길드장의 자식이야. 물론 직위까지 상속되는 건 아니지만 사람들은 지도자의 자녀가 지도자가 된다고들 생각하지. 그리고 사람들 생각이 맞았어. 자네는 실제로 자네 아버지가 기력을 잃기 시작한 후로 거의 일 년 동안 길드장 역할을 했으니까."

"이 도시에 여자 길드장이 있었던 적이 있나요?"

"내가 아는 한은 없었어. 자네만큼 젊은 사람도 없었고. 이 두 가지 사실은 자네에게 아주 불리하게 작용하겠지. 자네가 선거에서 이길 거라는 말이 아니야. 엘프릭을 이길 확률이 자네보다 높은 사람이 없다는 거지."

캐리스는 희미한 현기증을 느꼈다. 그게 가능한 일일까? 자신이 그 일을 할 수 있을까? 치료사가 되겠다는 맹세는 어떻게 하지? 이 도시에 그녀보다 더 길드장에 적임인 사람이 있지 않을까? "마크 웨버는 어떨까요?" 그녀는 물었다.

"그 친구도 잘할 것 같군. 약빠른 부인이 곁에 있으니 더더욱. 하지만 이 도시 시민들은 아직도 마크를 가난한 직공이라고 생각하지."

"그도 이제는 부자예요."

"자네의 진홍색 옷감 덕분이지. 그러나 사람들은 신흥 부자를 미심쩍어해. 사람들은 마크가 그저 벼락부자가 된 직공에 불과하다고 여길걸. 그들은 기반이 튼튼한 가문을 원해. 아버지가 부자였던 사람, 할아버지까지 부자였던 사람이면 더욱 좋고."

캐리스는 엘프릭을 이기고 싶었지만 자신의 능력에 대해서는 확신할 수 없었다. 그녀는 아버지의 인내력과 빈틈없는 대응력, 왕성하게 연회를 베풀고 즐길 줄 아는 능력, 끝없는 활력을 떠올렸다. 과연 그런 자질 중에 그녀가 지닌 것이 하나라도 있을까? 그녀는 머딘을 바라보았다.

"너는 이 도시 최고의 길드장이 될 거야." 머딘이 말했다.

주저 없이 자신 있게 말하는 그의 말에 그녀는 마음을 굳혔다. "좋아요. 해보겠어요."

~

정기시장이 열리는 주의 금요일에 고드윈은 엘프릭을 식사에 초대했다. 그는 호사스러운 식사를 준비하도록 했는데, 생강과 꿀을 넣어 요리한 백조 고기였다. 필리먼은 음식을 차린 뒤 두 사람과 함께 식탁에 앉았다.

시민들은 새 길드장을 선출하기로 결정했고, 비교적 짧은 시간에 후보는 엘프릭과 캐리스 두 사람으로 압축됐다.

고드윈은 엘프릭을 좋아하지 않았지만 쓸모는 많다고 여겼다. 그는 특별히 뛰어난 건축업자는 아니지만 앤서니 수도원장의 환심을 사 대성당 보수 공사 계약을 따냈다. 수도원장으로 취임한 고드윈은 엘프릭이 노예근성을 지닌 아첨꾼이라는 것을 알아보고 그대로 곁에 두었다. 엘프릭은 사람들의 호감을 사지는 못했지만 그가 킹스브리지 대부분의 건설 장인들과 공급업자들을 고용하거나 그들에게 도급을 주기 때문에 그들은 그에게 잘 보일 필요가 있었다. 일단 엘프릭의 신임을 얻은 사람들은 모두 엘프릭이 자기들에게 지속적으로 이익을 줄 수 있는 위치에 있어주기를 원했다. 그것이 그에게 이번 선거에서 유리한 지반을 마련해줬다.

"나는 불확실한 것은 질색이오." 고드윈이 말했다.

백조 고기를 맛본 엘프릭이 맛을 음미하듯 신음소리를 냈다. "어떤 맥락에서 하시는 말씀인가요?"

"길드장 선거 말이오."

"원래 선거라는 건 불확실한 겁니다. 단일 후보라면 모르지만."

"그것이 내가 좋아하는 것이지요."

"저 역시 그렇습니다. 물론 그 후보가 저라는 조건에서 말입니다."

"지금 내가 제안하고자 하는 것도 그것이오."

엘프릭이 고개를 들었다. "정말이십니까?"

"말해보시오, 엘프릭. 길드장이 되고 싶은 마음이 어느 정도인가요?"

엘프릭이 입안 가득 든 음식을 삼켰다. "저는 길드장이 되고 싶습니다." 그의 입에서 목쉰 소리가 흘러나왔다. 그는 와인을 소리 내며 마셨다. "그럴 자격도 있고 말이죠." 그의 목소리에 분한 듯한 기미가 스며들기 시작했다. "누구와 견주어도 제 실력이 못하지는 않잖습니까? 제가 길드장이 되지 말란 법이 없단 말입니다."

"당신은 칙허장 신청을 계속 추진할 겁니까?"

엘프릭은 고드윈을 빤히 바라보았다. 이윽고 생각에 잠긴 듯한 어조로 그가 말했다. "지금 제게 신청을 철회하라고 하시는 겁니까?"

"당신이 길드장으로 선출된다면, 그렇소."

"그럼 제가 선출되도록 도와주시겠다는 말씀입니까?"

"그렇소."

"하지만 어떻게 도와주신다는 거죠?"

"경쟁 후보를 제거하면 되겠지요."

엘프릭은 미심쩍은 표정을 지었다. "어떻게 그 일을 하신다는 건지 모르겠군요."

고드윈이 필리먼을 향해 고개를 끄덕이자, 필리먼이 말했다. "저는 캐리스가 이단자라고 생각합니다."

엘프릭은 손에서 나이프를 떨어뜨렸다. "캐리스를 마녀재판에 회부하겠다는 건가요?"

"이 일은 아무에게도 얘기하면 안 됩니다." 필리먼이 말했다. "그녀가 미리 알게 되면 달아날지도 모르니까요."

"현녀 매티처럼 말이죠."

"나는 시민들이 매티가 붙잡혔고 토요일 교회법정에서 재판받을 사람이 그녀라고 여기도록 내버려두고 있습니다. 하지만 마지막 순간에 다른 사람이 고발될 겁니다."

엘프릭은 고개를 끄덕였다. "교회법정에서는 기소나 배심이 필요 없다는 편리한 면도 있죠." 그러고는 고드윈에게 말했다. "그리고 수도원장님이 재판관이 되시겠군요."

"유감스럽게도 그렇지 않소." 고드윈이 말했다. "재판은 리처드 주교가 주재할 겁니다. 따라서 우리 주장의 정당성을 입증해야만 하오."

"무슨 증거라도 있습니까?" 엘프릭이 미심쩍은 듯이 물었다.

"몇 가지 증거가 있긴 하지만 좀더 필요하오. 피고가 미친 넬처럼 가족이나 친구가 없는 노파일 경우에는 지금 우리가 확보한 증거만으로도 충분하죠. 하지만 캐리스는 잘 알려진 인물인데다 부유하고 영향력 있는 집안 출신이오. 당신에게 말할 필요도 없는 일이겠지만." 고드윈이 대답했다.

필리먼이 끼어들었다. "그녀의 아버지가 병석에서 일어날 수 없을 만큼 중환이라는 건 우리에게 아주 다행스러운 일입니다. 하느님이 그가 딸을 변호할 수 없도록 정하신 거죠."

고드윈이 고개를 끄덕였다. "그래도 그녀에게는 친구가 많소. 따라서 우리는 강력한 증거를 확보해야만 하오."

"어떤 복안을 갖고 계십니까?" 엘프릭이 물었다.

"가족 중 한 사람이 나서서 그녀가 악마를 불렀다거나 십자가를 거꾸로 뒤집어놓았다거나 아무도 없는 빈방에서 누군가와 말하는 걸 들은 적이 있다고 한다면 도움이 될 겁니다." 필리먼이 대답했다.

잠시 무슨 말인지 이해하지 못하고 어리둥절하던 엘프릭이 알아듣고 말했다. "오! 지금 나를 말하는 건가요?"

"대답하기 전에 먼저 아주 신중하게 생각하세요."

"지금 나에게 내 처제를 '교수대 네거리'로 보내도록 도우라는 거로군요."

"당신의 처제인 동시에 내 사촌이기도 하지만, 그런 얘기요." 고드윈이 말했다.

"알겠습니다. 생각해보죠."

고드윈은 엘프릭의 얼굴에서 야망과 탐욕, 허영심을 보았다. 그는 하느님이 자신의 성스러운 목적을 위해 인간의 약점까지 동원하도록 하시는 데 감탄을 금치 못했다. 그는 엘프릭이 무슨 생각을 하고 있는지 짐작할 수 있었다. 길드장이라는 직위는 도시 상인들의 이익을 위해 자신의 권력을 행사한 에드먼드같이 사심 없는 사람에게는 부담스럽기 그지없는 자리였지만, 사리를 꾀하는 자에게는 이익과 재산 증식을 위한 무한한 기회의 자리였다.

필리먼이 구변 좋고 자신 있는 어조로 말을 이었다. "뭔가 의심쩍은 일을 목격한 적이 없다면 물론 그것으로 이 얘기는 끝나는 겁니다. 하지만 신중하게 기억을 되살려보기 바랍니다."

고드윈은 필리먼이 지난 이 년 사이에 배운 것이 얼마나 많은지 다시금 깨달았다. 수도원에 고용된 어줍은 일꾼의 모습은 씻은 듯이 사라지고 없었다. 그는 부주교라도 된 듯이 말하고 있었다.

"당시에는 전혀 무해한 것처럼 보였지만 오늘 들은 이야기에 비추어 보면 불길하게 느껴졌던 일들이 있었을지도 모릅니다. 잘 생각해보면 그런 일들이 처음 보였던 것만큼 무해한 일이 아니라고 여겨질 수도 있죠."

"형제님의 말뜻은 알아들었습니다." 엘프릭이 말했다.

꽤 오랫동안 침묵이 흘렀다. 아무도 음식에 손을 대지 않았다. 고드윈은 끈기 있게 엘프릭의 결단을 기다렸다.

"그리고 물론, 캐리스가 죽는다면 에드먼드의 전 재산은 앨리스에게 돌아가겠죠…… 당신의 아내에게요." 필리먼이 말했다.

"그래요. 그 점도 생각해봤습니다." 엘프릭이 대꾸했다.

"어때요?" 필리먼이 말했다. "혹시 우리에게 도움이 될 만한 일이 생각났습니까?"

"네," 이윽고 엘프릭이 말했다. "꽤 많이 있는 것 같군요."

42

캐리스는 현녀 매티에 관해 떠도는 이야기 중에서 어떤 것이 사실인지 알 길이 없었다. 그녀가 체포되어 수도원 감옥에 갇혔다는 말이 나돌았다. 그녀가 궐석재판을 받을 거라고 하는 사람들도 있었다. 세번째로, 전혀 다른 사람이 마녀재판을 받게 될 거라는 주장도 있었다. 캐리스가 물어도 고드윈은 대답해주지 않았고, 다른 수사들은 자신들은 전혀 모르는 일이라고 말했다.

캐리스는 매티가 그 자리에 있든 없든 자신은 그녀를 변호할 것이고, 이 말도 안 되는 고발을 당한 것이 다른 어떤 노파라 해도 편들어주겠다고 마음먹고 토요일 아침 대성당으로 갔다. 대체 무슨 이유로 수사들과 사제들은 여자라면 그토록 증오하는 걸까? 그들은 성모마리아를 그토록 경배하면서도 다른 여자들은 흡사 악마의 화신이라도 되는 양 취급했다. 대체 왜 그러는 걸까?

세속 법정이라면 기소 배심과 예심이 있어 매티에게 불리한 증거가 어떤 것인지 미리 알아낼 수도 있었다. 하지만 교회는 독자적인 규정을 갖고 있었다.

그들이 뭐라고 주장하든 캐리스는 매티가 약초와 약재를 이용하는 진정한 치료사이며, 매티가 늘 사람들에게 치유를 위해 하느님에게 기도하라고 했다는 사실을 큰 소리로 분명하게 말할 생각이었다. 매티에게서 도움을 받았던 수많은 시민 중에도 매티를 변호할 사람은 분명 있을 것이다.

머딘과 함께 북쪽 익랑에 서 있던 캐리스는 이 년 전 토요일에 있었던 미친 넬의 재판을 떠올렸다. 그때 캐리스는 법정을 향해 넬이 미치기는 했지만 무해한 존재라고 말했었다. 그 말은 소용 없었다.

오늘도 그때처럼 고발과 항변, 말다툼, 광란, 저주, 그리고 매질을 당하며 거리를 지나 교수대 네거리까지 끌려간 여자가 교수형당하는 극적인 장면을 보게 되리라는 기대에서 많은 시민과 외부 방문객들이 성당에 운집해 있었다. 탁발 수사 머도도 와 있었다. 머도는 떠들썩한 재판에는 언제나 나타났다. 그런 자리는 그가 가장 잘하는 일, 즉 사람들을 병적으로 흥분시키고 한껏 부추기는 일을 할 기회였다.

재판을 기다리며 캐리스는 이런저런 생각을 했다. 내일 바로 이 성당에서 그녀는 머딘과 결혼할 것이다. 베티 백스터와 그 딸들은 잔치 때 쓸 빵과 과자를 만드느라 벌써부터 분주했다. 내일 밤이면 캐리스와 머딘은 나환자 섬에 있는 그의 집에서 함께 잠을 자게 될 것이다.

그녀는 더이상 결혼에 대해 걱정하지 않았다. 이미 결정을 내렸으므로 결과를 감수할 생각이었다. 사실 그녀는 무척 행복했다. 이따금 자신이 어떻게 그렇게 겁을 집어먹었는지 의아하기까지 했다. 머딘은 어떤 사람도 노예처럼 부릴 사람이 아니었다. 그것은 그의 본성과 어긋났다. 그는 어린 일꾼 지미에게까지도 자상한 사람이었다.

무엇보다도 그녀는 그와의 성행위가 흡족했다. 그것은 그녀에게 지금까지 일어난 일 중에서 가장 좋은 일이었다. 무엇보다 고대하는 것은 그들만의 집과 침대가 생긴다는 것, 그래서 잠자리에 들 때든 아침에 깼을 때든, 한밤중이든 대낮이든 원할 때마다 사랑을 나눌 수 있다는 것이었다.

이윽고 리처드 주교와 그를 보좌하는 로이드 부주교를 선두로 수사들과 수녀들이 들어오기 시작했다. 그들이 모두 자리에 앉자 고드윈 수도원장이 일어서서 말했다. "우리는 오늘 이 자리에서 에드먼드 울러의 딸 캐리스의 이단 혐의를 재판할 것입니다."

군중은 너무 놀라 숨을 몰아쉬었다.

"안 돼!" 머딘이 외쳤다.

사람들은 일제히 캐리스를 돌아보았다. 그녀는 공포에 질렸다. 이런 일이 있으리라고는 짐작도 못했다. 흡사 어둠 속에서 주먹질이라도 당한 느낌이었다. 당황한 그녀가 물었다. "이유가 뭐죠?" 아무도 그녀의 질문에 답하지 않았다.

아버지는 그녀가 칙허장을 신청한다면 고드윈이 극단적인 반응을 보일 거라고 경고했었다. "하찮은 논쟁에서조차 그애가 얼마나 무자비하게 구는지 너도 잘 알잖니. 이 일은 전면전이 될 거야." 아버지는 말했었다. 캐리스는 자신이 그때 "그렇게 되라죠. 전면전 말이에요"라고 대답했던 사실을 떠올리며 몸을 떨었다.

그렇더라도 만약 그녀의 아버지가 건강했다면 사실상 고드윈에게는 승산이 없었을 것이다. 에드먼드라면 고드윈을 막다른 골목까지 몰아넣어 파멸시켰을 것이다. 하지만 캐리스 혼자라면 문제가 달랐다. 그녀는 아버지만한 권력도, 권위도, 대중적인 지지도 없었다. 아직은 그랬다. 아버지가 없으면 그녀는 무력했다.

그녀는 군중 속에서 페트라닐라를 발견했다. 그녀는 캐리스를 보지 않는 몇 안 되는 사람 가운데 하나였다. 어떻게 저렇게 말없이 서 있을 수 있을까? 물론 페트라닐라는 아들인 고드윈을 지지하겠지만, 그렇다 해도 조카에게 교수형을 선고하는 일만큼은 말리지 않을까? 언젠가 그녀는 캐리스에게 어머니 같은 존재가 되고 싶다고 말했었다. 자신이 그런 말을 했었다는 것을 기억할까? 그렇지 않을 것 같았다. 그러기에는 아들에 대한 사랑이 너무나 깊었다. 바로 그 이유 때문에 페트라닐라는 캐리스와 눈을 마주칠 수 없었던 것이다. 그녀는 이미 고드윈을 막지 않기로 결심을 굳힌 것이다.

그때 필리먼이 자리에서 일어섰다. "주교 예하." 그가 형식적으로 판사를 향해 말했다. 그러나 그는 곧 군중 쪽으로 몸을 돌렸다. "모두 다 아는 것처럼 현녀 매티는 겁을 먹고 재판을 받기도 전에 달아났습니다. 캐리스는 오랫동안 매티의 집에 꾸준히 드나들었습니다. 불과 며칠 전만 해도 바로 이 대성당에서 많은 목격자가 지켜보는 가운데 그 여자를 옹호하는 발언을 했었죠."

캐리스는 비로소 그것이 필리먼이 매티에 대해 물은 이유였음을 깨달았다. 그녀는 머딘과 시선이 마주쳤다. 머딘은 필리먼이 무슨 꿍꿍이속인지 알 수 없다며 걱정했었다. 머딘의 걱정이 들어맞았다. 이제 두 사람 다 사실을 알게 되었다.

그와 동시에 그녀는 마음 한구석으로 필리먼의 변신에 놀라움을 금치 못했다. 어설프고 불행해 보이던 소년은 이제 자신만만하고 거만한 사람이 되어, 금방이라도 달려들 것 같은 뱀처럼 악의에 가득차 주교와 수도원장, 시민들 앞에 서 있었다.

"그녀는 매티가 마녀가 아니라고 맹세할 수 있다고 했습니다. 자신의 죄를 감출 생각이 아니라면 무슨 이유로 그렇게 하겠습니까?" 필리먼이 말했다.

"그건 그녀가 결백하기 때문이야. 매티도 마찬가지고. 이 거짓말쟁이 위선자!" 머딘이 외쳤다.

감옥에 갈 수도 있는 위험한 발언이었지만, 그와 동시에 다른 사람들도 외쳐댔기 때문에 그의 모욕은 별일 없이 넘어갔다.

필리먼이 말을 이었다. "최근 캐리스는 거의 기적처럼 이탈리아제 진홍색과 똑같은 수준으로 모직을 염색했습니다. 킹스브리지 염색공들이 지금까지 한 번도 하지 못했던 일이죠. 어떻게 그 일이 가능했을까요? 바로 마법의 주문 때문입니다!"

캐리스의 귀에 천둥 치는 듯한 마크 웨버의 낮은 목소리가 들렸다. "그건 거짓말이오!"

"물론 대낮에는 그 일을 할 수 없었습니다. 그녀는 오밤중에 뒤뜰에 불을 피워놓고 그 일을 했습니다. 이웃들이 목격한 사실입니다."

필리먼은 용의주도했고, 캐리스는 불길한 예감을 느끼며 그 사실에 주목했다. 그는 그녀의 이웃들을 만나본 것이었다.

"그리고 이상한 노랫말을 웅얼거렸습니다. 왜 그랬을까요?" 캐리스는 염료를 푼 물을 끓이고 천을 담그면서 지루함을 달래려 노래를 흥얼거렸지만, 필리먼은 별것 아닌 그 일을 악마의 증거로 바꾸는 재주를 부렸다. 그의 목소리가 연극이라도 하듯 섬뜩한 속삭임으로 낮아졌다. "그건 그녀가 암흑의 왕자에게 비밀스러운 도움을 요청했기 때문입니다……" 여기서 갑자기 필리먼의 목소리가 고함치듯 올라갔다. "……바로 사탄 루시퍼에게 말입니다!"

군중이 두려움에 찬 신음소리를 냈다.

"그것은 사탄의 진홍색입니다!"

캐리스는 머딘을 바라보았다. 머딘은 기가 막힌 듯한 표정을 짓고 있었다. "멍청한 사람들이 저자의 말을 믿기 시작했어!" 그가 말했다.

캐리스의 용기가 돌아오기 시작했다. "절망할 것 없어." 그녀가 말했다. "나는 아직 할말이 있으니까."

그는 그녀의 손을 잡았다.

"그녀가 사용한 주문은 그것뿐만이 아닙니다." 필리먼이 좀더 평상적인 어조로 말을 이어갔다. "현녀 매티는 미약도 만들었습니다." 그는 비난하는 눈길로 군중을 돌아보았다. "어쩌면 지금 이 교회 안에도 매티의 마법을 이용해 남자를 호렸던 사악한 여인이 있을지 모르죠."

당신의 누이동생도 그랬지. 캐리스는 생각했다. 필리먼은 그 사실을 알고나 있을까?

"여기 있는 수련수녀가 증언을 하겠습니다." 필리먼이 말했다.

엘리자베스 클라크가 자리에서 일어섰다. 그녀는 정숙한 수녀다운 자태로 눈을 내리깐 채 나직한 목소리로 말했다. "저는 맹세를 하고 이 말씀을 드립니다." 그녀가 입을 열었다. "저는 건축업자 머딘과 약혼한 사이였습니다."

"거짓말쟁이!" 머딘이 외쳤다.

"우리는 서로 사랑했고 아주 행복하게 지냈어요." 엘리자베스는 말을 이었다. "그런데 갑자기 그가 달라졌습니다. 아주 딴사람처럼 변하기 시작했습니다. 그의 태도는 냉담해졌습니다."

"자매님, 평소와 다른 점이 있었나요?" 필리먼이 물었다.

"있었습니다, 형제님. 저는 그가 왼손으로 나이프를 잡는 것을 보았습니다."

군중이 놀라 숨을 몰아쉬었다. 그것은 흔히 마법의 표시로 간주되었다. 하지만 캐리스는 머딘이 양손잡이라는 것을 알고 있었다.

"그뒤 그는 캐리스와 결혼할 거라고 말했습니다." 엘리자베스가 말했다.

진실을 조금만 왜곡해도 이토록 사악해진다는 것이 캐리스는 정말 놀라울 정도였다. 그녀는 실제로 어떤 일이 있었는지 알고 있었다. 머딘과 엘리자베스는, 엘리자베스가 단순한 친구 이상의 관계를 원한다는 의사 표시를 할 때까지 친구로 지냈다. 머딘은 그녀에게 자신의 감정은 다르다고 말했고 두 사람은 헤어졌다. 하지만 사탄의 주문을 걸었다는 쪽이 훨씬 더 그럴싸해 보였다.

엘리자베스는 어쩌면 자신이 진실을 말하고 있다고 믿고 있는지도 모른다. 그러나 필리먼은 그것이 거짓임을 알고 있다. 그리고 필리먼은 고드윈의 하수인이었다. 어떻게 고드윈은 자신의 양심을 저토록 사악한 지경까지 떨어지도록 스스로 타협할 수 있었을까? 그는 수도원을 위해서라면 어떤 일을 해도 정당화된다고 여기는 걸까?

엘리자베스가 마무리지었다. "저는 다른 남자를 사랑할 수 없습니다. 그렇기 때문에 저의 삶을 하느님에게 바치기로 결심한 것입니다." 그녀는 말하고 자리에 앉았다.

캐리스는 그 증언이 설득력이 있다는 것을 깨달았다. 낙담한 그녀의 마음은 겨울 하늘처럼 어두워졌다. 수녀가 됐다는 것이 증언에 설득력을 부여해줬다. 이렇게 희생을 했는데 어떻게 내 말을 믿지 않을 수 있겠어? 그렇게 그녀는 감정적인 협박을 하고 있었다.

시민들의 웅성거림이 조금 잦아들었다. 이 재판은 유죄선고를 받은 미치광이 노파 같은 재미있는 볼거리와는 달랐다. 그들은 동료 시민의 목숨이 달린 전투를 지켜보는 중이었다.

"주교 예하, 무엇보다 유죄를 입증할 마지막 증인은, 피고인의 가족인 그녀의 형부, 건축업자 엘프릭입니다." 필리먼이 말했다.

캐리스는 너무 놀라 숨이 막혔다. 그녀는 이제껏 사촌오빠인 고드윈과 친한 친구의 오빠인 필리먼, 그리고 엘리자베스로부터 고발당했지만, 이것은 그것보다 더 나빴다. 언니의 남편이 그녀에게 불리한 증언을 한다는 것은 가공할 배신 행위였다. 앞으로 엘프릭을 존경할 사람은 없을 것이다.

엘프릭이 일어섰다. 그의 얼굴에 떠오른 저항하는 듯한 표정이 그가 스스로를 부끄럽게 여기고 있다고 말해주고 있었다. "저는 맹세를 하고 이 말씀을 드립니다." 그가 말하기 시작했다.

캐리스는 앨리스가 있는지 두리번거렸지만 보이지 않았다. 그녀가 이 자리에 있었다면 분명 엘프릭의 행동을 저지했을 것이다. 엘프릭은 분명 무슨 구실을 내세워 앨리스를 집에 남아 있도록 했을 것이다. 그녀는 이 일을 전혀 모르고 있을 것이다.

"캐리스는 아무도 없는 방에서 눈에 보이지 않는 존재와 말을 합니다." 엘프릭이 말했다.

"혼령들과요?" 필리먼이 그에게 해야 할 말을 일러주고 있었다.

"그런 것 같습니다."

군중 속에서 공포에 질린 웅얼거림이 나왔다.

자신이 종종 혼잣말을 한다는 것은 캐리스도 의식하고 있는 일이었다. 그녀는 좀 우습기는 해도 무해한 버릇이라고 여겨왔다. 그녀의 아버지는 상상력이 풍부한 사람들은 누구나 그런 버릇이 있다고 말했다. 그런데 이제 그 버릇이 바로 그녀를 매도하는 데 이용되고 있었다. 그녀는 항변하고 싶었지만 꾹 참았다. 기소 절차가 그대로 진행되도록 한 다음 고발 내용을 조목조목 반박하는 편이 나을 것 같았다.

"언제 그런 말을 하던가요?" 필리먼이 엘프릭에게 물었다.

"자신이 혼자 있다고 여길 때죠."

"뭐라고 하던가요?"

"무슨 말인지는 알아들을 수 없었습니다. 어쩌면 다른 나라 말이었는지도 모르죠."

군중은 그 말에도 반응을 보였다. 마녀와 악마들은 다른 사람은 알아들을 수 없는, 자기들끼리만 아는 말을 주고받는다고들 했다.

"그녀가 뭐라고 말하는 것 같았습니까?"

"어조로 보아 그녀는 도움을 청하고 행운을 간청하고 자신에게 불운을 가져다준 사람들을 저주하는 말을 하는 것 같았습니다."

"그건 증언이 아니야!" 머딘이 외쳤다. 사람들이 일제히 그를 바라보았다. 그가 덧붙였다. "무슨 말인지 알아들을 수 없었다고 했잖아요. 지금 말을 꾸며내고 있는 겁니다!"

좀더 분별 있는 시민들 사이에서 그 말을 지지하는 웅얼거림이 나왔지만 캐리스의 마음에 들 만큼 크지도 분개한 소리도 아니었다.

리처드 주교가 처음으로 입을 열었다. "조용히 하시오. 재판을 방해하는 사람은 치안관에 의해 여기서 끌려나가게 될 것이오. 필리먼 형제, 계속하시오. 하지만 증인 자신이 진실을 모른다고 인정한 증언을 번복하도록 유도하지는 마시오."

최소한 저 말만큼은 공평하군. 캐리스는 생각했다. 리처드와 그의 집안은 마저리의 결혼식 때 사건 이후로 고드윈을 달갑게 여기지 않았다. 그런 반면 성직자로서 리처드는 이 도시가 수도원의 통제에서 벗어나는 것을 원치 않을 수도 있었다. 어쩌면 그는 이 재판에서 최소한 중립은 유지할지도 모른다. 캐리스는 희미한 희망을 품었다.

"그녀와 대화한 그 악마들이 어떤 식으로든 그녀를 도왔다고 생각합니까?" 필리먼이 엘프릭에게 물었다.

"그건 분명합니다." 엘프릭이 대답했다. "캐리스의 친구들, 그녀가 좋아하는 사람들에게는 운이 따랐으니까요. 머딘은 목수 도제 과정을 끝내지도 못했는데 건축업자로 성공했습니다. 마크 웨버는 가난뱅이였지만 지금은 부자가 됐습니다. 캐리스의 친구 궨다는 다른 사람과 약혼했던 울프릭과 결혼했죠. 초자연적인 도움이 없었다면 어떻게 그런 일이 가능했겠습니까?"

"고맙습니다."

엘프릭은 자리에 앉았다.

필리먼이 증언을 요약하는 동안 캐리스는 솟구치는 공포감을 애써 억눌렀다. 그녀는 수레 뒤에 묶인 채 매질을 당하던 미친 넬의 모습을 머릿속에서 몰아내려 애썼다. 그리고 자신을 어떻게 변호할지 정신을 집중하려 했다. 자신에 대한 모든 진술에 조소를 퍼부을 수도 있었지만 그런 일은 별 도움이 되지 않을 것이다. 사람들이 자신에 대해 거짓말을 늘어놓는 이유를 설명하고, 그들의 동기가 무엇인지 밝힐 필요가 있었다.

필리먼의 말이 끝나자 고드윈은 그녀에게 할말이 있느냐고 물었다. 그녀는 실제 자신이 느끼는 것 이상으로 자신감 있는 큰 목소리로 말했다. "물론입니다." 그런 다음 군중 앞으로 나섰다. 그녀는 자신을 고발한 자들이 위세 좋은 자리를 독차지하도록 놔둘 생각이 없었다. 그녀는 사람들 모두가 자신이 말하기를 기다리도록 시간을 끌었다. 그녀는 재판장석이 있는 곳으로 가서 리처드를 똑바로 바라보며 말했다. "주교 예하, 저는 맹세를 하고 이 말씀을 드립니다……" 그런 다음 군중 쪽으로 몸을 돌리고 덧붙였다. "……필리먼 수련수사는 맹세를 하지 않았던 것 같지만요."

고드윈이 그녀의 말을 끊었다. "수사는 맹세할 필요가 없소."

캐리스는 목청을 높였다. "그를 위해서는 다행스러운 일이군요. 그렇지 않다면 오늘 한 거짓말로 그는 지옥불에 탔을 테니까요!"

내가 한 점 딴 거야. 그녀는 생각했다. 조금 더 희망이 보였다.

그녀는 군중을 상대로 말하고 있었다. 판결은 주교가 내리겠지만 그의 결정은 시민의 반응에 크게 좌우될 것이다. 리처드는 절조 있는 인물이 아니었다.

"현녀 매티는 이 도시의 많은 사람을 치료했습니다." 그녀가 말하기 시작했다. "이 년 전 오늘 옛 다리가 무너졌을 때 매티는 시실리어 수녀원장과 수녀들과 함께 일하며 누구보다 먼저 부상자를 돌봤습니다. 지금 이 성당 안에도 그 끔찍했던 시간에 그녀에게 치료를 받았던 분들이 많이 보이는군요. 여러분 가운데 그날 매티가 악마를 부르는 소리를 들은 사람이 있나요? 그렇다면 지금 말해보십시오."

그녀는 군중의 마음속에 침묵이 각인될 때까지 잠시 말을 멈췄다.

캐리스는 매지 웨버를 가리키며 말했다. "매티는 당신의 아이가 열이 났을 때 열을 내리는 약을 줬습니다. 그때 그녀가 뭐라고 말했죠?"

매지는 겁먹은 얼굴이었다. 마녀를 변호하는 증인이 되는 것은 누구에게도 마음 편한 일이 아니었다. 그러나 매지는 캐리스의 덕을 많이 본 사람이었다. 그녀는 어깨를 펴고 도전적인 표정으로 대답했다. "매티는 이렇게 말했어요. '하느님에게 기도하세요. 그분만이 낫게 해주실 수 있으니까요.'"

그리고 캐리스는 치안관을 가리키며 말했다. "존, 매티는 매슈 바버가 당신의 부러진 뼈를 맞출 때 통증을 덜어주는 약을 줬습니다. 그때 매티가 뭐라고 하던가요?"

존은 기소하는 측에 서는 데 익숙했고 그 역시 마음이 편치 않았지만 강한 어조로 사실을 말했다. "매티는 '하느님에게 기도하세요. 그분만이 낫게 해주실 수 있어요'라고 했소."

캐리스는 다시 군중을 향해 말했다. "매티가 마녀가 아니라는 건 모두가 알아요. 그렇다면 필리먼 형제의 말대로, 어째서 그녀가 달아났을까요? 그 답은 간단해요. 그녀는 지금 저들이 저에 대해 증언했던 것처럼 거짓말이 나올까봐 두려웠던 거예요. 여기 계신 여자분들 중 자신이 이단자라고 거짓 고발됐을 경우 사제와 수사들의 법정에서 자신의 결백을 입증할 수 있다고 자신하는 사람이 있나요?" 그녀는 리브 훨러, 세라 태버너, 수재너 쳅스토 같은 이 도시의 유력한 여자들을 하나하나 바라보면서 주위를 둘러보았다.

"제가 어째서 한밤중에 염료를 섞었느냐고요?" 캐리스는 말을 이었다. "시간이 너무나 모자랐으니까요! 여러분 대부분이 그랬듯, 저희 아버지도 지난해 양모를 다 팔지 못했어요. 저는 가공하지 않은 양모를 팔릴 만한 물건으로 만들고 싶었습니다. 색을 내는 공식을 찾기는 너무나 어려웠지만 저는 그 일을 해냈어요. 밤낮으로 시간을 들이고 중노동을 하면서요. 하지만 사탄의 도움 같은 건 받지 않았습니다." 그녀는 숨을 고르기 위해 잠시 말을 끊었다.

다시 말을 시작할 때 그녀는 장난기 섞인 어조를 사용했다. "저는 마법으로 머딘을 홀렸다는 고발을 받았습니다. 그리고 상황이 저에게 아주 불리하다는 사실을 인정하지 않을 수 없군요. 엘리자베스 자매를 보세요. 자매님, 잠깐 일어서주시겠어요?"

엘리자베스가 마지못한 듯 자리에서 일어났다.

"그녀는 아름답습니다, 그렇지 않은가요?" 캐리스가 말했다. "게다가 영리하죠. 그리고 그녀는 주교의 딸입니다. 아, 용서해주세요, 주교 예하, 무례하게 굴려는 뜻으로 한 말은 아니었습니다."

당돌한 임기응변에 군중 속에서 킥킥거리는 소리가 났다. 고드윈은 노기를 띠었지만, 리처드 주교의 입가에는 미소가 어려 있었다.

"엘리자베스 자매는 어째서 그가 그녀보다 저를 더 좋아하는지 알 수 없었습니다. 그건 저도 마찬가지입니다. 어떤 설명할 수 없는 이유로 머딘은 저처럼 이렇게 예쁘지 않은 여자를 사랑하게 됐죠. 저 역시 그 점에 대해서는 설명할 수 없고요." 좀더 많은 사람이 킥킥대며 웃었다. "엘리자베스가 그렇게까지 화가 났다는 사실에 대해서는 유감으로 생각합니다. 지금이 구약 시대였다면 머딘은 아내를 둘 얻을 수 있었을 거고 그러면 모두가 행복했을 텐데 말이죠." 그 말에 사람들이 큰 소리로 웃음을 터뜨렸다. 그녀는 웃음소리가 가라앉기를 기다린 뒤 진지한 어조로 말했다. "무엇보다 유감스러운 것은 낙심한 여자의 평범한 질투심이, 한 수련수사의 신뢰할 수 없는 말에 의하면 이단이라는 무시무시한 혐의를 씌울 구실이 됐다는 사실입니다."

필리먼이 신뢰할 수 없다는 말에 항의하려고 자리에서 일어섰지만 리처드 주교가 손을 저으며 말했다. "그냥 말하게 놔두시오."

캐리스는 엘리자베스를 상대로 성공을 거두었다고 판단하고 다음 단계로 넘어갔다. "이 자리에서 실토하지만, 저는 혼자 있을 때면 가끔 상스러운 말을 쓰기도 한답니다. 뭔가가 발부리에 차였을 때는 특히 그렇고요. 여러분은 형부라는 사람이 왜 처제에게 불리한 증언을 하는지, 그가 왜 제가 중얼대는 소리를 마귀를 부르는 주문이라고 말했는지 의아하실 겁니다. 그건 제가 답변할 수 있을 것 같군요." 그녀는 잠시 말을 끊었다가 엄숙한 어조로 말했다. "저희 아버지는 병중이십니다. 그분이 돌아가시면 아버지의 재산은 저와 언니가 나누어 상속받게 될 거예요. 제가 죽으면 그 재산은 언니가 독차지하게 될 거고요. 그 언니는 바로 엘프릭의 아내입니다."

그녀는 말을 끊고 짓궂은 표정으로 군중을 바라보았다. "여러분 놀라셨나요? 저도 놀랐답니다. 하지만 그보다 적은 돈 때문에 사람을 죽이는 일도 있을 겁니다."

그녀는 할말을 끝냈다는 듯이 걸음을 옮겼다. 그때 필리먼이 의자에서 일어났다. 캐리스는 몸을 돌려 그에게 라틴어로 말했다. "카푸트 툼 인 아노 에스트."

수사들이 큰 소리로 웃음을 터뜨렸고 필리먼은 얼굴을 붉혔다.

캐리스는 엘프릭 쪽으로 돌아서서 말했다. "그 말이 무슨 뜻인지 알겠어요, 엘프릭?"

"모르오." 엘프릭이 부루퉁한 어조로 대꾸했다.

"바로 그렇기 때문에 제가 사악한 주문을 외우는 거라고 여겼을지도 몰라요." 이번에는 필리먼 쪽으로 몸을 돌리고 말했다. "형제님, 당신은 제가 방금 한 말이 무슨 뜻인지 아시겠죠?"

"그건 라틴어요." 필리먼이 대꾸했다.

"그렇다면 그 말이 무슨 뜻인지 말해주시겠어요?"

필리먼은 도움을 바라는 눈길로 주교를 바라보았다. 그러나 리처드는 재미있다는 듯이 말했다. "질문에 답하시오."

필리먼은 잔뜩 성이 난 얼굴로 주교의 말에 따랐다. "그녀는 '당신 엉덩이에 고개를 처박은 꼴이군요*'라고 말했습니다."

그 말에 군중은 폭소를 터뜨렸다. 캐리스는 자기 자리로 돌아갔다.

웃음소리가 가라앉기를 기다려 필리먼이 무슨 말인가 하려 했지만 리처드가 가로막았다. "당신 얘기는 더 들을 것도 없겠소. 그대는 강력하게 그녀를 고발했고, 그녀는 강력하게 반박했소. 이 고발 건에 대해 누가 또 말할 사람이 있소?"

"제가 할말이 있습니다, 주교 예하." 탁발 수사 머도가 나섰다. 시민 몇몇은 성원을 보냈고, 나머지는 끙 소리를 냈다. 머도는 상반되는 반응을 야기했다. "이단은 악행입니다." 그가 말하기 시작했다. 그의 목

* 멍청한 짓만 골라한다는 의미.

소리는 낭랑한 설교조로 바뀌었다. "남녀의 영혼을 타락시키고—"

"고맙소, 형제. 하지만 이단이 어떤 것인지는 나도 알고 있습니다." 리처드가 말했다. "그 밖에 달리 할말이 있습니까? 그렇지 않다면—"

"이 말씀만 드리겠습니다. 저도 동의하는 바, 거듭 말씀드리자면—"

"앞에서 나왔던 얘기를 하겠다는 거라면—"

"고발이 강력하고 그에 대한 반박도 강력했다는 예하의 말씀 말입니다만."

"그렇다면—"

"제가 한 가지 해결책을 제시하고 싶습니다."

"좋습니다, 머도 형제. 그 제안이라는 게 무엇이오? 간단히 말해보시오."

"저 여인에게 악마의 흔적이 있는지 조사해봐야 합니다."

캐리스는 심장이 멎는 듯했다.

"물론이오." 주교가 말했다. "당신은 지난번 재판 때도 똑같은 제안을 했던 것으로 기억하는데."

"그렇습니다, 예하. 왜냐하면 악마는, 갓난아기가 통통 불은 젖가슴을 빠는 것처럼 탐욕스럽게 자기만의 특별한 젖꼭지를 통해 자기가 부리는 자들의 피를 빨기 때문에—"

"알겠습니다. 고맙소, 머도. 더 자세한 얘기는 할 것 없습니다. 시실리어 원장, 당신과 수녀 두 명이 피고를 데려가 조사해줄 수 있겠습니까?"

캐리스는 머딘을 바라보았다. 그의 얼굴은 공포에 새파랗게 질려 있었다. 두 사람은 똑같은 생각을 하고 있었다.

캐리스는 특별한 곳에 점이 있었다.

작은 점이지만 수녀들은 발견할 것이다. 게다가 가장 악마의 관심을 끌 만한 자리에 있었다. 음문의 갈라진 부분 바로 옆이었다. 붉은 기가 도는 금빛 음모로는 가려지지 않았다. 처음 그것을 발견했을 때 머딘은 농담을 던졌다. "탁발 수사 머도가 보면 마녀라고 하겠네. 그 작자에게는 안 보이는 게 좋을 거야." 그 말에 캐리스는 웃으면서 "그 사람에게 보여줄 생각은 눈곱만큼도 없어" 하고 대꾸했다.

어떻게 그런 대화를 그토록 태평스럽게 할 수 있었을까? 이제는 그것 때문에 사형선고를 받게 될 처지에 놓였다.

그녀는 절망감에 사로잡혀 주위를 둘러보았다. 달아날 수 있다면 달아나고 싶었지만, 주위에 수백 명이나 되는 사람들이 있었고 그중 일부는 그녀의 행동을 제지하고 나설 것 같았다. 그녀는 머딘이 허리춤에 찬 나이프에 손을 갖다대고 있는 것을 보았지만, 그것이 나이프가 아니라 검이고 그가 단련된 전사라고 할지라도—사실은 그렇지 못했지만—이런 군중을 뚫고 나아가는 것은 불가능했다.

시실리어 수녀원장이 다가와 그녀의 손을 잡았다.

캐리스는 성당 밖으로 나서는 즉시 달아나기로 마음먹었다. 클로이스터를 가로지른다면 어쩌면 쉽게 빠져나갈 수 있을지도 모른다.

그때 고드윈이 말했다. "치안관, 부관을 대동해 저 여인을 조사받을 곳까지 호송하고 끝날 때까지 문밖을 지키도록 하시오."

시실리어는 캐리스가 달아나도 잡지 못할 테지만 두 남자는 잡을 수 있을 것이다.

존은 평소 무슨 일이 있을 때마다 부관 가운데 가장 먼저 지목하던 마크 웨버를 바라보았다. 캐리스는 희미하게나마 희망을 품었다. 마크는 그녀의 충실한 친구였다. 그러나 치안관도 같은 생각을 한 것 같았다. 존은 마크에게서 고개를 돌려 크리스토퍼 블랙스미스를 가리켰다.

시실리어가 캐리스의 손을 부드럽게 잡아당겼다.

캐리스는 몽유병에 걸린 사람처럼 상대에게 이끌려 성당 밖으로 나갔다. 두 사람은 북쪽 문으로 나왔고, 시실리어와 캐리스 뒤에는 마이어 자매와 줄리 자매, 그리고 치안관 존과 크리스토퍼 블랙스미스가 바짝 따라왔다. 그들은 클로이스터를 가로질러 수녀원 구역으로 접어든 뒤 공동 침실로 향했다. 두 남자는 밖에 남았다.

시실리어가 문을 닫았다.

"굳이 조사하실 필요도 없어요." 캐리스는 멍한 어조로 말했다. "제 몸에 점이 있어요."

"우리도 알고 있단다." 시실리어가 말했다.

캐리스는 눈살을 찌푸렸다. "어떻게 아시죠?"

"우리가 너를 씻겨준 적이 있잖니." 그러면서 그녀는 마이어와 줄리를 가리켰다. "우리 셋이서 말이야. 두 해 전 성탄절에 네가 구호소에 왔을 때였지. 그때 너는 뭔가 독이 든 음식을 먹었어."

시실리어는 캐리스가 임신중절 약을 먹었다는 사실을 모르거나 아니면 짐작도 하지 못하는 척했다.

그녀가 말을 이었다. "너는 구호소 곳곳에 토하고 변을 지리고 피를 쏟았지. 우리는 몇 번이나 네 몸을 씻겨야 했어. 그때 우리 모두가 그 점을 봤어."

캐리스는 도저히 빠져나올 수 없을 것 같은 깊은 절망감에 사로잡혔다. 그녀는 눈을 감았다. "그러면 이제 저는 사형선고를 받게 되겠군요." 그녀의 목소리는 너무 낮아 거의 속삭임 같았다.

"꼭 그렇진 않아." 시실리어가 말했다. "다른 길도 있지."

∽

머딘은 미칠 것 같은 혼란에 빠졌다. 캐리스는 덫에 걸렸다. 그녀는 사형선고를 받을 것이고, 그가 할 수 있는 일은 아무것도 없었다. 그가 설령 우람한 어깨에 검을 메고 폭력을 즐기는 랠프라 할지라도 그녀를 구할 도리는 없었다. 그는 겁에 질린 눈으로 그녀가 사라진 문을 빤히 응시했다. 캐리스의 점이 어디 있는지 아는 그는 수녀들이 그것을 찾으리라 확신했다. 그 점은 바로 그들이 가장 꼼꼼하게 살펴볼 자리에 있었다.

흥분한 군중이 왁자지껄하게 떠드는 소음이 그를 에워쌌다. 사람들은 재판 과정을 되짚어보면서 캐리스를 옹호하는 편과 그렇지 않은 편으로 나뉘어 입씨름을 벌이고 있었지만, 그는 마치 거품 속에 있기라도 한 듯 그들이 하는 말을 거의 알아들을 수 없었다. 그의 귀에는 수많은 북을 아무렇게나 두드리는 소리처럼 들렸다.

머딘은 대체 고드윈이 무슨 생각을 하는지 의아해하며 자기도 모르게 그를 빤히 바라보고 있었다. 다른 사람들의 행동은 이해할 수 있었다. 엘리자베스는 질투심에, 엘프릭은 탐욕에, 필리먼은 순전한 악의에 이끌려 행동했지만, 수도원장의 행동은 어리둥절하기만 했다. 사촌동생 캐리스와 함께 성장한 고드윈은 그녀가 마녀가 아니라는 사실을 잘 알고 있을 것이다. 그런데도 그는 그녀의 죽음을 맞을 각오를 하고 있었다. 어떻게 그렇게 사악할 수 있을까? 자신에게 뭐라고 변명을 하고 있을까? 그는 이것이 모두 하느님의 영광을 위한 일이라고 여기는 걸까? 한때 고드윈은 사람들을 계몽하고 품위 있게 처신하는 인물로서, 앤서니 수도원장의 편협한 보수주의에 대한 대안으로 여겨진 적도 있었다. 그러나 결과적으로 그는 앤서니보다 더 형편없었다. 똑같이 시대에 뒤처진 목표를 추구하면서도 그 과정은 더욱 무자비했다.

캐리스가 죽는다면 내 손으로 고드윈을 죽여버리고 말겠어. 머딘은 생각했다.

그때 머딘의 부모가 그에게 다가왔다. 그들도 재판이 진행되는 동안 성당 안에 있었다. 그의 아버지가 무슨 말인가 했지만 머딘은 알아들을 수 없었다. "뭐라고요?" 그가 물었다.

그 순간 북쪽 문이 열렸고 군중은 조용해졌다. 시실리어 수녀원장이 혼자 걸어들어와 문을 닫았다. 호기심에 찬 웅성거림이 일었다. 이제 무슨 일이 벌어질까?

시실리어가 주교석으로 다가갔다.

"자, 말해보시오, 수녀원장. 이 법정에 보고할 내용이 어떤 겁니까?" 리처드가 말했다.

시실리어는 느릿한 어조로 말했다. "캐리스가 고해했습니다—"

충격을 받은 군중 속에서 왁자한 소음이 일어났다.

시실리어는 목청을 높였다. "자신의 죄를 고해했습니다."

군중은 다시 조용해졌다. 그것은 무슨 의미일까?

"그녀는 이미 면죄를 받았습니다……"

"누구에게 받았다는 겁니까?" 고드윈이 끼어들었다. "수녀는 죄를 사해주지 못합니다!"

"조프로이 신부에게서 받았습니다."

머딘은 조프로이를 알았다. 그는 머딘이 지붕을 수리해준 성 마르코 성당의 사제였다. 조프로이는 고드윈을 좋아하지 않았다.

대체 무슨 일이 벌어지려는 걸까? 모두가 시실리어의 설명을 기다렸다.

"캐리스는 이곳 수도원에서 수련수녀가 되겠다고 지원했고—" 시실리어가 말했다.

이번에도 그녀의 말은 시민들이 놀라서 지르는 소리에 중단됐다.

그녀가 사람들의 목소리를 덮을 만큼 큰 소리로 외쳤다. "저는 그녀의 지원을 받아들였습니다!"

소동이 벌어졌다. 머딘은 고드윈이 목청껏 고함을 지르는 것을 보았지만 그의 말은 소음에 묻혀 들리지 않았다. 엘리자베스는 성난 얼굴이었고, 필리먼은 독기 서린 증오의 눈으로 시실리어를 노려보았다. 엘프릭은 당황한 표정이고, 리처드는 재미있다는 얼굴을 하고 있었다. 머딘은 그 말이 암시하는 사실에 동요하고 있었다. 주교가 이 일을 수락할까? 그러면 재판이 끝났다는 의미일까? 캐리스는 처형을 받지 않게 되는 걸까?

이윽고 소동이 가라앉았다. 그의 귀에 들리는 한, 분노로 얼굴이 하얗게 질린 고드윈은 이렇게 말했다. "그녀가 자신이 이단자라고 고해했다는 겁니까, 아닙니까?"

"고해는 신성한 신의에 바탕을 둔 것입니다." 시실리어는 침착하게 말했다. "그녀가 사제에게 뭐라고 말했는지는 알지 못합니다. 그리고 설령 안다 해도 수도원장은 물론이고 다른 어느 누구에게도 말할 수 없습니다."

"그녀에게 사탄의 흔적이 있습니까?"

"우리는 조사하지 않았습니다." 회피하는 대답이라고 머딘은 생각했지만, 시실리어는 곧 이렇게 덧붙였다. "일단 그녀가 면죄를 받은 이상 그 일은 불필요했으니까요."

"이건 용납할 수 없는 일입니다!" 고드윈이 고함을 질렀다. 그는 필리먼을 고발자로 삼았던 지금까지의 가면을 벗어던졌다. "수녀원장이 이런 식으로 법정의 절차를 망칠 수는 없는 일입니다!"

리처드 주교가 말했다. "지금까지의 발언은 고마웠소, 수도원장—"

"법정의 명령은 마땅히 시행되어야만 합니다!"

리처드가 언성을 높였다. "그렇게 될 것이오!"

더 이의를 제기하려고 입을 열던 고드윈은 마음을 바꿨다.

"이 이상의 논증은 들을 필요가 없을 것 같군요. 나는 결정을 내렸습니다. 이제 내 판결을 말하겠소." 리처드가 말했다.

그 말에 모두 조용해졌다.

"캐리스를 수녀원에 받아들이자는 것은 흥미로운 제안입니다. 만약 그녀가 마녀라면 앞으로는 주위의 신성 속에서 더이상 아무런 해도 입히지 못할 겁니다. 악마는 이곳에 들어올 수 없으니까요. 반면 그녀가 마녀가 아니라면 우리는 결백한 여인에게 유죄판결을 내리는 오류에서 벗어나게 되는 셈이죠. 아마 수녀가 되는 것은 그녀가 선택한 삶이 아니었을 테지만, 하느님에게 봉사하는 삶을 통해 위안을 얻게 될 겁니다. 모든 점을 고려할 때 본인은 이것이 만족할 만한 해결책이라고 생각합니다."

"그녀가 수녀원을 떠나게 되면 어떻게 됩니까?" 고드윈이 물었다.

"좋은 지적이오." 주교가 말했다. "바로 그 이유에서 본인은 지금 이 자리에서 공식적으로 그녀에게 사형선고를 내리겠소. 하지만 그녀가 수녀로 살아가는 한 형의 집행은 유예될 것이오. 그녀가 서원을 포기할 경우 형이 집행될 겁니다."

종신형이나 다름없군. 머딘은 절망적인 심정으로 생각했다. 분노와 슬픔으로 그의 눈에 눈물이 고였다.

리처드는 자리에서 일어섰다. 고드윈이 말했다. "폐정합니다!" 주교가 자리를 뜨고, 수사와 수녀의 행렬이 뒤따랐다.

머딘은 멍한 상태로 걸음을 옮겼다. 어머니가 위로하려 무슨 말인가 했지만 그는 무시했다. 머딘은 군중의 물결에 몸을 맡긴 채 대성당 서쪽 문을 나와 초지로 나섰다. 상인들이 팔고 남은 물건을 챙기면서 노점을 철수하고 있었다. 올해의 양모 정기시장이 끝난 것이다. 머딘은 고드윈이 원하는 성과를 이루었다는 것을 깨달았다. 에드먼드는 죽어가고 캐리스는 제거했으니 엘프릭이 길드장이 될 테고 칙허장 신청은 철회될 것이다.

그는 수도원 건물의 회색 돌벽을 바라보았다. 저기 어딘가에 캐리스가 있다. 머딘은 그쪽으로 발길을 돌렸다. 그리고 군중의 물결을 거슬러 구호소로 향했다.

구호소는 비어 있었다. 깨끗이 비질이 되어 있었고 밀짚 매트들이 벽을 따라 단정하게 쌓여 있었다. 동쪽 끝 제단 위에는 촛불 하나가 타고 있었다. 머딘은 어떻게 해야 할지 알지 못한 채 실내를 길게 가로질러 느릿느릿 걸어갔다.

그는 『티모시의 책』에서 읽은, 자신의 조상인 잭 빌더가 잠깐이나마 수련수사가 됐던 일을 떠올렸다. 저자는 잭이 마지못해 수사가 됐고 수도원의 규율에 쉽게 적응하지 못했다고 암시했다. 어쨌든 잭의 수도 기간은 돌연 끝났는데, 저자 티모시는 그 저간의 사정에 대해서는 재치있게 입을 다물었다.

그러나 리처드 주교는 캐리스가 수녀원을 떠나면 사형이 집행될 거라고 했다.

젊은 수녀가 구호소 안으로 들어왔다. 머딘을 알아본 그녀는 겁먹은 표정으로 물었다. "무슨 일이시죠?"

"캐리스와 얘기를 하고 싶습니다."

"가서 물어볼게요." 수녀는 말하고 빠른 걸음으로 사라졌다.

머딘은 제단과 십자고상, 그리고 구호소의 수호성인인 헝가리의 엘리자베스를 그린 제단 위의 세 폭짜리 그림을 바라보았다. 첫번째 그림에는 공주였던 성인이 왕관을 쓰고 가난한 이들에게 음식을 나눠주는 모습이, 두번째 그림에는 그녀가 구호소를 짓고 있는 모습이 담겨 있고, 세번째 그림은 그녀가 옷 속에 감춰온 음식이 장미꽃으로 변하는 기적을 묘사하고 있었다. 대체 이런 곳에서 캐리스가 뭘 한단 말인가?

그녀는 무신론자이고, 교회의 모든 가르침에 의혹을 품고 있었다. 그녀는 공주가 빵을 장미로 바꿀 수 있다는 것을 믿지 않는 사람이었다. "그걸 어떻게 알아?" 그녀는 아담과 이브, 노아의 방주, 다윗과 골리앗, 심지어는 예수 탄생에 이르기까지 모두가 아무런 의문 없이 받아들이는 이야기들에 대해 그렇게 말하곤 했다. 그녀는 이곳에서 우리에 갇힌 살쾡이 처지가 되리라.

그는 그녀의 심중을 알기 위해서라도 그녀와 이야기해봐야 했다. 아마도 그녀에게는 그가 짐작도 못할 모종의 계획이 있을 것이다. 그는 초조하게 수녀가 돌아오기만 기다렸다. 그러나 그 수녀 대신 줄리 자매가 나타났다. "아아, 고맙습니다! 줄리 자매님, 지금 당장 캐리스를 만나야겠어요!"

"미안하네, 머딘. 캐리스는 자네를 만나고 싶어하지 않아."

"말도 안 되는 말씀 하지 마세요. 우리는 약혼한 사이예요. 내일이 결혼식 날이라고요. 그녀는 당연히 저를 만나야 합니다!"

"그애는 이제 수련수녀가 됐어. 결혼하지 못해."

머딘이 언성을 높였다. "그게 사실이라고 해도, 그녀가 직접 제게 이야기해야 하는 거 아닌가요?"

"그건 내가 말할 수 있는 게 아니야. 그애는 자네가 이곳에 있다는 것도 알고 있어. 하지만 자네를 만나고 싶어하지 않아."

"자매님 말씀을 믿지 못하겠어요." 머딘은 늙은 수녀를 밀어제치고 그녀가 들어왔던 문을 지났다. 작은 대기실이 보였다. 그는 이곳에 와본 적이 없었다. 수도원의 수녀 구역에 들어와본 남자는 거의 없었다. 다시 문 하나를 더 지나자 수녀 전용 클로이스터가 나왔다. 수녀 몇몇이 책을 읽거나, 생각에 잠겨 서성거리거나, 나지막이 대화를 나누고 있었다.

머딘은 아케이드를 따라 달려갔다. 한 수녀가 그를 보고 비명을 질렀다. 그는 무시하고 달렸다. 계단이 보이자 뛰어올라가 첫번째 방으로 들어갔다. 그곳은 공동 침실이었다. 매트들이 두 줄로 놓여 있고 그 위에 단정하게 개놓은 모포들이 있었다. 방안에는 아무도 없었다. 그는 복도를 따라가다 다른 방을 열어보았다. 잠겨 있었다. "캐리스!" 그는 외쳤다. "안에 있어? 대답해!" 그는 주먹으로 문을 두드렸다. 손가락 관절의 피부가 까져 피가 흘렀지만 아픈지도 몰랐다. "나를 들여보내줘!" 머딘이 소리쳤다. "들여보내달라고!"

그때 등뒤에서 누군가가 말했다. "내가 들여보내주지."

머딘이 몸을 돌려 보니 시실리어 수녀원장이었다.

수녀원장이 허리춤에서 열쇠를 꺼내더니 침착하게 문을 열었다. 머딘은 문을 벌컥 열었다. 창문 하나가 있는 작은 방이었다. 사방 벽에 선반이 있고 개어놓은 옷들이 얹혀 있었다.

"이곳은 겨울옷을 보관하는 곳이야. 창고지." 시실리어가 말했다.

"그녀는 어디 있죠?" 머딘이 외쳤다.

"캐리스는 스스로 요청해서 문을 잠근 방안에 있어. 자네는 그 방을 찾을 수 없을 테고, 설령 찾는다 해도 들어가지 못할 거야. 그녀가 자네를 만나주지 않을 테니까."

"그녀가 죽지 않았다는 것을 제가 어떻게 알죠?" 머딘은 격한 감정 때문에 목소리가 갈라져나온다는 것을 알았지만 개의치 않았다.

"자네는 나를 알지 않나." 시실리어가 말했다. "캐리스는 죽지 않았어." 그녀는 그의 손을 보았다. "손을 다쳤구나." 그녀가 가엾다는 듯이 말했다. "나를 따라오게. 상처에 연고를 발라줄 테니까."

그는 자기 손을 보고 다시 그녀를 바라보았다. "당신은 악마예요."

머딘은 왔던 길을 되짚어 달아나듯 그곳을 빠져나왔다. 구호소에서 그는 겁에 질린 줄리 자매 옆을 지나쳤다. 이윽고 대성당 앞 파장한 시장의 혼란을 뚫고 중심가로 나섰다. 에드먼드에게 이야기할까 하다가 마음을 접었다. 캐리스의 병든 아버지에게는 누군가 다른 사람에게 저 무서운 진실을 말하게 해야 한다고 생각했다. 믿을 수 있는 사람이 누구일까? 머딘은 마크 웨버를 떠올렸다.

마크와 그 가족은 중심가에 있는 큰집으로 이사했는데, 그 커다란 석조건물의 일층은 포목점이었다. 이제는 부엌에 베틀이 놓여 있지 않았다. 천 짜는 일은 하청을 주고 있었다. 마크와 매지는 엄숙한 얼굴로 긴 의자에 앉아 있었다. 머딘이 들어서자 마크는 벌떡 일어섰다. "그녀를 봤니?" 그가 큰 소리로 물었다.

"만나게 해주지 않아요."

"그런 말도 안 되는 일이 있나! 아무리 그들이라도 결혼을 약속한 남자도 못 만나게 막을 권리는 없어."

"저를 만나고 싶어하지 않는대요."

"믿지 못할 말이로군."

"저도 그렇게 생각해요. 수녀원에 들어가서 찾아보았지만 찾을 수가 없었어요. 온통 문이 잠겨 있어요."

"그래도 수녀원 어딘가에 분명 있을 거야."

"알아요. 저와 함께 망치를 들고 가서 그녀를 찾을 때까지 문을 모조리 부숴주시겠어요?"

마크는 난처한 기색을 보였다. 그는 힘이 셌지만 폭력은 싫어했다.

"캐리스를 찾아야 해요. 어쩌면 죽었을지도 모른다고요!" 머딘이 말했다.

마크가 대답도 하기 전에 매지가 나섰다. "더 좋은 생각이 있어."

두 남자가 그녀를 보았다.

"내가 수녀원으로 가볼게." 매지가 말했다. "수녀님들은 여자는 별로 경계하지 않으니까. 어쩌면 캐리스에게 나를 만나보라고 설득해줄지도 몰라."

마크가 고개를 끄덕였다. "그러면 적어도 살았는지 죽었는지는 알게 되겠군."

"하지만…… 그 정도로는 안 돼요. 그녀가 무슨 생각을 하고 있는지도 알아야 해요. 소동이 가라앉기를 기다렸다가 달아나려는 걸까요? 제가 캐리스를 그곳에서 꺼내줘야 할까요? 아니면 그저 기다려야 할까요? 그렇다면 얼마나 오랫동안 기다려야 하죠? 한 달? 일 년? 아니면 칠 년?" 머딘이 말했다.

"수녀들이 나를 들여보내주면 내가 직접 물어볼게." 매지가 자리에서 일어섰다. "여기서 기다리고 있어."

"아뇨, 저도 같이 가겠어요. 밖에서 기다릴게요."

"그럼, 마크, 당신도 가서 머딘 옆에 있어주면 어때요?"

그 말은 머딘이 말썽을 피우지 못하도록 지키라는 의미였지만 머딘은 가만있었다. 그들에게 도움을 청한 것은 그였다. 그는 자기편으로 믿을 수 있는 두 사람이 있다는 것만도 고마웠다.

그들은 빠른 걸음으로 수도원 경내로 향했다. 매지가 안으로 들어간 동안 마크와 머딘은 구호소 밖에서 기다렸다. 문가에서 주인을 기다리는 캐리스의 늙은 개 스크랩이 보였다.

매지가 들어가고 삼십 분쯤 지났을 때 머딘이 말했다. "수녀들이 매지를 들여보내준 게 분명해요. 안 그랬으면 지금쯤 돌아왔을 테니까요."

"두고 보지." 마크가 말했다.

그들은 마지막 남은 상인들이 짐을 꾸려 진흙 바다가 된 대성당 앞 초지를 떠나는 광경을 지켜보았다. 머딘은 서성거렸고 마크는 조각상으로 만든 삼손이라도 된 것처럼 꼼짝 않고 앉아 있었다. 다시 한 시간이 흘렀다. 마음은 초조했지만, 늦어지는 것은 매지가 캐리스를 만나 이야기를 하고 있다는 뜻이었기 때문에 한편으로는 위안이 됐다.

이윽고 도시 서편으로 뉘엿뉘엿 해가 지고 있을 때 매지가 나타났다. 그녀의 표정은 진지했고 얼굴은 눈물로 젖어 있었다. "캐리스는 살아 있어." 매지가 말했다. "그리고 몸도 마음도 잘못되지 않았어. 온전한 정신이었어."

"뭐라고 하던가요?" 머딘이 다급히 물었다.

"전부 다 이야기해줄게. 이리 와, 저기 밭에라도 좀 앉아서 얘기하자."

그들은 채소밭으로 가서 일몰을 바라보고 긴 돌의자에 앉았다. 매지의 침착한 태도가 머딘은 불길했다. 차라리 그녀가 분통을 터뜨리는 편이 더 나을 것 같았다. 그녀의 태도는 나쁜 소식일 것 같은 느낌을 주었다. 절망감이 밀려왔다. 머딘이 말했다. "캐리스가 저를 만나고 싶어하지 않는다는 게 정말이었나요?"

매지는 한숨을 지었다. "맞아."

"대체 왜요?"

"나도 그애에게 그렇게 물어봤어. 캐리스 말이 그러면 자기 가슴이 찢어질 것 같아서래."

머딘은 울기 시작했다.

매지가 나지막하고도 분명한 어조로 말을 이었다. "시실리어 수녀원장님이 아무도 없는 곳에서 단둘이 허심탄회하게 이야기할 수 있게 해주셨어. 캐리스는 고드윈과 필리먼이 칙허장 신청 때문에 자기를 제거하기로 작정했다고 생각하고 있어. 수녀원에 있으면 안전하지만 수녀원을 떠나면 그들이 자기를 찾아내서 죽일 거라고 했어."

"달아나면 돼요. 제가 그녀를 런던으로 데려가면 된다고요!" 머딘이 말했다. "아무리 고드윈이라도 그곳이라면 우리를 찾아내지 못할 거예요!"

매지는 고개를 끄덕였다. "나도 그렇게 말했지. 우리는 그 점에 대해 오랫동안 이야기를 나눴어. 캐리스는 그렇게 하면 너희 두 사람이 남은 평생 도망자로 살게 될 거라고 했어. 그녀는 머딘한테까지 그런 운명을 지울 생각이 없는 거야. 머딘은 우리 세대에서 가장 탁월한 건축업자가 될 운명을 타고났다고. 명성을 쌓게 될 거라고. 하지만 자기와 함께 있으면 머딘은 언제나 신분을 속이고 남의 눈을 피하며 살아야 하니까 그럴 수 없다고 말이야."

"그런 건 아무래도 상관없다고요!"

"캐리스는 네가 그렇게 말할 거라고 하더구나. 하지만 그녀는 네가 그 운명을 중요하게 여긴다고 생각하고 있어. 그리고 무엇보다 중요한 건, 그녀는 네가 그것을 중요하게 여기길 바란다는 거야. 어쨌든 그녀는 그 점을 염려하고 있어. 그녀는 네가 아무리 상관없다고 해도 네 운명을 빼앗고 싶은 생각이 없대."

"그 말을 저에게 직접 할 수도 있잖아요!"

"너를 만나면 자신이 설득당할까봐 겁을 내는 거야."

머딘은 매지가 사실대로 말하고 있다는 것을 알았다. 시실리어 역시 사실을 말했던 것이다. 캐리스는 그를 만나고 싶어하지 않았다. 그는 슬픔으로 목이 메어 침을 삼키고 소맷자락으로 눈물을 닦고는 가까스로 목소리를 짜냈다. "하지만 그녀가 거기서 뭘 한다는 거죠?"

"자신이 처한 상황에서 최선을 다하겠다고 했어. 훌륭한 수녀가 되어 보겠다고."

"그녀는 교회를 싫어해요!"

"그녀가 성직자들을 그다지 공경하지 않는다는 건 나도 알아. 이 도시에서는 그리 놀랄 일도 아니지. 하지만 캐리스는 자신이 다른 사람들을 치료하는 데 헌신하는 삶에서 위안을 얻게 될 거라고 생각하고 있어."
머딘은 그 점에 대해 생각해보았다. 마크와 매지는 그런 그를 말없이 지켜보기만 했다. 그는 구호소에서 병자를 보살피는 캐리스의 모습을 어렵지 않게 상상할 수 있었다. 하지만 한밤중에 일어나 노래하고 기도하며 보내는 일에 대해서는 어떻게 느낄까? "그녀는 자살할지도 몰라요." 한참 뒤에 그가 말했다.

"나는 그렇게 생각하지 않아." 매지가 확신에 찬 어조로 말했다. "그녀가 몹시 상심한 것은 사실이지만, 거기서 빠져나올 궁리를 하고 있는 것 같진 않았어."

"어쩌면 다른 사람을 죽일지도 모르죠."

"그쪽이 훨씬 그럴싸하게 들리는데."

"그렇다면 이번에도……" 머딘은 내키지 않는 투로 느리게 말했다. "거기서 어떤 행복을 찾아낼지도 모르겠군요."

매지는 대꾸하지 않았다. 머딘은 그녀를 뚫어져라 바라보았다. 이윽고 매지는 고개를 끄덕였다.

머딘은 그것이야말로 무서운 진실이라는 것을 깨달았다. 캐리스는 행복해질 수도 있었다. 그녀는 집과 자유와 남편이 될 남자를 잃었지만, 결국은 행복해질 것이다.

더이상 할말이 없었다.

머딘은 자리에서 일어섰다. "도와줘서 고마워요." 그는 말하고 걸음을 떼기 시작했다.

"어디로 가려고?" 마크가 물었다.

머딘은 걸음을 멈추고 몸을 돌렸다. 그의 머릿속에는 한 가지 생각이 가닥을 잡아가고 있었다. 그는 그 생각이 좀더 분명해질 때까지 기다렸다. 이윽고 생각이 명확해지자 그 자신도 놀랐다. 하지만 머딘은 자신의 생각이 옳다는 것을 알았다. 옳을 뿐만 아니라 완벽했다.

그는 눈물을 훔치고는 붉은 석양을 받으며 앉아 있는 마크와 매지를 바라보았다.

"피렌체로 가겠습니다. 안녕히 계세요." 머딘이 말했다.

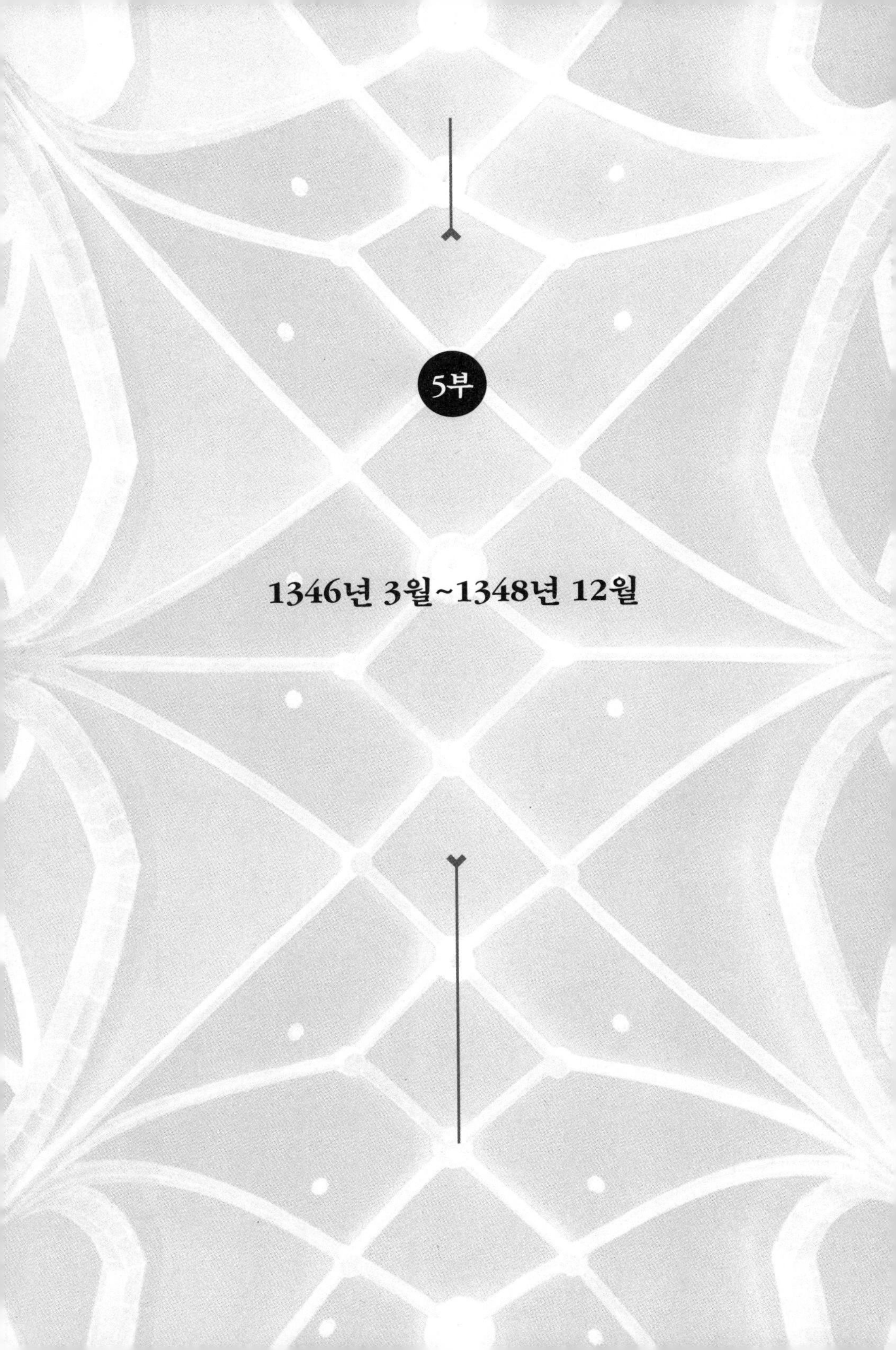

5부

1346년 3월~1348년 12월

43

수녀원 클로이스터를 나선 캐리스 자매는 씩씩한 걸음걸이로 구호소로 걸어갔다. 환자 세 명이 병상에 누워 있었다. 줄리 자매는 이제 너무 노쇠해져서 미사에 참석하지도 못하고, 계단을 오르내리는 일도 힘겨워했다. 딕 브루어의 아들 대니의 아내인 벨라 브루어는 난산에서 회복 중이었다. 열세 살의 리키 실버스는 팔이 부러져서 매슈 바버가 맞춰놓은 상태였다. 한쪽에 놓인 긴 의자에 두 사람이 앉아 이야기를 나누고 있었는데, 수련수녀 넬리와 수도원 일꾼 밥이었다.

캐리스는 노련한 시선으로 방안을 훑어보았다. 식사는 한참 전에 끝났는데, 병상마다 옆에 지저분한 식판이 그대로 놓여 있었다. "밥!" 캐리스가 불렀다. 밥이 화들짝 놀라며 벌떡 일어섰다. "이 식판들을 치워요. 여기는 수도원이고 청결은 이곳의 미덕이죠. 얼른 치워요!"

"죄송합니다, 자매님." 밥이 말했다.

"넬리, 줄리 자매님을 변소에 모시고 갔었나요?"

"아직 다녀오지 않았는데요, 자매님."

"줄리 자매님은 식후에 꼭 변소에 가셔야 해요. 우리 어머니도 그러셨어요. 노자매님이 일을 치르기 전에 얼른 변소에 모시고 가요."

넬리가 노자매를 부축해 자리에서 일으켰다.

캐리스는 인내심이라는 품성을 기르려고 애쓰고 있기는 했지만 수녀가 된 지 칠 년이 지났는데도 여전히 나아지지 못했고, 매일 똑같은 지시를 반복해야 한다는 데 좌절감을 느꼈다. 밥은 식사가 끝나면 바로 식판을 치워야 한다는 것을 알고 있었다. 벌써 수도 없이 했던 말이었다. 넬리도 줄리가 변소에 가야 한다는 것을 잘 알고 있었다. 그런데도 두 사람은 캐리스의 불호령이 떨어지기 전까지 의자에 앉아 잡담을 나누고 있었다.

그녀는 손 씻는 데 사용했던 대야를 집어들고 물을 버리기 위해 실내를 죽 걸어갔다. 처음 보는 사내가 바깥벽에 대고 소변을 보고 있었다. 그녀는 그가 하룻밤 잠자리를 구하러 온 여행자일 거라 짐작했다. "다음번에는 마구간 뒤편에 있는 변소를 이용하세요." 그녀가 딱딱한 어조로 말했다.

사내는 성기에 손을 댄 채 그녀 쪽을 힐끗 보았다. "그러는 당신은 누구시요?" 그가 무례한 어투로 대꾸했다.

"나는 이 구호소 책임자예요. 그리고 만약 오늘밤 이곳에서 묵고 싶다면 그 태도부터 고쳐야 할 거예요."

"오! 우두머리신가, 그렇죠?" 그가 천천히 시간을 끌며 오줌을 털었다.

"볼품없는 그걸 내 눈앞에서 치우지 않으면 수도원은 고사하고 이 도시에서도 쫓겨날 줄 알아요." 그러면서 캐리스는 대야의 물을 그의 성기에 끼얹었다. 그가 화들짝 놀라 뒤로 물러섰지만 바지가 물에 젖고 말았다.

캐리스는 다시 안으로 들어와 수반에서 물을 떴다. 클로이스터와 주방, 구호소의 수반은 수도원 지하관을 통해 도시 상류의 깨끗한 물을 공급받았다. 지중地中에 있는 또하나의 물줄기는 옥외변소로 연결되어 있었다. 캐리스는 줄리처럼 노쇠한 환자가 멀리 가지 않아도 되게 언젠가는 구호소 바로 옆에 변소를 짓고 싶었다.

좀전에 본 나그네가 그녀를 따라 안으로 들어왔다. "손을 씻어요." 그녀가 그에게 대야를 내밀며 말했다.

그는 잠시 머뭇대다가 대야를 받아들었다.

그녀는 그를 바라보았다. 스물아홉 살인 그녀와 또래로 보였다. "그런데 당신은 누구시죠?" 그녀가 물었다.

"헤리퍼드의 길버트라고 합니다. 순례자죠. 성 아돌푸스의 유골에 기도하기 위해 들렀습니다."

"그렇다면 이 구호소에서 하룻밤 묵어도 좋습니다. 나나 이곳에 있는 사람들을 존중하는 말투만 쓴다면요."

"알겠습니다, 자매님."

캐리스는 클로이스터로 돌아갔다. 완연한 봄날이었고, 햇살이 안뜰의 오래되어 매끄러워진 돌바닥을 비췄다. 서쪽 구역에서는 마이어 자매가 여학생들에게 찬송가를 가르치고 있었다. 캐리스는 걸음을 멈춘 채 그 모습을 바라보았다. 사람들은 피부가 맑고 눈이 반짝이고 활 같은 곡선을 그리는 입술을 가진 마이어에게 천사처럼 생겼다고들 했다. 이 학교도 엄밀히 말하자면 캐리스가 책임자였다. 그녀는 바깥세상에서 수녀원에 들어온 모든 사람을 보호하고 관리할 책임을 맡은 관리자였다. 그녀도 거의 이십 년 전 이 학교에 다녔었다.

아홉 살에서 열다섯 살 사이의 학생은 모두 열 명이었다. 일부는 킹스브리지 상인의 딸들이었고, 나머지는 귀족 자제들이었다. 하느님은 선하다는 내용의 찬송가가 끝나자 한 여학생이 질문했다. "마이어 자매님, 하느님이 선하시다면 어째서 우리 부모님이 돌아가시도록 내버려 두신 건가요?"

아이의 입을 통해 나왔지만 케케묵은 질문이었다. 똑똑한 아이라면 곧 그런 질문을 하기 마련이다. 어떻게 나쁜 일들이 일어나는 걸까? 캐리스도 똑같은 의문을 품었었다. 그녀는 질문을 던진 아이를 흥미로운 눈으로 바라보았다. 롤런드 백작의 열두 살 된 조카딸 틸리 셔링이었는데, 캐리스는 개구쟁이 같은 아이의 얼굴이 마음에 들었다. 틸리의 어머니는 그녀를 낳다가 과다출혈로 사망했고 그로부터 오래지 않아 아버지 역시 사냥중 사고로 목이 부러져, 틸리는 백작 집안에서 양육됐다.

마이어는 아이에게 하느님의 불가해한 뜻에 대해 밋밋한 답변을 했다. 틸리는 만족하지 못한 것이 분명했지만 자신의 불만을 명확히 표현할 수 없어 입을 다물었다. 그 의문은 또다시 일어날 거라고 캐리스는 확신했다.

마이어는 아이들에게 찬송가를 다시 부르게 하고는 캐리스에게 다가왔다.

"똑똑한 아이예요." 캐리스가 말했다.

"학급에서 가장 뛰어난 아이죠. 한두 해만 지나면 나하고 논쟁하려 들 거예요."

"저애를 보니 누군가가 생각나는군요." 캐리스가 이맛살을 찌푸리며 말했다. "저애 어머니가 누구였더라……"

그때 마이어가 캐리스의 팔을 가볍게 툭 쳤다. 이런 애정 어린 접촉은 수녀들 사이에 금기였지만 캐리스는 그런 일에 그렇게까지 엄격하지 않았다. "저애를 보면 바로 자매님이 생각나죠." 마이어가 말했다.

그 말에 캐리스는 웃었다. "나는 저렇게 예뻤던 적이 없어요."

하지만 마이어의 말이 맞았다. 어렸을 때도 캐리스는 곧잘 회의론적인 질문을 던지곤 했었다. 수련수녀가 됐을 때는 신학 수업 때마다 입씨름을 벌이기 시작했다. 일주일도 지나지 않아 시실리어 원장은 하는 수 없이 캐리스에게 수업 시간에 입을 다물라는 지시를 내려야 했다. 그러자 캐리스는 수녀원의 규율을 어기기 시작했고, 징계에 대한 반발로 수녀회의 규율 이면에 있는 이론적 근거가 무엇인지를 따지고 들었다. 그때도 그녀에게는 침묵하라는 명령이 떨어졌다.

얼마 지나지 않아 시실리어 수녀원장은 캐리스에게 협상을 제의했다. 그 결과 캐리스는 자신이 수녀의 일과 가운데 일부라고 여기는 구호소에서 대부분의 시간을 보내고 필요한 경우 언제든 전례에 빠질 수 있게 됐다. 더이상 규율을 조롱하지 않고 자신만의 신학 이론을 마음속에 감춰둔다는 조건부였다. 캐리스는 마지못해 부루퉁한 얼굴로 그 조건에 동의했지만, 시실리어의 판단은 현명했다. 그 방식은 먹혀들었다. 그리고 지금까지도 여전히 효력이 있었다. 캐리스는 이제 자신의 시간 대부분을 구호소를 관리하는 데 썼다. 그녀는 전례에 반 이상 빠졌고, 공공연히 불온한 언행은 하지 않게 됐다.

마이어가 미소지었다. "자매님은 지금도 예뻐요. 웃을 때는 특히 더 예쁘답니다."

캐리스는 한순간 마이어의 푸른 눈에 빨려드는 듯한 기분을 느꼈다. 다음 순간 아이의 비명이 들렸다.

그녀는 고개를 돌렸다. 비명은 학생들이 있는 클로이스터가 아니라 구호소에서 들린 것이었다. 캐리스는 빠른 걸음으로 작은 로비를 가로질렀다. 크리스토퍼 블랙스미스가 여덟 살쯤 된 소녀를 안고 구호소에 들어오고 있었다. 고통스럽게 비명을 지르는 아이는 그의 딸 미니였다.

"아이를 매트에 눕혀요." 캐리스가 말했다.

건장한 크리스토퍼는 당황해서 허둥지둥했다. 그가 이상하리만큼 높은 어조로 말했다. "아이가 내 작업장에서 넘어지면서 한쪽 팔이 달군 쇠막대에 닿았어요. 빨리 어떻게든 좀 해주세요, 자매님. 아이가 너무 아파해요!"

캐리스는 아이의 뺨을 만져보았다. "자, 자, 미니, 금방 아프지 않게 해줄게." 그녀는 양귀비 씨앗 추출액은 너무 독해 이렇게 어린 아이에게는 치명적일 수도 있겠다고 생각했다. 좀더 순한 약이 필요했다. "넬리, 내 약장에 가서 '마유麻油'라고 적힌 병을 가져와요. 빨리 다녀오되 뛰어서는 안 돼요. 그러다 넘어져서 약병을 깨뜨리면 새로 만드는 데 몇 시간은 걸릴 테니까." 넬리는 빠른 걸음으로 사라졌다.

캐리스는 미니의 팔을 살펴보았다. 화상이 심하기는 했지만 다행히 상한 부위는 팔뿐이었기 때문에 불이 나서 전신 화상을 입은 사람만큼 위험하지는 않았다. 소녀의 팔에는 온통 지독하게 물집이 잡혀 있었고, 가장 심한 가운데 부분은 피부가 떨어져나가 검게 탄 속살이 드러나 있었다.

도움이 필요한 캐리스의 눈에 마이어가 보였다. "주방으로 가서 따뜻한 와인 반 파인트와 같은 분량의 올리브유를 가져다줘요. 따로 담아야 해요. 둘 다 따뜻하되 너무 뜨거우면 안 돼요." 마이어가 자리를 떴다.

이번에는 아이에게 말했다. "미니, 이제 악쓰는 건 그만하렴. 많이 아프겠지만 내 말 잘 들어야 해. 내가 약을 줄 거야. 그걸 먹으면 너는 아프지 않을 거란다." 아이의 비명이 조금 누그러지면서 울먹임으로 바뀌었다.

넬리가 마유를 가져왔다. 캐리스는 마유를 스푼에 약간 덜어 미니의 벌린 입속에 넣고 아이의 코를 잡았다. 아이가 약을 삼켰다. 아이는 다시 비명을 질러댔지만 잠시 후 진정되기 시작했다.

"깨끗한 수건을 갖다줘요." 캐리스가 넬리에게 말했다. 구호소에서는 수건을 쓸 일이 많아서 캐리스의 지시에 따라 제단 뒤편 벽장에는 언제나 깨끗한 수건을 가득 구비해놓았다.

마이어가 주방에서 올리브유와 와인을 가져왔다. 캐리스는 미니가 누워 있는 매트 옆 바닥에 수건을 깔고, 화상을 입은 팔을 수건 위에 올려놓았다. "좀 어떠니?" 캐리스가 물었다.

"아파요." 미니가 울먹이며 말했다.

만족한 캐리스는 고개를 끄덕였다. 환자가 처음으로 내뱉은 조리 있는 말이었다. 최악의 순간은 지나간 것이었다.

마유의 약효가 도는지 미니는 졸기 시작했다. 캐리스가 말했다. "이제 네 팔을 낫게 해줄 약을 쓸 거야. 그러니 되도록이면 움직이지 말아야 해, 알겠지?"

미니는 고개를 끄덕였다.

캐리스는 화상이 가장 경미한 미니의 팔목 부위에 미지근한 와인을 약간 부었다. 아이는 움찔했지만 팔을 빼지는 않았다. 아이의 태도에 용기를 얻은 캐리스는 화상이 가장 심한 부위까지 와인 단지를 천천히 팔 위쪽으로 옮기면서 상처를 씻었다. 그런 다음 올리브유로 같은 처치를 반복했는데, 그것은 상처를 완화시키면서 공기중에 있는 나쁜 것들이 영향을 주지 않도록 피부를 보호해줄 것이었다. 마지막으로 파리가 달라붙지 않도록 깨끗한 수건으로 팔을 살짝 감아줬다.

미니는 끙끙거리며 신음하기는 했지만 반쯤 잠이 든 상태였다. 캐리스는 아이의 얼굴을 걱정스레 살펴보았다. 잔뜩 찡그린 아이의 얼굴은 분홍빛을 띠고 있었다. 좋은 징조였다. 아이의 얼굴이 창백해졌다면 그것은 약이 너무 세다는 의미였다.

캐리스는 언제나 약을 쓰는 일이 불안했다. 약을 쓰는 횟수에 따라 강도가 달라졌는데 정확히 측정할 방도가 없었다. 너무 약하게 쓰면 약효가 나지 않고, 너무 강하게 쓰면 위험했다. 자식의 고통이 괴로운 부모들은 언제나 강하게 해달라고 주문했지만 그녀는 특히 아이들에게는 약을 지나치게 쓰게 될까봐 겁이 났다.

그때 조지프 형제가 들어왔다. 오십대 후반이 된 수사는 이제 나이가 든데다 이까지 모두 빠졌지만 그래도 이 수도원 의료 담당 수사들 중 가장 실력이 좋았다. 크리스토퍼 블랙스미스가 그를 보자마자 벌떡 일어났다. "아, 조지프 형제님, 이렇게 와주시다니 정말 고맙습니다. 제 딸애가 심한 화상을 입었습니다."

"어디 한번 볼까요." 조지프가 말했다.

캐리스는 짜증을 감추고 뒤로 물러섰다. 사람들은 모두 수사가 유능한 의사이고 기적에 가까운 치료를 할 수 있다고 믿는 반면, 수녀들은 그저 환자를 먹이고 씻기는 일이나 하는 사람으로 여겼다. 캐리스는 사람들의 그런 태도에 맞서기를 이미 오래전에 포기했지만 그럼에도 여전히 그런 태도는 짜증스러웠다.

조지프는 수건을 벗기고 환자의 팔을 살펴보았다. 그러고는 손가락으로 화상 입은 살을 찔러보았다. 약기운에 잠든 미니가 끙끙거리며 울먹였다. "화상이 심하긴 하지만 위험할 정도는 아니군요." 그가 말했다. 그러고는 캐리스에게 말했다. "닭기름과 염소똥과 백연白鉛을 삼등분해서 고약을 만드세요. 그런 다음 화상에 덮어줘요. 그러면 고름이 나오게 될 테니까."

"알겠습니다, 형제님." 캐리스는 고약의 효과에 의문을 가지고 있었다. 수사들은 고름이 나오는 것을 건강 회복의 신호로 여겼지만 그녀는 고름이 나오지 않고도 상처가 낫는 경우를 여러 차례 보았다. 그녀의 경험으로는 이런 고약 때문에 상처가 악화되는 경우도 종종 있었다. 하지만 토머스 형제를 제외한 나머지 수사들은 그녀와 의견이 달랐다. 토머스 형제는 자신이 거의 이십 년 전 한쪽 팔을 잃은 것이 앤서니 수도원장이 처방한 고약 때문이라고 확신했다. 하지만 캐리스는 이 싸움도 진작 포기한 상태였다. 수사들의 의술은 고대 의학 저술가인 히포크라테스와 갈레노스의 저서를 근거로 한 것이었으며, 모두가 그들이 옳다고 생각했다.

조지프가 나갔다. 캐리스는 미니가 이제 안정됐고 미니의 아버지도 마음을 놓았으리라 확신했다. "잠에서 깨면 목이 마를 거예요. 되도록 물을 많이 먹여주세요. 묽은 에일이나 물을 탄 와인도 괜찮아요."

고약 만드는 일은 급할 것이 없었다. 그녀는 조지프의 치료법을 쓰기 전에 하느님이 누구의 도움 없이 일하실 수 있도록 몇 시간의 여유를 드리기로 했다. 의료 담당 수사가 나중에 다시 와서 환자를 확인할 가능성은 별로 없었다. 그녀는 넬리를 시켜 대성당 서편 채소밭에 가서 염소똥을 가져오도록 한 다음 자신의 조제실로 향했다.

그녀의 조제실은 수사들의 도서실 옆에 있었다. 유감스럽게도 이곳에는 도서실만큼 커다란 창은 없었다. 방은 좁고 어두웠다. 하지만 작업대, 약단지와 약병을 두는 선반, 약재를 가열하는 작은 난로가 있었다.

찬장에는 작은 노트가 한 권 있었다. 양피지는 값이 비싸 양피지로 제책하는 건 성서뿐이었다. 그녀는 자르고 남은 양피지 조각들을 모아 꿰매고 묶어 노트를 만들었고 거기에 모든 중환자에 대해 기록했다. 날짜와 환자 이름, 증상, 치료법 등이었다. 나중에 치료 결과를 보탰고, 환자가 낫거나 악화될 때까지 몇 시간 혹은 며칠이 걸렸는지도 정확하게 기록했다. 그녀는 종종 과거 사례를 들춰보며 다른 치료법이 어떤 효과가 있었는지 기억을 되살리곤 했다.

미니의 나이를 쓰던 그녀는 문득, 만일 현녀 매티의 약을 먹지 않았다면 자신의 아이가 올해 여덟 살이 됐겠다고 생각했다. 이유는 없지만 그녀는 그 아이가 딸이었을 거라 생각했다. 만약 그 딸이 사고를 당했다면 자신이 어땠을지 궁금했다. 과연 그렇게 냉정하게 위급 사태에 대응할 수 있었을까? 아니면 크리스토퍼 블랙스미스처럼 공포로 거의 히스테리 상태에 빠졌을까?

이번 환자에 대한 기록을 막 마쳤을 때 저녁기도를 알리는 종소리가 울려 캐리스는 시과전례를 올리러 갔다. 그다음은 수녀들의 저녁식사 시간이었다. 그리고 새벽 세시 아침기도에 맞춰 일어나기 위해 모두 잠자리에 들었다.

캐리스는 잠자리에 들지 않고 고약을 만들기 위해 조제실로 향했다. 그녀는 염소똥에 개의치 않았다. 구호소에서 일하는 사람이라면 누구나 그보다 더 심한 것도 보기 마련이었다. 하지만 어떻게 조지프가 화상을 입은 피부에 이런 것을 갖다대도 좋다고 생각하는 건지 이해할 수가 없었다.

어쨌든 아침 전까지는 고약을 바르지 않을 것이다. 미니는 건강한 아이다. 그때쯤이면 상당히 회복될 것이다.

캐리스가 고약을 만드는데 마이어가 들어왔다.

캐리스는 의아한 눈으로 그녀를 바라보았다. "자지 않고 뭐해요?"

마이어는 작업대 곁으로 다가왔다. "도와드리려고 왔어요."

"고약 하나 만드는 데 두 사람이나 필요하진 않아요. 내털리 자매님이 뭐라고 하던가요?" 내털리는 부수녀원장이자 규율 담당이었다. 그녀의 허락 없이는 밤중에 숙소를 떠날 수 없었다.

"내털리 자매님은 깊이 잠드셨어요. 그런데 정말 자매님이 예쁘지 않다고 생각하는 거예요?"

"그걸 물어보려고 자다 말고 나온 거예요?"

"머딘은 분명 자매님이 예쁘다고 생각했겠죠."

캐리스는 미소지었다. "네, 그랬죠."

"그분이 보고 싶지 않아요?"

고약을 다 섞은 캐리스는 손을 씻었다. "나는 매일같이 그 사람 생각을 해요. 그는 지금 피렌체에서 가장 부유한 건축가라고 해요."

"그걸 어떻게 아세요?"

"매년 양모 정기시장이 열릴 때 부오나벤투라 카롤리에게서 그의 소식을 듣거든요."

"그분도 자매님 소식을 듣고 있을까요?"

"무슨 소식이요? 나한테는 소식이랄 게 없는데요. 나는 수녀예요."

"그분이 그리우세요?"

캐리스는 고개를 돌려 마이어를 똑바로 보면서 말했다. "수녀들이 남자를 그리워하는 건 금지예요."

"하지만 여자를 그리워하는 건 금지가 아니죠." 마이어가 이렇게 말하고 몸을 기울이더니 캐리스의 입술에 키스했다.

캐리스는 너무 놀라 꼼짝도 하지 못했다. 마이어의 키스는 계속됐다. 머딘의 입술과 달리 여자의 입술은 부드러웠다. 캐리스는 혐오감이 아니라 충격을 받았다. 누구하고든 키스를 해본 지가 칠 년이었고, 그녀는 자신이 얼마나 키스를 그리워했는지 깨달았다.

그 순간 고요한 적막을 깨고 바로 옆 도서실에서 큰 소리가 났다.

마이어가 죄라도 지은 듯 얼른 몸을 뺐다. "무슨 소리죠?"

"상자가 바닥에 떨어지는 소리 같은데."

"대체 누구일까요?"

캐리스는 눈살을 찌푸렸다. "이 밤중에 도서실에 사람이 있을 리 없는데. 수사들과 수녀들은 모두 잠자리에 들었어요."

"어떡해야 하죠?" 마이어는 겁먹은 표정을 지었다.

"한번 가보는 게 좋겠어요."

두 사람은 조제실을 나왔다. 도서실은 바로 옆이었지만 도서실 문으로 가려면 수녀 전용 클로이스터와 수사 전용 클로이스터를 차례로 지나야 했다. 칠흑 같은 밤이었지만 두 사람 모두 이곳에서 지낸 지 여러 해였기 때문에 앞이 보이지 않아도 길을 찾을 수 있었다. 도서실 앞에 이르자 높다란 창에 어른거리는 불빛이 보였다. 밤중에는 보통 잠겨 있는데 도서실 문이 조금 열려 있었다.

캐리스는 문을 활짝 열었다.

한순간 그녀는 눈에 보인 것이 무엇인지 알 수 없었다. 벽장문이 열려 있고 탁자에는 궤짝이 놓여 있었으며 그 옆에 촛불이 있고 어둑한 사람의 형체가 보였다. 다음 순간 그녀는 그 벽장이 증서와 다른 값진 물건을 보관하는 금고이고, 탁자에 놓인 궤짝에는 특별한 의식 때 사용하는 금은보석 장식품이 들어 있다는 것이 생각났다. 그림자처럼 보이는 사람은 궤짝에 들어 있는 물건을 자루에 집어넣고 있는 것 같았다.

그가 고개를 들자 캐리스는 누구인지 알아보았다. 바로 그날 아침 일찍 수도원에 온 헤리퍼드의 순례자 길버트였다. 그는 분명 순례자도, 헤리퍼드 출신도 아닐 것이다. 그는 도둑이었다.

한동안 그들은 서로를 빤히 바라보았다. 아무도 움직이지 않았다.

다음 순간 마이어가 비명을 질렀다.

길버트가 촛불을 껐다.

캐리스는 조금이라도 그가 달아나는 것을 늦추기 위해 문을 닫았다. 그리고 마이어를 잡아끌며 클로이스터를 따라 달리다가 구석진 곳으로 뛰어들었다.

그들이 있는 곳은 수사들의 숙소로 통하는 계단 발치였다. 마이어의 비명에 잠을 깬 수사들이 있겠지만 반응이 느릴 것이었다. "수사들에게 알려야 해요!" 캐리스가 마이어에게 외쳤다. "얼른 뛰어요!" 마이어가 돌진하듯 계단을 뛰어올라갔다.

그때 삐걱거리는 소리가 들렸다. 캐리스는 그것이 도서실 문이 열리는 소리라고 짐작했다. 클로이스터의 판석을 밟는 발소리가 나는지 귀를 기울였지만 길버트는 노련한 도둑이었다. 발소리가 들리지 않았다. 그녀는 숨을 죽인 채 그의 발소리가 들리기를 기다렸다. 그때 위층에서 소동이 벌어졌다.

도둑은 남은 시간이 별로 없다는 것을 깨달은 듯 내달리기 시작했다. 캐리스의 귀에 그 발소리가 들렸다.

금은보석은 하느님보다는 주교와 수도원장을 더 기쁘게 해주는 거라 믿는 그녀는 성당 장식품에 대해서는 별로 개의치 않았다. 하지만 길버트는 혐오스러웠기에 그가 수도원에서 도둑질한 것으로 부자가 되는 건 참을 수 없었다. 그녀는 구석진 곳에서 걸어나갔다.

거의 앞이 보이지 않았지만 달려오는 발소리가 자신을 향하고 있는 건 분명했다. 그녀는 자신을 보호하는 동시에 그와 정면으로 충돌하지 않도록 두 팔을 앞으로 내밀었다. 그와 부딪친 그녀는 중심을 잃었지만 그의 옷을 움켜잡았다. 두 사람 모두 바닥에 쓰러졌다. 십자가며 성배가 든 자루가 판석에 떨어지며 요란한 소리를 냈다.

넘어질 때의 통증 때문에 더욱 화가 난 캐리스는 잡았던 옷자락을 놓고 그의 얼굴 쪽을 가늠해 손을 뻗었다. 그의 피부에 닿자 손톱을 깊이 박으며 죽 그었다. 그는 아파서 비명을 내질렀고 손끝으로 그의 피가 느껴졌다.

하지만 그의 힘이 더 셌다. 그녀와 드잡이하다가 그는 그녀의 몸 위로 올라왔다. 그때 수사들의 숙소가 있는 계단 꼭대기에 불빛이 나타났다. 길버트가 보였고, 길버트 역시 그녀를 볼 수 있었다. 그는 그녀의 몸에 올라탄 채 양손을 번갈아 휘두르며 그녀의 얼굴에 주먹질을 해댔다. 그녀는 고통스럽게 비명을 질렀다.

불빛이 더 많아졌다. 수사들이 계단을 넘어질 듯 달려내려왔다. 캐리스의 귀에 마이어가 악쓰는 소리가 들렸다. "그만해, 이 악마야!" 길버트가 벌떡 일어나더니 손을 휘저으며 자루를 찾았다. 하지만 때는 이미 늦었다. 그 순간 갑자기 마이어가 비호처럼 달려들더니 그를 향해 뭔가 둔중한 물체를 휘둘렀다. 머리에 일격을 받고 응수하려고 몸을 돌리던 그는 쇄도하는 수사들에게 깔렸다.

캐리스는 일어섰다. 마이어가 다가왔고 두 사람은 포옹했다.

"대체 뭘 한 거예요?" 마이어가 말했다.

"저 사람 발을 걸고 얼굴을 할퀴어줬죠. 그런데 뭐로 그를 친 거예요?"

"공동 침실 벽에 걸려 있던 나무십자가요."

"잘했어요. 다른 쪽 빰을 내밀기엔 과했으니까요."

44

길버트 헤리퍼드는 교회법정 재판에서 유죄판결을 받았는데, 고드윈 수도원장은 그에게 교회 물건을 훔친 데 걸맞은 벌을 내렸다. 그는 산 채로 껍질이 벗겨지는 형을 받았다. 의식이 온전한 상태에서 피부가 벗겨지고 결국 피를 흘리다 죽는 형벌이었다.

형을 집행하는 날 고드윈과 시실리어 수녀원장이 매주 갖는 만남이 있었다. 각자의 비서 격인 필리먼 부수도원장과 내털리 부수녀원장도 동석할 예정이었다. 수도원장 사택에서 수녀들을 기다리던 고드윈이 필리먼에게 말했다. "새 금고실을 짓자고 그들을 설득해야 해. 이제 더 이상 도서실 궤짝 속에다 귀중품을 둘 수는 없어."

필리먼이 생각에 잠긴 어조로 말했다. "그럼 공유하는 건물이 되는 건가요?"

"그래야겠지. 우리는 그 건축비를 댈 수 없으니까."

고드윈은 수도원의 재정을 개혁해 부유한 수도원으로 만들고자 했던 자신의 젊은 시절 야망을 유감스러운 심정으로 생각했다. 그가 원하던 일은 이루어지지 않았고, 그는 아직도 그 이유를 알 수 없었다. 그는 시민들이 수도원의 방앗간과 양어지와 토끼울을 쓰도록 지독하리만치 강요하고 사용료를 챙겼지만, 그들은 이를테면 다른 마을에 방앗간을 만드는 식으로 규칙을 우회할 방도를 찾아냈다. 그는 수도원 소유 삼림에서 밀렵하거나 불법으로 벌목하는 사람들에게 호된 처벌을 내리기도 했다. 수도원의 돈으로 방앗간을 짓자는 제안도, 숯을 굽거나 철을 제련하는 이들에게 수도원에서 나는 목재를 쓰도록 허가해주자는 요청도 다 물리쳤다. 그는 자신의 방식이 옳다고 확신했지만 그럼에도 그가 바라는 만큼의 수익은 나지 않았다.

"시실리어 수녀원장에게 돈을 요청하실 생각이군요." 필리먼이 생각에 잠긴 어조로 말했다. "수녀들과 우리가 같은 장소에 재산을 보관하는 것도 나쁘지 않을 것 같은데요."

고드윈은 필리먼이 어떤 교활한 수를 쓰려는 것인지 알았다. "하지만 수녀원장에게 그렇게 말하지는 않을 걸세."

"물론 안 될 일이죠."

"아무튼 그렇게 제안할 거야."

"기다리시는 동안 말씀드립니다만……"

"뭔가?"

"롱햄 마을에 관해 한 가지 알아두셔야 할 문제가 있습니다."

고드윈은 고개를 끄덕였다. 롱햄은 수도원에 공물을 내거나 영지세를 바치는 수십 개 마을 중 하나였다.

필리먼이 내용을 설명했다. "메리-린이라는 과부의 토지 소유권에 관한 문제입니다. 남편이 죽자 그녀는 존 놋이라는 이웃 사람에게 땅을 빌려줘 경작하도록 했죠. 그런데 그 과부가 재혼을 했습니다. 그래서 그녀는 새 남편이 경작할 수 있도록 그 땅을 돌려받고 싶어합니다."

고드윈은 어리둥절했다. 농부들 사이에 벌어진 시시한 다툼이고, 그가 관여할 문제라기에는 너무 사소한 일이었다. "그곳 관리인은 뭐라고 말하고 있나?"

"늘 그랬듯이 그런 약정은 일시적인 것이니 과부에게 돌려줘야 한다고 합니다."

"그러면 그렇게 하면 되겠군."

"거기에 한 가지 복잡한 문제가 있습니다. 롱햄에는 엘리자베스 수녀의 의붓오빠 한 명과 의붓자매 두 명이 있죠."

"아하." 고드윈은 필리먼이 이 일에 관심을 가진 이유를 짐작할 수 있었다. 과거에 엘리자베스 클라크였던 엘리자베스 수녀는 수녀원측 공사 담당이었다. 그녀는 젊고 영리해서 훗날 더 높은 자리로 오를 가능성이 있었다. 그녀를 동맹자로 삼는 건 가치 있는 일이었다.

"그들은 벨 여인숙에서 일하는 어머니를 제외하면 그녀에게 유일한 가족인 셈입니다." 필리먼이 말을 이었다. "엘리자베스는 그 시골 친척들을 좋아하죠. 그들도 그녀를 집안의 성스러운 존재로 떠받들고요. 그들은 킹스브리지에 올 때 수녀원에 과일이며 꿀이며 달걀 같은 것들을 선물로 가져오죠."

"그런데……?"

"존 놋이 바로 엘리자베스 수녀의 의붓오빠입니다."

"엘리자베스 수녀가 그 일에 관해 따로 무슨 부탁을 하던가?"

"네. 그러면서 자기가 요청한 것을 시실리어 수녀원장에게는 말하지 말아달라고 했습니다."

고드윈은 이런 일이야말로 필리먼이 좋아하는 일이라는 것을 알고 있었다. 그는 다툼이 일어났을 때 어느 한쪽에게 유리하도록 영향력을 발휘할 수 있는 유력한 인물로 인정받고 싶어했다. 이런 일은 만족을 모르는 그의 영혼을 살찌웠다. 그는 또한 은밀한 일이면 어떤 것이든 마음이 끌렸다. 엘리자베스가 자신이 요청한 일을 원장이 모르기를 원한다는 사실이 마음에 들었을 것이다. 그것은 그가 그녀가 감추고 싶어하는 비밀을 알고 있다는 의미였다. 그는 수전노가 황금을 쌓듯 그 정보를 저장해놓을 것이다.

"그래서 자네가 원하는 것이 뭔가?" 고드윈이 물었다.

"물론 수도원장님이 해결하시겠지만, 그 땅을 계속 존 놋이 쓰도록 해주자는 겁니다. 그럼 엘리자베스는 우리에게 빚을 진 셈이 되고, 언젠가는 도움이 될 일이 있을 테니까요."

"그 과부한테는 가혹한 일인데." 고드윈이 거북한 듯이 말했다.

"저도 그렇게 생각합니다. 하지만 그 가혹함은 수도원의 이익으로 상쇄될 겁니다."

"그리고 하느님의 일이 더 중요하지. 좋아. 그곳 관리인에게 그렇게 전하게."

"그 과부는 내세에서 보답받을 겁니다."

"그렇겠지." 한때 고드윈은 필리먼의 비열한 수법을 인정해주는 것이 꺼려지던 때가 있었지만, 그것도 오래전 일이었다. 고드윈의 어머니 페트라닐라가 오래전에 예측했던 대로 필리먼이 더없이 유용한 존재라는 것이 판명된 것이다.

그때 노크 소리가 나더니 마침 페트라닐라가 들어섰다.

그녀는 이제 중심가에서 조금 떨어진 캔들 코트의 작지만 아늑한 집에서 살고 있었다. 그녀의 동생 에드먼드가 그녀에게 여생을 먹고살 만큼 넉넉한 유산을 남겨줬던 것이다. 쉰여덟 살인 그녀는 컸던 키가 줄며 구부정해지고 몸도 약해지고 지팡이에 의지해 걸었지만 여전히 곰을 잡는 올가미 같은 정신력을 유지하고 있었다. 언제나 그랬듯 고드윈은 어머니를 보자 반가운 마음이 드는 한편 자신이 뭔가 그녀의 기분을 상하게 한 것이 아닌지 불안했다.

페트라닐라는 이제 집안의 어른이었다. 다리 붕괴 사고로 앤서니가 죽고 칠 년 전 에드먼드가 세상을 떠나고 나자 그녀는 그 세대에서 살아남은 마지막 사람이 됐다. 그녀는 고드윈이 할 일을 지시하는 데 결코 주저함이 없었다. 조카딸 앨리스에게도 마찬가지였다. 앨리스의 남편 엘프릭은 길드장이었지만 그녀는 그에게도 거침없이 명령을 내렸다. 그녀의 권위는 의붓손녀인 그리젤더에게까지 뻗쳤다. 그녀는 그리젤더의 여덟 살 난 아들 머딘에게는 공포의 대상이었다. 그녀의 판단은 여전히 정확했고, 대개는 모두 그녀의 말에 복종했다. 만약 어떤 이유로든 그녀가 지시를 내리지 않는 일이 있을 때는 일부러 그녀에게 가서 의견을 묻곤 했다. 그녀가 없다면 그들 가족은 어떻게 해나갈지 고드윈은 알 수 없었다. 그리고 드문 일이긴 하지만 만약 그녀의 지시대로 하지 않았을 때는 되도록이면 그 사실을 감추려고 애썼다. 그녀에게 맞서는 사람은 캐리스뿐이었다. "저한테 이래라저래라 하지 마세요." 캐리스가 페트라닐라에게 이런 적이 한두 번이 아니었다. "고모는 사람들이 저를 죽이도록 내버려둘 생각이었잖아요."

페트라닐라가 들어와 방안을 둘러보며 말했다. "여긴 별로 탐탁지가 않구나."

그녀는 이렇게 밑도 끝도 없이 말을 자주 내뱉었지만, 고드윈은 어머니가 그런 식으로 말할 때마다 안절부절못했다. "무슨 말씀이세요?"

"넌 이보다 나은 집에서 살아야 해."

"그건 저도 알아요." 팔 년 전 고드윈은 새 사택을 지을 비용을 대달라고 시실리어 수녀원장을 설득했었다. 그녀는 삼 년 후에 그 돈을 주겠다고 약속했지만, 정작 그때가 되자 마음이 바뀌었다고 말했다. 그는 자신이 캐리스에게 한 일 때문에 그러는 거라고 확신했다. 그 이단 재판이 있고 나서 그의 매력은 더이상 시실리어에게 통하지 않게 됐고, 그녀에게서 돈을 끌어내기도 어려워졌다.

"너에게는 주교와 대주교, 남작과 백작을 접대할 사택이 필요해." 페트라닐라가 말했다.

"요즘은 귀빈도 별로 오지 않아요. 롤런드 백작과 리처드 주교는 지난 몇 년 동안 거의 프랑스에 있었고요." 에드워드 왕은 1339년 프랑스 북동부를 침공해 1340년을 그곳에서 보낸 뒤, 1342년 군대를 이끌고 프랑스 북서부로 가서 브르타뉴 지방에서 전투를 벌였다. 1345년 영국군은 프랑스 남서부의 와인 생산지 가스코뉴 지방에서 전투를 치렀다. 이제 에드워드 왕은 잉글랜드로 돌아왔지만 또다시 침공할 군대를 소집하고 있었다.

"롤런드와 리처드만 귀족인 건 아니잖니." 페트라닐라는 퉁명스럽게 대꾸했다.

"다른 사람들은 여기 온 적도 없어요."

그녀의 목소리가 딱딱하게 굳었다. "그건 네가 그들이 원하는 숙소를 제공해주지 못해서일 거야. 연회를 벌일 홀과 전용 예배당, 널찍한 침실들이 있어야 해."

그는 어머니가 이 문제를 생각하며 밤을 꼬박 새웠을 거라 짐작했다. 그것이 그녀의 방식이었다. 끙끙 앓듯 어떤 문제에 대해 곰곰이 생각한 뒤 자기 생각을 화살처럼 쏘아대는 것. 고드윈은 어머니가 이 문제를 거론하는 특별한 이유가 뭔지 궁금했다. "돈을 낭비하라는 말씀처럼 들리는데요." 그가 시간을 벌 요량으로 말했다.

"모르겠니?" 그녀가 쏘아붙였다. "이 수도원은 기대했던 것만큼 영향력이 없어. 그건 네가 이 나라의 권력자들을 만나지 않기 때문이야.

그들에게 걸맞은 품위 있는 방이 딸린 사택을 갖춘다면 그들도 이곳을 찾을 거다."

어머니의 말이 맞는지도 모른다. 더럼이나 세인트 올번스처럼 부유한 수도원들은 자신들이 접대해야 할 귀족과 왕족 귀빈이 너무 많이 온다고 불평했다.

페트라닐라가 계속했다. "어제가 네 할아버지의 기일이었어." 그래서 이 이야기가 나온 거로군. 고드윈은 생각했다. 어머니는 할아버지의 화려한 경력을 잊지 않고 있었다. "네가 이곳 수도원장이 된 지 구 년이 되어가고 있어. 나는 네가 이런 상태로 박혀 있기를 원치 않는다. 대주교와 국왕이 너를 주굣감으로 생각하도록 해야 해. 더럼 같은 대수도원을 맡을 인물이나 교황 사절로 여기도록 만들어야 한단 말이다."

고드윈은 자신이 더 높은 단계로 올라가기 위한 도약판으로 킹스브리지를 가정하고 있었는데, 그동안 그 야망이 시들도록 방치해왔다는 것을 깨달았다. 수도원장 선거에서 승리한 것이 불과 얼마 전 일처럼 느껴졌다. 그는 자신이 이제 막 이 수도원의 정상에 오른 느낌이었다. 하지만 어머니의 말이 옳았다. 벌써 팔 년이 넘는 세월이 흘렀다.

"사람들이 너를 더 중요한 자리에 앉을 사람으로 생각하지 않는 이유가 뭐겠니?" 페트라닐라가 과장되게 물었다. "그건 그들이 네가 있는 지조차 모르기 때문이야! 너는 훌륭한 수도원의 수도원장이면서 아무에게도 그 사실을 알리지 않고 있어. 네 훌륭함을 사람들에게 보여줘야지! 사택을 지어라. 그런 다음 캔터베리 대주교를 첫번째 귀빈으로 초대해. 예배당을 대주교가 좋아하는 성인에게 봉헌해주렴. 국왕에게 그분이 방문할 경우를 대비해 왕실 전용 침실을 마련했다고 아뢰고."

"잠깐만요. 한 번에 하나씩 말씀하셔야죠." 고드윈이 이의를 제기했다. "저도 사택을 짓고 싶습니다. 하지만 그럴 돈이 없어요."

"그러면 돈을 마련해야지."

그가 막 어머니에게 방도를 물어보려는 순간, 수녀원의 두 지도자가 방안에 들어섰다. 페트라닐라와 시실리어는 서로를 경계하며 정중한 태도로 인사를 주고받았고, 페트라닐라는 방을 나갔다.

시실리어 수녀원장과 내털리 자매가 자리에 앉았다. 시실리어는 이제 쉰한 살이 되어 머리가 희끗희끗하고 시력도 좋지 않았다. 그럼에도 여전히 분주한 새처럼 수도원 안을 돌아다니며 방방마다 부리를 들이밀고 수녀와 수련수녀와 일꾼들에게 이런저런 지시를 내렸지만, 세월이 지나면서 많이 부드러워졌고, 되도록 마찰은 피하려 했다.

시실리어는 두루마리를 가져왔다. "수녀원에 유증遺贈 재산 기부가 들어왔어요." 편하게 자리에 앉은 후 그녀가 말했다. "손버리의 어느 독실한 여신도입니다."

"얼마나 되나요?" 고드윈이 물었다.

"금화 150파운드예요."

고드윈은 깜짝 놀랐다. 거액이었다. 수수한 사택 하나쯤은 짓고도 남을 만한 돈이었다. "재산을 기부한 곳이 수녀원입니까, 아니면 수도원입니까?"

"수녀원이에요." 그녀는 단호한 어조로 말했다. "이 두루마리는 그 유언장 사본이고요."

"그 신도가 수녀원에 그렇게 많은 돈을 남겨준 이유가 뭡니까?"

"분명 그녀가 런던에서 오는 도중 병에 걸렸을 때 우리가 간호해줬기 때문일 거예요."

내털리가 입을 열었다. 그녀는 시실리어보다 몇 살 연상으로 얼굴이 둥글고 성품이 온화했다. "문제는 그 돈을 어디에 보관하느냐예요."

고드윈은 필리먼을 보았다. 방금 내털리는 그들에게, 그들이 제기하려고 계획했던 문제를 꺼내놓을 좋은 기회를 준 셈이었다. "지금 그 돈은 어디에 있습니까?" 고드윈이 물었다.

"수녀원장님 침소에 있어요. 공동침실을 지나야만 그곳에 들어갈 수 있죠."

고드윈은 마치 지금 막 생각났다는 듯이 말을 꺼냈다. "그 유증 재산에서 약간을 덜어 새 금고실을 짓는 데 써야 할지도 모르겠군요."

"내 생각에도 새 금고실은 필요할 것 같아요." 이번에는 시실리어가 말했다. "창이 없고 견고한 떡갈나무 문이 달린 단순한 모양의 석재 건물로요."

"그런 건물을 짓는 건 시간이 오래 걸리지 않을 겁니다." 고드윈이 말했다. "건축비도 기껏해야 5파운드에서 10파운드 정도일 테고요."

"우리는 안전을 위해 그 금고실이 대성당의 부속건물이 되면 좋겠다고 생각해요."

"아하." 바로 그것 때문에 수녀들이 그 문제를 고드윈과 의논해야 했던 것이다. 수녀원 구역에 건물을 짓는다면 굳이 고드윈과 의논할 필요가 없지만, 성당은 수사와 수녀의 공동 공간이었다. "대성당 한쪽 벽에 붙여서 지으면 되겠군요. 북쪽 익랑과 성가대석이 있는 모퉁이 말입니다. 성당 안에서 들어갈 수 있게 출입구를 내고 말이죠."

"맞아요. 바로 내가 염두에 두고 있던 곳이에요."

"괜찮다면 오늘이라도 엘프릭에게 견적을 내보라고 하죠."

"그렇게 해주세요."

고드윈은 그녀의 불로소득 가운데 일부를 뽑아내게 된 것이 흐뭇했지만, 그 정도로는 만족스럽지 않았다. 어머니와 대화한 뒤였기 때문에 더욱더 그는 그 불로소득의 더 많은 부분을 손아귀에 넣고 싶어졌다. 할 수만 있다면 모조리 차지하고 싶었다. 하지만 어떻게 하면 좋을까?

그때 대성당 종소리가 들리자 네 사람은 자리에서 일어나 밖으로 나갔다.

사형수는 성당 밖 서쪽 끝에 있었다. 그는 문틀처럼 생긴 직사각형 나무틀에 알몸으로 두 손과 두 발이 단단히 묶여 있었다. 처형 장면을 구경하러 온 시민들 백여 명쯤이 지켜보고 있었다. 일반 수사와 수녀는 그 자리에 초대받지 못했는데, 유혈 장면을 보는 것은 부적절하다고 여겨졌기 때문이다.

사형 집행인은 무두장이 윌 태너였는데, 쉰 살쯤 된 그의 피부는 직업 때문인 듯 갈색을 띠었다. 그는 범포로 된 깨끗한 앞치마를 두르고 있었고, 옆에 있는 탁자에는 칼이 여러 개 죽 놓여 있었다. 그는 그 가운데 하나를 숫돌에 갈았다. 숫돌에 쇠가 갈리는 소리에 고드윈은 몸서리를 쳤다.

짤막하게 기도를 올린 고드윈은 이 도둑의 죽음이 다른 이들에게 똑같은 죄를 저지르지 못하도록 경종을 울려 하느님에게 이바지하게 되기를 바란다는 즉흥적인 간구로 마무리지었다. 그런 다음 윌 태너를 향해 고개를 끄덕였다.

윌은 꽁꽁 묶인 도둑 뒤쪽에 자리를 잡고 섰다. 그는 끝이 예리한 작은 칼을 길버트의 목덜미 한복판에 꽂은 뒤 등줄기를 따라 척추 끝부분까지 일직선으로 내리그었다. 길버트가 고통을 이기지 못해 악을 썼고, 잘린 자리에서 피가 솟구쳤다. 그러자 윌은 사내의 어깨를 T자 모양이 되도록 가로로 베었다.

그런 다음 그는 날이 길고 얇은 칼로 바꾸었다. 그는 두 상처가 만나는 지점에 조심스레 칼을 밀어넣고는 피부 한 모퉁이를 잡아당겼다. 길버트가 다시 울부짖었다. 윌은 끌어낸 피부 자락을 왼손으로 잡고 길버트의 등가죽을 몸뚱이에서 벗겨내기 시작했다.

길버트는 비명을 지르기 시작했다.

내털리 자매의 목에서 이상한 소리가 났다. 그녀는 몸을 돌려 수도원 안으로 뛰어들어갔다. 시실리어는 눈을 감고 기도를 드리기 시작했다. 고드윈은 욕지기가 났다. 군중 속에서 누군가가 기절해 땅바닥에 쓰러졌다. 필리먼만 미동도 하지 않는 것 같았다.

윌이 손을 빠르게 놀리며 예리한 칼로 피하지방을 가르자 그 밑으로 이리저리 얽힌 근육이 드러났다. 피가 철철 흘러넘쳐 윌은 몇 초마다 한 번씩 작업을 멈추고 양손을 앞치마에 닦아야 했다. 칼질을 할 때마다 길버트는 멈추지 않는 고통에 비명을 질러댔다. 얼마 안 가 두 장으로 나뉜 그의 널찍한 등가죽이 훌러덩 벗겨진 채 밑으로 늘어졌다.

윌이 1인치쯤 괸 피웅덩이 속에 무릎을 꿇고 앉아 양쪽 다리에 칼을 대기 시작했다.

갑자기 비명이 멎었다. 길버트는 죽은 것처럼 보였다. 고드윈은 안도의 숨을 내쉬었다. 교회에서 도둑질한 자에게 고통을 주려는 것이 그의 의도였다. 그리고 다른 사람들이 도둑이 당하는 고통을 목격하기를 바랐다. 그럼에도 그는 그 비명을 도저히 참고 들을 수가 없었다.

윌은 자신의 희생자가 의식이 있는지 없는지는 아랑곳없이 몸 뒤쪽과 팔다리의 모든 피부가 분리될 때까지 묵묵히 계속했다. 그러고는 앞쪽으로 자리를 옮겼다. 그가 팔목과 발목에 칼집을 내고 피부를 벗겨내자 피부가 희생자의 어깨와 허리에 늘어졌다. 이번에는 골반에서 위쪽으로 벗겨나갔다. 고드윈은 윌이 피부 전체를 온전히 한 장으로 떼어내려 한다는 것을 알아챘다. 이윽고 머리를 제외한 전신의 피부가 분리됐다.

길버트는 아직 숨을 쉬고 있었다.

윌은 신중하게 두개골 여러 곳에 칼집을 냈다. 그런 다음 칼을 내려놓고 다시 한번 손을 닦았다. 그러더니 마지막으로 길버트의 양어깨 가

죽을 쥐고 위로 홱 잡아올렸다. 그 바람에 머리통에서 얼굴과 머리 가죽이 떨어져나왔는데, 여전히 나머지 가죽과는 연결된 채였다.

윌은 사냥 트로피라도 되는 듯이 길버트의 피투성이가 된 가죽을 허공으로 번쩍 들어올렸다. 군중이 환호성을 질렀다.

∽

캐리스는 새 금고실을 수사들과 함께 쓴다는 것이 꺼림칙했다. 그녀가 금고실의 안전에 대해 이런저런 질문을 쏟아내자 결국 베스는 그녀를 데려가 금고실 안을 보여줬다.

마침 그때 성당 안에 있던 고드윈과 필리먼이 그들을 보고 따라왔다.

그들은 성가대석 남쪽 벽에 새로 만든 아치를 통해 좁은 로비로 들어간 뒤 징을 박은 육중한 문 앞에서 걸음을 멈췄다. 베스 자매가 큼직한 쇠열쇠를 꺼냈다. 수녀들 대부분이 그렇듯 그녀도 주제넘게 나서는 일이 없는 겸손한 수녀였다. "이건 우리 거예요." 베스가 말했다. "언제든 금고실에 들어가고 싶으면 들어갈 수 있죠."

"당연하죠. 비용을 댄 건 우리니까요." 캐리스가 쾌활하게 대꾸했다.

그들은 좁고 네모난 방으로 들어갔다. 한 무더기의 양피지 두루마리가 놓인 탁자와 등받이 없는 의자 몇 개, 쇠테를 두른 커다란 궤짝이 있었다.

"저 궤짝은 너무 커서 문으로 가지고 나가지도 못해요." 베스가 중요한 사실이라는 듯 그 점을 지적했다.

"그러면 애초에 어떻게 여기로 들여온 거죠?"

고드윈이 대신 대답했다. "분해해서 가져왔지. 그런 다음 이 방안에서 목수가 조립하고."

캐리스는 고드윈에게 차가운 시선을 던졌다. 그는 자신을 죽이려 했던 사람이었다. 마녀재판 뒤에 그와 마주쳤을 때 캐리스는 혐오에 찬 눈으로 그를 노려보았고, 그후 말도 섞지 않으려고 피해왔다. 그녀가 쌀쌀맞은 어조로 말했다. "수녀들에게 저 궤짝을 열 열쇠가 있어야겠군요."

"그럴 필요까지는 없어." 고드윈이 재빨리 말했다. "저기에는 보석세공한 성당 장식품이 들어 있고, 그건 성구 관리인이 관리하는 것이지. 성구 관리인은 언제나 수사이고."

"뭐가 들었는지 나도 봐야겠는데요." 캐리스가 말했다.

그녀는 고드윈이 자신의 어조에 기분이 상해 거절하려다가 대범하고 정직한 인상을 주기 위해 한발 물러서기로 마음먹었다는 것을 알았다. 고드윈이 허리춤에 찬 작은 주머니에서 열쇠를 꺼내 궤짝을 열었다. 궤짝에는 성당 장식품들과 수도원의 증서 두루마리가 수십 개 들어 있었다.

"성물만 있는 게 아니군요." 캐리스가 자신의 의심이 맞았다는 투로 말했다.

"문서도 함께 있지."

"여기에는 수녀원의 증서도 있겠군요."

"맞아."

"그렇다면 우리에게도 열쇠가 있어야겠어요."

"내 생각에는 모든 증서의 사본을 떠서 도서실에 두는 게 좋을 것 같다. 증서를 확인할 일이 있을 때는 도서실 사본을 보면 되니까. 소중한 원본은 안전한 곳에 두고."

마찰을 피하고 싶은 베스가 불안한 듯 끼어들었다. "아주 현명하신 생각인 것 같아요, 캐리스 자매."

캐리스가 내키지 않는다는 투로 말했다. "수녀들이 원하면 언제든 수녀원의 증서를 접할 수 있다는 조건이라면요." 증서는 부차적인 문제였다. 그녀는 다시 고드윈을 제쳐두고 베스에게 말했다. "그보다도 돈은 어디에 보관하죠?"

"지하에 있는 보관소요. 이곳에 모두 네 개가 있는데, 두 개는 수사용, 두 개는 수녀용이에요. 잘 살펴보면 바닥에 돌이 헐거운 부분이 보일 거예요." 베스가 말했다.

캐리스는 잠시 바닥을 살펴본 뒤 말했다. "자매님이 말해주지 않았다면 알아차리지 못했을 거예요. 이제는 보이네요. 보관소를 잠글 수도 있나요?"

"잠그는 것도 가능하긴 하지." 고드윈이 말했다. "하지만 그러면 보관소 위치가 드러나게 되니 애초에 판석 밑에 숨겨두려던 목적에 맞지 않아."

"하지만 이런 식이면 수사와 수녀가 서로 다른 쪽의 돈에 손을 댈 수도 있잖아요."

필리먼이 입을 열었다. 그는 비난하는 눈으로 캐리스를 보며 말했다. "그런데 자매님은 어째서 이곳에 있는 겁니까? 자매님은 접대 담당이잖아요. 금고실 관리와는 무관하고요."

필리먼에 대한 캐리스의 태도는 순전한 혐오 그 자체였다. 그녀는 그를 미성숙한 인간으로 여겼다. 옳고 그름에 대한 감각도, 원칙이나 도덕관념도 없는 사람 같았다. 그녀는 고드윈에 대해서는 자신이 악행을 저지르고 있다는 사실을 분명히 알고 있는 사악한 인간이라고 경멸하는 반면, 필리먼에 대해서는 미친개나 멧돼지 같은 못된 짐승 정도로 여겼다. "나는 세부적인 면을 살펴볼 줄 알거든요."

"자매님은 의심이 많은 사람이군요." 그가 분개한 어조로 말했다.

캐리스가 어처구니없다는 듯이 실소했다. "필리먼 형제님에게 그런 말을 듣다니 얄궂기도 하네요."

필리먼은 그 말에 상처를 입은 척했다. "무슨 말인지 모르겠군요."

베스가 냉랭한 분위기를 바꿔보려고 다시 입을 열었다. "나는 캐리스 자매님이 내가 미처 생각지도 못한 것들에 대해 물어보시길래 이곳을 보여주었을 뿐이에요."

"수사들이 수녀들의 돈을 가져가지 않는다고 어떻게 확신하죠? 그 반대도 마찬가지고요." 캐리스가 말했다.

"여기 보세요." 베스가 말했다. 벽에는 한 발 길이의 단단한 떡갈나무 장대가 고리에 걸려 있었다. 그녀가 장대를 지렛대 삼아 판석 하나를 들어올렸다. 그 아래 빈 공간에 쇠테를 두른 궤짝이 하나 있었다. "이 보관소 하나하나에 맞는, 자물쇠가 달린 손궤가 있어요." 그러면서 그녀가 구멍 속에 손을 넣어 궤짝을 들어올렸다.

캐리스는 궤짝을 살펴보았다. 튼튼한 것 같았다. 뚜껑은 경첩으로 연결되어 있고 걸쇠에는 쇠로 만든 원통 모양의 맹꽁이자물쇠가 달려 있었다. "이 자물쇠는 어디서 난 거죠?" 캐리스가 물었다.

"크리스토퍼 블랙스미스가 만든 거예요."

그건 잘된 일이었다. 견실한 시민인 크리스토퍼가 도둑에게 여벌 열쇠를 팔아 자기 이름에 먹칠할 가능성은 없었다.

캐리스는 이 방식에서는 흠을 잡을 수 없었다. 어쩌면 불필요한 걱정을 하고 있는 것인지도 몰랐다. 그녀는 그곳에서 나오기 위해 몸을 들렸다.

그때 엘프릭이 자루를 든 도제와 함께 그곳에 나타났다. "이 경고판을 걸까요?" 엘프릭이 물었다.

"그래요, 작업을 하십시오." 필리먼이 대꾸했다.

엘프릭의 조수가 자루 속에서 커다란 가죽 조각처럼 보이는 물체를 꺼냈다.

"그건 뭐죠?" 베스가 물었다.

"곧 알게 될 겁니다." 필리먼이 말했다.

도제가 그 물체를 들어올려 문짝에 가져다댔다.

"다 마를 때까지 기다렸죠. 길버트 헤리퍼드의 가죽입니다." 필리먼이 말했다.

베스는 겁에 질려 비명을 질렀다.

"정말 역겨워요." 캐리스가 말했다.

피부는 노랗게 변색되고 있었고 머리 가죽에서 머리카락이 떨어지고 있었지만 그럼에도 여전히 알아볼 수 있을 만큼 얼굴 형태가 남아 있었다. 귀가 달리고 눈이 있던 두 개의 구멍이 있고, 벌어진 입은 웃는 듯이 보였다.

"저걸 보면 도둑도 겁을 먹겠죠." 필리먼은 흡족한 어조로 말했다.

엘프릭이 망치를 꺼내 금고실 문짝에 가죽을 못질해 박기 시작했다.

∽

두 수녀는 그곳을 떠났다. 고드윈과 필리먼은 엘프릭이 그 섬뜩한 작업을 마칠 때까지 기다린 뒤 다시 금고실로 들어갔다.

"이제 안전한 것 같군." 고드윈이 말했다.

필리먼이 고개를 끄덕였다. "의심 많은 캐리스 자매의 질문에 꽤 잘 답변한 것 같습니다."

"그러면 이제……"

필리먼은 금고실 문을 닫고 안에서 잠갔다. 그런 다음 수녀원 보관소 두 곳 중 하나의 판석을 들어올리고 궤짝을 꺼냈다.

"베스 자매는 매일 쓸 일부 현금을 수녀원 어디엔가 두고 있죠." 그가 고드윈에게 설명했다. "그녀가 이곳에 오는 것은 좀더 큰 액수의 돈을 넣거나 뺄 때뿐입니다. 그럴 때도 대부분 은화가 들어 있는 저쪽 보관소 궤짝만 열죠. 유증 재산이 들어 있는 이쪽 궤짝은 거의 손도 대지 않을 겁니다."

필리먼은 궤짝을 돌려 뒤편에 있는 경첩을 살펴보았다. 경첩은 못 네 개로 목재에 고정돼 있었다. 그는 주머니에서 가느다란 강철 끌과 집게를 꺼냈다. 고드윈은 필리먼이 어디서 그런 도구를 구했는지 궁금했지만 묻지 않았다. 자세한 내용을 모르는 것이 최선일 때가 있는 법이다.

필리먼은 쇠경첩 모서리 밑으로 끌의 날카로운 부분을 미끄러지듯 밀어넣었다. 경첩과 목재 사이가 약간 벌어지자 끌을 좀더 깊숙이 밀었다. 그는 세심하고 끈기 있게, 무심결에 보면 누구의 눈에도 손상된 부위가 눈에 띄지 않도록 조심조심 확인해가며 작업했다. 경첩의 납작한 판이 조금씩 분리되면서 못도 함께 빠져나오기 시작했다. 못대가리를 잡을 만큼 틈이 생기자 집게로 못들을 뽑아냈다. 이윽고 경첩이 떨어지자 그는 궤짝 뚜껑을 들어올렸다.

"손버리의 여신도가 기증한 돈이 여기 있습니다." 필리먼이 말했다.

고드윈은 궤짝 속을 들여다보았다. 베네치아 두카트*였다. 금화의 한쪽 면에는 성 마르코 앞에 무릎을 꿇고 있는 베네치아 총독이, 다른 한쪽 면에는 별에 둘러싸인 채 천상에 있는 성모마리아가 새겨져 있었다. 두카트는 피렌체의 플로린과 교환이 가능한 화폐로, 동일한 크기와 무게와 순도를 갖고 있었다. 1두카트는 3실링, 또는 잉글랜드 은화 36페니의 가치가 있었다. 잉글랜드에는 이제 에드워드 왕이 새로 도입한 자국 금화인 노블, 반 노블, 4분의 1 노블이 있었지만, 유통되기 시작한 지 이 년도 되지 않아서 아직 외국 금화를 대체하지 못한 상태였다.

고드윈은 50두카트를 꺼냈는데, 그것은 7파운드 10실링의 값어치가

---

* 베네치아공화국에서 처음 만들어져 1284년부터 1차대전 이전까지 유럽 각국에서 통용된 금화 또는 은화 단위.

있었다. 필리먼이 다시 궤짝 뚜껑을 닫았다. 그는 구멍에 딱 들어맞게 못 하나하나를 가느다란 가죽끈으로 싼 다음 경첩을 제자리에 박아놓았다. 그러고는 궤짝을 보관소에 넣고 판석으로 구멍을 가렸다.

"물론 그들도 조만간 돈이 없어졌다는 사실을 알게 될 겁니다."

"그러려면 몇 년이 걸리겠지." 고드윈이 말했다. "다음 일은 그때 가서 생각하세."

그들은 밖으로 나왔다. 고드윈이 문을 잠갔다.

"엘프릭을 찾아가서 내가 묘지에서 보자고 한다고 전해주게." 고드윈이 말했다.

필리먼은 자리를 떴다. 고드윈은 현재 사용되는 수도원장 사택 너머 묘지의 동쪽 끝으로 향했다. 바람 부는 5월의 어느 날이었다. 상쾌한 바람에 다리 사이로 그의 수도복이 펄럭거렸다. 줄을 매지 않은 염소 한 마리가 묘비 사이에서 풀을 뜯고 있었다. 고드윈은 염소를 바라보며 생각에 잠겼다.

그는 수녀들과 심한 싸움을 벌일 수도 있는 모험을 하고 있었다. 수녀들이 돈이 사라진 것을 알아내려면 일 년 이상은 걸릴 거라고 생각했지만 단정할 수는 없었다. 그들이 사실을 알게 되면 몹시 성가신 일이 일어날 것이다. 하지만 그들이 뭘 어떻게 할 수 있단 말인가? 그는 자신의 사리사욕을 위해 돈을 훔치는 길버트 헤리퍼드와는 달랐다. 그가 여신도의 재산을 가져간 것은 성스러운 목적 때문이었다.

그는 근심을 제쳐놓았다. 어머니가 옳았다. 더 출세하려면 킹스브리지 수도원장이라는 자신의 지위를 돋보이게 할 필요가 있었다.

필리먼이 엘프릭과 함께 오자 고드윈이 엘프릭에게 말했다. "기존 사택에서 동쪽으로 떨어진 이곳에 수도원장 사택을 짓고 싶소."

엘프릭은 고개를 끄덕였다. "좋은 자리군요, 수도원장님. 참사회 집회소와 가깝고 대성당의 동쪽 끝이면서 묘지로 시장과 격리되어 은밀하면서도 조용한 자리입니다."

"일층에는 연회를 열 커다란 식당이 있어야 하오." 고드윈이 말을 이었다. "100피트쯤으로. 귀족들을 접대할 수 있게 화려하고 인상적이어야 하오. 국왕을 접대해도 될 정도로."

"아주 좋습니다."

"그리고 일층 동쪽 끝에는 예배당을 만들어주시게."

"하지만 대성당이 바로 코앞에 있잖습니까."

"귀빈 중에는 사람들 앞에 나서기를 좋아하지 않는 사람들도 있소. 그런 사람들은 원할 경우 자신들끼리 예배를 드릴 수 있어야 합니다."

"그러면 위층은요?"

"물론 수도원장의 방이 있어야 하겠지요. 제단과 책상을 놓을 만큼 큰 방으로. 그리고 손님들이 쓸 큰 방도 세 개는 필요하고."

"정말 굉장하군요."

"건축비가 어느 정도 들겠소?"

"100파운드 이상 들 겁니다. 200파운드가 될 수도 있죠. 설계도를 그린 다음 좀더 정확한 견적을 말씀드리죠."

"150파운드는 넘지 않도록 하시오. 준비된 돈은 그것뿐이니까."

엘프릭은 고드윈이 어디서 갑자기 150파운드라는 돈을 마련했는지 의아하게 생각했지만, 대놓고 묻지는 않았다. "되도록 빨리 석재를 비축해놓아야겠군요. 착수금으로 얼마라도 좀 주실 수 있겠습니까?"

"얼마면 좋겠소? 5파운드?"

"10파운드 정도면 좋겠는데요."

"두카트로 7파운드 10실링을 주겠소." 고드윈이 수녀용 금고에서 꺼낸 금화 50닢을 건넸다.

사흘 뒤, 수사들과 수녀들이 9시과* 식후 전례를 마치고 행렬을 이루어 대성당을 나올 때, 엘리자베스 자매가 고드윈에게 말을 걸었다.

수녀와 수사는 사사로이 대화하는 것이 금지되어 있으므로 그녀는 구실을 만들었다. 때마침 회중석에 개 한 마리가 들어와 계속 짖어댔다. 개들은 늘 성당 안에 들어오는 골칫거리였지만 대개는 무시하고 넘어갔다. 그러나 이번에는 엘리자베스가 행렬을 벗어나 쉿 쉿 하며 개를 내쫓았다. 개를 내쫓기 위해서는 수사의 행렬을 가로질러야 했는데, 그녀는 적당하게 고드윈 앞으로 가려고 시간을 맞췄다. 엘리자베스는 사과하는 얼굴로 고드윈에게 미소를 지었다. "죄송합니다, 수도원장님." 그러고는 목소리를 낮춰 말했다. "도서실에서 우연인 것처럼 저와 만나주세요." 엘리자베스는 서쪽 문 밖으로 개를 쫓아냈다.

호기심을 느낀 고드윈은 그길로 도서실로 가 의자에 앉아 성 베네딕트 규율서를 읽었다. 얼마 후 엘리자베스가 들어와 마태오복음서를 꺼내들었다. 고드윈은 수도원장에 취임한 뒤 남녀의 구분을 더 명확히 하기 위해 수녀전용 도서실을 따로 만들었다. 수사 전용 도서실은 수녀들이 자신들의 책을 모조리 빼내자 황폐해지고 말았다. 그래서 하는 수 없이 고드윈은 자신이 내린 결정을 철회해야 했다. 이제 수녀 전용 도서실은 추운 날에 교실로 사용됐다.

엘리자베스는 도서실에 들어온 사람에게 자신들이 모의를 하고 있다는 인상을 주지 않기 위해 고드윈과 등지고 앉았지만 서로의 목소리가 똑똑히 들릴 만큼 가까이 있었다. "아무래도 말씀드려야 할 것 같아서요. 캐리스 자매가 새 금고실에 수녀들의 돈을 보관하는 것을 못마땅하게 여기고 있어요."

---

* 오후 두시에서 세시.

"그건 이미 알고 있는 사실이네." 고드윈이 대꾸했다.

"그녀가 베스 자매를 설득해 돈을 세어보도록 했어요. 돈이 아직 그대로 있는지 확인해보려고요. 저는 수도원장님이 이 일을 알고 싶어하실 거라 생각했어요. 혹시라도 원장님이 그쪽 돈을…… 잠시 빌렸을 경우에 대비해서요."

고드윈은 가슴이 철렁했다. 세어보면 50두카트가 빈다는 것이 드러날 것이다. 게다가 사택을 완공하려면 아직 돈이 더 필요했다. 그는 이런 순간이 이렇게 빨리 오리라고는 예상하지 못했다. 그는 속으로 캐리스를 저주했다. 그토록 은밀하게 했는데, 그녀는 어떻게 짐작한 걸까?

"그게 언제인가?" 목이 멘 듯한 목소리로 그는 물었다.

"오늘이에요. 정확한 시간은 몰라요. 어느 때든 가능하겠죠. 하지만 캐리스는 이 일을 절대로 수도원장에게 미리 알려서는 안 된다고 강조했어요."

그는 그 돈을 돌려놓아야 했다. 그것도 서둘러서. "정말 고맙군. 이야기해줘서 고맙게 생각하네."

"롱햄에 있는 저의 가족에게 호의를 베풀어주셨잖습니까." 그녀는 말하고 자리에서 일어나 나갔다.

고드윈도 빠른 걸음으로 뒤따라 도서실을 나섰다. 엘리자베스가 그의 덕을 봤다고 여기게 된 것이 얼마나 다행인가! 음모에 관한 필리먼의 본능은 실로 유용했다. 그런 생각을 하던 참에 클로이스터에 있던 필리먼이 눈에 띄었다. "연장들을 가지고 금고로 오게!" 고드윈이 속삭였다. 그러고는 수도원을 나섰다.

그는 빠른 걸음으로 초지를 가로질러 중심가로 향했다. 엘프릭의 아내 앨리스는 에드먼드 울러가 살던 집을 물려받았는데, 그 집은 이 도시에서 가장 큰 집 중 하나였다. 앨리스는 캐리스가 옷감을 염색해서 벌어들인 돈도 모두 차지했다. 엘프릭은 이제 호사의 극치 속에 살고 있었다.

고드윈은 문을 노크하고 홀 안으로 들어갔다. 앨리스는 식사하고 남은 음식이 놓인 식탁 앞에 앉아 있었다. 그녀의 의붓딸 그리젤더와 그리젤더의 어린 아들 머딘도 있었다. 이제는 아무도 머딘 피츠제럴드가 그 소년의 아버지라고 여기지 않았다. 소년은 그리젤더의 달아난 연인 서스턴을 꼭 빼닮았다. 그리젤더는 자기 아버지의 도제인 해럴드 메이슨과 결혼했다. 점잖은 사람들은 여덟 살 난 소년을 해럴드의 아들 머딘이라고 불렀고, 다른 사람들은 사생아 머딘이라고 불렀다.

앨리스는 고드윈을 보자 자리에서 벌떡 일어섰다. "우리 사촌 수도원장님이 방문해주시다니 정말 반갑네요! 와인 좀 드시겠어요?"

고드윈은 그녀의 정중한 호의를 무시했다. "엘프릭은 어디 있나?"

"그 사람은 일하러 돌아가기 전에 위층에서 잠깐 낮잠을 자고 있어요. 객실에 앉아 계시면 내가 데려올게요."

"바로 좀 데려와줘." 고드윈은 홀 옆에 있는 방으로 들어갔다. 안락해 보이는 의자 두 개가 놓여 있었지만 그는 선 채로 서성거렸다.

엘프릭이 눈을 비비며 나타났다. "이런 꼴이어서 죄송합니다. 이제 방금—"

"사흘 전 당신에게 준 50두카트 말이오. 지금 좀 돌려받아야겠소."

엘프릭은 놀란 표정을 지었다. "하지만 그건 석재를 살 돈이었는데요."

"무슨 돈인지는 나도 압니다! 그런데 지금 그 돈이 필요해요."

"그중 일부는 채석장에서 돌을 가져올 수레꾼들한테 지불하는 데 벌써 썼습니다."

"얼마나 썼소?"

"절반쯤이요."

"그럼 당신 돈에서 그 부분을 메꿔줄 수 있겠소?"

"이젠 사택을 짓지 않으실 건가요?"

"물론 지을 것이오. 하지만 지금 그 돈이 필요해서 그렇소. 이유는 묻지 말고 그 돈을 주시오."

"이미 구입한 석재는 어쩌고요?"

"그건 그냥 보관해두시오. 다시 돈을 줄 테니까. 며칠 동안만 그 돈이 필요해서 그렇소. 어서요!"

"알겠습니다. 여기서 기다리십시오. 괜찮으시다면."

"나는 아무데도 가지 않을 것이오."

엘프릭이 방을 나갔다. 고드윈은 그가 돈을 어디에 두는지 궁금했다. 사람들은 보통 난로 밑바닥 돌 아래 돈을 보관했다. 건축업자인 엘프릭은 좀더 교묘한 숨길 곳을 마련했는지도 모른다. 그곳이 어디인지는 몰라도 엘프릭은 얼마 지나지 않아 돌아왔다.

그는 금화 50닢을 세어 고드윈의 손에 건넸다.

"내가 자네에게 준 건 두카트였잖소. 그런데 여기에는 플로린도 섞여 있는데." 고드윈이 말했다. 플로린은 같은 크기지만 그림이 달랐는데, 한 면에는 세례자 요한이, 다른 한 면에는 꽃이 새겨져 있었다.

"저는 지금 똑같은 동전을 갖고 있지 않습니다! 일부를 썼다고 말씀드렸잖습니까. 그래도 금액은 똑같습니다."

그건 그랬다. 수녀들이 두 금화의 차이를 알아차릴까?

고드윈은 허리춤에 찬 지갑에 돈을 넣고 두말 않고 그곳을 나섰다.

서둘러 성당으로 돌아와 금고실에 가자, 필리먼이 와 있었다. "수녀들이 금고를 확인한다고 합니다." 그가 숨찬 목소리로 사태를 설명했다. "엘프릭에게 줬던 돈을 돌려받았네. 저 궤짝을 열게. 어서 서둘러."

필리먼은 바닥의 보관소에서 궤짝을 꺼내 못을 뽑고, 궤짝 뚜껑을 들어올렸다.

고드윈이 체질하듯 동전을 살펴보았다. 모두 두카트였다.

어쩔 도리가 없었다. 그는 동전 무더기를 파고는 자신이 가져온 플로린을 바닥으로 밀어넣었다. "이제 뚜껑을 닫아서 제자리에 놓게."

필리먼은 시키는 대로 했다.

고드윈은 한순간 안도감을 느꼈다. 이제 그가 범한 죄는 일부나마 감춰진 셈이었다. 적어도 이제는 누구나 알 정도로 명백하지는 않았다.

"그들이 돈을 셀 때 이곳에 있어야겠는데." 그가 필리먼에게 말했다. "두카트들 속에 플로린이 섞여 있다는 걸 알아차릴까봐 걱정되는군."

"수녀들이 언제 올지 아십니까?"

"몰라."

"제가 수련수사 하나를 시켜 성가대석을 청소시키겠습니다. 베스가 나타나면 알려서 우리가 갈 수 있게요." 필리먼에게는 그를 숭배하며 그의 지시만 기다리는 수련수사 패거리가 있었다.

그러나 수련수사들을 동원할 필요는 없었다. 그들이 막 금고실을 나서려던 참에 베스 자매와 캐리스 자매가 들어왔다.

고드윈은 한창 금전 계산에 대한 대화를 나누던 것처럼 꾸몄다. "이전의 장부를 살펴봐야 하네, 형제." 그가 필리먼에게 말했다. "오, 안녕하신가요, 자매님들."

캐리스는 수녀용 보관소를 열고 궤짝 두 개를 꺼냈다.

"내가 도울 일이 있나?" 고드윈이 말했다.

캐리스는 그의 말을 무시했다.

"뭘 좀 확인하려는 것뿐이에요. 죄송합니다, 수도원장님. 오래 걸리지는 않을 거예요." 베스가 말했다.

"어서 하시게." 그는 인자하게 말했지만 심장이 두근거렸다.

캐리스가 짜증스러운 어조로 말했다. "베스 자매님, 사과하실 필요 없어요. 여긴 우리 금고이고 이건 우리 돈이니까요."

고드윈은 손에 닿는 대로 장부 두루마리 하나를 집어 펼쳤다. 그와 필리먼은 장부를 들여다보는 척했다. 베스와 캐리스는 첫번째 궤짝에 든 은화를 세었다. 거기에 들어 있는 것은 파딩, 반 페니, 페니, 룩셈부르크 약간, 순도가 맞지 않는 은으로 주조되고 거스름돈으로 사용되는 조악한 위조 페니들이었다. 거기에는 플로린, 두카트를 비롯해 제노바의 제노비노, 나폴리의 레알레 같은 잡다한 금화와, 좀더 큰 프랑스의 무통, 새로 나온 잉글랜드의 노블도 섞여 있었다. 베스는 작은 노트에 합산하며 총액을 적었다. 계산이 끝나자 그녀가 말했다. "정확해요."

그들은 동전을 모두 궤짝에 다시 넣고 잠근 다음 원래 있던 바닥 보관소에 집어넣었다.

그러고는 다른 궤짝에 든 금화를 열 닢씩 한 무더기로 쌓으며 헤아리기 시작했다. 궤짝이 바닥을 드러낼 무렵 베스가 이마를 찌푸리며 영문을 모르겠다는 듯이 말했다.

"무슨 일이에요?" 캐리스가 물었다.

고드윈은 뒤가 켕기면서 두려움에 사로잡혔다.

"이 궤짝에는 손버리의 여신도가 보낸 유증 재산만 들어 있어요. 나는 그것을 따로 보관했거든요." 베스가 말했다.

"그런데요……?"

"그녀의 남편은 베네치아와 무역업을 했거든요. 여기 든 동전 전부가 두카트인 줄 알았는데, 지금 보니 플로린이 섞여 있네요."

고드윈과 필리먼은 꼼짝 않은 채 귀를 기울였다.

"그것참 이상하군요." 캐리스가 말했다.

"어쩌면 내가 착각했을지도 몰라요."

"아무래도 좀 의심스러운데요."

"꼭 그렇지는 않아요. 도둑이라면 다시 돈을 돌려놓았겠어요?"

"그건 그래요." 캐리스가 마지못해 대꾸했다.

두 사람은 계산을 끝냈다. 열 닢 무더기가 백 개 있었다. 150파운드였다. "장부 기록하고 맞아떨어져요." 베스가 말했다.

"그럼 한 푼도 비는 것이 없는 거네요." 캐리스가 말했다.

"그럴 거라고 했잖아요." 베스가 대꾸했다.

45

캐리스는 마이어 자매에 대해 오랫동안 생각해보았다.

키스 때문에 놀라기는 했지만 그 일에 대한 자신의 반응이 더 놀라웠다. 흥분이 되었기 때문이다. 이제까지 그녀는 마이어나 다른 여성에게 마음이 끌린 적이 없었다. 자신을 애무하거나 키스하고 자신의 몸속으로 들어오기를 바랐던 사람은 머딘, 그 한 사람뿐이었다. 수녀원에서는 육체적인 접촉을 하지 않고 사는 법을 배웠다. 성적인 목적으로 그녀의 몸을 더듬었던 것은 그녀 자신의 손뿐이었으며, 그것도 공동 침실의 어둠 속에서 연애시절을 떠올리며 헐떡이는 소리가 다른 수녀들에게 들리지 않게 베개에 얼굴을 묻은 채였다.

마이어에 대해 머딘이 불러일으켰던 것과 같은 행복한 갈망을 느낀 것은 아니었다. 그러나 머딘은 수백 마일 떨어진 곳에 있었고, 벌써 칠 년이나 보지 못했다. 게다가 그녀는 마이어에게 호감을 느끼고 있었다. 천사 같은 얼굴 때문이기도 하고, 푸른 눈 때문이기도 하고, 구호소와 학교에서 그녀가 보여주는 온화함 때문이기도 했다.

마이어는 언제나 캐리스에게 다정하게 말을 걸었고, 보는 사람이 없을 때는 캐리스의 팔이나 어깨를 만졌고, 언젠가는 뺨을 어루만지기도 했다. 캐리스는 그녀의 행동을 저지하지 않았지만 그런 행동에 대한 반응은 자제했다. 그런 행동을 죄악이라 여겨서가 아니었다. 그녀는 현명하신 하느님은 여자 스스로 혹은 여자들끼리 즐거움을 주는 무해한 행위를 금하는 규율을 만들지는 않았을 거라 확신했다. 그녀는 마이어를 실망시키고 싶지 않았다. 자신의 감정은 불확실하지만 마이어의 감정은 강력하고 분명하다는 것을 본능적으로 느낄 수 있었다. 그녀는 사랑에 빠졌지만 나는 아니야. 캐리스는 생각했다. 내가 먼저 키스하면 그녀는 우리가 둘도 없는 연인 사이라고 여기겠지만, 나는 그녀에게 그런 희망을 주지 못할 거야.

그래서 캐리스는 양모 정기시장이 있는 주가 되기 전까지 아무런 행동도 하지 않았다.

킹스브리지 시장은 1338년의 침체에서 회복됐다. 가공하지 않은 양모 거래는 여전히 국왕의 간섭을 받았고, 이탈리아 상인들도 이 년에 한 번씩밖에 찾아오지 않았지만, 새로 시작한 직물과 염색 사업이 충분한 보상이 됐다. 그러나 고드윈 수도원장이 사설 방앗간을 금지해 시내의 산업 활동 근거지가 인근 마을로 옮겨지며 도시는 아직 기대만큼 번영하지는 못한 상태였다. 하지만 옷감 대부분이 이 도시의 시장에서 팔려나갔고, 그 옷감은 실제로 킹스브리지 진홍색이라고 불렸다. 머딘이 설계한 다리는 엘프릭이 완공해 이제 사람들은 짐말과 마차를 끌고 넓은 한 쌍의 다리를 가로질렀다.

그래서 정기시장이 열리기 전 토요일 밤에는 구호소도 방문객들로 가득찼다.

그리고 그중 한 사람이 병에 걸렸다.

말드윈 쿡이라는 남자인데, 밀가루 반죽에 고기나 생선 다진 것을 넣어 버터에 빠르게 튀겨내는 군음식을 1파딩에 여섯 개씩 팔았다. 도착 직후 그는 급작스럽고도 심한 복통에 시달리더니 구토와 설사를 시작했다. 캐리스는 문에서 가까운 곳에 침상을 마련해주는 것 외에 달리 해줄 것이 없었다.

그녀는 오래전부터 청결하게 관리할 수 있는 구호소 전용 변소를 마련하고 싶었다. 그것은 개선하고 싶은 많은 것 가운데 하나였다. 그 밖에도 그녀는 구호소에 인접한 곳에 널찍하고 빛이 잘 드는 새 조제실을 마련해 그곳에서 약을 짓고 기록을 하고 싶었다. 또한 환자들의 사생활을 보장해줄 방도도 궁리하고 있었다. 지금은 모두가 출산하는 여자나 발작을 일으키는 남자, 토하는 아이를 볼 수 있었다. 그녀는 중병인 사람들은 큰 성당 안에 있는 부속 기도실 같은 별도의 독립된 공간을 써야 한다고 생각했다. 그러나 그럴 방법이 막막했다. 구호소가 그럴 만큼 넓지 않았다. 그녀는 오래전 머딘의 도제였던 시절 지미로 불리던 건축업자 제러마이어와 몇 번 얘기해보았지만, 그 역시 만족할 만한 해결책을 내놓지 못했다.

다음날 아침 말드윈 쿡과 똑같은 증상을 보이는 환자가 세 명 더 생겼다.

캐리스는 방문객들에게 아침식사를 준 뒤 그들을 시장으로 내몰았다. 환자만 그곳에 남을 수 있었다. 구호소 바닥이 여느 때보다 더러워 비질과 물걸레질을 시켰다. 그런 다음 미사를 드리러 대성당으로 갔다.

리처드 주교는 참석하지 않았다. 그는 다시 프랑스를 침공할 준비를 하는 국왕 곁에 있었다. 그는 언제나 주교직을 귀족 생활을 뒷받침하는 수단으로 여겨왔다. 그가 없는 동안 주교 관구는 로이드 부주교가 운영하면서 주교를 대신해 교구세와 임대료를 거두고 유아세례를 하고 미사를 집전했다. 그의 미사는 끈기는 있지만 상상력이 부족한 효율만으로 이루어졌고, 하느님이 돈보다 더 중요한 이유에 대한 지루한 설교가 그 실례였는데, 잉글랜드에서 가장 큰 영리 행사가 열리는 시점에 꺼내기에는 좀 어울리지 않았다.

그럼에도 처음 며칠간은 늘 그랬듯 모두가 들떠 있었다. 양모 정기시장은 이 도시 시민뿐만 아니라 인근 마을 농부들에게도 한 해의 절정을 의미했다. 사람들은 시장에서 돈을 벌었고, 여인숙에서 그 돈을 노름으로 탕진했다. 통통한 시골 처녀들은 반질반질한 도시 청년들의 꼬임에 넘어가줬다. 돈이 좀 있는 농부들은 도시의 매춘부들에게 자기 아내에게는 감히 요구하지 못했던 서비스를 받기 위해 돈을 지불했다. 거의 언제나 살인이 일어났고, 살인 사건이 한 건 이상일 때도 있었다.

캐리스는 신도들 속에서 체격이 좋고 값비싼 옷차림을 한 부오나벤투라 카롤리를 발견하자 한순간 숨이 막히는 듯했다. 어쩌면 머딘에 관한 소식을 갖고 왔을지도 몰랐다. 그녀는 심란해져서 웅얼대듯 성가를 부르며 미사를 드렸다. 나오는 길에 그녀는 겨우 부오나벤투라와 시선을 마주쳤다. 그는 그녀를 보자 미소지었다. 그녀는 고갯짓으로 그와 만나고 싶다는 뜻을 전했다. 그가 그 메시지를 제대로 받았는지는 알 수 없었다.

그러나 그녀가 구호소로 가자—수도원에서 수녀가 외부 남자를 만날 수 있는 유일한 장소였다—잠시 후 부오나벤투라가 그곳으로 들어왔다. 그는 값비싼 청색 외투에 뾰족한 구두를 신고 있었다. "지난번에 봤을 때는 리처드 주교가 너를 수녀로 봉했었지." 그가 말했다.

"지금은 접대 담당자가 됐어요." 그녀가 말했다.

"축하할 일이로군! 네가 이렇게 수녀원 생활에 적응할 줄은 몰랐다." 부오나벤투라는 그녀가 소녀였을 때부터 알고 지낸 사이였다.

"저도 몰랐어요." 그러면서 캐리스는 웃었다.

"수도원은 잘 운영되고 있는 것 같구나."

"뭘 보고 아셨어요?"

"고드윈이 새 사택을 짓고 있길래."

"그렇죠."

"성공적으로 운영하는 모양이야."

"그런 것 같아요. 잘 지내셨어요? 사업은 잘돼요?"

"몇 가지 문제가 있지. 잉글랜드와 프랑스가 전쟁을 하는 바람에 운송에 차질이 생겼어. 게다가 너희 에드워드 국왕이 세금을 매기는 통에 잉글랜드산 양모가 에스파냐산보다 비싸졌지. 그래도 여전히 품질은 우수하니까."

그들은 늘 세금에 대해 불만이었다. 캐리스는 가장 관심이 가는 화제를 꺼냈다. "머딘 소식이 있나요?"

"사실은 있단다." 부오나벤투라가 말했다. 그의 태도는 여느 때와 다름없이 세련됐지만 그녀는 그에게서 주저하는 기색을 읽었다. "머딘이 결혼을 했어."

캐리스는 주먹으로 한 대 얻어맞은 기분이었다. 이런 소식을 듣게 될 줄은 몰랐다. 그런 일은 생각조차 한 적이 없었다. 어떻게 머딘이 그럴 수 있지? 그는…… 그들은……

물론 그가 결혼하지 못할 이유는 없었다. 그녀는 한 번 이상 그를 거절했고, 마지막에는 수녀가 되어 그가 더이상 어찌해보지도 못하게 해버렸다. 그가 그렇게 오랫동안 독신으로 지냈다는 것이 놀라울 정도였다. 그녀에게는 마음 상할 권리조차 없었다.

캐리스는 억지 미소를 지었다. "정말 굉장한 소식이네요! 제가 축하하더라고 전해주세요. 그의 아내는 어떤 여자예요?"

부오나벤투라는 그녀가 괴로워하는 것을 알아채지 못한 척했다. "실비아라는 여자지." 그가 실없는 잡담이라도 하는 듯한 어조로 말했다. "그 도시에서 가장 유력한 알레산드로 크리스티라는 상인의 막내딸인데, 그는 상선 여러 척을 보유한 동양 향신료 무역상이지."

"몇 살이에요?"

그가 씩 웃으며 말했다. "알레산드로 말인가? 아마 내 나이쯤 됐을걸……"

"놀리지 마세요!" 그녀는 분위기를 가볍게 만들어준 부오나벤투라가 고마웠다. "실비아는 몇 살이에요?"

"스물셋이야."

"저보다 여섯 살이나 어리네요."

"예쁜 여자인데……"

그녀는 부오나벤투라가 말하지 않은 것이 있음을 알았다. "그런데요……?"

그는 해명하듯 고개를 한쪽으로 갸웃했다. "독설가로 명성이 자자해. 물론 사람들은 이러쿵저러쿵 얘기하길 좋아하지…… 하지만 아마 그래서 그 나이까지 결혼하지 못하고 있었을 거야. 피렌체의 여자들은 보통 열여덟 살이 되기 전에 결혼하거든."

"그럴 만하네요. 머딘이 킹스브리지에서 좋아했던 여자는 저와 엘리자베스 클라크뿐이었는데, 우리 둘 다 입이 험한 편이거든요."

부오나벤투라는 웃었다. "뭐 그 정도까지는 아니야."

"결혼식은 언제였어요?"

"이 년 전. 지난번에 너를 보고 나서 얼마 지나지 않아서였어."

캐리스는 머딘이 그녀가 정식 수녀가 될 때까지 독신으로 지냈다는 것을 깨달았다. 머딘은 부오나벤투라를 통해 그녀가 마지막 단계를 밟왔다는 소식을 들었을 것이다. 그녀는 사 년 넘게 타국에서 희망을 품고 기다렸을 그를 생각해보았다. 애써 쾌활함을 가장하던 그녀의 안색이 무너지기 시작했다.

"그리고 그 부부에게는 이제 롤라라는 딸도 있지." 부오나벤투라가 말했다.

더이상 견딜 수 없었다. 칠 년 전 그녀가 느꼈던 모든 슬픔이, 영원히 끝난 줄 알았던 고통이 한꺼번에 쇄도하듯 밀려들었다. 1339년에는 그를 정말로 잃은 것이 아니었다는 것을 깨달았다. 그는 오랜 세월 동안 그녀의 기억 속에 확고히 남아 있었다. 하지만 이제 완전히, 영원히 그를 잃어버린 것이었다.

그녀는 발작이라도 일으킨 것처럼 몸을 떨었다. 더이상 견디기 어렵다고 느꼈다. 그녀는 떨리는 목소리로 말했다. "이렇게 만나서 소식까지 전해주시고 정말 반가웠어요. 하지만 이제 일하러 가봐야겠네요."

그의 얼굴에 근심이 떠올랐다. "내 말에 너무 상심하지 않았으면 좋겠구나. 나는 네가 알고 싶어할 거라 생각해서 한 말이야."

"그런 말씀 마세요. 죄송하니까요." 그녀는 몸을 돌려 빠른 걸음으로 그 자리를 떠났다.

그녀는 얼굴을 보이지 않으려고 고개를 푹 숙인 채 구호소에서 클로이스터로 걸어갔다. 혼자 있을 곳을 찾던 그녀는 공동 침실 쪽 계단을 뛰어올라갔다. 낮에는 침실에 아무도 없었다. 그녀는 길게 늘어선 텅 빈 방들 사이를 걸어가면서 울기 시작했다. 맨 끝에 시실리어 수녀원장의 침실이 있었다. 초대받지 않으면 누구도 그곳에 들어갈 수 없었지만 캐리스는 수녀원장 침실로 들어가 문을 쾅 닫았다. 그녀는 시실리어의 침대 위에 엎드렸다. 수녀모가 떨어졌지만 내버려두었다. 그녀는 침대에 얼굴을 묻은 채 울기 시작했다.

얼마 후 누군가 그녀의 머리에 손을 얹더니 짧게 깎은 머리를 부드럽게 어루만졌다. 캐리스는 그가 방에 들어오는 소리를 듣지 못했다. 그러나 그것이 누구든 개의치 않았다. 그러나 천천히, 차츰차츰 마음이 진정됐다. 격한 흐느낌이 가라앉고 눈물이 마르고 격앙됐던 감정도 서서히 잦아들었다. 캐리스는 몸을 돌려 자신을 위로해주는 이를 바라보았다. 마이어였다.

"머딘이 결혼했어요. 딸까지 생겼대요." 캐리스는 말하고 다시 울기 시작했다.

마이어가 침대에 눕더니 캐리스의 머리를 안고 달래줬다. 캐리스는 그녀의 부드러운 가슴팍에 얼굴을 묻었다. 마이어의 모직 수도복이 눈물에 젖었다. "자, 자, 이제 그만 울어요." 마이어가 말했다.

얼마 후 캐리스는 진정됐다. 모든 감정이 말라버린 듯 더이상 슬픔도 느낄 수 없었다. 그녀는 검정 머리의 이탈리아인 아기를 안고 있는 머딘을 떠올려보았다. 그러자 그가 얼마나 행복할지 알 것 같았다. 그가 행복하다고 생각하니 기쁜 마음이 들었다. 이윽고 캐리스는 탈진한 채 잠 속으로 빠져들었다.

~

말드윈 쿡에게서 시작된 병은 양모 정기시장에 모여든 사람들 사이로 들불처럼 번져나갔다. 월요일이 되자 구호소에서 시작된 병은 주막들로 옮아갔으며, 화요일에는 외부 방문객에게서 시민들에게로 옮아갔다. 캐리스는 노트에 그 병의 특징을 기록했다. 처음에 복통이 있다가 곧 구토와 설사가 시작돼 이십사 시간에서 사십팔 시간 동안 지속됐다. 성인에게는 그 정도로 그쳤지만 노인과 어린이에게는 치명적이었다.

수요일에는 수녀들과 수녀원학교 여학생들도 그 병에 걸렸다. 마이어와 틸리도 병에 걸렸다. 캐리스는 벨 여인숙에 묵고 있는 부오나벤투라를 찾아가 이탈리아의 의사들이 이런 병을 어떻게 치료하는지 아느냐고 걱정스러운 어조로 물어보았다. "치료법은 없어. 어쨌든 약은 없는 셈이지. 그래도 의사들은 사람들에게서 돈을 알겨내려고 뭐든 처방을 해. 하지만 아랍인 의사들은 자신들이 이 병의 전염을 늦출 수 있다고 여기더구나."

"그게 정말이에요?" 캐리스는 그 말에 흥미가 생겼다. 상인들은 이슬람교도 의사들이 그리스도교도 의사들보다 더 낫다고들 했다. 물론 의술을 아는 사제들은 펄쩍 뛰며 부인했다. "어떻게요?"

"그들은 이 병이 병자가 바라보기만 해도 걸린다고 생각해. 눈에서 나오는 빛이 우리가 보는 사물에 닿으면서 손으로 만지는 것처럼 사물에 작용한다는 거야. 어떤 물체가 따뜻한지 말랐는지 단단한지 알기 위해 손으로 만져보는 것처럼 말이지. 그 눈빛이 질병을 쏘기도 한다는 거야. 그건 환자와 한 공간에 있지 않으면 병을 피할 수 있다는 뜻이지."

캐리스는 바라보는 것만으로 병이 옮긴다고는 생각하지 않았다. 그것이 사실이라면 성당에서 중요한 미사가 있고 난 뒤에는 참석자 모두가 주교가 앓고 있는 병에 걸릴 것이다. 국왕이 병에 걸리면 왕을 바라본 수백 명도 같은 병에 걸릴 것이다. 그리고 누군가는 분명 그 사실을 진즉 알아차렸을 것이다.

그러나 병에 걸린 사람과 한 공간에 있지 않게 한다는 생각은 설득력이 있었다. 구호소에서도 말드윈 옆에 있던 사람들이 전염된 것 같았다. 가장 먼저 전염된 건 환자의 아내와 가족이었고, 이어서 가까운 병상에 있던 사람들이 전염됐다.

그녀는 복통이나 기침, 감기, 그리고 모든 종류의 발진성 질병이 장날이면 기승을 부린다는 데 주목했다. 따라서 그런 병은 어떤 경로인지는 몰라도 사람에게서 사람에게로 옮는 것이 분명해 보였다.

수요일 저녁때는 구호소 사람들 중 절반가량이 걸렸고, 목요일 아침이 되자 모두가 이 병에 걸렸다. 수도원 일꾼 일부도 병에 걸려 청소할 사람까지 부족했다.

아침에 혼란 상태를 살펴본 시실리어 수녀원장이 구호소를 폐쇄하자는 안을 꺼냈다.

캐리스는 어떤 의견도 고려할 마음의 준비가 되어 있었다. 그녀는 이 질병과의 싸움에서 자신의 무력함에 실망했고, 구호소의 불결함 때문에 망연자실한 상태였다. "하지만 여기서 묵는 사람들은 어떡하죠?"

"여인숙으로 보내면 되지."

"여인숙 역시 똑같은 문제를 안고 있는데요. 사람들을 대성당에 묵게 할 수도 있지 않을까요."

시실리어는 고개를 저었다. "고드윈 원장은 자신이 성가대석에서 미사를 드리는데 농부들이 회중석에서 토하고 있는 꼴은 못 볼걸."

"사람들이 묵는 곳이 어디든 근원적으로는 환자들을 격리해야 해요. 부오나벤투라가 그래야만 이 병이 퍼지는 속도를 늦출 수 있다고 했어요."

"그건 말이 되는구나."

캐리스는 새롭게 떠오른 생각에 충격을 받았다. 지금까지 해본 적 없던 그 생각은 갑자기 아주 분명한 것으로 느껴졌다. "구호소 방침을 바꾸는 정도로 그칠 문제가 아니에요. 아예 새로 짓는 게 나을지도 몰라요. 환자 전용으로요. 지금의 구호소는 순례자나 다른 건강한 사람들이 쓰도록 하고요."

시실리어는 생각에 잠긴 표정으로 말했다. "그러려면 돈이 많이 들텐데."

"우리에게는 150파운드가 있잖아요." 캐리스의 상상력이 발휘되기 시작했다. "그러면 새 조제실도 만들 수 있어요. 만성질환자 전용 병실도 만들 수 있고요."

"비용이 얼마나 들지 알아봐. 엘프릭에게 물어보면 되겠군."

캐리스는 엘프릭이 싫었다. 그녀에게 불리한 증언을 하기 전부터도 그녀는 그가 마음에 들지 않았다. 자신이 구상한 새 구호소를 짓는 데 그의 힘을 빌리고 싶지 않았다. "엘프릭은 지금 고드윈 원장의 새 사택을 짓느라 바빠요. 그보다는 제러마이어와 의논해볼게요."

"그럼 그렇게 해."

이 말에 캐리스는 시실리어에 대한 애정이 샘솟았다. 비록 규율에 엄격하기는 하지만 시실리어는 아랫사람들이 독자적으로 의사결정을 할 수 있도록 여지를 줬다. 그녀는 캐리스의 동력원이라 할 수 있는 전투적인 열의를 언제나 이해해줬다. 시실리어는 그런 열의를 억누르는 대신 그것을 활용할 방도를 찾아냈다. 그녀는 캐리스가 전념하면서 반항적인 활력을 배출시킬 만한 일거리를 만들어줬다. 지금도 눈앞에 놓인 난국에 어쩔 줄 몰라 절절매는 나에게 나의 상관은 침착하게 새로운 장기 계획을 추진하라고 말하고 있어. 캐리스는 생각했다. "고맙습니다, 수녀원장님." 그녀가 말했다.

그날 늦게 캐리스는 제러마이어와 함께 수도원 경내를 돌며 자신이 원하는 것들을 설명했다. 예나 지금이나 미신을 맹신하는 그는 소소한 일상사에서도 언제나 성인과 악마의 흔적을 찾으려 했다. 그래도 그는 상상력이 풍부한 건축업자이고 새로운 아이디어를 마음을 열고 받아들였는데, 그것은 머딘이 가르쳐준 미덕이었다. 두 사람은 곧 새 구호소가 들어서기에 가장 좋은 자리를 찾아냈다. 지금 주방이 있는 구역 바로 남쪽에 면한 자리였다. 수도원의 다른 건물들과 뚝 떨어져 있고, 환자들이 건강한 사람들과 접촉하지 않으면서도 음식을 멀리까지 나르를 필요가 없었다. 그러면서도 수녀 전용 클로이스터에서 쉽게 접근할 수 있는 위치였다. 조제실과 변소, 위층에 개별적인 방들이 들어서게 될 건물을 짓는 비용으로 제러마이어는 100파운드를 예상했다. 유증 재산의 대부분을 차지하는 금액이었다.

캐리스는 시실리어 수녀원장과 자리 문제를 의논해보았다. 그 땅은 수사나 수녀 구역이 아니어서 두 사람은 고드윈을 만나러 갔다.

고드윈은 자신이 거주할 새 사택 공사장에 있었다. 건물 본채는 완성되고 지붕도 올린 상태였다. 캐리스는 몇 주 전 이 공사장에 왔었다. 그녀는 그 규모에 놀랐다. 사택은 새로 지을 구호소만큼이나 컸다. 그녀는 부오나벤투라가 인상적인 건물이라고 한 이유를 알았다. 사택의 식당은 수녀 전용 식당보다 컸다. 고드윈이 완공을 서두르는지 공사장은 인부들로 바글댔다. 석공들이 바닥에 기하학적 모양으로 채색 타일을 깔고 있었고 목수들은 문짝을 만들고 있었으며 유리 장인은 유리창을 만들 용융로를 설치해둔 상태였다. 고드윈은 거금을 물 쓰듯 하고 있었다.

그와 필리먼은 주교의 비서 격인 로이드 부주교에게 신축 건물을 보여주고 있었다. 수녀들이 다가가자 고드윈은 말을 멈췄다. 시실리어가 말했다. "우리 때문에 말씀을 중단하실 건 없어요. 말씀이 다 끝나시면 구호소 밖에서 좀 만날 수 있을까요? 보여드릴 것이 있습니다."

"그러죠." 고드윈이 대답했다.

캐리스와 시실리어는 성당 앞 시장을 통해 온 길을 되짚어 걸어갔다. 금요일은 양모 정기시장에서 염가 판매를 하는 날이었다. 장사꾼들은 팔고 남은 물건을 가져가지 않으려고 할인가로 처분했다. 마크 웨버가 캐리스의 눈에 띄었다. 이제 얼굴도 둥글둥글해지고 배도 나온 그는 자신이 직접 염색한 진홍색 외투를 입고 있었다. 그의 자식들 넷이 점포에서 아버지의 일을 거들고 있었다. 캐리스는 그중에서 특히 도라를 좋아했는데, 열다섯 살인 도라는 부산하고 자신만만한 태도는 어머니를 빼닮았지만 그녀보다 몸집은 훌쭉했다.

"장사가 잘되는 것 같은데요." 캐리스가 미소지으며 웨버에게 말을 건넸다.

"이 재산은 모두 자매님에게 가야 했던 거지. 염색법을 만든 건 자매님이니까. 나는 단지 자매님이 하라는 대로 했을 뿐이야. 마치 내가 자매님한테 사기라도 친 것 같은 기분이 드는데."

"열심히 일한 대가를 받은 거죠." 캐리스는 마크와 매지가 자신이 발명한 염색법으로 부유해진 것에는 개의치 않았다. 그녀는 언제나 사업을 하면서 힘든 과정을 즐겼지만 돈에 대한 욕심은 없었다. 그것은 아마도 아버지의 부유한 집에서 자라면서 돈을 버는 일을 당연시했기 때문일 것이다. 이유가 어떻든 웨버 가족이 그녀에게 왔었을 부를 가져간 것에 대해서는 아무 유감도 없었다. 그녀는 돈이 필요 없는 수도원 생활이 자신에게 잘 맞는 것 같다고 생각했다. 캐리스는 웨버네 아이들이 건강하고 잘 입은 모습을 보자 짜릿한 감동까지 느꼈다. 그들 여섯 식구가 베틀이 꽉 채워버린 단칸방 바닥에서 몸을 오그리고 자던 모습이 머릿속에 떠올랐다.

캐리스와 시실리어는 수도원 남쪽 끝으로 향했다. 마구간 주변의 부지는 농가처럼 보였다. 그곳에는 비둘기장과 닭장, 연장 창고 같은 작은 건물 몇 채가 있었다. 닭들이 흙을 파고 있고 돼지들은 취사장에서 나온 음식 찌꺼기를 주둥이로 헤집고 있었다. 캐리스는 그곳을 말끔히 치우고 싶어 좀이 쑤셨다.

얼마 있지 않아 고드윈과 필리먼이 로이드를 데리고 나타났다. 시실리어가 취사장 옆 부지를 가리키며 말했다. "여기에 새 구호소를 지을 생각입니다. 어떻게 생각하세요?"

"구호소를 새로 짓는다는 겁니까?" 고드윈이 반문했다. "어째서요?"

캐리스는 고드윈이 못마땅한 표정을 짓는 것을 보고 어리둥절했다.

"병자를 위한 구호소가 필요해요. 동시에 건강한 방문객을 위한 별도의 숙소가 있어야 하고요." 시실리어가 말했다.

"필요 없습니다."

"말드윈 쿡에게서 시작된 복통 때문에 하게 된 생각이에요. 이번은 유난히 전염성이 강한 경우이기는 하지만 질병은 장날에 곧잘 퍼지잖아요. 그것이 그렇게 급속히 퍼지는 이유의 하나는 어쩌면 우리가 병자와 건강한 사람을 같은 장소에서 먹고 자고 변소를 같이 쓰게 하기 때문일지도 몰라요."

그 말에 고드윈은 불쾌한 기색을 드러냈다. "오! 이제 수녀들이 의사 노릇을 하는군요."

캐리스는 눈살을 찌푸렸다. 이런 빈정거림은 고드윈이 여느 때 쓰는 말투가 아니었다. 그는 목적을 이루기 위해 자신의 매력을 동원하곤 하는데, 시실리어처럼 힘이 있는 사람에게는 특히 그랬다. 이 갑작스러운 불쾌감의 배후에는 뭔가가 있었다.

"물론 전부 그렇지는 않아요. 하지만 어떤 질병의 경우에는 사람에게서 사람에게로 전염된다는 것을 누구나 알고 있어요. 그건 분명하죠." 시실리어가 말했다.

캐리스가 끼어들었다. "이슬람교도 의사들은 병자의 눈빛만 봐도 병이 옮는다고 여겨요."

"오, 그래? 정말 흥미로운 얘기로군!" 고드윈이 여전히 부자연스럽게 빈정거리는 투로 말했다. "우리는 대학에서 의술을 칠 년이나 공부했지만, 이제 막 수련 기간을 마친 젊은 수녀의 질병 강의를 기꺼이 들어줄 수는 있지."

캐리스는 그런 말에 위축되지 않았다. 그녀는 자신을 죽이려 했던 거짓말이나 늘어놓는 위선자에게 예의를 갖출 마음은 눈곱만큼도 없었다. "그렇게 전염되는 걸 믿지 못하겠다면 오늘밤 구호소에서 토하고 설사하는 사람들 사이에서 주무시면서 진심을 증명해보는 게 어때요?"

"캐리스 자매! 그만해요." 시실리어가 말하고는, 고드윈에게 말했다. "용서하세요, 수도원장님. 한낱 수녀와 질병에 관해 토론하시게 할 생각은 없었습니다. 다만 내가 선택한 부지에 대해 원장님이 반대하지 않는지 확인하고 싶었을 뿐이에요."

"어쨌든 지금 당장은 건축할 수 없소. 엘프릭은 사택 공사만으로도 바쁘니까."

"우린 엘프릭을 고용하지 않을 거예요. 제러마이어가 할 거예요." 캐리스가 말했다.

"캐리스, 입 다물어요! 자신의 주제를 알아야지. 이제 두번 다시 나와 수도원장님 대화에 끼어들지 말아요." 시실리어가 말했다.

캐리스는 자신의 행동이 시실리어를 돕는 것이 아님을 깨닫고 마지못해 고개를 숙였다. "죄송합니다, 수녀원장님."

"지금 문제는 언제 짓느냐가 아니라 어디에 짓느냐예요." 시실리어가 고드윈에게 말했다.

"나는 이 일을 승인하지 못하겠는데요." 고드윈이 뻣뻣한 태도로 말했다.

"그러면 새 구호소를 어디에 짓는 게 낫다고 보시나요?"

"나는 구호소를 새로 지을 필요가 전혀 없다고 생각합니다."

"죄송하지만, 수녀원 책임자는 나예요." 시실리어가 싸늘한 어조로 쏘아붙였다. "내가 우리 돈을 어떻게 쓸지는 원장님이 간여하실 일이 아니죠. 하지만 우리는 보통 건축 공사를 하기 전에 서로의 의견을 구하죠. 원장님은 이번에 사택을 건축하면서 이 사소한 예의를 잠깐 잊으신 것 같지만요. 그럼에도 나는 원장님에게 의논을 드리는 겁니다. 다만 건물을 지을 장소에 한해서지만." 그런 다음 그녀는 로이드에게 말했다. "부주교님도 이 점에 대해 저와 같은 생각이시리라 믿습니다만."

"뭐, 서로 합의가 있어야겠죠." 로이드가 모호하게 대꾸했다.

난감해진 캐리스는 눈살을 찌푸렸다. 왜 고드윈이 이 문제에 신경을 쓰는 걸까? 그는 성당 북쪽에 자기 사택을 짓고 있었다. 수녀들이 수사들은 거의 오지도 않는 남쪽에 건물을 짓든 말든 그에게는 문제될 것이 없었다. 대체 그가 걱정하고 있는 것이 뭘까?

"나는 지금 원장님에게 건축 장소든 건물이든 승인하지 못하겠다고 말한 겁니다. 이것으로 이야긴 끝난 겁니다!" 고드윈이 말했다.

그 순간 캐리스의 머릿속에 어떤 생각이 번뜩였고 그녀는 고드윈이 이렇게 행동하는 이유를 깨달았다. 그녀는 너무 놀라 그 생각을 입 밖에 내고 말았다. "당신이 우리 돈을 훔쳐갔군요!"

시실리어가 말했다. "캐리스! 내가 그러지 말라고 했—"

"수도원장이 손버리 여신도의 유증 재산을 훔친 거예요!" 격분한 그녀는 시실리어의 말을 묵살해버렸다. "수도원장 사택을 짓는 건축비가 거기서 나왔군요. 당연한 일이잖아요. 그리고 지금 수도원장은 우리가 건축하지 못하도록 막으려 해요. 그러면 우리가 금고실에 있던 우리 돈이 없어진 걸 발견할 테니까요!" 그녀는 너무 화가 치밀어 금방이라도 폭발할 것 같았다.

"말도 안 되는 소리 하지 말게." 고드윈이 말했다.

고드윈의 미온한 반응을 본 캐리스는 자신이 그의 아픈 곳을 제대로 찌른 것이 분명하다고 생각했다. 그러자 한층 더 분노가 치밀었다. "증명해봐요!" 그녀는 고함쳤다. 그녀는 흥분을 가라앉히기 위해 자제력을 동원해야 했다. "우리는 지금 금고실에 가서 지하 보관소를 확인해볼 거예요. 그걸 막지는 않으시겠죠, 수도원장님?"

필리먼이 끼어들었다. "그건 그야말로 품위 없는 소행이오. 수도원장님 앞에서 그런 행동을 하겠다니, 언어도단입니다."

캐리스는 필리먼의 말을 무시했다. "수녀원의 비축금은 금화 150파운드예요."

"말도 안 되는 얘기라니까." 고드윈이 말했다.

"어쨌든 의혹이 제기됐으니, 금고실을 확인해봐야겠어요." 캐리스가 말했다. 그녀는 시실리어를 바라보았다. 시실리어는 승낙의 표시로 끄덕였다. "그리고 만약 수도원장님이 그 자리에 참석하는 것이 불편하시다면 부주교님이 증인으로 참석해주실 수도 있죠."

로이드는 이런 논란에 말려들고 싶지 않은 눈치였지만 심판자 역할을 거부할 입장이 아니었으므로 웅얼거리듯 대답했다. "양쪽 모두에게 도움이 될 수 있다면야……"

캐리스의 생각은 빠르게 굴러갔다. "그런데 궤짝을 어떻게 연 거죠? 자물쇠를 만든 사람이 크리스토퍼 블랙스미스인데, 그는 정직한 사람이어서 우리 돈을 훔치도록 여벌 열쇠를 줬을 리가 없어요. 그러니 궤짝을 부숴서 열고 다시 수리해놓은 게 분명해요. 대체 어떻게 한 거죠? 경첩을 뜯어냈나요?" 그러자 고드윈의 시선이 무심코 부수도원장을 향했다. "아하." 캐리스는 의기양양한 어조로 말했다. "필리먼 형제가 경첩을 뜯어낸 당사자로군요. 하지만 돈을 가져간 사람은 수도원장님이고 그 돈을 엘프릭에게 줬겠군요."

"억측은 그만해요. 이 문제를 수습해야겠군요. 우리 모두 금고실에 가서 궤짝을 열어보면 다 해결될 겁니다." 시실리어가 말했다.

"훔친 게 아닙니다." 고드윈이 말했다.
모두가 그를 빤히 바라보았다. 한순간 충격 속에 침묵이 흘렀다.
"지금 그 사실을 시인하는 거잖아요!" 시실리어가 말했다.
"훔친 게 아닙니다." 고드윈이 되풀이했다. "그 돈은 수도원의 이익과 하느님의 영광을 위해 쓰이고 있습니다."
"그런다고 달라지지 않아요. 그건 당신 돈이 아니라고요!" 캐리스가 말했다.
"하느님의 돈이지." 고드윈이 고집스럽게 말했다.
"그 돈은 수녀원 앞으로 기부된 거였어요. 원장님도 그걸 아실 텐데요. 유언장도 보셨고요." 시실리어가 말했다.
"나는 유언장을 본 적이 없습니다."
"아뇨, 물론 보셨습니다. 내가 드렸어요. 사본을 만들라고……" 시실리어가 말꼬리를 흐렸다.
"나는 유언장을 본 적이 없습니다." 고드윈이 되풀이했다.
"파기했군요. 사본을 만들고 원본은 금고실 궤짝에 보관하겠다고 말하고는…… 파기해버렸군." 시실리어가 말했다.
시실리어가 입을 벌린 채 고드윈을 노려보았다. "진작 알았어야 했어. 캐리스에게 그런 짓을 했을 때부터 나는 두번 다시 당신을 믿지 말았어야 했어. 하지만 나는 당신의 영혼이 아직 구원받을 여지가 있을 거라고 생각했지. 내가 이런 실수를 하다니."
"원본을 주기 전에 우리가 따로 사본을 만들어두길 잘했어요." 캐리스가 말했다. 그녀가 필사적인 심정에서 없는 이야기를 지어냈다.
"그건 분명 위조된 것이겠군." 고드윈이 말했다.
"애초에 그 돈이 수도원 것이었다면 그걸 꺼내려고 궤짝을 부술 필요가 없었을 거예요. 그러니 지금 가서 확인해봐요. 그걸 보면 어느 쪽인지 알게 되겠죠." 캐리스가 말했다.

"경첩에 손을 댄 흔적이 있다고 해도 그것으로는 아무것도 증명하지 못합니다." 필리먼이 말했다.

"결국 내 생각이 맞았어!" 캐리스가 말했다. "하지만 당신이 어떻게 경첩에 손을 댄 흔적이 있다는 걸 알고 있죠? 베스 자매는 회계를 한 뒤로 보관소를 연 적이 없고, 또 그때는 궤짝에 아무 이상이 없었어요. 경첩에 누군가 손을 댔다는 것을 안다는 것은 당신이 직접 지하 보관소에서 궤짝을 꺼냈기 때문인 게 분명해요."

당황한 필리먼은 아무 말도 하지 않았다.

"부주교님은 주교님의 대리입니다. 그러니 수도원장에게 이 돈을 수녀원에 돌려주라고 지시할 의무가 있다고 생각합니다만." 시실리어가 로이드에게 말했다.

로이드는 근심 어린 표정을 지었다. 그가 고드윈에게 말했다. "지금 남은 돈이 얼마나 됩니까?"

그 말에 캐리스는 격분했다. "붙잡은 도둑한테 부정 이득을 양도할 여유가 있는지 없는지 묻는 경우는 없습니다."

"이미 절반 이상을 사택 건축비로 썼습니다." 고드윈이 말했다.

"공사를 당장 중지해요." 캐리스가 말했다. "인부들을 당장 해고하고 건물을 부수고 자재도 처분해요. 그렇게 해서 한 푼도 빠짐없이 돈을 모두 돌려줘요. 사택을 부수고 나서도 현금이 부족하다면 토지나 다른 자산으로 모자란 금액을 메워야 하고요."

"그건 안 될 일이야." 고드윈이 말했다.

시실리어가 다시 로이드에게 말했다. "부주교님은 본분을 다하시기 바랍니다. 아무리 하느님의 일을 한다고 해도 주교님의 아랫사람들이 서로 훔치는 일을 용납해서는 안 되지 않겠습니까."

"이런 문제를 내가 직접 판결할 수는 없습니다. 그러기에는 너무 중대한 문제예요." 로이드가 말했다.

캐리스는 로이드의 나약함에 분노와 실망을 느끼고 할말을 잃었다.

"하지만 해야 할 일이에요!" 시실리어가 항의했다.

로이드는 궁지에 몰린 표정이었지만 완강하게 고개를 저었다. "절도 고발, 유언장 파기, 위조 혐의…… 이런 일은 모두 주교님이 직접 판결하실 일입니다!"

"그러나 리처드 주교님은 프랑스에 가셨잖아요. 그분이 언제 돌아오실지는 아무도 모르고요. 그사이에 고드윈 수도원장님은 훔친 돈을 다 써버릴 거예요!" 캐리스가 말했다.

"나로서도 어쩔 수 없소." 로이드가 말했다. "이 사건은 리처드 주교님에게 맡겨야 합니다."

"그럼 좋아요." 캐리스가 말했다. 그녀의 의미심장한 어조에 모두가 일제히 그녀를 바라보았다. "그렇다면 할일은 하나뿐이에요. 우리가 직접 주교님을 찾아가는 거죠."

46

1346년 7월, 에드워드 3세는 잉글랜드 사상 최대 규모의 원정 함대를 구성했다. 포츠머스에 거의 천 척에 달하는 전함들이 집결했다. 역풍이 불어 출정이 늦어지다가 7월 11일, 함대는 드디어 비밀 목적지를 향해 출항했다.

캐리스와 마이어가 포츠머스에 도착한 것은 그 이틀 후였다. 왕과 함께 출항한 리처드 주교를 간발의 차이로 놓친 것이었다.

그들은 군대를 따라 프랑스로 가기로 했다.

포츠머스까지의 여행을 허락받는 일도 간단하지 않았다. 시실리어 수녀원장은 참사회관에 수녀들을 모아놓고 그 안건을 토의했는데, 캐리스가 도덕적이나 신체적으로 위험에 빠질 수 있다는 의견이 나왔다. 하지만 수녀들은 순례 외에도 사업상 볼일로 런던이나 캔터베리, 로마에 가기도 했다. 무엇보다 킹스브리지의 수녀들은 도둑맞은 돈을 돌려받고 싶어했다.

그러나 캐리스는 영국해협을 건너도 되는지 확신이 서지 않았다. 허락을 구하고 싶어도 다행히 그럴 수 없는 상황이었다.

설령 왕의 목적지를 알았다고 해도 그녀와 마이어는 바로 군대를 따라갈 수 없었는데, 그것은 잉글랜드 남부 연안에서 항해가 가능한 모든 선박이 원정대에 징발됐기 때문이었다. 그래서 두 사람은 포츠머스 외곽에 있는 한 수녀원에서 초조하게 소식이 오기만 기다렸다.

캐리스는 나중에 에드워드 왕과 원정군이 프랑스 북부 연안 바르플뢰르 인근에 있는 생바스트 라 우게의 광대한 해안에 상륙했다는 것을 알게 됐다. 그러나 함선들은 바로 귀로에 오르지 않았다. 선박들은 캉까지 진군하는 원정군을 따라 두 주 동안 동부 해안을 항해했다. 그들은 에드워드의 군대가 노르망디의 부유한 시민들에게서 약탈한 보석과 값비싼 옷감, 금은 접시 같은 노획물을 실은 다음에야 귀로에 올랐다.

맨 처음 돌아온 선박들 중 그레이스호가 있었는데, 뱃머리와 고물이 둥글고 폭이 넓은 소형 화물선이었다. 그 배의 선장이자 피부가 가죽 같은 노련한 뱃사람 롤로는 침이 마르도록 국왕을 찬양했다. 선박과 선원을 동원한 대가는 얼마 되지 않았지만 엄청난 약탈물을 직접 챙겼던 것이다. "내 생전 그렇게 엄청난 함대는 처음이었소." 롤로가 신나는 어조로 떠들었다. 그는 원정군이 적어도 1만 5천 명이고 그중 절반은 사수이며 말은 5천 마리쯤 된다고 했다. "그들을 따라잡기는 벅찰 겁니다. 마지막으로 원정대가 있던 캉에 두 분을 데려다드리죠. 거기서부터 군대가 간 길을 따라갈 수 있을 겁니다. 원정대가 간 방향이 어느 쪽이든 그들은 두 분보다 일주일 정도는 앞서 있을 겁니다."

캐리스와 마이어는 롤로와 뱃삯을 흥정하고 나서 튼튼한 조랑말 블래키와 스탬프를 데리고 그레이스호에 올랐다. 캐리스는 자신들이 군마들보다 더 빠르게 가지는 못하겠지만, 군대는 빈번히 행군을 멈추고 전투를 벌여야 하므로 결국 따라잡게 될 거라 생각했다.

화창한 8월의 아침 프랑스 쪽 해안에 도착해 오른강* 내포 안으로 항해해 들어갈 때 캐리스는 불어오는 산들바람에 섞인, 오래된 잿더미에서 나는 듯한 불쾌한 냄새를 맡았다. 강 양안을 유심히 살펴보던 그녀의 눈에 온통 새까만 농지가 보였다. 곡식을 불태우기라도 한 것 같았다. "당연한 일이죠." 롤로가 말했다. "군대는 가져갈 수 없는 것은 파괴해야 하거든요. 남기면 적에게 이로움을 주니까요." 캉의 항구에 근접하면서 불에 탄 폐선 몇 척을 지나쳤는데, 그것 역시 같은 이유로 불태운 것이었다.

"국왕의 계획은 아무도 모릅니다." 롤로가 그들에게 말했다. "왕은 남진해서 파리로 쳐들어갈 수도 있고, 북동쪽 칼레로 방향을 바꿔 플랑드르 동맹군과 연합할 수도 있죠. 하지만 두 분은 원정군의 흔적을 따라갈 수 있을 겁니다. 검게 타버린 들판을 계속 따라가면 되니까요."

롤로는 수녀들이 배에서 내리기 전 햄을 건넸다. "고맙습니다만, 안 장주머니에 훈제생선과 경질 치즈가 좀 있답니다." 캐리스가 말했다. "돈도 있고요. 필요한 게 있으면 사면 돼요."

"돈이 쓸모가 있을지 모르겠군요." 선장이 말했다. "살 만한 것이 남아 있지 않을 수도 있으니까요. 군대는 메뚜기떼와 비슷하거든요. 땅을 죄다 황폐하게 만들어버리죠. 자, 햄을 받으세요."

"정말 친절하시군요. 그럼 잘 가세요."

"괜찮으시다면 나를 위해 기도해주십시오, 자매님. 큰 죄를 많이 지으며 살아왔으니까요."

캉은 수천 가구가 사는 도시였다. 킹스브리지와 마찬가지로 이 도시 역시 오동강*으로 구시가지와 신시가지가 나뉘고, 강에는 성 베드로 다

---

* 노르망디 레지옹에 흐르는 강.

리가 놓여 있었다. 다리 근처 강둑에서 어부들이 잡은 물고기를 팔고 있었다. 캐리스는 뱀장어 한 마리 값을 물어보았다. 그녀는 어부의 대답을 이해할 수 없었다. 어부는 들어본 적 없는 프랑스 방언을 썼다. 겨우 알아들은 그녀는 깜짝 놀랐다. 이곳은 식료품이 귀해 보석보다 더 비쌌다. 그녀는 롤로의 속 깊은 배려가 고마웠다.

사람들이 물어보면 로마로 가는 아일랜드 수녀들이라고 말하기로 했다. 그런데 강을 벗어날 무렵 캐리스는 이 지역 주민들이 그들의 억양을 듣고 영국인인 것을 알아챌지도 모른다는 생각에 불안해졌다.

주민은 별로 보이지 않았다. 부서진 문짝과 박살난 덧문이 그곳에 있는 집들이 빈집이라는 사실을 알려주고 있었다. 일대에 유령 같은 적막이 감돌았다. 물건을 사라고 외치는 상인도, 아웅다웅하는 아이들도 보이지 않았고, 교회 종소리도 들리지 않았다. 유일한 활동은 매장뿐이었다. 전투가 벌어진 지 일주일도 지났지만 표정이 굳은 남자들이 무리지어 집집을 돌아다니면서 시신을 끌어내 수레에 싣고 있었다. 영국군이 남녀노소 가리지 않고 학살이라도 한 것 같았다. 그들은 묘지에 커다란 구덩이를 파놓은 성당을 지났다. 사람들이 관도 없고 수의조차 입히지 않은 시신을 그 구덩이 속에 던져넣었고, 한 사제가 매장식을 거행하며 쉴새없이 조의문을 읊조리고 있었다. 그 악취는 말로 형언하기 어려울 정도였다.

옷을 잘 차려입은 한 남자가 그들에게 인사를 하고는 도울 일이 있느냐고 물었다. 외부에서 온 종교인들에게 혹시라도 해가 가지 않을까 염려하는 그의 주인 같은 태도는 그가 이 도시의 유력 인사라는 것을 암시했다. 캐리스는 도와주겠다는 그의 제의를 사양했는데, 그가 쓰는 노

* 오른강의 왼쪽 지류.

르망디 방언이 잉글랜드 귀족들이 쓰는 말과 다르지 않다는 점에 유의했기 때문이다. 어쩌면 하류계층은 저마다 다른 방언을 구사하는데 지배계층은 국제적으로 통용되는 억양을 쓰는 것일지도 몰랐다.

두 수녀는 유령이 나올 것 같은 거리를 벗어나자 내심 기뻐하며 도시를 빠져나와 동쪽 길을 선택했다. 시골 역시 인적이 없기는 마찬가지였다. 캐리스의 혓바닥에는 재냄새가 나는 쓴맛이 계속 감돌았다. 길 양편 밭과 과수원은 모두 불에 타버렸다. 몇 마일마다 한때 마을이었으나 숯처럼 불타버린 폐허를 지나쳤다. 농부들은 군대가 오기 전에 달아났거나 화재에 죽은 것이 분명했다. 살아 있는 것은 거의 보이지 않았다. 새들과 이따금 군대가 미처 약탈하지 못한 돼지나 닭, 타다 남은 차가운 파편 더미 속에서 주인의 냄새를 찾아다니는 개가 간혹 보일 뿐이었다.

두 사람의 다음 목적지는 캉에서 말을 타고 반나절 걸리는 거리에 있는 수녀원이었다. 그들은 가능하다면 킹스브리지에서 포츠머스까지 오는 동안 그랬듯 수녀원이나 수도원, 구호소 같은 종교 시설에서 밤을 보내고 싶었다. 그들은 캉과 파리 사이에 있는 쉰한 군데 시설의 명칭과 위치를 알고 있었다. 에드워드 왕이 남긴 불탄 자취를 따라가는 노정에서 그런 시설만 찾을 수 있다면 숙식은 무료일 테고 도둑들로부터도 안전할 것이었다. 시실리어 수녀원장이라면 이 두 가지 이점 외에 술이나 남자 같은 세속적 유혹으로부터도 안전할 거라고 덧붙였을 것이다.

시실리어의 직감은 날카로웠지만, 캐리스와 마이어 사이에 다른 종류의 유혹이 있다는 것은 눈치채지 못했다. 그것 때문에 처음에 캐리스는 함께 가겠다는 마이어의 청을 거절했다. 빠르게 이동하는 데 집중할 생각이었던 그녀는 애욕이 얽힌 관계 때문에, 혹은 그런 관계를 거절하느라 자신의 임무를 복잡하게 만들고 싶지 않았다. 그러나 한편으로는 용기 있고 영리한 동반자가 있으면 했다. 지금은 자신의 선택이 다행스러웠다. 수녀원을 통틀어 마이어는 프랑스를 관통해 영국군을 뒤쫓아 갈 만한 배짱을 지닌 유일한 인물이었다.

캐리스는 출발 전 그녀에게, 여행하는 동안 둘 사이에 육체적인 관계 같은 일이 있어서는 안 된다고 솔직하게 말하기로 마음먹었었다. 무엇보다도 그런 모습이 사람들 눈에 띄기라도 한다면 적지 않은 곤경에 처할 수 있었다. 하지만 솔직하게 그런 대화를 나눌 기회를 잡지 못하고 말았다. 결국 여전히 하지 않은 말을 남겨둔 채 두 사람은 지금 이곳 프랑스에 와 있었다. 두 사람 사이에는 마치 눈에 보이지 않는 제삼의 여행자가 소리 없는 말을 타고 끼여 있는 것 같았다.

정오에 그들은 숲 언저리에 있는 개울가에서 말을 멈췄다. 그곳에는 말이 풀을 뜯을 만한 풀밭이 불에 타지 않은 채 남아 있었다. 캐리스가 롤로가 준 햄을 얇게 자르는 동안 마이어는 가방에서 포츠머스에서 가져온 묵은 빵 한 덩어리를 꺼냈다. 그들은 냇물을 마셨지만 물에서도 재의 맛이 났다.

캐리스는 한시바삐 떠나고 싶었지만, 하루 중 가장 더운 시간에 말들이 쉴 수 있도록 조급한 마음을 억눌렀다. 얼마 후 떠날 채비를 하다가 그녀는 누군가 자신을 바라보고 있는 것을 알고 깜짝 놀랐다. 그녀는 한 손에는 햄을, 다른 한 손에는 나이프를 든 채 얼어붙었다.

"무슨 일이에요?" 마이어가 묻고 나서 캐리스의 시선을 좇다가 무슨 일인지 알았다.

몇 야드 떨어진 나무 그늘에서 두 남자아이가 그들을 빤히 응시하고 있었다. 아주 어려 보였지만 얼굴에 검댕이 잔뜩 묻고 옷이 더러워서 장담할 수는 없었다.

잠시 후 캐리스가 노르망디 방언으로 그들에게 말했다. "안녕, 너희에게 하느님의 가호가 있기를."

그들은 대꾸하지 않았다. 캐리스는 아이들이 어떻게 해야 좋을지 모르는 거라고 짐작했다. 하지만 무엇을 할 수 있다고 생각하는 걸까? 약탈? 강간? 아이들은 약탈자라고 해도 좋을 얼굴을 하고 있었다.

그녀는 겁이 났지만 침착하게 생각하기로 했다. 분명 굶주리고 있을 테니 다른 생각을 할 리가 없어, 그녀는 추측했다. 캐리스가 마이어에게 말했다. "그 빵을 큼직하게 두 조각만 잘라줘요, 어서요."

마이어가 빵에서 두 조각을 두툼하게 잘라냈다. 캐리스는 빵의 크기에 맞게 햄을 잘랐다. 그런 다음 빵에다 햄을 얹어 마이어에게 주며 말했다. "이걸 저 아이들에게 하나씩 줘요."

마이어는 겁을 먹은 듯했지만 거침없는 걸음걸이로 풀밭을 가로질러 가서 남자아이들에게 음식을 내밀었다.

그들은 잡아채듯 빵을 가져가더니 게걸스레 먹었다. 캐리스는 자신의 짐작이 들어맞았다고 생각하고 행운의 별에게 감사했다.

그녀는 재빨리 햄을 안장주머니에 넣고 나이프를 허리춤에 꽂은 뒤 블래키의 등에 올라탔다. 마이어도 마찬가지로 빵을 넣고 스탬프에 올랐다. 일단 말 등에 오르자 훨씬 안전한 느낌이 들었다.

그때 두 남자아이 가운데 키가 큰 쪽이 두 사람을 향해 빠른 걸음으로 다가왔다. 캐리스는 말의 옆구리를 차서 그대로 떠나버리고 싶은 충동을 느꼈지만 그럴 새도 없이 남자아이가 그녀의 말고삐를 잡았다. 그리고 입안 가득 음식을 문 채 말했다. "고맙습니다." 지방 사투리가 심하게 섞인 억양이었다.

"내가 아니라 하느님에게 감사드려. 그분이 너희를 도우라고 나를 보내신 거니까. 그분이 너희를 지켜보고 계신단다. 하느님은 세상 모든 것을 다 보고 계시지." 캐리스가 말했다.

"가방에 고기가 더 있어요?"

"하느님이 그걸 줄 사람을 일러주실 거다."

아이가 그 말에 대해 생각해보는 사이 잠시 말이 끊겼다. "저를 축복해주세요." 아이가 말했다.

캐리스는 축복하는 자세를 취하기 위해 마지못해 오른팔을 뻗었다. 그러자 손이 허리춤에 찬 나이프에서 너무 멀어졌다. 사람들이 흔히 지니고 다니며 음식을 먹을 때 쓰는 날이 짧은 나이프에 불과했지만, 그 정도면 고삐를 잡고 있는 손등을 베어 손을 놓게 만들 수 있었다.

다음 순간 한 가지 생각이 떠올랐다. "자, 이제 무릎을 꿇어라."

아이는 머뭇거렸다.

"축복을 받으려면 무릎을 꿇어야 해." 그녀는 약간 언성을 높였다.

아이가 손에 음식을 든 채 천천히 무릎을 꿇었다.

캐리스는 다른 아이에게로 시선을 돌렸다. 잠시 후 그 아이도 똑같이 무릎을 꿇었다.

캐리스는 두 아이를 축복해준 뒤 블래키의 옆구리를 걷어차며 속보로 그 자리를 떠났다. 잠시 후 그녀는 뒤를 돌아보았다. 마이어가 바짝 뒤따르고 있었다. 굶주린 두 아이는 멀거니 서서 그들을 바라보고 있었다.

그날 오후 말을 타고 가는 동안 캐리스는 걱정스러운 마음으로 그 일을 곰곰이 되짚어보았다. 햇살이 환했다. 흡사 지옥에서 맞는 맑은 날 같았다. 시간이 지나면서 캐리스는 군데군데 자리잡은 숲이나 불탄 헛간에서 단속적으로 연기가 솟아오르고 있긴 하지만 시골에 사람이 전혀 없는 것은 아님을 깨달았다. 영국군의 화마를 피한 밭에서 콩을 수확하는 임산부가 보이기도 했고, 검게 그슬린 영주 저택의 돌벽 틈에서 겁에 질린 얼굴로 내다보는 두 아이를 보았으며, 숲 언저리에서 남자들이 썩은 고기를 먹는 짐승처럼 모종의 목적을 가지고 바짝 경계하며 돌아다니는 모습도 보았다. 그런 남자들을 본 캐리스는 불안했다. 그들은 굶주린 것 같았고, 굶주린 남자는 위험한 존재였다. 그녀는 빨리 가는 것이 문제가 아니라 안전에 대해 걱정해야 하는 게 아닐까 생각했다.

그들이 묵기로 마음먹었던 종교 시설을 찾아가는 것이 생각보다 어려워지고 있었다. 영국군이 지나간 자리가 이토록 황폐해졌으리라고는 예상하지 못했다. 그녀는 농부들이 길을 알려줄 거라 짐작했었다. 그러나 장날에 가본 가까운 도시 외에 여행이라고는 해본 적이 없는 사람들에게 그런 정보를 얻기는 쉽지 않았을 것이다. 그러나 지금 그녀가 대화를 나눌 수 있는 상대는 사람들 눈을 피해 숨거나, 겁에 질렸거나, 약탈하려는 사람들뿐이었다.

그녀는 태양의 위치를 보고 자신들이 동쪽으로 가고 있다는 것을 알았고, 단단한 진흙땅에 깊이 팬 수레바퀴 자국을 보고 주도로를 가고 있다고 판단했다. 오늘밤 가야 할 곳은, 마을 중심부에 있는 수녀원의 이름을 딴 오피탈 데 쇠르(수녀회 구호소) 마을이었다. 앞쪽으로 드리워진 그림자가 점점 길어지자 캐리스는 다급해져서 길을 물어볼 만한 사람이 있는지 두리번거렸다.

아이들은 그들이 접근하면 겁을 먹고 달아났다. 굶주린 남자들에게 말을 붙이는 위험을 감수할 만큼 아직 필사적인 것은 아니었다. 캐리스는 여자를 만나게 되기만 바랐다. 어디에서도 젊은 여자는 찾아볼 수 없었는데, 캐리스는 여자들이 영국군의 약탈의 손길에 희생된 것은 아닐까 하는 희미한 의혹을 품었다. 간혹 멀리서 몇몇 사람이 화마를 피한 밭에서 추수하는 광경이 눈에 띄기는 했지만 길에서 멀리 떨어진 그곳까지 가는 건 내키지 않았다.

마침내 꽤 잘 지은 석조주택 옆 사과나무 밑에 앉아 있는, 주름투성이의 노파를 발견했다. 노파는 익지도 않은 사과를 따서 먹고 있었다.

노파는 겁에 질린 표정을 지었다. 캐리스는 덜 위협적으로 보이기 위해 말에서 내렸다. 노파는 그 초라한 음식을 옷자락 사이에 감췄을 뿐 달아날 기력은 없는 듯했다.

캐리스는 정중하게 말을 걸었다. "안녕하세요, 이 길이 오피탈 데 쇠르로 가는 길이 맞는지 여쭤도 될까요?"

노파는 진정이 된 듯 비교적 알아들을 만한 답변을 해줬다. 그녀는 그들이 가고 있던 방향을 손으로 가리켰다. "저 숲을 지나고 저쪽 언덕을 넘어가면 되지."

노파에게는 이가 하나도 남아 있지 않았다. 익지도 않은 사과를 잇몸으로 먹는 건 거의 불가능했다. 캐리스는 노파가 가여웠다. "얼마나 멀죠?"

"먼길이지."

노파의 나이면 거리가 얼마든 다 멀기 마련이다. "해질녘까지 도착할 수 있을까요?"

"말을 타고 간다면야."

"고맙습니다."

"나도 딸이 하나 있었지." 노파가 말했다. "손자는 둘이나 있었고. 열네 살과 열여섯 살짜리 착한 아이들이었는데."

"정말 안됐군요."

"영국 놈들 때문이야." 노파가 말했다. "지옥불에 타죽었으면 좋겠어."

노파의 머릿속에는 캐리스와 마이어가 영국인일지도 모른다는 생각은 없는 게 분명했다. 그 순간 캐리스의 경계가 풀렸다. 이 시골 사람들은 낯선 사람의 국적을 알아보지 못했다. "손자들 이름이 뭐였어요, 할머니?"

"질과 장."

"질과 장의 영혼을 위해 기도드리겠어요."

"혹시 빵 같은 것 없나?"

캐리스는 혹시라도 부근에 숨어서 금방이라도 뛰어들 준비를 하고 있는 사람이 없는지 살펴보았지만 이곳에는 그들뿐이었다. 캐리스가 마이어에게 고개를 끄덕여 보이자 마이어가 안장주머니에서 남은 빵을 꺼내 노파에게 건넸다.

노파는 잡아채듯 빵을 가져가 잇몸으로 씰며 먹기 시작했다.

캐리스와 마이어는 말을 타고 그곳을 떠났다.

"그렇게 내주다가는 우리가 굶어죽게 될 거예요." 마이어가 말했다.

"알아요. 하지만 어떻게 안 그래요?"

"우리가 죽으면 임무도 완수할 수 없어요."

"무엇보다도 우리는 수녀예요." 캐리스는 쏘아붙이듯 받아쳤다. "불행한 사람을 보면 도와야죠. 우리가 언제 죽을지는 하느님에게 맡기고요."

마이어는 깜짝 놀랐다. "자매님이 그런 말을 하는 건 처음 봐요."

"아버지는 도덕에 대해 설교하는 사람들을 싫어하셨어요. 도덕에 어긋나지 않게 살 때는 모두가 선하다고 말씀하셨죠. 그럴 때는 도덕이 문제가 되지 않는다고요. 뭔가 나쁜 짓을 하려 할 때, 부정한 방법으로 큰돈을 벌려 한다거나 이웃집 아내의 귀여운 입술에 입을 맞추려 하거나 궁지에서 빠져나오기 위해 거짓말을 하거나 하는 사람들에게 필요한 것은 규칙이라고요. 아버지는 정직함이란 칼과 같다고 하셨죠. 그것을 시험하게 될 때까지는 함부로 휘둘러서는 안 된다고. 칼에 대해서는 아무것도 아는 게 없는 분이셨지만."

마이어는 한동안 아무 말이 없었다. 캐리스가 방금 한 말을 곰곰이 생각해보는 중이거나, 입씨름을 포기한 것이겠지만, 어느 쪽인지는 알 수 없었다.

아버지에 대한 이야기가 나올 때마다 캐리스는 자신이 아버지를 얼마나 그리워하는지를 깨달았다. 어머니가 죽자 아버지는 그녀의 인생에서 주춧돌 같은 존재가 됐다. 아버지는 그녀가 공감이나 이해를 구할 때, 날카로운 충고든 단순한 지식이든 그녀가 필요할 때 언제나 그녀 곁에 있어주었다. 아버지는 세상물정에 아주 밝았다. 그런데 이제 그녀 곁에는 아무도 없었다.

두 사람은 노파가 말한 대로 숲을 지나 오르막길을 올랐다. 야트막한 골짜기 아래로 불타버린 마을이 보였는데, 작은 수녀원처럼 보이는 석조건물 몇 채가 모여 있는 광경이 다른 마을들과 달랐다. "저기가 오피탈 데 쇠르가 틀림없어요. 하느님 감사합니다." 캐리스가 말했다.

그곳에 다가가는 동안 캐리스는 그동안 자신이 수녀원 생활에 얼마나 익숙해져 있었는지 깨달았다. 언덕을 내려가면서 그녀는 자기도 모르게, 손을 씻는 의식과 침묵 속의 식사, 해질녘 취침, 심지어 새벽 세시의 시과전례까지 고대하고 있었다. 온종일 황폐한 풍경을 지나쳐와서인지 회색 돌벽이 주는 안전한 느낌은 자못 유혹적이기까지 해서, 그녀는 지친 블래키의 옆구리를 차며 속보로 내달았다.

그러나 인기척이 없었다. 정말 놀라운 건 그것이 아니었다. 어차피 마을에 있는 작은 규모의 수녀원이었기 때문에 킹스브리지 같은 큰 수도원에서 볼 수 있는 부산스럽고 북적대는 광경은 기대하지 않았다. 그래도 하루 이맘때면 주방에서 저녁식사를 준비하는 한줄기 연기는 피어올라야 했다. 하지만 가까이 다가갈수록 불길한 조짐들이 눈에 띄면서 서서히 실망감에 싸이기 시작했다. 성당처럼 생긴 가장 가까이에 있는 건물은 지붕이 사라진 것 같았다. 창문이 있던 자리도 덧창도 유리창도 없이 텅 빈 구멍뿐이었다. 연기에 검게 그슬린 돌벽도 있었다.

종소리도 말구종이나 부엌 하인이 외치는 소리도 들리지 않고 이를 데 없이 고요했다. 사람이 없는 듯했다. 말을 멈춰 세운 캐리스는 낙담했다. 마을의 모든 집이 그렇듯 이곳 역시 불에 탄 것이었다. 돌벽은 대부분 온전히 서 있었지만, 목제 지붕은 내려앉고 문짝과 다른 목조부는 불타고 유리창은 산산조각이 나 있었다.

마이어가 믿지 못하겠다는 듯이 물었다. "수녀원에까지 불을 지른 걸까요?"

충격을 받기는 캐리스도 마찬가지였다. 지금까지 그녀는 아무리 침략군이라도 교회는 손대지 않는다고 굳게 믿고 있었다. 사람들은 그것을 철칙으로 알고 있었다. 지휘관은 성소를 모독한 병사를 주저하지 않고 처단할 거라고 생각했다. 그녀 역시 그것에 대해 전혀 의심하지 않았다. "정말 대단한 기사도로군." 그녀는 중얼거렸다.

두 사람은 말에서 내려 숯이 되어버린 들보와 벽돌 잔해들 사이로 조심스레 발을 내디디며 수녀원 안쪽 주거 구역을 향해 걸어갔다. 부엌문 쪽으로 다가가고 있을 때 마이어가 비명을 질렀다. "하느님 맙소사, 저게 뭐예요?"

캐리스는 그것이 무엇인지 알았다. "수녀의 시신이군요." 땅바닥에 놓인 시신은 알몸이었지만 수녀인 듯 머리가 짧았다. 무슨 이유인지는 모르지만 시신에는 불길이 닿지 않았다. 그녀는 죽은 지 일주일쯤 된 듯했다. 새들이 이미 눈알을 파먹었고 먹을 것을 찾던 짐승들이 얼굴 이곳저곳을 뜯어먹은 것 같았다.

젖가슴은 칼로 도려진 상태였다.

마이어가 경악한 어조로 말했다. "영국군이 이런 짓을 저질렀을까요?"

"글쎄요, 적어도 프랑스군이 한 짓은 아니겠죠."

"우리 병사들과 함께 싸우는 외국인들도 있잖아요? 웨일스인이라든가 독일인들 말이에요. 그들 소행일지도 몰라요."

"그들도 모두 우리 국왕의 지휘 아래 싸우고 있어요." 캐리스가 비난조로 싸늘하게 대꾸했다. "그들을 데려온 건 국왕이니까요. 그들이 한 짓은 그의 책임이죠."

두 사람은 그 끔찍한 광경을 망연히 바라보았다. 그때 시신의 입에서 생쥐가 기어나왔다. 마이어는 비명을 지르며 고개를 돌렸다.

캐리스는 그녀를 안아줬다. "진정해요." 그녀는 단호한 어조로 말했지만 손으로는 마이어의 등을 쓸어주었다. "자, 여기서 나가죠." 잠시 후 그녀가 말했다.

그들은 말이 있는 곳으로 돌아왔다. 캐리스는 죽은 수녀를 묻어주고 싶은 마음을 억눌렀다. 지금 지체하면 해질녘에도 이곳을 떠나지 못할 것이다. 하지만 어디로 가야 할까? 그들은 원래 이곳에서 밤을 보낼 계획이었다. "사과나무 밑에 있던 노파에게 가봐야겠어요." 캐리스가 말했다. "그 집은 캉을 떠난 이후 우리가 본 집 중에서 유일하게 온전했으니까요." 그녀는 뉘엿뉘엿 넘어가는 해를 불안하게 곁눈질했다. "말을 재촉하면 깜깜해지기 전에 도착할 수 있을 거예요."

그들은 지친 말을 다그치며 온 길을 되짚어 돌아갔다. 그들 정면에서 해가 바삐 수평선 아래로 저물고 있었다. 마지막 남은 빛이 사라질 무렵 그들은 사과나무가 있는 그 집에 도착했다.

두 사람을 본 노파는 음식을 나누어줄지 모른다는 기대감에 반가워했다. 수녀들은 어둠 속에서 노파와 음식을 나눠먹었다. 노파의 이름은 잔이었다. 불은 없었지만 날씨가 온화해서 세 여자는 모포를 뒤집어쓴 채 나란히 누워서 잤다. 집주인을 완전히 믿지 못한 캐리스와 마이어는 식품이 든 안장주머니를 끌어안고 잤다.

캐리스는 한동안 잠을 이루지 못했다. 포츠머스에서 오래 지체했지만 이제 본격적으로 움직이기 시작했다는 것이 만족스러웠고, 지난 이틀 동안 꽤 진전이 있었다. 리처드 주교를 찾을 수만 있다면 주교는 분명 고드윈에게 수녀원의 돈을 갚으라고 지시할 거라 확신했다. 주교는 청렴의 본보기는 아니지만 편견이 없는 편이어서, 특별한 열의는 없을지 몰라도 비교적 공정한 정의를 지켰다. 그래서 고드윈도 마녀재판에서 자기 마음대로 하지 못했던 것이다. 그녀는 리처드 주교를 설득해 고드윈에게 수도원 자산을 처분해서라도 수녀원의 돈을 갚아야 한다는 지시를 담은 서한을 작성하도록 할 자신이 있었다.

하지만 자신과 마이어의 안전이 걱정스러웠다. 병사들이 수녀를 건드리지 않을 거라 생각한 것은 완전한 오산이었다. 오피탈 데 쇠르에서 본 광경이 그것을 명확히 깨닫게 해줬다. 그녀와 마이어는 변장할 필요가 있었다.

이른 새벽에 잠을 깬 캐리스는 잔에게 물었다. "당신 손자들이 입던 옷이 아직 있나요?"

노파는 나무 궤짝을 열었다. "마음대로 꺼내 가시게. 입을 사람도 없으니까." 그러고 나서 노파는 물통을 들고 물을 뜨러 나갔다.

캐리스는 궤짝에 든 옷을 고르기 시작했다. 노파는 돈을 달라고 하지 않았다. 사람이 너무 많이 죽어서 옷은 돈으로 바꿀 만한 값어치가 없기 때문이었다.

"지금 뭐하는 거예요?" 마이어가 물었다.

"수녀는 안전하지 못해요." 캐리스가 대답했다. "이제부터 우리는 소영주의 시종들이에요. 브르타뉴 지방의 롱상에 있는 피에르 나리 밑에서 일하는 시종들이요. 피에르는 흔한 성이고 롱샹이라는 지명도 여러 곳일 거예요. 나리가 영국군에게 포로로 잡혀 마님이 몸값을 협상하라고 우리를 보낸 거예요."

"좋아요." 마이어가 흔쾌히 말했다.

"질과 장은 열네 살과 열여섯 살이었으니 다행히도 그애들 옷은 우리에게 맞을 거예요."

캐리스는 튜닉과 레깅스, 두건 달린 망토를 골랐는데, 모두 염색하지 않은 탁한 갈색 모직이었다. 마이어 역시 비슷한 것으로 짧은 소매가 달린 녹색 옷과 속셔츠를 골랐다. 여자들과 달리 남자들은 속바지를 입었는데, 다행스럽게도 잔은 죽은 가족의 속옷들까지 정성껏 빨아놓은 것 같았다. 캐리스와 마이어는 신은 그대로 신기로 했다. 수녀들이 주로 신는 실용적인 신발은 남자들 것과 별반 다르지 않았다.

"이제 이 옷들을 입는 건가요?" 마이어가 물었다.

두 사람은 수도복을 벗었다. 옷을 벗은 마이어를 본 적이 없던 캐리스는 훔쳐보고 싶은 참기 힘든 유혹을 느꼈다. 동료의 알몸을 본 그녀는 숨이 멎는 듯했다. 마이어의 피부는 분홍색 진주처럼 빛났다. 가슴은 풍만하고 유두는 소녀처럼 연했으며, 금빛 음모는 풍성했다. 캐리스는 문득 자신의 몸이 그다지 예쁘지 않다는 사실을 의식했다. 그녀는 시선을 돌리고 재빨리 자신이 고른 옷을 입기 시작했다.

그녀는 머리를 넣어 튜닉을 입었다. 발목이 아니라 무릎까지만 내려온다는 점을 제외하면 여자옷 같았다. 그런 다음 속바지와 레깅스를 입고 신을 신고 허리띠를 둘렀다.

"나 어때요?" 마이어가 물었다.

캐리스는 마이어를 돌아보았다. 짧은 금발에 남자애들이 쓰는 모자를 비스듬히 쓴 마이어가 싱긋대며 웃고 있었다. "정말 즐거워하는 것 같은데요!" 캐리스가 놀랐다는 투로 말했다.

"나는 늘 남자옷을 좋아했어요." 그러면서 마이어는 좁은 방안을 활보했다. "남자들은 이런 식으로 걷죠. 언제나 필요 이상으로 발을 멀리 떼어놓으면서요." 흉내가 그럴싸해서 캐리스는 웃음을 터뜨렸다.

문득 떠오른 생각에 캐리스는 기겁했다. "그럼 이제부터 서서 오줌을 눠야 할까요?"

"그럴 수는 있지만 바지를 입은 채로는 안 돼요. 그러면 빗나가기 십상일 테니까요."

캐리스가 킥킥대며 웃었다. "그렇다고 바지를 벗을 수는 없어요. 돌풍이라도 불면…… 변장이 들통날 테니까요."

마이어도 웃었다. 그런 다음 캐리스를 빤히 응시했는데, 좀 이상하기는 했지만 전혀 낯설지 않았다. 그녀는 캐리스를 위아래로 훑어보았고, 둘의 시선이 마주쳤을 때도 눈을 돌리지 않았다.

"지금 뭐하는 거예요?" 캐리스가 물었다.

"남자가 여자를 바라보는 눈길이에요. 남자는 마치 여자를 소유한 것처럼 바라보죠. 하지만 조심해야 해요. 남자를 이런 식으로 쳐다봤다가는 싸우려고 덤벼들 테니까요."

"이 일은 내가 처음 생각했던 것보다 더 어려울 것 같아요."

"자매님은 정말 예뻐요. 얼굴을 좀 더럽혀야겠어요." 마이어는 말하고 난로에 가서 손에 검댕을 묻혀 돌아왔다. 그러고는 검댕을 캐리스의 얼굴에 문질렀다. 그녀의 손길은 거의 애무처럼 느껴졌다. 내 얼굴은 예쁘지 않아. 캐리스는 생각했다. 예쁘다고 한 사람은 하나도 없었어. 물론 머딘만 빼면……

"너무 많이 칠했나봐요." 얼마 후 마이어는 다른 손으로 캐리스의 얼굴에서 검댕을 약간 닦아냈다. "좀 낫군요." 그런 다음 캐리스의 손에 검댕을 묻혀줬다. "이제 나한테도 묻혀줘요."

캐리스는 수염이 거뭇한 것처럼 마이어의 턱과 목에 엷게 검댕을 펴 발랐다. 그렇게 얼굴을 바라보며 부드럽게 피부를 어루만지자 아주 친밀한 느낌이 들었다. 그녀는 마이어의 이마와 뺨에도 검댕을 발랐다. 그러자 잘생긴 남자처럼 보였다. 절대 여자처럼 보이지는 않았다.

두 사람은 서로의 모습을 면밀히 살펴보았다. 활처럼 굽은 마이어의 붉은 입술에 미소가 어렸다. 캐리스는 뭔가 중요한 일이 벌어질 것 같은 예감을 느꼈다. 다음 순간 누군가의 목소리가 들렸다. "수녀님들은 어디 갔지?"

두 사람은 죄책감을 느끼며 몸을 돌렸다. 노파가 무거운 물통을 들고 두려운 표정을 지으며 문가에 서 있었다. "그 수녀님들한테 무슨 짓을 한 거냐?"

캐리스와 마이어가 웃음을 터뜨리자 잔은 눈치챘다. "정말 감쪽같이 변장했네!" 노파가 탄성을 질렀다.

그들은 물을 마셨고, 아침식사로 남겨둔 훈제생선을 나눠먹었다. 캐리스는 음식을 먹으면서, 노파가 자신들을 알아보지 못한 것은 좋은 징조라고 생각했다. 조심만 한다면 무사히 해낼 수 있을 것 같았다.

두 사람은 잔과 헤어져 말을 타고 떠났다. 오피탈 데 쇠르 못 미쳐 언덕길을 오르는 동안 태양이 정면에서 떠올랐다. 붉은 햇살이 수녀원을 비추자 폐허가 여전히 불타고 있는 것처럼 보였다. 캐리스와 마이어는 파편 더미 속에 누워 있는 수녀의 훼손된 시신에 대해 되도록 생각하지 않으려 애쓰면서 빠른 속도로 그곳을 지나 해가 뜨는 쪽으로 말을 타고 나아갔다.

47

8월 22일 화요일, 영국군은 패주하고 있었다.

랠프 피츠제럴드는 어떻게 일이 그렇게 됐는지 알 수 없었다. 그들은 약탈과 방화를 자행하면서 노르망디 지방을 서쪽에서 동쪽으로 물밀듯이 진군했고, 아무도 그들에게 저항하지 못했다. 랠프에게는 이런 일이 적성에 맞았다. 행군하는 병사는 음식이든 보석이든 여자든 눈에 띄는 것은 무엇이든 가리지 않고 손에 넣을 수 있었고, 길을 가로막는 자는 누구든 죽일 수 있었다. 그는 진작부터 그렇게 살았어야 했다.

국왕은 랠프의 마음에 딱 드는 유의 인물이었다. 에드워드 3세는 전쟁을 좋아했다. 전쟁을 벌이지 않을 때면 특별히 고안한 제복을 입는 기사단을 조직해 서로 모의 전투를 벌이는, 비용이 많이 드는 시합에 전념했다. 또한 전쟁에 나설 때는 목숨을 걸고 돌격대나 습격대를 이끌 만반의 태세를 갖추었다. 그는 킹스브리지 상인들처럼 손익을 저울질하면서 주저하는 법이 없었다. 나이든 기사들과 백작들은 왕이 잔인하다고 말이 많았고, 캉에서 벌인 고의적인 집단 강간 같은 사건이 일어날 때마다 항의를 했지만, 에드워드는 개의치 않았다. 캉의 시민 몇 명이 자신들의 집을 약탈하는 병사들에게 돌을 던졌다는 소리를 들은 왕은 시민 전원을 죽이라고 명령을 내렸다가 고드프리 드 하커트 경을 비롯한 신하들의 거센 항의에 부딪히자 보복 수준을 낮췄다.

일이 틀어지기 시작한 것은 그들이 센강에 도착했을 때부터였다. 루앙에 이른 그들은 다리가 파괴됐고 강 맞은편의 도시에 막강한 방어 태세가 갖춰져 있다는 것을 알았다. 프랑스의 왕 필리프 6세가 직접 대군을 이끌고 그곳에 와 있었다.

영국군은 도강할 곳을 찾아 상류 쪽으로 진군했지만 가는 곳마다 필리프가 이미 와서 기다리고 있었고, 다리는 강력하게 수비되고 있거나 아예 파괴된 상태였다. 그들은 파리에서 20마일밖에 떨어지지 않은 푸아시까지 나아갔다. 랠프는 프랑스의 수도를 공격할 거라 예상했지만 좀더 노련한 군인들은 안 된다고 고개를 저었다. 파리는 인구 5만의 대도시이며 지금쯤 캉의 소식을 모두 들었을 테고, 따라서 적군의 자비를 기대할 수 없다는 것을 안 그들이 사생결단을 낼 각오로 덤빌 것이라는 게 이유였다.

파리를 공격하는 것이 아니라면 왕은 무슨 계획을 품고 있을까? 그것을 아는 사람은 없었다. 어쩌면 무자비한 파괴 행위를 자행하는 것 말고는 다른 계획이 없는 게 아닐까 하는 생각도 들었다.

푸아시 시는 소개된 상태였다. 공병들이 프랑스군 공격을 물리쳐가면서 가까스로 다리를 재건한 끝에 마침내 영국군은 강을 건널 수 있었다.

그러나 그때쯤 필리프 왕이 영국군보다 훨씬 규모가 큰 대군을 집결시켜놓았다는 사실이 밝혀졌다. 에드워드 왕은 프랑스 북동부를 침공 중인 앵글로-플랑드르군과 연합할 목적으로 북쪽으로 진격하기로 마음먹었다.

필리프 왕이 그들을 추격했다.

영국군은 오늘 또하나의 큰 강인 솜강 남쪽에 진을 쳤고, 프랑스군은 센강 때와 같은 전략을 썼다. 돌격대와 정찰대는 모든 다리가 파괴됐고 강변 도시들의 방어가 모두 강력하다고 보고했다. 그보다 더 불길한 소식은, 어느 영국군 지대가 강 맞은편에서 필리프의 가장 악명 높고 무서운 동맹인 보헤미아의 맹인 왕 얀의 깃발을 보았다는 것이었다.

에드워드 왕이 전쟁을 시작했을 때 병력은 1만 5천 명이었다. 육 주 동안 전쟁을 치르면서 그중 상당수가 전사했거나, 탈영해서 안장 가득 금을 채우고 고국으로 돌아갔다. 랠프는 남은 병력이 1만쯤 되리라고 추산했다. 첩자들의 보고를 종합해보면 필리프 왕은 상류 쪽으로 몇 마일 떨어진 아미앵에 6만의 보병과 1만 2천의 기병을 주둔시키고 있다는 것인데, 수적으로 압도적인 우세였다. 랠프는 처음 노르망디에 발을 내디딘 이래 어느 때보다 근심에 싸였다. 영국군은 궁지에 몰려 있었다.

다음날 그들은 하류의 아브빌까지 진군했는데, 그곳에는 솜강이 어귀로 접어들며 강폭이 넓어지기 전 마지막 다리가 있는 곳이었다. 하지만 그 도시의 시민들이 오랜 세월 막대한 자금을 투입해 견고한 성벽을 만들어놓은 덕분에 영국군에게는 난공불락이었다. 자부심이 대단한 그 도시 시민들은 대대적으로 기사들을 보내 영국군 전초 부대를 공격했고, 한바탕 격렬한 전초전을 벌인 뒤에야 병사들과 함께 성안으로 퇴각했다.

필리프 왕의 군대가 아미앵을 떠나 남쪽에서부터 진격해 올라오자, 에드워드는 자신이 삼각형 속에 갇혔다는 것을 알았다. 오른쪽에는 강어귀가, 왼쪽에는 바다가, 그리고 뒤에는 야만적인 침략군의 피를 노리는 프랑스군이 있었다.

그날 오후 롤런드 백작이 랠프를 보러 왔다.

랠프는 지난 칠 년간 롤런드의 수행원으로서 전투를 치러왔다. 백작은 이제 더이상 랠프를 미숙한 아이로 여기지 않았다. 아직도 랠프를 그다지 좋아하지 않는 듯했지만, 존중하는 건 분명했다. 백작은 전선의 약점을 보완하거나 돌격대를 지휘하거나 습격을 감행할 때는 언제나 랠프를 동원했다. 랠프는 왼손 손가락을 세 개 잃었고, 1342년 낭트 외곽에서 한 프랑스 병사의 창 자루에 맞아 정강이뼈에 금이 간 뒤로 피로할 때는 다리를 절었다. 그럼에도 국왕은 아직 랠프에게 기사 작위를 수여하지 않았고, 그 때문에 랠프는 씁쓸한 분개심에 사로잡혀 있었다. 많은 노획물을 모아두었지만—그 대부분은 런던 금 세공인에게 안전하게 맡겨두었다—랠프는 여전히 불만이었다. 그는 자신의 아버지 역시 그와 똑같이 불만스러워할 거라 생각했다. 제럴드와 마찬가지로 랠프 역시 돈이 아니라 명예 때문에 싸웠다. 하지만 오랜 시간이 흘렀지만 랠프는 귀족 서열에서 단 한 계단도 오르지 못한 상태였다.

롤런드 백작이 나타났을 때 랠프는 밀밭에 앉아 있었는데, 익어가던 밀밭은 군대의 발에 짓밟혀 완전히 결딴났다. 그는 앨런 펀힐과 대여섯 명의 동료와 함께 양파를 넣은 콩죽으로 울적한 식사를 하던 중이었다. 식량은 바닥나고 있었고 육류는 이미 떨어졌다. 랠프 역시 다른 병사들과 마찬가지로 끊임없는 행군으로 지치고, 부서진 교량과 완강하게 방어된 도시들과 계속 맞닥뜨린 통에 기가 꺾이고, 프랑스군이 그들을 따라잡았을 때 벌어질 일에 두려움을 품고 있었다.

롤런드 백작은 이제 머리와 수염이 희끗희끗해진 노인이 됐으나 여전히 똑바로 걸었고, 목소리에는 권위가 있었다. 그는 돌 같은 무표정한 얼굴이 되는 법을 익혀서 사람들은 그의 오른쪽 얼굴이 마비됐다는 사실을 거의 알아차리지 못했다. 백작이 말했다. "솜강 내포에는 조수가 있어. 따라서 썰물 때면 얕은 곳이 생길 거다. 하지만 바닥이 깊은 뻘이라 건널 수가 없어."

"그러면 결국 건너지 못하겠군요." 랠프는 그렇게 대꾸했지만, 롤런드가 그저 나쁜 소식을 전하러 온 것은 아니라는 것을 알고 있었다. 낙관적인 생각이 들면서 그는 기운이 났다.

"바닥이 좀 단단한 여울목이 어딘가 있을지 모르지." 롤런드가 말을 이었다. "그런 여울목이 있다면 프랑스인들이 알고 있을 테고."

"제가 그곳을 알아내기를 원하시는 거로군요."

"되도록 서둘러주게. 저쪽 밭에 포로가 몇 명 있어."

랠프는 고개를 저었다. "그 병사들은 프랑스 전역에서 왔을 겁니다. 아예 다른 나라에서 왔을지도 모르죠. 그런 정보라면 이 지방 주민이 갖고 있을 겁니다."

"누구에게든 상관없네. 오늘 해질녘까지 국왕 막사로 정보를 가져오게." 롤런드는 그 말을 남기고 자리를 떴다.

랠프는 죽사발을 비우고 벌떡 일어섰다. 뭔가 공격적인 일거리가 생긴 것이 반가웠다. "안장을 얹게, 친구들." 랠프가 말했다.

랠프는 아직도 그리프를 데리고 있었다. 그의 애마는 기적처럼 지난 칠 년간의 전쟁에서도 살아남았다. 그리프는 군마에 비해 몸이 작았지만 대부분의 기사들이 좋아하는 몸집 큰 군마들보다 기력이 좋았다. 그리프는 이제 전쟁에 숙련됐고, 녀석의 쇠말굽은 혼전이 벌어졌을 때 랠프의 또다른 무기였다. 랠프는 대부분의 인간 동료들보다 자기 말을 더 좋아했다. 사실 그리프는 벌써 칠 년 동안 보지 못한 머딘을 제외하면 랠프가 친숙하게 느끼는 유일한 생명체나 다름없었다. 머딘은 피렌체로 가버렸고 어쩌면 그를 다시 보지 못할지도 모른다.

그들은 내포가 있는 북동쪽으로 향했다. 만약 여울목이 있다면, 이곳에서 걸어서 반나절 거리 내에 사는 농부들은 누구나 그 위치를 알 거라고 랠프는 짐작했다. 강 건너에서 가축을 사고팔거나 친척의 결혼식이나 장례식에 참석하거나 장날과 종교 행사가 있을 때는 분명 그 여울목을 이용할 것이다. 물론 농부들은 영국군 침략군에게 그 정보를 알려주려 하지 않겠지만 랠프는 그 문제를 해결하는 법을 알고 있었다.

그들은 말을 타고 부대를 벗어나, 아직 수천의 병사에게 피해를 보지 않은 지역으로 들어섰다. 풀밭에 양떼가 있고 들에서는 곡식이 익어가고 있었다. 그들은 멀리 보이는 마을의 어귀에 이르자 오솔길을 구보로 갔다. 농노들이 쓰는 한두 칸짜리 오두막집을 보자 랠프는 위글리가 생각났다. 예상했던 대로 농부들이 사방으로 달아났다. 여자들은 아기와 어린애들을 데리고 있었고, 남자들 대부분은 도끼나 낫을 들고 있었다.

랠프와 동료들은 지난 몇 주 동안에도 그런 위협적인 장면을 이삼십번이나 연출했었다. 그들은 정보 수집 전문가들이었다. 대개의 지휘관들은 주민들이 어디에 재산을 숨겼는지 알아내려 했다. 영국군이 온다는 소문이 퍼지면 약빠른 농부들은 소와 양을 숲으로 몰아두고, 밀가루 포대는 땅구덩이에 묻고, 돈꾸러미는 성당 종탑에 감췄다. 그들은 식량이 있는 곳을 들키면 십중팔구 굶어죽는다는 것을 알았지만, 언제나 곧 실토하게 됐다. 주요한 도시, 전략적 교량이나 요새화된 수도원 등으로 가는 방향을 알아내야 하는 경우도 있었다. 주민들은 이런 질문에는 거의 마지못해 대답했고 거짓말이 아닌지 확인해야 했다. 개중 교활한 자들은 침략군이 자기들을 처벌하기 위해 되돌아올 수 없다는 사실을 알고 속이려 들기 때문이었다.

랠프와 그 부하들은 채소밭과 밭을 가로질러 달아나는 농부들을 추적했지만 남자들은 무시하고 여자와 아이만 노렸다. 여자와 아이를 잡으면 남편과 아비 되는 자들이 돌아온다는 것을 랠프는 알고 있었다.

그는 열세 살쯤 되는 여자아이를 뒤쫓았다. 그는 겁에 질린 아이의 표정을 보면서 몇 초 동안 나란히 말을 달렸다. 검은 머리칼에 거무스름한 피부를 가진 평범하고 수수한 아이였고 나이는 어렸지만 몸은 벌써 둥그스름한 여자 태가 나는, 랠프가 좋아하는 부류의 여자아이였다. 이 아이를 보자 궨다가 생각났다. 좀 다른 상황이었다면 지난 몇 주 사이에 비슷비슷한 여자아이 몇에게 했던 것처럼 이 아이에게 성욕을 풀었을 것이다.

그러나 오늘은 그보다 더 중요한 일이 있었다. 랠프는 그리프의 방향을 틀어 아이 앞을 가로막았다. 아이는 그를 피하려다 발을 헛디뎌 채소밭에 넘어졌다. 랠프가 말에서 뛰어내려 일어서는 아이를 붙잡았다. 아이가 비명을 지르며 그의 얼굴을 할퀴자 랠프는 아이의 배에 주먹을 날려 제압했다. 그런 다음 긴 머리채를 움켜잡았다. 그는 말을 걷게 하고 아이를 끌고 마을로 향했다. 아이는 비틀거리다 넘어졌지만 랠프는 머리채를 잡은 채 계속 끌고 갔다. 아이는 고통스러운 비명을 지르며 일어섰고, 그뒤부터는 다시는 넘어지지 않았다.

그들은 작은 목조 성당에 집결했다. 영국군 여덟 명이 여자 네 명, 아이 네 명, 갓난아기 둘을 잡아왔다. 그들은 잡아온 사람들을 제단 앞바닥에 앉혔다. 얼마 후 한 남자가 들어와 그 지방 프랑스어로 요란스럽게 떠들며 빌고 애걸했다. 뒤이어 네 명이 더 들어왔다.

랠프는 만족스러웠다.

그는 나무탁자에 흰색 칠만 해놓은 제단 앞에 섰다. "조용히 해!" 랠프는 버럭 소리를 지르며 허공에 칼을 휘둘렀다. 모두가 입을 다물었다. 랠프는 한 젊은이를 가리키며 말했다. "너는 뭐하는 놈이냐?"

"가죽공입니다, 나리. 제발 제 처자식을 해치지 마십시오. 나리들에게 잘못한 일은 아무것도 없습니다."

이번에는 다른 남자에게 물어보았다. "너는?"

그러자 그가 잡아온 여자아이가 놀라며 숨을 몰아쉬었다. 랠프는 그 둘이 무슨 관계일 거라고, 아마도 아버지와 딸일 거라 짐작했다.

"저는 그저 가난한 소몰이꾼입니다, 나리."

"소몰이꾼이라고?" 마침 잘된 일이었다. "소를 몰고 얼마나 자주 강을 건너다니지?"

"일 년에 한두 번입니다, 나리. 장에 갈 때죠."

"그러면 여울목이 어디냐?"

그는 잠시 머뭇거렸다. "여울목이라뇨? 여울목 같은 건 없습니다. 아브빌에 있는 다리를 건너가야 합니다."

"그게 정말이냐?"

"그렇습니다, 나리."

랠프가 주위를 둘러보며 말했다. "너희 모두에게 묻겠다, 이 말이 사실이냐?"

그들은 고개를 끄덕였다.

랠프는 잠시 생각해보았다. 그들 모두 겁을 먹었고 공포에 질렸지만 그래도 거짓말을 할 수도 있었다. "내가 사제를 데려와 성경을 갖다놓아도 너희 모두 내포를 건널 여울목이 없다고 불멸의 영혼 앞에 맹세할 수 있나?"

"그렇습니다, 나리."

하지만 그건 시간이 너무 걸리는 일이었다. 랠프는 자신이 잡아온 여자아이를 보았다. "이리 와라."

그러자 여자아이는 한 발짝 뒷걸음쳤다.

소몰이꾼이 무릎을 꿇었다. "제발, 나리, 아무 죄 없는 아이를 해치지 마십시오. 그애는 이제 겨우 열세 살—"

앨런 펀힐이 마치 양파 자루 다루듯이 여자아이를 번쩍 들어 랠프 쪽으로 팽개쳤다. 랠프는 아이를 잡아챘다. "너희 모두 거짓말을 하고 있어. 분명 여울목이 있을 거야. 나는 여울목이 있는 정확한 자리를 알아야겠어."

"좋습니다." 소몰이꾼이 말했다. "말씀드릴 테니 그 아이는 놔주십시오."

"여울목이 어디냐?"

"아브빌에서 1마일 하류에 있습니다."

"그곳 마을 이름은?"

소몰이꾼은 그 질문에 한순간 혼란에 빠진 듯했다. "거기는 마을이 없습니다. 하지만 강 건너에 여인숙이 있습니다."

그는 거짓말을 하고 있었다. 멀리 여행한 적이 없는 소몰이꾼은 여울목에는 반드시 마을이 있기 마련이라는 사실을 알지 못했다.

랠프가 여자아이의 한 손을 잡아 제단 위에 올려놓았다. 그런 다음 칼을 뽑았다. 그는 재빠른 동작으로 단숨에 여자아이의 손가락 하나를 잘랐다. 묵직한 칼날은 작은 뼈를 쉽게 끊었다. 여자아이는 비명을 질렀고 붉은 피가 흰 제단 위로 튀었다. 농부들은 일제히 공포에 사로잡혀 소리질렀다. 분노한 소몰이꾼이 한 발 앞으로 나섰지만 앨런 펀힐의 칼끝에 제지당했다.

랠프는 한 손으로 여자아이를 잡은 채 칼끝으로 잘린 손가락을 찍어 들어올렸다.

"악마 같은 놈." 소몰이꾼이 충격에 싸여 부들부들 떨며 말했다.

"악마라니." 랠프는 전에도 들은 적이 있었지만 여전히 그런 말을 들으면 뜨끔했다. "나는 수천 명의 목숨을 구하려는 것이다. 그리고 필요하다면 이 아이의 다른 손가락도 하나씩 잘라버릴 거야."

"안 돼!"

"그러면 여울목이 정말로 어디 있는지 말해." 그러면서 랠프는 칼을 치켜들었다.

"블랑슈타크. 블랑슈타크요. 제발 그 아이를 놔두시오!" 소몰이꾼이 외쳤다.

"블랑슈타크?" 랠프는 미심쩍은 투로 말하기는 했지만 속으로는 믿을 만한 정보라고 여겼다. 생소한 단어이기는 했지만 겁에 질린 사내가 얼떨결에 하얀 받침대라는 의미를 가진 단어를 꾸며내기는 어려울 것 같았다.

"그렇습니다, 나리. 개펄을 건널 수 있게 강바닥에 하얀 돌이 놓여 있어 그렇게 부릅니다." 랠프는 그가 공황에 빠져 눈물을 줄줄 흘리며 하는 말이므로 십중팔구 사실일 거라고 흡족한 기분으로 생각했다. 소몰이꾼이 계속 떠들었다. "아주 오래전 로마인들이 놓은 돌이라고 합니다. 이제 제발 제 딸애를 놔주십시오."

"그곳이 어디냐?"

"아브빌에서 10마일 하류 쪽에 있습니다."

"1마일이 아니고?"

"이번에는 맹세코 정말입니다, 나리!"

"거기 있는 마을 이름은?"

"센빌입니다."

"그 여울목은 언제나 건널 수 있나, 아니면 썰물 때만 건널 수 있나?"

"썰물 때만 건널 수 있습니다. 가축이나 수레가 건너려면 더욱 그렇고요."

"너는 물때를 알고 있겠지?"

"알고 있습니다."

"이제 하나만 더 묻겠는데, 이건 아주 중요한 거야. 조금이라도 거짓이라는 의심이 들면 네 딸의 손목을 통째로 자를 줄 알아." 그 말에 여자아이는 비명을 질렀다. "내가 정말 그럴 거라는 건 알 테지?"

"네, 나리, 뭐든 다 말하겠습니다!"

"내일 썰물 때가 언제냐?"

소몰이꾼의 얼굴에 당혹스러운 표정이 떠올랐다. "아…… 아, 생각을 좀 해보겠습니다!" 사내는 너무 흥분한 나머지 제대로 생각을 할 수 없는 듯했다.

그때 가죽공이 나섰다. "제가 말씀드리죠. 어제 저의 형님이 강을 건넜기 때문에 압니다. 내일 썰물 때는 오전 중반쯤일 겁니다. 정오 두 시간 전이요."

"맞습니다!" 소몰이꾼이 말했다. "바로 그때예요! 머릿속으로 계산해보던 중이었습니다. 오전 중반이나 그보다 약간 늦어서입니다. 저녁 때 한번 더 썰물 때가 있고요."

랠프는 피가 흐르는 아이의 손목을 여전히 붙잡고 있었다. "어떻게 그때라고 확신하지?"

"나리, 제 이름만큼 확실히 압니다. 하늘에 걸고 맹세합니다!"

공포에 정신이 나간 그는 아마 지금 자기 이름도 떠올리지 못할 것 같았다. 랠프는 가죽공을 바라보았다. 그의 표정에서 교활함이나 반항심이나 열의 같은 감정은 찾아볼 수 없었다. 오직 자기 의지에 반해 뭔가 나쁜 짓을 저지른 사람의 수치심만 엿보였다. 이건 사실이군. 랠프는 의기양양했다. 해냈어.

"블랑슈타크. 아브빌 하류 쪽 10마일. 센빌 마을. 강바닥에 흰 돌. 내일 오전 중반이 썰물 때란 말이지?" 랠프가 말했다.

"그렇습니다, 나리."

랠프가 손목을 놓아주자 아이는 엉엉 울며 아버지에게 달려갔다. 아버지가 딸을 끌어안았다. 랠프는 흰 제단에 고인 피웅덩이를 내려다보았다. 여자아이 속옷에 묻는 그것보다는 양이 좀 많군. "자, 제군. 여기 볼일은 끝났다." 랠프가 말했다.

∽

랠프는 첫새벽에 울리는 나팔 소리에 잠에서 깼다. 불을 피우거나 아침을 먹을 시간은 없었다. 군대는 즉각 야영지를 해체했다. 오전 중반까지 대부분이 보병인 1만 명이나 되는 병력이 6마일을 행군해야 했다.

웨일스 공 사단이 선두를 맡고, 그다음은 왕이 지휘하는 사단, 보급 행렬, 후위 부대 순이었다. 프랑스군과의 거리가 얼마나 되는지 확인하기 위해 정찰대가 파견됐다. 랠프는 부왕 에드워드와 이름이 같은 열여섯 살의 왕자와 함께 선두에 있었다.

그들의 목표는 솜강 여울목을 건너가 프랑스군을 기습하는 것이었다. 간밤에 국왕이 말했다. "잘했네, 랠프 피츠제럴드." 랠프는 이런 찬사가 아무 의미도 없다는 것을 오래전에 터득했다. 그동안 에드워드 왕과 롤런드 백작, 그 밖의 다른 귀족들을 위해 수없이 유용하거나 용감한 과업을 수행했지만, 그는 여전히 기사 작위를 받지 못했다. 이번에는 부아도 치밀지 않았다. 오늘도 언제나처럼 목숨이 위험한 상황인데 자신을 위해서라도 탈출로를 발견한 것이 너무 반가웠기 때문에 전군을 구한 자신의 공을 인정해주는 사람이 없어도 개의치 않았던 것이다.

행군중에는 수십 명의 친위대장과 부관들이 끊임없이 순찰을 돌며 대형과 각 사단의 경계를 유지시키고 낙오자를 처리하며 병력을 정확한 방향으로 이끌었다. 친위대장은 모두 귀족이었는데, 그것은 명령을 내릴 만큼 권위가 있어야 하기 때문이었다. 에드워드 왕은 질서정연한 행군에 거의 광적이었다.

그들은 북쪽으로 향했다. 지면은 완만한 경사를 이루며 산마루까지 이어졌다. 그곳에서 멀리 반짝이는 내포가 보였다. 군대는 옥수수밭을 지나 산을 내려왔다. 군대가 마을을 지날 때 친위대는 약탈 행위를 금지했는데, 강을 건너기 전에 불필요한 짐을 늘려서는 안 되기 때문이었다. 곡식을 불태우지도 않았다. 연기가 나면 적군에게 정확한 위치가 드러날 수 있기 때문이었다.

태양이 막 솟아오를 무렵 선두 부대가 센빌에 도착했다. 마을은 강에서 30피트 위쪽 절벽가에 있었다. 강둑 언저리에 선 랠프는 만만치 않은 장애물이 있다는 사실을 알았다. 1마일 반에 걸쳐 물이 흐르는 늪지대였다. 여울목을 표시하는 흰 돌이 강바닥에 깔린 것이 보였다. 내포 맞은편은 녹지로 된 언덕이었다. 오른쪽으로 태양이 떠오르자 강 저편 멀리서 금속이 번쩍이는 듯한 빛과 갖가지 색채가 보였다. 랠프는 낙담했다.

주변이 점점 환해지면서 그의 의혹은 사실로 확인됐다. 적군이 그들을 기다리고 있었다. 프랑스군은 당연히 여울목의 위치를 알고 있었고, 누군가 현명한 지휘관이 영국군이 여울목을 찾아낼 가능성에 대비한 것이었다. 기습은 물 건너간 셈이었다.

랠프는 강물을 바라보았다. 서쪽으로 흐르고 있었고, 물이 빠지는 중이기는 했지만 아직 걸어서 건너기에는 너무 깊었다. 좀더 기다려야 했다.

영국군은 매 순간 수백 명씩 강변으로 몰려들고 있었다. 만약 여기서 왕이 회군이라도 하려 한다면 엄청난 혼란에 빠질 것이었다.

정찰병이 돌아왔다. 랠프는 웨일스 공에게 전달되는 소식에 귀를 기울였다. 필리프 왕의 군대가 아브빌을 떠나 이곳으로 접근중이라는 내용이었다.

프랑스군의 이동 속도를 파악하기 위해 정찰대를 보냈다.

랠프는 이제 돌아설 길이 없다는 것을 깨닫고 두려움을 느꼈다. 영국군은 무조건 물을 건너야 했다.

그는 북쪽 강변에 있는 프랑스군의 규모를 파악하기 위해 강 건너를 유심히 살펴보았다. 천 명은 넘을 것 같았다. 그러나 아브빌에서 접근 중인 수만 명의 적군이 더 위험했다. 랠프는 프랑스군과 여러 차례 교전을 벌이면서 그들이 아주 용감하고 때로는 무모할 정도로 저돌적이지만 군기가 부족하다는 사실을 알았다. 그들은 무질서하게 행군하고 명령에도 잘 따르지 않았으며, 기다리는 편이 현명할 때도 단지 용맹함을 보이기 위해 공격에 나섰다. 그러나 만약 그들이 평소의 무질서한 습관을 버리고 몇 시간 안에 이곳에 도착한다면 강 한복판에 있는 에드워드 왕의 군대를 잡게 될 것이다. 양안에 적군이 있는 상태에서 영국군은 전멸당할 수도 있다.

지난 몇 주 동안 프랑스를 유린했던 영국군은 적의 자비를 기대할 수 없었다.

랠프는 갑옷에 생각이 미쳤다. 칠 년 전 캉브레 전투 때 한 프랑스 군인의 시체에서 벗겨낸 좋은 철갑옷이 있는데, 지금 보급 행렬의 어느 수레에 실려 있었다. 그러나 그런 거치적거리는 갑옷을 입고는 1마일 반이나 되는 물속을 걸어서 건널 수 있을지 알 수 없었다. 그는 철모를 쓰고 사슬 갑옷으로 된 짤막한 망토를 걸치고 있었는데, 그것이 행군할 때 그가 감당할 수 있는 중량의 한계였다. 그럴 수밖에 없었다. 다른 병사들도 모두 비슷하게 가벼운 보호 장구를 하고 있었다. 보병 대부분은 투구를 허리띠에 차고 있다가 접전이 임박하면 머리에 쓸 테지만, 정식으로 갑옷을 입고 행군하는 병사는 없었다.

동쪽에서 태양이 높게 떠올랐다. 강물은 무릎 깊이로 낮아지며 빠져나갔다. 왕과 함께 있던 귀족들이 도강을 시작하라는 명령을 가져왔다.

랠프가 있는 부대에 명령을 전달한 사람은 롤런드 백작의 아들인 캐스터의 윌리엄이었다. "궁수가 먼저 건너가 강안에 닿을 거리가 되면 활을 쏘기 시작한다." 윌리엄이 말했다. 랠프는 굳은 표정으로 그를 바라보았다. 랠프는 그가 영국군이 지난 여섯 주 동안 한 것과 같은 짓을 했다는 이유로 자신을 교수형시키려 했다는 것을 잊지 않고 있었다. "강변에 도착한 궁수는 좌우로 흩어져 기사들과 병사들이 지나가도록 길을 내준다." 간단한 것처럼 말하는군. 랠프는 생각했다. 명령이란 늘 그랬다. 하지만 그것은 유혈 사태를 의미했다. 적군은 무방비 상태로 강을 건너오는 영국군을 하나하나 쏘아 맞히기에 딱 좋은, 바로 강 위쪽 언덕 사면에 자리잡고 있을 것이다.

휴 디스펜서의 부하들이 눈에 띄는 흑백 깃발을 들고 선봉에 섰다. 그의 궁수들이 수면 위로 활을 든 채 여울로 들어섰고 기사들과 병사들이 첨벙거리며 뒤따랐다. 롤런드의 부하들이 뒤따르고, 랠프와 앨런도 곧 물속으로 말을 몰고 들어갔다.

랠프는 그제야 1마일 반이 걷기에는 그리 먼 거리가 아니지만, 말을 탔다 해도 물을 헤치며 가기에는 먼 거리라는 것을 깨달았다. 강물 깊이도 들쭉날쭉했는데, 수면 위로 질퍽거리는 땅이 나오는가 하면 보병의 허리까지 물이 올라오는 곳도 있었다. 병사들과 말들은 순식간에 지쳐버렸다. 젖은 발이 찬 물속에서 곱아드는 동안 8월의 태양이 머리 위로 내리쬐었다. 그리고 시선을 앞으로 돌리면 북쪽 강변에서 자신들을 기다리고 있는 적군들의 모습이 점점 더 선명하게 보였다.

맞은편에 있는 적군의 병력을 살피던 랠프는 점점 더 공포에 휩싸였다. 강변을 따라 자리잡은 제1선은 석궁 부대가 포진하고 있었다. 그는 이들이 프랑스군이 아니라 이탈리아 용병이라는 사실을 알았다. 이 용병들은 흔히 제노바인이라고 불리지만 실제로는 이탈리아 여러 곳 출신들이었다. 석궁은 큰 활에 비해 발사 빈도는 떨어지지만 이들의 표적이 여울을 허우적거리며 다가오는 동안 제노바인들이 재장전을 할 시간 여유는 얼마든지 있을 것이다. 궁수들 뒤편 언덕 위 녹지에는 보병들과 말 탄 기사들이 돌격 준비를 갖추고 있었다.

뒤를 돌아본 랠프의 눈에 자신의 뒤로 강을 건너는 수천 명의 아군이 보였다. 다시 한번 그는 여기서 돌아선다는 것은 선택 사항에 있지 않다는 것을 깨달았다. 실제로 뒤편에 있는 이들이 몰려들면서 앞사람들을 밀쳐대고 있었다.

이제 그의 눈에도 적군의 대열이 선명하게 보였다. 강변을 따라 파비스라고 불리는 묵직한 나무방패가 줄지어 놓여 있었는데, 석궁수들이 사용하는 것이었다. 영국군이 사정거리에 들어오자마자 제노바인들은 활을 쏘아대기 시작했다.

300야드 거리에서는 조준이 부정확해 화살이 힘을 잃고 떨어졌다. 그 와중에 말 몇 마리와 병사 몇이 화살에 맞았다. 쓰러진 부상자들은 물에 떠내려가다 익사했다. 다친 말들이 물속에서 허우적대면서 주변의 물을 피로 물들였다. 랠프의 심장 고동이 한층 빨라졌다.

영국군이 강변에 근접하자 제노바인들의 화살은 정확도가 높아지고 훨씬 더 강력한 힘을 싣고 쏟아졌다. 석궁의 속도는 느렸지만 화살 끝에 강철로 된 촉이 달려 있어 가공할 위력이 있었다. 랠프 주위에 있던 병사들과 말들이 연달아 쓰러졌다. 화살에 맞아 즉사하는 이들도 있었다. 자신을 보호하기 위해 할 수 있는 일이 아무것도 없다는 것을 깨달은 랠프는 불길한 예감이 들었다. 운이 없으면 죽을 것이다. 주위는 온통 화살이 날아오는 무시무시한 소리, 부상자가 내뱉는 욕설, 고통에 몸부림치는 말의 비명 같은 전투의 무시무시한 소음으로 가득찼다.

영국군 대열 선두에 있던 궁수들이 응사했다. 그들은 6피트나 되는 긴 활이 수면 위로 끌리는 바람에 익숙지 않은 각도로 화살을 쏘아야 했고 발밑은 미끈거렸지만 최선을 다했다.

석궁 화살은 근거리에서는 철갑옷도 뚫을 수 있지만, 어쨌든 갑옷을 제대로 갖춰 입은 영국군도 없었다. 투구를 제외하면 비처럼 퍼붓는 화살 속에서 자신을 보호할 장비는 없는 것이나 마찬가지였다.

랠프는 가능했다면 몸을 돌려 달아났을 것이다. 그러나 만 명이나 되는 병사와 그 절반은 되는 말들이 뒤에서 밀어붙이고 있었기 때문에 돌아섰다 해도 그들에게 밟혀 결국 익사했을 것이다. 그저 그리프의 목에 머리를 잔뜩 수그려 붙이고 전진하는 것 외에 다른 수가 없었다.

선두에 선 영국군 궁수들 중에 살아남은 자들이 마침내 얕은 물가에 이르러 활을 좀더 효율적으로 배치하기 시작했다. 그들은 파비스 방패 너머로 떨어지도록 화살을 쏘아댔다. 영국군 궁수는 일단 활을 쏘기 시작하면 일 분에 열두 발을 쏠 수 있었다. 화살대는 나무이고, 주로 물푸레나무로 만든 것이지만 쇠촉이 달려 있어서 비처럼 퍼부어대면 간담이 서늘할 정도였다. 갑자기 적진의 사격이 줄어들었다. 방패 일부가 넘어졌다. 제노바인들이 격퇴되는 동시에 영국군이 물가에 이르기 시작했다.

궁수들은 단단한 지면에 이르자마자 좌우로 산개해 얕은 물에서 나오는 기사들이 적진을 향해 돌진할 수 있도록 강변을 비워줬다. 여전히 병사들이 물을 건너오는 중이었지만 수많은 전투를 치러본 랠프는 이 시점에서 프랑스군이 어떤 전술을 쓸지 알고 있었다. 전선을 고수해야만 하는 그들의 석궁수들이 물가와 물속에 있는 영국군을 대량 학살할 것이었다. 하지만 기사도를 따르는 프랑스 귀족들은 계급이 낮은 궁수들 뒤편에만 숨어 있지 않았다. 그들은 전선 앞으로 나와 영국군 기사들과 교전을 벌였는데, 그러면서 그들의 유리했던 이점을 상당 부분 잃고 말았다. 랠프는 희미하게나마 희망이 생기는 느낌을 받았다.

제노바인들이 물러서고 강변은 혼전의 도가니로 바뀌었다. 랠프의 심장은 공포와 흥분으로 방망이질했다. 프랑스군은 여전히 비탈 아래로 돌격하는 데 유리한데다 완전 무장을 한 상태였다. 그들은 휴 디스펜서의 부하들을 무차별로 학살했다. 돌격대 선봉이 얕은 물로 뛰어들어 아직 물속에 있는 적군을 베었다.

랠프와 앨런 바로 앞에 있던 롤런드 백작의 궁수들이 강가에 도착했다. 살아남은 자들은 강가를 확보한 뒤 양옆으로 산개했다. 랠프는 영국군의 운이 다했다고 느꼈고 자신도 죽으리라 확신했다. 하지만 전진 말고는 방법이 없었다. 갑자기 그는 그리프의 목덜미에 고개를 바짝 붙이고 칼을 치켜든 채 프랑스군 전선을 향해 똑바로 돌진했다. 고개를 숙여 적의 휘두르는 칼을 피하면서 마른땅에 올라섰다. 칼로 적의 강철 투구를 내리쳤지만 헛일이었다. 다음 순간 그리프가 다른 말을 향해 돌진했다. 몸집은 더 컸지만 아직 어린 프랑스 말은 비틀거리다 기수를 땅바닥에 떨어뜨렸다. 랠프는 그리프를 한 바퀴 돌려 원래의 자리로 돌아와 다시 한번 돌격할 채비를 했다.

그의 칼은 철갑 앞에서는 별 도움이 되지 않았지만 그는 몸집이 단단하고 기세 좋은 말을 타고 있었다. 이런 상황에서 그가 바랄 수 있는 최선책은 적병을 말에서 떨어뜨리는 것이었다. 그는 다시 한번 돌격했다. 막상 전투에 맞닥뜨리면 랠프는 두려움을 느끼지 않았다. 오히려 가능한 한 많이 죽이고 싶은 상쾌한 흥분에 사로잡혔다. 일단 교전이 시작되면 시간이 멈춘 듯했고 그는 매 순간 전투에 전념했다. 나중에 전투가 막바지에 이르고 그때까지도 그의 목숨이 붙어 있다면, 그는 해가 지고 있다는 사실에, 그들이 꼬박 하루 동안 싸웠다는 사실에 놀랄 것이다. 그는 말을 타고 적을 향해 달려들어 그들이 휘두르는 칼을 이리저리 피해가면서 기회가 생길 때마다 적을 찔렀다. 보조를 늦추지 않았다. 그것은 죽음을 의미했다.

몇 분인지 몇 시간이 지났는지 모를 어느 시점에 랠프는 더이상 영국군이 도륙되고 있지 않다는 믿기지 않는 사실을 알아챘다. 영국군은 자리를 잡으며 희망적인 모습을 보이고 있었다. 랠프는 혼전에서 잠시 빠져나와 숨을 헐떡이며 전체를 관망했다.

강변은 시체로 뒤덮여 있었지만 영국군의 시체들만큼이나 프랑스군의 시체들도 많았다. 랠프는 프랑스군의 돌격이 얼마나 바보 같은 짓이었는지 새삼 깨달았다. 양 진영의 기사들이 교전을 벌이자마자 제노바인 석궁수들은 자기편을 맞힐까봐 사격을 멈췄기 때문에 적군은 더이상 영국군을 연못 속의 오리처럼 쏘아 죽일 수 없게 됐다. 그후로 궁수들은 좌우로 산개했고, 기사들과 보병들은 가차없이 전진하라는 명령을 받은 영국군이 내포에서 떼를 지어 쏟아져나오면서 순전히 수적 우세만으로 프랑스군에 육박하게 됐다. 강 쪽으로 시선을 던진 랠프는 다시 밀물 때가 되어 물이 차기 시작하면서, 강변에서 기다리고 있는 운명이 무엇이든 필사적으로 강을 빠져나오려는 영국군들을 보았다.

그가 숨을 고르는 사이에 프랑스군은 기세가 꺾였다. 점점 불어나는 강물에 쫓겨나온 적군의 기세에 압도당한 프랑스군은 강변에서 떠밀려 언덕 위로 추격당했다가 퇴각하기 시작했다. 영국군은 자신들의 운에 어리둥절한 채 적군을 밀어붙였다. 흔히 그렇듯 후퇴에서 패주로 바뀌는 것은 순식간이었다. 모두가 일제히 제 목숨 구할 길을 찾기 때문이다.

랠프는 내포 너머를 바라보았다. 보급 행렬은 아직 강 한복판에 있었다. 무거운 수레를 끄는 말들과 소들이 한창 여울목을 건너는 중이었다. 몰이꾼들은 불어나는 물을 피하기 위해 미친듯이 채찍질을 해댔다. 강 저편에서는 산발적인 교전이 벌어지고 있었다. 필리프 왕의 선봉대가 도착해 얼마 안 되는 영국군 낙오 부대와 치르는 교전이었다. 랠프는 햇살 속에서 보헤미아 경기병대의 깃발을 얼핏 본 것 같았다. 하지만 적들은 한발 늦은 셈이었다.

안도감으로 갑자기 힘이 쭉 빠진 그는 구부정한 자세로 안장에 앉았다. 전투는 끝났다. 믿기지 않는 일이었지만 모두의 예상과는 달리 영국군은 프랑스군의 덫에서 가까스로 빠져나왔다.

적어도 오늘만큼은 안전할 것이었다.

48

8월 25일 아브빌 근처에 도착한 캐리스와 마이어는 이미 그곳에 와 있는 프랑스군을 보고 실망했다. 도시 주변 들판에는 수만 명이나 되는 병사들과 궁수들이 노영중이었다. 길에서는 그 지방 프랑스어뿐만 아니라 저멀리 플랑드르와 보헤미아, 이탈리아, 사보이, 마요르카 등지의 말까지 들렸다.

프랑스군과 그들의 동맹군들도 캐리스와 마이어처럼 에드워드 왕과 영국군을 추격하고 있었다. 캐리스는 자신들이 그 경주에서 그들을 앞지를 수 있을지 의심스러웠다.

두 사람이 오후 늦게 성문을 지나 도시로 들어가자 거리는 온통 프랑스 귀족들로 북적거렸다. 캐리스는 런던에서도 이런 고급스러운 옷차림, 좋은 무기, 멋진 말, 새 구두를 본 적이 없었다. 마치 프랑스 귀족사회가 송두리째 이곳에 내려와 있기라도 한 것 같았다. 이 도시의 여인숙 주인, 제빵사, 거리의 마술사, 매춘부 등이 손님들의 욕구를 채워주기 위해 쉴새없이 일하고 있었다. 술집마다 백작들이 북적댔고 집집마다 기사들이 바닥에서 잠을 잤다.

성 베드로 대수도원은 캐리스와 마이어가 묵으려고 예정했던 종교 시설 중 하나였다. 하지만 그들이 설령 아직 수도복을 입고 있었다 해도 객사에 들어가기는 어려웠을 것이다. 프랑스 왕이 그곳에 묵고 있었고, 수행원들이 남은 빈자리를 모조리 차지하고 있었다. 롱샹에서 온 크리스토프와 미셸로 변장한 킹스브리지의 두 수녀는 수도원 성당 쪽으로 발길을 돌렸는데, 수백 명의 기사종자와 하인들, 국왕의 수행원들이 회중석의 차가운 돌바닥에서 묵고 있었다. 그곳 지휘관은 두 사람에게 자리가 없다고 했고, 그들은 신분이 낮은 다른 사람들과 마찬가지로 들판에서 잠을 자야 했다.

북쪽 익랑은 부상자 구호소로 사용되고 있었다. 그곳을 나오다가 캐리스는 한 군의관이 신음하는 병사의 뺨에 난 깊은 상처를 봉합하는 장면을 발을 멈추고 지켜보았다. 군의관은 빠르고 노련하게 상처를 치료했다. 그가 치료를 마치자 캐리스는 감탄한 어조로 말했다. "아주 멋진 솜씨였어요!"

"고맙군." 캐리스를 힐끗 쳐다본 그가 덧붙였다. "그런데 젊은이가 그걸 어떻게 알지?"

매슈 바버가 수술하는 광경을 여러 차례 봤기 때문이었지만 그녀는 재빨리 말을 꾸며내야 했다. "제 고향 롱샹에서 아버지가 우리 나리의 외과의사 노릇을 하고 계시거든요."

"지금 나리를 모시고 온 건가?"

"나리가 영국군 포로가 되어서 우리 마님이 몸값을 협상하라고 저와 제 동생을 보내셨습니다."

"흠. 차라리 런던으로 곧장 가는 편이 더 나았을 거야. 당장에는 런던에 없을지 몰라도 조만간 거기로 가게 될 테니까. 아무튼 이왕 온 김에 나를 도와주고 그 대가로 잠자리를 구해보는 게 어떻겠나?"

"좋습니다."

"자네 아버지가 따뜻한 와인으로 상처를 씻는 걸 본 적이 있을 테지?"

캐리스는 눈을 감고도 상처를 씻을 수 있었다. 얼마 후 그녀와 마이어는 자신들이 가장 잘 아는 일인 병자 간호를 시작했다. 대부분은 전날 솜강의 여울목에서 벌어진 전투에서 부상당한 사람들이었다. 부상당한 귀족부터 치료한 군의관은 이제야 일반 병사들을 치료할 짬이 난 것이었다. 그들은 몇 시간 동안 쉬지 않고 일했다. 길고 긴 여름날이 저물고 촛불이 켜졌다. 이윽고 뼈를 맞추고 으스러진 사지를 잘라내고 상처를 봉합하는 일도 모두 끝났다. 군의관 마르탱 시뤼르지앵은 저녁식사를 하기 위해 두 사람을 데리고 구내식당으로 갔다.

왕의 군대 소속으로 간주된 그들에게는 양파를 넣은 양고기 스튜가 나왔다. 두 사람은 지난 일주일 동안 고기를 먹지 못한 상태였다. 고급 레드와인도 마실 수 있었다. 마이어는 와인을 맛있게 마셨다. 캐리스는 체력을 보충할 기회를 얻게 되어 다행으로 여겼지만 그래도 여전히 영국군을 따라잡을 일이 걱정스러웠다.

그들과 같은 식탁에 있던 한 기사가 말했다. "지금 바로 옆에 있는 대수도원장의 식당에서 국왕 네 명과 대주교 두 명이 식사중이라는 사실을 알고 있습니까?" 그는 그 사람들을 한 사람씩 손가락으로 꼽으며 말해줬다. "프랑스 왕, 보헤미아 왕, 로마 왕, 마요르카 왕, 루앙 대주교와 상스 대주교죠."

캐리스는 그들을 한번 봐두어야겠다고 마음먹었다. 그녀는 취사장으로 통할 것 같은 문으로 빠져나왔다. 그러고는 하인들이 음식이 가득 담긴 큰 접시를 나르고 있는 방을 문 뒤에서 엿보았다.

식탁에 앉은 사람들은 신분이 높은 사람들이 분명했다. 식탁에는 구운 가금류와 큼직한 소고기와 양고기 덩어리, 엄청난 크기의 푸딩, 그리고 설탕 과일절임 등이 산더미처럼 쌓여 있었다. 상석에 앉은 남자가 아마도 필리프 왕일 텐데, 그는 쉰세 살이고, 금빛 수염에 회색이 군데군데 섞여 있었다. 왕과 비슷한 외모에 왕보다 좀 어려 보이는 남자가 그 옆에 앉아 한창 떠들고 있었다. "영국 놈들은 귀족이 못 됩니다." 얼굴은 분노로 벌겋게 달아올라 있었다. "놈들은 도둑이나 다름없어요. 한밤중에 도둑질을 하고 달아나니까요."

그때 캐리스 곁에 나타난 마르탱이 귓가에 속삭였다. "저 양반이 내 상관이야. 국왕의 동생이자 알랑송의 백작인 샤를이지."

누군가 다른 사람이 말하는 소리가 들렸다. "나는 그 말에 찬성할 수 없소." 캐리스는 그 말을 한 사람이 장님임을 곧 알아보고는 그가 보헤미아의 맹인 왕 얀일 거라 짐작했다. "영국 놈들은 멀리 달아나지 못하오. 식량도 떨어진데다 지쳤으니까."

"에드워드는 플랑드르에서 프랑스 북동부를 침공한 앵글로-플랑드르군과 연합하고 싶어합니다." 샤를이 말했다.

얀이 고개를 저었다. "우리가 오늘 알아낸 바에 따르면 플랑드르군은 퇴각했소. 그러니 애드워드는 고립된 채 싸울 수밖에 없소. 그리고 그자의 관점에서 볼 때 싸움은 빠를수록 좋을 겁니다. 시간이 지날수록 군의 사기가 떨어질 테니까."

"그러면 내일 그자들을 잡읍시다. 노르망디에서 그런 짓을 저지른 자들이니 남김없이 죽여야 합니다. 기사든 귀족이든 가릴 것 없이. 에드워드 왕 그자까지도!" 샤를이 흥분한 어조로 말했다.

필리프 왕이 샤를의 팔에 손을 얹어 그를 조용히 시켰다. "내 아우의 분노는 이해할 만합니다. 영국 놈들은 역겨운 범죄를 저지르고 있으니까요. 하지만 명심해야 할 것은 우리가 적과 싸울 때 가장 중요한 점은 우리 사이에 있을지도 모르는 간극은 제쳐놓아야 한다는 겁니다. 적어도 전투를 치르는 동안만큼은 다툼이나 묵은 원한 같은 것도 잊고 서로 신뢰해야 한다는 거죠. 우리는 영국군에 비해 수적으로 우세하니 이기는 건 별문제가 아닐 겁니다. 하지만 그러기 위해서는 우리가 통합된 하나의 군대처럼 단결해서 싸워야 합니다. 자, 화합을 위해 다 같이 건배합시다."

흥미로운 건배로군. 캐리스는 조심스럽게 그 자리에서 물러나면서 생각했다. 왕은 동맹국들이 한편처럼 행동할 거라고 확신하지 못하는 것이 분명했다. 그러나 정작 그 대화에서 그녀가 걱정한 부분은 이제 곧, 어쩌면 내일 당장 전투가 벌어질지 모른다는 것이었다. 그 전투에 말려들지 않도록 조심해야 했다.

식당으로 돌아오며 마르탱이 그녀에게 나직이 말했다. "국왕처럼 자네도 다루기 힘든 아우를 두었군."

캐리스는 마이어가 취했다는 걸 알았다. 다리를 벌리고 앉아 양 팔꿈치를 탁자에 괸 그녀는 남자 역할을 과장되게 연기하고 있었다. "정말이지 스튜는 맛이 좋았습니다. 하지만 그 때문에 방귀가 어찌나 나오는지 죽겠습니다." 귀여운 얼굴을 한 남장 수녀가 말했다. "아, 냄새를 피워서 미안합니다, 친구들." 마이어는 다시 술잔을 채우고는 벌컥벌컥 마셨다.

그런 그녀를 본 남자들은 난생처음 술에 취한 소년이라고 여기고 재미있어하며 너그럽게 웃어줬다. 분명 자신들의 난처했던 경험을 떠올렸을 것이다.

캐리스가 그녀의 팔을 잡으며 말했다. "이제 자야 할 시간이다. 어서 가자."

마이어는 순순히 일어서면서 술친구들에게 말했다. "우리 형은 꼭 할

멈처럼 굽니다. 그래도 형은 나를 사랑하죠. 안 그래, 크리스토프?"

"그래, 미셸, 사랑하고말고." 캐리스의 말에 남자들은 다시 한번 웃음을 터뜨렸다.

마이어는 그녀에게 매달리다시피 했다. 캐리스는 그녀를 데리고 성당으로 돌아가 회중석에서 모포를 두었던 자리를 찾아냈다. 그러고는 그녀를 눕히고 모포를 덮어줬다.

"밤 인사를 해줘, 크리스토프." 마이어가 말했다.

캐리스는 그녀의 입술에 키스하고 말했다. "취했어. 어서 자. 아침 일찍 출발해야 하니까."

캐리스는 한동안 걱정에 잠긴 채 깨어 있었다. 몹시 운이 없었다는 생각이 들었다. 그녀와 마이어는 영국군과 리처드 주교를 거의 따라잡았는데, 정확히 똑같은 시간에 프랑스군 역시 그들을 따라잡은 것이었다. 전쟁터에서는 멀찌감치 떨어져 있어야 한다. 하지만 그녀와 마이어가 프랑스군의 후방에 발이 묶인다면 영국군을 따라잡지 못하게 될 수도 있었다.

모든 면을 고려했을 때 아침 일찍 출발해서 프랑스군을 앞지르는 편이 낫겠다는 생각이 들었다. 이렇게 규모가 큰 군대는 빠르게 이동하지 못한다. 대열을 갖추는 데만 몇 시간이 걸릴 것이다. 민첩하게 움직이기만 한다면 이들보다 앞설 수 있을 것이다. 위험이 따를 테지만, 포츠머스를 떠난 뒤로 위험하지 않았던 적은 없었다.

그러다 잠이 든 그녀는 새벽 세시 아침기도 종이 울렸을 때 잠에서 깼다. 그녀는 두통을 호소하는 마이어를 매몰차게 깨웠다. 수사들이 성가를 부르는 동안 캐리스와 마이어는 마구간에 가서 말을 끌어냈다. 하늘이 맑게 개어 별빛만으로도 길을 찾아갈 수 있었다.

도시의 제빵사들이 밤새 일을 하고 있었던 덕분에 두 사람은 여행에 필요한 빵을 살 수 있었다. 그러나 도시 성문은 아직 닫혀 있었다. 그들은 갓 구운 빵을 씹으며 새벽이 될 때까지 덜덜 떨면서 초조하게 기다렸다.

마침내 네시 반경 아브빌을 떠난 그들은 영국군이 점령했다는 북서쪽을 향해, 솜강의 동쪽 강둑을 따라 말을 달렸다.

그들이 불과 4분의 1마일쯤 왔을 때 도시 성벽에서 기상나팔 소리가 들렸다. 필리프 왕도 캐리스와 마찬가지로 일찍 출발하기로 마음을 정한 것이다. 들판에 있던 기사들과 병사들도 움직이기 시작했다. 그들이 일사불란하게 움직이는 것으로 보아 간밤에 이미 지휘관들이 명령을 받은 게 분명했다. 얼마 지나지 않아 일부 군대가 캐리스와 마이어가 가고 있는 길로 이동하기 시작했다.

캐리스는 아직 자신들이 이 부대보다 먼저 영국군 진영에 도착할 거라는 희망을 버리지 않았다. 이 프랑스군은 전투에 나서기 전 가던 길을 멈추고 본대와 다시 합류할지도 모른다. 그런다면 캐리스와 마이어는 동포의 진영에 도착하고 전쟁터와 멀찍이 떨어진 안전한 장소에 갈 만한 시간을 벌게 될 것이다. 그녀는 전투가 벌어졌을 때 양 진영 사이에 있고 싶지 않았다. 캐리스는 자신이 얼마나 무모했는가를 이제 겨우 깨닫기 시작했다. 전쟁에 대해 아는 것이 없었기 때문에 난관과 위험을 예상하지 못했다. 하지만 후회해봐야 이미 늦은 일이었다. 게다가 지금까지 별다른 해는 입지 않았다.

길을 나선 군인들은 프랑스인이 아니라 이탈리아인이었다. 강철 석궁과 쇠촉이 달린 화살 다발을 가지고 있었다. 그들은 우호적이었다. 캐리스는 노르망디 프랑스어와 라틴어, 그리고 부오나벤투라 카롤리에게서 주워들은 이탈리아어를 섞어가며 그들과 잡담을 나누었다. 그들은 그녀에게 전시에는 언제나 자신들이 최전선을 형성하며, 지금은 뒤편 수레에 실려 있는 육중한 나무 방패인 파비스 뒤에서 화살을 쏜다고 했다. 그들은 아침식사를 너무 서둘러 먹었다고 투덜댔고, 프랑스 기사들이 충동적인데다 시비조라 헐뜯었으며, 자신들의 대장인 오토네 도리아에 대해서는 탄복한 듯한 어조로 말했다. 대장은 몇 야드 앞쪽에 있다고 했다.

태양이 떠오르면서 모두가 더위에 시달렸다. 오늘 전투를 치르게 된다는 사실을 아는 석궁수들은 활과 화살 말고도 무거운 누비 망토에 쇠투구와 무릎 보호대까지 하고 있었다. 정오가 가까울 무렵 마이어가 쉬지 않으면 쓰러질 것 같다고 했다. 새벽부터 내리 말을 달렸기 때문에 지치기는 캐리스도 마찬가지였다. 말들에게도 휴식이 필요했다. 내키지 않았지만 잠시 멈추기로 했다. 그사이에 석궁수 수천 명이 그들을 앞질러갔다.

캐리스와 마이어는 말들에게 솜강의 물을 마시게 하고, 빵을 좀더 먹었다. 휴식을 마치고 다시 길을 떠날 무렵에는 프랑스 기사들과 병사들과 나란히 가게 됐다. 캐리스는 부대 선두에 있는 필리프 왕의 성마른 아우인 샤를의 얼굴을 알아보았다. 그녀는 프랑스군 한복판에 있는 셈이었지만 계속 길을 가면서 그들을 앞설 기회가 생기기만을 바라는 수밖에 없었다.

정오 조금 지나 명령이 하달됐다. 알려진 것과 달리 영국군이 서쪽이 아니라 북쪽에 있다는 것이었다. 프랑스 왕은 행렬을 짓지 말고 모두 일시에 방향을 바꾸라고 지시했다. 캐리스와 마이어 주변에 있던 샤를 백작의 부대는 강변로를 벗어나 숲을 관통하는 좁은 오솔길로 접어들었다. 캐리스는 맥이 풀린 채 그들을 따라갔다.

그때 낯익은 음성이 큰 소리로 그녀를 불렀다. 마르탱 시뤼르지앵이 다가왔다. "엄청난 혼란이군." 그가 정나미가 떨어진다는 투로 말했다.

"행군 질서가 완전히 깨졌어."

그때 말을 탄 한 무리의 병사들이 들판을 가로질러 빠르게 달려와 샤를 백작을 찾았다. "정찰대로군." 마르탱은 이렇게 말하고 그들이 무슨 말을 하는지 듣기 위해 앞으로 갔다. 캐리스와 마이어의 말들도 함께 붙어 다니려는 말들의 타고난 본능에 따라 그 뒤를 따랐다.

"영국군이 행군을 멈췄습니다." 그들의 귀에 이런 말이 들렸다. "크레시 시 인근 산마루에서 방어 태세를 취하고 있습니다."

"저 사람은 앙리 르 므안인데, 보헤미아 왕의 오랜 전우지." 마르탱이 말했다.

샤를은 그 소식에 기뻐했다. "오늘 당장 전투를 벌여야겠군요!" 그의 말에 주위에 있던 기사들이 환호를 올렸다.

앙리가 조심하라는 의미로 한 손을 들어올렸다. "일단 전 부대를 이곳에 멈추게 한 뒤 재편성을 해야 할 것 같소."

"지금 멈춘다고요?" 샤를이 고함치듯 말했다. "영국 놈들이 마침내 맞서 싸우려고 하는 마당에? 지금 당장 놈들을 공격합시다!"

"병사들과 말들은 좀 쉬어야 하오." 앙리가 조용하게 말했다. "지금 국왕은 멀리 뒤쪽에 계시오. 전하에게 여기서 전투 장면을 볼 기회를 드립시다. 전하는 오늘 만반의 준비를 한 뒤 내일 병사들이 기운을 회복했을 때 공격에 나서게 되실 겁니다."

"만반의 준비 같은 건 필요 없습니다. 영국군은 몇천 명 되지 않아요. 놈들은 궤멸될 겁니다."

앙리가 어쩔 수 없다는 몸짓을 했다. "나는 당신에게 이래라저래라 할 입장이 아니지만, 형님인 국왕의 지시를 받들라는 말씀을 드리고 싶군요."

"물어보십시오! 형님에게 물어보시란 말이오!" 샤를은 이렇게 말하고는 말을 몰고 나아갔다.

“내 영주가 왜 저렇게 거칠게 나오는지 이유를 모르겠군.” 마르탱이 캐리스에게 말했다.

“아마 저분은 자기가 통치를 할 수 있을 만큼 용맹하다는 사실을 증명하고 싶은 건지도 몰라요. 나이 서열 때문에 왕이 되지는 못했지만.” 캐리스가 생각에 잠긴 어투로 말했다.

마르탱은 그녀에게 날카로운 시선을 던졌다. “자네는 평범한 젊은이 치고는 꽤 똑똑하군.”

캐리스는 그의 시선을 피하며 자신의 위장 신분을 잊지 말자고 속으로 다짐했다. 마르탱의 어조에 적의는 없었지만 뭔가 미심쩍은 눈치였다. 남녀의 다른 골격 구조에 정통한 의사인 마르탱은 어쩌면 크리스토프와 마셸 드 롱상이 여느 남자와는 다르다는 사실을 알아차렸는지도 모른다. 다행히도 그는 그 문제를 추궁하지 않았다.

하늘에 구름이 끼기 시작했지만 대기는 아직 따뜻하고 습했다. 왼편에 삼림지대가 나타나자 마르탱은 캐리스에게 그곳이 크레시 숲이라고 알려주었다. 이제 그들은 영국군과 그리 멀지 않은 곳에 있는 것이 분명했지만, 어떻게 해야 어느 한쪽으로부터 살해당하는 일 없이 프랑스군과 떨어져 영국군 진영으로 들어갈 수 있을지 알 수 없었다.

숲 때문에 행군하는 군대의 좌측이 한옆으로 밀리면서 캐리스가 가던 길이 병사들로 메워졌고, 그 결과 서로 다른 부대들이 어쩔 수 없이 섞이고 말았다.

전령들이 새로운 왕명을 가지고 행렬로 내려왔다. 모두 행군을 멈추고 진지를 구축하라는 지시였다. 캐리스의 희망이 다시 살아났다. 프랑스군을 앞지를 기회가 생긴 것이다. 샤를과 전령 사이에 언쟁이 벌어지자 마르탱이 무슨 일인지 알아보려고 갔다. 얼마 후 믿을 수 없다는 열굴로 돌아온 마르탱이 말했다. "샤를 백작은 명령을 거부하고 있어!"

"왜요?" 실망한 캐리스가 반문했다.

"샤를 백작은 형님이 지나치게 조심한다고 생각하고 있어. 백작은 약해빠진 적군 앞에서 행군을 멈추는 소심한 짓 따위는 하지 않을걸."

"전쟁터에서는 모두가 왕명에 따라야 하는 것 아닌가요?"

"응당 그래야지. 하지만 프랑스 귀족에게 자신의 기사도 정신보다 중요한 건 없어. 비겁한 짓을 하느니 죽고 말겠다는 거지."

군대는 명령을 무시하고 계속 행군했다. "자네들 둘이 있어줘서 다행이야." 마르탱이 말했다. "다시 자네들의 도움을 받아야 할 테니까. 전쟁에서 이기든 지든 해질녘까지 엄청난 수의 부상자가 나올 거야."

캐리스는 도저히 빠져나갈 수 없겠다고 판단했다. 그러나 한편으로는 빠져나갈 마음이 사라져버렸다. 오히려 이상하게도 어떤 열의마저 느꼈다. 만약 이들이 정말 칼과 화살로 서로를 다치게 한다면 적어도 그녀는 부상자들을 도울 수 있을 것이다.

잠시 후 석궁 부대 대장인 오토네 도리아가 알랑송의 샤를 백작에게 무슨 말인가 하기 위해 병사들 사이로 말을 달려 왔는데 병사들이 너무 밀집해 있어 뚫기가 쉽지 않았다. 그가 백작에게 소리쳤다. "병사들을 멈추게 하시오!"

샤를은 발끈 성을 냈다. "감히 누가 내게 명령을 하는 거요!"

"명령은 왕이 하는 겁니다! 우리는 행군을 멈춰야 합니다. 당신의 병사들이 뒤에서 계속 밀어붙여서 내 부하들이 멈출 수가 없단 말입니다!"

"계속 행군하면 되지 않소."

"지금 우리는 적군의 시야에 들어가 있습니다. 여기서 몇 발만 더 가면 전투를 할 수밖에 없단 말입니다."

"그럼 전투를 하면 될 게 아니오."

"하지만 내 부하들은 온종일 행군했어요. 허기지고 목이 타고 지쳤단 말입니다. 게다가 지금 석궁수들에게는 파비스도 없는 상태입니다."

"방패 없이 싸우려니 겁이 나는 모양이군."

"지금 내 부하들에게 겁쟁이라고 한 겁니까?"

"싸우지 않겠다면 겁쟁이가 맞지."

오토네는 잠시 아무 말도 하지 않았다. 이윽고 그가 나지막한 소리로 말했는데, 캐리스는 가까스로 그 말을 알아들었다. "당신은 바보요, 알랑송. 그리고 해가 질 무렵에는 지옥에 가 있을 겁니다." 그러고 나서 그는 말을 돌려 가버렸다.

캐리스는 문득 얼굴에 물기를 느끼고 고개 들어 하늘을 바라보았다. 비가 내리기 시작했다.

49

소나기는 거셌지만 금세 그쳤다. 소나기가 지나간 뒤 골짜기를 내려다본 랠프는 그곳에 와 있는 적군을 보고 공포를 느꼈다.

영국군은 남서쪽에서 북동쪽으로 이어진 능선을 차지하고 있었다. 그들 뒤편 북서쪽은 숲이었다. 전면과 양옆은 산기슭까지 비탈을 이루고 있었다. 오른쪽 측면으로는 메강의 골짜기에 자리잡은 크레시 앙 퐁티외 시가 내려다보였다.

프랑스군은 남쪽에서 접근하고 있었다.

랠프는 젊은 웨일스 공이 지휘하는 롤런드 백작의 부대와 함께 우측에 있었다. 그들은 써레 형태의 진을 짜고 있었는데, 스코틀랜드인과 전투할 때 효과를 본 대형이었다. 좌우로 궁수들이 써레의 두 날처럼 삼각 진형으로 배치되어 있었다. 두 날 사이 깊숙한 안쪽에는 말을 타지 않은 기사들과 병사들이 있었다. 기사들은 대부분 말을 타지 않은 상태를 취약하다고 여겼으므로 이 혁신적인 진법에 반감을 품고 있었다. 그들은 말을 타고 싶어했다. 그러나 왕은 요지부동으로 전군을 말에서 내리게 했다. 기사들 앞쪽에는 1피트 깊이에 1피트 폭으로 구덩이를 파 프랑스군의 말이 걸려 넘어지도록 함정을 만들어놓았다.

랠프의 오른쪽으로 능선 끝에는 색다른 장치가 있었다. 포석기 또는 대포로 불리는 그 세 대의 신형 기계 장치는 폭약을 이용해서 둥근 돌을 쏘아올렸다. 그들은 그 장치를 노르망디에서 이곳까지 끌고 왔지만 아직 사용한 적은 없었다. 그래서 그것이 실제로 효력이 있을지는 아무도 몰랐다. 오늘 에드워드 왕은 사용 가능한 모든 수단을 동원할 필요가 있었다. 적군의 수가 4대 1에서 7대 1로 압도적인 우세였기 때문이다.

영국군의 좌측을 맡은 노샘프턴 백작의 부하들 역시 똑같은 써레 대형을 짜고 있었다. 전선 뒤쪽 왕이 지휘하는 제3대대는 증원군 역할을 맡았다. 그 뒤에는 후방 진지 두 곳이 있었다. 첫번째 진지에는 원형으로 모아놓은 보급 수레들이 있었는데, 요리사, 기사, 말구종 같은 비전투원들이 말과 함께 있었다. 두번째 진지는 숲 자체로, 영국군이 질 경우 잔존한 병사들이 달아날 곳이었다. 말 탄 프랑스군 기사들은 숲속까지 쉽게 쫓아오지는 못할 것이었다.

그들은 이른 아침부터 그곳에 자리잡고 있었다. 음식이라곤 양파를 넣은 콩 수프밖에 없었다. 랠프는 갑옷을 입고 있어 땀투성이가 됐기 때문에 소나기가 달가웠다. 게다가 비는 프랑스군이 돌격해 올 경사로를 미끈거리는 진흙탕으로 바꾸었다.

랠프는 프랑스군이 어떤 전술을 쓸지 짐작이 갔다. 제노바인 석궁수들은 방패 뒤에서 화살을 쏘아 영국군의 전열을 약화시킬 것이다. 그리고 충분히 손상을 입힌 뒤 그들이 옆으로 물러나면 프랑스군 기사들이 군마를 타고 돌격할 것이다.

그들의 돌격은 실로 간담이 서늘할 정도로 무시무시했다. 프랑스식 분노라고 불리는 그 돌격은 프랑스 귀족이 지닌 최고의 무기였다. 프랑스 귀족사회의 규약 때문에 그들은 자신들의 안전도 도모하지 않았다. 철갑을 두른 듯 완벽하게 갑옷을 갖춰입은 기사들은 거대한 군마를 탄 채 적의 궁수와 방패, 칼, 병사를 가리지 않고 덮쳤다.

물론 그런 돌격이 언제나 성공을 거두지는 않았다. 그런 식의 돌격은, 특히 지금처럼 지형이 방어자에게 유리할 때는 격퇴될 수도 있었다. 그러나 프랑스군은 쉽게 사기가 죽지 않았다. 그들은 또다시 돌격하려 들 것이다. 게다가 이처럼 수적으로 엄청난 우세인 상황에서는 영국군이 언제까지 그들의 공격을 저지할 수 있을지 알 수 없었다.

랠프는 겁이 났지만, 군대에 들어온 것을 후회하지는 않았다. 지난 칠 년 동안 그는 언제나 그가 원하던 행동하는 삶을 영위했다. 이 삶에서는 강자가 왕이고 약자는 아무것도 아니었다. 그는 스물아홉 살이었고 행동하는 인간은 늙지 않는 법이었다. 그는 온갖 악행을 저질렀지만 셔링의 주교에게 모두 면죄를 받았고, 가장 최근의 면죄는 오늘 아침에 있었다. 지금 주교는 섬뜩해 보이는 갈고리 철퇴를 들고 아버지인 백작 옆에 있었는데, 사제는 피를 보아서는 안 된다는 규칙을 전장에서 무딘 무기를 사용하는 것으로 조잡하게나마 지키고 있는 셈이었다.

흰 망토를 걸친 석궁수들이 산기슭에 도착했다. 그동안 바로 앞 땅바닥에 화살촉을 밑으로 해서 화살을 박아놓고 주저앉아 있었던 영국군 궁수들이 자리에서 일어나 시위에 화살을 메기기 시작했다. 랠프는 그들 대부분이 자신과 마찬가지로, 오랜 기다림이 끝났다는 안도감과 동시에 자신들에게 불리한 승세 때문에 두려움을 느끼고 있을 거라 짐작했다.

랠프는 아직 시간이 많이 남았다고 생각했다. 제노바인들이 전술에 필수적인 나무 방패를 들고 있지 않았다. 방패를 갖추기 전까지는 전투가 시작되지 않을 것이 확실했다.

석궁수 뒤편으로 수천 명의 기사가 남쪽에서 골짜기로 쏟아져 들어와 석궁수 좌우편으로 산개했다. 해가 다시 나오면서 깃발과 말에 씌운 선명한 천들의 색채가 찬연히 빛났다. 랠프는 그중에서 필리프 왕의 아우인 알랑송의 샤를 백작의 문장을 알아보았다.

석궁수들은 산기슭에서 행군을 멈췄다. 수천 명이나 되는 그들이 무슨 신호를 받은 듯 일제히 무시무시한 고함을 질러댔다. 공중으로 펄쩍펄쩍 뛰어오르는 자들도 있었다. 나팔 소리가 울려퍼졌다.

적을 겁주기 위한 함성이었다. 효과를 거둘 때도 있을지 모르지만, 육 주간의 전투를 치른 노련한 전사들로 구성된 영국군을 단순한 함성만으로 겁주기는 어려웠다. 영국군은 무표정했다.

그런데 다음 순간 놀랍게도 제노바인들이 석궁을 들더니 화살을 쏘기 시작했다.

대체 저들이 왜 저러지? 방패도 없이!

5천 개의 쇠화살이 갑작스레 허공을 가르는 소리는 무시무시했다. 그러나 석궁을 쏘기에는 거리가 멀었다. 어쩌면 그들은 산위로 화살을 쏜다는 사실을 감안하지 않았는지도 몰랐다. 영국군 뒤쪽에 떠 있는 오후의 태양 때문에 분명 눈이 부셨을 것이다. 이유가 무엇이든 그들이 쏜 화살들은 훨씬 못 미치는 거리에 힘없이 떨어졌다.

영국군 전선 한복판에서 섬광이 번쩍이고 천둥 치는 듯한 굉음이 터져나왔다. 깜짝 놀란 랠프의 눈에 새 포석기를 갖다놓은 곳에서 솟아오르는 연기가 보였다. 소리는 엄청났지만 시선을 돌려 적진 쪽을 살펴보니 실제로 별다른 타격은 입히지 못한 것 같았다. 하지만 석궁수들은 화살을 다시 장전하는 일을 잊을 정도로 놀랐다.

그 순간 웨일스 공이 자신의 궁수들에게 사격 명령을 내렸다.

2천 대의 긴 활이 일제히 위로 솟았다. 지면과 평행으로 직사를 하기에는 거리가 멀다는 사실을 알고 있는 궁수들은 화살이 그리게 될 얕은 포물선을 직관적으로 판단해 하늘을 향해 조준했다. 여름날 갑작스러운 산들바람에 고개를 숙이는 밀밭의 밀처럼 모든 활이 동시에 구부러졌다. 다음 순간 마치 성당의 종소리처럼 하나의 소리로 뭉뚱그려지면서 화살이 일제히 발사됐다. 가장 빠른 새보다도 빠른 화살들이 허공으로 솟구쳤다가 아래로 방향을 바꿔 흡사 우박이 쏟아지듯 석궁수들의 머리 위로 쏟아져내렸다.

적들은 밀집해 있는데다 제노바인들이 걸친 망토는 별다른 보호구가 되어주지 못했다. 방패가 없는 석궁수들은 몹시 취약했다. 단번에 수백 명의 사상자가 발생했다.

하지만 그것은 시작에 불과했다.

살아남은 석궁수들이 재장전하는 사이 영국군은 연거푸 화살을 쏘았다. 궁수가 땅바닥에서 화살을 뽑아 시위에 걸고 활을 당기고 조준하고 화살을 쏜 다음 새 화살을 집어드는 데까지는 사오 초밖에 걸리지 않았다. 노련하고 숙달된 궁수는 더 빨리 쏠 수도 있었다. 불과 일 분 사이에 2만 대의 화살이 보호구도 없는 석궁수들의 머리 위로 쏟아졌다.

학살이나 다름없었으며 그 결과는 뻔했다. 석궁수들은 몸을 돌려 달아났다.

얼마 후 제노바인들이 사정거리에서 벗어나자 영국군은 사격을 중지하고 뜻밖의 승리에 웃음을 터뜨리며 야유를 보냈다. 그러나 석궁수들은 또다른 위험에 봉착했다. 프랑스 기사들이 전진하고 있었다. 달아나던 석궁수들의 밀집한 무리가, 돌격하고 싶어 좀이 쑤시는 밀집한 기수들과 정면으로 부딪쳤다. 한순간 대혼란이 벌어졌다.

적군들이 자기편을 공격하는 광경을 본 랠프는 아연해졌다. 기사들은 칼을 뽑아 석궁수들을 난도질하기 시작했으며, 석궁수들은 기사들을 향해 화살을 날리다가 아예 단도를 뽑아들고 싸웠다. 프랑스 귀족들은 이 어이없는 살육을 멈춰야 했지만, 랠프의 눈에는 가장 값비싼 갑옷을 입고 가장 큰 말을 탄 자들이 오히려 싸움을 선도하며 광분한 채 자기편을 공격하고 있었다.

기사들이 석궁수들을 도로 산비탈 쪽으로 밀어올리자 그들은 또다시 영국군 궁수들의 사정거리에 들어오게 됐다. 웨일스 공은 다시 한번 영국군 궁수들에게 사격 명령을 내렸다. 이제 석궁수뿐 아니라 기사들에게도 화살 세례가 퍼부어졌다. 랠프는 칠 년간 전투를 해왔지만, 이런 장면은 본 적이 없었다. 수백 명의 적군이 죽거나 다쳐 쓰러졌는데, 긁히는 정도 이상의 부상을 당한 영국군 병사는 하나도 없었다.

마침내 프랑스 기사들이 퇴각하고 남아 있던 석궁수들도 뿔뿔이 흩어졌다. 그들은 영국군 진지 바로 아래 비탈에 수많은 시체를 남긴 채 물러났다. 영국군 진영에서 웨일스인과 콘월인으로 구성된 단도 부대가 전장으로 달려내려가 프랑스군 부상자들을 처치하고 궁수들이 재사용할 수 있도록 멀쩡한 화살을 회수했다. 그 과정에서 분명 시체에서 도둑질도 했을 것이다. 같은 시간에 소년 전령들도 보급 행렬에 있던 새 화살 더미를 영국군 전선으로 날랐다.

전투는 잠시 멈췄지만 그 시간은 그리 길지 않았다.

프랑스 기사들은 그뒤를 이어 나타난 수백수천의 병력으로 재편되고 보강됐다. 적군 진영을 살피던 랠프는 알랑송의 군기 뒤로 플랑드르와 노르망디의 군기가 편입되어 있는 것을 보았다. 알랑송 백작의 군기가 전면으로 이동하자 나팔 소리가 나면서 기수들이 진격하기 시작했다.

랠프는 안면 덮개를 내리고 칼을 뽑았다. 머릿속에 어머니가 떠올랐다. 어머니가 성당에 갈 때마다 자신을 위해 기도한다는 것을 아는 그는 그 순간 어머니가 무척이나 고마웠다. 그는 적군을 지켜보았다.

갑옷으로 완전 무장한 기수를 태운 거대한 군마의 출발은 느릴 수밖에 없었다. 저물어가는 햇살이 프랑스군 말들이 쓴 바이저에 반사됐고, 저녁 산들바람에 깃발들이 펄럭였다. 말발굽소리가 점차 크게 울리고 돌격 속도에도 가속이 붙기 시작했다. 기사들은 칼과 창을 휘두르고 고함을 지르며 말들과 동료들에게 힘을 불어넣어줬다. 해변의 파도처럼 밀려오는 적군들은 거리가 가까워지면서 점점 더 크고 빨라 보였다. 랠프는 입안이 마르고 심장이 큰북처럼 고동치기 시작했다.

그들이 사정거리에 들어오자 웨일스 공은 다시 사격 명령을 내렸다. 한번 더 화살이 공중으로 솟았다가 죽음의 빗발처럼 쏟아졌다.

돌격하는 기사들은 갑옷으로 완전히 무장했기 때문에 취약한 갑옷 사이 이음매를 맞힌다는 것은 그야말로 요행이 필요한 일이었다. 그러나 말들은 바이저와 목 부위에 사슬 덮개만 하고 있었다. 그래서 약점은 말들이었다. 화살이 말의 어깨나 엉덩이에 박히면 우뚝 멈추거나 쓰러졌고, 몸을 돌려 그대로 달아나는 말도 있었다. 고통을 이기지 못한 말들이 울부짖는 소리가 허공을 채웠다. 화살보다도 말들끼리 부딪치는 바람에 많은 기사가 제노바인 석궁수들의 시체 속으로 굴러떨어졌다. 뒤에서 오던 기수들은 너무 속력을 내다 땅에 쓰러진 기사를 미처 피하지 못하고 밟고 지나갔다.

그러나 기사는 수천 명이었고, 계속 오고 있었다.

사정거리가 짧아지자 궁수들은 얕은 포물선으로 사격했다. 적군 돌격대가 100야드 앞에 이르자 그들은 끝이 뾰족한 화살 대신 갑옷도 뚫을 수 있는 납작한 강철촉 화살로 바꾸었다. 이제 궁수들은 기수들을 처리할 수 있었는데, 화살이 말을 맞힐 경우에도 비슷한 효과를 냈다.

비가 내린 뒤라 땅이 젖은데다 이제는 영국군이 미리 파뒀던 함정이 나타나기 시작했다. 말들은 여세를 몰아 치닫고 있었으므로 1피트 깊이의 구덩이에 발이 걸리지 않는 말은 거의 없었다. 수많은 말이 쓰러지면서 뒤이어 말들이 달려오고 있는 바닥으로 기수들을 팽개쳤다.

애초에 영국군이 계획한 대로, 쇄도하는 기사들은 궁수들을 피하느라 깔때기 모양의 좁은 통로를 지날 수밖에 없게 됐는데, 그곳은 양옆에서 화살을 쏘아대는 살육장이나 다름없었다.

그것이 영국군이 세운 전략의 핵심이었다. 그 시점이 되자 영국군 기사들을 강제로 말을 타지 못하게 한 것이 얼마나 현명한 전략이었는지 명확히 깨달았다. 만약 말을 타고 있었다면 돌격하고 싶은 욕구를 이기지 못했을 테고, 그랬다면 궁수들은 아군 때문에 사격을 멈춰야 했을 것이다. 그러나 기사들과 병사들이 전선을 지키고 있었던 덕분에 영국군측은 사상자를 내지 않고 적군을 대대적으로 살육할 수 있었다.

하지만 그것만으로는 부족했다. 프랑스군은 수가 너무 많고 용감했다. 그들은 끊임없이 달려들었다. 마침내 프랑스군은 양쪽 궁수 부대들 사이 분기점에 있는 말을 타지 않은 영국군 기사들과 병사들이 있는 곳에 이르렀으며, 본격적인 전투가 시작됐다.

말들이 영국군 맨 앞줄을 밟아 뭉갰지만 진흙탕이 된 산비탈을 올라오느라 속력이 떨어졌기 때문에 밀집한 영국군 대열에 막혀 멈출 수밖에 없었다. 랠프는 순식간에 전투의 한복판에 놓였다. 그는 말 탄 기사들이 아래로 휘두르는 치명적인 공격을 피하면서, 말의 슬와근을 끊어버리는 가장 쉽고 확실한 방법으로 말을 무력화시키기 위해 말의 다리들을 향해 칼을 휘둘렀다. 싸움은 치열했다. 영국군은 물러설 곳이 없었고, 프랑스군은 그 자리에서 물러선다면 아까와 같은 치명적인 화살 세례를 받으리란 것을 알고 있었다.

사방에서 칼과 도끼에 난도질당해 병사들이 쓰러졌고, 다시 그들을 군마의 거대한 쇠발굽이 짓밟았다. 그는 한 프랑스 병사의 칼에 맞아 롤런드 백작이 쓰러지는 모습을 보았다. 롤런드의 아들 리처드 주교가 쓰러진 아버지를 보호하기 위해 철퇴를 휘둘렀지만, 리처드는 군마에 떠밀리고 백작은 말굽에 밟혔다.

영국군이 밀리고 있었다. 랠프는 문득 프랑스군이 노리는 표적이 웨일스 공임을 깨달았다.

랠프는 그 열여섯 살짜리 왕위 후계자에 대해 특별한 애정은 없었지만 왕자가 포로가 되거나 살해될 경우 영국군의 사기에 치명타가 되리란 것을 알았다. 랠프는 뒤쪽 왼편으로 이동해 왕자를 방패처럼 에워싼 채 싸우고 있는 병사들에 합류했다. 그러나 프랑스군은 공세를 강화하고 있는데다 말을 타고 있었다.

랠프는 어느새 왕자 옆에서 싸우게 됐다. 그는 푸른 바탕의 붓꽃 문장과 붉은 바탕의 사자 문장이 있는 사등분된 덧옷을 보고 왕자임을 알아보았다. 이윽고 한 프랑스 기수가 왕자에게 도끼를 휘둘렀고, 왕자는 땅에 쓰러졌다.

위험한 순간이었다.

랠프는 앞으로 돌진하며 공격자를 칼로 찔렀다. 그의 긴 칼이 기수의 겨드랑이 쪽 갑옷 이음매 사이를 뚫고 들어갔다. 랠프는 칼끝이 살을 꿰뚫는 흡족한 느낌을 받았다. 적의 상처에서 피가 솟구쳤다.

그때 누군가가 쓰러진 왕자의 몸 위로 두 다리를 버티고 선 채 기수고 말이고 할 것 없이 양손에 쥔 큰 칼을 휘둘러댔다. 왕자의 기수인 리처드 피츠사이먼이었다. 그가 들고 있던 군기는 바닥에 쓰러진 상관의 몸에 덮여 있었다. 잠시 후 리처드와 랠프는 살았는지 죽었는지도 모르는 왕자를 지키기 위해 맹렬히 싸웠다.

얼마 후 증원군이 도착했다. 어런들 백작이 아직 전투에 참가하지 않은 대규모 병력을 거느리고 나타난 것이었다. 새로 도착한 병력이 격렬하게 전투에 끼어들면서 형세가 바뀌었다. 프랑스군은 밀리기 시작했다.

그때 웨일스 공이 무릎을 꿇은 자세로 일어나 앉았다. 랠프는 바이저를 올리고 왕자가 일어서도록 부축했다. 심한 부상은 아닌 듯했고, 랠프는 다시 몸을 돌려 싸움을 계속했다.

얼마 후 프랑스군은 꺾이고 말았다. 그들은 미치광이 같은 전술에도 불구하고 극도의 용맹함 덕분에 영국군 전선을 결딴낼 뻔했지만, 마지막까지 밀어붙이지는 못했다. 두 줄로 늘어선 궁수들이라는 호된 시련을 지나 퇴각하던 그들은 점점 더 많은 병력을 잃어가면서 피범벅이 된 산비탈을 비틀대며 달려내려가 자신들의 전선 안쪽으로 패주했다. 영국군 진지에서는 지친 병사들이 기쁨의 환호성을 올렸다.

이번에도 웨일스인들이 전장으로 달려들어 부상자의 목을 따고 수천 대의 화살을 회수했다. 궁수들도 사용한 화살을 수거해 화살통을 보충했다. 후미에서는 취사병들이 술통을 가져왔고, 군의관들이 달려와 부상당한 귀족들을 보살폈다.

랠프는 캐스터의 윌리엄이 롤런드 백작의 몸 위로 허리를 숙이고 있는 모습을 보았다. 백작은 숨을 쉬고 있었지만 눈을 뜨지 못했고, 사경을 헤매는 듯했다.

랠프는 흙바닥에 피 묻은 칼을 닦고는 술을 마실 생각으로 바이저를 들어올렸다. 그때 웨일스 공이 다가와 물었다. "당신의 이름은 무엇인가?"

"위글리의 랠프 피츠제럴드라고 합니다, 전하."

"아주 용감하게 싸워주었다. 전하가 내 청을 수락하신다면, 내일 당신은 랠프 경이 될 것이다."

랠프는 기쁨으로 얼굴이 상기됐다. "고맙습니다, 전하."

왕자는 품위 있게 고개를 끄덕이고는 다른 쪽으로 갔다.

50

캐리스는 맞은편 골짜기에서 그 전투의 초반을 지켜보았다. 달아나려는 제노바인 석궁수들이 오히려 자기편 기사들에게 도륙당하는 것도 보았다. 그다음에는 알랑송의 샤를 군기를 선두로 수천의 기사들과 병사들이 돌격하는 어마어마한 장면도 보았다.

전투 장면을 처음 본 그녀는 속이 완전히 뒤집히는 듯했다. 수백 명의 기사가 영국군 화살에 맞아 쓰러지고 거대한 군마의 발굽에 짓밟혔다. 백병전까지 식별하기에는 거리가 너무 멀었지만 그래도 칼날의 번뜩임과 쓰러지는 사람들을 보자 눈물이 터질 것 같았다. 수녀로서 그녀는 높은 비계에서 떨어지거나 날카로운 연장에 다치거나 사냥중에 사고를 당한 중상자들을 보았는데, 그들의 잃어버린 손이나 으스러진 다리, 다친 뇌를 보며 그 고통과 상실감에 깊은 연민을 느꼈었다. 그러나 사람들이 고의로 서로를 다치게 하는 광경을 보자 구역질이 치밀었다.

전투는 오랫동안 어느 쪽으로도 승세가 기울 수 있는 것처럼 보였다. 만약 그녀가 고국에 머물면서 멀리서 들려오는 전쟁 소식을 들었다면 영국군의 승리를 희망했겠지만, 지난 이 주간 모든 일을 목격하고 난 지금은 일종의 분개가 섞인 중립 상태에 있었다. 농부를 살해하고 곡식을 불태운 영국군과 자신을 도저히 동일시할 수 없었다. 그들이 이런 흉포한 짓을 자행한 곳이 노르망디였다고 해도 달라질 건 없었다. 물론 그들은 포츠머스를 불태웠던 프랑스군에게 마땅한 보복이었다고 말할 테지만, 그것은 이런 공포 가득한 장면을 만들어낸 것만큼이나 어리석은 사고방식이었다.

프랑스군은 퇴각했다. 그녀는 그들이 군대를 재편성하고 왕이 도착하기를 기다리며 새로운 전투 계획을 세우리라고 짐작했다. 프랑스군이 아직 수적으로는 크게 우세하다는 것을 눈으로 확인할 수 있었다. 이미 계곡에 수만의 병력이 있었는데, 계속해서 더 들어오고 있었다.

그러나 프랑스군은 병력을 재편성하지 않았다. 오히려 새로 도착한 대부대는 산 위에 있는 영국군을 향해 자살이나 다름없는 공격에 속속 나섰다. 첫번째에 뒤이은 두번째 돌격은 첫번째보다 더 큰 대가를 치렀다. 일부는 영국군 전선에 이르기도 전에 궁수들에 의해 쓰러졌고, 나머지는 보병들에게 격퇴됐다. 능선 바로 아래 비탈은 수백 명의 병사와 말이 뿜어낸 핏물로 번들거렸다.

첫번째 돌격 이후 캐리스는 이따금만 전투를 볼 수 있었다. 운좋게 전장을 벗어날 수 있었던 프랑스군 부상자를 보살피느라 정신이 없었기 때문이다. 마르탱 시뤄르지앵은 그녀의 실력이 의사에 버금간다고 느꼈다. 그는 자신의 도구를 마음대로 쓰라고 하면서 캐리스와 마이어가 독자적으로 일하도록 내버려두었다. 그들은 몇 시간 동안 상처를 씻고 꿰매고 붕대를 감았다.

전선에서부터 시시각각 들어온 유력 인사의 사망 소식이 그들에게도 전달됐다. 알랑송의 샤를이 고위급으로는 첫번째 전사자였다. 캐리스는 그것이 그에게 마땅히 돌아갈 운명이었다는 느낌을 지울 수 없었다. 그의 어리석은 열광과 경솔하고 무절제한 행태를 목격했기 때문이다. 몇 시간 후에는 보헤미아의 얀 왕이 전사했다는 소식이 들어왔다. 그녀는 대체 어떤 광기가 눈먼 사람을 전장으로 몰아넣었는지 의아했다.

"대체 왜 전쟁을 그만두지 않는 거죠?" 마르탱이 피로를 풀어주기 위해 에일 한 잔을 가져왔을 때 그녀가 물었다.

"두려움 때문이지." 그가 대답했다. "그들은 불명예를 겁내거든. 적에게 일격을 가하지 못하고 전장을 떠난다는 건 수치스러운 일이니까. 그러기보다 차라리 죽음을 선택하는 거야."

"소원대로 된 사람들이 많은 것 같군요." 캐리스는 모진 어조로 말하고 술잔을 비운 뒤 다시 일하러 갔다. 인체에 대한 지식과 이해가 급속도로 불어나는 듯했다. 그녀는 살아 있는 인간의 신체 모든 부위를 그 속까지 들여다보았다. 깨진 두개골 속 뇌와 파이프 모양을 한 목구멍, 상처로 벌어진 팔 안쪽의 근육들, 으스러진 흉곽 속 심장과 폐, 끈적끈적하게 엉킨 창자, 허리와 무릎과 발목의 관절들. 수도원 구호소에서 일 년 동안 알게 되는 것보다 더 많은 지식을 한 시간에 습득했다. 그녀는 매슈 바버가 바로 이런 식으로 그렇게 많은 지식을 습득했으리란 것을 깨달았다. 그가 자신만만했던 건 당연한 일이었다.

살육은 어둠이 내릴 때까지 계속됐다. 영국군은 야음을 틈탄 기습에 대비해 횃불을 밝혔다. 그러나 캐리스가 판단하기에 영국군은 안전했다. 프랑스군은 패주했다. 프랑스 병사들이 쓰러진 친척이나 동료의 이름을 부르며 전장을 헤매는 소리가 들렸다. 나중에 도착해 마지막의 가망 없는 돌격에 참여했던 왕은 전장을 떠났다. 그후 퇴각은 당연한 듯 이루어졌다.

강에서 올라온 안개가 골짜기를 채우자 멀리서 타오르는 횃불이 희미하게 보였다. 캐리스와 마이어는 불을 밝힌 채 한밤중까지 부상자들을 치료했다. 내일 있을 피비린내 나는 소탕전을 피해 되도록 영국군과 떨어지기 위해 절뚝거려도 걸을 수 있는 사람은 모조리 그곳을 떠났다. 부상자를 위해 할 수 있는 모든 일을 마친 캐리스와 마이어도 살그머니 그 자리를 빠져나왔다.

지금이 기회였다.

두 사람은 자신들이 타고 온 말을 찾아 횃불 빛을 비추며 앞으로 나아갔다. 골짜기 아래쪽에 이른 그들은 두 전선 사이에 들어선 셈이었다. 그들은 안개와 어둠 속에서 남장을 벗었다. 한순간 전쟁터 한복판에서 벌거벗은 여자가 된 두 사람은 자신들이 더없이 나약하게 느껴졌다. 그러나 아무도 그들을 볼 수 없었다. 잠시 후 그들은 머리 위로 수도복을 내려 입었다. 그리고 다시 필요할 경우에 대비해 입었던 남자옷을 챙겼다. 아직 집까지는 먼길을 가야 했다.

캐리스는 불빛을 본 영국군 궁수가 수하誰何하지 않고 다짜고짜 사격부터 할까봐 횃불을 버리기로 했다. 두 사람은 서로 떨어지지 않기 위해 손을 잡은 채 말을 끌고 나아갔다. 아무것도 보이지 않았다. 안개에 달빛도 별빛도 모두 가려졌다. 그들은 영국군 진지가 있는 산 위로 향했다. 고깃간에서 나는 냄새가 났다. 말과 사람 시체가 너무 많아 피해 돌아갈 수가 없었다. 그들은 이를 악물고 시체를 밟으며 걸음을 옮겼다. 얼마 지나지 않아 신발은 진흙과 피로 범벅이 됐다.

바닥에 놓인 시체가 점점 줄어들더니 얼마 후 더이상 보이지 않았다. 영국군 진지가 가까워지자 점점 안도감이 들기 시작했다. 캐리스와 마이어는 수백 마일을 여행하고 이 주 동안 험난한 여정을 겪었고 지금도 목숨을 걸고 있었다. 그녀는 애초에 이 여행에 나선 계기였던 일을, 즉 고드윈 수도원장이 수녀원 금고에서 150파운드를 훔친 말도 안 되는 일도 거의 잊고 있었다. 피가 낭자한 전투를 목격하고 난 지금 그녀에게 그런 일은 그리 중요하지 않았다. 그래도 그녀는 리처드 주교에게 그 문제를 알려 수녀원을 위해 정의를 쟁취할 생각이었다.

그런데 낮에 골짜기 건너에서 봤을 때보다 길은 더 멀게 느껴졌다. 방향을 잘못 잡은 게 아닌지 불안했다. 엉뚱한 방향으로 접어들어 곧장 영국군 한복판으로 들어가고 있는 것인지도 몰랐다. 어쩌면 영국군을 지나쳐왔을지도 몰랐다. 그녀는 무슨 소리가 들리는지 귀를 곤두세웠다. 아무리 녹초가 돼서 잠들었다 해도 1만 명이나 되는 사람들이 아무 소리도 내지 않는 건 불가능할 텐데, 안개에 묻힌 듯 아무 소리도 들리지 않았다.

그녀는 에드워드 왕이라면 병력을 가장 높은 지대에 주둔시켰을 것이라는 확신에 매달렸다. 따라서 오르막길을 가고 있는 한 영국군에 다가가고 있을 거라 생각했다. 그러나 앞이 보이지 않는 건 불안하기 그지없었다. 코앞에 절벽이 있어도 그냥 발을 내디딜 참이었다.

마침내 사람 목소리가 들려왔을 때는 새벽빛에 안개가 진주색으로 바뀔 무렵이었다. 그녀는 걸음을 멈췄다. 나지막이 웅얼거리는 남자의 목소리였다. 불안해진 마이어는 그녀의 손을 꽉 잡았다. 또다른 남자의 목소리가 들렸다. 캐리스는 그것이 어느 나라 말인지 분간이 가지 않았다. 혹시라도 그들이 길을 완전히 한 바퀴 돌아 프랑스 진영에 다시 돌아온 게 아닌지 겁이 났다.

그녀는 마이어의 손을 잡은 채 목소리가 들린 쪽으로 몸을 돌렸다. 회색 안개 사이로 붉은 불꽃이 보이자 고마운 심정으로 발을 옮겼다. 거리가 가까워지자 목소리는 좀더 또렷하게 들렸는데, 그들의 언어가 영어라는 것을 확인하자 커다란 안도감을 느꼈다. 잠시 후 모닥불을 에워싼 한 무리의 남자들을 알아볼 수 있었다. 몇몇은 모포를 감싸고 자고 있었지만 세 명은 다리를 꼬고 앉은 채 모닥불을 들여다보며 대화하고 있었다. 이윽고 한 남자가 일어서더니 보초를 서려는 듯 안개 속을 살펴보았는데, 캐리스가 다가오고 있다는 것을 알아채지 못한 것으로 보아 이런 안개 속에서는 보초 자체가 무의미하다는 것을 알 수 있었다.

캐리스는 그들의 주의를 끌 셈으로 나지막이 말을 걸었다. "영국군 여러분, 하느님의 은총을 빕니다."

모두가 화들짝 놀랐다. 그중 한 사람은 공포에 찬 비명까지 질렀다. 보초가 뒤늦게 물었다. "거기 누굽니까?"

"킹스브리지 수도원에서 온 수녀들입니다." 캐리스가 말했다. 남자들은 미신적인 두려움에 사로잡힌 채 그녀 쪽을 빤히 응시했다. 유령을 보고 있다고 생각하는 것 같았다. "걱정 말아요. 우리는 여기 있는 이 말들처럼 살아 있는 존재입니다."

"지금 킹스브리지라고 했소?" 그중 한 사람이 놀란 어조로 반문했다. "누군지 알겠군." 그가 자리에서 일어서며 말했다. "전에 당신을 본 적이 있소."

캐리스도 그가 누구인지 알아보았다. "캐스터의 윌리엄 경이시군요."

"이제는 셔링의 백작이오. 한 시간 전에 아버지가 전사하셨으니까."

"그분의 영혼이 편히 쉬시기를 빕니다. 우리가 여기 온 것은 경의 동생이신 윌리엄 주교님을 뵙기 위해서입니다. 그분이 우리의 대수도원장이시거든요."

"너무 늦었군." 윌리엄이 말했다. "내 동생도 전사했소."

ᔕ

그날 오전 늦게 안개가 걷히며 전장이 흡사 햇볕이 내리쬐는 도살장처럼 보일 무렵, 윌리엄 백작은 캐리스와 마이어를 데리고 에드워드 왕에게 갔다.

영국군을 따라잡기 위해 노르망디를 관통했다는 두 수녀의 이야기에 모두가 경악했고, 바로 어제까지만 해도 죽음과 직면했던 병사들까지도 수녀들의 모험담에 매료됐다. 윌리엄은 캐리스에게 왕이 그녀에게서 직접 그 이야기를 듣고 싶어한다고 전했다.

에드워드 3세는 즉위한 지 십구 년이나 됐지만 아직 서른세 살이었다. 키가 크고 어깨가 넓은 왕은 권력에 맞춰 주조된 듯한 얼굴이라 미남이라기보다 위압적인 느낌을 줬다. 코가 크고 광대뼈가 높이 불거지고 풍성하고 긴 머리칼은 이마 위쪽에서 조금씩 벗어지고 있었다. 캐리스는 사람들이 그를 사자라고 부르는 이유를 알 것 같았다.

왕은 자기 천막 앞 의자에 앉아 있었는데, 두 가지 색이 배합된 타이츠에 테두리가 부채꼴인 망토를 걸친 세련된 차림이었다. 갑옷도 입지 않고 무기도 갖고 있지 않았다. 프랑스군은 이제 사라지고 없었다. 사실은 낙오자를 추적해 살해하라고 복수심에 불타는 추격대를 보내놓은 상태였다. 왕의 주위에는 남작 몇 명이 서 있었다.

황폐해진 노르망디 지방을 지나며 음식과 잠자리를 구한 이야기를 하면서 캐리스는 혹시 왕이 그녀의 고초를 들으며 행여 자신을 비난한다고 여기지 않을까 불안했다. 하지만 그는 국민의 고통이 자신 때문이라고 여기는 것 같지 않았다. 그는 난파선에서 용감하게 살아남은 자의 모험담이라도 듣는 것처럼 즐겁게 경청했다.

그녀는 그런 역경을 겪은 끝에, 정의를 실현해주리라 믿었던 리처드 주교의 전사 소식을 듣고 실망했다는 말로 이야기를 마무리했다. "전하께서 킹스브리지 수도원장에게 수녀원에서 훔친 돈을 돌려주라고 명령해주시기를 간청합니다."

에드워드가 딱한 미소를 짓더니 짐짓 생색내는 어조로 말했다. "그대는 용감한 여인이지만 정치에 대해서는 아무것도 모르는군요. 국왕은 교회의 여타 분쟁에 관여할 수 없소. 그랬다가는 주교들이 모조리 들고 일어날 테니까."

어쩌면 그럴 수도 있겠다는 생각이 들었지만, 왕은 자신의 목적에 부합할 경우에는 교회의 일에도 개입했다. 하지만 그녀는 아무 말도 하지 않았다.

에드워드 왕이 말을 이었다. "그리고 그 일은 그대의 목적에도 해가 될 것이오. 교회가 분격해서 이 나라 모든 성직자가 장점이 있든 없든 우리의 통치에 반기를 들 테니까."

그 말에는 뭔가 다른 의미가 있을지도 모른다는 생각이 들었다. 하지만 왕은 겉으로 보이는 것만큼 무력하지 않았다. "킹스브리지에 부당한 일을 당한 수녀들이 있다는 사실을 기억해주십시오. 킹스브리지의 새 주교를 임명하실 때, 그분에게 저희 이야기를 해주시길 청하나이다."

"물론이지." 왕은 이렇게 대꾸했지만 캐리스는 왕이 곧 잊어버릴 거라고 느꼈다.

알현 시간이 끝난 듯했는데, 윌리엄이 입을 열었다. "전하, 자비롭게도 제가 아버지의 신분을 승계하도록 승인해주셨으니, 이제 캐스터의 영주 임명의 문제가 남았습니다."

"아, 그렇군. 내 아들 웨일스 공이 랠프 피츠제럴드 경을 추천했네. 그는 왕자의 목숨을 구해준 대가로 어제 기사 작위를 받았지."

그 말에 캐리스는 낮은 소리로 외쳤다. "오, 그건 안 될 일이에요!"

왕은 그녀의 말을 듣지 못했지만, 윌리엄은 들었다. 윌리엄 역시 그녀와 같은 생각인 듯했다. 그는 자신이 분개했다는 것을 거의 숨기지 못했다. "랠프는 여러 건의 절도와 살인, 강간으로 유죄판결을 받은 범법자였다가 전하의 군대에 들어오면서 특사를 받은 인물입니다."

왕은 그 말에도 캐리스가 기대한 것만큼은 동요하지 않았다. "그래도 랠프는 칠 년 동안 우리와 함께 싸운 사람이야. 두번째 기회를 받을 자격이 있네."

"그건 그렇습니다만," 윌리엄이 외교적인 어투로 말했다. "하지만 과거에 그자와 관련해 겪은 일을 감안하건대, 새로 직위를 내리시기 전에 먼저 이 년간 진중하게 자리를 잡는지 보는 것이 좋겠습니다."

"당신이 그의 대군주이니 그 문제는 당신이 알아서 처리하면 되겠군." 에드워드가 동의해줬다. "당신의 의사에 반해서 그에게 새 직위를 내리지는 않겠네. 하지만 왕자는 그에게 좀더 보상해주길 바라고 있던데 말이야." 왕은 잠시 생각해보더니 말했다. "당신에게 혼기에 접어든 조카딸이 있지 않나?"

"네, 마틸다입니다. 틸리라고 부르죠."

캐리스도 틸리를 알았다. 틸리는 수녀원학교에 다니고 있었다.

"그래. 그녀는 자네 아버지 롤런드의 보호를 받았지. 그 아버지는 셔링 근처에 있는 마을 세 개를 갖고 있었고."

"전하는 소소한 일도 잘 기억하고 계시는군요."

"레이디 마틸다를 랠프와 결혼시키고, 그에게 그녀의 아버지 소유인 마을을 주게." 왕이 말했다.

캐리스는 기겁했다. "하지만 그애는 이제 겨우 열두 살입니다!" 그녀가 불쑥 말했다.

"쉿, 조용히 해요!" 윌리엄이 말했다.

에드워드 왕은 캐리스에게 싸늘한 시선을 던지며 말했다. "귀족의 자제는 빨리 자라는 법이오, 자매. 내가 결혼했을 때 필리파 왕비도 열네 살이었으니까."

캐리스는 입을 다물어야 한다는 것을 알았지만 그럴 수가 없었다. 틸리는 그녀가 머딘의 아기를 낳았다면 있었을 아이보다 겨우 네 살이 많을 뿐이었다. "열두 살과 열네 살은 큰 차이가 있습니다." 캐리스가 필사적인 심정으로 말했다.

젊은 왕의 어조는 한층 더 냉담해졌다. "국왕 앞에서 백성은 물었을 때만 의견을 말하는 법이오. 그리고 왕이 여인의 의견을 구하는 일은 거의 없소."

캐리스는 자신이 잘못 선택했다는 것을 깨달았다. 그녀가 그 결혼에 반대하는 것은 틸리의 나이 때문이라기보다 랠프의 인성 때문이었다. "저는 틸리를 알고 있습니다. 그애를 잔인무도한 랠프와 혼인시켜서는 안 됩니다."

마이어가 겁에 질린 듯 속삭였다. "캐리스! 지금 말하는 상대가 누군지 잊지 말아요!"

에드워드 왕이 윌리엄을 보았다. "저 여인을 데려가게, 셔링 백작. 내가 눈감아주지 못할 말을 내뱉기 전에."

윌리엄이 캐리스의 팔을 잡고 단호한 걸음으로 왕 앞에서 물러났다. 마이어도 뒤따랐다. 등뒤에서 왕이 말하는 소리가 캐리스에게도 들렸다. "저 여인이 어떻게 노르망디에서 살아남았는지 알 만하군. 그곳 사람들도 저 여인에게 겁을 먹었을 게 분명해." 그 말에 주위에 있던 귀족들이 웃음을 터뜨렸다.

"당신 미쳤소?" 윌리엄이 낮은 소리로 나무랐다.

"제가 미친 건가요?" 캐리스가 말했다. 그들은 이제 왕에게 목소리가 들리지 않을 거리에 있었다. 그녀는 언성을 높였다. "지난 육 주 동안 왕은 수천 명의 남녀노소를 죽음으로 몰아넣었고, 그들의 밭과 집을 불태웠어요. 그리고 저는 열두 살짜리 어린 소녀를 살인마와 혼인시키지 못하도록 애썼고요. 말씀해보세요, 윌리엄 경, 우리 둘 중에 어느 쪽이 미친 건가요?"

51

1347년 위글리의 농부들은 흉작을 겪었다. 마을 사람들은 이런 때 늘 하던 대로 했다. 음식을 덜 먹고, 모자와 허리띠를 사지 않고, 온기를 얻기 위해 바싹 붙어 잠을 청했다. 늙은 과부 후버츠는 생각보다 일찍 세상을 떠났고, 제이니 존스는 감기에 걸려 죽었는데 다른 때라면 살 수 있었을 것이다. 그리고 조애나 데이비드의 갓난아기 역시 첫돌까지 살아남지 못했다.

궨다는 어린 두 아들을 불안한 눈으로 지켜보았다. 여덟 살이 된 샘은 나이에 비해 몸도 크고 힘도 셌는데, 사람들은 울프릭의 체격을 닮았다고 했지만 궨다는 아이가 생부인 랠프 피츠제럴드를 닮았다는 것을 알고 있었다. 그러나 그런 샘도 12월에 접어들며 눈에 띄게 말랐다. 교량 붕괴 사고로 죽은 울프릭의 형의 이름을 딴 데이비드는 여섯 살이었다. 이 아이는 궨다를 닮아 체구가 작고 피부가 거무스름했다. 빈약한 식사 때문에 아이는 더 약해졌고, 가을 내내 사소한 질병을 달고 살았다. 감기에 걸렸다가 뾰루지가 났다가 다시 감기에 걸리는 식이었다.

그럼에도 불구하고 그녀는 울프릭과 함께 퍼킨네 겨울 밀밭에 씨를 뿌리던 날 아들들을 데려갔다. 매운바람이 탁 트인 밭을 가로질러 몰아쳤다. 그녀가 밭고랑에 씨앗을 떨어뜨리면 샘과 데이비드는 울프릭이 흙을 덮기 전에 씨앗을 낚아채려는 대담한 새들을 쫓았다. 아이들이 달리고 뛰어오르고 소리치는 것을 보며 궨다는 한 인간으로 온전히 생동하는 작은 두 생명이 자기 몸에서 나왔다는 사실이 새삼 놀라웠다. 아이들은 새를 쫓는 일을 놀이로 바꾸었다. 궨다는 아이들의 경이로운 상상력이 기쁘기만 했다. 한때 그녀의 분신 같았던 아이들은 이제 그녀가 생각지 못하는 것을 생각할 수 있었다.

밭을 온통 짓밟고 다닌 통에 아이들의 발에 진흙이 들러붙었다. 큰 밭에는 물살이 빠른 개울이 인접해 있었고, 맞은편 둑에는 머딘이 구 년 전에 만든 축융기가 있었다. 나무망치를 내리치는 희미한 소리가 반주처럼 따라붙었다. 그 축융기는 괴팍스러운 형제인 잭과 엘리가 돌리고 있었고, 미혼에 땅도 없는 그들의 조카가 도제로 일했다. 그들은 이 마을에서 흉작 때문에 고통받지 않는 유일한 사람들이었다. 마크 웨버가 겨울철에도 계속 똑같은 임금을 지불해줬던 것이다.

한겨울의 해는 짧았다. 궨다의 가족은 회색 하늘이 컴컴해질 무렵 씨뿌리기를 마쳤다. 땅거미가 저멀리 숲속에 안개처럼 몰려들기 시작했다. 모두가 지쳤다.

그들은 뿌리고 남은 씨앗 반 자루를 퍼킨네 집으로 가져갔다. 퍼킨네 집 근처에 이르렀을 때, 마침 맞은편에서 퍼킨이 오고 있었다. 그는 아넷을 태운 수레 옆에서 걷고 있었다. 그들은 과수원에서 그해 마지막으로 딴 사과와 배를 팔러 킹스브리지에 다녀오는 길이었다.

아넷은 이제 스물여덟 살에 아이까지 있는데도 여전히 소녀처럼 행동했다. 조금 지나치다 싶을 정도로 짧은 치마를 입고 멋을 부려 헝클어뜨린 헤어스타일로 젊음을 과시하려 했다. 어딘가 좀 멍청해 보여. 궨다는 생각했다. 이 마을 여자들도 모두 그렇게 생각했지만 남자들은 그렇지 않았다.

궨다는 퍼킨네 수레에 과일이 그대로 쌓여 있는 것을 보고 깜짝 놀라 물었다. "어떻게 된 일이에요?"

"킹스브리지 사람들도 우리만큼이나 힘겨운 겨울을 보내고 있어. 사과 살 돈이 없을 만큼. 이걸 몽땅 사과주로 만들어야겠어." 퍼킨이 굳은 얼굴로 대꾸했다.

좋지 않은 소식이었다. 궨다는 퍼킨이 시장에 가져간 것을 팔지 못한 채 돌아온 것을 본 적이 없었다.

아넷은 태평해 보였다. 그녀가 울프릭에게 한 손을 내밀자 울프릭이 그녀를 수레에서 내리도록 거들어줬다. 그녀는 땅을 밟다가 발을 헛디뎌 기우뚱하더니 한 손을 그의 가슴팍에 갖다댔다. "어머!" 아넷은 몸을 바로잡으며 울프릭에게 미소를 지었다. 울프릭은 기쁜 듯 얼굴이 상기되었다.

바보 같으니라고. 궨다는 생각했다.

그들은 집안으로 들어갔다. 퍼킨이 식탁에 앉자 그의 아내 페기가 수프를 가져다줬다. 퍼킨이 식판에 놓인 빵을 두툼하게 한 조각 잘라냈다. 그러자 페기는 자기 식구들을 챙겼다. 아넷과 그녀의 남편 빌리 하워드, 아넷의 오빠 롭, 롭의 아내. 그리고 아넷의 네 살배기 딸 아마벨과 롭의 두 아들에게도 수프를 조금씩 줬다. 그러고 나서야 울프릭 가족에게 자리를 권했다.

궨다는 게걸스레 수프를 떠먹었다. 그 수프는 그녀가 끓이는 것보다 걸쭉했다. 페기는 오래 묵은 빵을 수프에 넣었지만, 궨다네 집에서는 빵을 오래 묵힐 새가 없었다. 퍼킨네 가족들은 에일도 한 잔씩 받았지만 궨다와 울프릭에게는 주지 않았다. 어려울 때는 그것이 다였다.

퍼킨은 손님들과는 농담도 곧잘 나눴지만 평소에는 늘 찌푸리고 있었기 때문에 집안 분위기는 언제나 다소 울적했다. 그는 낙담한 어조로 킹스브리지 시장에 다녀온 이야기를 했다. 장사꾼들 대부분은 물건을 팔지 못했다. 조금이라도 거래가 있었던 건 곡식과 고기, 소금 같은 필수품뿐이었다. 이제는 명물이 된 킹스브리지의 진홍색 옷감을 사는 사람도 없었다.

페기가 등잔불을 켰다. 집에 돌아가고 싶었지만 궨다와 울프릭은 품삯을 받기 위해 기다렸다. 아이들은 조심성 없이 방안을 뛰어다니다 어른들과 부딪치곤 했다. "이제 애들이 자야 할 시간이에요." 궨다가 말했지만 그것은 사실이 아니었다.

마침내 울프릭이 말했다. "품삯을 주시면 집에 가겠습니다."

"돈이 한 푼도 없네." 퍼킨이 말했다.

궨다는 퍼킨을 빤히 바라보았다. 울프릭 부부가 일한 지난 구 년 동안 이런 말을 들은 적은 없었다.

"품삯을 받아야 합니다. 우리도 먹고살아야 하니까요." 울프릭이 말했다.

"방금 수프를 먹지 않았나."

궨다는 격분했다. "우리는 수프가 아니라 품삯을 받으려고 일한 거예요!"

"어쨌든 나는 돈이 한 푼도 없네." 퍼킨이 되풀이했다. "사과를 팔러 장에 갔지만 아무도 사지 않아 우리가 먹을 수 있는 것보다 훨씬 많이 남았네. 돈은 한 푼도 없어."

궨다는 너무 충격적이라 할말을 잃었었다. 품삯을 받지 못할 거라고는 생각해본 적도 없었다. 자신이 이 일에 대해 할 수 있는 일이 없다는 사실을 깨달은 그녀는 찌르는 듯한 두려움을 느꼈다.

"그러면 이제 어떻게 하죠? 우리가 다시 롱필드로 돌아가 땅에 묻었던 씨앗을 도로 뽑기라도 해야 하나요?" 울프릭이 느릿느릿 말했다.

"이번주 품삯은 빚진 걸로 해두세. 사정이 나아지면 갚아주지."

"그럼 다음주에는요?"

"다음주에도 돈은 생기지 않을 거야. 자네는 돈이 하늘에서 떨어지기라도 하는 줄 아나?"

"마크 웨버를 찾아가봐야겠어요. 어쩌면 축융하는 일에 우리를 써줄지도 모르니까요." 궨다가 말했다.

퍼킨이 고개를 저었다. "어제 킹스브리지에서 마크를 만나 얘기해봤어. 자네들을 고용해줄 수 있는지 물어봤지. 어렵다고 하더군. 옷감이 잘 팔리지 않고 있어서 말이야. 잭과 엘리와 도제를 계속 고용하면서 경기가 풀릴 때까지 옷감을 비축해놓는다고 했어. 하지만 추가 일손은 받을 수가 없다고 했네."

울프릭은 당황했다. "그럼 우리는 어떻게 살아야 하죠? 당신은 봄에 쟁기질은 어떻게 하실 건가요?"

"자네들이 일을 해주면, 식사를 제공할 수는 있네." 퍼킨이 안을 내놓았다.

울프릭은 궨다를 바라보았다. 그녀는 경멸조로 반박하려다가 말을 삼켰다. 그녀와 가족은 심각한 곤경에 빠졌고, 지금은 누구에게라도 반감을 사서는 안 됐다. 그녀는 머리를 빠르게 굴려보았다. 선택의 여지가 없었다. 먹지 못하면 굶어죽을 것이다. "식사를 제공받는 대가로 일할게요. 그리고 품삯은 빚으로 치는 거예요."

퍼킨이 고개를 저었다. "그 제안이 과연 공평할까—"

"공평하고말고요!"

“알겠네. 그렇다 치지. 하지만 나는 그렇게 할 수 없네. 언제 돈이 생길지 알 수 없으니까. 그러다가는 자칫 다음번 성령강림절까지 자네들에게 1파운드를 빚지게 될 수도 있을 거야! 식사를 제공받는 대가로 일을 하든가 그만두든가 하게.”

“우리 네 식구 모두에게 음식을 주셔야 해요.”

“좋아.”

“하지만 일은 울프릭만 할 거예요.”

“그건—”

“사는 데 음식만 필요한 게 아니죠. 아이들에게는 옷이 필요해요. 가장에게는 부츠가 있어야 하고요. 품삯을 받지 못한다면 저는 이런 것들을 마련할 다른 방도를 찾아봐야 해요.”

“어떻게 마련하려고?”

“저도 몰라요.” 그녀는 말을 멈췄다. 딱히 좋은 수는 없었다. 그녀는 낭패감을 애써 억눌렀다. “어쩌면 아버지가 어떻게 버티고 있는지 알아봐야 할지도 모르겠어요.”

페기가 끼어들었다. “내가 너라면 안 그럴 거야. 조비라면 도둑질을 하라고 할 테니까.”

그 말에 궨다는 화가 났다. 무슨 권리로 그런 말을 할까? 아버지는 사람을 고용해놓고 그 주말에 품삯을 못 준다고 말한 적은 없었다. 그러나 그녀는 이를 악물고 부드러운 어조로 대꾸했다. “아버지는 비록 끝에는 나를 범법자에게 팔아넘겼지만 열여덟 번의 겨울이 지나도록 나를 먹여주신 분이에요.”

페기는 비웃듯이 고개를 발딱 젖히더니 식탁에서 그릇을 치우기 시작했다.

“이제 가봐야겠어요.” 울프릭이 말했다.

궨다는 움직이지 않았다. 무엇이든 이득을 끌어낼 만한 것이 있다면 지금 끌어내야 했다. 그녀가 이 집을 나서는 순간 퍼킨은 이미 계약은 맺어졌고 재협상의 여지는 있을 수 없다고 생각할 것이었다. 그녀는 머리를 쥐어짰다. 궨다는 페기가 제 식구에게만 에일을 준 일을 떠올렸다.

"상한 생선이나 물 넣은 맥주 같은 걸로 우릴 속이시면 안 돼요. 우리에게도 당신 가족이 먹는 것과 똑같은 음식을 주셔야 해요. 고기든 빵이든 뭐든."

페기는 못마땅한 듯 끙 소리를 냈다. 바로 궨다가 염려하고 있던 대로 하려던 모양이었다.

궨다는 다시 덧붙였다. "다시 말해 울프릭이 당신과 롭이 하는 것처럼 일해주기를 원하신다면요." 울프릭이 롭보다 더 일하고 퍼킨에 비하면 두 배만큼 일한다는 것은 모두가 잘 아는 사실이었다.

"알겠네." 퍼킨이 말했다.

"그리고 이 조건은 엄밀히 말해 비상시라서 받아들이는 거예요. 돈이 생기는 대로 예전처럼 다시 우리 품삯을 주셔야 해요. 일인당 하루 1페니씩."

"좋아."

잠시 침묵이 흘렀다. "이제 끝났어?" 울프릭이 말했다.

"그런 것 같아." 궨다가 대꾸했다. "이제 두 사람이 계약한다는 의미로 악수를 하세요."

두 사람은 악수했다.

궨다와 울프릭은 아이들을 데리고 그 집을 나섰다. 칠흑 같은 어둠이 깔려 있었다. 구름이 별을 가려 집의 덧문과 문틈으로 새어나오는 희미한 불빛에 의지해 길을 가야 했다. 다행히 그들은 퍼킨네 집에서 자신들의 집까지 수도 없이 걸어보았다.

울프릭이 등잔에 불을 켜고 장작불을 지피는 동안 궨다는 아이들을 재웠다. 위층에 침실이 있기는 했지만—그들은 아직 울프릭의 부모가 살던 큰 집에서 살고 있었다—조금이라도 온기를 얻기 위해 모두 부엌에 모여서 잤다.

아이들을 난로 가까이에 눕히고 모포를 덮어주던 궨다는 울적한 기분이 들었다. 그녀는 어머니처럼 끊임없이 걱정하고 결핍에 시달리면서 살지 않겠다고 굳게 결심했었다. 그녀는 독립하고 싶었다. 땅 한 뙈기와 근면한 남편이 있고, 사리 분별력 있는 영주의 다스림을 받는 삶을 꿈꾸었다. 울프릭은 아버지가 경작했던 땅을 돌려받고자 했다. 그러나 부부는 그 모든 바람을 이루지 못했다. 그녀는 빈민이나 다름없었고, 그녀의 남편은 가진 땅도 없고 하루 1페니 품삯도 주지 못하는 고용주 밑에서 일하는 날품팔이꾼일 뿐이었다. 궨다는 결국 자신이 어머니와 똑같은 삶을 살게 되었다고 생각했다. 마음이 너무 쓰라려 눈물도 나오지 않았다.

울프릭이 선반에서 에일이 담긴 도기 술병을 꺼내 나무잔에 에일을 따랐다. "맛있게 마셔." 궨다가 찌무룩한 어조로 말했다. "한동안 에일 살 돈이 없을 테니까."

"퍼킨에게 돈이 없다니 믿기지가 않아. 네이트 리브를 제외하면 이 마을에서 가장 부자인데." 울프릭이 지나가는 말처럼 말했다.

"돈이 없긴." 궨다가 말했다. "벽난로 밑에 은화가 잔뜩 든 단지가 있단 말이야. 그걸 본 적이 있어."

"그러면서 왜 우리에게 품삯을 주지 않으려는 걸까?"

"저축에 손을 대고 싶지 않은 거야."

울프릭은 놀란 듯했다. "그럼 마음먹기에 따라 우리에게 돈을 줄 수도 있단 얘기잖아?"

"물론이지."

"그럼 내가 왜 식사를 제공받는 조건으로 일해야 하는 거지?"

궨다가 조바심치며 끙 소리를 냈다. 울프릭은 이해하는 속도가 더뎠다. "그렇게라도 하지 않으면 아예 일을 할 수 없기 때문이지."

울프릭은 자신들이 속아넘어갔다고 느끼는 것 같았다. "우린 품삯을 달라고 우겼어야 했어."

"그럼 당신은 왜 그러지 않았어?"

"나는 벽난로 밑에 은화 단지가 묻혀 있다는 걸 몰랐으니까."

"맙소사, 퍼킨 같은 부자가 사과 한 수레 팔지 못했다고 바로 가난뱅이가 된다고 생각한 거야? 그는 십 년 전 당신 아버지의 땅을 손에 넣은 뒤로 위글리에서 가장 땅이 많은 사람이야. 당연히 저축이 있고말고!"

"응. 이제 알겠군."

그녀가 난롯불을 빤히 바라보고 있는 동안 울프릭은 에일을 마저 마셨다. 두 사람은 잠자리에 들었다. 그는 그녀를 껴안았고 그녀는 그의 가슴팍에 머리를 얹었지만 사랑을 나눌 기분은 아니었다. 너무 화가 나 있었다. 그녀는 남편에게 분풀이를 해서는 안 된다고 다짐했다. 그들을 낙심시킨 것은 울프릭이 아니라 퍼킨이었다. 하지만 울프릭에게도 화가 났다. 아니, 분이 치밀었다. 그가 잠 속으로 빠져들고 있을 때 그녀는 문득 자신이 화가 난 것은 품삯 때문이 아니라는 것을 깨달았다. 그런 일은 궂은 날씨나 보리에 핀 곰팡이처럼 누구에게나 수시로 일어나는 불운이었다.

그럼 뭐 때문이지?

그녀는 아넷이 수레에서 내리다가 울프릭에게로 넘어졌던 일을 떠올렸다. 아넷의 교태 어린 미소와 좋아서 어쩔 줄 모르던 울프릭의 상기된 얼굴을 떠올리자 그녀는 그의 얼굴을 후려치고 싶었다. 나는 당신한테

화가 난 거야. 그녀는 생각했다. 아무짝에도 쓸모없고 골이 빈 그 바람둥이 여자가 아직도 당신을 그렇게 멍청하게 만들 수 있다는 것 때문에.

∽

성탄절 전의 주일미사가 끝난 뒤 영지법정이 열렸다. 날이 추워 마을 사람들은 외투와 모포를 둘러쓴 채 모여 있었다. 법정은 관리인 네이트가 주재했다. 위글리 영주였던 랠프 피츠제럴드를 보지 못한 지도 벌써 여러 해였다. 그럴수록 좋지. 궨다는 생각했다. 게다가 이제 랠프 경이 된 그는 다른 마을 세 곳을 영지로 가지게 돼 이런 시골 촌구석에는 별로 관심도 없을 것이었다.

그 주에 앨프리드 쇼트하우스가 세상을 떠났다. 그는 자식이 없는 홀아비로 10에이커를 경작하고 있었다. "그에게는 상속인이 없습니다." 네이트가 말했다. "퍼킨이 그 땅을 양도받고 싶어합니다."

궨다는 그 말에 깜짝 놀랐다. 퍼킨은 어떻게·더 많은 땅을 차지할 생각을 할 수 있을까? 그녀는 너무 놀라 즉각 반응할 수 없었다. 백파이프 연주자인 애런 애플트리가 먼저 입을 열었다. "앨프리드는 지난여름부터 건강이 좋지 않았죠. 그는 가을 쟁기질도 하지 못했고 겨울 밀밭에 씨를 뿌리지도 못했어요. 그 모든 일을 다 해야 합니다. 그러자면 정말 눈코 뜰 새 없이 바쁠 텐데요."

네이트가 공격적으로 나왔다. "지금 당신이 그 땅을 경작하고 싶다는 거요?"

애런은 고개를 저었다. "내 아들들이 일을 거들어줄 만한 나이가 되는 몇 년 후라면 이런 기회를 놓치지 않았을 테지만, 지금은 내 능력 밖이오."

"나는 경작할 수 있습니다." 퍼킨이 말했다.

궨다는 눈살을 찌푸렸다. 네이트는 분명 퍼킨이 그 땅을 갖기를 원할 것이다. 틀림없이 뇌물을 주겠다는 언질을 비쳤을 것이다. 그녀는 퍼킨에게 돈이 있다는 사실을 알고 있었다. 하지만 퍼킨의 이중성을 폭로하는 데는 별 관심이 없었다. 그녀는 이 상황을 이용할 수 있을지, 그래서 자신의 가족을 빈곤에서 구할 수 있을지 묘수를 짜내고 있었다.

"당신이라면 다른 일꾼을 쓸 수 있겠죠, 퍼킨." 네이트가 말했다.

"잠깐만요." 궨다가 말했다. "퍼킨은 지금 있는 일꾼 품삯도 주지 못하고 있어요. 그런데 어떻게 더 많은 땅을 경작하겠다는 거죠?"

퍼킨은 허를 찔린 표정이었지만 궨다의 말을 부인할 수도 없었기 때문에 잠자코 있었다.

"그러면 누가 그걸 경작할 수 있겠나?" 네이트가 말했다.

궨다가 재빨리 말했다. "우리가 할 수 있어요."

네이트는 놀란 표정을 지었다.

그녀는 곧 이어서 말했다. "울프릭은 식사를 제공받는 대가로 일하고 있어요. 나는 따로 일이 없어요. 우리에게는 땅이 필요해요."

그녀는 몇몇 사람이 고개를 끄덕이고 있는 것을 보았다. 이 마을에서 퍼킨이 그동안 했던 행실을 좋아하는 사람은 없었다. 모두가 언젠가 자신들도 똑같은 상황으로 끝날지 모른다는 두려움을 품고 있었다.

네이트는 자신의 계획이 틀어질 위험에 처한 것을 알았다. "자네들은 점유 비용을 낼 수 없을 텐데."

"조금씩 나눠서 지불할게요."

네이트는 고개를 저었다. "나는 비용을 즉시 낼 수 있는 소작인을 원하네." 그러고는 그곳에 모인 마을 사람들을 둘러보았다. 하지만 자원자는 나오지 않았다. "데이비드 존스, 당신은 어떻소?"

데이비드는 중년 남자로 그의 아들들은 모두 제각기 땅을 갖고 있었다. "일 년 전이라면 그러겠다고 했을 거요. 하지만 수확기에 내린 비에 두 손 들고 말았소."

여느 때라면 추가로 10에이커의 토지를 경작하라는 제안에 야심만만한 마을 사람들 사이에서 다툼이 일어났을 테지만, 올해는 흉년이었다. 궨다와 울프릭은 사정이 달랐다. 무엇보다도 울프릭은 자기 땅을 가지려는 열망을 접은 적이 없었다. 앨프리드가 남긴 땅은 울프릭이 상속받을 수 있는 땅은 아니지만 그래도 없는 것보다는 나았다. 어쨌든 궨다와 울프릭은 필사적인 심정이 되었다.

애런 애플트리가 말했다. "그 땅을 울프릭에게 줘요, 네이트. 울프릭은 근면한 일꾼이니 제시간에 쟁기질을 마칠 겁니다. 게다가 저 부부에게 이제 행운이 따를 때도 됐죠. 그동안 악운이 넘쳤으니까."

네이트는 찌무룩한 얼굴이었지만, 농부들은 일제히 동감이라는 듯 웅성댔다. 울프릭과 궨다는 가난했지만 사람들로부터 충분한 존중을 받고 있었다.

드물게도 여러 상황이 우연히 겹친 결과, 궨다의 가족은 어쩌면 보다 나은 삶으로 가는 길을 출발할 수도 있었다. 그녀는 이 일이 이루어질지도 모른다는 생각에 흥분에 휩싸였다.

하지만 네이트는 여전히 내키지 않는 듯이 말했다. "랠프 경은 울프릭을 싫어하는데."

그 말에 울프릭은 자기도 모르게 손을 뺨으로 올리더니 랠프의 칼에 맞아 생긴 흉터를 만졌다.

"알아요. 하지만 그 사람은 여기 없잖아요." 궨다가 말했다.

52

크레시 전투 다음날 롤런드 백작이 죽자 몇몇은 한 단계씩 계층 상승을 하게 됐다. 그의 맏아들 윌리엄이 왕의 승인에 셔링주 대군주인 백작이 됐다. 윌리엄의 사촌인 에드워드 코트하우스는 캐스터의 영주가 되어 백작의 전차인轉借人 자격으로 마흔 개 마을의 통치권을 넘겨받고 윌리엄과 필리파가 살던 캐스터햄의 저택으로 옮겨왔다. 그리고 랠프 피츠제럴드는 텐치의 영주가 됐다.

그후 십팔 개월 동안 아무도 귀국하지 못했다. 왕과 함께 돌아다니며 프랑스인을 죽이기에 너무 바빴던 것이다. 이윽고 1347년이 되자 전쟁은 교착 상태에 빠졌다. 영국군은 값어치가 높은 항구도시 칼레를 점령했는데, 사실 그것 말고는 십 년에 걸친 전쟁에서 눈에 띄는 성과라 할 것이 없었다. 물론 막대한 전리품을 제외한다면.

1348년 1월, 랠프는 새로운 재산을 비로소 손아귀에 넣었다. 텐치는 백 가구가 사는 큰 마을이고, 인근에 규모가 보다 작은 마을 두 개가 딸려 있었다. 또한 말을 타고 반나절 거리인 위글리도 그의 소유였다.

말을 타고 텐치를 가로지르던 랠프는 짜릿한 만족감을 느꼈다. 그는 이 순간만 고대하고 있었다. 소작인들은 허리를 굽혔고 아이들은 물끄러미 쳐다보았다. 그는 이곳에 있는 모든 사람, 모든 물건의 주인이었다.

영주 저택은 구내 안쪽에 있었다. 프랑스에서 가져온 전리품이 실린 수레를 대동하고 말을 탄 채 구내로 들어선 랠프는 그곳의 방어벽이 오래전에 파손되었다는 것을 곧바로 알아보았다. 어떻게 복구해야 할지 알 수 없었다. 노르망디 시민들이 대체로 방어에 소홀했기 때문에 에드워드 3세는 비교적 쉽게 그곳을 쳐부술 수 있었다. 물론 남부 잉글랜드가 침공당할 가능성은 별로 없었다. 전쟁 초기에 프랑스 함대 대부분은 슬로이스항에서 소탕됐고, 그뒤 영국군은 양국을 나누고 있는 해협을 장악했다. 소속이 없는 해적들의 자잘한 습격을 제외하면 슬로이스 전투 이후의 모든 전투는 프랑스 영토에서 이루어진 셈이었다. 모든 면을 고려했을 때 이곳의 방어벽을 다시 쌓을 필요는 없어 보였다.

말구종들이 나와 말을 잡았다. 랠프는 앨런 펀힐에게 짐 부리는 일을 감독하도록 맡겨놓고 새로운 거처로 걸어갔다. 그는 다리를 절고 있었는데, 오랜 시간 말을 타고난 뒤에는 언제나 다친 다리가 아팠다. 텐치의 관저는 돌로 지어져 있었다. 제법 근사한 저택에 랠프는 흡족했지만, 손을 볼 필요가 있어 보였다. 레이디 마틸다의 아버지가 죽은 뒤로 아무도 살지 않았으니 놀랄 일도 아니었다. 저택은 신식으로 설계되어 있었다. 구식 저택에는 영주의 개인실이 가장 중심인 큰 홀 한끝에 덧붙인 것처럼 있지만, 이 저택은 개인 공간이 저택의 절반을 차지하고 있다는 것을 한눈에 알 수 있었다.

홀 안으로 들어선 그는 윌리엄 백작을 발견하고 짜증이 났다.

홀 맨 끝에 등받이와 팔걸이에는 천사와 사자들이, 다리에는 뱀과 괴물 같은 강력한 상징물들이 정교하게 조각되고 어두운 색 나무로 만들어진 커다란 의자가 놓여 있었다. 분명 영주의 의자였다. 그런데 윌리엄이 그 의자에 앉아 있었다.

즐거웠던 랠프의 기분은 단번에 가라앉았다. 자신의 군주가 감시하는 한 새 영주로서의 지배력을 즐길 수 없었다. 마치 여자의 남편이 문밖에서 엿듣는데 여자와 잠자리를 하는 기분과 비슷할 것이다.

그는 불쾌감을 감추고 형식적으로 윌리엄 백작에게 절했다. 백작이 옆에 서 있는 남자를 소개했다. "이곳 관리인으로 이십 년간 일한 대니얼일세. 틸리가 아직 어렸을 때 나의 아버지를 대리해서 이곳을 잘 관리해왔지."

랠프는 뻣뻣한 태도로 관리인에게 알은척했다. 윌리엄의 메시지는 분명했다. 랠프가 대니얼을 계속 그 자리에 두길 원하는 것이다. 그러나 대니얼은 롤런드 백작의 하수인이었고, 이제는 윌리엄의 하수인 노릇을 할 참이었다. 랠프는 백작의 하수인에게 자신의 영지를 맡길 생각은 추호도 없었다. 그의 관리인은 오로지 그에게만 충성을 바쳐야 할 것이었다.

윌리엄은 랠프가 대니얼에 대해 무슨 말을 하기를 기다리고 있었다. 그러나 랠프는 그 문제를 입에 올릴 생각이 없었다. 십 년 전이었다면 다짜고짜 항의했을 테지만 왕의 곁에서 오랜 시간을 보내면서 배운 것이 많았다. 그는 자신의 관리인을 선택하는 문제에서 백작의 승인을 받을 의무가 없었기 때문에 승인 따위는 구하지 않을 생각이었다. 윌리엄이 떠날 때까지 아무 말도 하지 않고 있다가 그후 대니얼에게 다른 일을 맡기면 그만일 것이다.

윌리엄과 랠프 두 사람 모두 완강하게 침묵을 지켰는데, 잠시 후 그런 교착 상태가 깨졌다. 홀 한쪽 끝 개인실로 통하는 큰 문이 열리면서 레이디 필리파가 우아한 자태로 나타났기 때문이다. 랠프는 그녀를 못 본 지 여러 해였지만 그녀를 다시 보자, 젊은 날의 열정이 주먹질이라도 하듯 충격적으로 엄습해 숨이 막혔다. 그녀는 나이가 더 들었지만—이제 마흔 살쯤일 거라고 그는 짐작했다—전성기에 이른 듯했다. 그가 기억했던 것보다 체중이 좀 불었고, 엉덩이는 더 둥글어지고 가슴은 더 풍만해졌지만 그 때문에 오히려 더 매력적으로 보였다. 그녀의 걸음걸이는 여전히 여왕 같았다. 언제나처럼 그녀를 보자 그는 어째서 자신은 저런 여인을 아내로 맞지 못하는지 분한 마음이 들었다.

예전의 그녀는 그를 본체만체했지만 오늘은 미소를 지으며 악수까지 청했다. "대니얼과는 이야기를 좀 나눠보았나요?"

그녀 역시 랠프가 백작의 측근을 계속 고용하기를 원하는 듯, 그런 이유로 이렇게 사근사근하게 구는 것 같았다. 저자를 없애야 할 더 큰 이유가 생겼군. 그는 속으로 생각하며 즐거워했다. "제가 이제 막 도착해서 말입니다." 그는 어물쩍 대답했다.

필리파가 그들이 이곳에 온 이유를 설명했다. "우리가 온 것은 당신이 어린 틸리를 만나는 자리에 함께 있기 위해서예요. 그녀는 우리 가족이니까요."

랠프는 킹스브리지 수도원의 수녀들에게 오늘 이곳으로 자신의 약혼녀를 데려오라고 지시해둔 참이었다. 그런데 주제넘게 참견하기 좋아하는 그 수녀들이 윌리엄 백작에게 알린 것이 분명했다. "레이디 마틸다는 롤런드 백작의 피보호자였었죠. 그분의 영혼이 안식하시기를." 랠프가 롤런드의 죽음과 함께 후견권이 종결됐음을 강조하며 말했다.

"그래요. 나는 전하가 그녀의 후견권을 롤런드의 후계자인 내 남편에게 이양시킬 줄 알았죠." 필리파는 분명 그쪽을 더 선호했을 것이다.

"하지만 그러지 않으셨죠. 전하는 그녀를 저와 혼인하도록 하셨으니까요." 비록 아직 결혼식은 올리지 않았지만, 이제 곧 그 소녀는 랠프가 책임지게 될 것이었다. 엄격히 말하자면 윌리엄과 필리파는 오늘 이곳에 틸리의 부모나 되는 것처럼 등장할 아무런 이유가 없었다. 물론 윌리엄은 랠프의 군주 자격으로 언제든 내킬 때 이곳을 방문할 수 있었다.

랠프는 윌리엄과 척지고 싶지 않았다. 윌리엄으로서는 랠프의 삶을 어렵게 만드는 것쯤은 일도 아니었다. 그러나 신임 백작은 필요 이상으로 이곳에서 자신의 권력을 행사하고 있었는데, 아마도 아내의 압력 때문일 것이었다. 그러나 랠프는 위협에 굴복하지 않을 작정이었다. 지난 칠 년의 세월 덕분에 그는 자신이 마땅히 누려야 할 독립성을 지킬 자신이 붙었다.

어쨌든 그는 필리파와의 입씨름을 즐기고 있었다. 그 덕분에 그녀를 빤히 응시할 구실이 생긴 셈이었다. 그는 단호해 보이는 그녀의 턱선과 도톰한 입술에 시선을 고정했다. 거만한 태도를 취하고 있었지만 그녀도 어쩔 수 없이 그와 시선을 주고받지 않을 수 없었다. 그와 그녀가 나눈 대화 중 가장 긴 대화였다.

"틸리는 아직 어린 여자아이예요." 필리파가 말했다.

"올해 열네 살이죠. 그건 왕비가 전하와 결혼하셨을 때의 나이입니다. 크레시 전투가 끝난 후 전하가 저와 윌리엄 백작 앞에서 지적하셨듯이."

"전투 직후는 어린 여자아이의 운명을 결정하기에 결코 좋은 때라고 할 수 없죠." 필리파가 나지막한 목소리로 말했다.

랠프는 그 말을 그대로 넘길 생각이 없었다. "저는 당연히 전하의 결정에 따르는 것뿐입니다."

"그건 우리 모두 마찬가지예요." 그녀가 투덜댔다.

랠프는 자신이 그녀를 압도했다는 느낌을 받았다. 마치 그녀와 성행위라도 하는 듯한 느낌이었다. 흡족한 랠프는 대니얼에게 말했다. "나의 약혼녀가 식사를 하러 올 걸세. 만찬 준비를 해주게."

"그건 내가 이미 준비시켜놨어요." 필리파가 말했다.

랠프는 천천히 고개를 돌려 다시 그녀에게로 시선을 옮겼다. 그녀가 그의 집 주방에 들어가 지시를 내리는 것은 월권 행위였다.

그녀 역시 그 사실을 아는 듯 얼굴을 붉혔다. "당신이 언제 도착할지 알 수 없어서 말이죠."

랠프는 아무 말도 하지 않았다. 사과까지는 아니지만 그래도 그녀가 변명을 하게 만들었다는 데 만족했다. 그녀처럼 거만한 여인에게는 대단한 양보였다.

잠시 밖에서 말이 우는 소리가 들리더니 랠프의 부모님이 들어왔다. 몇 해 동안 보지 못한 그들과 포옹하기 위해 랠프는 서둘러 걸어갔다.

부모님은 둘 다 오십대가 되었지만 그의 눈에는 어머니가 더 늙은 것처럼 보였다. 백발이 됐고 얼굴 주름도 더 늘었다. 허리도 약간 구부정해져 있었다. 그의 아버지는 어머니에 비하면 훨씬 혈기왕성해 보였다. 어느 정도는 그 순간의 흥분감 때문이기도 했다. 아버지는 자랑스러운 감정에 벅차 얼굴이 붉어졌고, 우물물을 펌프질하듯 랠프의 손을 잡아 흔들었다. 수염도 세지 않았고 홀쭉한 체구는 아직도 기운차 보였다. 두 사람 다 랠프가 보내준 돈으로 지은 새 옷을 입고 있었다. 제럴드 경은 묵직한 모직 서코트 차림이고, 레이디 모드는 모피 망토 차림이었다.

랠프는 손가락으로 딱 소리를 내어 대니얼에게 신호를 보냈다. "와인 좀 내오게." 관리인은 한순간 자신이 하녀 취급을 당한 데 항의하려는 듯했지만 자존심을 접고 주방 쪽으로 걸어갔다.

"윌리엄 백작, 레이디 필리파, 저의 아버지 제럴드 경과 어머니 레이디 모드를 소개해드리겠습니다." 랠프가 말했다.

그는 혹시라도 윌리엄과 필리파가 자기 부모님을 멸시할까 걱정했지만, 그들은 더할 나위 없이 예의바르게 두 사람과 인사를 나누었다.

"나는 백작의 아버지와 전우였습니다. 그분의 영혼이 편히 쉬시기를. 윌리엄 백작, 아마 기억 못하실 테지만 나는 백작이 어렸을 때 본 적이 있답니다." 제럴드가 윌리엄에게 말했다.

랠프는 아버지가 화려했던 과거사를 끄집어내지 않길 바랐다. 그래봤자 지금의 그가 얼마나 영락했는가만 강조할 뿐이었다.

그러나 윌리엄은 얕보는 것 같지 않았다. "사실은 저도 기억이 납니다." 어쩌면 윌리엄은 그저 예의 삼아 이렇게 말했을지 모르지만 제럴드는 몹시 기뻐했다. 윌리엄이 덧붙였다. "물론 제 기억 속에 있는 경은 줄잡아 키가 7피트는 되는 거인이었지만 말입니다."

키가 작은 제럴드가 즐겁다는 듯이 웃었다.

그때 모드가 주위를 두리번거리며 말했다. "아, 집이 아주 근사하구나, 랠프."

"프랑스에서 가져온 온갖 보물로 이곳을 꾸밀 계획이었는데, 방금 도착해서요." 랠프가 대꾸했다.

주방 하녀가 와인 단지와 술잔을 쟁반에 가져와 모두가 얼마간 마셨다. 랠프는 와인이 고급 보르도산이라 맛이 깨끗하고 달다는 것을 알았다. 처음에는 집안 살림을 제대로 관리해온 대니얼 덕분이라는 생각이 들었지만, 다음 순간 이 집에서 몇 해 동안 술을 마신 사람이 아무도 없었을 거란 생각이 들었다. 물론 대니얼은 예외일 테지만.

"머딘 소식은 있나요?" 그가 어머니에게 말했다.

"네 형은 잘 지내고 있단다." 어머니가 자랑스러운 어조로 말했다. "부잣집 딸과 결혼을 했어. 지금은 부오나벤투라 카롤리 집안의 저택을 짓고 있다고 하더구나."

"그래도 형이 백작이 된 건 아니죠?" 랠프는 농담처럼 말했지만, 사실 그는 머딘이 아무리 성공을 거뒀다 해도 작위를 받지는 못했을 것이며, 집안을 다시 귀족 반열에 올려놓음으로써 아버지의 희망을 이룬 사람은 바로 자신이라는 사실을 지적한 것이었다.

"아직은 아니다." 그의 아버지가 마치 머딘이 정말 이탈리아 귀족이 될 가능성이 있기라도 하다는 듯이 쾌활하게 말했다. 그 때문에 랠프는 잠깐이지만 짜증이 났다.

"우리 방 좀 볼 수 있겠니?" 어머니가 말했다.

랠프는 머뭇거렸다. '우리 방'이라니 무슨 의미지? 그들이 이곳에서 살 생각을 하고 있을지도 모른다는 끔찍한 생각이 스쳤다. 그럴 수는 없었다. 그들은 그에게 그의 집안이 겪은 수치스러운 세월만 끊임없이 상기시킬 것이다. 게다가 그의 삶도 구속받을 것이다. 그렇다고는 해도, 물론 이제야 깨달은 사실이지만 귀족이 자기 부모님을 단칸짜리 집에서 수도원의 기식자로 살게 놔둔다는 것 역시 수치스러운 일이었다.

그 문제는 좀더 생각해봐야 할 것 같았다. 우선은 이렇게 말했다. "아직 제가 살 공간도 보지 못했습니다. 며칠 정도는 편히 지내시도록 해드릴 수 있겠죠."

"며칠이라고?" 그의 어머니가 재빨리 말을 받았다. "우리를 킹스브리지의 그 헛간 같은 집으로 돌려보낼 생각이냐?"

랠프는 어머니가 윌리엄과 필리파 앞에서 그 말을 꺼낸 사실에 굴욕감을 느꼈다. "두 분이 이곳에 사실 만큼 공간이 여유롭지는 않을 것 같은데요."

"아직 둘러보지 못했다면서 어떻게 그걸 알지?"

그때 대니얼이 끼어들었다. "랠프 나리, 위글리 마을에서 퍼킨이라는 사람이 지금 이곳에 와 있습니다. 인사를 드리고 다급히 의논드릴 문제가 있다고 합니다."

여느 때였다면 대화중에 끼어든 것을 나무랐을 테지만, 지금은 화제를 바꾸게 해줘 고마울 정도였다. "어머니, 방들을 좀 둘러보세요. 저는 이 농부 문제를 처리할 테니까요."

윌리엄과 필리파가 그의 부모님과 함께 개인실들을 둘러보러 간 사이 대니얼이 퍼킨을 데려왔다. 퍼킨은 여느 때와 다름없이 아부를 늘어놓았다. "영주님이 프랑스 전쟁에서 이렇게 안전하고 무사하게 돌아오신 것을 보니 정말 기쁩니다."

그 말에 랠프는 손가락 셋을 잃은 자신의 왼손을 바라보았다. "뭐, 거의 무사하다고 할 수 있지."

"위글리의 모든 주민이 영주님의 부상 소식에 안타까워하고 있습니다. 하지만 그 대가가 엄청나지 않습니까! 기사 작위에 마을 세 개를 더 받으시고 레이디 마틸다와 혼약까지 하셨으니 말입니다!"

"치사는 고맙네만 의논할 다급한 문제라는 게 뭔가?"

"별로 오래 걸리지 않을 일입니다. 앨프리드 쇼트하우스가 상속인 없이 10에이커의 땅을 남기고 죽었습니다. 제가 그 땅을 양도받으려고 신청을 했습니다. 뭐 상황이 썩 좋지 않기는 하지만요. 올해는 8월에 폭풍우가 쏟아진데다—"

"날씨 같은 건 아무래도 좋다."

"물론입죠. 간단히 말씀드려서, 관리인 네이트가 영주님이 찬성하지 않으실 것 같은 결정을 내렸습니다."

랠프는 조바심이 났다. 앨프리드가 남긴 10에이커를 누가 경작하든 그는 관심도 없었다. "네이트가 무슨 결정을 내렸든—"

"그는 그 땅을 울프릭에게 줬습니다."

"아하."

"마을 사람 중에는 울프릭에게는 땅이 없으니까 그럴 만하다고 말하는 사람도 있습니다만, 그는 점유비도 내지 못하는데다 어쨌든—"

"나를 설득하려고 애쓸 것 없네. 나는 그 말썽꾼이 내 영지 안에서 땅을 갖도록 허락할 생각이 없으니까."

"고맙습니다, 영주님. 제가 네이트에게 영주님이 그 10에이커를 제가 가져도 좋다고 허락하셨다고 말해도 될까요?"

"그렇게 하게." 그때 랠프의 눈에 개인실 쪽에서, 그의 부모님을 데리고 나타난 백작 부부의 모습이 보였다. "내가 이 주일 안에 직접 그곳으로 가서 사실을 확인하겠네." 그러고는 퍼킨에게 물러가라는 손짓을 했다.

바로 그때 레이디 마틸다가 도착했다.

그녀는 양쪽에 수녀를 한 사람씩 데리고 홀에 들어섰다. 한 사람은 머딘의 예전 여자친구이자 왕에게 틸리가 혼인하기에는 너무 어리다고 강변했던 캐리스였다. 또 한 사람은 이름은 모르지만 캐리스와 함께 크리시까지 왔던 천사같이 예쁜 얼굴의 수녀였다. 그들 뒤편에 아마도 호위 역할을 해준 듯한 외팔이 수사가 있었다. 그는 바로 구 년 전 교묘한 술책으로 랠프를 붙잡았던 토머스 형제였다.

그리고 그 가운데 틸리가 있었다. 랠프는 어째서 수녀들이 그토록 그녀의 결혼을 반대했는지 즉각 알아보았다. 틸리의 얼굴에는 아이다운 천진함이 그대로 있었다. 콧잔등에 주근깨가 있고 앞니 사이가 벌어져 있었다. 그녀는 겁에 질린 눈으로 주위를 두리번거렸다. 캐리스는 그녀에게 수수한 흰색 수도복과 단순한 모자를 씌워 어린 것을 더 돋보이게 해놓은 듯했는데, 그런 옷차림으로도 그 아래 숨겨진 여성의 굴곡을 가릴 수는 없었다. 결혼을 하기에 너무 어리다는 느낌을 주려고 한 게 분명했다. 그런데 그녀의 의도가 랠프에게는 정반대의 효과를 가져왔다.

랠프가 왕을 보좌하며 배운 것 중 하나는, 많은 경우 그저 먼저 말을 하는 자가 주도권을 잡는다는 것이었다. 랠프는 큰 소리로 말했다. "어서 오거라, 틸리."

소녀가 앞으로 나서며 그에게 다가왔다. 그녀를 호위하던 수녀들은 머뭇거리다 그 자리에 멈춰 섰다.

"내가 네 남편이다. 나는 텐치의 영주, 랠프 피츠제럴드 경이다."

그녀는 겁을 먹은 것 같았다. "뵙게 돼서 영광입니다, 영주님."

"이제는 여기가 너의 집이다. 네가 어렸을 때, 그리고 네 아버지가 이곳의 영주였을 때처럼. 너는 이제 예전의 네 어머니처럼 텐치의 레이디가 될 것이다. 옛집에 돌아와서 기쁘냐?"

"네, 영주님." 아이의 얼굴은 조금도 기쁜 것 같지 않았다.

"저 수녀들이 너에게 순종하는 아내가 돼야 한다는 것, 너의 군주이자 주인인 남편을 기쁘게 해주기 위해 최선을 다해야 한다고 말해줬겠지?"

"네, 영주님."

"그리고 여기 계신 분들은 나의 부모님이시다. 이제는 너의 부모님이시기도 하고."

그녀는 제럴드와 모드 쪽으로 살짝 무릎을 굽혀 인사했다.

"이리 와." 랠프가 말하면서 두 손을 내밀었다.

틸리는 반사적으로 손을 내밀다가 불구가 된 그의 왼손을 보았다. 그녀는 욕지기가 치민 듯한 소리를 내며 흠칫 손을 거뒀다.

화가 치민 랠프는 입까지 올라온 욕설을 삼켰다. 그러고는 가까스로 가벼운 어조로 말했다. "겁낼 것 없다. 오히려 자랑스럽게 여겨야지. 내가 이 손가락들을 잃은 건 국왕 전하를 모시다가 그리 된 것이니." 그러면서 그는 양팔을 뻗은 채 기다렸다.

틸리는 마지못해 그의 손을 잡았다.

"이제 키스를 해줘, 틸리."

그는 의자에 앉아 있고 그녀는 그 앞에 서 있었다. 그녀는 상체를 앞으로 기울이며 뺨을 내밀었다. 그러자 그는 다친 손으로 그녀의 뒤통수를 잡아 얼굴을 돌린 뒤 입술에 키스했다. 그는 그녀가 머뭇대는 걸 느끼고 남자와 키스해본 적 없는 모양이라고 짐작했다. 그는 그렇게 입술을 댄 채 잠시 있었는데, 키스가 무척 감미로워서였기도 하고, 자신의 성한 쪽 손에 그녀의 젖가슴이 닿아서였기도 했다. 그녀의 젖가슴은 둥글고 풍만했다. 그녀는 어린아이가 아니었다.

그는 그녀를 놓아주고 흡족한 듯 한숨을 내쉬었다. "우리는 이제 곧 결혼하게 될 것이다." 그러고는 치미는 화를 애써 억누르는 듯한 캐리스에게 말했다. "이번 일요일로부터 네번째 일요일, 킹스브리지 대성당에서 결혼식을 열겠소." 그러고는 윌리엄에게 말을 하면서도 눈으로는 필리파를 보며 말했다. "에드워드 전하의 명백한 뜻으로 거행될 우리의 결혼식에 참석해주신다면 영광일 것입니다."

윌리엄은 무뚝뚝하게 고개를 끄덕였다.

캐리스가 처음으로 입을 열었다. "랠프 경, 킹스브리지 수도원장님이 축하 인사를 전하셨어요. 그리고 새로 부임하는 주교님이 혹시 다른 계획이 없다면 자신이 예식을 주관하고 싶다고 말씀하셨습니다."

랠프는 너그럽게 고개를 끄덕였다.

그녀는 이렇게 덧붙였다. "그러나 이 아이를 돌봐온 우리는 이 아이가 남편과 부부로서 살기에는 아직 너무 어리다고 생각합니다."

"나도 그렇다고 생각해요." 필리파가 말했다.

랠프의 아버지가 입을 열었다. "너도 알겠지만 나는 네 어머니와 결혼하려고 몇 년을 기다렸단다."

랠프는 그 이야기를 또다시 듣고 싶지 않았다. "아버지, 저는 아버지와 달리 레이디 마틸다와 혼인하도록 왕명을 받았단 말입니다."

"조금만 더 기다리는 게 어떻겠니?" 그의 어머니가 말했다.

"벌써 일 년 넘게 기다렸습니다! 전하가 명하셨을 때 저애는 열두 살이었어요."

"혼인은 하세요. 합당한 예식도 올리고요. 하지만 그녀를 돌려보내 일 년간 수녀원에서 지내게 하세요. 여성으로 완전히 성숙할 때까지요. 그후에 데려가시고요." 캐리스가 말했다.

랠프는 경멸하듯 콧방귀를 뀌었다. "나는 일 년 안에 죽을 수도 있소. 전하가 다시 프랑스에 가겠다고 결심하시면 더더욱 그렇고. 피츠제럴드 집안에는 상속자가 있어야 하오."

"그녀는 어린아이—"

랠프는 그녀의 말을 끊으며 언성을 높였다. "그녀는 어린아이가 아니오. 한번 보시오! 저 바보 같은 수도복으로도 불룩한 가슴을 가리지 못하잖소."

"그건 그저 젖살—"

"아직 치모가 나지 않은 건가?" 랠프가 다그치듯 물었다.

그의 노골적인 말에 틸리는 놀라 숨을 몰아쉬었다. 그녀는 수치심으로 뺨이 새빨갛게 달아올랐다.

캐리스는 대답을 머뭇거렸다.

"내 어머니가 나를 대신해 그녀를 살펴보고 말해주는 게 좋겠군요." 랠프가 말했다.

캐리스는 고개를 저었다. "그럴 필요 없어요. 틸리는 아이에게는 없지만 여자에게는 있어야 할 곳에 치모가 있으니까요."

"나도 그 정도는 알고 있소. 내 경험상—" 랠프는 문득 이곳에 있는 모든 사람에게 자신이 어떤 상황에서 틸리 또래 여자아이의 알몸을 본

적 있는지를 말할 수 없다는 사실을 깨닫고 말을 멈췄다. "그녀의 키를 보고 짐작한 것이지만." 그는 어머니의 눈길을 피하며 자신의 말을 정정했다.

캐리스는 여간해서는 쓰지 않는 애원조로 말했다. "하지만 랠프 경, 아직 그녀는 정신적으로 어린아이예요."

그녀의 정신 같은 건 아무래도 상관없어. 랠프는 이렇게 생각했지만 말로 하지는 않았다. "그녀가 알아야 할 것을 배우는 데 사 주라는 시간이 있소." 그러면서 그는 캐리스에게 당신도 잘 알지 않느냐는 뜻의 눈빛을 보냈다. "자매라면 그녀에게 모든 것을 가르칠 수 있을 거라고 믿는데요."

캐리스는 얼굴을 붉혔다. 물론 수녀는 남녀의 애정 행위에 대해서는 모르는 게 당연하지만, 그녀는 한때 머딘의 연인이었다.

그때 그의 어머니가 말했다. "타협을 하는 게 어떨—"

"어머니는 이해하지 못하시는군요." 그는 무례하게 어머니의 말을 가로막고 말했다. "저들은 정말로 그녀의 나이를 염려하는 것이 아니에요. 만약 내가 킹스브리지 고깃간 주인의 딸과 결혼하겠다고 했다면, 신부가 아홉 살이었더라도 아무도 신경쓰지 않았을 겁니다. 지금 이러는 건 틸리가 귀족이라 그렇다는 걸 모르겠어요? 그들은 자기들이 우리보다 우월하다고 여기는 거란 말입니다!" 그는 자신이 고함치듯 말하고 있다는 것을 알았고 사람들의 얼굴에서 놀란 표정을 보았지만 개의치 않았다. "그들은 셔링 백작의 사촌이 가난뱅이 기사의 아들과 결혼하기를 원치 않는 거예요. 그들은 내가 신방에 들기도 전에 전사할지 모른다는 희망을 품고 결혼을 연기시키려는 거라고요." 그는 입가의 침을 닦았다. "그러나 가난뱅이 기사의 아들인 나는 크레시 전투에서 싸웠고 웨일스 공의 목숨을 구했죠. 국왕 전하에게 중요한 건 그 사실이죠." 그는 그곳에 있는 사람들, 오만한 윌리엄, 경멸하는 듯한 필리파, 격분한 캐리스, 그리고 깜짝 놀란 자신의 부모님을 한 사람씩 차례로 바라보았다. "그러니 이제 사실을 받아들이는 게 좋을 겁니다. 랠프 피츠제럴드는 기사이고, 영주이고, 국왕의 전우입니다. 그리고 그는 여러분이 좋아하든 말든 백작의 사촌인 레이디 마틸다와 결혼합니다!"

한동안 충격에 휩싸인 침묵이 흘렀다.

이윽고 랠프는 고개를 돌려 대니얼에게 말했다. "이제 식사를 준비하게."

53

1348년 봄, 머딘은 기억도 할 수 없는 악몽에서 깨어나듯 잠에서 깼다. 그는 두려움에 사로잡혔고 자신이 허약해진 것을 느꼈다. 눈을 뜨자 반쯤 열린 덧창 사이로 밝은 햇살이 흘러드는 방안이 보였다. 높다란 천장, 하얀 벽, 바닥의 붉은 타일이 보였다. 공기는 부드러웠다. 서서히 현실감각이 돌아왔다. 피렌체에 있는 그의 집 침실이었다. 그는 그동안 병을 앓았다.

처음 발병했을 때가 기억났다. 피부에 뾰루지가 나더니 흉부에 흑자주색 부스럼이 나고 그다음에 팔, 그리고 전신으로 퍼졌다. 얼마 지나지 않아 겨드랑이에 고통스러운 종기인지 혹이 생겼다. 고열에 시달리고 땀을 흘리고 몸부림을 치며 침대 시트와 엉켰다. 구토를 하고, 피도 토했다. 곧 죽을 거라 생각했다. 가장 끔찍했던 것은 도저히 참을 수 없는 무서운 갈증이었는데, 입을 벌린 채 아르노강에 뛰어들고 싶을 정도였다.

그 병에 걸린 사람은 머딘만이 아니었다. 수천수만의 이탈리아인이 역병에 쓰러졌다. 공사장 인부 절반이 사라졌고 집의 하인들도 대부분 사라졌다. 병에 걸린 사람 거의 대부분이 닷새도 못 넘기고 죽었다. 이탈리아인들은 그 병을 거대한 죽음이라는 의미로 라 모리아 그란데*라고 불렀다.

그러나 그는 살아났다.

그는 자신이 아픈 동안 뭔가 중대한 결심을 했는데 그것이 아무리 해도 기억나지 않는 것 같은 집요한 느낌에 시달렸다. 그는 한참 동안 정신을 집중했다. 그러나 열심히 생각할수록 손에 잡힐 듯했던 기억은 더 희미해지다 아예 사라지고 말았다.

침대에서 몸을 일으켜 앉았다. 사지에 힘이 없고 잠시 머리가 어찔했다. 깨끗한 리넨 잠옷을 입고 있었다. 그는 그 잠옷을 누가 입혀주었는지 궁금했다. 잠시 후 그는 일어났다.

그의 집은 안마당이 있는 네 층짜리 건물이었다. 그가 직접 설계하고 건축했는데, 전통적인 돌출 구조 대신 평면적인 전면부를 취하고 아치형 창문과 고전적인 기둥으로 특징을 더한 건축물이었다. 마을에서는 이 집을 소궁전이라는 의미로 팔라게토라고 불렀다. 칠 년 전에 지은 것이었다. 부유한 피렌체 상인들이 자신들의 팔라게토를 만들어달라고 요청했고, 그것이 그가 출세하는 시발점이 됐다.

피렌체는 군주나 공작의 지배를 받지 않고 명문 상인 집안의 엘리트들이 서로 겨루며 통치하는 공화국이었다. 이 도시에는 수천 명의 직공이 살지만 부자가 되는 것은 상인들이었다. 그들은 거대한 저택을 짓는데 돈을 썼고, 덕분에 이 도시는 재능 있는 젊은 건축업자가 성공할 수 있는 이상적인 장소가 됐다.

---

* 흑사병을 가리킴.

그는 침실문 쪽으로 걸어가 아내를 불렀다. "실비아! 어디 있어?" 구년의 세월이 흐른 지금 머딘은 자연스럽게 토스카나 지방 방언을 사용했다.

다음 순간 기억이 났다. 실비아도 병에 걸렸다. 그들의 세 살배기 딸도 병에 걸렸다. 아이의 이름은 라우라인데, 아이들이 발음하는 대로 롤라라고 불렀다. 갑작스러운 공포에 심장이 오그라들었다. 실비아는 살아 있을까? 롤라는?

집안은 조용했다. 그는 문득 도시 전체가 고요하다는 사실을 깨달았다. 방을 비추는 햇살의 각도로 보아 오전 중반쯤 된 듯했다. 그렇다면 행상인들이 외치는 소리와 말발굽소리, 덜거덕거리는 나무 수레바퀴 소리와 사람들의 말소리가 들려야 하는데 아무 소리도 들리지 않았다.

그는 위층으로 올라가보았다. 허약해진 몸이라 그것만으로도 숨이 찼다. 아이 방 문을 열어보았다. 방안은 비어 있는 것 같았다. 한순간 공포가 엄습했다. 거기에는 롤라의 유아용 침대, 아이 옷을 넣어두는 작은 궤짝, 장난감 상자, 작은 의자 두 개가 놓인 모형 탁자가 있었다. 그 순간 무슨 소리가 들렸다. 방 한구석에 깨끗한 옷차림을 한 롤라가 바닥에 앉아 다리가 구부러지는 작은 목마를 가지고 놀고 있었다. 머딘은 안도한 나머지 목이 졸린 듯한 소리를 냈다. 아이는 그 소리에 고개를 들었다. "아빠." 롤라가 무덤덤한 어조로 말했다.

머딘은 딸을 번쩍 들어 끌어안으며 영어로 말했다. "너 살아 있었구나."

그때 옆방에서 소리가 나더니 마리아가 들어왔다. 오십대에 머리가 센 마리아는 롤라의 보모였다. "주인님! 일어나셨네요. 이제 좀 괜찮으세요?"

"마님은 어디 계신가?" 머딘이 물었다.

그 말에 마리아는 시선을 떨어뜨렸다. "죄송합니다, 주인님. 마님은 돌아가셨어요."

"엄마는 떠났어." 롤라가 말했다.

머딘은 얻어맞기라도 한 듯 충격을 받았다. 그는 멍하니 롤라를 마리아에게 건넸다. 느리고 조심스럽게 몸을 돌려 방을 나왔고, 계단을 내려가 이탈리아에서는 피아노 노빌레라고 부르는 살림채로 향했다. 그는 긴 탁자와 빈 의자들, 바닥의 양탄자, 벽에 걸린 그림들을 빤히 바라보았다. 다른 사람의 집 같았다.

그는 성모마리아와 그 어머니가 함께 그려진 그림 앞에 섰다. 이탈리아 화가들은 영국이나 다른 나라 화가들보다 실력이 뛰어났는데, 이 화가가 그린 성 안나*의 얼굴은 아내 실비아와 닮은 것 같았다. 그녀는 티 하나 없는 올리브색 피부에 고결한 용모를 지닌 자존심이 센 미녀였지만, 화가는 그녀의 냉담해 보이는 갈색 눈에서 성적 욕망을 보았다.

실비아가 더이상 이 세상에 없다는 사실이 도무지 믿어지지 않았다. 그는 그녀의 호리호리한 몸매와 완벽한 모양의 젖가슴에 자신이 얼마나 자주 경탄했었는지를 떠올렸다. 그와 그토록 친밀했던 그 몸이 이제 어딘가 땅속에 묻혀 있었다. 그 생각을 하자 마침내 눈물이 고여 그는 슬픔을 이기지 못하고 흐느껴 울기 시작했다.

그녀의 무덤은 어디 있을까? 깊은 슬픔 속에서 생각했다. 그제야 피렌체에서는 이제 아무도 장례식을 치르지 않는다는 사실이 기억났다. 사람들은 집을 나서기를 꺼렸다. 그들은 그저 집밖 거리에 시신을 끌어내놓았다. 이 도시의 도둑과 거지와 주정뱅이에게 새로운 일거리인, 베키노**라는 직업이 생겼다. 그들은 터무니없이 많은 돈을 받고 시신을

* 성모마리아의 어머니.

끌어다 공동묘지에 묻었다. 그렇기 때문에 실비아가 묻힌 곳을 알아내지 못할지도 몰랐다.

그들이 결혼하고 사 년의 세월이 흘렀다. 특유의 붉은색 드레스를 입은 성 안나 그림을 보고 있던 머딘은 문득 고통스러울 만큼 정직한 대답을 요구하는 의문에 시달렸다. 과연 자신은 그녀를 사랑했을까. 그는 그녀를 아주 좋아했지만, 온몸을 바치는 열정과는 거리가 있었다. 그녀는 독립적인 정신과 신랄한 말투를 가진 여자였고, 그는 피렌체에서 그녀의 아버지의 부에도 굴하지 않고 그녀에게 구혼할 용기를 냈던 유일한 남자였다. 그에 대한 보답으로 그녀는 그에게 완벽하게 헌신했다. 그러나 그녀는 그의 사랑이 어떤 것인지 정확하게 알고 있었다. "무슨 생각 하고 있어?" 그녀는 이따금 그에게 물었고, 그럴 때마다 그는 양심의 가책을 느낀 사람처럼 흠칫했다. 킹스브리지를 생각하고 있었기 때문이다. 얼마 지나지 않아 그녀의 질문은 바뀌었다. "지금 누구 생각해?" 그는 캐리스에 대해 말한 적이 없었지만, 실비아는 이렇게 말했다. "당신 얼굴을 보니 지금 생각하고 있는 사람이 여자라는 걸 알겠어." 결국 그녀는 "당신의 영국 여자"라는 표현을 쓰기 시작했다. 그녀는 종종 이렇게 말했다. "그 영국 여자 생각을 하고 있구나." 그녀의 말은 언제나 맞았다. 그리고 그녀는 그 사실을 받아들인 것 같았다. 머딘은 그녀에게 충실했다. 그리고 딸 롤라를 숭배하다시피 했다.

얼마 후 마리아가 수프와 빵을 내왔다. "오늘이 무슨 요일이지?" 그는 물었다.

"화요일입니다."

"내가 얼마나 침대에 있었지?"

** 무덤 파는 사람, 시체를 매장하는 사람이라는 뜻.

"이 주일이요. 주인님은 많이 편찮으셨어요."

머딘은 자신이 살아남은 이유를 알 수 없었다. 자연의 보호라도 받는 것처럼 이 병에 걸리지 않는 사람들이 있다고 하지만, 이 병에 걸리면 거의 반드시 죽었다. 하지만 병에 걸렸다 나은 사람들에게는 이중의 행운이 따랐는데, 다시는 그 병에 걸리지 않는다는 것이었다.

음식을 먹자 조금 기운이 났다. 머딘은 문득 자신이 이제부터 삶을 다시 시작해야 한다는 사실을 깨달았다. 누워 있는 동안 이미 이런 결심을 했었다는 느낌이 들었지만, 역시 기억의 실마리가 잡히지 않았다.

가장 먼저 할 일은 가족 가운데 누가 남았는지 확인하는 것이었다.

그는 접시를 부엌으로 가져갔다. 마리아가 롤라에게 빵을 염소젖에 적셔서 먹이고 있었다. "실비아의 부모님은? 그분들은 살아 계신가?"

"모르겠어요. 아무 소식도 듣지 못했거든요. 저는 먹을거리를 사야 할 때만 밖에 나갔어요."

"한번 알아봐야겠군."

그는 옷을 갖춰 입고 아래층으로 내려갔다. 일층은 작업장이고, 안마당은 목재와 석재를 쌓아두는 용도로 썼다. 안팎 어디에도 작업을 하고 있는 사람은 보이지 않았다.

머딘은 집을 나섰다. 주위 건물들은 대부분 석조이고, 그중에는 규모가 아주 큰 것들도 있었다. 킹스브리지에는 이런 주택과 비교할 집이 없었다. 킹스브리지에서 가장 부자였던 에드먼드 울러도 목조주택에서 살았다. 그러나 피렌체에서는 가난한 자들만 목조주택에서 살았다.

거리에는 인적이 없었다. 그는 한밤중에도 이렇게 거리가 텅 빈 광경은 본 적이 없었다. 거리는 섬뜩한 인상을 줬다. 얼마나 많은 사람이 죽었는지 궁금했다. 인구의 3분의 1쯤? 아니면 절반? 죽은 이들의 망령들이 골목과 그늘진 구석에서 아직 얼쩡대면서 운좋게 살아남은 자를 시기 어린 눈으로 지켜보고 있지 않을까?

크리스티의 저택은 이웃한 거리에 있었다. 머딘의 장인 알레산드로 크리스티는 피렌체에서 머딘이 처음 알게 된 지인이자 가장 가까운 친구였다. 부오나벤투라 카롤리의 동창인 알레산드로는 머딘에게 첫번째 일감으로 단순한 창고 건물 공사를 맡겼다. 이제 그는 롤라의 할아버지였다.

알레산드로의 팔라게토는 문이 잠겨 있었다. 그것만으로도 여느 때와 달랐다. 머딘은 나무문을 쾅쾅 두드린 뒤 대답을 기다렸다. 이윽고 키가 작고 통통한 알레산드로의 세탁부 엘리자베타가 문을 열었다. 그녀가 깜짝 놀란 눈으로 그를 빤히 바라보았다. "살아 계셨군요!"

"안녕, 베타. 살아 있는 걸 보니 고맙군."

그녀가 고개를 돌려 안을 향해 소리쳤다. "영국 나리가 오셨어요!"

머딘은 전에도 자신은 나리가 아니라고 말했지만 하인들은 그 말을 믿지 않았다. 머딘이 집안에 들어서면서 물었다. "장인어른은?"

그러자 그녀는 고개를 젓더니 울기 시작했다.

"그럼 장모님은?"

"두 분 모두 돌아가셨어요."

현관홀에서 살림채까지 이어지는 계단이 있었다. 머딘은 자신의 몸이 얼마나 허약해졌는지 새삼 놀라며 천천히 걸어올라갔다. 살림채에 이르자 그는 의자에 앉아 가쁜 호흡을 진정시켰다. 부호인 알레산드로는 온 방안을 근사한 양탄자에 벽걸이, 그림, 보석 장식과 서적으로 가득 채웠다.

"이곳에 누가 또 있나?" 그가 엘리자베타에게 물었다.

"레나와 그녀의 아이들뿐이에요." 레나는 아시아 출신 노예였는데, 피렌체의 부잣집에서는 아시아인 노예를 두는 것이 특별한 일이 아니었다. 그녀는 알레산드로의 딸과 아들을 낳았고, 알레산드로는 그들을 자신의 적자嫡子들과 똑같이 대우했다. 실제로 실비아는 신랄한 어조로 아버지가 그녀나 그녀의 오빠보다 그 두 아이를 더 아낀다는 말을 한 적도 있었다. 피렌체 상류층에서는 이런 식의 가족 구성이 수치스럽기보다는 괴팍스러운 정도로 여겨졌다.

"세뇨르 잔니는 어떻게 됐나?"

"돌아가셨어요. 그분 부인도 돌아가셨고요. 두 분의 아기는 제가 데리고 있죠."

"맙소사."

베타가 머뭇거리는 어조로 물었다. "나리의 가족은요?"

"내 아내도 죽었네."

"정말 유감입니다."

"하지만 롤라는 살아 있어."

"하느님 감사합니다!"

"지금 마리아가 그애를 돌봐주고 있지."

"마리아는 좋은 여자예요. 마실 것 좀 드릴까요?"

머딘이 고개를 끄덕이자 그녀는 마실 것을 가지러 갔다.

레나의 아이들이 오더니 그를 빤히 바라보았다. 까만 눈의 일곱 살짜리 소년은 알레산드로를 닮았고, 예쁘장한 네 살짜리 여자아이는 어머니를 닮아 아시아인의 눈빛이었다. 잠시 후 레나가 들어왔다. 그녀는 황금빛 피부에 광대뼈가 나온 이십대의 아름다운 여자였다. 그녀가 그에게 암적색 토스카나산 와인을 따른 잔과 접시에 아몬드와 올리브를 담아 내왔다.

"여기 와서 사실 건가요, 나리?" 그녀가 말했다.

머딘은 깜짝 놀랐다. "그런 생각은 하지 않았지만, 어째서 묻는 거지?"

“이제 이 집은 나리의 것이니까요.” 그러면서 그녀는 크리스티 집안의 것들을 손으로 가리켰다. “모두 다 나리 거예요.”

그녀의 말이 맞았다. 그는 알레산드로 크리스티의 가족 중 살아남은 유일한 성인이었다. 그 결과 그는 상속인이면서, 롤라 외에도 다른 세 아이의 보호자가 된 것이었다.

“모든 것이 다요.” 레나가 같은 말을 되풀이하면서 그를 똑바로 바라보았다.

그녀의 거리낌없는 시선과 눈이 마주친 머딘은 그녀가 구애를 하고 있다는 것을 깨달았다.

그는 그렇게 되면 어떨까 생각해보았다. 저택은 아름다웠다. 그곳은 레나의 아이들에게 집이었고, 롤라나 심지어 잔니의 아기에게도 친숙한 곳이었다. 아이들 모두가 이곳에 있으면 행복할 것이다. 그는 평생 먹고살기에 충분한 돈을 상속받은 것이었다. 레나는 똑똑하고 경험이 풍부한 여자였고, 그녀와 정을 통하는 일이 즐거울지 상상하기는 어렵지 않았다.

그녀는 그의 마음을 읽었다. 그녀가 그의 손을 잡아끌어 자신의 젖가슴에 대고 눌렀다. 얇은 모직 드레스 사이로 그녀의 부드럽고 따뜻한 젖가슴이 느껴졌다.

하지만 그것은 그가 원하는 일이 아니었다. 그는 레나의 손을 가져다 입을 맞췄다. “내가 당신과 당신 아이들을 보살펴줄 테니, 걱정 말게.”

“고맙습니다, 나리.” 그녀는 말은 이렇게 했지만 실망한 듯했다. 그녀의 눈빛을 본 머딘은 그녀의 제안이 단순히 현실적인 목적만은 아니었다는 것을 깨달았다. 그녀는 진심으로 머딘이 자신의 새 주인 이상의 존재가 되길 바라는 것이었다. 그러나 문제는 그것만이 아니었다. 그는 자신이 소유한 사람과의 성행위를 도저히 상상할 수 없었다. 생각만 해도 욕지기가 날 것 같았다.

와인을 좀더 마시자 원기가 돌아왔다. 사치와 욕망에 따르는 편한 삶에 끌리지 않는다면 대체 그가 원하는 삶은 어떤 것일까? 그의 가족은 거의 다 사라졌다. 롤라만 남았다. 그러나 그에게는 아직 일이 있었다. 그 도시에는 그가 맡은 건축 공사가 세 곳에서 진행중이었다. 그는 자신이 사랑하는 그 일을 포기할 생각이 없었다. 거대한 죽음에서 살아남았다고 해서 게으름뱅이가 되지는 않을 작정이었다. 문득 잉글랜드에서 가장 높은 건물을 짓겠다는 어린 시절의 꿈이 떠올랐다. 그는 자신이 멈췄던 그 자리에서 다시 시작하겠다고 결심했다. 건축에 전념해 실비아를 잃은 상실감에서 벗어나겠다고 마음먹었다.

머딘은 떠나기 위해 일어섰다. 레나가 달려들어 그를 끌어안았다. "고마워요. 제 아이들을 보살펴주겠다고 말씀해주셔서."

그는 그녀의 등을 토닥이며 말했다. "이제 그애들은 알레산드로의 손자들이지." 피렌체에서는 노예의 자식이 노예가 되지는 않았다. "아이들은 자라면 부자가 될 걸세." 그는 부드럽게 그녀의 팔을 떼어낸 후 계단을 내려왔다.

집집의 대문은 모두 굳게 잠기고 덧창도 모두 닫아건 상태였다. 몇몇 집 현관 섬돌에는 시신임이 분명한 수의에 싸인 사람 형체가 놓여 있었다. 거리에 몇몇 사람이 눈에 띄었지만 대부분은 걸인이었다. 그 황폐한 풍경은 섬뜩할 정도였다. 피렌체는 그리스도교계에서 가장 큰 도시, 매일같이 고급 모직 옷감을 수천 야드씩 생산하는 번잡한 대도시, 안트베르펜에서 온 서한 한 통이나 군주의 약속 한마디가 담보가 되어 거금이 오가는 시장이었다. 적막에 싸인 인적 없는 거리를 걸어가자니 마치 부상당한 말이 쓰러져 일어나지 못하는 광경을 보는 듯했다. 그처럼 어마어마하던 힘이 순식간에 무無로 돌변하고 만 것이었다. 아는 사람은 한 명도 보이지 않았다. 그의 친구들이 아직 살아 있다면 아마도 집안에 있을 것이다.

그는 가까이에 있는 광장부터 가보았다. 고대로마 시절에 세워진 그 광장에 그가 당국의 요청으로 건축중인 분수대가 있었다. 그는 피렌체의 길고 건조한 여름철에도 거의 모든 물을 재순환시켜 쓸 수 있도록 정교한 체계를 고안해냈다.

그러나 광장에 도착해 보니 한눈에도 공사장에서 일하는 사람은 아무도 없다는 것을 알 수 있었다. 그는 병에 걸리기 전 그곳 지하에 수관을 묻고 덮어두었고, 웅덩이 주변에 계단 모양 받침대를 설치하기 위한 1단계 석조 공사를 진행하고 있었다. 그러나 먼지가 쌓인 채 방치된 석재를 보니 여러 날 동안 아무 작업도 이루어지지 않은 것 같았다. 그보다 더 심한 것은 작은 피라미드 모양으로 판재에 쌓인 회반죽이, 발로 차보니 먼지가 풀풀 일 정도로 딱딱하게 굳어 있었다는 것이다. 심지어 여기저기에 연장들이 그대로 널려 있었다. 도둑맞지 않은 것이 이상할 정도였다.

분수대는 장관을 이뤘을 것이다. 이 도시 최고의 돌 조각사가 중심부 장식을 조각하고 있었다. 바로 얼마 전까지만 해도 그 일을 하고 있었다. 머딘은 작업이 중단된 것을 보고 낙심했다. 인부들이 전부 죽지는 않았을 것이다. 그들은 아마도 머딘이 회복하는지 확인하려 했을 것이다.

명성을 안겨주기는 하겠지만 이곳은 그가 진행중이던 공사장 세 곳 중 가장 규모가 작았다. 그는 또다른 공사장을 살펴보기 위해 광장에서 북쪽으로 걸어갔다. 그러나 가면서도 걱정이 됐다. 아직까지 좀더 광범위한 정보를 가진 사람을 만나지 못한 것이다. 시 당국은 건재할까? 전염병은 완화된 걸까, 아니면 더 심해진 걸까? 이탈리아 다른 지방의 사정은 어떨까?

그는 한 번에 한 가지씩 생각하자고 다짐했다.

그는 부오나벤투라의 형인 줄리엘모 카롤리의 저택을 짓고 있었다. 그 건물은 진정한 의미에서 궁전이었는데, 똑같이 생긴 두 부분으로 이루어진 건물의 정면은 도시의 거리보다 폭이 더 넓은 거대한 계단으로 에워싸이게 설계했었다. 일층 벽은 이미 세워진 상태였다. 일층의 경사진 전면부는 약간 돌출되어 요새 같은 인상을 풍겼고, 위층 꼭대기 부분은 판형 아치 장식이 된 우아한 첨두아치의 채광창을 두 개 만들 예정이었다. 그 설계는 그 집에 사는 사람들이 권력과 품위를 지닌 사람들임을 말해주게 될 것이었고, 그것이 바로 카롤리 집안이 원하는 것이었다.

이층을 올리기 위해 비계가 가설돼 있었지만 일하는 사람은 없었다. 원래는 돌을 놓는 석공 다섯 명이 있어야 했다. 현장에 있는 사람은 뒤편 오두막에 살면서 경비를 맡고 있던 노인 한 명뿐이었다. 노인은 화덕에서 닭을 요리하고 있었다. 머리가 좀 모자라는 노인은 화덕에 값비싼 대리석판을 얹어 쓰고 있었다. "모두들 어디 갔습니까?" 머딘이 불쑥 물었다.

노인은 화들짝 놀랐다. "세뇨르 카롤리가 죽고, 그분의 아들 아고스티노가 품삯을 주지 않자 아직 죽지 않고 남아 있던 이들이 모두 떠나버렸습니다."

충격적인 소식이었다. 카롤리 집안은 피렌체에서 가장 부유한 집안 중 하나였다. 그들이 건축비를 댈 수 없다고 한다면 정말 심각한 위기라는 소리였다.

"그럼 아고스티노는 살아 있다는 얘기로군요."

"그렇습니다, 마스터. 오늘 아침에도 그분을 뵈었는걸요."

머딘은 젊은 아고스티노를 잘 알았다. 자기 아버지나 부오나벤투라

삼촌만큼 영리하지 못한 그는 극도로 신중하고 보수적인 대응으로 자신의 결점을 상쇄하려 했다. 그는 집안 재정이 전염병의 영향에서 벗어났다는 확신이 없는 한 공사를 재개하지 않을 것이다.

그러나 머딘은 규모가 가장 큰 자신의 세번째 공사는 중단되지 않았을 거라 확신했다. 그는 이 도시의 상인들이 좋아하는 수도회를 위해 성당을 짓고 있었다. 공사 현장이 강 남쪽에 있어 새로 건설된 다리를 건넜다.

다리는 불과 이 년 전에 완공됐다. 실제로 머딘은 수석 설계자인 화가 타데오 가디 밑에서 그 작업에 일부 참여했다. 다리는 겨울의 눈이 녹을 때 빠르게 흐르는 물살을 견딜 수 있어야 했는데, 머딘은 그 교각 설계를 거들었다. 다리를 건너던 그는 다리 위에 있는 작은 금세공인 점포들 문이 모두 닫힌 것을 보고 낙담했다. 역시 좋지 않은 징후였다.

성 안나 성당은 지금까지 그가 맡은 것 중 가장 야심 찬 공사였다. 큰 성당이고, 거의 대성당 규모지만—이 수도회는 부유했다—킹스브리지 대성당과 비슷한 점은 없었다. 이탈리아에는 고딕식 대성당들이 있고 밀라노에는 그중에서 가장 큰 대성당이 있었지만, 이탈리아인들은 프랑스와 잉글랜드의 건축물을 좋아하지 않았다. 그들은 커다란 창과 공중 부벽을 맹목적인 이국 취향으로 간주했다. 날씨가 궂은 북서부 유럽에서나 통하는 빛에 대한 집착은, 날씨가 좋은 이탈리아에서는 언어도단처럼 여겨졌다. 이곳 사람들은 그늘과 서늘함을 원했다. 이탈리아인들은 사방에 그 폐허가 남아 있는 고대로마의 고전적 건축을 자신들의 것이라고 여겼다. 그들은 박공벽과 아치를 선호했고, 화려한 외벽 조각 대신 색색깔의 석재와 대리석을 쓴 장식적 패턴 쪽을 좋아했다.

그러나 머딘은 이 성당으로 피렌체 사람들도 놀라게 할 생각이었다. 설계에 의하면 성당은 각기 돔을 얹은 일련의 광장들로 이루어지며, 그중 다섯 개는 한 줄로, 두 개는 교차부 양편에 위치한다. 그는 잉글랜드에 있을 때 돔에 대해 듣기는 했지만, 시에나 대성당을 방문하기 전까지는 눈으로 본 적이 없었다. 피렌체에는 돔을 얹은 건축물이 없었다. 클리어스토리에는 오큘러스라고 하는 둥근 창을 죽 배열하려고 했다. 또한 이 성당에는 천국에 닿기를 열망하는 촘촘한 기둥 대신, 피렌체 상인들의 특징이기도 한 세속적 자립성을 암시하는, 그 자체로 완결성을 지닌 원을 사용할 예정이었다.

그는 비계 위에서 일하는 석수도 보이지 않고, 큰 석재를 운반하는 일꾼이나 커다란 노로 반죽을 젓는 여자들도 보이지 않자 실망했지만 놀라지는 않았다. 이 공사장 역시 앞의 두 곳처럼 조용했다. 그러나 이 공사만은 재개할 수 있을 거라고 확신했다. 종교 단체에는 세상과 떨어진 듯한 독자적인 삶이 있었다. 그는 공사장을 돌아 수도원 입구로 들어갔다.

수도원 안은 적막했다. 물론 원래 고요한 곳이지만 지금의 고요함에는 어딘가 불안이 감돌고 있었다. 그는 현관홀을 지나 대기실로 들어갔다. 여느 때는 수사 한 명이 성서를 읽고 있다가 방문객을 접대했지만, 오늘은 비어 있었다. 머딘은 서늘한 불안감을 느끼며 또다른 문으로 들어가보았다. 그곳은 클로이스터였는데, 그곳 안뜰에도 역시 아무도 보이지 않았다. "여보세요!" 소리쳐 불렀다. "아무도 안 계십니까?" 그의 목소리가 석조의 아케이드에 울려퍼졌다.

일대를 살펴보았다. 수사는 아무도 없었다. 주방에 들어가 보니 세 사람이 식탁에 앉아 햄에 와인을 마시고 있었다. 그들은 상인들이 입는 값비싼 옷을 걸치고 있었지만 머리는 떡지고 수염은 손질되지 않았으며 손은 더러웠다. 그들은 죽은 사람들의 옷을 벗겨 입은 걸인들이었다. 머딘이 들어서자 그들은 움찔한 듯했지만 이내 덤벼들 듯한 표정을 지었다. "수사들은 모두 어디 갔소?" 머딘이 물었다.

"모두 죽었지." 그들 중 하나가 말했다.

"전부 다 말이오?"

"전부 다. 병자를 돌보다가 모두 병에 걸려서 죽었어."

그는 술에 취해 있었다. 하지만 그 말은 사실인 것 같았다. 세 사람은 너무나 편한 자세로 수도원에 앉아 수사들의 음식과 와인을 먹고 마시고 있었다. 그들은 그 일을 제지할 사람이 없다는 것을 알고 있는 게 분명했다.

머딘은 성당 공사장으로 돌아왔다. 성가대석과 익랑의 벽은 올라가 있고 클리어스토리의 둥근 창들 역시 뚜렷하게 보였다. 그는 교차부 복판, 쌓여 있는 석재 사이에 앉아 자신이 하던 작업을 바라보았다. 공사는 얼마나 오랫동안 지연될까? 수사들이 모두 죽었다면 그들의 돈은 누가 차지하게 될까? 그가 아는 한 이 수도회는 규모가 더 큰 수도회의 일부가 아니었다. 주교가 상속권을 주장할 테고, 교황도 마찬가지일 것이다. 재산을 둘러싼 법적분쟁이 몇 년이나 이어질 수도 있다.

오늘 아침 그는 실비아의 죽음에서 얻은 상처를 치유할 한 방편으로 일에 전념하기로 마음먹었었다. 그런데 적어도 지금으로서는 그에게 일거리가 없는 것이 분명했다. 십 년 전 킹스브리지의 성 마르코 성당 지붕을 수리하기 시작한 이후로 그는 언제나 적어도 한 건 이상의 건설을 해왔다. 그런데 일거리가 없자 어찌해야 할지 알 수 없었다. 낭패감이 들었다.

잠을 깨보니 삶은 송두리째 와해되어 있었다. 갑자기 주어진 부도 이 사태가 악몽이라는 느낌만 키울 뿐이었다. 롤라는 자신이 보내온 삶의 일부에 불과했다.

그는 이제 어디로 가야 할지조차 알 수 없었다. 결국 집으로 가게 될 테지만, 세 살배기 아이와 놀고 마리아와 잡담이나 하며 온종일을 보낼 수는 없었다. 그는 회중석이 될 자리를 바라보며 원기둥을 세우기 위해 가져다놓은 조각된 석반에 멍하니 앉아 있었다.

태양이 오후의 궤도를 따라 내려갈 무렵, 그는 자신이 병상에 있었을 때 일이 기억나기 시작했다. 그는 자신이 죽을 거라 확신했었다. 살아남는 사람이 거의 없었기 때문에 그가 행운아가 되리라고는 기대도 하지 못했다. 의식이 좀더 선명했던 순간에는 마치 죽음을 앞둔 사람처럼 자신의 삶을 되새겨보았다. 그러다가 엄청난 사실 한 가지를 깨달았다는 것이 이제야 기억났다. 회복된 뒤로 지금까지 그것이 기억나지 않았던 것이었다. 지금, 미완성인 성당의 적막 한가운데서, 그는 자신이 살아오며 한 가지 커다란 실수를 저질렀다는 결론에 이르렀었던 사실을 기억해냈다. 그것이 무엇이었을까? 그는 엘프릭과 다투기도 하고, 그리젤더와 정을 통하기도 하고, 엘리자베스 클라크의 구애를 거부하기도 했었다…… 그 모든 일에서 곤란을 겪었지만, 어떤 것도 평생의 실수라고 여기지는 않았다.

침대에 누워 땀을 흘리고 기침을 하고 갈증으로 고통받으며 그는 차라리 죽는 편이 낫다고 여겼지만, 아직은 때가 아니라고 생각했다. 뭔가가 그를 살아 있도록 붙잡고 있었다. 그런데 그것이 이제야 생각난 것이다.

그는 다시 한번 캐리스를 만나고 싶었다.

그것이 그가 살아 있는 이유였다. 섬망 상태에 빠져 있을 때 그녀의 얼굴을 본 그는 그녀에게서 수백 마일이나 떨어진 곳에서 자신이 죽는다는 것이 너무 슬퍼 울었다. 그가 살아오는 동안 저지른 가장 큰 실수는 그녀 곁을 떠난 것이었다.

마침내 잡힐 듯 잡히지 않던 기억을 떠올리고 그 눈부신 계시의 진실을 깨닫자, 그의 마음은 이상하리만큼 평온해졌다.

말도 안 되는 일이지. 그는 생각했다. 그녀는 수녀가 됐다. 그에게 왜 그렇게 할 수밖에 없었는지 직접 해명하는 것조차 거부했다. 하지만 그의 영혼은 그런 이성적인 판단을 받아들이지 않았다. 그의 영혼은 그에게 그녀가 있는 곳에 있어야 한다고 말하고 있었다.

전염병으로 폐허가 되다시피 한 도시의 반쯤 짓다 만 성당에 앉아 그는 그녀가 지금 무엇을 하고 있을까 생각했다. 마지막으로 들은 소식은 그녀가 주교 앞에서 서원을 했다는 것이었다. 서원 결정은 돌이킬 수 없는 것이었다. 그렇다고들 했다. 캐리스는 사람들이 만들어놓은 규칙에 얽매이지 않았다. 하지만 일단 뭔가 결심을 하면 여간해서는 마음을 바꾸지 않았다. 그녀가 새로운 삶에 헌신하기로 작정한 것은 분명했다.

그렇다 해도 달라질 건 없었다. 그는 그녀를 다시 한번 보고 싶었다. 그러지 못한다면 그의 삶에서 두번째 커다란 실수가 될 것이다.

그리고 이제 그는 자유의 몸이었다. 피렌체와 그를 묶고 있던 모든 매듭이 끊어져버렸다. 아내는 죽었고, 세 아이를 제외하면 결혼으로 생긴 모든 관계 역시 사라진 셈이었다. 이곳에 있는 그의 혈육은 딸 롤라뿐인데, 아이는 데려가면 될 것이다. 아이는 아직 너무 어려 여기서 떠났다는 사실도 아마 기억 못할 것이다.

이건 중대한 결정이야. 그는 생각했다. 먼저 알레산드로의 유언장을 확인해보고 아이들을 위한 조치를 마련해야 할 것이다. 아고스티노 카롤리가 그 문제를 해결하는 데 도움을 줄 것이다. 그런 다음 잉글랜드로 가져갈 수 있도록 전 재산을 금으로 바꿔야 한다. 그들의 국제적 연락망이 아직 무사하다면 카롤리 집안이 그 문제에 대해서도 도움을 줄 것이다. 가장 만만치 않은 일은 피렌체에서 유럽을 가로질러 킹스브리지까지 천 마일이나 되는 여행을 감수해야 한다는 것이다. 게다가 그곳에 도착했을 때 캐리스가 그를 어떻게 받아들일지 전혀 알 수 없는 상태에서.

오랫동안 신중하게 생각해야 할 문제임이 분명했다.

그는 짧은 순간 마음을 정했다.

고향에 돌아가자.

54

머딘은 피렌체와 루카의 상인 십여 명과 함께 이탈리아를 떠났다. 그들은 제노바에서 배를 타고 프랑스의 오래된 항구도시 마르세유로 향했다. 그곳에서부터는 육로로, 지난 사십여 년간 교황이 머물고 있는 아비뇽으로 갔다. 교황의 궁은 유럽에서 가장 사치스러웠다. 또한 그곳은 머딘이 알기로는 가장 악취가 심한 도시이기도 했다. 거기서 그들은 북쪽으로 가는 성직자와 집으로 돌아가는 순례자 집단에 합류했다.

모두가 집단을 이루어 여행했는데 수가 많을수록 유리했다. 돈과 값비싼 물자를 운반하는 상인들은 범법자들로부터 보호받기 위해 병사들을 고용했다. 그들은 쉽게 무리에 합류할 수 있었다. 성직자복과 순례자 표지가 도둑들을 막는 데 도움이 될 수도 있고, 심지어 머딘 같은 평범한 여행자라도 수를 불리는 데 도움이 됐기 때문이다.

머딘은 재산 대부분을 피렌체의 카롤리 집안에게 맡겼다. 잉글랜드에 사는 그 집안의 친척들이 나중에 머딘에게 현금으로 건네줄 것이었다. 카롤리 집안은 언제나 이런 종류의 국제교역을 하고 있었고, 머딘은 구 년 전 킹스브리지에서 피렌체로 좀더 소규모의 재산을 옮길 때도 그들의 도움을 받았었다. 그렇기는 해도 완전히 안전한 것은 아니었다. 이런 집안도, 특히 국왕과 대공 같은 신뢰할 수 없는 부류에게 돈을 빌려주거나 연루됐다가 파산하는 경우가 있었다. 바로 그 점 때문에 머딘은 꽤 많은 플로린 금화를 속옷에 꿰매넣었다.

롤라는 여행을 즐거워했다. 여행자 무리에서 유일한 아이였던 롤라는 사람들에게 가장 큰 관심을 받았다. 아이는 말 위에서 보내는 긴 낮 동안에는 안장 위 머딘 앞에 앉아 있었다. 머딘은 양손으로 고삐를 쥔 상태에서도 딸을 안전하게 품고 있을 수 있었다. 그는 노래를 불러주고 시를 읊어주고 이야기를 들려주고, 나무나 방앗간, 다리, 성당 등 눈에 보이는 것들에 대해 설명해줬다. 아이는 그 이야기를 반도 이해 못했겠지만 그래도 아버지의 목소리를 들으며 즐거워했다.

전에는 딸과 오랜 시간을 보낸 적이 없었다. 아버지와 딸은 그렇게 몇 주 동안 매일같이 온종일 함께 지냈다. 그는 그런 친밀감이 어머니를 잃은 딸의 상실감을 상쇄해주길 바랐다. 그 일이 거꾸로 그에게도 분명히 영향을 주었다. 아이가 없었다면 그는 몹시 외로웠을 것이다. 아이는 이제 어머니 이야기를 하지 않았지만 이따금 아버지를 놓아주기가 겁이 나는 듯 그의 목에 필사적으로 매달리곤 했다.

그가 아쉬운 감정을 느낀 것은, 파리에서 60마일 떨어진 샤르트르 대성당 앞에 갔을 때뿐이었다. 성당 서쪽 끝에 두 개의 탑이 있었다. 북쪽 탑은 미완성 상태였지만 남쪽 탑의 높이는 350피트나 됐다. 그것을 보자 자신이 한때 이런 건축물을 짓고 싶어했었던 것이 생각났다. 킹스브리지에서 그 꿈을 실현할 가능성은 없었다.

그는 파리에서 이 주일을 머뭇거리며 보냈다. 전염병이 그곳까지는 미치지 않아서, 집집의 대문가에 시신이 놓인 텅 빈 거리가 아닌 물건을 사고팔며 돌아다니는 사람들로 가득한 대도시 거리에서 정상적인 생활을 보자 더없는 안도감이 들었다. 기분이 한층 좋아지면서 그는 비로소 자신이 피렌체에서 얼마나 공포에 사로잡혀 있었는지 새삼 깨달았다. 그는 파리의 성당들과 궁전들을 둘러보며 그의 시선을 붙잡는 세부를 스케치하기도 했다. 그에게는 작은 종이 노트가 한 권 있었다. 이탈리아에서는 종이가 새로운 필기도구로 일반화되어 있었다.

파리를 떠나면서 그는 셰르부르로 돌아가는 어느 귀족 가족과 한 조가 됐다. 롤라가 말하는 것을 들은 사람들은 머딘을 이탈리아인으로 여겼는데, 그는 그들의 오해를 굳이 바로잡지 않았다. 프랑스 북부에서는 영국인을 극도로 미워했기 때문이다. 그 귀족 가족과 그들의 수행원들과 함께 머딘은 롤라를 안장 앞에 태우고 뒤로는 줄에 묶은 짐말을 이끌며, 이 년여 전 에드워드 왕의 침공 때 파괴되지 않고 남은 성당들과 대수도원들을 구경하며 느긋한 속도로 노르망디를 가로질렀다.

속도를 더 낼 수도 있었지만, 지금이 다양한 건축물을 볼 수 있는 마지막 기회인지도 몰랐다. 하지만 좀더 솔직해지자면, 킹스브리지에 도착해 맞닥뜨릴 어떤 사실이 두렵기 때문이란 것을 인정하지 않을 수 없었다.

그는 캐리스가 있는 고향으로 가고 있었지만, 그녀는 구 년 전 그가 떠났을 때의 그녀가 아닐 것이었다. 육체적으로도, 정신적으로도 변했을 것이다. 유일한 즐거움이 음식뿐인 수녀들 중에는 엄청나게 뚱뚱해지는 사람도 있었다. 그러나 캐리스라면 극기의 무아경에 사로잡혀 먹는 것도 잊고 거의 이 세상 사람이 아닌 것처럼 여위었을 가능성이 크다. 어쩌면 종교에 빠져들어 온종일 기도하고, 상상 속 죄 때문에 자신을 매질하며 보내고 있을지도 모른다. 혹은 죽었을 수도.

그런 생각들이 악몽처럼 떠올랐다. 내심으로는 그녀가 뚱뚱해지지도, 종교적 광기에 사로잡혀 살고 있지도 않을 거라 생각했다. 그리고 만일 그녀가 죽었다면, 그녀의 아버지 에드먼드가 죽었을 때처럼 그 소식을 들었을 것이다. 그녀는 변함없이 체구가 작고 균형잡힌 몸매에 기지가 넘치고 부지런하고 결의가 굳은 예전의 그 캐리스일 것이다. 그러나 그녀가 자신을 어떻게 받아들일지 걱정스러웠다. 구 년이란 세월이 지난 지금, 그녀는 그에 대해 어떤 감정을 느낄까? 너무 까마득해서 신경쓸 것도 없는 과거사로 무관심하게 여길까? 이를테면, 그가 그리젤더에 대해 느낀 것 같은 감정일까? 아니면 그녀의 영혼 깊은 곳에는 여전히 그에 대한 그리움이 남아 있을까? 알 수 없었다. 그것이 그가 불안한 진짜 이유였다.

그들은 포츠머스까지 배를 타고 가, 일단의 상인들과 함께 길을 갔다. 두 사람이 그들 무리와 헤어진 것은 머드퍼드 교차로에서였는데, 상인들은 그곳에서 셔링으로 향했고, 머딘과 롤라는 말을 탄 채 얕은 여울을 건너 킹스브리지로 가는 길로 접어들었다. 머딘은 그곳에 킹스브리지 방향을 알려주는 이정표가 하나도 없다는 것이 안타까웠다. 킹스브리지가 더 가까이에 있다는 사실을 모른 채 셔링으로 가는 상인들이 얼마나 되는지도 궁금했다.

온화한 여름날이었고, 목적지가 보이는 곳에 이르렀을 때도 아직 해는 밝게 빛나고 있었다. 맨 처음 눈에 띈 것은 숲 너머로 보이는 대성당의 탑 꼭대기였다. 적어도 아직 무너지진 않았군. 머딘은 생각했다. 엘프릭의 보수 공사는 십일 년을 버틴 셈이었다. 저 탑이 머드퍼드 교차로에서는 보이지 않는다는 것이 아쉬웠다. 그곳에서 탑이 보인다면 킹스브리지를 찾는 사람들 수에 엄청난 차이가 생길 것이다.

시내가 가까워지자 그는 흥분과 두려움이 섞인 묘한 감정에 빠졌고 순간 욕지기를 느꼈다. 말에서 내려 토해야 하나 고민했을 정도였다.

마음을 진정시키려고 애썼다. 설마 무슨 일이 일어나겠는가? 설령 캐리스가 냉담하게 대한다 해도 그 일로 죽지는 않을 것이다.

신시가지 외곽에 새로 지은 건물 몇 채가 보였다. 그가 딕 브루어를 위해 지어준 호사스러운 저택은 이제 킹스브리지 변두리에 있지 않았는데, 그사이에 도시가 그 너머까지 확장된 것이었다.

다리를 보자 한순간 불안감도 잊혔다. 다리는 강둑에서 우아한 곡선을 그리며 솟아올라 강 중간에 있는 섬에 품위 있게 내려앉은 듯했다. 섬 맞은편에서 다리는 다시 두번째 물길 위로 솟아 있었다. 햇살을 받아 다리의 흰 석재가 반짝였다. 사람들과 수레들이 양쪽에서 다리를 건너고 있었다. 그 광경을 보자 그는 벅차올랐다. 그것은 그가 바랐던 전부, 아름답고 유용하고 튼튼한 다리였다. 내가 해낸 거야, 그것도 멋지게. 그는 생각했다.

그러나 다리에 가까이 다가간 그는 충격에 휩싸였다. 이쪽 경간經間의 중앙 교각 언저리 석물이 손상되어 있었다. 돌에 금이 간 자리가 엘프릭의 전유물인 쇠 죔쇠로 어설프게 보수되어 있었다. 머딘은 기겁했다. 보기 흉한 죔쇠를 돌에 고정시킨 못에서는 갈색 녹물이 뚝뚝 떨어지고 있었다. 그 광경을 보자 문득 엘프릭이 보수 공사를 했었던 십일 년 전의 옛날 나무다리가 떠올랐다. 실수는 누구나 할 수 있지만 실수에서 아무것도 배우지 못한 자들은 똑같은 실수를 되풀이할 뿐이다. "멍청한 사람." 그는 생각을 소리내어 말했다.

"멍청한 사람." 롤라가 아버지가 한 말을 따라 했다. 아이는 영어를 배우는 중이었다.

그는 말을 타고 다리로 올라갔다. 적절하게 마무리된 노면을 보자 기분이 좋아졌고, 다리 난간 설계도 흡족해 기쁨을 감출 수 없었다. 그것은 갓돌에 조각을 새긴 튼튼한 울타리였는데, 대성당의 쇠시리를 연상

시켰다.

나환자 섬에는 여전히 토끼들이 들끓었다. 머딘은 계속 그 섬을 임차하고 있었다. 그가 없는 동안 마크 웨버가 임차인들에게 세를 걷어 해마다 수도원에 내야 하는 명목상의 임대료를 지불했고, 정해둔 자신의 수수료를 차감한 뒤 남은 돈을 카롤리 집안을 통해 매년 피렌체의 머딘에게 보내줬다. 모든 비용을 제하고 남은 돈은 얼마 되지 않았지만 매년 조금씩 불어났다.

얼핏 보기에도 섬에 있는 머딘의 집에는 누군가 거주하고 있는 것 같았다. 덧창이 열려 있고 현관 계단은 비질이 되어 있었다. 머딘은 떠나기 전 지미에게 그 집을 빌려주었었다. 지미도 이제 어엿한 사내가 되어 있겠군. 그는 생각했다.

두번째 경간이 시작되는 지점에서 머딘이 처음 보는 노인이 자리에 앉아 통행세를 징수하고 있었다. 머딘은 1페니를 지불했다. 노인은 전에 어디서 본 적이 있는지 기억해내려는 듯 그를 빤히 바라보았지만 아무 말도 하지 않았다.

도시는 낯익은 동시에 낯설었다. 미세하게 변하긴 했지만 거의 예전 그대로라서, 머딘에게는 그 변화가 하룻밤 사이에 일어난 불가사의처럼 여겨졌기 때문이다. 늘어섰던 오두막집들이 허물어진 자리에 고급 주택이 들어서 있었고, 부유한 과부가 살던 크고 음침한 주택이 있던 자리에는 사람들로 북적대는 여인숙이 들어섰으며, 마른 우물은 없어지고, 회색 주택은 흰 칠이 되어 있었다.

그는 수도원 정문 옆 중심가에 있는 벨 여인숙으로 향했다. 여인숙은 변함이 없었다. 이렇게 좋은 자리를 차지하고 있으니 수백 년도 끄떡없을 것이다. 그는 말과 짐을 말구종에게 맡기고 롤라의 손을 잡고 안으로 들어갔다.

벨 여인숙의 주점은 어디에나 있는 주점과 별반 다르지 않았다. 앞쪽 큰 홀에는 조잡한 탁자들과 긴 의자들이 있고, 뒤쪽 홀 선반에는 맥주 통들과 와인 통들이 쌓여 있었으며, 그곳에서 음식을 조리했다. 이 여인숙은 인기가 많고 수익도 좋기 때문에 바닥의 밀짚을 자주 바꿨고, 벽도 새로 회반죽을 칠했으며, 겨울에는 커다란 난롯불이 활활 타올랐다. 지금은 한여름 무더위 때문에 모든 창문을 활짝 열어놓아 앞쪽 홀로 부드러운 산들바람이 불어들어오고 있었다.

얼마 후 베시 벨이 뒤쪽에서 나왔다. 구 년 전 풍만한 처녀였던 베시는 요염한 여인이 되어 있었다. 그녀는 머딘을 알아보지 못했다. 그는 그녀가 그의 옷차림을 훑어보고 부유한 고객이라 판단했다는 것을 알아챘다. "어서 오세요, 여행자님. 두 분에게 뭘 해드릴까요?"

머딘은 씩 웃으며 말했다. "당신의 개인 방을 쓰고 싶은데, 베시."

그가 입을 연 순간 그녀는 그를 알아보았다. "맙소사! 다리를 만든 그 머딘이잖아!" 그는 악수할 생각으로 손을 내밀었지만 그녀는 두 팔로 그를 끌어안았다. 그녀는 언제나 그를 좋아했다. 몸을 뗀 그녀는 그의 얼굴을 유심히 살펴보았다. "수염을 길렀구나! 수염이 아니었다면 금방 알아봤을 텐데. 이 아이가 딸이야?"

"이름은 롤라야."

"아주 귀엽게 생겼네! 엄마도 예쁘겠구나."

"아내는 죽었어." 머딘이 말했다.

"가엾어라. 하지만 롤라는 아직 어려서 금방 잊을 거야. 내 남편도 죽었거든."

"당신이 결혼한 줄도 몰랐는데."

"당신이 떠나고 나서 만났어. 글로스터 출신인 리처드 브라운이라는 사람이었어. 일 년 전 세상을 떠났지."

"유감스러운 일이군."

"아버지는 순례차 캔터베리에 가셨어. 그래서 지금은 혼자서 이 주점을 도맡아 하고 있어."

"나는 언제나 당신의 아버지를 좋아했지."

"아버지도 당신을 좋아하셨어. 아버지는 기백 있는 남자를 좋아하시니까. 그래서 리처드를 탐탁하게 여기신 적이 없었지."

"아, 그렇군." 머딘은 대화가 너무 친근하고 빠르게 진행된다고 생각했다. "우리 부모님 소식 혹시 알아?"

"그분들은 킹스브리지에 안 계셔. 텐치에 있는 당신 동생의 새집에 계실 거야."

머딘은 부오나벤투라를 통해 랠프가 텐치의 영주가 됐다는 소식은 들었다. "아버지가 몹시 기뻐하셨겠군."

"이만저만 뻐기지 않으셨지." 그녀가 미소를 짓더니 걱정스러운 표정으로 말했다. "배고프고 피곤하지 않아? 내가 아이들을 시켜 짐을 위층에 올려놓게 하고 에일과 포타주*를 좀 갖다줄게." 그러면서 뒤쪽 홀로 가려고 몸을 돌렸다.

"고마운 말이지만……"

베시가 문가에서 걸음을 멈췄다.

"롤라에게 수프를 좀 주면 고맙겠어. 나는 볼일이 있어서."

베시는 고개를 끄덕였다. "그래." 그런 다음 롤라에게 허리를 숙이고 말했다. "베시 아줌마하고 갈래? 네가 빵을 먹을 수 있을지 모르겠구나. 갓 구운 빵 좋아하니?"

머딘이 베시가 한 말을 이탈리아어로 번역해주자 롤라는 기쁜 듯 고

---

* 수프의 일종.

개를 끄덕였다.

"캐리스 자매님 보러 가겠지?" 베시가 말했다.

그 말에 머딘은 멍청하게도 죄의식을 느꼈다. "응. 아직 이곳에 있겠지?"

"아, 물론이지. 지금은 수녀원 접대 책임자야. 나중에 그녀가 수녀원장이 되지 않는다면 그게 놀랄 일이지." 베시가 롤라의 손을 잡더니 뒤쪽 홀로 데려갔다. "행운을 빌어." 그녀가 어깨 너머로 말했다.

머딘은 그곳을 나왔다. 조금 숨이 막히긴 하지만 베시의 호의는 진심 어린 것이었다. 그렇게 환대받자 그는 마음이 훈훈해졌다. 그는 수도원 경내로 들어섰다. 걸음을 멈추고 높이 솟은 대성당의 서쪽 전면을 바라보았다. 이제 거의 이백 년이 된 그 건물은 언제나처럼 경외심을 불러일으켰다.

묘지 너머 성당의 북쪽에 새로운 석조건물이 눈에 띄었다. 입구가 위압적이고 이층이 있는 중간 규모의 저택이었다. 예전에 수도원장 사택으로 쓰던 낡은 목조건물 가까이에 있는 것으로 보아 고드윈이 그 수수한 건물에서 거처를 새로 옮겼다는 것을 짐작할 수 있었다. 머딘은 고드윈이 어디서 돈을 구했을지 궁금했다.

그는 좀더 가까이 가보았다. 저택은 대단히 화려했지만 머딘은 설계가 마음에 들지 않았다. 어느 층도 그 너머로 보이는 거대한 성당과 아무런 연관이 없어 보였다. 세부는 경박하다 싶을 정도였다. 화려한 문틀의 꼭대기는 위층 창문 일부를 가로막았다. 무엇보다 나쁜 점은 저택의 축이 교회의 축과 달리 어설픈 각도에 위치한다는 것이었다.

엘프릭이 지은 것이 분명했다.

통통하게 살찐 고양이가 현관 계단에서 볕을 쬐고 있었다. 꼬리 끝만 하얀 검은 고양이였다. 고양이가 적의에 찬 눈길로 머딘을 쳐다보았다.

그는 발길을 돌려 천천히 구호소로 향했다. 성당 앞 초지는 고요하고 인적도 없었다. 오늘은 장날이 아니었다. 뱃속에서 다시금 흥분과 불안감이 솟구치기 시작했다. 당장이라도 캐리스와 마주칠지 모른다. 구호소 입구에 이른 그는 안으로 들어갔다. 길쭉한 방은 그의 기억보다 더 밝고 한층 신선한 냄새가 났다. 보이는 모든 것이 반들반들하게 닦여 있었다. 바닥에 놓인 매트에 몇 사람이 누워 있었는데 대부분 노인이었다. 제단에서 한 젊은 수련수녀가 소리 내어 기도를 올리고 있었다. 그는 기도가 끝나기를 기다렸다. 그는 너무 마음을 졸인 나머지 병상에 누운 환자들보다 더 중병을 앓는 듯한 느낌이 들었다. 바로 이 순간을 위해 천 마일이나 되는 길을 온 것이다. 그 여행이 헛된 것이 될까?

이윽고 수녀가 마지막으로 "아멘" 하고 말하고는 몸을 돌렸다. 그가 처음 보는 수녀였다. 그녀가 다가와 공손한 어조로 말했다. "낯선 분에게 하느님의 축복이 있길 빕니다."

머딘은 숨을 깊이 들이쉬고 말했다. "캐리스 자매님을 만나러 왔습니다."

수녀들은 구내식당에서 참사회 총회를 열었다. 예전에는 대성당 북동쪽 모퉁이에 있는 우아한 팔각형 참사관을 수사들과 함께 사용했다. 딱하게도 수사와 수녀 사이의 불신이 너무 깊어져 수녀들은 이제 수사들이 자신들의 회의 내용을 엿들을 위험을 감수할 생각이 없었다. 그래서 그들은 식사를 하는 길고 황량한 식당에서 회의를 열었다.

식탁에는 시실리어 수녀원장을 중심으로 수녀원 임원들이 앉아 있었다. 부수녀원장은 공석이었다. 몇 주 전 내털리 부수녀원장이 쉰일곱의 나이로 세상을 떠났는데 시실리어는 아직 다른 사람을 임명하지 않았다. 시실리어의 오른쪽에는 회계 담당 베스와 전에 엘리자베스 클라크였던 공사 담당 엘리자베스가 앉아 있었다. 시실리어의 왼쪽에는 모든 물자의 관리와 책임을 맡은 마거릿과 그녀보다 직급이 아래인 접대 책임자 캐리스가 앉아 있었다. 이들 임원들을 마주보며 줄지어 늘어선 긴 의자에는 수녀 서른 명이 앉아 있었다.

기도와 성서 봉독을 마친 시실리어 수녀원장이 공표했다. "고드윈 수도원장이 수녀원 돈을 훔친 데 대한 우리의 고소에 대해 주교 예하가 답신을 보내오셨어요." 그러자 수녀들 사이에서 기대에 찬 웅성거림이 흘러나왔다.

답변이 있기까지 꽤 오랜 시간이 흐른 셈이었다. 에드워드 왕이 리처드 주교의 후임자를 정하기까지 거의 일 년이라는 세월이 걸렸다. 윌리엄 백작이 아버지의 유능한 보좌였던 제롬을 위해 열심히 진정을 넣었지만, 결국 에드워드 왕은 왕비의 친척으로 프랑스 북부 헤이노트 출신인 몽스의 앙리를 주교로 선택했다. 앙리 주교는 잉글랜드에 와 취임식을 한 후 교황의 승인을 얻기 위해 로마에 갔다가 다시 돌아와 셔링 관저에 자리잡았고, 그런 후 시실리어의 공식 고소장에 대한 답신을 보낸 것이었다.

시실리어가 말을 이었다. "주교님은 그 절도 행위에 대한 조치를 거부하셨어요. 그 사건은 리처드 주교 시절의 일이고 과거는 과거일 뿐이라는 이유로요."

수녀들은 숨이 막힐 만큼 놀랐다. 그들은 자신들이 결국은 정의를 얻으리라 믿으며 지금까지 인내심을 가지고 답변이 유예되는 것을 받아들여왔다. 그런데 충격적인 기각이 그 결과였다.

캐리스는 좀전에 그 서한을 보았다. 그래서 다른 수녀들만큼 놀라지는 않았다. 신임 주교가 킹스브리지 수도원장과의 불화로 자신의 임기를 시작하고 싶어하지 않는다는 사실은 그렇게 놀라운 것도 아니었다.

그 서한을 보면 앙리가 원칙에 입각한 사람이 아니라 실용주의적인 통치자임을 알 수 있었다. 그 점에서 그는 교회 정치에서 성공을 거둔 대다수의 남자들과 다를 것이 없었다.

그러나 놀라지 않았다고 해서 실망하지 않은 건 결코 아니었다. 그 결정은 적어도 가까운 미래에, 병자와 건강한 내방객을 격리할 새 구호소를 지을 꿈을 포기해야 한다는 것을 의미했다. 그녀는 슬퍼할 필요가 없다고 속으로 다짐했다. 수도원은 수백 년간 이런 호사 없이도 존속해왔으니 앞으로 다시 십 년이든 그 이상이든 기다릴 수 있었다. 그런 반면, 그녀는 지지난해 말드윈 쿡이 양모 정기시장에 일으켰던 구토증처럼 질병이 급속도로 전염되는 사태에 분통이 터졌다. 정확히 어떤 방식으로 이런 질병들이 전염되는지 누구도 알지 못했다. 환자를 보거나 만졌기 때문인지, 아니면 그저 환자와 같은 방에 있기만 해도 그런 건지 알 수 없었다. 하지만 대부분의 질병 전염에 근접한 거리가 원인이라는 데는 의문의 여지가 없었다. 하지만 지금 당장은 모든 일을 잊어야 했다.

긴 의자에 앉아 있는 수녀들 사이에서 성난 대화가 오갔다. 그중 언성을 높여 말하는 마리아의 목소리가 들렸다. "수사들은 이제 기세등등하겠군요."

캐리스는 그녀의 말이 맞는다고 생각했다. 고드윈과 필리먼은 백주대낮에 도둑질을 하고도 무사했다. 지금까지 그들은 언제나 수사들이 수녀들의 돈을 가져다 쓰는 것은 결국 모두 하느님의 영광을 위해서라며 절도 행위가 아니라고 주장해왔다. 그런데 이제 그들은 주교가 자신들의 행위를 인정해줬다고 여길 것이다. 견디기 힘든 패배였다. 캐리스와 마이어에게는 특히 그랬다.

그러나 시실리어 수녀원장은 속상해하면서 시간을 낭비할 생각이 없었다. "이번 일은 우리 중 누구의 잘못도 아니에요. 아마 잘못이 있다면 나에게 있습니다. 우리는 사람을 너무 쉽게 믿었을 뿐이에요."

원장님은 고드윈을 믿었을지 모르지만 전 아니에요. 캐리스는 생각했지만 입은 굳게 다물었다. 그녀는 시실리어가 다음에 할 말을 기다렸다. 수녀원 임원 사이에 인사이동이 있다는 사실을 알고 있었지만 수녀원장이 어떤 결정을 내렸는지는 아무도 몰랐다.

"그러나 앞으로는 좀더 조심해야 합니다. 우리는 수사들이 접근하지 못할 우리만의 금고실을 만들 거예요. 실제로 그들에게 금고실 위치도 알리지 않을 생각이에요. 베스 자매는 회계 담당에서 물러날 겁니다. 오랫동안 성실하게 봉사해준 자매에게 감사합니다. 이제 그 자리는 엘리자베스 자매에게 맡기겠습니다. 나는 엘리자베스 자매를 전적으로 믿고 있어요."

캐리스는 혐오스러운 표정을 보이지 않으려고 애썼다. 엘리자베스는 캐리스가 마녀라고 증언했었다. 구 년 전 일이고, 시실리어는 엘리자베스를 용서했지만, 캐리스는 그럴 마음이 없었다. 그러나 캐리스가 반감을 품은 건 그것 때문만이 아니었다. 엘리자베스는 심술궂고 심성이 비뚤어지고 종종 분개심으로 판단력을 잃었다. 캐리스가 생각하기에 그런 사람들은 절대 신뢰할 수 없었다. 그런 사람들은 언제나 선입견에 근거한 판단을 내리기 쉬웠다.

시실리어가 말을 이었다. "마거릿 자매도 임원 사퇴 의사를 표명했어요. 캐리스 자매가 그녀를 대신해 물품 담당을 맡게 될 겁니다."

캐리스는 실망했다. 그녀는 시실리어의 비서 격인 부수녀원장 자리를 바라고 있었다. 그녀는 기쁜 얼굴로 미소를 지으려 했지만 쉽지 않았다. 시실리어는 부수녀원장을 임명할 생각이 없는 것이 분명했다. 경쟁관계인 캐리스와 엘리자베스가 부수녀원장 자리를 놓고 경쟁하도록 하려는 듯했다. 엘리자베스와 시선이 마주친 캐리스는 그녀의 눈빛에서 가까스로 억누른 증오를 보았다.

시실리어가 다시 말을 이었다. "그리고 캐리스의 감독 아래 마이어 자매가 접대 책임을 맡습니다."

마이어는 기쁨에 찬 환한 미소를 지었다. 그녀는 자신이 승진했을 뿐만 아니라 캐리스 밑에서 일하게 됐다는 사실에 더욱 기뻐했다. 캐리스도 그 결정이 마음에 들었다. 마이어도 자신처럼 위생에 철저했고, 수사들이 하는 사혈 등의 치료법을 불신했다.

시실리어가 그 밖의 하위 임원직을 발표하는 동안, 자신이 기대한 자리를 얻지 못한 캐리스는 애써 즐거운 낯을 가장하고 앉아 있었다. 회의가 끝나자 그녀는 시실리어에게 가서 감사의 뜻을 전했다.

"쉬운 결정이었다고는 생각하지 마라." 수녀원장이 말했다. "엘리자베스는 총명하고 결단력이 있고, 네가 감정을 폭발시키는 문제에 대해서도 차분한 태도를 유지하지. 하지만 너는 상상력이 풍부하고 사람들에게서 최고의 장점을 끌어내는 능력이 있어. 나에게는 너희 두 사람이 다 필요하다."

캐리스는 자신에 대한 시실리어의 분석에 대꾸할 수가 없었다. 원장님은 정말 나를 잘 아시지. 캐리스는 침울한 심정으로 생각했다. 아버지가 돌아가시고 머딘도 떠난 지금으로서는 어느 누구보다 나를 잘 알고 있는 분이야. 그러자 문득 수녀원장에 대한 애정이 샘솟았다. 시실리어는 새끼들을 돌보면서 온종일 바삐 돌아다니는 어미 새 같았다.
"원장님의 기대에 부응하도록 최선을 다할게요." 캐리스는 다짐했다.

그녀는 시실리어의 방에서 나왔다. 줄리 자매를 확인해볼 필요가 있었다. 어린 수녀들에게는 아무리 일러보았자 그녀가 하는 만큼 줄리를 돌봐주지 않았다. 그들은 마치 힘없는 노인은 편안할 필요가 없다고 여기는 듯했다. 줄리가 추운 날씨에 모포는 제대로 덮었는지, 마실 물은 있는지, 제때 변소에 가는지 매번 신경쓰는 사람은 캐리스뿐이었다. 캐리스는 늙은 수녀의 기운을 돋워주기 위해 약초 달인 물을 가져다주기로 마음먹었다. 그녀는 약장에 가서 작은 냄비에 물을 부어 화덕에 올려놓았다.

그때 마이어가 들어오더니 문을 닫았다. "정말 굉장한 일이에요." 마이어가 말했다. "우리가 계속 함께 일하게 됐으니까요!" 그러고는 캐리스를 끌어안고 입술에 키스했다.

캐리스는 그녀에게서 몸을 떼며 말했다. "이렇게 키스하지 말아요."

"자매님을 사랑하니까 그러는 거예요."

"나도 자매님을 사랑하지만 이런 식은 아니에요."

그건 사실이었다. 캐리스는 마이어를 무척 좋아했다. 두 사람은 프랑스에서 함께 생사를 넘나들면서 더없이 가까워졌다. 캐리스는 심지어 마이어의 미모에 마음이 끌리기까지 했다. 칼레의 어느 주막에서 보낸 밤 그들이 문을 잠글 수 있는 방에 묵게 됐을 때, 캐리스는 마침내 마이어의 적극적인 유혹에 굴복했다. 마이어는 캐리스의 모든 은밀한 부위에 애무하며 입을 맞췄고, 캐리스도 마이어에게 똑같이 했다. 마이어는 나중에 그녀에게 그때가 자기 인생에서 가장 행복한 날이었다고 말했다. 유감스럽게도 캐리스는 그렇게 생각하지 않았다. 기분좋기는 했지만 전율할 정도는 아니었다. 다시 그럴 생각은 없었다.

"그래도 좋아요." 마이어가 말했다. "자매님이 나를 사랑하는 한, 아무리 그 애정이 작다 해도 나는 그저 기뻐요. 앞으로도 계속 그래주실 거죠?"

캐리스는 끓인 물을 약초에 부었다. "자매님이 노자매님처럼 나이가 들면, 자매님을 건강하게 해줄 이런 약초 물을 만들어준다고 약속할게요."

그러자 마이어의 눈에 눈물이 어렸다. "내가 평생 들어본 말 중에 가장 듣기 좋은 말이에요."

캐리스는 영원한 사랑을 맹세하기 위해 그 말을 한 것이 아니었다. "그렇게 감상적으로 굴지 말아요." 그녀는 부드러운 어조로 말했다. 캐리스는 약초 물을 걸러 나무잔에 담았다. "자, 이제 줄리 자매님에게 가 보죠."

그들은 클로이스터를 가로질러 구호소로 들어갔다. 붉은 수염이 무성한 남자가 제단 근처에 서 있었다. "낯선 분에게 하느님의 축복이 있기를 빕니다." 캐리스가 말했다. 남자는 왠지 낯이 익었다. 그는 캐리스의 인사에 아무 대꾸도 없이 금빛이 도는 갈색 눈으로 그녀를 뚫어지게 바라보았다. 다음 순간 그녀는 그를 알아보았다. 그녀는 잔을 떨어뜨렸다. "맙소사! 당신이었어!"

∽

그녀가 그를 보기 직전의 짧은 순간은 극도로 감미로웠고, 머딘은 어떤 일이 일어나든 자신이 평생 그 순간을 소중히 간직하게 되리라고 느꼈다. 그는 굶주린 듯 구 년 동안 보지 못했던 얼굴을 빤히 응시했고, 마치 더운 날 차가운 강물에 뛰어든 것과도 같은 충격과 함께 그 얼굴이 그동안 자신에게 얼마나 소중했었는지를 새삼 상기했다. 그녀는 거의 변하지 않았다. 그의 모든 두려움은 근거 없는 것이었다. 심지어 나이도 먹지 않은 것처럼 보였다. 이제 서른 살일 테지만, 그녀는 스무 살 때처럼 여전히 날렵하고 생기 넘쳤다. 그녀는 활발하고 권위 있는 걸음으로 뭔가가 가득 담긴 나무잔을 들고 빠르게 걸어왔고, 그를 보고 잠깐 멈칫하더니 잔을 떨어뜨렸다.

그는 행복한 기분을 느끼며 그녀에게 미소지었다.

"당신이 여기 있다니! 피렌체에 있는 줄 알았는데!" 그녀가 말했다.

"이렇게 돌아와서 기뻐." 그가 대답했다.

그녀는 바닥에 쏟아진 액체를 바라보았다. 그러자 곁에 있던 수녀가 말했다. "이건 걱정 말아요. 내가 치울게요. 가서 저분하고 이야기 나누세요." 머딘은 얼굴이 예쁜 수녀의 눈에 눈물이 어린 것을 보았지만 너무 흥분해 별다른 주의를 기울이지 않았다.

"언제 왔어?" 캐리스가 물었다.

"한 시간 전에. 당신은 좋아 보이네."

"당신은…… 남자답게 보여."

그 말에 머딘은 웃었다.

"무슨 일로 돌아온 거야?" 그녀가 말했다.

"얘기하자면 길어. 하지만 기꺼이 말해줄게."

"잠깐 밖으로 나가." 그녀가 그의 팔을 살짝 건드리고는 건물 밖으로 데리고 나갔다. 수녀들은 사람들과 신체적 접촉을 하거나 남자와 사적인 대화를 나누지 못하는 것이 원칙이지만, 그녀는 그런 규칙에 얽매이지 않았다. 그는 그녀가 지난 구 년의 세월에도 권위에 대한 존중을 익히지 못했다는 사실이 기뻤다.

머딘이 채소밭 옆에 있는 긴 의자를 가리키며 말했다. "구 년 전 당신이 수녀원에 들어간 그날 나는 마크와 매지 웨버 부부와 함께 저기 앉아 있었어. 그때 매지가 당신이 나를 만나지 않겠다고 한다고 전해줬었지."

그녀는 고개를 끄덕였다. "그날은 내 인생에서 가장 불행한 날이었어. 하지만 당신을 만나면 사태가 더 악화될 뿐이라는 걸 알았지."

"나도 같은 생각이긴 했지만, 나는 그것 때문에 내가 비참해지는 한이 있더라도 당신을 꼭 만나고 싶었어."

그녀는 그를 똑바로 바라보았다. 갈색이 도는 녹색 눈은 여느 때처럼 솔직해 보였다. "왠지 비난하는 말 같은데."

"그럴지도 몰라. 나는 당신한테 몹시 화가 났었으니까. 당신이 어떤 결정을 내렸든 나에게 직접 말해야 한다고 생각했었어." 그는 이런 식으로 대화를 끌어갈 생각이 아니었지만 어쩔 수 없었다.

그녀는 사과하지 않았다. "아주 간단해. 당신 곁을 떠나는 걸 도저히 견딜 수 없었어. 억지로 당신에게 그 말을 하고 나면 나는 자살이라도 할 것 같은 기분이었거든."

그는 깜짝 놀랐다. 지난 구 년 동안 그는, 그들이 헤어지던 날 그녀가 했던 행동이 이기적이었다고 생각해왔다. 그런데 그녀의 말을 들어보니 이제 와서 이런 식으로 다그치는 자신이 오히려 이기적인 인간 같았다. 그녀에게는 언제나 이런 식으로 내 태도를 바꾸게 하는 능력이 있었지. 그는 생각했다. 그 과정이 불편하긴 했지만, 그녀의 말이 맞을 때가 많았다.

그들은 의자에 앉지 않고 발길을 돌려 성당 앞 초지를 가로질렀다. 하늘을 보니 구름이 해를 가리고 있었다. "이탈리아에 끔찍한 역병이 돌았어. 라 모리아 그란데라는 병이."

"나도 소문은 들었어. 남프랑스도 그렇지 않았어? 아주 끔찍했던 모양이던데."

"나도 그 병에 걸렸었어. 그런데 회복됐지. 그건 아주 드문 일이야. 내 아내 실비아도 죽었어."

그녀는 충격을 받은 얼굴이 되었다. "정말 유감이야. 몹시 슬펐겠구나."

"그녀의 가족도 모두 죽었고, 내 고객들도 모두 죽었어. 그래서 고향으로 돌아오기에 적당한 때라고 생각했지. 당신은 어떻게 지냈어?"

"나는 방금 물품 담당이 됐어." 그녀가 자랑스러움이 역력한 어조로 말했다.

사람들이 대량으로 죽어간 장면을 보고 온 머딘에게는 대수롭지 않은 일처럼 여겨졌다. 하지만 수녀원에서 보내는 삶에서는 중요한 일이었다. 그가 대성당을 올려다보며 말했다. "피렌체에도 훌륭한 대성당이 있어. 다색 석재로 여러 가지 문양을 넣은 건물이지. 하지만 나는 이쪽이 더 좋아. 조각된 형상들도 좋고, 동일한 색조라는 점도." 그가 회색 하늘을 배경으로 솟은 회색 탑의 석재를 살펴보고 있는 사이, 비가 내리기 시작했다.

그들은 비를 피해 성당으로 들어갔다. 열 명쯤 되는 사람들이 회중석 여기저기에 흩어져 있었다. 이 도시를 방문한 외부인들이 성당을 구경하고, 이 도시의 신자들이 기도를 드리고, 수련수사 둘은 비질을 하고 있었다. "저 기둥 뒤에서 당신 몸을 더듬었던 일이 떠오르는군." 머딘이 빙그레 웃으며 말했다.

"나도 기억나." 그녀는 말하면서 그의 눈을 피했다.

"나는 아직도 예전과 똑같은 감정이야. 그게 내가 돌아온 진짜 이유이고."

그녀는 고개를 돌려 분노가 어린 눈으로 그를 바라보았다. "하지만 당신은 결혼했잖아."

"당신은 수녀가 됐잖아."

"하지만 나를 사랑한다면서 어떻게 실비아와 결혼할 수 있었지?"

"그러면 당신을 잊을 줄 알았지. 하지만 그렇게 되지 않았어. 그러다 내가 죽어가고 있다고 생각했을 때, 나는 결코 당신을 잊을 수 없다는 사실을 깨달았어."

그녀의 분노는 나타난 것만큼이나 빠르게 사라졌고 눈에 눈물이 어렸다. "나도 알아." 그러면서 그녀는 시선을 돌렸다.

"당신도 같은 감정일 거야."

"나는 변한 적 없어."

"변하려고는 해봤어?"

그녀는 그의 눈을 보며 말했다. "어떤 수녀가 있는데……"

"구호소에서 함께 있던 그 예쁜 수녀?"

"어떻게 알았어?"

"나를 봤을 때 눈물을 흘렸거든. 그때는 왜 그러는지 몰랐지만."

캐리스는 뭔가 찔리는 표정이었는데, 머딘은 지금 그녀가 실비아가 "그 영국 여자 생각을 하고 있구나" 하고 말했을 때 자신이 느꼈던 것 같은 감정을 느끼고 있으리라 짐작했다.

"마이어는 나에게 소중한 사람이야. 그녀는 나를 사랑하고 있고. 하지만……"

"하지만 당신은 나를 잊지 못한 거야."

"그래."

머딘은 승리감이 들었지만 내색하지 않았다. "그렇다면 당신은 서원을 파기하고 수녀원을 떠나 결혼을 해야 해."

"수녀원을 떠난다고?"

"지금 깨달은 사실인데, 당신은 우선 마녀재판 유죄판결에 대한 사면을 받아야 해. 분명 할 수 있을 거야. 주교와 대주교, 필요하다면 교황에게까지 뇌물을 쓰면 될 테니까. 나에게 그럴 만한 여유가 있어."

그녀는 그 일이 그가 생각한 것만큼 쉬울지 확신이 서지 않았다. 하지만 그것이 문제의 전부가 아니었다. "그러고 싶은 마음이 없는 건 아니야. 하지만 나는 시실리어 원장님에게, 나에 대한 그분의 믿음에 부응하겠다고 약속했어…… 접대 책임자 자리를 제대로 인수받도록 마이어를 도와줘야 하고…… 새 금고실도 지어야 해…… 그리고 줄리 자매를 제대로 돌볼 사람은 나밖에 없어……"

그는 어리둥절했다. "그게 그렇게 중요한 일이야?"
"물론 중요하고말고!" 그녀는 화를 냈다.
"나는 수녀원이 노파들이 기도나 하는 곳인 줄 알았는데."
"아냐, 병자를 치료하고 가난한 이들에게 음식을 주고 수천 에이커에 달하는 토지를 관리하는 일도 해. 그 일도 교량이나 성당을 짓는 일만큼 중요하단 말이야."
그가 예상하지 못한 상황이었다. 캐리스는 언제나 종교 집단에 대해 회의적이었다. 그녀는 거의 강제적으로 수녀원에 들어갔다. 그것이 목숨을 구할 수 있는 유일한 길이었기 때문이다. 그런데 이제 그녀는 자신이 받게 된 형벌에 오히려 애착을 느끼는 것 같았다. "당신은 문이 활짝 열렸는데도 지하감옥에서 떠나기를 싫어하는 죄수 같군."
"문이 활짝 열린 건 아니야. 그다음에는 서원을 철회해야 해. 시실리어 원장님은—"
"그래 그 모든 문제를 처리해야 해. 지금 당장 시작하자."
그녀는 괴로운 표정을 지었다. "나는 확신이 서질 않아."
그녀는 망설이고 있었다. 놀라운 일이었다. "정말 당신 맞아?" 그는 믿기지 않는다는 듯이 물었다. "당신은 수도원에서 본 위선과 거짓을 미워했잖아. 나태와 부정직함, 압제적인 분위기—"
"고드윈과 필리먼의 경우에는 들어맞는 말이야."
"그러면 이곳을 떠나."
"그다음엔?"
"물론 나와 결혼하는 거지."
"그게 전부야?"
그는 또다시 어리둥절했다. "그게 내가 원하는 전부야."
"아니, 그렇지 않아. 당신은 저택과 성을 설계하고 싶어해. 잉글랜드에서 가장 높은 건물을 짓고 싶어했잖아."

"당신에게 돌볼 누군가가 필요하다면……"

"무슨 소리야?"

"딸아이가 하나 있어. 롤라라고 해. 그애는 이제 세 살이야."

그 말에 캐리스는 좀 진정된 듯이 보였다. 그녀는 한숨을 내쉬었다. "나는 수녀 서른다섯 명에, 수련수녀 열 명, 일꾼 스물다섯 명, 게다가 학교와 구호소와 조제실을 담당하는 수녀원의 고위 임원이야. 그런 나에게 당신은 지금 모든 것을 팽개치고 본 적도 없는 어린 여자아이의 보모가 되라고 요구하고 있어."

그는 입씨름을 포기했다. "내가 아는 건, 나는 당신을 사랑하고 당신과 함께 있고 싶다는 것뿐이야."

그녀는 어이없다는 듯이 웃었다. "처음부터 당신이 그 말만 했더라면 나를 설득했을지도 모르지."

"나는 혼란스러워. 지금 나를 거절하는 거야, 아니야?"

"나도 모르겠어." 캐리스가 말했다.

55

머딘은 그날 밤을 거의 뜬눈으로 보냈다. 그는 여인숙에서 자는 데 익숙해져 있었고, 여느 때라면 롤라의 잠꼬대에 마음이 가라앉았을 것이다. 그러나 오늘밤에는 캐리스에 대한 생각을 멈출 수가 없었다. 돌아온 자신에게 그녀가 보인 반응은 충격적이었다. 그는 그제야 비로소 자신이 나타났을 때 그녀가 느낄 감정에 대해 논리적으로 생각해본 적이 없다는 것을 깨달았다. 그는 변했을지도 모를 그녀에 대한 비현실적인 악몽만 꾸면서 내심으로는 즐거운 화해 장면을 그리고 있었다. 물론 그녀는 그를 잊지 않고 있었다. 그러나 그는 그녀가 그후로 우울 속에서만 구 년이라는 세월을 보냈을 리 만무하다는 사실을 깨달았어야 했다. 캐리스는 그런 사람이 아니었다.

그것을 깨달았다 해도, 그녀가 수녀 일에 그토록 헌신적이 되었을 거라고는 짐작하지 못했을 것이다. 그녀는 교회에 대해 언제나 어느 정도 비판적이었다. 어떤 식으로든 종교를 비판하는 행위는 매우 위험한 일이므로, 그녀는 그에게도 자신의 끝 모를 무신론을 분명 감췄을 것이다. 그런 그녀가 수녀원을 떠나기를 주저한다는 것은 더없이 충격적이었다. 그는 그녀가 리처드 주교가 내린 사형선고를 두려워하고, 서원 철회를 허락받지 못할 것을 우려할 거라 생각했지 그녀가 수도원의 삶에 대한 성취감 때문에 자신의 아내가 되기 위해 그곳을 떠나는 것을 망설일 거라고는 상상도 하지 못했다.

그는 그런 그녀에게 화가 치밀었다. '나는 당신에게 결혼해달라는 말을 하려고 천 마일을 왔는데 그런 나에게 어떻게 모르겠다고 할 수 있지?' 이렇게 말했어야 한다고 생각했다. 그리고 자신이 할 수 있었을 가슴 아픈 말들을 이것저것 떠올렸다. 그러나 그때 그런 말들이 떠오르지 않은 것이 오히려 다행인지도 모른다는 생각이 들었다. 그들의 대화는 그녀가 그의 갑작스러운 귀향에서 받은 충격을 극복하고 자신이 무엇을 원하는지 생각해볼 시간을 달라고 청하는 것으로 끝났다. 그는 동의했다. 달리 할 수 있는 일도 없었다. 하지만 그 때문에 그는 십자가에 못 박힌 사람처럼 고통스러운 시간을 보내야 했다.

그러다 마침내 그는 편치 않은 잠속으로 빠져들었다.

롤라가 여느 때처럼 아침 일찍 그를 깨웠다. 그들은 죽을 먹을 생각으로 아래층 홀로 내려갔다. 그는 그길로 곧장 구호소로 가서 캐리스와 다시 한번 이야기하고 싶었지만 참았다. 시간을 달라고 했으니 졸라댄다고 득 될 것이 없었다. 어쩌면 자신이 더 놀랄 일이 있을지 모른다는 생각이 문득 떠오르자 그가 없는 사이 킹스브리지에서 무슨 일들이 있었는지 알아두는 편이 낫겠다고 생각했다. 그래서 아침식사를 마친 뒤 마크 웨버를 만나러 갔다.

웨버 가족은 캐리스가 그들을 옷감 사업에 끌어들인 직후 사들였던 중심가에 면한 큰 주택에서 살고 있었다. 머딘은 마크의 직조기보다 그리 크지 않은 단칸방에서 그들 부부와 네 아이가 살던 시절을 기억하고 있었다. 그들의 집 일층은 석재로 지어졌는데 창고와 점포로 사용되고 있었다. 살림채는 목재로 지은 이층에 있었다. 머딘은 점포에 들어가, 시외에 있는 축융기에서 축융해 방금 수레에 가득 실어 온 진홍색 옷감을 확인하고 있는 매지를 발견했다. 이제 마흔이 가까운 매지는 검은 머리에 백발이 섞여 있었다. 키가 작은 그녀는 뚱뚱하고 가슴이 크고 엉덩이도 펑퍼짐했다. 그녀를 보면 머딘은 호전적인 비둘기가 연상됐는데, 그건 그녀의 불룩 튀어나온 턱과 단호한 태도 때문일 것이다.

그녀 옆에는 두 젊은이가 있었는데, 하나는 열일곱 살쯤 된 아름다운 처녀이고, 다른 하나는 그녀보다 두어 살쯤 나이가 많아 보이는 다부진 체격의 청년이었다. 누더기 옷을 입은 가냘픈 소녀 도라와 수줍음 타던 소년 존을 떠올린 머딘은 이 두 젊은이가 매지의 그 아이들임을 깨달았다. 이제 존은 무거운 천꾸러미를 거뜬히 들어올렸고, 그러면 도라가 수를 헤아려 막대기에 표시를 했다. 그 모습을 보자 머딘은 자신이 늙은이가 된 것 같았다. 나는 이제 겨우 서른두 살인데. 그는 생각했다. 하지만 존을 보자 자신이 늙어버린 기분이 들었다.

매지가 그를 보더니 놀라움과 기쁨이 섞인 탄성을 질렀다. 그녀는 그를 끌어안더니 수염 난 뺨에 입을 맞춘 뒤 롤라를 발견하고 한바탕 수선을 피웠다. 머딘이 아쉬운 듯이 말했다. "나는 이 집 아이들과 우리 애가 놀 수 있을 것 같아 데려왔는데, 아이들이 너무 컸군요."

"데니스와 노아는 수도원학교에 들어갔어. 그애들은 이제 열세 살과 열한 살이지. 하지만 도라가 롤라를 데리고 놀아줄 거야. 아이들을 좋아하거든."

그 젊은 처녀가 롤라를 번쩍 안아들었다. "옆집 고양이가 새끼를 낳았는데, 가보지 않을래?"

롤라가 이탈리아어로 대답하자, 도라는 좋다는 뜻으로 알아듣고는 함께 그곳으로 갔다.

매지는 존에게 수레의 짐을 내리라고 맡기고는 머딘을 위층으로 데려갔다. "마크는 멜컴에 갔어. 옷감 일부를 브르타뉴와 가스코뉴에 수출하고 있거든. 오늘이나 내일쯤 돌아올 거야."

머딘은 응접실에 앉아 그녀가 내주는 에일을 받아들었다. "킹스브리지는 번창하는 것 같은데요."

"양모 장사는 쇠퇴했지. 전쟁세 때문이야. 국왕이 자기 몫을 징수하려고 모든 양모를 규모가 큰 상인 몇 사람을 통해서만 팔게 했거든. 킹스브리지에 아직 상인 몇 사람이 남아 있긴 하지만—페트라닐라도 에드먼드가 하던 사업을 잇고 있어—전에 비하면 아무것도 아니야. 다행히 가공한 옷감이 잘 팔려서 그걸로 대체하고 있지만. 적어도 이 도시에서는."

"수도원장은 아직 고드윈인가요?"

"불행히도 그래."

"그 사람은 여전히 일을 어렵게 만들고 있겠죠?"

"수도원장은 너무 보수적이야. 그는 어떤 변화에도 반대하고 발전도 거부하고 있어. 마크가 일요일뿐만 아니라 토요일에도 시장을 열어보자고 제안한 적이 있었거든. 시험삼아서 해보자고 말이야."

"고드윈이 뭐라고 하면서 반대하던가요?"

"그러면 사람들이 교회에 가지 않고도 곧장 장을 볼 수 있으니까 좋은 일이 아니라고 했어."

"토요일에 교회에 가는 사람도 있잖아요."

"고드윈은 만사를 부정적으로만 봐."

"교구 길드에서 수도원장에게 반대할 텐데요?"

"교구 길드에서 반대하는 일은 자주 있지 않아. 이제 엘프릭이 길드장이거든. 엘프릭과 앨리스는 에드먼드가 남긴 것을 거의 모두 차지했지."
"길드장이 반드시 이 도시에서 가장 부자일 필요는 없잖아요."
"하지만 보통은 그렇지. 생각해봐. 엘프릭은 장인을 많이 고용해. 목수며 석수, 회반죽꾼, 비계꾼 같은 사람들 말이야. 그리고 건축자재를 파는 모든 사람에게서 구매를 해. 이 도시에는 규모가 크건 작건 엘프릭을 지지할 수밖에 없는 사람들로 가득하다고."
"그리고 엘프릭은 언제나 고드윈과 가까운 사이였죠."
"바로 그거야. 그가 수도원의 공사를 도맡아 하고 있어. 그건 공공공사 전부를 맡는다는 의미이기도 하지."
"하지만 그는 겉만 그럴듯한 건축업자예요!"
"참 이상한 일이잖아?" 매지가 생각에 잠긴 듯이 말했다. "고드윈은 그 일에 실력이 가장 뛰어난 사람을 쓸 것 같잖아. 그런데 사실은 그렇지가 않아. 그는 고분고분한 사람, 시키는 일에 의문을 제기하지 않고 따르는 사람이 필요한 거야."
머딘은 조금 침울해졌다. 변한 건 아무것도 없었다. 그의 적들은 여전히 권력을 휘두르고 있었다. 그 때문에 그가 예전의 삶을 다시 시작하는데 곤란을 겪을 수도 있었다. "그러면 나에게 좋은 소식이라고는 없는 셈이군요." 머딘이 자리에서 일어섰다. "내 섬에나 가봐야겠어요."
"마크가 멜컴에서 오면 그리로 찾아가보라고 말할게."
머딘은 롤라를 찾아 옆집으로 갔지만 도라와 한창 즐거운 것 같아 잠시 맡겨두기로 하고 혼자 천천히 강변을 향해 걸어갔다. 그는 다리에 간 금을 다시 보았지만 오랫동안 자세히 살펴볼 필요도 없었다. 원인은 너무나 명백했다. 그는 나환자 섬을 한 바퀴 돌아보았다. 변한 것은 거의 없었다. 섬에는 선창 몇 군데, 서쪽 끝의 창고들, 동쪽 끝의 다리에서 다른 쪽 다리로 넘어가는 길가에 있는 주택 한 채뿐이었다. 그가 지미에게 세준 집이었다.

처음 그 섬을 점유했을 때 그에게는 섬을 개발할 야심만만한 계획이 있었다. 그가 타향살이를 하는 동안, 이곳에서는 아무 일도 일어나지 않았다. 이제는 뭔가 할 수 있을 거라고 생각했다. 그는 대지를 대략 측정하고 들어설 건물과 거리를 머릿속으로 그려보며 점심때까지 섬 안을 돌아다녔다.

그는 도중에 롤라를 데리고 나와 벨 여인숙으로 돌아갔다. 주점 안은 조용했다. 베시가 보리를 넣어 걸쭉하게 끓인 맛있는 돼지고기 스튜를 내왔다. 그리고 최고급 레드와인을 단지째 내오더니 함께 점심을 먹었다. 식사를 마친 그녀는 그에게 와인을 한 잔 더 따라줬다. 머딘은 그녀에게 자신의 머릿속 구상을 말했다. "이쪽 다리에서 저쪽 다리까지 섬을 가로지르는 길은 가게들이 들어서기에 딱 좋을 것 같아."

"여인숙이 있어도 좋겠네. 우리 여인숙과 홀리 부시 여인숙이 이 도시에서 가장 북적대는 이유는 대성당 가까이에 있기 때문이야. 사람들이 끊임없이 왕래하는 곳은 주점을 차리기에 딱 좋지."

"내가 나환자 섬에 주점을 차리면 당신이 운영할 수도 있겠어."

그러자 그녀는 그를 똑바로 바라보며 말했다. "우리가 함께 운영할 수도 있어."

그는 그녀에게 미소를 지었다. 그녀가 차려준 맛있는 음식과 와인으로 배가 든든했다. 남자라면 누구나 그녀와 잠자리를 하면서 그 부드럽고 둥글둥글한 몸을 즐기고 싶어할 것이다. 그러나 해선 안 되는 일이었다. "나는 내 아내 실비아를 아주 좋아했어. 그런데도 결혼생활 내내 캐리스를 생각했어. 실비아도 그걸 알고 있었고."

베티는 시선을 돌렸다. "딱한 일이네."

"알아. 그래서 앞으로 두번 다시 같은 일을 다른 여자에게 할 생각이 없어. 나는 캐리스가 아니면 재혼하지 않을 거야. 나는 좋은 사람은 아니지만, 그 정도로 못된 사람은 아니야."

"캐리스는 당신과 결혼 못할지도 몰라."

"알아."

그녀는 일어서서 그릇들을 주섬주섬 챙겼다. "당신은 좋은 사람이야. 너무 좋아서 탈이지." 그러고는 부엌으로 돌아갔다.

머딘은 롤라를 침대에 눕혀 낮잠을 재우고, 주점 앞 긴 의자에 앉아 나환자 섬이 있는 언덕 아래쪽을 바라보며 9월의 햇살 아래서 큼직한 석판에 밑그림을 그렸다. 그러나 제대로 집중할 수가 없었는데, 지나는 사람마다 그가 돌아온 것을 보고 환영 인사를 하고 지난 구 년 동안 뭘 하고 지냈는지 물었기 때문이다.

오후 해가 기울어갈 무렵 언덕 아래쪽에서 큰 술통이 실린 수레를 몰고 올라오는 마크 웨버의 커다란 몸집이 보였다. 마크는 예전에도 거인이었지만 이제는 살찐 거인 같았다.

머딘이 그의 큰 손을 잡았다. "멜컴에 다녀오는 길이야. 몇 주에 한 번씩은 그곳에 가지." 마크가 말했다.

"저 통은 뭔가요?"

"보르도산 와인이야. 배에서 막 내린 물건이지. 소식도 하나 있네. 조앤 공주가 스페인으로 가고 있었다는 거 알고 있었나?"

"알아요." 정보에 밝은 유럽 사람이라면 누구나 에드워드 왕의 열다섯 살 난 딸이 카스티야왕국의 계승자 페드로 왕자와 결혼한다는 소식을 알고 있었다. 그 결혼으로 잉글랜드와 이베리아반도 최대 왕국 사이에는 동맹관계가 생길 것이고, 그러면 에드워드 왕은 남쪽으로부터의 간섭을 걱정하지 않고 마음놓고 프랑스와의 끝이 없는 전쟁에 전념할 수 있게 될 것이었다.

"그런데 조앤이 보르도에서 전염병으로 죽었다는군."

머딘은 이중으로 충격을 받았다. 프랑스에 대한 에드워드 왕의 위세가 급격히 불안정해졌다는 것도 그렇지만, 그보다는 전염병이 그렇게 멀리까지 퍼졌다는 사실에 충격을 받았다. "보르도에도 전염병이 퍼졌어요?"

"프랑스 선원들이 거리에 시체가 널렸다고 하던데."

머딘은 불안했다. 그는 자신이 라 모리아 그란데에서 벗어난 곳으로 왔다고 생각하고 있었다. 설마 잉글랜드까지 퍼지지는 않겠지? 머딘은 그 역병이 두렵지 않았다. 두 번 걸린 사람은 없었으므로 그는 안전했다. 그리고 롤라는 이유는 알 수 없지만 병에 걸리지 않는 부류에 속했다. 그가 두려운 것은 다른 사람들, 특히 캐리스 때문이었다.

마크의 머릿속에는 다른 생각이 있었다. "자네는 딱 알맞은 때 돌아왔어. 젊은 상인들 중에는 길드장 엘프릭에게 넌더리가 난 사람들이 있거든. 하기야 그는 벌써 오래전부터 고드윈의 하수인에 불과했지. 나는 그에게 맞설 생각이야. 자네도 힘을 합칠 수 있을 거야. 오늘밤 교구 길드 집회가 있어. 그곳에 오면 바로 입회하도록 해주겠네."

"제가 도제 기간을 끝내지 않았다는 것이 또 문제가 되지 않을까요?"

"그동안 자네가 이 도시와 외국에서 그렇게 많은 건축물을 지었는데 이제 그런 게 문제가 되겠나? 그렇지 않을 걸세."

"좋습니다." 머딘 역시 섬을 개발하려면 길드에 소속될 필요가 있었다. 사람들은 새 건물을 짓는 것에 대해 언제나 갖가지 이유를 들며 반대하기 마련이었으니 이제 그도 그들에게 의견을 낼 필요가 있었다. 그러나 자신이 길드에 받아들여질지는 마크만큼 확신할 수 없었다.

마크는 술통을 들고 집으로 향했고, 머딘은 롤라의 저녁을 챙기러 안으로 들어갔다. 해 질 무렵 마크가 벨 여인숙에 찾아와 둘은 함께 중심가를 걸어올라갔다. 온화했던 오후가 쌀쌀한 밤으로 바뀌고 있었다.

예전에 그가 이곳에서 교구 길드 조합원들에게 자신의 교량 설계도를 보여줬을 때만 해도 길드 집회소는 멋진 건물로 보였다. 그러나 이탈리아에서 웅장한 공공건물들을 본 그에게 이제 길드 집회소는 어설프고 초라해 보였다. 그는 부오나벤투라 카롤리나 로로 피오렌티노 같은 사람들이 조악한 지하실이나 감옥이나 주방, 지붕을 지지하기 위해 큰 홀 한복판에 어설프게 기둥을 세운 것을 보고 과연 어떤 생각을 할지 궁금했다.

마크는 머딘이 없는 사이 킹스브리지에 왔거나 그사이에 유력 인사가 된 몇몇에게 머딘을 소개했다. 대부분은 나이가 더 들었을 뿐인 낯익은 얼굴들이었다. 머딘은 그중에서 지난 이틀 동안 만나지 못한 사람들과 인사를 나누었다. 그중에 과시하듯 은실로 짠 화려한 양단 서코트를 차려입은 엘프릭도 있었다. 그는 놀라는 기색도 없이 노골적인 적의를 담아 그를 노려보았는데, 이미 누군가에게 머딘이 돌아왔다는 것을 전해들은 게 분명했다.

고드윈 수도원장과 부수도원장 필리먼 형제도 참석했다. 머딘은 마흔두 살이 된 고드윈의 짜증과 불만 가득한 축 처진 입매를 보며 그가 누구보다 그의 삼촌 앤서니와 닮았다고 생각했다. 그는 상냥한 척했고, 잘 모르는 사람이라면 속아넘어갈 수도 있었다. 필리먼도 달라 보였다. 이제 그는 깡마르지도 않았고, 어줍던 태도도 보이지 않았다. 그는 부유한 상인처럼 살이 쪘고 행동거지에 거만한 자신감이 풍겼다. 그럼에도 머딘의 눈에는 그 이면의 알랑대는 아첨꾼 특유의 불안과 자기혐오가 보이는 듯했다. 필리먼은 마치 뱀이라도 만지는 듯이 머딘의 손을 잡고 악수했다. 해묵은 증오심이 이렇게까지 오래갈 수 있다는 것이 울적했다.

검은 머리에 잘생긴 젊은이가 머딘을 보더니 성호를 긋고 다가와서 자신은 예전 조수였던 지미이며 지금은 건축업자 제러마이어라고 인사했다. 머딘은 그가 교구 길드에 들어올 정도로 성공했다는 것이 반가웠다. 하지만 그는 예전만큼이나 미신에 사로잡힌 것처럼 보였다.

마크는 마주치는 사람들에게 조앤 공주에 관한 소식을 전했다. 머딘은 전염병에 대한 우려 섞인 한두 가지 질문에 답변했지만, 킹스브리지 상인들은 카스티야와의 동맹관계가 깨질 경우 프랑스와의 전쟁이 장기화될 테고 그러면 경기에도 악영향을 미친다는 사실에 더 관심을 가졌다.

양모용 대형 저울 앞 큰 의자에 앉아 있던 엘프릭이 개회를 선언했다. 마크가 즉각 머딘을 조합원으로 받아들여야 한다는 안을 내놓았다.

당연히 엘프릭이 반대하고 나섰다. "그는 도제 기간을 끝내지 못했기 때문에 조합원이 되지 못했던 겁니다."

"그가 당신 딸과 결혼하지 않아서였겠지." 누군가 그렇게 말하자 모두가 왁자하게 웃음을 터뜨렸다. 머딘은 그 말을 한 사람을 한참 만에 알아보았다. 그는 주택 건축업자인 빌 왓킨이었는데, 대머리 주변의 검은 머리가 세어가고 있었다.

"그가 규정된 기준에 도달한 장인이 아니기 때문이었소." 엘프릭이 고집스럽게 주장했다.

"어떻게 그런 말을 할 수 있습니까?" 마크가 이의를 제기했다. "그는 그동안 많은 주택과 교회, 저택을 지었고—"

"그리고 우리 교량도 건설했는데, 그건 팔 년밖에 안 됐는데도 금이 갔소."

"교량을 건설한 건 당신이잖습니까, 엘프릭."

"나는 머딘의 설계도대로 정확히 지었을 뿐이오. 아치가 노면과 그 위를 지나는 물자와 사람의 무게를 견딜 만큼 튼튼하지 못한 게 분명합니다. 내가 박아놓은 꺾쇠로는 커지는 금을 막기에 역부족이오. 따라서 나는 두 교량 모두 중앙 교각 양쪽 아치에 돌의 두께를 두 배로 보강하는 2차 공사를 해야 한다고 제안합니다. 오늘밤 이 문제가 거론될 거라 예상하고 견적도 내봤습니다."

그는 머딘이 돌아왔다는 소식을 듣고 이런 공격을 준비한 게 분명했다. 엘프릭은 언제나 머딘을 원수처럼 여겼다. 달라진 것은 아무것도 없었다. 하지만 그는 현재 교량이 안고 있는 문제를 제대로 이해하지 못하고 있었기 때문에 머딘에게는 기회가 생긴 셈이었다.

그는 나지막한 목소리로 제러마이어에게 말했다. "한 가지 부탁 좀 해도 되겠나?"

"제게 많은 도움을 주셨잖습니까. 뭐든 말씀하십시오!"

"지금 수도원에 달려가서 캐리스 자매를 면담하게. 그 자매에게 내 교량 설계도 원본을 찾아달라고 해줘. 원본은 수도원 도서실에 있을 거야. 그걸 곧장 이곳으로 가져다주게."

제러마이어는 살그머니 방을 빠져나갔다.

엘프릭이 이어 말했다. "조합원들에게 할 이야기가 있습니다. 이미 고드윈 수도원장과 상의해보았지만, 수도원장은 보수 공사 비용을 지불할 여력이 없다고 했소. 따라서 처음 교량을 건설했을 때처럼 이번에도 나중에 통행세를 받아 채우는 걸로 하고 이 비용도 우리가 조달해야 할 것 같습니다."

그 말에 모두 신음소리를 냈다. 그후 조합원 각자가 부담해야 할 비용에 대한 지리하고도 험한 토론이 이어졌다. 머딘은 자신에 대한 사람들의 반감이 점점 커지는 느낌을 받았다. 분명 엘프릭이 의도한 것이었다. 머딘은 제러마이어가 다시 나타나기를 바라며 계속 출입구 쪽을 주시했다.

"만일 설계에 문제가 있는 거라면 머딘이 보수 공사 비용을 부담해야 합니다." 빌 왓킨이 말했다.

더이상 방관만 하고 있을 수 없었다. 머딘은 대담한 수를 두었다. "그 말씀에 동의합니다."

놀란 사람들이 한순간 입을 다물었다.

"만약 제 설계 때문에 금이 생긴 것이라면, 제가 그 비용을 부담하겠습니다." 그는 거침없이 말을 이었다. 교량 공사에는 엄청난 비용이 든다. 만일 그가 문제를 잘못 짚은 거라면, 재산 절반이 날아갈 수도 있었다.

"퍽도 당당하시군." 빌이 말했다.

"그러나 조합원들이 허락해주신다면 그전에 하고 싶은 이야기가 있습니다." 머딘은 말하면서 엘프릭을 바라보았다.

반대할 이유를 생각해내느라 엘프릭은 머뭇거렸다. 하지만 빌이 먼저 말했다. "발언하게 합시다." 여기저기서 찬성하는 소리가 합창처럼 나왔다.

엘프릭은 마지못해 고개를 끄덕였다.

"고맙습니다." 머딘이 말했다. "아치가 약할 경우에는 독특한 패턴으로 금이 가기 마련입니다. 아치 상부의 석재는 아래로 누르기 때문에 아래쪽 모서리가 벌어지게 되고, 그 경우에는 아치 꼭대기의 내호면, 즉 아치의 안쪽 둥근 면, 즉 아랫부분에 금이 나타납니다."

"맞는 말이오." 빌 왓킨이 말했다. "나도 그런 금을 여러 번 보았소. 보통은 그리 대단한 게 아니지만."

머딘은 말을 이었다. "이것은 교량에 나타난 금과는 다릅니다. 엘프릭이 한 말과는 반대로 그 아치들은 충분히 튼튼하게 설계됐습니다. 아치의 두께는 밑단 직경의 20분의 1입니다. 그것은 어느 나라에서나 표준적인 비율로 쓰이고 있죠."

방안의 건축업자들은 고개를 끄덕였다. 그들 모두 그 비율을 알고 있었다.

"아치 꼭대기는 온전합니다. 하지만 중앙 교각 양편에 있는 아치의 기단부에 수평으로 금이 가 있습니다."

"4분四分 볼트의 경우에도 그런 금이 종종 나타나곤 하죠." 빌이 다시 말했다.

"이 다리는 그것이 아닙니다." 머딘이 지적했다. "이곳의 아치 상단은 단일 구조거든요."

"그러면 금이 간 원인이 무엇이란 말이오?"

"엘프릭이 제 설계대로 공사하지 않은 겁니다."

"나는 그대로 했네!" 엘프릭이 말했다.

"나는 교각 양쪽 끝에 큰 돌무더기를 쌓아야 한다고 했습니다."

"돌무더기라고?" 엘프릭이 조롱하듯 말했다. "그것이 교량을 똑바로 서 있도록 해준다는 건가?"

"그렇습니다." 머딘이 말했다. 그는 방안의 건축업자들 역시 엘프릭의 미심쩍어하는 태도에 동감한다는 걸 알 수 있었다. 하지만 그들은 교량 건설에 대해서는 알지 못했다. 교량 공사가 다른 공사와 다른 것은 건축물이 수중에 서 있어야 한다는 점이다. "그 설계에서 가장 중요한 것이 바로 그 돌무더기입니다."

"설계도에 그런 내용은 없었네."

"그것을 입증하기 위해 제가 만든 설계도를 사람들에게 보여주시겠습니까, 엘프릭?"

"그건 오래전에 없어졌네."

"저는 양피지에 설계도를 그렸습니다. 그건 수도원 도서실에 있을 텐데요."

그 말에 엘프릭은 고드윈을 바라보았다. 바로 그 순간 두 사람의 공모가 역력히 드러났다. 머딘은 길드 조합원들이 그 광경을 목격하길 바랐다. "양피지는 값비싼 물건이지. 그래서 그건 오래전에 표면을 긁어내고 다른 용도로 재사용했네." 고드윈이 말했다.

머딘은 고드윈의 말을 믿는다는 듯이 고개를 끄덕였다. 아직 제러마이어는 보이지 않았다. 원설계도의 도움 없이 논쟁에서 이겨야 했다. "그 돌무더기가 있었다면 지금처럼 금이 가게 한 원인이 미연에 차단됐을 겁니다."

필리먼이 끼어들었다. "그건 당신 말이잖소? 우리가 그 말을 믿을 근거가 뭡니까? 그건 그저 엘프릭의 말에 대한 반박에 지나지 않아요."

위험을 무릅써야 했다. 이기거나 지거나 둘 중 하나일 테지. 그는 생각했다. "내일 새벽 강변에 오시면 환한 빛 속에서 문제가 뭔지 설명하고 증명해 보이겠습니다."

엘프릭의 얼굴에는 이 도전을 거부하고 싶은 기색이 나타났지만 빌 왓킨이 앞질러 말했다. "그거 공정하군! 내일 그 자리에 가겠소."

"빌, 헤엄과 잠수에 능숙하고 똑똑한 아이를 두 명 데려올 수 있겠습니까?"

"어렵지 않지."

엘프릭은 회의에 대한 통제력을 잃었다. 그리고 고드윈은 이 문제에 개입함으로써 꼭두각시를 부리는 사람이 자신임을 스스로 드러냈다. "대체 이게 무슨 수작이오?" 그는 노한 어조로 물었다.

그러나 이미 너무 늦었다. 사람들은 호기심을 느끼고 있었다. "그가 원하는 대로 하게 해줍시다. 그게 속임수라면 우리 모두 그 자리에서 알 수 있을 테니까."

그 순간 제러마이어가 들어왔다. 그의 손에 들린 커다란 양피지를 붙인 나무틀을 보자 머딘은 안심했다. 엘프릭은 깜짝 놀란 얼굴로 제러마이어를 빤히 바라보았다.

고드윈이 창백해져서 물었다. "대체 누가 그걸 내줬나?"

"아주 많은 사실을 폭로하는 발언을 하셨군요." 머딘이 말했다. "수도원장님은 설계도에 담긴 내용이 무엇인지, 설계도가 어디서 났는지 묻지 않으시는군요. 저분은 이미 모든 걸 다 알고 계신 듯합니다. 수도원장님은 그저 저것을 내준 사람이 누군지만 궁금해하고 있습니다."

"그런 건 아무래도 좋아. 제러마이어, 어서 그 설계도를 보여주게." 빌이 말했다.

제러마이어는 저울 앞으로 가서 모두가 설계도를 볼 수 있도록 나무틀을 돌려놓았다. 교각 양쪽 끝에 머딘이 말했던 돌무더기가 그려져 있었다.

머딘이 자리에서 일어섰다. "아침에 만나시죠. 저것이 어떻게 작용하는지 그때 설명해드리겠습니다."

∽

여름에서 가을로 넘어가는 때라 새벽의 강변은 쌀쌀했다. 볼거리가 있다는 소문이 나서 교구 길드 조합원들뿐만 아니라 이삼백 명은 됨직한 인파가 머딘과 엘프릭의 대결 장면을 보기 위해 기다리고 있었다. 캐리스도 와 있었다. 머딘은 이제 이 일이 더이상 단순한 공학에 관한 문제가 아니라는 것을 깨달았다. 그는 늙은 황소의 권위에 도전하는 송아지였고, 모두가 그 사실을 이해하고 있었다.

빌 왓킨이 열두어 살쯤 된 소년 둘을 데려왔다. 소년들은 팬츠만 입은 채 몸을 떨고 있었다. 마크 웨버의 어린 두 아들 데니스와 노아였다. 열세 살 데니스는 어머니를 닮아 땅딸막했다. 아이의 머리는 가을 낙엽 같은 빨간색이었다. 그보다 두 살 어린 노아는 형보다 키가 컸고, 어른이 되면 분명 아버지만큼 체구가 클 것 같았다. 머딘은 키가 작은 빨강

머리 데니스에게서 자신의 모습을 보았다. 데니스도 그 나이 때 머딘이 그랬듯 나이 어린 동생이 자기보다 키도 크고 힘도 세다는 사실에 당혹스러워하고 있지 않을까 궁금했다.

머딘은 아버지가 아이들에게 무슨 말을 해야 하는지 사전에 지시했을지도 모른다는 이유를 들며 엘프릭이 반대할지도 모른다고 생각했다. 그러나 엘프릭은 아무 말도 하지 않았다. 마크는 워낙 정직해 아무도 그가 술수를 부릴 거라 의심하지 않았는데, 엘프릭도 그 사실을 알고 있었을 것이다. 아니, 그보다는 고드윈이 그렇게 여겼을 것이다.

머딘은 아이들에게 할일을 일러줬다. "중앙 교각까지 헤엄쳐 가서 물속으로 잠수해. 교각이 아래쪽으로 매끄럽게 뻗어 있을 거야. 그다음에는 기초가 나오는데, 그것은 회반죽으로 붙여놓은 커다란 돌무더기야. 강바닥에 도착하면 그 기초 아래쪽을 손으로 더듬어봐. 진흙탕 물속이라 아마 아무것도 보이지 않을 거다. 하지만 가능한 한 숨을 참고 기초 주변을 철저히 조사해야 해. 그런 다음 물위로 올라와서 너희가 발견한 것을 사실 그대로 말해주면 된다."

두 아이는 물속으로 뛰어들어 헤엄쳤다. 머딘이 모인 사람들에게 말했다. "이 강의 바닥은 암반이 아니라 진흙밭입니다. 강물이 교각 주위에서 소용돌이치며 기둥 밑에 있던 진흙을 훑어내기 때문에 함몰되는 부분이 발생하는데, 거기에는 강물밖에 없습니다. 예전 나무다리에도 이런 현상이 생겼었죠. 떡갈나무 교각이 강바닥에 박혀 있지 않고 상부 구조물에 매달려 있었거든요. 그 때문에 다리가 붕괴됐던 겁니다. 새 다리에 같은 현상이 벌어지지 않도록 하기 위해 저는 교각 밑단 둘레에 커다란 잡석들을 쌓아야 한다고 했습니다. 돌무더기가 강물의 흐름을 분산시켜 교량에 미치는 영향력을 줄여주니까요. 하지만 그것이 빠졌기 때문 교각 밑부분이 침식된 겁니다. 그 결과 교각은 교량을 지지하고 있는 것이 아니라 교량에 매달려 있는 형국이 된 거죠. 바로 그 때문에 교각과 아치의 연결부에 금이 생긴 거고요."

엘프릭이 터무니없다는 듯 콧방귀를 뀌었지만 다른 건축업자들은 흥미를 보였다. 강 한복판 중앙 교각에 이른 두 소년이 숨을 깊이 들이마신 뒤 물속으로 사라졌다.

"저 아이들은 돌아와서 교각이 강바닥에 박혀 있지 않고 사람이 들어갈 만큼 커다란 구덩이 위에 떠 있다고 말할 겁니다. 그 구덩이에는 강물만 차 있다고요." 머딘이 말했다.

머딘은 자신의 말이 맞기만 바랐다.

두 아이는 놀랄 정도로 오랫동안 물속에서 나오지 않았다. 머딘은 자기도 모르게, 말하자면 아이들과 같은 시간만큼 숨을 참고 있었다. 이윽고 빨강머리가 수면 밖으로 올라오고 이어서 갈색머리도 물위로 올라왔다. 두 소년은 자신들이 똑같은 것을 보았는지 서로 확인하는 듯 잠시 이야기를 주고받으며 고개를 끄덕였다. 그런 다음 강변으로 헤엄쳐 오기 시작했다.

머딘은 자신의 분석이 완벽하다고 확신하지는 않았지만, 그것 말고는 달리 금이 나타난 이유를 설명할 수 없었다. 게다가 최대한 자신만만해 보일 필요가 있었다. 그러나 만약 그 분석이 틀렸다는 결과가 나온다면 그는 더없이 우스워 보일 것이다.

소년들은 강변에 이르자 숨을 헐떡이며 물 밖으로 걸어나왔다. 매지가 모포를 건네주자 아이들은 모포로 떨리는 어깨를 감쌌다. 아이들에게 숨을 고를 시간을 준 뒤 머딘은 물었다. "그래, 뭘 발견했지?"

"아무것도 없어요." 데니스가 말했다.

"아무것도 없다니, 그게 무슨 뜻이야?"

"기둥 밑에 아무것도 없어요."

득의에 찬 표정으로 엘프릭이 물었다. "그 말은 기둥 밑에 진흙 바닥이 있다는 거지?"

"아니요! 진흙 바닥은 없고 강물뿐이었어요."

노아가 끼어들었다. "사람이 기어들어갈 수 있을 만한 구멍이 있었어요! 아주 큰 구멍이요! 저 큰 기둥이 밑에 아무것도 받치는 것 없이 물에 떠 있었다고요."

머딘은 안도의 표정을 감추려 애썼다.

엘프릭이 고함을 질렀다. "아무리 그렇더라도 돌무더기가 그 문제를 해결했을 거라고 믿을 근거는 없소." 하지만 그의 말을 귀담아듣는 사람은 없었다. 군중이 보기에는 머딘의 주장이 입증된 셈이었다. 사람들은 머딘 주위에 몰려들어 의견을 말하고 질문을 던졌다. 잠시 후 엘프릭은 홀로 그 자리를 떠났다.

머딘은 한순간 안쓰러운 감정이 들었다. 그러나 이내 자신이 도제였을 때 엘프릭이 각목으로 얼굴을 후려친 일이 떠오르자 연민의 감정도 차가운 아침 공기 속으로 사라져버렸다.

56

다음날 아침 한 수사가 벨 여인숙으로 머딘을 찾아왔다. 그가 두건을 젖혔을 때도 머딘은 누구인지 얼른 알아보지 못했다. 그러다가 수사의 왼팔이 팔꿈치부터 없는 것을 보고야 토머스 형제라는 것을 알았다. 그는 이제 마흔 줄에 접어들어 수염은 회색으로 세고 눈가와 입가에는 깊은 주름이 잡혀 있었다. 오랜 세월이 지난 지금도 그가 간직한 비밀이 여전히 위험한지 머딘은 궁금했다. 진실이 밝혀지면 지금도 토머스의 목숨이 위태로울까?

그러나 토머스가 온 것은 그것 때문이 아니었다. "교량에 대한 자네 판단이 옳았네." 토머스가 말했다.

머딘은 고개를 끄덕였다. 거기에는 씁쓸한 만족감이 어려 있었다. 그가 옳았지만 고드윈 수도원장은 그를 해고했고, 그 결과 그가 설계한 다리는 완벽할 수 없었다. "당시에도 돌무더기가 중요하다는 것을 설명하고 싶었습니다. 하지만 엘프릭과 고드윈이 제 말을 귀담아듣지 않을 게 뻔했어요. 그래서 에드먼드에게 말씀드렸는데, 그뒤에 그분이 돌아가셨죠."

"그 말을 나에게 해야 했네."

"그랬더라면 좋았을 겁니다."

"나와 함께 성당으로 가세." 토머스가 말했다. "금이 간 이유를 파악할 줄 아는 자네에게 보여주고 싶은 것이 있어."

토머스는 머딘을 성당의 남쪽 익랑으로 데려갔다. 십일 년 전 부분 붕괴 사고 후 엘프릭은 이곳과 성가대 남쪽 측랑에 아치를 세워놓았다. 머딘은 토머스가 우려하는 것이 무엇인지 바로 알아챘다. 금이 다시 나타난 것이었다.

"자네가 금이 다시 나타날 거라고 했었지." 토머스가 말했다.

"문제의 근본적인 원인을 찾아내지 못한다면 그럴 거라고 했었죠."

"자네 말이 맞았네. 엘프릭이 또 틀렸어."

머딘은 한순간 흥분감을 느꼈다. 만일 탑을 다시 세워야 할 필요가 있다면…… "형제님은 그 점을 이해하지만 과연 고드윈도 그럴까요?"

토머스는 그 질문에는 대답하지 않았다. "자네 생각에는 근본적인 원인이 뭐일 것 같은가?"

머딘은 당면 문제에 집중했다. 그는 오랜 세월 동안 이따금 이 문제를 생각했었다. "이건 원래의 탑이 아니죠? 『티모시의 책』에 의하면 이 탑은 재건된 것이고, 원래 있던 것보다 더 높였다고 했어요."

"대략 백 년 전쯤 그랬을 거야. 양모산업이 한창 융성했을 때였지. 자네 생각에는 탑을 너무 높게 올린 것 같은가?"

"그건 기초에 따라 다릅니다." 대성당 부지는 강 쪽을 향해 남쪽으로 완만하게 경사져 있었고, 그것이 원인일 수도 있었다. 그는 탑 아래쪽 교차부를 지나 북쪽 익랑으로 걸어갔다. 그러고는 교차부 북동쪽 모서리에 있는 거대한 기둥 아래 서서, 자신의 머리 위로 성가대석 북쪽 측랑을 가로질러 벽까지 뻗어 있는 아치를 올려다보았다.

"내가 걱정하는 건 남쪽 측랑이란 말일세." 토머스가 살짝 역정을 냈다. "여긴 아무 문제 없어."

머딘이 머리 위를 가리키며 말했다. "아치 꼭대기 아랫면 쪽에, 즉 내호면에 금이 있어요. 교량을 놓을 때 교각이 제대로 서지 않아서 옆으로 벌어지기 시작할 때 저런 금이 나타나죠."

"자네 말은, 탑이 북쪽 익랑에서 떨어져나오고 있다는 건가?"

머딘은 다시 교차부로 가서 그것과 쌍을 이루는 남쪽 아치를 바라보았다. "이쪽도 금이 갔어요. 그런데 이쪽은 윗면, 즉 외호면에 금이 갔잖아요? 그 위쪽 벽에도 금이 가 있고요."

"그렇게 크게 금이 간 건 아니잖나."

"하지만 저것들이 문제의 실상이 무엇인지 말해주는 거죠. 북쪽 아치는 벌어지는 반면 남쪽 아치는 조여들고 있어요. 그건 탑이 남쪽으로 움직인다는 의미입니다."

토머스가 머리 위를 신중히 살펴보았다. "내가 보기에는 똑바른 것 같은데."

"육안으로는 확인할 수 없습니다. 하지만 탑에 올라가 교차부의 원주 꼭대기에서 줄에 추를 달아 내려뜨리면, 바닥에 닿을 때 원주에서 남쪽으로 몇 인치가량 떨어져 있을 겁니다. 그리고 탑이 기울면서 성가대석 쪽 벽에서 분리되기 때문에, 그곳이 가장 크게 손상을 입는 자리가 될 겁니다."

"그럼 어떤 조치를 취할 수 있지?"

머딘은 저에게 새 탑 공사를 맡겨야 합니다라고 말하고 싶었다. 그러나 아직 그 말은 시기상조였다. "공사 전에 조사를 많이 해봐야 합니다." 그는 흥분감을 억누르며 말했다. "우리는 탑이 움직이고 있기 때문에 금이 나타났다는 가설을 세웠죠. 하지만 탑이 왜 움직이는 걸까요?"

"또 어떻게 그것을 알아낼 수 있을까?"

"구덩이를 파는 겁니다." 머딘이 대답했다.

결국 제러마이어가 구덩이를 파게 됐다. 토머스는 머딘을 직접 고용하지 않으려 했다. 그는 실제로 여유 자금이라고는 한 푼도 없어 보이는 고드윈에게서 조사비를 끌어내는 것도 쉽지 않은 일이라고 말했다. 또한 그는 엘프릭에게 그 일을 맡길 수도 없었는데, 엘프릭이라면 조사할 것이 아무것도 없다고 말할 것이기 때문이었다. 따라서 머딘의 옛 도제가 절충안이 됐다.

마스터에게서 제대로 배운 제러마이어는 빠른 일처리를 좋아했다. 첫날은 남쪽 익랑의 판석을 들어냈다. 그다음날부터 인부들을 시켜 교차부 남동쪽의 거대한 각주 주위의 땅을 파기 시작했다.

구덩이가 깊어지자 제러마이어는 파낸 흙을 들어내기 위해 목재 권양기를 설치했다. 이 주째에는 일꾼들이 바닥까지 내려갈 수 있도록 구덩이 측면에 나무 사다리를 설치했다.

그사이 교구 길드에서는 머딘에게 교량 보수 공사를 맡겼다. 엘프릭은 물론 그 결정에 반대했지만 자신이 하겠다고 주장할 입장이 아니었기 때문에 결국 물러났다.

머딘은 신속하고 활기차게 공사에 착수했다. 그는 문제가 생긴 교각 두 곳 주위에 임시 물막이를 가설해 그 안의 물을 빼고, 교각 아래 생긴 구덩이에 자갈과 회반죽을 채우기 시작했다. 다음에는 애초에 그가 구상했던 커다란 돌무더기로 교각 주위를 둘러쌀 계획이었다. 그리고 마지막에는 엘프릭이 박아놓은 보기 흉한 꺾쇠를 제거하고, 금이 간 자리를 회반죽으로 채워넣을 생각이었다. 보수해서 기초만 제대로 서도 금 간 자리가 다시 벌어지지는 않을 것이다.

하지만 그가 정말 하고 싶은 일은 성당의 탑을 재건하는 일이었다.

그 일은 쉽지 않을 것 같았다. 수도원과 교구 길드가 모두 그의 설계를 받아들여야 하는데, 그 두 조직 모두 현재는 그의 가장 큰 적인 고드윈과 엘프릭이 이끌고 있었다. 게다가 고드윈이 공사비를 마련해야 할 수 있는 일이었다.

첫번째 단계로 머딘은 마크에게 엘프릭을 대체할 길드장 선거에 나서도록 권했다. 길드장 선거는 일 년에 한 차례, 11월 1일 만성절에 치러졌다. 사실상 은퇴하거나 죽지 않는 한 대부분의 길드장이 재선됐다. 하지만 경합이 허용된다는 것은 분명한 사실이었다. 실제로 엘프릭도 에드먼드 울러가 재임하던 시절 길드장이 되겠다고 나섰던 전례가 있었다.

마크는 부추길 필요도 없었다. 그는 엘프릭을 길드장 자리에서 끌어내리고 싶어 안달이 나 있었다. 엘프릭이 고드윈과 너무 밀착해서, 교구 길드는 유명무실할 정도였다. 이 도시는 사실상 편협하고 보수적이고 새로운 생각을 불신하고 시민의 이익을 도모하는 데는 관심이 없는 수도원에 의해 운영되고 있었다.

두 후보는 지지자를 모으기 시작했다. 엘프릭에게는 추종자들이 있었는데, 주로 그가 고용했거나 그가 건축자재를 사주는 사람들이었다. 그러나 엘프릭이 교량 건으로 체면을 구긴 상태여서 그의 편에 선 사람들은 기가 죽어 있었다. 반대로 마크의 지지자들은 열광적으로 성원을 보냈다.

머딘은 매일같이 대성당을 찾아가 제러마이어가 굴착하면서 겉으로 드러나게 된 거대한 기둥의 기초부를 조사했다. 기초는 성당의 다른 곳에 쓰인 것과 같은 석재로 만들어져 있었는데, 겉으로 드러나는 부위가 아니어서 회반죽 층으로 봉합한 토대의 마감이 엉성했다. 각각의 층은 아래로 갈수록 폭이 조금씩 넓어지면서 피라미드 형태를 이루었다. 점점 더 깊이 굴착이 진행됨에 따라 머딘은 각 토대 층에 결함이 있는지 찾아보았지만, 찾을 수 없었다. 하지만 결함은 분명 발견될 거라고 확신했다.

머딘은 심중을 아무에게도 말하지 않았다. 그의 의혹이 들어맞아서 13세기에 올린 탑이 12세기에 만든 기초가 견디기에 너무 무겁다는 결론이 나온다면, 근본적인 해결책을 쓸 수밖에 없었다. 지금 있는 탑을 허물고 새 탑을 짓는 것이다. 그리고 그 새 탑은 잉글랜드에서 가장 높은 탑이 될 수도 있다……

10월 중순의 어느 날 캐리스가 굴착 현장에 나타났다. 이른 아침이었고, 겨울 햇살이 동쪽의 커다란 창으로 비쳐들고 있었다. 그녀는 머리 위로 후광처럼 두건을 쓴 채 구덩이 가장자리에 서 있었다. 머딘의 심장은 빠르게 뛰었다. 어쩌면 그에게 답을 주러 온 건지도 몰랐다. 머딘은 간절한 마음으로 사다리를 올랐다.

그녀는 여전히 아름다웠지만, 강한 햇살 속에 서자 구 년의 세월이 남긴 소소한 흔적들이 보였다. 피부는 전만큼 매끄럽지 않았고, 입가에도 미세한 잔주름이 보이기 시작했다. 하지만 녹색 눈만은 여전히 그가 그토록 사랑하는 예리한 지혜로 빛나고 있었다.

회중석 남쪽 측랑을 따라 걸어간 두 사람은, 머딘에게 언제나 그녀의 몸을 더듬었던 때를 상기시켜주는 기둥 근처에서 걸음을 멈췄다. "다시 보니 반가워. 그동안 당신은 내내 숨어 지냈잖아."

"나는 수녀야. 수녀는 숨어 지내게 돼 있어."

"하지만 서원을 철회할 생각을 하고 있잖아."

"아직 결정을 내리지 못했어."

그는 멋쩍어졌다. "시간이 얼마나 더 필요한 거야?"

"모르겠어."

그는 시선을 돌렸다. 그는 그녀의 망설임 때문에 자신이 얼마나 상처를 입었는지 보이고 싶지 않았다. 그는 아무 말도 하지 않았다. 그녀가 그를 터무니없이 군다고 여길 수도 있었지만, 그런 게 무슨 상관이겠는가?

"당신은 조만간 텐치에 계신 부모님을 찾아가게 되겠지." 그녀가 말했다.

그는 고개를 끄덕였다. "곧 찾아뵐 생각이야. 손녀딸을 보고 싶어할 테니까." 그도 부모님을 만나고 싶었지만 지금까지 늦어진 유일한 이유는 교량과 탑 공사에 너무 골몰했기 때문이었다.

"그럼 당신 동생에게 위글리의 울프릭에 대해서 말 좀 해주면 좋겠어."

머딘은 울프릭과 궨다가 아니라 자신과 캐리스에 대해 이야기하고 싶었다. 그의 반응은 차가웠다. "내가 랠프에게 무슨 말을 하기를 바라는데?"

"울프릭은 지금 보수도 없이 식사만 제공받는 조건으로 일하고 있어. 랠프가 그에게 땅 한 뙈기도 갖지 못하게 하는 바람에."

머딘은 어깨를 으쓱했다. "울프릭은 랠프의 코를 부러뜨렸잖아." 그는 그들의 대화가 말다툼으로 바뀌고 있다고 느꼈다. 그는 자신이 화가 난 이유를 따져보았다. 지난 몇 주 동안 그와 말 한마디 하지 않았던 캐리스가 궨다를 위해 침묵을 깬 것이었다. 그는 자신이 캐리스의 마음을 차지한 궨다 때문에 화가 났다는 것을 깨달았다. 졸렬한 감정이라고 스스로에게 일렀지만, 훌훌 털어낼 수는 없었다.

캐리스는 언짢은 듯 얼굴을 붉혔다. "십이 년 전 일이야! 이제 그만 괴롭힐 때도 되지 않았어?"

머딘은 과거에 캐리스와 벌이곤 했던 신경전에 대해 잊고 있었지만,

그들에게 이런 언쟁은 익숙한 것이었다. 그는 비난하듯 말했다. "물론 그만둬야겠지, 하지만 그건 내 생각일 뿐이야. 중요한 건 랠프의 생각이지."

"당신이 그의 마음을 바꿀 수 있는지 알아봐줘."

그는 그녀의 오만한 태도에 화가 났다. "받들어 모시죠." 그가 익살맞은 어투로 말했다.

"왜 빈정대는 거지?"

"당연히 나는 당신의 머슴이 아니니까. 당신은 나를 머슴 정도로 여기는 듯하지만. 당신이 하라는 대로 하자니 바보가 된 기분이 드는걸."

"오, 제발 그만둬. 내가 부탁해서 기분이 상한 거야?"

왜인지 모르지만, 그는 그녀가 그를 거절하고 수녀원에 남기로 마음을 굳혔다고 확신했다. 그는 울컥하는 마음을 애써 눌렀다. "우리가 부부라면 당신은 나에게 뭐든 부탁할 수 있어. 하지만 당신이 나를 거절할 여지를 남겨놓는 한, 그런 식의 부탁은 좀 주제넘은 일이지 않나." 그는 비약이라는 것을 알면서도 멈출 수가 없었다. 만약 자신의 감정을 그대로 드러냈다면 그는 눈물을 쏟았을 것이다.

그녀는 분노에 싸여 그가 괴로워하는 것도 알아차리지 못했다. "하지만 나를 위한 부탁도 아니잖아!" 그녀가 항의하듯 말했다.

"당신이 그러는 게 관대한 마음에서 나온 거라는 건 알겠지만, 그래도 당신이 나를 이용하고 있다는 느낌이 들어."

"좋아, 그럼 하지 마."

"아니, 당신이 시키는 대로 할게." 문득 그는 더이상 참을 수가 없었다. 그는 몸을 돌려 그 자리를 떠났다. 알 수 없는 울화 때문에 마음이 흔들리고 있었다. 그는 대성당 측랑을 성큼성큼 걸어가면서 자제해보려 애썼다. 그는 굴착 현장에 도착했다. 이건 바보짓이야. 그는 생각했다. 고개 돌려 뒤를 보았지만 캐리스는 이미 없었다.

그는 구덩이 가장자리에 서서 아래를 내려다보며 마음속 폭풍이 가라앉기를 기다렸다.

얼마 후 그는 굴착이 중요한 단계에 이르렀다는 것을 깨달았다. 발아래 30피트쯤 되는 곳에서 인부들이 석재 기초를 지나 파내려가고 있고 이제 막 그 기초부 아래쪽이 드러나고 있었다. 지금으로서는 캐리스에 대해 그가 할 수 있는 일이라곤 없었다. 일에 집중하는 것이 최선이었다. 그는 심호흡을 하고 마음을 가라앉히기 위해 침을 한 번 삼키고는 사다리를 타고 내려갔다.

이제 진실이 밝혀질 순간이었다. 땅을 파내려가는 인부들을 보는 동안 캐리스 때문에 생겼던 고통스러운 감정도 풀리기 시작했다. 인부들은 무거운 흙더미를 한 삽 한 삽 퍼냈다. 머딘은 기초 아래쪽으로 드러난 지층을 살펴보았다. 모래와 잔돌이 섞인 혼합물 같았다. 인부들이 흙을 걷어내자 모래 알갱이들이 새로 파고 있는 구덩이 속으로 흘러들어갔다.

머딘은 인부들의 작업을 중단시켰다.

그는 무릎을 꿇고 그 모래 알갱이를 한 움큼 집어들었다. 주변의 흙과는 조금도 비슷하지 않았다. 원래부터 그 자리에 있던 흙이 아니라면, 의도해서 넣은 것이 분명했다. 새로운 사실을 발견한 흥분감이 캐리스 때문에 생긴 비통함을 압도했다. "제러마이어! 가서 토머스 형제를 데려와. 어서!" 그가 큰 소리로 외쳤다.

그는 인부들에게 땅을 계속 파되 구덩이 폭을 좀더 좁게 파라고 일러두었다. 이 지점에서는 굴착 자체가 구조물에 위험을 초래할 수 있었다. 얼마 후 제러마이어가 토머스와 함께 돌아왔다. 세 사람은 구덩이를 더 깊게 파내려가는 인부들을 지켜보았다. 마침내 모래층이 끝나고,

본래의 진흙층이 나타났다.

"저 모래층이 뭔지 모르겠군." 토머스가 말했다.

"저는 뭔지 알 것 같습니다." 머딘이 말했다. 그는 의기양양한 표정을 감추려 했다. 오래전 그는 문제의 근원을 찾지 못한다면 엘프릭의 보수 공사는 효과가 없을 거라 예견했었고, 그 생각이 맞았다는 게 드러난 것이었다. 하지만 '그러니까 내가 뭐라고 했어요'라고 하는 건 유치하다.

토머스와 제러마이어가 기대하는 눈빛으로 그를 바라보았다.

머딘이 설명했다. "기초를 판 다음에는 자갈과 회반죽을 섞어 바닥을 덮죠. 그리고 그 위에 석재를 놓습니다. 기초와 건축물의 비례가 맞는 한 더할 나위 없이 완벽한 시스템이죠."

토머스가 초조한 어조로 말했다. "그건 우리 모두 아는 얘기잖나."

"그런데 여기서 문제는 원래 그 용도가 아닌 기초에 애초의 설계보다 훨씬 더 높은 탑을 세웠기 때문에 생긴 거예요. 그 초과분의 하중이 백 년이라는 세월 동안 자갈과 회반죽의 혼합층을 부스러뜨려 모래로 만든 겁니다. 모래에는 응집력이 없어 압력을 받으면 주변의 흙 속으로 빠져나가버리고, 그러면서 석조물이 내려앉게 된 거죠. 남쪽이 더 큰 영향을 받는 이유는, 부지가 그쪽으로 기울어져 있기 때문입니다." 그는 자신이 이 사실을 밝혔다는 데 마음속 깊이 만족감을 맛보았다.

두 사람이 생각에 잠긴 눈으로 그를 바라보았다. 이윽고 토머스가 말했다. "아무래도 기초를 보강해야 할 것 같군."

제러마이어는 고개를 저었다. "건물 밑에 보강 작업을 하기 전에 먼저 모래층을 제거해야 하는데, 그러면 기초를 지지하는 것이 없게 되잖습니까. 탑이 무너질 거예요."

토머스는 당혹스러워했다. "그러면 할 수 있는 일이 뭐지?"

두 사람은 동시에 머딘을 바라보았다. 머딘이 말했다. "교차부에 임시로 지붕을 설치하고 비계를 세운 뒤 탑을 구성한 석재를 하나하나 내리면 됩니다. 그러고 나서 기초를 보강해야 합니다."

"그렇게 되면 결국 탑을 새로 지어야 하잖나."

바로 그것이 머딘이 원하는 것이지만, 그는 그렇게 말하지 않았다. 토머스가 머딘이 그 일을 맡고 싶은 마음에 그른 판단을 내렸을 거라고 생각할지도 몰랐다. "아무래도 그래야 할 것 같군요." 머딘은 안타까운 투로 말했다.

"고드윈 수도원장은 그 일을 달가워하지 않을 걸세."

"압니다. 하지만 그로서도 달리 선택의 여지가 없을 것 같은데요." 머딘이 대꾸했다.

∽

다음날 머딘은 롤라를 자기 앞에 태우고 말을 몰아 킹스브리지를 나섰다. 숲을 지나는 동안 그는 강박적으로 캐리스와 나누었던 위태로웠던 언쟁을 되새겨보았다. 그는 자기가 속 좁게 굴었다는 것을 알고 있었다. 그녀의 사랑을 되찾으려는 마당에 정말 바보 같은 짓을 해버렸다. 대체 무슨 생각으로 그런 걸까? 캐리스의 부탁은 전적으로 온당했다. 어째서 그는 자기가 결혼하고 싶은 여자의 작은 부탁 하나도 들어주고 싶지 않았던 걸까?

하지만 그녀가 그와 결혼하겠다고 한 것도 아니었다. 그녀는 여전히 그를 거절할 권리를 유보해놓고 있었다. 그것이 그가 화가 난 원인이었다. 그녀는 언약도 하지 않은 채 약혼녀의 특권을 행사하고 있었다.

그는 그제야 자신이 그런 이유로 쩨쩨하게 굴었다는 사실을 깨달았다. 그녀와 즐겁고 친밀하게 보낼 수 있었을 시간을 어리석게도 시시한 언쟁으로 허비한 것이다.

다른 한편으로 그가 느끼는 번민의 가장 큰 원인은 너무나 실제적인 것이었다. 캐리스는 대체 언제까지 그를 기다리게 할 작정일까? 그리고 그는 언제까지 기다릴 각오가 되어 있는가? 그는 그런 것들은 생각하고 싶지 않았다.

어쨌든 가엾은 울프릭을 그만 괴롭히도록 랠프를 설득하는 건 나쁠 게 없는 일이었다.

텐치는 주의 맞은편 경계 부근에 있어 머딘은 도중에 바람 많은 위글리에서 하룻밤을 보내게 됐다. 그는 여름의 우기와 연달아 두 번의 흉년을 겪은 뒤 여위어버린 궨다와 울프릭을 보았다. 움푹 팬 볼 때문에 울프릭의 얼굴 흉터가 한층 도드라져 보였다. 부부의 어린 두 아이도 얼굴이 창백하고, 콧물을 흘리고, 입가가 헐어 있었다.

머딘은 그들 가족에게 양다리 한 짝과 작은 와인 한 통, 그리고 플로린 금화 한 닢을 캐리스가 주는 선물인 것처럼 말하며 선물했다. 궨다는 화덕에 양고기를 얹고 요리했다. 그녀는 분노에 사로잡혀 있었다. 자신들이 당한 부당함에 대해 이야기하는 그녀는 흡사 화덕에서 구워지는 고기처럼 지글거렸다. "퍼킨은 이 마을 토지를 거의 절반이나 갖고 있어요! 그가 그 많은 땅을 경작할 수 있는 건 오직, 세 사람 몫을 하는 울프릭이 있기 때문이에요. 그런데도 그는 땅을 더 갖고 싶어하고 그것 때문에 우리는 계속 가난에 허덕이고 있어요."

"랠프가 아직도 원한을 품고 있다니 유감스러운 일입니다." 머딘이 말했다.

"그 싸움은 랠프가 건 거예요! 레이디 필리파도 그렇다고 말했고요."

"그건 이미 오래전 일이잖아." 울프릭이 체념한 어조로 말했다.

"랠프에게 분별 있게 처신하라고 말해볼게요." 머딘이 말했다. "별로 가망 없는 일이기는 하지만, 랠프가 내 말을 듣는다고 할 경우, 그가 당신들에게 어떤 일을 해주기를 바라죠?"

"아," 울프릭의 눈에 꿈꾸는 듯한 표정이 떠올랐는데, 그건 보기 드문 일이었다. "나는 주일마다 교회에서 아버지가 일궜던 땅을 되찾게 해달라고 기도드리죠."

"그런 일은 일어나지 않을 거예요." 궨다가 재빨리 말했다. "퍼킨이 이미 다 손을 써놨어요. 그가 죽으면 그의 아들과 출가한 딸이 그 땅을 상속할 거고, 두 손자가 하루가 다르게 커가고 있어요. 하지만 우리가 원하는 건 땅 한 뙈기뿐이에요. 지난 십일 년 동안 울프릭은 남의 집 자식들을 먹여 살리느라 뼈가 빠지도록 일했어요. 이제 그동안 힘들인 보람을 느낄 때가 됐다고요."

"동생에게 이제 그만하면 충분히 벌을 준 거라고 말할 생각이에요." 머딘이 말했다.

다음날 머딘과 롤라는 말을 타고 위글리에서 텐치로 향했다. 머딘은 울프릭을 위해 뭔가 해야겠다고 좀더 마음을 굳혔다. 캐리스를 기쁘게 하기 위해서거나 자신이 심술궂게 군 데 대해 벌충하고 싶어서만은 아니었다. 그는 울프릭과 궨다처럼 정직하고 근면한 사람들이 그처럼 가난에 허덕이며 여위고 그들의 자식들 역시 병약해진 이유가 단지 랠프의 복수심 때문이라는 사실에 서글픔과 분노를 느꼈다.

그의 부모님은 텐치의 저택이 아니라 마을의 다른 집에 살고 있었다. 머딘은 노쇠한 어머니를 보고 충격을 받았지만, 그녀는 롤라를 보자 생기가 도는 듯했다. 아버지는 전보다 좋아 보였다. "랠프가 아주 잘해준단다." 아버지가 변명하듯 말하자 머딘은 실상은 그 반대일지도 모른다고 생각했다. 그 집도 쾌적했지만 부모님은 아마도 랠프와 함께 영주의 저택에서 살고 싶었을 것이다. 머딘은 랠프가 어머니에게 자신의 일거수일투족을 보이고 싶지 않은 모양이라고 짐작했다.

부모님은 그에게 집을 구경시켜줬고, 그런 다음 아버지는 머딘에게 킹스브리지의 사정을 물어보았다. "국왕이 프랑스와 전쟁을 하느라 여파가 있었지만 그래도 도시는 여전히 번창하고 있습니다." 머딘이 대답했다.

"그래, 하지만 에드워드 왕으로서는 장자 상속권을 위해서라도 싸우지 않을 수 없었겠지." 아버지가 말했다. "아무튼 에드워드 왕은 프랑스의 합법적인 왕위 계승자니까."

"그건 꿈같은 얘기예요, 아버지. 왕이 아무리 수없이 침공하더라도 프랑스 귀족들은 잉글랜드인을 자신들의 왕으로 받아들이지 않을 테니까요. 그리고 국왕은 백작들의 지지 없이는 통치할 수 없죠."

"하지만 남부 연안 항구를 습격하는 프랑스 놈들을 막아야 했었지 않니."

"슬로이스 전투*에서 프랑스 함대를 쳐부순 뒤로는 그것이 주된 문제가 아니에요. 그것도 벌써 팔 년 전 일이잖아요. 어쨌든 농부의 곡식을 태운다고 해적을 근절시킬 수는 없죠. 오히려 해적 수만 늘리는 결과가 될지도 모른다고요."

"프랑스인은 우리 북방을 끊임없이 침략하는 스코틀랜드인을 지원하잖니."

"국왕이 프랑스 북부가 아니라 잉글랜드 북부에서 스코틀랜드인의 침략을 막는 게 더 나을 거란 생각은 안 해보셨어요?"

제럴드는 당황한 표정을 지었다. 아마도 아버지는 전쟁을 벌이는 것이 과연 현명한 일인지 의문을 가져본 적도 없을 것이다. "아무튼 랠프는 그 덕분에 기사 작위를 받았지. 그리고 네 어머니한테 칼레에서 가

---

* 1340년 7월, 백년전쟁의 서막을 알린 전투.

져온 은제 촛대도 선물했고."

그게 전쟁의 진상이지. 머딘은 생각했다. 전쟁을 치르는 진짜 이유는 약탈과 출세였다.

그들은 모두 영주 저택까지 걸어갔다. 랠프는 앨런 펀힐과 사냥을 나가고 없었다. 큰 홀에는 영주의 자리가 분명한, 나무로 만들고 조각을 새겨넣은 큰 의자가 놓여 있었다. 머딘은 나이 어린 하녀인 줄 알았던 임신부가 자신을 랠프의 아내 틸리라고 소개하자 당황했다. 그녀는 주방으로 와인을 가지러 갔다.

"대체 몇 살인 거예요?" 그녀가 나간 사이에 머딘이 어머니에게 물었다.

"열네 살이다."

열네 살짜리 여자가 임신한 것이 진기한 일은 아니었지만, 머딘은 점잖은 사람들에게는 일어나지 않을 일이라고 생각했다. 후계자에 대한 강한 정치적 압력이 있는 왕실이나 사리 분별력 없는 최하층민이나 무지한 농부들 사이에서는 조숙한 임신을 흔히 볼 수 있었다. 중산층은 보다 고결한 기준에 따랐다. "너무 어리지 않아요?" 머딘이 나지막하게 물었다.

"우리 모두 랠프에게 좀 기다리라고 했지만 말을 듣지 않았단다." 모드가 대답했다. 어머니 역시 불만인 모양이었다.

틸리가 술병과 사과 그릇을 든 하인과 함께 돌아왔다. 머딘은 그녀를 보며 원래 예쁜 얼굴이었을지 모르겠지만 지금은 완전히 지친 듯한 몰골이라고 생각했다. 그의 아버지가 틸리에게 억지로 즐거운 기분을 끌어내려 말을 걸었다. "기운 좀 내거라, 얘야! 남편이 곧 집에 돌아올 텐데 그렇게 찌푸린 얼굴로 맞을 생각은 아니겠지."

"저는 임신에 아주 넌더리가 났어요. 하루빨리 아이가 나오기만 바랄 뿐이에요."

"이제 얼마 남지 않았잖니." 모드가 말했다. "서너 주만 있으면 아기가 나오겠구나."

"저는 그 시간도 영원 같아요."

그때 밖에서 말발굽소리가 났다. "랠프가 돌아왔나보구나." 모드가 말했다.

구 년 동안 보지 못했던 동생을 기다리면서 머딘은 예전처럼 복잡한 감정에 빠졌다. 랠프에 대한 그의 애정은 언제나 동생이 저지른 악행에 오염됐다. 아넷을 강간한 일은 시작에 불과했다. 범법자 시절 랠프는 아무 죄 없는 남녀노소를 죽였다. 머딘은 노르망디를 지나면서 에드워드 왕이 이끄는 영국군이 범한 온갖 잔인무도한 행위에 대해 들었다. 랠프가 무슨 짓을 했는지 구체적으로는 모르지만, 그가 강간과 방화, 약탈, 학살의 만행 현장에서 두 손 놓고 있었기를 바라는 건 어리석은 생각이다. 하지만 랠프는 그의 동생이었다.

랠프 역시 복잡한 감정일 거라 머딘은 확신했다. 랠프는 자신이 숨어 있던 범법자 소굴의 위치를 토머스 형제에게 알린 머딘을 용서하지 않고 있는지도 몰랐다. 비록 토머스 형제에게 랠프를 죽이지 않겠다는 약속을 받아냈다 해도, 머딘은 랠프가 일단 잡히기만 하면 십중팔구 교수형을 당하리라는 것을 알고 있었다. 랠프는 킹스브리지 길드 집회소 지하 감옥에서 머딘에게 마지막으로 이렇게 말했다. "형은 나를 배신했어."

랠프와 앨런이 함께 들어왔다. 두 사람은 사냥을 하느라 흙투성이가 되어 있었다. 머딘은 랠프가 다리를 절며 들어서는 것을 보고 충격을 받았다. 랠프는 잠시 후에야 머딘을 알아보았다. 그러더니 활짝 웃으며 기운찬 어조로 말했다. "나의 큰 형님이시로군!" 오래된 농담이었다. 머딘은 어린 시절 내내 동생보다 체구가 작았다.

두 사람은 포옹했다. 머딘은 그간의 모든 일에도 불구하고 따스한 감정이 북받치는 느낌을 받았다. 적어도 우리는 전쟁과 전염병 속에서도 살아남았잖아 하고 그는 생각했다. 지난번 두 사람이 헤어질 때만 해도 머딘은 그들이 앞으로 다시 만나는 일이 없을 거라 생각했다.

랠프는 큰 의자에 털썩 주저앉았다. "맥주 좀 가져와. 목마르니까!" 그가 틸리에게 말했다.

형제간에 서로 욕설을 주고받는 일은 일어나지 않을 것 같았다.

그는 동생을 유심히 살펴보았다. 랠프는 말을 타고 전쟁터로 나간 1339년 그날 이후로 달라져 있었다. 왼손 손가락 세 개가 없어졌는데, 아마 전쟁터에서 잃었을 것이다. 그의 얼굴은 탕아의 얼굴이었다. 술 때문에 얼굴에는 핏줄이 돋고 피부는 부서질 것처럼 까칠했다. "사냥은 좋았니?" 머딘이 물었다.

"암소만큼 살찐 암사슴 한 마리를 가져왔어." 랠프가 흡족한 듯 대답했다. "저녁때 그놈의 간을 요리해서 먹게 될 거야."

머딘이 왕의 군대에서 싸운 일에 대해 묻자, 랠프는 전쟁에서 경험한 흥미진진한 이야기들을 들려줬다. 아버지는 전쟁 이야기에 열광했다. "잉글랜드 기사 한 명은 프랑스 놈 열 명의 값어치가 있지! 크레시 전투만 봐도 알 수 있는 일이다."

랠프의 대답은 놀랄 만큼 분석적이었다. "제 생각에 잉글랜드 기사는 프랑스 기사와 별반 다를 게 없어요. 그러나 프랑스군은 말을 타지 않은 기사들과 병사들 양편에 궁수를 배치한 우리의 써레 대형을 이해하지 못하죠. 그들은 죽어라고 계속 자살 공격을 감행해요. 하지만 언젠가는 우리의 대형을 파악하고 전술을 바꿀 겁니다. 그때까지 우리 수비는 철벽이나 다름없는 셈이에요. 유감스럽게도 이 써레 대형은 공격에는 별 소용이 없어요. 그래서 전과가 그렇게 미미했던 거예요."

머딘은 동생의 성장에 놀랐다. 전쟁이 그에게 이전에는 없던 깊이와 통찰력을 부여해준 것 같았다.

머딘은 피렌체 이야기를 들려줬다. 그 도시의 엄청난 규모, 부유한 상인들, 성당과 저택에 대한 이야기였다. 랠프는 처녀들을 노예로 삼는다는 얘기에 특히 관심을 보였다.

어둠이 내리자 하인들이 등잔과 촛불을 가져오고 저녁식사를 차렸다. 랠프는 와인을 많이 마셨다. 머딘은 그가 틸리에게 거의 말을 하지 않는다는 사실을 알아챘다. 그리 놀랄 일도 아니었다. 랠프는 성인이 된 뒤 오랜 시간을 군대에서 보낸 서른한 살의 노병이고, 틸리는 수녀원에서 교육받은 열네 살의 소녀다. 그들이 무슨 대화를 나눌 수 있겠는가?

밤이 이슥해 제럴드와 모드가 집으로 돌아가고 틸리도 잠을 자러 가자, 머딘은 캐리스가 부탁했던 일을 화제로 꺼냈다. 머딘은 조금 낙관적인 느낌이 들었다. 랠프는 성숙의 징후를 보여주고 있었다. 그는 1339년에 있었던 일에 대해 머딘을 용서해줬고, 영국군과 프랑스군의 전술에 대한 냉정한 분석은 맹목적 애국주의와도 무관했을 뿐 아니라 깊은 인상을 줬다.

"여기 오는 길에 위글리에서 하룻밤을 보냈어." 머딘이 말했다.

"그곳 축융기가 꽤 분주하게 돌아가던데."

"진홍색 옷감이 킹스브리지의 유망 산업이 됐다더구나."

랠프는 어깨를 으쓱했다. "아무튼 마크 웨버는 제때 임대료를 내니까." 장사에 관한 이야기는 귀족의 품위에 어울리지 않았다.

"나는 궨다와 울프릭의 집에서 묵었어. 궨다가 캐리스의 어릴 때 친구인 건 알지?"

"우리가 함께 숲에서 토머스 랭리 경을 만난 일은 나도 기억하고 있어."

머딘은 앨런 펀힐 쪽을 힐끗 보았다. 그들 모두 어렸을 때 했던 맹세를 지켜서 그날 일어났던 사건에 대해서는 누구에게도 이야기하지 않았다. 이유는 모르지만 그 일이 아직도 토머스에게 중요하다고 여기고 있던 머딘은 그 비밀이 계속 유지되길 바랐다. 그러나 앨런은 아무런 반응도 보이지 않았다. 술을 잔뜩 마신 그는 비밀 이야기라는 낌새를 알아채지 못했다.

머딘은 곧 다음 이야기로 넘어갔다. "캐리스가 너에게 울프릭 얘기를 좀 해달라고 부탁하더구나. 캐리스는 네가 이미 그를 충분히 벌줬다고 생각해. 나도 마찬가지고."

"그 자식은 내 코를 부러뜨렸어!"

"나도 그 자리에 있었잖아. 너도 아무 잘못이 없다고는 할 수 없을 텐데." 머딘은 되도록 사소한 일이었다는 듯이 말하려 했다. "너는 그의 약혼녀 몸을 더듬었어. 그 여자 이름이 뭐였더라?"

"아넷."

"그애 젖꼭지가 코를 부러뜨릴 만한 가치가 있었던 게 아니라면 그 일은 네 탓이야."

그 말에 앨런은 웃었지만 랠프는 그렇지 않았다. "아넷이 나를 강간범으로 몰아세웠을 때 울프릭은 윌리엄 경을 부추겨 나를 교수형당하게 만들 뻔했어."

"하지만 교수형을 당한 건 아니잖아. 게다가 너는 법정에서 달아날 때 칼로 울프릭의 뺨을 그었어. 굉장한 상처였지. 그 사이로 이빨이 보일 정도였으니까. 그는 평생 흉터를 갖고 살 거야."

"그거 잘됐군."

"너는 십일 년 동안이나 울프릭을 응징했어. 그의 아내는 비쩍 야위었고 아이들도 병약해. 그만하면 충분하지 않니, 랠프?"

"그렇지 않아."

"그게 무슨 뜻이지?"

"충분하지 않다고."

"대체 이유가 뭐야?" 머딘은 좌절을 느끼며 자기도 모르게 소리쳤다. "도무지 이해할 수가 없어."

"나는 앞으로도 계속 울프릭에게 벌을 주고 앞길을 가로막고 그자와 그자의 여자들에게 굴욕을 줄 거야."

랠프의 솔직한 말에 머딘은 소스라치게 놀랐다. "대체 뭐 때문에 그러는 거야?"

"보통 때라면 이런 질문에는 대답하지 않았을 거야. 말을 늘어놓아봤자 좋을 게 없다는 걸 배웠거든. 하지만 형이니까, 그리고 어려서부터 나는 언제나 형의 인정을 바랐으니까 얘기해주겠어."

머딘은 랠프가 변하지 않았다는 것을 깨달았다. 어렸을 때는 알지 못했던 새로운 방식으로 자신을 이해하게 됐다는 점만 제외하면.

"이유는 간단해. 울프릭은 나를 겁내지 않아. 그 자식은 정기시장이 열렸던 그날도 나를 겁내지 않았고, 그 오랜 세월 동안 온갖 벌을 받았는데도 여전히 나를 겁내지 않고 있어. 그게 그 자식이 계속 고통받아야 하는 이유야."

머딘은 질겁했다. "그건 종신형이나 다름없잖아."

"나를 바라보는 그 자식의 눈에서 두려움이 보일 때 뭐든 원하는 대로 해줄 거야."

"그게 그렇게 중요한 일이냐?" 머딘은 도무지 믿기지 않는다는 투로 물었다. "사람들이 너를 두려워하는 것이?"

"그건 세상에서 가장 중요한 거야." 랠프가 대꾸했다.

57

머딘의 귀향은 도시 전체에 영향을 줬다. 캐리스는 놀라움과 감탄이 섞인 감정으로 그러한 변화를 눈여겨보았다. 변화는 교구 길드에서 엘프릭을 상대로 거둔 승리에서부터 시작됐다. 엘프릭의 무능함 때문에 하마터면 도시가 또다시 다리를 잃을 뻔했다는 사실을 깨달은 사람들은 그 충격으로 무관심에서 깨어났다. 그러나 엘프릭이 고드윈의 하수인이라는 것을 모두가 알고 있었기 때문에, 사람들의 분노는 결국 수도원을 향했다.

수도원을 대하는 사람들의 태도도 바뀌고 있었다. 수도원에 반발하는 분위기가 조성되기 시작한 것이다. 캐리스는 낙관적인 기분이 들었다. 마크 웨버에게는 11월 1일 선거에서 길드장이 될 절호의 기회가 온 셈이었다. 그렇게만 된다면 고드윈 수도원장은 모든 것을 더는 좌지우지하지 못할 것이고 도시는 성장의 기로에 접어들 것이다. 토요일에도 장이 서고, 새 축융기가 설치되고, 상인들이 신뢰할 만한 독립적인 법정도 열릴 것이다.

그러나 그녀는 대부분의 시간을 자신의 처지를 생각하며 보냈다. 머딘의 귀향은 그녀의 삶의 지반을 뿌리째 흔드는 지진과 같았다. 수녀원 임원이라는 지위, 어머니 같은 시실리어 원장, 애정 깊은 마이어, 병약한 줄리 자매, 그리고 무엇보다도 과거 어느 때보다 청결하고 효율적이며 사람들을 따뜻하게 맞이하는 구호소 등 자신이 지난 구 년 동안 일궈온 모든 것을 버린다는 것에 대한 그녀의 첫번째 반응은 공포였다.

그러나 낮이 짧아지고 날이 추워지면서, 그리고 머딘이 교량을 수리하고 나환자 섬에 새 건축물이 들어설 거리를 설계하고 기초를 잡아나가기 시작하면서 수녀로 남겠다는 캐리스의 결의는 약해졌다. 한동안 신경쓰지 않았던 수녀원의 규칙들이 다시금 거슬리기 시작했다. 유쾌하고 낭만적인 기분 전환거리였던 마이어의 헌신적인 태도도 이제는 짜증스럽기만 했다. 그러면서 머딘의 아내로서 살아갈 삶이 과연 어떨지 생각하기 시작했다.

그녀는 롤라에 대해, 그리고 머딘과 그녀 사이에 태어날 수도 있었던 아이에 대해 많이 생각했다. 롤라는 까만 눈에 검은 머리였는데, 아마 이탈리아인인 엄마를 닮은 듯했다. 캐리스의 딸이라면 울러 집안의 녹색 눈을 가졌을 것이다. 이치상으로 볼 때 다른 여자의 딸을 돌보기 위해 모든 것을 포기하는 건 생각만으로도 소름이 끼쳤지만 어린 소녀를 만난 순간 캐리스의 마음은 누그러졌다.

물론 수도원에는 이것을 의논할 사람이 없었다. 시실리어 원장은 서원을 지켜야 한다고 말할 것이고, 마이어는 떠나지 말라고 애걸할 것이다. 그녀는 밤마다 홀로 괴로워했다.

울프릭의 일로 머딘과 다투자 그녀는 절망에 빠졌다. 그가 가버린 뒤 그녀는 자신의 조제실에 돌아와 울었다. 왜 만사가 이토록 힘들기만 할까? 그녀가 원한 건 옳은 일을 하는 것뿐인데.

머딘이 텐치에 가 있는 동안 그녀는 매지 웨버에게 자신의 속내를 털어놓았다.

머딘이 떠나고 이틀 후 매지가 새벽같이 구호소로 찾아왔다. 마침 캐리스와 마이어가 순회하던 중이었다. "남편이 걱정돼서 왔어." 매지가 말했다.

마이어가 캐리스에게 말했다. "어제 그 집에 가서 그분을 봤어요. 멜컴에 다녀온 뒤로 열과 복통이 있어요. 대수롭지 않은 것 같아 자매님에게는 말하지 않았지만."

"이제는 객혈까지 해." 매지가 말했다.

"제가 가보죠." 캐리스가 말했다. 웨버 가족과는 오랜 친구 같은 사이라서, 마크를 간호하는 일은 직접 하고 싶었다. 그녀는 몇 가지 기본 약품이 든 가방을 들고 매지를 따라 중심가에 있는 그의 집으로 향했다.

살림채는 점포 위층에 있었다. 마크의 세 아들이 불안한 얼굴로 식당 안에서 서성이고 있었다. 매지는 캐리스를 악취가 진동하는 침실로 안내했다. 캐리스는 땀과 토사물과 배설물이 섞인 병실의 악취에 익숙했다. 마크는 땀을 뻘뻘 흘리며 밀짚 매트에 누워 있었다. 그의 커다란 배가 임신이라도 한 듯 불룩 튀어나와 있었다. 그들의 딸 도라가 침대 옆에 서 있었다.

캐리스가 마크 옆에 무릎을 꿇고 물어보았다. "좀 어떠세요?"

"아주 엉망이야." 마크가 목쉰 소리로 말했다. "뭘 좀 마셔도 될까?"

도라가 캐리스에게 와인 잔을 건넸다. 캐리스가 마크의 입에 잔을 대줬다. 몸집이 큰 사람이 무력하게 누워 있는 모습을 보자 캐리스는 기분이 묘했다. 마크는 언제나 불사신 같아 보였다. 마치 평생 한자리에 있던 떡갈나무가 하루아침에 번개에 쓰러지기라도 한 것처럼 그의 무력함은 끔찍했다.

캐리스는 그의 이마를 짚어보았다. 펄펄 끓고 있었다. 목이 마른 건 당연했다. "아버지가 원하는 만큼 마실 것을 드려. 와인보다는 묽은 맥주가 좋을 거야."

그녀는 매지에게 마크의 병이 난감하고 우려스럽다는 말은 하지 않았다. 고열과 복통은 흔한 증상이지만, 객혈은 위험 신호였다.

그녀는 가방에서 장미수 병을 꺼내 작은 천에 적셔 마크의 얼굴과 목덜미를 닦아줬다. 그것만으로도 마크는 바로 진정이 되는 듯했다. 장미수는 체온을 내려주고 방안의 악취도 얼마간 덮어줄 것이다. "조제실에서 장미수를 좀더 갖다드릴게요." 그녀가 매지에게 말했다. "의사들은 고열에 장미수를 처방하죠. 의료 담당 수사들은, 열이 뜨겁고 습한 기운인데 장미는 차갑고 마른 기운을 가졌기 때문이라고 말해요. 이유가 어떻든 장미수를 쓰면 마크가 좀 편해질 거예요."

"고마워."

하지만 캐리스는 혈담을 치료하는 방법은 알지 못했다. 의료 담당 수사들이라면 피가 과도하게 많다고 진단하고 피를 빼려 할 테지만, 사혈은 그들이 거의 모든 증상에 쓰는 처방이었고, 캐리스는 그 효과를 신뢰하지 않았다.

마크의 목덜미를 닦던 캐리스는 매지가 말하지 않았던 증상을 발견했다. 마크의 목과 가슴팍에 반점처럼 흑자주색 발진이 있었다.

전에 본 적이 없는 증상이었다. 그녀는 그것이 무엇인지 알 수 없었지만 역시 매지에게는 말하지 않았다. "저와 함께 가요. 장미수를 좀 드릴게요."

마크의 집을 나와 구호소로 가는 도중 해가 떠올랐다. "자매님은 우리 가족에게 정말 잘해줬지." 매지가 말했다. "자매님이 진홍색 옷감 사업을 시작하기 전까지 우리는 이 도시에서 가장 가난한 사람들이었으니까."

"그 사업이 제대로 일어나게 된 건 두 분이 열의를 가지고 부지런히 해줬기 때문이에요."

매지는 고개를 끄덕였다. 그녀도 자신이 그동안 한 일은 익히 알고 있었다. "그렇지만 자매님이 없었다면 그런 일은 아예 있지도 않았을 거야."

캐리스는 매지를 수녀원 클로이스터 한쪽에 있는 조제실로 데려가 조용하게 이야기해보기로 갑자기 마음먹었다. 일반인은 보통 수녀원 안에 들어올 수 없지만 몇 가지 예외가 있었고, 캐리스는 이제 예외를 적용할 때가 언제인지를 알아서 판단하는 고참 임원이었다.

두 사람은 비좁은 방안에 단둘이 있었다. 캐리스는 단지에 장미수를 채워주고, 그 값이 6펜스라고 말했다. 그러고는 말했다. "저는 아무래도 서원을 철회해야 할까봐요."

매지는 놀라는 기색도 없이 고개를 끄덕였다. "모두가 자매님이 어떻게 할지 궁금해하고 있어."

캐리스는 사람들이 자신의 생각을 궁금해한다는 이야기에 깜짝 놀랐다. "대체 사람들이 어떻게 알고요?"

"그건 통찰력 같은 게 없어도 알 수 있는 일이야. 자매님이 수녀원에 들어간 건 단지 마법을 썼다는 혐의로 선고된 사형을 피하기 위해서였잖아. 그동안 자매님이 여기서 해온 일 정도면 당연히 사면을 받을 수 있을 거야. 자매님과 머딘은 사랑하는 사이였고, 언제나 서로에게 어울리는 짝이었어. 그런데 이제 머딘이 돌아왔어. 그러니 자매님은 그와의 결혼을 생각해보는 게 당연해."

"누군가의 아내로 사는 삶이 어떤 건지 저는 모르겠어요."

매지는 어깨를 으쓱했다. "아마도 내 생활과 별로 다르지 않겠지. 마크와 나는 함께 옷감 사업을 하고 있어. 나는 집안 살림도 해야 해. 남편이 그걸 원하니까. 하지만 그렇게 어렵지는 않아. 하인을 둘 정도의 돈이 있다면 더욱 그렇고. 그리고 아이들을 돌보는 것도 남편보다는 아내의 일이지. 하지만 내가 그럭저럭 해내고 있으니 자매님도 그럴 거야."

"그렇게 솔깃한 얘기는 아니네요."

그 말에 매지는 미소를 지었다. "나는 자매님이 결혼의 좋은 면에 대해서는 이미 알고 있을 거라고 생각해. 사랑받고 존경받는 느낌, 세상에 언제나 자기편이 되어줄 사람이 있다는 것, 매일 밤 강하면서 애정 깊은 남자, 나와 함께 자고 싶어하는 남자와 잠자리를 하는 일…… 적어도 나에게는 그런 게 행복이야."

매지가 소박한 표현으로 눈앞에 생생한 그림을 그려주자 캐리스는 갑자기 억누를 수 없는 갈망을 느꼈다. 그녀는 지금 당장이라도 춥고 힘들고 사랑도 없는 수도원의 삶에서, 다른 사람을 어루만지는 것이 가장 큰 죄가 되는 이곳의 삶에서 벗어나고 싶었다. 만약 이 순간 머딘이 그 방에 들어섰다면, 그녀는 그의 옷을 찢고 바닥에 눕히며 사랑을 나누자고 덤벼들었을 것이다.

캐리스는 희미한 미소를 지은 채 자신을 바라보며 속마음을 읽고 있는 매지를 발견하고 얼굴을 붉혔다.

"괜찮아. 나는 다 이해해." 그러고서 매지는 6펜스를 긴 의자에 놓고 장미수 단지를 집어들었다. "이제 집에 가서 남편을 돌봐야겠어."

캐리스는 냉정을 되찾았다. "되도록 편하게 해줘요. 그리고 조금이라도 변화가 생기면 당장 저를 부르시고요."

"고마워, 자매님. 자매님이 없었다면 우리는 어떻게 해야 할지 몰랐을 거야."

∽

머딘은 킹스브리지로 돌아오며 생각에 잠겼다. 롤라가 명랑하게 아무 의미도 없는 말을 떠들어대는데도 그의 기분은 바뀌지 않았다. 그동안 랠프는 많은 것을 배웠지만 근본적으로는 달라지지 않았다. 그는 여전히 잔인한 인간이었다. 그는 아직 아이나 다름없는 아내를 무시했고, 부모님에게 관대하지도 않았고, 거의 광적으로 복수심에 불타고 있었다. 영주라는 지위를 누리면서도 자기 농부들을 보살필 의무감은 느끼지 못했다. 그는 사람을 포함해 주변의 모든 것이 그 자신의 욕망을 충족시키기 위해 존재한다고 여겼다.

하지만 머딘은 킹스브리지에 대해서는 낙관적이었다. 이번 만성절에는 거의 틀림없이 마크가 길드장으로 선출될 것 같았다. 그리고 그것은 급격한 발전의 시초가 될 것이다.

머딘은 만성절 전야인 10월 31일에 도시로 돌아왔다. 올해 만성절 전야는 금요일이었고, 그래서 열한 살인 그가 열 살이던 캐리스를 처음 만난 그날처럼 악령의 밤이 토요일인 경우와 달라서 많은 사람이 쇄도하지는 않았다. 그럼에도 사람들은 불안해했고, 모두가 땅거미가 질 무렵에는 잠자리에 들려고 하고 있었다.

머딘은 중심가에서 마크 웨버의 맏아들 존을 만났다. "아버지가 구호소에 계세요." 존이 말했다. "열이 심하시거든요."

"이런 때 병에 걸리다니 좋지 않은걸." 머딘이 말했다.

"오늘은 불길한 날이니까요."

"나는 요일을 말한 게 아니야. 네 아버지는 내일 열리는 교구 길드 집회에 참석하셔야 해. 자리에 참석하지도 않은 사람을 길드장으로 선출할 수는 없으니까."

"아버지는 내일 아무데도 못 가실 것 같은데요."

우려스러웠다. 머딘은 벨 여인숙에 말을 두고 베티에게 롤라를 맡겼다.

수도원 경내로 들어서던 머딘은 고드윈 모자와 마주쳤다. 그는 모자가 함께 식사를 하고 고드윈이 어머니를 정문까지 배웅하는 길이라고 짐작했다. 그들은 긴장된 분위기로 대화에 골몰하고 있었다. 자신들의 하수인인 엘프릭이 길드장 자리를 잃게 될까봐 걱정하는 것 같았다. 머딘을 보자 그들은 우뚝 멈춰 섰다. 페트라닐라가 짐짓 상냥하게 말을 걸었다. "마크의 상태가 좋지 않다니 정말 유감이구나."

머딘 역시 억지로 공손함을 가장했다. "열이 좀 있을 뿐인걸요."

"속히 쾌차하길 기도하겠네."

"고마운 말씀입니다."

머딘은 구호소로 들어섰다. 심란한 표정을 한 매지가 그곳에 있었다. "계속 객혈을 하고 있어. 게다가 아무리 해도 갈증을 풀어줄 수가 없어." 그녀는 마크의 입에 에일이 담긴 잔을 대줬다.

마크의 얼굴과 팔뚝에 자주색 검버섯 같은 발진이 있었다. 그는 땀과 코피를 흘리고 있었다.

"오늘은 별로 좋지 않아 보이네요, 마크?" 머딘이 말했다.

마크는 그가 보이지 않는 듯했다. 마크가 목쉰 소리로 말했다. "목말라 죽겠어." 매지가 그의 입에 다시 잔을 대줬다. "아무리 마셔도 목이 마르대." 매지가 말했다. 처음 듣는 그 어조에는 낭패감이 어려 있었다.

머딘은 불안감에 싸였다. 마크는 자주 방문하던 멜컴에 갔다가 전염병이 만연하던 보르도에서 온 선원들과 얘기를 나눴다고 했었다.

마크는 내일 열릴 교구 길드 집회는 안중에도 없었다. 그것은 머딘도 마찬가지였다.

머딘은 무엇보다도 그곳에 있는 모두에게 무서운 위험에 직면했다고 소리쳐 알리고 싶었다. 그러나 가까스로 그 충동을 눌렀다. 공포에 질려 외치는 소리를 귀담아들을 사람도 없을 테고, 게다가 아직 확실한 것도 아니었다. 마크의 병이 머딘이 두려워하는 그 병이 아닐 일말의 가능성이 남아 있었다. 그 병이라는 확신이 들면 그는 캐리스를 따로 불러 침착하고 조리 있게 사실을 말할 생각이었다. 하지만 서둘러야만 하는 일이었다.

캐리스는 향기 나는 액체로 마크의 얼굴을 닦아주고 있었다. 그녀의 얼굴은 그가 익히 아는 표정, 자신의 감정을 숨길 때 짓는 무표정을 띠고 있었다. 그녀는 마크의 병이 심각하다는 사실을 아는 게 분명했다.

마크는 양피지 조각 같은 것을 쥐고 있었다. 머딘은 기도문이나 성경구절, 아니면 주문이 적혀 있으리라 짐작했다. 매지가 원했을 것이다. 캐리스라면 그런 것이 치료에 보탬이 될 거라고 믿지 않을 것이다.

고드윈 수도원장이 여느 때처럼 필리먼을 대동하고 구호소로 들어왔다. "모두 병상에서 물러나시오!" 필리먼이 들어서자마자 말했다. "병자가 제단을 보지 못하면 어떻게 병이 낫겠습니까?"

머딘과 두 여자가 뒤로 물러나자 고드윈은 환자에게로 몸을 굽혔다. 그는 마크의 이마와 목을 만지고 맥을 짚어보았다. "소변 좀 보여주게."

의료 담당 수사들은 환자의 소변 검사를 아주 중요시했다. 구호소에는 그 용도로 소변기라고 불리는 특별한 유리병이 마련되어 있었다. 캐리스가 소변기를 고드윈에게 건넸다. 전문가가 아니라도 마크의 소변에 피가 섞였다는 것은 쉽게 알 수 있었다.

고드윈이 소변기를 돌려주고서 말했다. "이 환자는 피가 과열돼서 병에 걸렸네. 그러니 피를 뽑고 산패한 사과와 양의 내장을 먹이시게."

피렌체에서 전염병을 겪었던 머딘은 말도 안 되는 소리라고 생각했지만 아무 말도 하지 않았다. 마크의 병은 더이상 의문의 여지가 없었다. 피부 발진, 출혈, 갈증. 그것은 그가 피렌체에서 걸렸던 그 병, 실비아와 그녀의 가족을 몰살한 라 모리아 그란데였다.

킹스브리지에 전염병이 퍼진 것이다.

∽

만성절 전야 어둠이 깔릴 무렵, 마크 웨버는 호흡조차 힘들어했다. 캐리스는 그가 약해져가는 모습을 지켜보았다. 그녀는 환자를 도울 수 없을 때면 성난 무력감을 느꼈다. 마크는 눈을 감은 채 땀을 뻘뻘 흘리고 숨을 헐떡이며 고통스러운 무의식 상태로 빠져들었고, 의식이 돌아올 기미는 보이지 않았다. 머딘이 조용히 가리켰던 마크의 겨드랑이를 만져본 캐리스는 종기처럼 튀어나온 커다란 부스럼을 발견했다. 그녀는 머딘에게 그것이 무슨 의미냐고 묻지 않았다. 그것은 나중에 물어볼 일이었다. 수녀들이 기도하고 성가를 부르는 동안 매지와 그녀의 네 아이는 괴로운 무력감에 사로잡힌 채 병상 주위에 서 있었다.

끝내 마크는 경련을 일으키고 입으로 분수처럼 피를 뿜었다. 그리고 머리를 떨구고 꼼짝도 않더니 숨을 쉬지 않았다.

도라는 소리 내어 오열했다. 세 아들은 당혹한 얼굴로, 울면 남자답지 못하기 때문에 울지 않으려고 애썼다. 매지가 슬피 울며 캐리스에게 말했다. “남편은 세상에서 가장 좋은 남자였어. 왜 하느님이 그를 데려가신 걸까?”

캐리스는 슬픔을 삼켜야 했다. 그녀의 상실감은 그들의 상실감에 비할 것이 못 되었다. 그녀 역시 왜 하느님이 그토록 자주 선한 사람을 데려가고 악한 자들은 더 많은 악행을 저지르도록 남겨두는지 알 수 없었다. 이런 순간이면 만인을 지켜본다는 저 자비심 넘치는 신성神性에 대한 관념이 거짓말 같기만 했다. 사제들은 병에 걸리는 건 지은 죄에 대한 벌이라고 말했다. 마크와 매지는 서로 사랑했고 자식을 돌보며 착실하게 살았다. 그런 그들이 왜 벌을 받아야 할까?

이런 종교적 의문에 대해서는 답을 찾을 수 없었지만 캐리스에게는 다급히 처리해야 할 실제적인 문제들이 있었다. 그녀는 마크의 병 때문에 몹시 걱정스러웠고 머딘이라면 뭔가 알고 있을 것 같았다. 캐리스는 눈물을 삼켰다.

그녀는 우선 매지와 아이들을 집으로 돌려보내 쉬도록 하고, 수녀들에게 매장 준비를 지시했다. 그러고서 머딘에게 말했다. “할말이 있어.”

“나도 그래.”

그녀는 그의 얼굴에 떠오른 겁에 질린 표정에 주목했다. 보기 드문 표정이었다. 그러자 한층 더 두려웠다. “성당으로 가. 그곳에선 조용히 이야기할 수 있어.”

차가운 바람이 대성당 앞 초지를 가로질러 불어왔다. 맑게 갠 밤이어서 별빛으로 길을 볼 수 있었다. 성단소에서는 수사들이 만성절 새벽미사를 준비하고 있었다. 캐리스와 머딘은 수사들과 멀리 떨어져 회중석 북서쪽 모퉁이에 있었으므로 그들의 대화를 엿들을 사람은 없었다. 캐리스는 몸을 부르르 떨며 수도복을 바싹 여미고는 물었다. “마크를 죽게 한 병이 뭔지 알아?”

머딘의 호흡은 불안정했다. “라 모리아 그란데라는 전염병이야.”

그녀는 고개를 끄덕였다. 그녀가 두려워하던 말이었다. 하지만 확인해볼 필요가 있었다. “그걸 어떻게 알지?”

“마크는 멜컴에 드나들면서 보르도의 선원들과 얘기를 나눴어. 보르도는 거리에 시체들이 쌓여 있는 곳이야.”

그녀는 고개를 끄덕였다. “마크는 얼마 전에 멜컴에서 돌아왔지.” 여전히 그녀는 머딘의 말을 믿고 싶지 않았다. “그렇다고 해도 그것이 그 전염병이라는 걸 어떻게 확신할 수 있어?”

“증상이 똑같아. 고열, 흑자주색 반점, 출혈, 겨드랑이의 종기, 그리고 무엇보다 갈증이 그래. 내가 어떻게 그걸 잊을 수 있겠어. 나는 그 병에 걸렸다가 살아난 몇 안 되는 사람 중 하나야. 그 병에 걸리면 거의가 닷새 안에 사망해. 더 일찍 죽기도 하고."

그녀는 최후의 심판일이라도 닥친 것 같은 기분이 들었다. 그녀도 이탈리아와 남프랑스에서 들려온 끔찍한 소문을 이미 들었다. 온 가족이 죽고 빈 저택마다 매장되지 못한 시체가 썩어가고 부모 잃은 아이들이 울면서 거리를 배회하고 유령 마을에서는 관리되지 못한 가축들이 죽어가고 있다는 이야기였다. 킹스브리지에서도 그런 일이 일어날까?

"이탈리아 의사들은 어떻게 했어?"

"기도하고 성가를 부르고 피를 뽑고 자기들이 좋아하는 엉터리 약을 처방하고 막대한 치료비를 청구했지. 그들이 한 치료는 하나같이 아무 소용이 없었어."

두 사람은 바싹 붙어선 채 나지막한 목소리로 이야기하고 있었다. 그녀는 멀리 떨어진 수사들이 들고 있는 촛불의 희미한 빛으로 그의 얼굴을 볼 수 있었다. 그는 이상하리만큼 강렬한 눈빛으로 그녀를 응시하고 있었다. 그는 몹시 동요하고 있었지만, 마크를 잃은 슬픔 때문이 아닌 듯했다. 그는 그녀에게 전념하고 있었다.

"우리 잉글랜드 의사들과 비교할 때 이탈리아 의사들은 어때?" 그녀가 물었다.

"이슬람 의사들을 본받는 이탈리아 의사들은 분명 식견이 아주 풍부할 거야. 그들은 더 많은 지식을 얻기 위해 시신을 절개하기까지 하니까. 하지만 그들도 이 전염병에 걸린 환자는 단 한 사람도 치료하지 못했어."

캐리스는 절대적인 절망을 그대로 받아들일 수 없었다. "그렇게 전적으로 방법이 없을 수는 없어."

"사실이 그래. 그 병은 치료할 수 없어. 하지만 어떤 이들은 그 병을 피할 수 있다고 여기지."

캐리스가 반색하며 물었다. "어떻게?"

"그 병은 사람에게서 사람에게로 전염되는 것 같아."

그녀는 고개를 끄덕였다. "많은 병이 그렇지."

"대개 가족 중 한 사람이 그 병에 걸리면 가족 전부가 걸려. 따라서 환자와의 거리가 중요한 셈이지."

"그럴 거야. 환자를 보기만 해도 병에 옮는다고 하는 사람들도 있으니까."

"피렌체의 수녀들은 사람들에게 되도록 집밖으로 나오지 말라고, 사교 모임에도 시장에도, 길드 집회나 모임에도 나가지 말라고 조언했어."

"그리고 교회에도?"

"아니, 그건 아니지만 대부분 교회에도 가지 않고 집에만 있었어."

캐리스가 오랫동안 생각하고 있었던 방법과 일치했다. 희망이 새로 솟는 느낌이었다. 어쩌면 그녀가 생각한 방법으로 전염병을 피할 수 있을지도 모른다. "환자를 대면하고 만져야 하는 수녀들이나 의사들은?"

"사제들은 작은 소리로 속삭이는 고해는 듣지 않겠다고 했어. 작은 소리를 들으려면 고해자와 근접해야 하니까. 수녀들은 환자와 같은 공간에서 호흡할 때는 아마포 마스크로 입과 코를 가렸어. 개중에는 환자를 만질 때마다 식초로 손을 닦는 이들도 있었어. 의료 수사들은 그래봐야 소용없다고 했지만 어쨌든 그들 대부분은 그 도시를 떠났으니까."

"그런 예방책들이 도움이 됐어?"

"그건 말하기 어려워. 전염병이 만연한 뒤에야 그런 조치들이 시행됐으니까. 게다가 체계적이지도 않았어. 사람마다 제각기 다른 방법을 썼고."

"그래도 시도는 해봐야 해."

그는 고개를 끄덕였다. 잠시 후 그가 말했다. "한 가지 확실한 예방책이 있어."

"그게 뭔데?"

"달아나는 것."

그녀는 그가 이 말을 하기 위해 오래 기다렸다는 것을 깨달았다.

그가 말을 이었다. "'빨리 떠나라, 멀리 가라, 오랫동안 돌아오지 마라'라는 속담도 있잖아. 속담대로 한 사람들은 병을 피했어."

"이대로 떠날 수는 없어."

"왜 안 돼?"

"바보 같은 소리 마. 킹스브리지에는 육칠천 명이나 되는 주민들이 있어. 그들 전부가 도시를 떠날 수는 없어. 떠난다고 해도 대체 어디로 간단 말이야?"

"나는 사람들 얘기를 하는 게 아니야. 당신 얘기를 하는 거야. 들어봐. 당신은 마크에게서 병이 옮지 않았을 수도 있어. 매지와 아이들은 거의 확실히 옮았을 테지만, 당신은 마크와 보낸 시간이 그만큼 길지 않잖아. 당신이 아직 괜찮다면 달아날 수 있어. 오늘 당장이라도 떠날 수 있어, 당신과 나와 롤라, 셋이서."

캐리스는 이미 전염병이 퍼졌다고 단정하는 그의 말을 듣고 섬뜩했다. 그녀의 운명도 이미 결정된 걸까? "그러면…… 어디로 간다는 거야?"

"웨일스나 아일랜드로 가자. 한두 해 동안 낯선 사람이라고는 볼 수 없는 외딴 마을을 찾아서."

"당신은 병에 걸렸었지. 그 병에 걸렸던 사람은 두번 다시 걸리지 않는다고 했잖아."

"그래. 그리고 아예 병에 걸리지 않는 사람들도 있어. 롤라가 그럴 거야. 그애가 자기 엄마에게서도 병이 옮지 않았다면 다른 사람에게서도 병이 옮을 가능성은 없어."

"그런데 어째서 웨일스로 가겠다는 거야?"

그는 그저 강렬한 시선으로 그녀를 응시하기만 했다. 그 순간 그녀는 자신이 그에게서 느낀 두려움이 자신 때문이라는 것을 깨달았다. 그는 그녀가 죽을까봐 겁에 질린 것이었다. 그녀의 눈에 눈물이 맺혔다. 매지가 한 말이 떠올랐다. "세상에 언제나 자기편이 되어줄 사람이 있다는 것." 머딘은 그녀가 무엇을 하든 보살펴주려 애썼다. 그녀는 언제나 자기편이었던 사람을 잃은 슬픔으로 무너져버린 가엾은 매지를 생각해보았다. 그런데 어떻게 캐리스가 머딘을 거절할 생각을 할 수 있겠는가?

하지만 그녀는 그렇게 했다. "나는 킹스브리지를 떠날 수 없어. 지금으로선 더욱 안 될 일이야. 사람들은 병이 들면 나에게 의지해. 전염병이 닥친다면 사람들이 도움을 청할 사람은 나란 말이야. 그런 내가 도망친다면…… 글쎄, 이걸 어떻게 설명해야 좋을지 모르겠어."

"이해할 것 같아. 첫 화살이 날아오자마자 달아나는 병사와 같은 기분일 테지. 자신을 겁쟁이라고 여기게 될 것 같겠지."

"그래. 그리고 사기꾼이라는 생각도 들 거야. 이렇게 오랜 세월 동안 수녀로 살며 다른 사람들을 위해 봉사하겠다고 서약해놓고 달아난다는 건."

"당신이 그런 식으로 생각할 줄 알았어. 하지만 나로선 말해보지 않을 수 없었어." 그의 슬픈 목소리에 그녀는 가슴이 찢어질 것 같았다. 그가 덧붙였다. "그리고 이건 당신이 가까운 장래에 서원을 철회할 뜻이 없다는 의미로 봐야겠지."

"그래. 구호소는 사람들이 도움을 구하러 올 곳이야. 나는 이곳 수도원에 머물며 내가 해야 할 일을 해야 해. 수녀의 삶을 이어가야 해."
"그래. 알았어."
"그렇게까지 낙담하진 마."
그가 슬픔이 가득한 어조로 말했다. "어떻게 내가 낙담하지 않을 수 있지?"
"전염병 때문에 피렌체 주민 절반이 죽었다고 했지?"
"그 정도 될 거야."
"그렇다면 주민 절반은 병에 걸리지 않았다는 거잖아."
"롤라와 같은 경우지. 이유는 아무도 몰라. 어쩌면 뭔가 특별한 힘이 있는지도 모르지. 아니면 이 전염병이 적진에 마구 쏘아대는 화살처럼 어떤 사람은 죽이고 어떤 사람은 죽이지 못하기 때문일지도 모르고."
"어느 쪽이든 내가 병에 걸리지 않을 확률이 있는 거잖아."
"둘 중 하나겠지."
"동전 던지기처럼."
"이것 아니면 저것이지. 사느냐 죽느냐."

58

마크의 장례식에는 수백 명이 참석했다. 그는 이 도시의 유력 인사였으며, 그 이상의 존재였다. 인근 마을의 가난한 직조공들도 몇 시간을 걸어와 참석했다. 그는 유달리 사람들의 사랑을 받은 사람이었다고 머딘은 생각했다. 거인 같은 체구와 온화한 성품이 어우러져 마법 같은 효과를 냈던 것이다.

비가 내려 무덤 주위에 맨머리로 서 있는 사람들은 가난하든 부유하든 모두 빗물에 젖었다. 조문객들의 얼굴에서는 차가운 빗물과 뜨거운 눈물이 섞여 흘러내렸다. 매지는 어린 두 아들 데니스와 노아의 어깨를 감싸안고 서 있었다. 그들 양옆에는 맏아들 존과 딸 도라가 서 있었는데, 두 아이는 어머니보다 키가 커서 가운데 있는 키 작은 세 사람의 부모처럼 보였다.

머딘은 다음으로 죽을 사람이 매지일지 아이들 중 하나일지를 씁쓸한 심정으로 생각했다.

건장한 사내 여섯이 특대형 관을 무덤 속으로 내려놓느라 끙끙거렸다. 매지가 무력하게 흐느끼는 동안 수사들은 마지막 성가를 불렀다. 이윽고 무덤 파는 사람들이 삽으로 젖은 흙을 구덩이에 떠넣기 시작하자 군중은 뿔뿔이 흩어졌다.

토머스 수사가 비를 막기 위해 두건을 당겨 쓰고 머딘에게 다가왔다. "수도원에는 탑을 재건할 돈이 없네. 고드윈 원장은 탑을 허물고 교차부 위에 그저 지붕만 씌우기로 결정하고 그 일을 엘프릭에게 맡겼어."

머딘은 가까스로 전염병의 대참사에 대한 생각에서 벗어났다. "고드윈 원장은 엘프릭에게 줄 비용은 어떻게 마련한대요?"

"수녀들이 모아놓은 돈이 있지."

"수녀들은 고드윈 원장을 싫어하는 줄 알았는데요."

"회계 담당이 엘리자베스 자매야. 고드윈은 용의주도하게도 수도원 소작인인 그녀의 가족을 잘 보살펴주고 있거든. 물론 다른 수녀들 대부분이 그를 싫어하는 건 사실이지만. 그리고 수녀들에게도 성당은 필요하니까."

머딘은 전보다 더 높은 탑을 재건하겠다는 희망을 포기하지 않았다. "제가 돈을 마련하면 수도원에서는 새 탑을 지을까요?"

토머스는 어깨를 으쓱했다. "그건 지금으로선 말하기 어려운 일이야."

그날 오후 엘프릭은 교구 길드의 길드장으로 재선됐다. 집회가 끝난 뒤 머딘은 이 도시에서 엘프릭 다음으로 규모가 큰 건축업자 빌 왓킨을 찾아갔다. "일단 탑의 기초를 보수하고 나면 더 높은 탑도 올릴 수 있습니다."

"못할 것도 없겠지." 빌이 동의했다. "하지만 굳이 그럴 필요가 있을까?"

"머드퍼드 교차로에서도 보일 수 있는 탑을 올리는 겁니다. 순례자나 상인 같은 많은 이들이 킹스브리지로 가는 길을 보지 못하고 그냥 셔링으로 가버리거든요. 그 때문에 우리 도시로 올 수도 있는 많은 손님을 놓치는 거예요."

"고드윈은 그럴 돈이 없다고 할 걸세."

"새 탑을 다리를 지을 때와 같은 방식으로 자금을 조달하면 어떨까요. 상인들이 돈을 빌려주고 다리 통행세로 돌려받는 식으로요."

빌이 수사처럼 머리를 빙 둘러 자란 백발을 긁적였다. 그 방법은 그에게 낯설기만 했다. "하지만 탑과 다리는 아무 상관도 없잖은가."

"그게 중요할까요?"

"그렇지는 않겠지."

"다리 통행세는 대부금을 갚는다는 것을 보증하는 한 가지 방도일 뿐이에요."

빌은 자신에게 이익이 될 만한 점을 생각해보았다. "그 공사에서 내가 맡을 일이 있겠나?"

"큰 공사가 될 겁니다. 이 도시의 모든 건축업자가 한몫씩 해야 할 거예요."

"그거 아주 유용하겠군."

"그렇고말고요. 제가 큰 탑을 설계하면 다음번 교구 길드 집회에서 저를 지지해주시겠어요?"

빌은 미심쩍은 표정을 지었다. "길드 조합원들은 사치를 별로 좋아하지 않는데."

"탑이 꼭 사치스러울 필요는 없어요. 높기만 하면 되니까요. 교차부 위에 반구형 지붕 돔을 올리면 홍예 틀* 없이도 탑을 세울 수 있어요."

"반구형 지붕? 그건 새로운 생각이로군."

* 아치를 받치기 위해 윗부분을 무지개 모양으로 둥글게 만든 틀.

"이탈리아에서 반구형 지붕을 한 건축물을 여러 개 봤습니다."
"어떻게 돈을 절약할 수 있다는 건지 알 것 같군."
"그리고 탑 꼭대기에는 목재로 만든 가느다란 첨탑을 얹을 수도 있죠. 그러면 비용도 절감되고 보기도 좋을 거예요."
"자네는 벌써 그 모든 걸 생각해둔 건가?"
"그렇지는 않아요. 하지만 피렌체에서 돌아온 후로 계속 염두에 두었던 생각이긴 해요."
"뭐 나에게도 나쁘지 않은 제안인 것 같군. 사업을 위해서나 이 도시를 위해서나 좋은 일이고."
"우리의 영생을 위해서도 좋은 일이죠."
"자네의 제안이 통과되도록 최선을 다해 돕겠네."
"고맙습니다."
머딘은 교량 보수 공사나 나환자 섬에 새로 들어설 집을 짓는 등의 일상적인 일을 하는 틈틈이 탑 설계에 몰두했다. 그 일은 캐리스가 전염병에 걸릴지도 모른다는 두렵고도 강박적인 생각에서 벗어나는 데 도움이 됐다. 그는 샤르트르 대성당의 남쪽 탑에 대해 많이 생각했다. 조금 구식이기는 해도 그 탑은 이백 년 전에 건축된 걸작이었다.
지금도 선명히 기억하고 있지만 머딘은 그 정방형 탑이 위에서 팔각 첨탑으로 변환된 것이 가장 좋았다. 정방형 탑 꼭대기의 네 모서리에는 작은 뾰족탑들이 바깥쪽을 향해 비스듬하게 얹혀 있었다. 그리고 정방형 탑의 각 네 면 중앙부에는 뾰족탑과 같은 모양의 지붕창들이 같은 높이에 나 있었다. 이 여덟 개의 구조물들은 그 뒤편에 솟아 있는 탑 경사면 여덟 개에 각각 들어맞아서, 시각적으로 정방형에서 팔각형으로 형태가 전환된 사실을 거의 알아차리기 어려웠다.
그러나 샤르트르 대성당의 탑은 14세기 기준으로 보면 과하게 덩치가 컸다. 머딘은 기둥을 날렵하게 하고 창을 크게 내서 아래쪽 기둥이 받는 하중을 줄이고, 바람이 통하게 해서 압력을 경감할 계획이었다.

그는 섬에 있는 작업실에 전용 설계판을 만들었다. 그는 새 탑에 예전의 폭 좁은 예첨창을 두 배수나 네 배수의 큰 창으로 바꾸고, 기둥과 받침대를 새로 갱신하는 등 즐거운 마음으로 세부를 설계했다.

높이를 얼마로 할지는 아직 결단을 내리지 못했다. 머드퍼드 교차로에서 보이려면 얼마나 높아야 하는지 계산할 방도가 없었다. 시행착오가 불가피했다. 탑의 석재부를 완성한 후 그 위에 임시 첨탑을 세우고 맑은 날 머드퍼드에 가서 보이는지 확인해야 할 것이다. 대성당은 높은 지대에 있었고, 머드퍼드 길은 강을 건너는 길로 내려가기 전의 오르막길이었다. 그는 높이가 약 400피트쯤 되는 샤르트르의 탑보다 약간만 더 높으면 충분할 거라고 본능적으로 판단했다.

솔즈베리 대성당의 탑은 404피트였다.

머딘은 405피트로 짓기로 결정했다.

그가 설계판에 엎드려 지붕 뾰족탑을 그리고 있을 때 빌 왓킨이 들어왔다. "어떻게 생각하세요?" 머딘이 그에게 물었다. "꼭대기에 천국을 가리키는 십자가가 나을까요, 아니면 우리를 지켜볼 천사를 올리는 게 나을까요?"

"둘 다 아닐세. 그 탑을 짓지 못하게 됐으니까."

머딘은 왼손에 직자를, 오른손에 날카로운 제도 침을 든 채 일어섰다. "그게 무슨 말입니까?"

"필리먼 형제가 나를 찾아왔었네. 자네에게 되도록 빨리 소식을 알려주는 게 좋겠다고 생각했지."

"그 뱀 같은 작자가 뭐라고 했는데요?"

"그자는 나를 위해 조언한다면서 꽤 우호적인 시늉을 하더군. 자네의 탑 공사를 지지하는 건 별로 현명한 일이 되지 못할 거라고 말했네."
"어째서요?"
"고드윈 수도원장의 화를 살 거라고 말이야. 수도원장은 자네의 계획이 무엇이든 승인하지 않을 걸세."
그리 놀랄 일도 아니었다. 마크 웨버가 길드장이 됐다면 이 도시의 권력 균형이 달라졌을 테고, 머딘은 새 탑의 공사를 따낼 수도 있었을 것이다. 하지만 마크가 죽자 머딘은 불리해졌다. 그동안 한 가닥 희망에 매달려온 머딘은 뼛속 깊이 실망감을 맛보았다. "수도원장은 엘프릭에게 공사를 맡기겠죠?"
"그럴 것 같네."
"그 사람은 도무지 나아지질 않는군요."
"자존심이 센 사람에게는 자존심이 상식보다 더 중요한 법이야."
"교구 길드에서 엘프릭이 설계한 뭉툭하고 볼품없는 탑에 비용을 댈까요?"
"아마 그렇겠지. 내켜서 하지는 않겠지만 돈은 마련해줄 걸세. 어쨌든 그들은 대성당을 자랑으로 여기니까."
"무능한 엘프릭 때문에 하마터면 다리를 잃을 뻔했잖아요!" 머딘이 화가 나서 소리쳤다.
"그건 그들도 알고 있네."
그는 상처받은 감정을 그대로 드러내고 말았다. "제가 그 탑의 문제점을 찾지 못했다면 탑은 무너지고 말았을 거예요. 그 때문에 대성당 전체가 무너졌을 수도 있었단 말입니다."
"그들은 그 사실도 알고 있어. 하지만 그들은 수도원장이 자네를 적대시한다는 이유만으로 수도원장과 싸우지는 않을 걸세."
"물론 그렇겠죠." 그는 그것이 당연한 이치라는 듯이 말했지만 실은 쓰라린 심정을 숨기고 있었다. 그는 자신이 고드윈보다 더 킹스브리지를 위해서 한 일이 많은데도 이곳 시민들이 자신을 위해 싸워주지 않는다는 사실에 상처받았다. 그러나 그는 대개의 사람들이 자신의 당면한 이익을 위해서만 움직인다는 것을 알고 있었다.

"사람들은 감사할 줄 모르지. 미안하네."

"아닙니다. 괜찮습니다." 머딘은 빌을 바라보고는 곧 시선을 돌렸다. 그리고 제도기를 내려놓고 그곳을 나왔다.

∽

동트기 전 아침미사를 올리던 중 회중석 쪽을 내려다본 캐리스는 북쪽 측랑, 그리스도의 부활이 묘사된 벽화 앞에 무릎을 꿇고 있는 여자를 보고 놀랐다. 그녀 옆에 촛불이 놓여 있었는데, 흔들리는 촛불 빛에 비치는 땅딸막한 몸집에 턱이 나온 그녀는 매지 웨버였다.

매지는 미사 내내 그 자리를 떠나지 않았는데, 기도에 열중해서인지 성가에는 아무런 주의를 기울이지 않았다. 캐리스가 아는 한 마크는 죄를 많이 지은 사람이 아니지만, 그녀는 하느님에게 마크의 죄를 빌고 그의 안식을 간구하는 것 같았다. 아니 그보다는 마크에게 하늘나라에서 그녀에게 행운을 보내달라고 빌고 있을 가능성이 더 컸다. 매지는 장성한 두 아이의 도움을 받아가며 옷감 사업을 이어갈 것이다. 남편이 번성하는 사업을 남기고 죽으면 아내는 흔히 그렇게 했다. 그래도 그녀는 이제부터 자신이 해야 할 일에 죽은 남편의 축원이 절실하다고 여겼을 것이다.

하지만 이런 추측만으로는 의문이 풀리지 않았다. 매지에게는 뭔가 강렬한 느낌, 꼼짝도 않는 자세로 보아 하늘에 계신 이에게 아주 중요한 간구를 하는 것 같았다.

미사가 끝나 수사들과 수녀들이 줄지어 나가기 시작했을 때 캐리스는 행렬에서 빠져나와 신자석의 막막한 어둠 속에 켜진 촛불을 향해 걸어갔다.

매지가 그녀의 발소리를 듣고 자리에서 일어섰다. 캐리스의 얼굴을 알아보자 매지는 비난조로 말했다. "마크는 전염병에 걸려 죽은 거야, 그렇지?"

결국 그 얘기였군. 캐리스는 생각했다. "그런 것 같아요."

"나한테는 그 얘기를 해주지 않았잖아."

"확실치 않았어요. 그저 추측만으로 온 도시는 물론이고 당신을 겁주고 싶지 않았어요."

"브리스틀에도 전염병이 돈다고 하던데."

결국 이 도시 사람들은 모두 전염병 이야기를 하고 있었다. "런던도 마찬가지예요." 캐리스가 말했다. 어느 순례자한테 들은 소식이었다.

"우리는 모두 어떻게 될까?"

그 말을 듣자 찌르는 듯한 슬픔이 느껴졌다. "저도 모르겠어요." 그녀는 거짓말했다.

"이 전염병은 사람이 옮기는 거라고 하던데."

"다른 병들도 대개 그래요."

매지의 얼굴에 어렸던 공격적인 표정이, 캐리스의 마음을 찢는 듯한 애절한 표정으로 바뀌었다. 매지가 속삭이다시피 물었다. "내 아이들도 죽을까?"

"머딘의 아내도 그 병에 걸렸었어요. 그녀와 그녀의 가족 모두가 죽었지만 머딘은 회복됐고 롤라는 처음부터 그 병이 비껴갔어요."

"그럼 내 아이들은 무사할까?"

캐리스는 그렇다고 말한 것이 아니었다. "그럴 수도 있죠. 아니면 어떤 아이는 걸리고 어떤 아이는 걸리지 않을 수도 있고요."

그런 말로는 매지를 만족시킬 수 없었다. 대부분의 환자가 그렇듯 그녀 역시 가능성이 아니라 확신을 바라고 있었다. "아이들을 지키려면 내가 어떻게 해야 하지?"

캐리스는 그리스도 그림을 바라보았다. "당신은 할 수 있는 모든 일을 다 하고 있어요." 캐리스는 자제력을 잃기 시작했다. 목구멍에서 흐느낌이 치밀었고 그녀는 감정을 감추기 위해 고개를 돌리고는 빠른 걸음으로 성당을 빠져나왔다.

그녀는 잠시 클로이스터에 앉아 마음을 가다듬은 뒤 이 시간에 늘 그랬듯 구호소로 향했다.

마이어는 보이지 않았다. 아마 시내에 환자가 있어 불려갔을 것이다. 캐리스는 책임자로서 내빈과 환자의 아침식사 시중을 감독하고 청결 상태를 확인하고 환자들의 상태를 살펴보았다. 그 일이 매지 때문에 생긴 괴로움을 한결 덜어줬다. 그녀는 줄리 자매에게 시편 구절을 읽어줬다. 모든 잡무를 마칠 때까지도 마이어가 모습을 보이지 않자 결국 캐리스는 그녀를 찾아 나섰다.

캐리스는 공동 침실 침대 위에 엎드려 있는 그녀를 발견했다. 캐리스의 심장은 빠르게 두근대기 시작했다. "마이어! 괜찮아요?"

마이어가 몸을 돌렸다. 얼굴은 창백하고 땀을 흘리고 있었다. 그녀는 기침을 했지만, 말은 하지 않았다.

캐리스가 옆으로 다가가 무릎을 꿇고 그녀의 이마에 손을 짚어보았다. "열이 있군요." 뱃속에서 구역질처럼 치미는 두려움을 애써 누르며 그녀가 말했다. "언제부터 열이 있었어요?"

"어제 기침을 했어요. 하지만 오늘 아침에는 잘 자고 일어났어요. 그런데 아침을 먹으러 가다 갑자기 토할 것 같아 변소에 갔어요. 그러고는 여기 와서 누웠어요. 아마 지금까지 잠들었던 모양이에요. 지금 몇 시쯤 됐어요?"

"이제 곧 3시과 종이 울릴 거예요. 하지만 자매는 성무에 참여하지 않아도 괜찮아요." 이건 그저 평범한 병일 수도 있어. 캐리스는 생각했다. 그녀는 마이어의 목덜미를 만져보고 겉옷 앞자락을 끌어내렸다.

마이어가 희미한 미소를 지었다. "지금 내 가슴을 보려는 거예요?"

"그래요."

"수녀들은 다 똑같죠."

눈에 띄는 발진은 없었다. 그저 감기일지도 모른다. "통증은 없어요?"

"겨드랑이 근처를 만지면 지독하게 아파요."

그것은 별로 특이한 증상은 아니었다. 겨드랑이나 사타구니가 아프고 부어오르는 것은 이 전염병뿐 아니라 다른 병의 증상이기도 했다. "자매를 구호소로 데려가야겠어요."

마이어가 머리를 들어올리자, 캐리스는 베개에 묻은 핏자국을 보았다.

그녀는 얻어맞은 것처럼 충격을 받았다. 마크 웨버는 객혈을 했었다. 그리고 마이어는 마크가 처음 병에 걸렸을 때 그를 돌봤다. 그녀는 캐리스가 가기 전날 그 집에 갔었던 것이다.

캐리스는 두려움을 감추고 마이어를 부축해 일으켰다. 눈물이 났지만 애써 감정을 추슬렀다. 마이어는 부축이 필요한 듯 캐리스의 허리에 팔을 두르고 머리를 캐리스의 어깨에 기댔다. 캐리스는 마이어의 어깨를 감싸안았다. 두 사람은 계단을 내려가 수녀원 클로이스터를 지나 구호소로 갔다.

캐리스는 마이어를 제단 가까이에 있는 매트에 눕혔다. 그러고는 클로이스터 분수대에서 찬물을 떠다줬다. 마이어는 갈증이 심한 사람처럼 물을 마셨다. 캐리스는 장미수로 그녀의 얼굴과 목덜미를 닦았다. 잠시 후 마이어는 잠이 든 것 같았다.

3시과를 알리는 종이 울렸다. 여느 때라면 3시과 전례에 참석하지 않았겠지만 오늘은 잠시만이라도 조용한 시간을 갖고 싶었다. 그녀는 성당으로 향하는 수녀들 행렬에 끼어들었다. 오래된 회색 돌이 이날따라 유난히 차갑고 단단하게 보였다. 그녀는 기계적으로 성가를 따라 불렀지만 가슴속에서는 폭풍이 휘몰아치고 있었다.

마이어가 전염병에 걸렸다. 발진은 없지만 열이 있고 갈증이 심하며 객혈을 한다. 십중팔구 그녀는 죽을 것이다.

캐리스는 심한 가책을 느꼈다. 마이어는 헌신적으로 그녀를 사랑했다. 캐리스는 그동안 마이어가 갈망하는 방식으로는 그녀에게서 받은 사랑을 돌려줄 수 없었다. 그 마이어가 지금 죽어가고 있었다. 캐리스는 자신이 달라질 수 있었다면 좋았으리라고 생각했다. 그랬다면 분명 마이어를 행복하게 해줄 수 있었을 것이다. 그녀의 목숨을 구할 능력이 자신에게 있어야 했다. 캐리스는 누군가 자신을 본다면 종교적인 무아경에 빠져 감동의 눈물을 흘리고 있다고 여기길 바라며 성가를 부르는 동안 울었다.

시과전례가 끝나자 수련수녀가 불안한 얼굴로 남쪽 익랑 입구 밖에서 그녀를 기다리고 있었다. "구호소에 자매님을 급히 뵙고 싶어하는 사람이 있어요." 수련수녀가 말했다.

캐리스가 가 보니 얼굴이 공포로 하얗게 질린 매지 웨버였다.

매지가 무슨 용무로 왔는지는 물어볼 필요가 없었다. 캐리스는 약가방을 들고 그녀와 함께 황급히 구호소를 나섰다. 그들은 11월의 매운바람을 맞으며 성당 앞 초지를 가로질러 중심가에 있는 웨버의 집으로 향했다. 위층 거실에 매지의 아이들이 기다리고 있었다. 장성한 두 아이는 탁자 앞에 앉아 있었는데 겁에 질린 표정이었다. 어린 두 아이는 바닥에 누워 있었다.

캐리스는 그들을 재빨리 살펴보았다. 네 명 모두 열이 있었다. 여자아이는 코피까지 흘리고 있었다. 사내아이 셋은 기침을 했다.

그들 모두 어깨와 목덜미에 흑자주색 발진이 있었다.

"이게 그거지? 그 사람이 죽은 그 병이지? 아이들이 전염병에 걸린 거야." 매지가 말했다.

캐리스는 고개를 끄덕였다. "안됐지만, 그래요."

"나도 걸리면 좋겠어." 매지가 말했다. "그러면 모두 천국에서 다시 만날 테니까."

59

캐리스는 머딘이 말해준 대로 구호소의 예방책을 정했다. 그녀는 아마포를 잘라, 전염병에 걸린 환자를 대할 때 수녀들은 반드시 입과 코를 가리도록 했다. 그리고 환자와 접촉한 뒤에는 식초를 탄 물로 반드시 손을 씻도록 강제했다. 그 때문에 수녀들은 모두 다 손이 부르텄다.

매지는 네 아이를 구호소로 데려왔는데, 그뒤 그녀 자신도 병에 걸리고 말았다. 마크 웨버가 죽어가고 있을 때 바로 옆 매트에 있었던 줄리 자매도 병에 걸렸다. 캐리스가 이들을 위해 할 수 있는 일은 거의 없었다. 그녀는 그들의 얼굴을 씻겨 열을 내리고, 클로이스터 분수대에서 떠온 찬물을 먹이고, 피 섞인 토사물을 치우고, 그들의 죽음을 기다렸다.

너무 바빠 자신의 죽음에 대해서는 생각할 겨를도 없었다. 그녀는 감염되기 쉬운 전염병에 걸린 환자들의 열을 식혀주는 자신을 보는 사람들의 눈에서 두려움이 섞인 감탄의 빛을 보았지만, 자신이 헌신적인 순교자라는 기분은 전혀 들지 않았다. 그녀는 자신을 생각보다 행동을 우선시하는 사람이라 생각했다. 다른 사람들처럼 그녀도 같은 의문에 시달렸다. 다음번은 누굴까? 하지만 단호히 그런 생각을 밀어냈다.

고드윈 수도원장이 환자들을 보러 왔다. 그는 여자들의 망상이라고 말하며 마스크 착용을 거부했다. 그는 전과 똑같이 피가 과열됐다는 진단을 내리고 사혈을 처방하고 산패한 사과와 양의 내장을 식단으로 제시했다.

결국은 먹은 것을 다 토하고 말았기 때문에 환자가 뭘 먹느냐는 문제는 사실 중요하지도 않았다. 그러나 캐리스는 환자에게서 피를 뽑는 것은 병을 악화시킬 뿐이라 확신했다. 그렇지 않아도 환자들은 이미 너무 많은 피를 잃고 있었다. 그들은 객혈을 하고, 피를 토하고, 피 섞인 오줌을 누었다. 그러나 수사들은 수련을 받은 의사였으므로 그들의 지시를 따라야 했다. 수사나 수녀가 환자의 병상 옆에 무릎을 꿇고서 환자의 팔을 펴들고 예리하고 작은 칼로 혈관을 잘라 바닥에 놓인 사발에 소중한 피를 한 파인트*씩 뽑을 때마다 일일이 화를 낼 짬도 없었다.

마지막이 가까워지자 캐리스는 마이어 옆에 앉아 사람들이 비난하든 않든 개의치 않고 그녀의 손을 잡았다. 그녀는 마이어의 고통을 덜어주기 위해 매티에게서 배운 대로 양귀비에서 추출한 소량의 마취제를 줬다. 마이어는 여전히 기침을 했지만 통증은 그리 심한 것 같지 않았다. 발작적인 기침을 하고 나면 잠깐 동안은 한결 편하게 숨을 쉬었다. 그럴 때는 말도 할 수 있었다. "칼레에서 그날 밤, 고마웠어요." 마이어가 속삭이듯 말했다. "자매님이 별로 좋아하지 않았다는 건 알았지만 나는 천국에 있는 기분이었어요."

캐리스는 울음을 참았다. "당신이 원하는 대로 해주지 못해 정말 미안해요."

---

* 약 0.5리터.

"하지만 자매님은 나름의 방식대로 나를 사랑해줬죠. 나는 그걸 알고 있어요."

마이어는 다시 기침을 터뜨렸다. 발작이 가라앉자 캐리스는 그녀의 입에 묻은 피를 닦아줬다.

"사랑해요." 마이어는 이 말을 하고 눈을 감았다.

캐리스는 사람들이 보고 무슨 생각을 하든 개의치 않고 눈물이 흐르는 대로 내버려두었다. 그녀는 눈물에 젖은 눈으로 마이어를 지켜보았다. 마이어는 점점 더 창백해지고 숨이 얕아지더니 이윽고 더이상 숨을 쉬지 않았다.

캐리스는 시신의 손을 잡은 채 매트 옆 바닥에 그대로 있었다. 이토록 희고 영원히 움직이지 않는 상태에서도 마이어는 여전히 아름다웠다. 문득 캐리스의 머릿속에 마이어만큼이나 자신을 사랑해준 이가 한 사람 더 있다는 사실이 떠올랐다. 머딘이었다. 자신이 그의 사랑까지 거절했다는 것이 참으로 이상했다. 어쩌면 자신에게 무슨 문제가 있는 건지도 모른다는 생각이 들었다. 다른 여자들처럼 기쁜 마음으로 사랑을 받아들이지 못하게 가로막는 어떤 기형적인 영혼이 있는지도 모른다고 생각했다.

그날 밤늦게 마크 웨버의 네 아이가 죽고, 줄리 자매도 세상을 떠났다.

캐리스는 혼란에 빠졌다. 정말 할 수 있는 일이 없을까? 전염병은 빠르게 퍼져 모두를 집어삼키고 있었다. 한 감옥에 있으면서 다음번에 어느 수감자가 교수대로 끌려갈지 기다리는 것 같았다. 킹스브리지도 피렌체와 보르도처럼 거리마다 시체들이 나뒹굴게 될까? 다음 일요일에는 성당 밖 초지에 장이 선다. 걸어서 올 거리에 있는 모든 마을에서 수백 명이 물건을 사고팔기 위해 찾아올 테고, 성당과 주점에서 시민들과 어울리게 될 것이다. 그중에 얼마나 많은 사람이 죽을병에 걸려 돌아가게 될까? 무서운 힘 앞에서 절망스러운 무력감을 느낀 그녀는 왜 사람들이 저항을 완전히 포기하고 세상 모든 일이 악령의 지배를 받는다고 하는지 이해했다. 하지만 그런 것은 그녀의 방식이 아니었다.

수도원에서는 수사나 수녀나 누군가가 죽으면 언제나 특별한 장례미사를 올리고 망자를 위한 특별기도를 드렸다. 줄리 자매는 온화한 심성으로, 마이어는 아름다움으로 많은 이의 사랑을 받았던지라 수녀들 대부분이 참지 못하고 울음을 터뜨렸다. 죽은 매지의 아이들까지 있어 장례식에는 수백 명의 시민도 참석했다. 매지는 너무 위중해 구호소를 나올 수 없었다.

조문객들은 암회색으로 흐린 하늘 아래 묘지에 모여 있었다. 차가운 북풍에서 눈 냄새가 나는 것 같았다. 조지프 형제가 기도를 올리고 여섯 개의 관이 땅 속으로 내려졌다.

그때 군중 속에서 누군가가 모두가 품고 있는 질문을 던졌다. "조지프 형제님, 우리 모두 죽게 되는 겁니까?"

조지프는 의료 담당 수사 중 가장 인기가 있었다. 이제 예순 가까운 나이에 치아도 없지만 그는 여전히 지적이었고, 환자를 대하는 태도는 온화했다. 그가 대답했다. "친구여, 우리 모두 죽겠지만 그때가 언제인지 아는 사람은 없습니다. 바로 그 때문에 우리는 항상 하느님을 만날 준비를 하고 있어야 하는 겁니다."

언제나 캐묻기 좋아하는 베티 백스터가 큰 소리로 물었다. "이 전염병을 어쩌면 좋죠? 전염병이 맞는 거죠?"

"가장 좋은 방법은 기도입니다. 그리고 하느님이 당신을 데려가시기 전에 교회에 와서 죄를 고해하십시오."

베티는 얼버무리는 식의 답변을 그대로 넘기는 법이 없었다. "머딘이 말하길 피렌체에서는 사람들이 집밖으로 나오지 않으며 병자와의 접촉을 피했다고 하던데요. 그래야 하는 걸까요?"

"나는 그렇게 생각하지 않습니다. 그래서 피렌체 사람들이 전염병을 피할 수 있었나요?"

그 말에 모두가 롤라를 안고 서 있던 머딘을 바라보았다. 머딘이 말했다. "아니요, 전염병을 피하지는 못했습니다. 하지만 그러지 않았다면 더 많은 사람이 죽었을 겁니다."

조지프는 고개를 저었다. "집에 틀어박혀 있으면 교회에도 갈 수 없습니다. 신앙이야말로 가장 좋은 약입니다."

캐리스는 잠자코 있을 수가 없었다. "전염병은 사람에게 옮는 거예요." 그녀는 성난 어조로 말했다. "다른 사람들과 떨어져 있으면 그만큼 전염될 확률이 낮아지는 거라고요."

"이젠 여자들이 의사 노릇을 하는군." 고드윈 수도원장이 말했다.

캐리스는 그 말을 무시했다. "장을 취소해야 해요. 그러면 많은 사람이 목숨을 구하게 될 거예요."

"장을 취소한다고!" 고드윈이 경멸조로 말했다. "어떻게 취소한다는 건가? 마을마다 전령이라도 보내란 말인가?"

"성문을 닫으면 돼요. 다리를 막아도 되고요. 외부 사람은 아예 도시로 들어오지 못하게요."

"하지만 이 도시에도 이미 병에 걸린 사람이 있잖아요."

"주점 문을 모두 닫아요. 모든 길드의 집회를 취소하고요. 결혼식 하객도 금지해야 해요."

"피렌체에서는 시의회조차 열지 않았습니다." 머딘이 말했다.

"그러면 장사는 어떻게 하라는 건가?" 엘프릭이 말했다.

"장사를 하는 사람은 죽을 거예요." 캐리스가 대꾸했다. "그리고 그 때문에 그의 아내와 자식까지 죽게 될 거고요. 그러니 어느 쪽을 선택

할지 알아서 하세요."

"나는 주점 문을 닫고 싶지 않아요. 그러면 돈을 벌지 못할 테니까요. 하지만 내 목숨을 건질 수 있다면 그렇게 하겠어요." 베티 백스터가 말했다. 캐리스는 희망이 생기는 듯했지만, 곧이어 베티가 그것을 다시 꺾어버렸다. "의사들은 뭐라고 하죠? 의사들이 누구보다 잘 알 텐데요." 캐리스는 입 밖으로 신음소리를 냈다.

"이 전염병은 우리의 죄를 벌하려고 하느님이 보내신 겁니다. 지금 이 세상은 불의로 가득차 있소. 이단과 음란과 불경함이 만연했단 말이오. 남자들은 권위를 의심하고 여자들은 몸을 함부로 굴리고 아이들은 부모에게 복종하지 않소. 그래서 하느님이 노하신 겁니다. 하느님의 분노는 무서운 것이오. 그분의 정의에서 달아날 생각은 꿈도 꾸지 마시오! 하느님의 정의는 당신들이 어디에 숨어 있든 찾아내고 말 테니까." 고드윈 수도원장이 말했다.

"우리는 어떻게 하면 좋아요?"

"당신들이 살기를 원한다면 교회에 가서 죄를 고해하고, 기도를 올리고, 보다 나은 삶을 영위해야 합니다."

캐리스는 입씨름해봤자 소용없다는 것을 알았지만 그럼에도 입 다물고 있을 수는 없었다. "사람들은 굶주려도 교회에 가야 하지만, 음식을 먹지 않을 순 없어요."

"캐리스 자매, 더이상 말하지 말아요." 시실리어 원장이 말했다.

"하지만 우리는 많은 인명을 구할 수—"

"그렇게 될 거예요."

"이건 사느냐 죽느냐의 문제라고요!"

시실리어가 목소리를 낮춰 말했다. "하지만 자매의 말을 귀담아듣는 사람은 아무도 없어요. 그러니 이제 그만 말해요."

캐리스는 시실리어 원장의 말이 옳다는 것을 알았다. 그녀가 아무리 목청껏 외쳐도 사람들은 그녀가 아니라 사제의 말을 믿을 것이었다. 그녀는 입술을 깨물고 더는 아무 말 하지 않았다.

맹인 카를로스가 성가를 부르기 시작하자 수사들은 행렬을 지어 교회로 돌아가기 시작했다. 수녀들이 뒤따르고, 군중은 뿔뿔이 흩어졌다.

그들이 성당을 지나 클로이스터로 들어섰을 때 시실리어 원장이 재채기를 했다.

~

매일 밤 머딘은 롤라를 벨 여인숙에 있는 침대에 눕히고 재워줬다. 아이에게 노래를 불러주고, 시를 읊어주거나 이야기를 들려주기도 했다. 이때가 롤라가 아버지와 이야기하며 세 살배기에게 어울리지 않는 뜻밖의 질문들을 던지는 시간이었다. 아이의 질문은 때로는 유치하고 때로는 심오하고 때로는 재미있었다.

이날 밤 그가 자장가를 불러주는데 롤라가 갑자기 울음을 터뜨렸다.

머딘이 이유를 물어보았다.

"도라 언니는 왜 죽었어?" 롤라가 울먹이며 말했다.

그것 때문이었군. 매지의 딸 도라는 롤라의 마음을 사로잡았다. 둘은 함께 많은 시간을 보내며 산수 놀이도 하고 서로 머리를 땋아주기도 했다. "전염병에 걸렸기 때문이란다."

"엄마도 전염병에 걸렸어." 롤라가 말했다. 그러더니 아직 잊어버리지 않은 이탈리아어로 말했다. "라 모리아 그란데."

"아빠도 그 병에 걸렸지만 나았잖니."

"리비아도 그랬어." 리비아는 롤라가 피렌체에서 가져온 나무인형이었다.

"리비아가 전염병에 걸렸었어?"

"응. 재채기하고 열도 나고 반점도 생겼는데 어떤 수녀님이 낫게 해 주셨어."

"거참 잘됐구나. 그럼 이제 리비아는 안전하겠네. 그 병에 두 번 걸리지는 않으니까."

"아빠도 그래?"

"그럼." 그쯤에서 대화를 끝내는 게 좋을 것 같았다. "이제 그만 자."

"잘 자, 아빠."

그는 문으로 걸어갔다.

"베시 아줌마도 그래?" 롤라가 물었다.

"그만 자라니까."

"나는 베시 아줌마가 좋아."

"착하지. 이제 그만 자렴." 그는 문을 닫았다.

아래층 홀은 텅 비어 있었다. 사람들은 인파로 북적대는 장소에 가길 꺼렸다. 고드윈이 한 말보다 캐리스의 말이 효과를 본 셈이었다.

맛있는 수프 냄새가 났다. 그는 냄새가 나는 주방으로 향했다. 베시가 화덕에 얹은 냄비를 젓고 있었다. "햄을 넣은 콩 수프야." 베시가 말했다.

머딘은 이제 오십 줄에 접어든 체구가 큰 그녀의 아버지 폴과 함께 식탁 앞에 앉았다. 그는 빵을 먹었고, 폴은 그에게 에일을 조끼 가득 따라줬다. 베시가 수프를 내왔다.

머딘은 베시와 롤라가 서로 좋아하는 사이가 되었다는 것을 깨달았다. 그는 낮시간에 롤라를 돌봐줄 유모를 고용했지만, 저녁에는 언제나 베시가 돌봐줬고, 롤라는 베시를 더 좋아했다.

머딘은 나환자 섬에 집이 있었지만, 피렌체에서 살던 팔레게토에 비하면 그 집은 너무 협소했다. 그래서 그곳은 지미가 계속 살도록 내버려두었다. 머딘은 벨 여인숙에 있는 것만으로도 마음이 편안했다. 따뜻하고 깨끗하고, 영양가 많은 음식과 마실 것이 풍족했다. 그는 매주 토요일에 숙박비를 계산했는데, 그것만 제외하면 그 집 식구나 다름없는 대우를 받았다. 따로 집을 마련해 서둘러 여기서 나갈 이유가 없었다.

하지만 영원토록 이곳에 살 수는 없었다. 그리고 나중에 롤라가 베시 곁을 떠나는 것을 힘들어할 수도 있다. 아이의 삶에 머물렀던 사람들이 너무나 많이 떠났다. 딸에게는 안정적인 삶이 필요하다. 그는 아이가 베시와 너무 가까워지기 전에 이곳을 나가는 것이 좋을지도 모른다고 생각했다.

식사를 마치자 폴은 자러 갔다. 베시는 머딘에게 에일을 좀더 따라줬다. 두 사람은 불가에 앉아 있었다. "피렌체에서는 사람이 얼마나 죽었어?" 베시가 물었다.

"수천, 어쩌면 수만 명일지도 몰라. 정확한 수를 아는 사람은 없어."

"킹스브리지에서 다음 차례는 누가 될까."

"나도 그 생각이 머리에서 떠나질 않아."

"어쩌면 나일지도 모르지."

"안됐지만 그럴지도 몰라."

"죽기 전에 한번 더 남자와 자고 싶어."

머딘은 그 말에 미소만 짓고 아무 대꾸도 하지 않았다.

"나는 리처드가 죽은 뒤로 남자와 자지 않았어. 벌써 일 년도 더 됐지."

"그를 그리워하고 있군."

"당신은 어때? 여자와 자본 지 얼마나 됐어?"

머딘은 실비아가 병에 걸린 뒤부터 그랬다. 그녀를 생각하자 찌르는 듯한 슬픔이 밀려왔다. 그는 그녀의 사랑에 제대로 고마움을 표현하지도 못했다. "나도 그쯤 됐을 거야."

"아내하고?"
"응. 그녀의 영혼이 편안하기를."
"사랑 없이 보내기에는 긴 시간이야."
"그래."
"하지만 당신은 아무하고나 자는 남자가 아니지. 당신은 사랑하는 사람을 원해."
"당신 말이 맞는 것 같아."
"나도 그래. 남자와 자는 건 정말 좋은 일이야. 세상에서 가장 좋은 일이지. 하지만 서로를 진심으로 사랑할 때만 그래. 나는 지금까지 남자가 하나뿐이었어. 남편. 나는 다른 사람하고는 사귄 적이 없어."
머딘은 그 말이 사실일까 생각했다. 알 수 없는 일이었다. 베시는 진심인 것 같았다. 그러나 여자들은 보통 그런 식으로 말했다.
"당신은 어때? 여자가 얼마나 있었어?"
"세 사람."
"당신 아내, 그전에 캐리스…… 그리고 또 누구지? 아, 알겠어. 그리젤더겠군."
"나는 꼭 누구라고 찍어서 말한 적 없는데."
"걱정 마. 모두가 다 아는 일인걸."
머딘은 그때 일을 후회하는 듯한 미소를 지었다. 물론 그 일은 모두가 알았다. 어쩌면 확신이 아니라 짐작뿐일 테지만, 사람들의 짐작은 대부분 들어맞았다.
"그리젤더의 꼬마 머딘이 이제 몇 살이지? 일곱 살? 여덟 살?"
"열 살이야."
"나는 무릎에 살이 많아." 베시가 말하며 그에게 보여주기 위해 치맛자락을 올렸다. "나는 이 무릎이 늘 싫었는데, 리처드는 좋아했었어."

머딘은 그녀의 무릎을 바라보았다. 통통한 무릎에는 보조개처럼 움푹 들어간 곳이 있었다. 그녀의 흰 허벅지도 보였다.

"그는 내 무릎에 입을 맞추곤 했어. 정말 다정한 사람이었어." 그녀는 옷을 바로잡으려는 듯 매만졌는데 치맛자락이 들리며 한순간 사타구니의 유혹적인 검은색 음모가 보였다. "특히 목욕한 뒤에는 온몸에 입을 맞추기도 했어. 나는 그게 좋았어. 그가 하는 건 뭐든 다 좋아했지. 남자는 자기를 사랑하는 여자에게 뭐든 하고 싶은 대로 할 수 있으니까. 그렇게 생각하지 않아?"

대화가 이상한 쪽으로 흐르고 있었다. 머딘은 자리에서 일어섰다. "아마 당신 말이 맞을 테지만, 이런 대화가 어떻게 끝날지는 뻔해. 그러니 나는 죄를 짓기 전에 가서 자는 게 좋겠어."

그녀는 슬픈 미소를 지었다. "잘 자. 그러다 외로우면 와, 나는 여기 불가에 있을 테니까."

"기억해두지."

그들은 시실리어 수녀원장을 밀짚 매트가 아니라 제단 바로 앞에 있는 침대에 눕혔다. 구호소 안에서도 가장 성스러운 장소였다. 병상 주위에서 수녀들이 교대해가며 밤낮으로 성가를 부르고 기도를 했다. 언제나 차가운 장미수로 원장의 얼굴을 닦아줄 사람이 있었고 옆에는 분수대의 맑은 물을 담은 잔이 있었다. 그렇다고 해서 그녀의 병세가 달라지지는 않았다. 그녀는 다른 사람들처럼 빠르게 악화됐다. 코와 질에서 피가 흘렀고, 호흡이 점점 힘들어졌으며, 갈증이 사라지지 않았다.

수녀원장은 재채기를 한 지 나흘째 되는 날 밤 캐리스를 불러달라고 했다.

캐리스는 깊이 잠들어 있었다. 그녀는 고된 날들을 보내고 있었다.

구호소는 환자들로 넘쳤다. 그녀는 한창 꿈을 꾸고 있었다. 꿈속에서 그녀는 킹스브리지 아이들이 모두 전염병에 걸리자 그들을 돌보기 위해 황급히 구호소로 달려가던 중 갑자기 자신도 병에 걸렸다는 것을 깨달았다. 아이들 중 하나가 그녀의 소맷자락을 잡아당겼지만 그것을 무시한 채 자신도 아픈 상태에서 그 환자들을 다 어떻게 해야 할지 필사적으로 머리를 쥐어짜고 있었다. 그러다가 누군가 점점 다급하게 자신의 어깨를 잡아 흔들고 있다는 것을 알았다. "일어나보세요, 자매님. 수녀원장님이 부르세요!"

캐리스는 잠에서 깨어났다. 수련수녀가 촛불을 든 채 그녀의 침상 옆에 무릎을 꿇고 있었다. "원장님은 좀 어떠세요?" 캐리스가 물었다.

"위독하세요. 하지만 아직 말씀은 하실 수 있고, 자매님을 불러달라고 하세요."

캐리스는 침상에서 나와 신발을 신었다. 몹시 추운 밤이었다. 그녀는 수도복만 입고 있었다. 그녀는 모포를 어깨에 둘렀다. 그런 다음 돌계단을 달려내려갔다.

구호소는 죽어가는 사람들로 가득했다. 바닥에는 일어나 앉을 수 있는 환자들이 제단을 볼 수 있도록 매트들이 생선뼈처럼 나란히 놓여 있었다. 병상마다 병자의 가족들이 무리 지어 에워싸고 있었다. 대기에서 피냄새가 났다. 캐리스는 문가에 놓인 바구니에서 같은 길이로 잘라놓은 깨끗한 아마포를 꺼내 입과 코를 감쌌다.

시실리어 원장 곁에는 수녀 네 명이 무릎을 꿇고 앉아 성가를 부르고 있었다. 시실리어 원장은 눈을 감은 채 고개를 젖히고 있었는데, 한순간 캐리스는 자신이 너무 늦은 게 아닌지 두려웠다. 잠시 후 늙은 수녀원장은 캐리스가 온 것을 알아차린 듯했다. 그녀는 고개를 돌리고 눈을 떴다.

캐리스는 침대 모서리에 걸터앉았다. 그녀는 장미수가 담긴 사발에 천을 적셔 시실리어 원장의 윗입술에 묻은 피를 닦아줬다.

수녀원장의 숨소리는 억지로 쥐어짜는 듯했다. 헐떡이는 사이사이에 시실리어가 말했다. "이 무서운 병에서 살아난 사람이 있니?"

"매지 웨버뿐이에요."

"살고 싶지 않다고 했던 사람만 살아남은 셈이구나."

"아이들이 모두 죽었으니까요."

"나도 곧 그럴 것 같구나."

"그런 말씀 마세요."

"자매는 자신이 누군지 잊은 모양이구나. 우리 수녀들은 죽음을 두려워하지 않아. 우리는 평생 천국에 계시는 예수님 곁으로 가기만 기다리며 산다. 그러니 죽음이 온다면 환영할 일이지." 한꺼번에 많은 말을 하고 나자 시실리어는 탈진해버렸다. 그녀는 발작적으로 기침을 터뜨렸다.

캐리스는 그녀의 턱에 묻은 피를 닦았다. "맞아요, 원장님. 하지만 뒤에 남은 이들은 슬퍼할 수도 있어요." 캐리스의 눈에 눈물이 고였다. 이미 마이어 자매와 줄리 자매를 잃었는데 이제 시실리어까지 잃을 판국이었다.

"울지 마. 눈물은 다른 사람들을 위해 남겨둬라. 너는 강해져야 해."

"그래야 할 이유를 모르겠어요."

"내 생각에 하느님은 나를 대신할 수녀원장으로 너를 마음에 두신 것 같구나."

그렇다면 하느님은 아주 이상한 선택을 하신 거야. 캐리스는 생각했다. 하느님은 보통 하느님에 대해 보다 정통적인 관점을 지닌 이를 선택하신다. 하지만 캐리스는 오랜 세월을 지내며 그런 말을 해봤자 소용없다는 것을 터득했다. "자매님들이 저를 선택한다면 최선을 다할게요."

"너를 선택하고말고."

"엘리자베스 자매는 자신이 원장감으로 여겨지길 바랄 텐데요."

"엘리자베스는 슬기롭지. 그러나 너에게는 사랑하는 마음이 있어."

캐리스는 고개를 끄덕였다. 시실리어 원장의 말이 맞을 것이다. 엘리자베스는 가혹한 원장이 될 것이다. 캐리스는 기도를 하고 성가를 부르며 보내는 삶에 회의적이긴 했지만 그래도 수녀원을 이끌기에는 가장 적합한 인물이었다. 그녀는 학교와 구호소에 대한 신념이 있었다. 엘리자베스가 구호소를 운영한다는 것은 상상하기 어려웠다.

"그것 말고 또 한 가지 할말이 있단다." 시실리어가 목소리를 더 낮추자 캐리스는 몸을 더 가까이로 기울여야 했다. "앤서니 수도원장이 돌아가시기 전에 나에게 해준 이야기다. 그분은 마지막 순간까지 비밀을 지키셨는데, 이제 내가 똑같은 일을 하게 됐구나."

캐리스는 자신이 그런 비밀을 듣고 싶어하는지 알 수 없었다. 하지만 임종의 자리는 그런 망설임을 용납하지 않았다.

"노왕은 낙상으로 돌아가신 게 아니야." 시실리어가 말했다.

캐리스는 충격을 받았다. 그 일은 이미 이십 년도 더 전에 일어난 일이었지만, 그녀는 당시 돌았던 소문을 기억하고 있었다. 왕의 시해는 최악의 범죄 행위로, 살인과 반역이라는 두 가지 중죄가 합쳐진 이중 범죄였다. 그것을 알고 있는 것만으로도 위험했다. 앤서니 원장이 비밀에 부친 것도 무리가 아니었다.

시실리어가 말을 이었다. "왕비와 그녀의 연인이었던 모티머는 에드워드 2세를 제거하고 싶어했어. 당시 왕위 계승자는 어린 왕자였지. 그래서 모티머가 실질적인 왕 노릇을 했단다. 그 기간이 모티머가 바랐던 만큼 오래가지는 못했지만 말이야. 어린 에드워드 3세가 지나치게 빨리 성장했거든." 그녀는 다시 기침을 터뜨렸는데, 전보다 힘이 없었다.

"모티머는 제가 어렸을 때 처형됐어요."

"하지만 에드워드도 자기 아버지에게 실제로 일어난 일을 아무에게도 알리고 싶지 않았던 거야. 그래서 그 사건을 비밀에 부쳤지."

캐리스는 등골이 오싹했다. 왕비 이저벨라는 아직 살아 있고, 국왕의 어머니로서 노포크의 호화스러운 저택에서 살고 있었다. 만약 사람들이 왕비가 자기 손에 남편의 피를 묻혔다는 사실을 알게 되면 정치적인 동란이 일어날 것이다. 캐리스는 그 사실을 들은 것만으로도 가책을 느낄 정도였다.

"그럼 선왕은 시해된 건가요?" 캐리스가 물었다.

시실리어는 대답하지 않았다. 캐리스는 원장을 유심히 살펴보았다. 표정이 굳고, 눈을 치뜬 채 꼼짝 않고 있었다. 죽은 것이었다.

60

시실리어 수녀원장이 죽은 다음날 고드윈은 엘리자베스 자매를 식사에 초대했다.

위험한 시기였다. 시실리어의 죽음으로 권력구조의 균형이 깨졌다. 고드윈에게는 수녀원이 필요했다. 수도원만으로는 살아갈 수 없기 때문이다. 그는 수도원의 재정을 개선하는 데 단 한 차례도 성공하지 못했다. 하지만 현재 수녀들 대부분은 빼앗긴 돈 때문에 화가 나 있었고, 그에게 적대감을 품고 있었다. 앙금이 있는 수녀원장이—아마도 캐리스겠지만—수녀원을 맡게 된다면, 수도원의 운명은 위험해질 것이었다.

게다가 전염병도 두려웠다. 자신이 그 병에 걸린다면? 필리먼이 죽기라도 한다면? 이런 악몽 같은 생각에 겁이 났지만 그는 되도록 생각하지 않으려 애썼다. 오랫동안 품었던 목적을 달성하려 하는 데 전염병 따위에 방해받을 수는 없었다.

수녀원장 선거가 당면한 위험이었다. 그는 수도원이 문을 닫게 되고 그 자신은 불명예스럽게도 킹스브리지에서 떠나 할 수 없이 어느 수도원의 평범한 수사가 되어 자신에게 벌을 주고 모욕을 주는 수도원장 밑에서 살아간다고 상상해보았다. 그런 일이 일어난다면 자살할 거라는 생각이 들었다.

한편으로 지금의 상황은 위협인 동시에 기회이기도 했다. 제대로 처리하기만 한다면 그에게 동조해 그에게 주도권을 쥐여줄 수녀원장이 나올 수도 있었다. 그런 그에게 엘리자베스야말로 최선책이었다.

그녀는 위엄을 과시하는 전제적인 지도자가 되겠지만, 그래도 그녀라면 손을 잡아볼 만했다. 그녀는 쓸 만한 인물이었다. 캐리스가 금고실의 돈을 확인하려 한다고 그에게 알려줬을 때 이미 그 사실을 증명하지 않았는가. 그녀는 그의 편이 되어줄 것 같았다.

그녀가 고개를 들고 걸어들어왔다. 그는 그녀가 자신이 갑자기 중요한 인물로 여겨진다는 것을 알고 있을 뿐만 아니라 그 사실을 즐기고 있다는 것을 간파했다. 그는 문득 그녀가 자신의 계획에 동의해줄지 걱정이 되었다. 신중하게 대하는 편이 좋을 것 같았다.

그녀는 웅장한 식당을 둘러보았다. "정말 멋진 저택을 지으셨군요." 그녀는 그 건축비를 구하는 데 자신이 일조한 사실을 상기시키려는 듯이 말했다.

고드윈은 건물이 완공된 지 일 년이나 지났지만 엘리자베스가 이곳에 와본 적이 없다는 사실을 깨달았다. 그는 수도원 수사 전용 구역에 여자를 들이지 않으려 했다. 지금까지 이곳에 왔던 여자는 페트라닐라와 시실리어뿐이었다. 고드윈이 말했다. "고맙네. 나는 이 저택으로 우리가 귀족들과 권력자들에게 존중받게 되리라 믿고 있네. 이미 이곳에서 몬머스의 대주교를 접대했고 말이지."

그는 수녀들에게서 훔친 마지막 남은 돈을 예언자들의 삶을 묘사한 태피스트리를 사는 데 썼다. 엘리자베스는 사자 굴속의 다니엘을 묘사한 부분을 유심히 들여다보았다. "아주 훌륭하군요."

"아라스* 것이지."

그녀가 한쪽 눈썹을 치켜세우며 물었다. "그런데 식기장 밑에 고양이가 있네요."

고드윈은 혀를 끌끌 차더니 거짓말을 했다. "저놈은 도무지 쫓아버릴 수가 없군." 그러고는 쉬잇 소리를 내 고양이를 밖으로 내보냈다. 수사들은 규칙상 애완동물을 기를 수 없지만, 그는 고양이가 있으면 마음이 진정됐다.

그들은 기다란 연회용 식탁 한쪽 끝에 앉았다. 그는 그녀가 남자도 아닌데 이곳에서 자신과 함께 식사하는 것이 내키지 않았지만, 내색하지는 않았다.

그는 생강과 사과를 넣은 호사스러운 돼지고기 요리를 준비시켜놓았다. 필리먼이 가스코뉴산 와인을 따랐다. 엘리자베스가 돼지고기를 맛보더니 말했다. "아주 맛있어요."

고드윈에게 음식은 상대방에게 어떤 인상을 심어주기 위한 수단일 뿐이고 정작 그는 음식에 별다른 관심이 없었지만, 필리먼은 게걸스럽게 달려들었다.

고드윈은 곧바로 용건을 꺼냈다. "그런데 이번 선거에서 어떻게 이길 계획인가?"

"저는 제가 캐리스 자매보다 나은 후보라고 생각해요."

고드윈은 그 이름을 말하는 그녀의 어조에 감정이 잔뜩 억눌려 있다는 것을 감지했다. 아직도 머딘이 캐리스 때문에 자신을 거부한 것에 앙심을 품고 있는 것이 분명했다. 그런데 그녀는 예전의 그 경쟁 상대

---

* 프랑스 북동부의 직물로 유명한 도시.

와 다시 한번 경쟁을 앞두고 있었다. 이번 경쟁에서 이기기 위해 살인이라도 저지를 기세로군. 그는 생각했다.

그건 반가운 일이었다.

"무슨 이유로 당신이 더 낫다는 건가요?" 필리먼이 물었다.

"저는 캐리스보다 나이가 많아요. 수녀도 먼저 되었고, 임원도 더 오래 했죠. 게다가 저는 신심이 깊은 집안 출신이고요."

필리먼은 아니라는 듯 고개를 저었다. "그런 점들로는 별다른 영향이 없을 겁니다."

상대의 퉁명스러운 대꾸에 놀란 엘리자베스는 눈썹을 치켜세웠다. 고드윈은 필리먼이 너무 무자비하게 굴지 않기를 바랐다. 그는 필리먼에게 속삭여주고 싶었다. '우린 그녀를 고분고분하게 만들어야 해. 그러니 공연히 성나게 하지 마.'

필리먼이 냉혹한 어조로 말을 이었다. "당신은 캐리스 자매에 비해 불과 일 년 먼저 들어왔을 뿐입니다. 게다가 당신의 아버지가 주교였다는 것은, 그분의 영혼이 안식하기를, 오히려 불리하게 작용할 겁니다. 어쨌든 주교라면 자식을 갖지 못하는 게 원칙이니까요."

그녀는 얼굴을 붉혔다. "수도원장이라면 고양이를 키울 수 없죠."

"우리는 지금 수도원장 얘기를 하고 있는 게 아닙니다." 필리먼이 성마른 어조로 말했다. 그의 무례한 태도에 고드윈은 움찔했다. 고드윈은 적대감을 감추는 데 능숙해 우호적인 태도를 가장할 수 있지만, 필리먼은 그런 재간이 없었다.

하지만 엘리자베스는 상대의 말에 냉정하게 대꾸했다. "그렇다면, 제가 이길 수 없다는 말씀을 하시려고 이리로 부르신 건가요?" 그러고는 고드윈에게 말했다. "그저 재미삼아 값비싼 생강을 넣은 요리를 마련하시다니 원장님답지 않군요."

"당신 말이 옳소." 고드윈이 말했다. "우리는 당신이 수녀원장이 되기를 바라네. 당신을 돕기 위해 할 수 있는 모든 일을 다 할 생각이고."

"우리는 당신이 당선될 가망성을 현실적으로 고려해보는 일부터 시작할 생각입니다. 캐리스는 모든 사람에게서 호감을 사고 있죠. 수녀들, 수사들, 상인들, 귀족들에게까지. 그녀가 하는 일이 그녀에게 아주 유리한 작용을 하고 있어요. 수사와 수녀 대부분, 그리고 수백 명의 시민이 병이 나면 구호소에 와서 그녀의 치료를 받았습니다. 그와 반대로 당신은 사람들과 직접 마주치는 일이 거의 없었습니다. 회계 담당이기 때문에 차갑고 계산적인 인물로 인식되고 있어요." 필리먼이 말했다.

"솔직한 말씀 감사합니다." 엘리자베스가 말했다. "저는 그만 여기서 포기해야겠군요."

고드윈은 그녀의 말이 빈정거림인지 아닌지 알 수 없었다.

"당신은 이길 수가 없어요." 필리먼이 말했다. "하지만 캐리스를 지게 만들 수는 있습니다."

"수수께끼 같은 말은 그만하세요. 지겹습니다." 엘리자베스가 딱딱거렸다. "무슨 생각을 하시는지 쉬운 말로 하세요."

그녀가 인기가 없는 이유를 알 것 같군. 고드윈은 생각했다.

필리먼은 그녀의 어조를 눈치채지 못한 듯했다. "다음 몇 주 동안 당신이 해야 할 일은 캐리스를 파멸시키는 일입니다. 당신은 수녀들의 마음속에 있는 그녀의 모습을, 호감 가고 부지런하고 자애심에 가득한 자매에서 괴물로 바꿔야 해요."

엘리자베스의 눈이 열의로 반짝였다. "그게 가능할까요?"

"우리가 돕는다면 가능한 일이죠."

"계속해보세요."

"그녀는 아직도 수녀들에게 구호소에서 아마포 마스크를 쓰라고 지시하고 있습니까?"

"네."

"손을 씻으라고 하고요?"

"네."

"갈레노스나 다른 어떤 의학의 대가도 그런 처치에 대해서는 언급한 바 없습니다. 성서는 말할 것도 없고요. 그건 단지 미신에 불과한 것 같습니다만."

엘리자베스는 어깨를 으쓱했다. "이탈리아 의사들은 이 전염병이 공기를 통해 퍼진다고 여기는 게 분명해요. 병자를 바라보거나 만지거나 그들과 같은 공기를 호흡하면 병에 걸린다고요. 그게 어떻게—"

"그런데 이탈리아 의사들은 어디서 그런 생각을 얻게 됐을까요?"

"아마도 환자들을 관찰한 결과 아닐까요?"

"나는 머딘이 이탈리아 의사들이 아랍 의사들 다음으로 실력이 좋다고 말하는 걸 들었죠."

엘리자베스는 고개를 끄덕였다. "저도 들었어요."

"그러면 마스크니 뭐니 하는 모든 것이 이슬람교도의 생각일지도 모르겠군요."

"뭐 그럴 수도 있겠죠."

"바꿔 말해 이건 이교도가 쓰는 처치라는 말이죠."

"그런 것 같네요."

필리먼은 자신이 핵심을 입증했다는 듯 의자 등받이에 몸을 기댔다.

엘리자베스는 아직도 이해하지 못했다. "그러면 수녀원에 이교도의 미신을 끌여들었다고 캐리스를 비난하라는 말씀인가요?"

"그것보다는," 필리먼이 교활한 미소를 지으며 말했다. "우리는 그녀가 마법을 쓰고 있다고 할 겁니다."

엘리자베스는 그제야 요점을 파악했다. "아, 당연한 말이에요! 하마터면 그 일을 잊을 뻔했네요."

"당신은 그 재판 때 그녀에게 불리한 증언을 했잖습니까!"

"벌써 오래된 일이죠."

"나는 당신의 적이 한때 그런 혐의를 받았던 사람이라는 것을 당신이 잊고 있었을 줄은 몰랐습니다." 필리먼이 말했다.

필리먼이라면 절대로 그런 걸 잊을 리 없지. 고드윈은 생각했다. 남의 약점을 캐내 파렴치하게 이용하는 것은 필리먼의 특기였다. 고드윈조차도 종종 필리먼의 그런 끝도 없는 악의에 가책을 느꼈다. 그러나 그 악의가 고드윈에게는 너무나 유용해서 가책되는 마음을 애써 눌러버리곤 했다. 그가 아니면 누가 수녀들의 호감을 사는 캐리스를 그런 방식으로 음해하려 꿈이나 꾸겠는가?

그때 수련수사가 사과와 치즈를 내왔다. 필리먼은 와인을 좀더 따랐다. 엘리자베스가 말했다. "좋아요, 이제야 말이 되네요. 그런데 구체적으로 어떻게 이 일을 표면화할지 생각해두셨나요?"

"먼저 기초를 마련하는 게 중요하죠." 필리먼이 말했다. "사람들 대다수가 그렇게 믿게 되기 전까지는 절대로 이런 비난을 공식화해서는 안 됩니다."

필리먼은 이런 일에 아주 능란하다니까. 고드윈은 내심 감탄했다.

"그러면 어떻게 해야 하는 거죠?" 엘리자베스가 말했다.

"말보다 행동이 나은 법입니다. 당신이 직접 마스크를 쓰지 않겠다고 거부해요. 사람들이 물어보면 그저 어깨를 으쓱하고 조용히 그것이 이슬람교도들의 처치라고 들었다고, 당신 자신은 그리스도교적인 보호책을 더 선호한다고 하는 겁니다. 자매들에게도 당신을 지지한다는 표시로 마스크를 쓰지 말라고 독려해요. 자주 손을 씻는 것도 마찬가지고요. 캐리스의 지시를 따르는 사람이 눈에 띄면 비난하듯 눈살을 찌푸리는 겁니다. 하지만 아무 말도 하지 말아요."

고드윈이 동감이라는 듯 고개를 끄덕였다. 필리먼의 교활한 책략은 종종 거의 천재 수준에 이르곤 했다.

"이단이라는 말도 하면 안 된다는 건가요?"

"하고 싶은 만큼 해도 상관없지만 캐리스와 직접 관련지어서 말하면 안 됩니다. 그저 다른 도시에서, 이를테면 프랑스의 어느 도시에서 수녀원 전체를 타락시킨 어떤 이단자 혹은 악마 숭배자가 처형됐더라는 식으로 말해요."

"저는 사실이 아닌 이야기는 할 생각이 없어요." 엘리자베스가 뻣뻣한 어조로 말했다.

필리먼은 모든 사람이 자기처럼 부도덕한 것은 아니라는 사실을 종종 잊곤 했다. 고드윈이 황급히 말했다. "물론 그러라는 건 아니네. 필리먼은 그저, 만약 그런 소문이 들리면 수녀들에게 그럴 위험이 있다고 반복적으로 일깨워줘야 한다는 뜻으로 한 말일세."

"좋아요." 그때 9시과 종이 울리자 엘리자베스는 자리에서 일어섰다. "저는 시과전례에 빠지면 안 됩니다. 누군가 제가 자리에 없는 것을 보고 여기 왔다고 추측하게 하고 싶지는 않으니까요."

"맞는 말이야." 고드윈이 말했다. "어쨌든 우리는 합의를 본 것이네."

그녀는 고개를 끄덕였다. "마스크를 쓰지 않는 것 말이죠."

고드윈은 그녀의 의혹 어린 눈빛을 알아챘다. "혹시 그 마스크가 효과가 있다고 생각하는 건 아니겠지?"

"천만에요. 물론 그렇지 않아요. 어떻게 그런 게 효과가 있겠어요?"

"맞는 말일세."

"식사 잘했습니다." 그 말을 하고 그녀는 밖으로 나갔다.

고드윈은 지금까지는 잘됐다고 생각했지만 여전히 걱정이 남아 있었다. 그는 걱정스러운 어조로 필리먼에게 말했다. "엘리자베스 혼자서는 캐리스가 여전히 마녀라는 사실을 사람들에게 납득시키기 어려울 것 같군."

"저도 그렇게 생각합니다. 우리가 그 일을 거들어야 할지도 모르겠군요."

"이를테면 설교로 말인가?"

"바로 그겁니다."

"설교 시간에 전염병에 대해 거론하겠네."

필리먼이 숙고하는 표정으로 말했다. "캐리스를 직접 공격하는 건 위험할지도 모릅니다. 자칫하면 역풍을 맞을 수도 있으니까요."

고드윈도 같은 생각이었다. 그와 캐리스 사이에 공개적인 충돌이 벌어지면 시민들이 그녀를 지지하고 나설 것이다. "이름은 거론하지 않겠네."

"그저 의혹의 씨를 뿌려놓고 결론은 사람들이 내리도록 맡기는 겁니다."

"이단과 악마 숭배, 이교적인 처치에 대해 비난하도록 하지."

그때 고드윈의 어머니 페트라닐라가 들어왔다. 그녀는 허리가 많이 굽었고 지팡이 두 개를 짚고 걸었지만 뼈만 앙상한 어깨 위로 큰 머리를 여전히 꼿꼿이 들고 있었다. "어떻게 돼가고 있니?" 그녀가 물었다. 페트라닐라는 고드윈에게 캐리스를 공격하라고 다그쳤고, 필리먼이 세운 계획에도 찬성했었다.

"엘리자베스는 우리가 원하는 대로 행동할 겁니다." 고드윈이 기분 좋게 대답했다. 그는 어머니에게 좋은 소식을 알리는 것이 즐거웠다.

"잘됐구나. 그런데 너와 좀 다른 문제로 이야기할 것이 있다." 그러고는 필리먼에게 말했다. "자네는 있을 필요 없고."

필리먼은 불시에 따귀를 맞은 아이처럼 감정이 상한 표정을 지었다. 거친 성정을 가졌지만 그는 쉽게 상처받았다. 그러나 그는 곧 표정을 지우고 아무렇지 않다는 듯이, 오히려 그녀의 고압적인 태도가 재미있기라도 한 듯이 굴었다. "마땅히 그러겠습니다, 부인." 그가 과장되게 공손한 어투로 말했다.

"나 대신 9시과를 좀 주관해주겠나?" 고드윈이 그에게 말했다.

"알겠습니다."

그가 나간 뒤 큰 식탁 앞에 앉은 페트라닐라가 입을 열었다. "너에게 저 젊은이를 키워주라고 다그친 건 나였지만 요즘은 저자를 보면 몸에 벌레가 기어다니는 기분이 들어."

"요즘 그 어느 때보다 쓸모가 있습니다."

"잔인한 인간은 절대로 믿으면 안 된다. 남을 배신하는 자가 너만 배신하지 않으리란 법도 없고."

"명심하겠습니다." 고드윈은 대답은 이렇게 했지만, 이제는 필리먼과 너무 깊이 결속되어서 그 없이 무슨 행동을 취한다는 건 상상하기도 어려웠다. 그러나 어머니에게 그렇게 말하고 싶지는 않았다. 화제를 바꿀 겸 그가 말했다. "와인 좀 드시겠어요?"

그녀는 고개를 저었다. "그렇지 않아도 자칫하다가는 낙상이야. 자리에 앉아 내 말을 좀 들어봐라."

"알겠습니다, 어머니." 그는 어머니 옆자리에 앉았다.

"이 전염병이 더 심해지기 전에 나는 네가 킹스브리지를 떠났으면 좋겠구나."

"그럴 수 없어요. 하지만 어머니는 언제든—"

"나는 아무래도 좋아! 어차피 조만간 죽을 목숨이니까."

그런 생각만으로도 고드윈은 겁이 났다. "제발 그런 말씀은 하지 마세요!"

"바보같이 굴지 마라. 나는 예순 살이다. 나를 보렴. 이제 똑바로 서 있지도 못하잖니. 이제 갈 때가 된 거지. 하지만 너는 이제 겨우 마흔두 살이야. 앞으로 할일도 많고! 너는 주교나 대주교, 아니 추기경도 될 수 있어."

언제나 그랬듯이 어머니의 끝도 없는 야망에 고드윈은 현기증을 느꼈다. 그에게 정말 추기경이 될 만한 능력이 있을까? 아니면 그건 다만 어머니의 맹목에 지나지 않는 걸까? 그로서는 알 수 없었다.

"나는 네가 정해진 운명을 맞기도 전에 전염병에 걸려 죽는 건 원치 않는다." 그녀가 말했다.

"어머니는 돌아가시지 않을 거예요."

"내 일은 잊어버리라니까!" 그녀는 발끈했다.

"저는 이 도시를 떠날 수 없습니다. 수녀들이 캐리스를 수녀원장으로 만들지 못하도록 해야 한단 말입니다."

"선거를 서둘러 치르게 해라. 그게 안 된다 해도 너는 어쨌거나 이곳을 떠나 선거는 하느님의 손에 맡겨야 한다."

그는 전염병도 겁이 났지만 선거가 뜻대로 되지 않는 것도 두려웠다. "수녀들이 캐리스를 뽑으면 저는 모든 것을 잃을 수도 있다고요!"

그녀의 목소리가 부드러워졌다. "고드윈, 내 말 들어봐. 나에게는 자식이 하나뿐인데, 그게 바로 너다. 너를 잃는 건 도저히 견딜 수 없어."

어머니가 갑자기 어조를 바꾸자 그는 놀라 아무 대꾸도 하지 못했다.

그녀가 말을 이었다. "제발 부탁이다, 이 도시를 떠나 전염병이 미치지 않을 만한 곳으로 가거라."

그는 어머니가 애원하는 것을 지금까지 한 번도 본 적이 없었다. 그건 불안한 일이었다. 그는 더럭 겁이 났다. 그래서 그저 어머니의 말을 막을 셈으로 말했다. "생각해볼게요."

"이 전염병은 숲속의 늑대와 같아. 늑대를 만나면 생각하는 게 아니라 달아나야 하는 거야."

∽

고드윈은 성탄절 전 주일에 설교를 했다.

엷은 빛의 높은 구름이 차가운 하늘의 천장에 드리운 메마른 날이었다. 대성당의 중앙 탑은 밧줄과 나뭇가지로 얽어 만든 새의 둥지 같은 비계에 덮여 있었는데, 그곳에서 엘프릭이 탑을 위에서부터 허물고 있었다. 초지에서 열린 시장에서는 추위에 떠는 장사치들이 물건 구매에 여념이 없는 몇몇 손님을 상대로 드문드문 장사를 하고 있을 뿐이었다. 시장 너머 저편으로는 묘지의 얼어붙은 풀들이 백 기가 넘는 새 무덤 자리인 갈색 직사각형 주변을 수놓고 있었다.

그러나 성당 안은 사람들로 가득했다. 아침미사 때만 해도 안쪽 벽에 서려 있던 서리가 고드윈이 성탄미사를 집전하기 위해 성당에 들어설 무렵에는 수천 명이 발산하는 열기로 녹아버리고 없었다. 묵직한 황갈색 외투와 망토를 걸친 사람들은 축사에 갇힌 가축들처럼 보였다. 그는 사람들이 이곳에 온 이유가 전염병 때문임을 알고 있었다. 이곳 시민 수천 명에 인근 시골에서 온 수백 명이 더해졌다. 그들 모두 시내 거리마다, 시골 마을마다 적어도 한 가족 이상이 걸린 전염병으로부터 하느님이 자신들을 보호해주기만 바라고 있었다. 고드윈도 그들의 심정에 공감했다. 그조차 최근 들어 기도에 더욱 열의를 다했다.

대개 맨 앞에 있는 사람들만 진지하게 미사 예식을 따랐다. 뒤쪽에 있는 사람들은 친구들이나 이웃들과 잡담을 나누었고, 젊은이들은 끼리끼리 시시덕거렸다. 그러나 오늘만큼은 회중석에서도 별다른 소리가 들리지 않았다. 사람들은 모두 수사들과 수녀들을 바라보며, 의식을 행하는 그들에게 여느 때와 달리 주의를 기울이고 있었다. 병을 물리칠 신성을 얻고자 필사적이 된 군중은 중얼중얼하며 빠짐없이 답창을 붙였다. 고드윈은 사람들 표정을 읽으며 그 얼굴 하나하나를 유심히 살펴보았다. 그가 본 것은 공포였다. 그처럼 그들도 두려운 심정으로, 다음번에 재채기를 하거나 코피를 흘리거나 흑자주색 발진이 나타날 사람이 누구일지 궁금해하고 있었다.

앞줄 오른쪽에 윌리엄 백작과 그의 아내 필리파, 그들의 장성한 두 아들 롤런드와 리처드, 그리고 이제 열네 살이 된 어린 딸 오딜라가 보였다. 윌리엄은 자기 아버지 롤런드와 똑같은 방식으로 질서와 정의, 때로는 무자비할 정도의 단호함으로 영지를 다스렸다. 그는 근심스러운 얼굴을 하고 있었는데, 자기 영지에서 발병한 전염병은 아무리 모진 방법을 쓰더라도 그로서는 통제할 수 없는 대상이었기 때문이다. 필리파는 딸아이를 지키려는 듯 아이 어깨를 감싸안고 있었다.

그들 곁에는 텐치의 영주 랠프 경이 있었다. 자신의 감정을 감추는 데 능하지 못한 랠프는 거의 공포에 질린 표정을 짓고 있었다. 아이나 다름없는 그의 아내는 작은 갓난아기를 안고 있었다. 얼마 전 고드윈은 그 아이에게 할아버지의 이름을 따 제럴드라는 이름으로 세례를 줬었다. 아기의 할아버지는 할머니 모드와 함께 그들 옆에 서 있었다.

고드윈의 시선이 같은 줄에 서 있는 랠프의 형 머딘에게로 옮아갔다. 머딘이 피렌체에서 돌아왔을 때 고드윈은 캐리스가 서원을 파기하고 수녀원을 떠나기를 은근히 기대했었다. 그는 그녀가 평범한 남의 아내가 되는 것을 그다지 싫어하지 않을 거라고 생각했다. 하지만 그런 일은 일어나지 않았다. 머딘은 이탈리아에서 태어난 어린 딸아이의 손을 잡고 있었다. 그 옆에는 벨 여인숙의 베시가 있었다. 그녀의 아버지 폴 벨에게는 이미 전염병이 덮쳤다.

거기서 그리 멀지 않은 곳에 머딘이 퇴짜 놓았던 가족이 있었다. 엘프릭과 그의 딸 그리젤더, 그리고 머딘이라고 이름 붙여진 열 살 꼬마 아이, 그리고 그리젤더가 머딘을 포기하고 결혼한 남편 해리 메이슨이었다. 엘프릭 옆에는 그의 두번째 아내이자 고드윈의 사촌인 앨리스가 있었다. 엘프릭은 계속 머리 위를 바라보고 있었다. 그는 탑을 철거하는 동안 교차부 위에 임시 천장을 만들어놓았는데, 자신의 작업에 감탄하고 있거나 걱정하고 있거나 둘 중 하나일 것이었다.

유난히 눈에 띄는 빈자리는 셔링 주교인 몽스의 앙리가 앉을 자리였다. 통상적으로 성탄절에는 주교가 강론을 하기 마련인데 그는 오늘 참석하지 않았다. 전염병으로 너무 많은 사제가 죽는 바람에 주교는 교구들을 돌아다니며 공석을 채울 후임자를 물색하느라 분주했다. 이미 사제의 자격 요건이 완화돼 스물다섯 살 이하나 심지어 사생아에게도 사제 서품을 준다는 소문이 돌고 있었다.

고드윈은 강론을 하기 위해 앞으로 나섰다. 이번 강론에는 까다로운 과제가 있었다. 킹스브리지에서 가장 인기 있는 사람에 대한 두려움과 증오심을 유발해야 했다. 그것도 그 사람의 이름을 말하지 않고, 또 그가 그 사람에게 적대감을 품고 있다는 생각이 들지 않도록 그 일을 해내야 했다. 사람들이 분노를 품도록 해야 하고, 고드윈이 부추겨서가 아니라 자발적으로 그런다는 생각이 들도록 해야 했다.

미사 때마다 강론을 하는 것은 아니다. 고드윈은 신도들이 많이 모인 큰 의식을 치를 때만 강론을 했는데 그럴 때도 매번 하지는 않았다. 여러 가지 사실을 공표하거나, 대주교 혹은 국왕에게서 전승이나 세금, 왕실의 탄신과 서거 등의 전갈을 전하는 경우가 더 잦았다. 그러나 오늘은 특별한 날이었다.

"병이란 무엇입니까?" 고드윈이 말했다. 안 그래도 조용하던 사람들이 한층 더 잠잠해졌다. 바로 그들 모두의 심중에 있던 의문이었기 때문이다.

"어째서 하느님은 질병과 전염병을 보내 우리를 괴롭게 하고 죽게 하시는 걸까요?" 엘프릭과 앨리스 뒤편에 서 있던 어머니와 눈이 마주친 고드윈은 문득 그녀가 자신은 조만간 죽을 거라 말했던 것을 떠올렸다. 한순간 두려움에 마비된 그는 입이 얼어붙어 말이 나오지 않았다. 회중은 초조하게 몸을 움직이며 그의 다음 말을 기다렸다. 고드윈은 사람들의 주의가 분산되는 것을 알아채고 낭패감을 느꼈고, 그것이 마비 상태를 악화시켰다. 이윽고 그 순간이 지나갔다.

"질병은 죄에 대한 벌입니다." 그가 다시 말을 시작했다. 지난 오랜 세월 동안 그는 자기만의 설교 방식을 만들어왔다. 탁발 수사 머도처럼 고함을 지르며 설교하는 것은 그의 방식이 아니었다. 그는 설교라기보다 대화하는 식으로, 선동가가 아니라 논리적인 연사처럼 설교했다. 그런 방식이 사람들에게 증오심을 불러일으키는 데 과연 적합할지는 그로서도 의문이었다. 그러나 필리먼은 그런 투로 말하면 훨씬 설득력이 있을 거라고 했다.

"이 전염병은 특별한 질병이기 때문에 우리는 하느님이 우리에게 특별한 벌을 내리셨다는 것을 알 수 있습니다." 회중 속에서 일제히 중얼거림과 신음의 중간쯤 되는 소리가 나왔다. 바로 그것이 그들이 듣고 싶어했던 말이었던 것이다. 고드윈은 기운이 났다.

"우리는 이런 벌을 받을 만한 어떤 죄를 지었는지 스스로에게 물어봐야 합니다." 이 말을 할 때 그의 눈에 홀로 서 있는 매지 웨버가 들어왔다. 지난번 그녀가 교회에 왔을 때는 남편과 네 아이가 함께 있었다. 그는 그녀의 가족이 부유해진 것이 마법으로 날조한 염료를 사용했기 때문이라고 강조해볼까 생각했지만, 그러지 않기로 했다. 매지는 사람들에게 적지 않은 호감과 존중을 받는 인물이었다.

"나는 여러분에게, 하느님이 우리에게 이단에 대한 벌을 주고 계시다고 말하고 싶습니다. 이 세상, 이 도시, 심지어 오늘 이 대성당 안에도 하느님의 성스러운 교회와 일꾼의 권위에 의문을 품는 사람들이 있습니다. 그들은 성찬식이 빵을 그리스도의 참된 몸으로 바꾼다는 것을 의심합니다. 그들은 죽은 자를 위해 드리는 미사가 아무 소용도 없다고 여깁니다. 그들은 성상 앞에서 드리는 기도를 우상숭배라고 주장합니다." 이것들은 옥스퍼드의 학생 성직자들 사이에서 자주 토론되는 이단의 주제였다. 하지만 킹스브리지 사람들 중 이런 논쟁에 관심이 있는 사람은 거의 없었으며, 회중의 얼굴에는 실망감과 지루한 기색이 떠올랐다. 자신이 다시 회중의 주의를 잃고 있음을 감지하자 다시금 조금 전의 낭패감이 솟아나기 시작했다. 고드윈은 필사적인 심정으로 덧붙였다. "이 도시에 마법을 부리는 자들이 있습니다."

그 말에 사람들의 관심이 되돌아왔다. 사람들 사이에서 헉 하고 놀라는 소리들이 들렸다.

"우리는 거짓된 종교를 부단히 경계해야 합니다. 하느님만이 병을 낫게 해주신다는 사실을 명심하십시오. 기도와 고해, 성찬, 고백성사. 이런 것들이 바로 그리스도의 정신에 부합하는 치료약입니다." 그는 언성을 약간 높였다. "그 밖에 모든 것은 하느님에 대한 모독입니다!"

이 정도로는 명확하지 않은데. 그는 판단했다. 좀더 구체적으로 말할 필요가 있었다.

"하느님이 우리에게 벌을 내리신 거라면, 그 벌을 피하려는 과정에서 혹시 우리가 그분의 뜻을 무시하고 있는 것은 아닐까요? 우리가 하느님에게 기도로써 용서를 구하면, 그분은 그분의 지혜 안에서 우리의 병을 낫게 해주실지도 모릅니다. 하지만 이단의 치료법은 사태를 악화시킬 뿐입니다." 회중이 자신의 말을 귀담아듣고 있는 것을 보자 그는 열의를 더했다. "여러분에게 경고합니다! 미신적 주문이나 요정에게 호소하는 행위, 비그리스도적 행위, 특히 이교도의 처치는 모두 마법이며, 하느님의 성스러운 교회에서 엄격히 금지하는 것들입니다."

오늘 그가 실제로 목표로 삼은 청중은 그의 뒤쪽 성가대석에 서 있는 서른두 명의 수녀였다. 지금까지 전염병을 막는다는 마스크를 쓰지 않음으로써 캐리스에게 반기를 들고 엘리자베스를 지지한 수녀들은 극소수였다. 이대로라면 다음주 선거에서 캐리스가 쉽게 이길 것이다. 수녀들에게 캐리스의 의료 행위가 이단이라는 명확한 메시지를 던질 필요가 있었다.

"이런 행위를 하는 사람은 누구라도……" 그는 강조하기 위해 잠시 멈추고 몸을 앞으로 기울이며 신도들을 응시했다. "……이 도시에 있는 누구라도……" 이번에는 고개를 돌려 성가대석에 있는 수사들과 수녀들을 바라보았다. "……심지어 수도원에 몸담은 자라 할지라도……" 그는 다시 신도들에게로 고개를 돌렸다. "이런 행위를 하는 자는 반드시 멀리해야 합니다."

그는 효과를 주기 위해 다시 한번 말을 멈췄다.

"그들의 영혼에 하느님의 자비가 있기를 빕니다."

61

폴 벨은 성탄절을 사흘 앞두고 매장됐다. 12월의 추위에 하얀 서리가 내린 그의 무덤가에 섰던 사람들은 모두 망자를 추모하기 위해 벨 여인숙 주점에 마련된 자리에 초대됐다. 이제는 그의 딸 베시가 여인숙의 주인이었다. 홀로 슬픔에 잠기기를 원치 않았던 그녀는 주점에서 가장 좋은 에일을 있는 대로 꺼내놓았다. 레니 피들러가 다섯 줄짜리 현악기로 슬픈 곡을 연주했고, 조문객들은 술에 취할수록 감상적이 되어 눈물을 흘렸다.

머딘은 롤라와 한구석에 앉아 있었다. 어제 시장에서 그는 호사품인 코린트산 건포도를 조금 샀다. 그는 롤라와 건포도를 먹으며 아이에게 산수를 가르쳤다. 그는 자기 것으로 건포도 아홉 개를 세었으면서도 롤라가 먹을 건포도를 셀 때는 일부러 숫자를 하나씩 건너뛰며 세었다. "하나, 셋, 다섯, 일곱, 아홉."

"아니야! 틀렸어!" 아버지가 장난치는 것을 알고 롤라가 깔깔 웃으며 말했다.

"아빠는 우리 둘 다 아홉 개씩 셌는데." 머딘이 반박했다.
"하지만 아빠 게 더 많잖아!"
"그래? 어째서 그런데?"
"아빠는 바보같이 제대로 세지 않았어."
"그럼 네가 세는 게 낫겠구나. 어디 잘하는지 한번 보자."
그때 베시가 그들이 있는 자리에 와서 앉았다. 그녀는 가장 좋은 드레스를 꺼내 입었는데 몸에 약간 끼었다. "나도 건포도 좀 먹어도 될까?" 베시가 물었다.
롤라가 대꾸했다. "네. 하지만 아빠한테 세어달라고 하면 안 돼요."
"걱정 마. 네 아버지 속임수는 다 알고 있으니까."
"자, 여기 있어." 머딘이 베시에게 말했다. "하나, 셋, 아홉, 열셋······ 이런, 열세 개는 너무 많군. 몇 개는 다시 빼야겠는걸." 그러면서 그는 건포도 세 개를 도로 가져왔다. "열둘, 열하나, 열. 자, 당신한테 건포도를 열 개 줬어."
롤라는 무척 재미있어했다. "하지만 아줌마한테는 건포도가 하나뿐이잖아!"
"내가 또 잘못 셌다는 거니?"
"응!" 그러고서 아이는 베시를 보며 말했다. "우린 아빠가 쓴 속임수를 알고 있어."
"그럼 네가 세어보렴."
그때 문이 열리면서 싸늘한 바람이 들어왔다. 캐리스가 묵직한 망토로 두른 채 안으로 들어섰다. 머딘이 미소를 지었다. 머딘은 그녀를 볼 때마다 그녀가 아직 살아 있다는 것이 한없이 기뻤다.
베시는 그녀에게 경계의 눈길을 보냈지만 입으로는 환영 인사를 했다. "어서 와요, 자매님. 아버지를 추모하러 이렇게 와주시다니 정말 친절하시네요."

캐리스가 대꾸했다. "아버님 일은 정말 안됐어요. 좋은 분이셨는데." 캐리스 역시 형식적으로 예의를 갖춰 말했다. 머딘은 두 여자가 그를 사이에 두고 서로를 경쟁자라고 여기고 있다는 느낌을 받았다. 그러나 그는 그들의 애정을 받을 만한 일을 하지 않았다.

"고마워요. 에일 좀 드실래요?"

"고맙지만 사양할게요. 머딘과 할 얘기가 좀 있어서요."

그러자 베시가 롤라에게 말했다. "우리 화덕에다 밤을 좀 구워볼까?"

"응, 좋아요!"

베시가 롤라를 데려갔다.

"저 둘은 사이가 좋네." 캐리스가 말했다.

머딘은 고개를 끄덕였다. "베시는 마음이 따뜻한 사람인데다 자기 자식이 없어서 그런 거야."

캐리스는 슬픈 표정을 지었다. "나도 자식이 없지만…… 마음이 따뜻하지 않은걸."

머딘은 그녀의 손을 어루만졌다. "그렇지 않다는 걸 알고 있어. 당신은 아이 한두 명이 아니라 어른 수십 명을 보살필 정도로 마음이 따뜻한 사람이야."

"그렇게 생각해주다니 정말 고맙네."

"그게 사실이니까. 그런데 구호소는 어떻게 돌아가고 있어?"

"더이상 참기 어려울 정도야. 죽어가는 사람들로 넘쳐나. 그런데도 나는 죽은 사람을 땅에 묻는 것 외에는 아무 도움도 되지 못하고 있고."

머딘의 마음속에 동정심이 밀려들었다. 늘 유능하고 믿음직하던 그녀가 중압감에 시달린 나머지 다른 사람이 아닌 그에게 내색을 하고 있었다. "당신, 지쳐 보여." 그가 말했다.

"정말 지쳤어."

"선거도 걱정될 것 같은데."

"실은 그 문제로 도움을 청하러 온 거야."

머딘은 멈칫했다. 그의 마음에는 상반되는 감정이 있었다. 한편으로는 그녀의 야심대로 그녀가 수녀원장이 되길 바라는 마음이 있었다. 하지만 그렇게 된다면 그녀가 그의 아내가 되는 일이 과연 있을까? 그는 그녀가 선거에서 지면 서원을 철회할 거라는 부끄러울 정도로 이기적인 희망을 품고 있었다. 그럼에도 그녀를 사랑하기 때문에 그녀가 원한다면 무슨 일이든 돕고 싶었다. "좋아, 말해봐."

"나는 어제 고드윈 원장이 한 설교 때문에 궁지에 몰렸어."

"예전에 마법을 썼다는 혐의로 고발당한 일이 아직도 당신을 괴롭힌다는 거야? 그건 말도 안 되는 소리야!"

"사람들은 어리석어. 그 설교 때문에 수녀들은 큰 영향을 받았어."

"물론 애초부터 그럴 의도로 한 설교였을 테니까."

"그건 분명해. 엘리자베스가 내가 아마포 마스크를 쓰라고 한 것이 이교도적이라고 말했을 때도 그 말을 곧이듣는 수녀는 별로 없었어. 크레시, 일레인, 지니, 로지, 시몬 같은 그녀와 가까운 몇 사람만 마스크를 벗었을 뿐이야. 그런데 대성당에서 그런 설교를 듣자 상황이 달라졌어. 이제는 좀더 영향력 있는 자매들까지도 모두 마스크를 쓰지 않고 있어. 그중 일부는 아예 구호소에 오지 않으면서 선택을 해야 할 입장을 피하고 있고. 이제는 마스크를 쓰는 사람이 몇 명 안 돼. 나, 그리고 나와 가까운 수녀 네 명뿐이야."

"나도 그런 사태를 우려했는데."

"시실리어 원장님과 마이어, 줄리 자매가 죽고 이제 투표권이 있는 수녀는 서른두 명밖에 남지 않았어. 선거에서 이기려면 열일곱 표가 필요해. 엘리자베스에게는 원래 공공연한 지지자가 다섯 명 있었어. 그런데 그 설교 후 열한 명이 그녀 쪽으로 갔어. 엘리자베스 자신의 표까지 합하면 열일곱 표가 되는 거야. 나에게는 다섯 명뿐인데, 마음을 정하지 못한 사람들이 모두 나에게 표를 준다고 해도 선거에서 이길 수 없어."

머딘은 그녀가 처한 상황에 분노를 느꼈다. 그동안 수녀원을 위해 그토록 헌신했는데도 이런 식으로 거부당한다면 적지 않은 상처를 입을 것이다. "당신이 생각한 대책은 어떤 건데?"

"주교가 나에게 마지막 남은 희망이야. 주교가 엘리자베스에게 반대해서 선거를 비준해주지 않겠다고 한다면 그녀의 지지자들 일부는 떨어져나갈 테고, 그러면 나에게 기회가 올 거야."

"그런데 당신이 주교에게 어떻게 영향력을 행사할 수 있겠어?"

"나는 할 수 없지만 당신이라면 할 수 있을지 몰라. 아니, 적어도 교구 길드라면."

"그렇기는 할 테지만……"

"오늘 저녁 길드 집회가 있잖아. 당신도 거기 갈 거지?"

"응."

"생각해봐. 고드윈은 이 도시가 발전하지 못하도록 내내 숨통을 조여왔어. 그는 엘리자베스와 이해관계가 밀접하지. 그녀의 가족이 수도원의 소작농이니까. 지금까지 고드윈은 그 가족들의 편의를 봐줬어. 엘리자베스가 수녀원장이 된다면 엘프릭만큼이나 고분고분할 거야. 고드윈에게는 수도원 안팎으로 반대자가 없어지는 셈이 되는 거지. 그렇게 되면 킹스브리지는 죽은 거나 다름없는 도시가 될 거야."

"맞는 말이긴 하지만 길드 조합원들이 주교에게 중재에 나서달라고 할지는……"

그녀는 갑자기 낙심한 표정을 지었다. "시도라도 해줘. 그들이 당신 말을 듣지 않는다면 할 수 없는 일이고."

절망에 빠진 그녀를 보자 그는 마음이 움직였다. 그는 자신이 이 문제를 좀더 낙관적으로 생각할 수 있기를 바랐다. "물론 시도는 해볼게."

"고마워." 그녀는 자리에서 일어섰다. "당신은 이 일에 대해 상반된 감정을 느낄 거야. 하지만 진정한 친구가 되어줘서 정말 고마워."

그 말에 머딘은 쓴웃음을 지었다. 그는 그녀의 친구가 아니라 남편이 되고 싶었다. 하지만 지금으로서는 자신이 얻을 수 있는 만큼에 만족해야 했다.

그녀는 찬바람이 부는 밖으로 나갔다.

화덕 옆에 있는 베시와 롤라에게 간 머딘은 그들이 구워놓은 밤을 맛봤지만 정신은 딴 데 가 있었다. 고드윈의 영향력은 유해한데도 그의 권력은 도무지 성장을 멈출 줄 몰랐다. 대체 무슨 이유일까? 어쩌면 그가 도의심이 없는 야심가이기 때문일 것이다. 그 두 가지 요소가 결합하면 강력한 위력을 발휘한다.

어둠이 내리자 머딘은 롤라를 재운 뒤 이웃집 소녀에게 롤라를 지켜봐달라고 부탁했다. 베시도 주점 일을 하녀 새리에게 맡겼다. 두 사람은 묵직한 망토를 두르고 한겨울의 교구 길드 집회가 열리는 길드 집회소를 향해 큰길을 걸어올라갔다.

큰 홀 뒤편에는 때가 때인 만큼 조합원들을 위한 술통이 마련되어 있었다. 이번 성탄절에는 환락이 극에 달한 것 같군. 머딘은 생각했다. 그들은 이미 폴 벨의 추모식 때부터 과음을 했는데, 머딘에 이어 들어온 사람들 중 일부는 마치 일주일 동안 술 한 방울 못 마신 사람들처럼 잔을 가득 채웠다. 어쩌면 술이 전염병에 대한 생각을 떨쳐주기 때문일지도 모른다.

베시는 신입 조합원 네 명 가운데 하나였다. 나머지 셋은 세상을 떠난 유수한 상인들의 맏아들들이었다. 머딘은 시민의 영주인 고드윈이 분명 상속세 수입이 늘어난 것을 은근히 반기고 있으리라고 생각했다.

통상적인 업무 처리가 끝나자 머딘은 신임 수녀원장 선거 문제를 꺼냈다.

"그건 우리하고는 상관없는 일일세." 엘프릭이 즉각 토를 달았다.

"오히려 이번 선거 결과는 향후 이 도시의 통상에 영향을 미칠 겁니다. 어쩌면 수십 년간 그럴지도 모르죠." 머딘이 반박했다. "수녀원장은 킹스브리지에서 가장 부유하고 권력을 지닌 인사 가운데 하나이기 때문에 우리는 상인들을 구속하지 않을 사람을 뽑기 위해 할 수 있는 일을 해야 합니다."

"하지만 우리가 할 수 있는 일은 없네. 우리에게는 투표권이 없으니까."

"우리에게는 영향력이 있죠. 주교에게 청원할 수도 있습니다."

"지금까지 그런 일은 없었네."

"그렇다고 해서 하지 말라는 법은 없어요."

빌 왓킨이 끼어들었다. "그런데 후보자가 누군가?"

머딘이 대꾸했다. "죄송합니다. 알고 계신 줄 알았죠. 캐리스 자매와 엘리자베스 자매입니다. 제 생각에 우리는 캐리스를 지지해야 할 것 같습니다."

"물론 자네는 그럴 테지." 엘프릭이 말했다. "우리 모두 그 이유를 잘 알고 있지!"

그 말에 잔물결 같은 웃음소리가 일었다. 머딘과 캐리스의 오래 점멸하듯 계속돼온 연애사에 대해서는 모두가 알고 있었다.

머딘이 미소지었다. "계속 웃으십시오. 저는 괜찮으니까. 다만, 캐리스가 양모사업을 하면서 자랐고 아버지의 일을 거들었기 때문에 상인들이 처한 문제나 어려움을 잘 알고 있다는 사실만 기억해두십시오. 그런 반면 그녀의 경쟁자는 주교의 딸이어서 수도원장과 동조하기 쉽죠."

엘프릭의 얼굴이 붉게 물들었는데, 취기 때문일 수도 있지만 아마도 분노 때문일 거라고 머딘은 생각했다. "자네는 어째서 나를 미워하나, 머딘?" 엘프릭이 물었다.

머딘은 깜짝 놀랐다. "나는 오히려 당신이 저를 미워한다고 생각했는데요."

"자네는 내 딸을 유혹해놓고는 그애와의 결혼을 거절했어. 자네는 내 다리 공사를 훼방 놓으려 했지. 그러다 사라졌다고 생각했는데 다시 돌아와서는 다리에 생긴 금을 가지고 나를 망신시켰네. 자네는 돌아오자마자 며칠 지나지도 않아서 자네 친구 마크를 내세워 내 길드장 자리를 빼앗으려고도 했지. 심지어 대성당에 생긴 금이 마치 내 잘못인 것처럼 돌려말하기까지 했어. 내가 태어나기도 전에 지은 성당을 가지고. 한번 더 묻겠네. 자네는 어째서 나를 미워하는 건가?"

머딘은 뭐라고 대꾸해야 할지 알지 못했다. 어떻게 엘프릭은 자신이 머딘에게 한 짓을 모를 수가 있을까? 그러나 머딘은 교구 길드 조합원들 앞에서 말다툼하고 싶지 않았다. 유치해 보일 것이었다. "저는 당신을 미워하지 않습니다. 당신은 제가 도제였을 때 잔인한 마스터셨습니다. 그리고 건축업자로서는 솜씨가 엉성하고, 고드윈 수도원장에게 아첨이나 할 뿐이었죠. 그래도 저는 당신을 미워하지는 않습니다."

신참 조합원 중 하나인 조지프 블랙스미스가 말했다. "이런 바보 같은 말다툼이나 하는 것이 교구 길드에서 하는 일입니까?"

머딘은 발끈했다. 이런 사적인 대화를 시작한 것은 그가 아니었다. 하지만 그런 말을 하면 여전히 바보 같은 말다툼이나 계속하는 것으로 보일 것 같았다. 그래서 아무 대꾸도 하지 않았지만, 머릿속으로는 엘프릭이 교활하게 굴었다는 생각이 들었다.

"조의 말이 옳아." 빌 왓킨이 말했다. "우리는 엘프릭과 머딘이 시시한 일로 티격태격하는 소리나 듣자고 여기 온 게 아닐세."

머딘은 빌이 자신과 엘프릭을 동급으로 취급한다는 것이 곤혹스러웠다. 다리에 생긴 금을 가지고 논박을 벌인 후로 조합원들은 그에게 우호적이고 엘프릭에게는 다소 적대감을 느끼는 듯했다. 마크가 죽지 않았다면 아마도 엘프릭을 길드장 자리에서 몰아낼 수 있었을 것이다. 하지만 그사이에 뭔가가 달라졌다.

"주교에게 캐리스를 수녀원장으로 지지하도록 청원한다는 당면 문제로 돌아가도 되겠습니까?" 머딘이 말했다.

"나는 반대일세." 엘프릭이 말했다. "고드윈 수도원장은 엘리자베스가 당선되기를 원하거든."

그때 새로운 목소리가 말했다. "나는 엘프릭의 말에 동감이오. 우리는 수도원장과 다툴 생각이 없소." 수도원과 밀랍 초를 공급하는 계약을 맺고 있는 마셀 챈들러였다. 고드윈은 그의 최대 고객이었다. 머딘은 그의 말에 별로 놀라지도 않았다.

하지만 다음의 발언자는 머딘을 경악시켰다. 제러마이어였다. "저는 우리가 이단으로 고발됐던 사람을 지지할 수는 없다고 생각합니다." 그러고서 그는 바닥 왼쪽 오른쪽에 두 번 침을 뱉고 성호를 그었다.

머딘은 너무 놀라 대꾸도 하지 못했다. 제러마이어는 언제나 미신에 지독하게 사로잡혀 있었지만, 아무리 그래도 전에 자신의 마스터였던 머딘을 배신할 거라고는 상상하지 못했다.

정작 캐리스를 옹호하고 나선 것은 베시였다. "그런 혐의는 언제나 웃긴다고요."

"하지만 혐의가 풀리지 않았잖습니까." 제러마이어가 대꾸했다.

머딘은 그를 노려보았지만 제러마이어는 그와 시선을 마주치지 않았다. "대체 무슨 생각으로 그러는 거지, 지미?" 머딘이 말했다.

"저는 전염병에 걸려 죽고 싶지 않아요. 당신도 설교를 들었잖아요. 이교도의 처치를 하는 사람은 누구든 멀리해야 한다는 얘기요. 우리는 지금 주교한테 그녀를 수녀원장으로 지지해달라고 청원하자는 말을 하고 있는데, 그건 그녀를 멀리하는 것이 아니잖습니까!"

그 말에 동조하는 웅성거림이 들렸다. 머딘은 의견의 흐름이 바뀌었다는 것을 깨달았다. 다른 사람들은 제러마이어만큼 순진하지는 않았지만 그들도 그와 마찬가지로 두려워하고 있었다. 전염병이 모두를 위협해 합리적인 판단을 가로막고 있었다. 고드윈의 설교는 머딘이 상상했던 것 이상의 효과를 거두고 있었다.

그대로 단념하려던 그는 지치고 혼란스러웠던 캐리스의 얼굴을 떠올리고 다시 한번 시도해보기로 했다. "저는 피렌체에서 이미 이 전염병을 겪었습니다. 그러니 저는 이제 여러분에게 사제들과 수사들도 이 전염병에서 아무도 구하지 못할 거라고 말씀드립니다. 여러분은 이 도시를 고드윈에게 아무 대가 없이 고스란히 바치게 되고 말 겁니다."

"천벌 받을 소리처럼 들리는데요." 제러마이어가 말했다.

머딘은 주위를 둘러보았다. 다른 사람들도 제러마이어의 말에 동감하고 있었다. 그들은 겁에 질려 제대로 된 생각을 하지 못했다. 더이상 그가 할 수 있는 일은 없었다.

그들은 결국 수녀원장 선거에서 아무 행동도 취하지 않기로 결정했고, 이윽고 모두 조금은 언짢은 기분으로 회의를 파했다. 조합원들은 밤길을 밝히기 위해 장작을 하나씩 꺼내들고 불을 붙였다.

머딘은 캐리스에게 소식을 전하기에는 너무 늦은 시간이라고 생각했다. 수녀들도 수사들과 마찬가지로 해가 지면 잠자리에 들었다가 새벽 일찍 일어났다. 그런데 큰 모직 망토를 두른 사람이 길드 집회소 바깥에서 기다리고 있었다. 놀랍게도 횃불 빛에 비친 것은 곤혹스러워하는 캐리스의 얼굴이었다. "어떻게 됐어?" 캐리스가 마음을 졸인 어조로 물었다.

"잘 안 됐어. 미안해."

불빛에 그녀의 상처받은 표정이 보였다. "사람들이 뭐라고 해?"

"개입하고 싶지 않다고 해. 그들은 그 설교를 그대로 믿고 있어."

"바보들 같으니."

두 사람은 나란히 큰길을 따라 걸어갔다. 수도원 정문에 이르자 머딘이 말했다. "수녀원을 나와, 캐리스. 내가 아니라 당신을 위해서. 엘리자베스 밑에서는 아무 일도 하지 못할 거야. 그녀는 당신을 미워해서 하려는 일마다 가로막을 거야."

"아직 그녀가 선거에서 이긴 건 아니야."

"하지만 그렇게 될 거야. 당신 입으로 그렇게 말했잖아. 서원을 파기하고 나와 결혼해."

"결혼도 서약이야. 하느님에 대한 서약은 파기하면서 당신과의 약속은 지킬 거라고 생각해?"

그는 미소지었다. "그 정도의 모험은 감수할게."

"생각 좀 해볼게."

"벌써 몇 달이나 생각해봤잖아." 머딘이 흥분한 어조로 말했다. "지금 떠나지 못하면 앞으로 두번 다시 떠나지 못할 거야."

"지금은 못 떠나. 사람들은 어느 때보다 더 나를 필요로 하고 있어."

머딘은 화가 치밀기 시작했다. "나도 언제까지나 당신에게 청하진 않을 거야."

"알아."

"사실은 오늘밤 이후로는 두번 다시 청하지 않을 생각이야."

그녀는 울기 시작했다. “미안해. 하지만 전염병이 한창인데 지금 구호소를 떠날 수는 없어.”

“구호소라고?”

“그리고 이곳 시민들도 그렇고.”

“하지만 당신은 어떻게 되는데?”

그가 든 횃불 빛에 반짝이는 그녀의 눈물이 보였다. “사람들에게는 지금 내가 꼭 필요해.”

“그들은 고마워할 줄 몰라. 수녀든 수사든 시민이든 모두 다 그래, 맹세코. 그렇다는 걸 나는 알고 있어.”

“그렇다고 해도 달라질 건 없어.”

그는 그녀의 결정을 받아들이고 자신의 이기적인 분노를 억누른 채 고개를 끄덕였다. “당신이 그렇게 느낀다면 할일을 해야겠지.”

“이해해줘서 고마워.”

“내가 바란 건 이런 게 아니었어.”

“나도 그래.”

“이 횃불은 당신이 가져가는 게 좋겠군.”

“고마워.”

그녀는 그가 건넨 타오르는 횃불을 들고 몸을 돌렸다. 그는 생각에 잠겨 그녀의 모습을 지켜보았다. 이렇게 끝나는 걸까? 이것으로 끝일까? 그녀는 당당하고 자신만만한 특유의 걸음걸이로, 그러나 고개를 숙인 채 멀어져갔다. 그녀가 정문을 지나자 더이상 보이지 않았다.

벨 여인숙 덧창과 문틈으로 기분좋은 불빛이 새어나왔다. 그는 안으로 들어갔다.

마지막까지 남아 있던 손님 몇이 취한 목소리로 작별인사를 하고 떠나자, 새리는 술잔을 치우고 탁자를 닦았다. 머딘은 깊이 잠든 롤라를 확인한 뒤 아이를 돌본 소녀에게 돈을 줬다. 그는 그대로 잠을 청할까 했지만 잠들지 못하리라는 것을 알았다. 잠을 자기에는 감정이 너무 혼란스러웠다. 왜 다른 때는 잘했으면서 오늘밤에는 인내심을 발휘하지 못했을까? 그는 성이 나 있었다. 하지만 마음이 진정되자, 그 분노가 두려움에서 나온 것임을 깨달았다. 모든 감정의 이면에는 캐리스가 전염병에 걸려 죽을지 모른다는 두려움이 깔려 있었다.

그는 여인숙 객실의 긴 의자에 앉아 부츠를 벗었다. 그리고 거기 앉아 난로 불꽃을 바라보면서, 자신은 왜 인생에서 가장 원하는 것 한 가지를 얻지 못하는지 의아하게 생각했다.

그때 베시가 들어와 망토를 걸었다. 새리가 떠나자 베시는 문을 잠갔다. 그녀는 머딘 맞은편, 그녀의 아버지가 늘 쓰던 큰 의자에 앉았다. "길드 집회소에서 있었던 일은 유감이야." 그녀가 말했다. "어느 쪽이 옳은지는 모르겠지만 그것 때문에 당신이 실망했을 테니까."

"어쨌든 나를 지지해줘서 고마웠어."

"나는 언제나 당신을 지지해."

"이제 캐리스의 싸움에 나서는 건 그만둬야 하나봐."

"그렇지도. 당신이 그 일로 속상해한다는 건 알아."

"속상하고 화도 나. 캐리스를 기다리느라 인생의 절반을 낭비한 것 같아."

"사랑에 낭비란 없어."

그는 놀란 얼굴로 그녀를 바라보았다. 잠시 후 그가 말했다. "당신은 현명한 사람이군."

"지금 이 집에 롤라 말고는 아무도 없어. 성탄절 손님도 모두 떠났고." 그녀는 의자에서 일어나더니 그의 앞에 무릎을 꿇고 앉았다. "나는 당신을 위로해주고 싶어. 내가 할 수 있는 모든 방법으로."

그녀의 둥글고 상냥한 얼굴을 보자 자극을 받은 그의 몸이 반응했다. 여자의 부드러운 몸을 안아본 지 너무 오래였다. 그러나 그는 고개를 저었다. "나는 당신을 이용하고 싶지 않아."

그녀는 미소를 지었다. "나와 결혼해달라는 게 아니야. 나를 사랑해달라고도 하지 않겠어. 나는 이제 막 아버지를 땅에 묻었고, 당신은 캐리스 때문에 실망했어. 우리 두 사람 다 의지할 누군가의 따뜻한 체온이 필요해."

"고통을 덜기 위해 술을 마시는 것처럼?"

그녀는 그의 손을 잡고 손바닥에 입을 맞췄다. "술보다 낫지." 그러면서 그녀는 그의 손을 자신의 젖가슴에 가져다댔다. 크고 부드러운 가슴이었다. 그는 그 가슴을 어루만지며 한숨을 지었다. 그녀가 얼굴을 들어올리자 머딘은 상체를 기울여 그녀의 입술에 키스했다. 그녀는 쾌감에 짤막한 신음소리를 냈다. 그 키스는 무더운 날의 시원한 물 한 모금처럼 달콤했다. 머딘은 멈추고 싶지 않았다.

이윽고 그녀가 헐떡이며 그에게서 몸을 뗐다. 그녀는 일어서더니 머리 위로 모직 드레스를 벗었다. 난로 불빛이 그녀의 벗은 몸을 장밋빛으로 물들였다. 그녀의 몸은 온통 부드러운 곡선으로 이루어져 있었다. 엉덩이도 배도 젖가슴도 모두 둥글었다. 그는 자리에 앉은 채 그녀의 허리를 양손으로 잡고 끌어당겼다. 그는 그녀의 따뜻한 배에 입을 맞추고 분홍색 젖꼭지에도 키스했다. 그는 붉게 달아오른 그녀의 얼굴을 보며 나지막이 물었다. "위층으로 올라갈까?"

"아니." 그녀가 헐떡이며 대답했다. "그때까지 못 기다리겠어."

62

성탄절 다음날 수녀원장 선거가 있었다. 그날 아침 캐리스는 너무나 침울해 자리에서 일어나는 것도 힘들 정도였다. 아침기도 시간을 알리는 종소리가 들렸을 때, 그녀는 모포를 그대로 머리까지 덮어쓰고 몸이 좋지 않다고 말하고 싶은 강한 유혹을 느꼈다. 그러나 많은 사람이 죽어가고 있는 마당에 꾀병을 부릴 수 없었기에 결국 억지로 몸을 일으켰다.

그녀는 엘리자베스와 나란히 얼음처럼 차가운 클로이스터 판석 위로 발을 끌며 걸어갔다. 두 사람은 성당으로 향하는 행렬 선두에 나란히 있었다. 선거를 앞두고 경합하는 동안 두 사람 중 어느 쪽도 상대방에게 양보하지 않아 이런 방식이 정해진 것이었다. 그러나 캐리스는 더이상 그런 일에 신경쓰지 않았다. 결과는 보나마나 뻔할 것이다. 그녀는 성가 제창과 성서 봉독이 진행되는 동안 성가대석에서 하품을 하고 몸을 떨며 서 있었다. 화가 났다. 오늘이 끝나갈 무렵에는 엘리자베스가 차기 수녀원장이 되어 있을 것이다. 캐리스는 자신에게 등을 돌린 수녀들에게 화가 났고, 자신에게 적의를 품은 고드윈이 가증스럽고, 개입하기를 거부한 도시의 상인들이 혐오스러웠다.

자신의 삶이 실패작이라는 기분이 들었다. 그토록 바라던 새 구호소는 짓지 못했을 뿐 아니라 앞으로도 영영 짓지 못할 것이다.

그녀는 받아들일 수 없는 제안을 한 머딘에게도 화가 났다. 그는 사정을 이해하지 못했다. 그에게 결혼은 건축가의 삶에 부속물 같은 것이겠지만, 그녀에게 결혼은 그녀가 그동안 전념해왔던 일을 맞바꾸는 것이었다. 바로 그 이유 때문에 그토록 오랫동안 결혼을 망설였던 것이다. 그러나 그를 원하지 않는 건 아니었다. 그녀는 그를 갈망하고 있었다.

그녀는 답창의 마지막 부분을 웅얼거리고는 기계적으로 행렬 선두에서서 성당을 빠져나왔다. 그들이 다시 클로이스터를 걸어 돌아가고 있을 때 누군가 뒤에서 재채기를 했다. 그녀는 너무 의기소침해 있어 누가 재채기를 했는지 돌아볼 생각도 하지 못했다.

수녀들은 공동 침실이 있는 계단을 올라갔다. 침실로 들어간 캐리스는 힘에 겨운 숨소리가 들리자 비로소 뒤쪽에 누군가가 여전히 있다는 것을 알아챘다. 그녀가 든 촛불 빛에 나이든 수련수녀 시몬 자매의 얼굴이 보였다. 그녀는 뚱해 보이는 중년 여자로, 평소 성실하고, 꾀병 부릴 사람이 아니었다. 캐리스는 아마포 마스크를 두른 뒤 시몬의 매트 옆에 무릎을 꿇고 들여다보았다. 땀을 흘리고 있는 시몬은 겁먹은 표정이었다.

"좀 어떤가요?" 캐리스가 물었다.

"아주 좋지 않아요." 시몬이 대답했다. "이상한 꿈을 꿨어요."

캐리스는 그녀의 이마를 짚어보았다. 불타는 것처럼 뜨거웠다.

"뭘 좀 마셔도 될까요?" 시몬이 말했다.

"잠시만요."

"아마 감기일 거예요."

"열이 있는 건 확실하네요."

"그래도 전염병은 아니겠죠? 그렇게 심하지는 않잖아요."

"어쨌든 자매님을 구호소로 데려가야겠어요." 캐리스는 직접적인 대답을 피했다. "걸을 수 있겠어요?"

시몬은 힘겹게 일어났다. 캐리스는 침대에 있던 모포를 잡아당겨 시몬의 어깨에 둘러줬다.

두 사람이 문을 향해 걸어가는데 또 누군가의 재채기 소리가 들렸다. 이번에는 공사 담당 수녀 로지 자매였다. 캐리스는 몸이 통통한 로지를 유심히 살펴보았다. 잔뜩 겁먹은 얼굴이었다.

캐리스는 눈에 띄는 다른 수녀에게 말했다. "크레시, 시몬 자매님을 구호소로 데려가줘요. 나는 로지 자매님을 살펴볼 테니까."

크레시가 시몬의 팔을 부축해 계단을 내려갔다.

캐리스는 촛불을 들어 로지의 얼굴 가까이로 댔다. 땀을 흘리고 있었다. 캐리스는 그녀의 수도복 목 부분을 내려서 보았다. 어깨와 젖가슴에 온통 작은 자주색 발진이 있었다.

"안 돼요, 제발." 로지가 말했다.

"아무것도 아닐 수 있어요." 캐리스는 거짓말을 했다.

"나는 전염병에 걸려 죽고 싶지 않아요!" 로지가 갈라진 목소리로 말했다.

캐리스는 조용히 말했다. "진정하고 나를 따라와요." 그러고는 로지의 팔을 꽉 잡았다.

로지는 저항했다. "아니에요, 나는 괜찮을 거예요!"

"기도를 해봐요. 자, 성모송을 외워요."

로지는 기도문을 외우기 시작했다. 잠시 후 캐리스는 그녀를 데리고 나올 수 있었다.

구호소는 죽어가는 사람들과 그들의 가족으로 빽빽이 들어차 있었고, 대부분이 이른 시간인데도 깨어 있었다. 땀에 젖은 몸에서 나는 냄새, 토사물 냄새와 피냄새가 났다. 수지 등잔과 제단에 놓인 촛불이 구호소 안을 희미하게 밝히고 있었다. 몇 명 되지 않는 수녀들이 물을 떠 오고 청소를 하며 환자를 돌보고 있었다. 수녀 중에는 마스크를 쓴 사람도 있고 쓰지 않은 사람도 있었다.

나이가 가장 많고 사람들이 좋아하는 의료 담당 조지프 형제도 있었다. 그는 보석세공인 길드의 수장인 릭 실버스에게 임종 의식을 하며 환자의 나지막한 고해를 듣기 위해 몸을 잔뜩 구부리고 있었다. 환자의 자식들과 손자들이 주위를 에워싸고 서 있었다.

캐리스는 로지가 누울 자리를 마련하고는 그녀를 설득해 눕혔다. 한 수녀가 분수대에서 맑은 물을 떠왔다. 로지는 가만히 누워 있었지만 불안한 듯 눈을 이리저리 굴렸다. 자신에게 닥친 운명을 눈치챈 그녀는 겁에 질렸다. "이제 곧 조지프 형제님이 진찰하실 거예요." 캐리스가 말했다.

"캐리스 자매님, 자매님이 옳았어요." 로지가 말했다.

"무슨 말이에요?"

"시몬과 나는 엘리자베스 자매님 말대로 마스크를 쓰지 않았어요. 그런데 우리에게 어떤 일이 닥쳤는지 봐요."

캐리스는 거기까지는 생각이 미치지 못했었다. 그녀의 말에 동의하지 않은 사람들이 죽음으로써 그 말이 사실임을 증명하는 끔찍한 사태가 벌어지려는 걸까? 그렇다면 차라리 자신이 틀리는 편이 낫다고 생각했다.

캐리스는 시몬을 보러 갔다. 그녀는 누워서 크레시의 손을 잡고 있었다. 시몬은 나이가 많아 로지보다는 침착했지만, 역시 눈에 두려움이 어려 있었고 크레시의 손을 놓지 않으려는 듯이 붙잡고 있었다.

캐리스는 크레시를 힐끗 보았다. 그녀의 입가에 까만 얼룩이 있었다. 캐리스는 팔을 뻗어 소맷자락으로 그 얼룩을 닦아줬다.

크레시는 처음부터 마스크를 쓰지 않았던 무리에 속했다.

크레시는 캐리스의 소맷자락에 묻은 얼룩을 보며 물었다. "그게 뭐예요?"

"피예요." 캐리스가 대답했다.

저녁식사 한 시간 전 공동 식당에서 선거가 치러졌다. 캐리스와 엘리자베스는 방 한쪽 끝에 있는 탁자 뒤에 나란히 앉고 수녀들은 늘어선 긴 의자에 앉았다.

모든 것이 달라져 있었다. 시몬과 로지, 크레시는 전염병에 걸려 구호소에 누워 있었다. 지금 이곳 식당에는 처음부터 마스크를 쓰지 않았던 또다른 두 사람인 일레인과 지니도 있었는데, 두 사람 다 전염병 초기 증세를 보이고 있었다. 일레인은 재채기를 하고, 지니는 땀을 흘렸다. 처음부터 마스크를 쓰지 않은 채 전염병 환자를 치료했던 조지프 형제도 마침내 병에 걸리고 말았다. 나머지 수녀들은 모두 구호소에서 다시 마스크를 착용하기 시작했다. 마스크 착용이 아직도 캐리스에 대한 지지의 표시라면 캐리스는 선거에서 이길 가망이 있었다.

긴장감과 불안감이 감돌았다. 예전에 회계 담당이었고 현재 가장 원로인 베스 자매가 회의를 시작하기에 앞서 기도서를 읽었다. 기도서 봉독이 채 끝나기도 전에 몇몇 수녀가 한꺼번에 떠들었다. 그중 예전에 식품 담당이었던 마거릿 자매의 목소리가 가장 컸다. "캐리스 자매님이 옳았어요. 엘리자베스 자매님이 틀렸다고요! 마스크를 쓰지 않은 사람들은 지금 죽어가고 있어요."

여기저기서 한꺼번에 동감의 목소리가 일었다.

"이게 현실이 아니라면 좋겠어요. 차라리 로지와 시몬과 크레시가 여기 앉아서 나에게 반대표를 던졌다면 더 좋았을 거예요." 캐리스가 말했다. 진심이었다. 그녀는 죽어가는 사람들을 보는 데 질렸다. 그 일 때문에 다른 모든 일이 하찮게 여겨졌다.

그때 엘리자베스가 일어나서 말했다. "선거를 연기할 것을 제안합니다. 수녀 세 분이 돌아가셨고, 다른 세 분이 구호소에 누워 있어요. 전염병이 사라질 때까지 선거를 연기해야 한다고 생각해요."

캐리스는 경악했다. 이제 엘리자베스는 패배를 피할 수 없을 거라 생각했는데 그녀가 잘못 생각한 것이었다. 지금은 엘리자베스에게 표를 줄 사람이 아무도 없겠지만, 그녀의 지지자들은 선택을 피하는 방법을 더 선호할 수도 있었다.

아무래도 좋다고 여기던 마음이 사라졌다. 캐리스는 문득 자신이 수녀원장이 되고 싶었던 모든 이유가 떠올랐다. 구호소를 개선하고, 더 많은 소녀들에게 읽기와 쓰기를 가르치고, 시민들을 돕는 것. 엘리자베스가 선출된다면 재앙이 될 것이었다.

나이든 베스 자매가 즉각 엘리자베스를 지원하고 나섰다. "공황에 빠진 채 선거를 치러서는 안 돼요. 나중에 소동이 가라앉았을 때 후회하게 될 선택을 해선 안 됩니다." 그녀의 말은 연습이라도 한 것처럼 들렸다. 엘리자베스가 계획한 것이 분명했다. 캐리스는 불안감을 느끼는 한편, 그 말이 아주 이치에 어긋나는 것은 아니라고 생각했다.

"베스 자매님, 자매님은 엘리자베스 자매님이 질 거라는 걸 알기 때문에 그런 말을 하는 거예요." 마거릿이 분개한 어조로 말했다.

캐리스는 자신의 의사에 반해 똑같은 말을 하게 될까 두려워 발언을 자제했다.

이번에는 어느 쪽도 편들지 않았던 나오미 자매가 말했다. "문제는 우리에게 지금 지도자가 없다는 거예요. 시실리어 원장님은, 그분의 영혼에 안식이 있기를, 내털리 자매님이 돌아가신 뒤로 부원장을 지명하지 않으셨으니까요."

"그게 그렇게 문제가 되나요?" 엘리자베스가 말했다.

"그렇고말고요!" 마거릿이 말했다. "우리는 행렬에서 누가 선두에 설지조차 결정하지 못하잖아요!"

캐리스는 위험을 무릅쓰고 실질적인 문제를 짚기로 했다. "결정해야 할 일이 잔뜩 있어요. 특히 수녀원 소유 토지를 경작하던 소작인이 전염병으로 죽었을 때 그 토지를 누가 물려받느냐는 문제가 그래요. 수녀원장이 없는 상태를 오래 끌기는 어려워요."

처음부터 엘리자베스와 친했던 다섯 명 중 하나인 일레인 자매가 이번에는 선거 연기에 반기를 들었다. "저는 선거가 싫어요." 그녀는 재채기를 하고는 다시 말을 이었다. "선거 때문에 우리끼리 반목하고 서로 악감정을 가지고 대하니까요. 어서 빨리 선거를 끝내고 우리가 이 무서운 전염병 앞에서 단결된 모습을 보였으면 좋겠어요."

사방에서 그 말을 지지하는 소리가 나왔다.

엘리자베스는 성난 눈길로 일레인을 노려보았다. 그 시선을 받은 일레인이 다시 말했다. "저것 좀 보세요. 저는 화해의 말 한마디도 제대로 할 수가 없군요. 마치 자기를 배신했다는 듯이 엘리자베스 자매님이 노려보시니까요!"

엘리자베스는 시선을 떨구었다.

"자, 어서 투표를 합시다. 엘리자베스에게 투표할 사람은 '예'라고 하세요." 마거릿이 말했다.

한동안 아무도 입을 열지 않았다. 이윽고 베스가 조그맣게 "예"라고 말했다.
캐리스는 누군가 또 말하기를 기다렸지만 베스뿐이었다.
캐리스의 심장이 고동치기 시작했다. 그녀의 야망이 달성되려는 순간일까?
"캐리스에게 투표할 사람은요?" 마거릿이 말했다.
그 말이 떨어지기가 무섭게 반응이 나왔다. "예!" 하는 함성이 터져 나온 것이다. 거의 모든 수녀가 캐리스에게 투표한 것 같았다.
결국 해냈어. 그녀는 생각했다. 나는 수녀원장이 된 거야. 이제부터 본격적으로 시작할 수 있어.
마거릿이 말했다. "그렇다면—"
그때 갑자기 남자의 목소리가 들렸다. "기다리시오!"
몇몇 수녀가 놀라 숨을 몰아쉬고 그중 하나는 비명을 질렀다. 모두 문 쪽을 바라보았다. 필리먼이 서 있었다. 캐리스는 그가 밖에서 엿듣고 있었던 게 분명하다고 생각했다.
그가 말했다. "선거를 더 진행하기 전에—"
캐리스는 그의 간섭을 용납할 생각이 없었다. 그녀는 자리에서 일어나 그의 말을 끊었다. "감히 수녀원에 들어오다니! 당신은 허락을 받지 않았고 환영받는 인물도 아닙니다. 그러니 지금 당장 나가세요!"
"나는 수도원장이 보내서—"
"그에게는 그럴 권리가 없—"
"그는 이 도시의 상급 수도자이며, 수녀원장이나 부수녀원장 부재시 수녀원은 그분이 관할하시는 겁니다."
"우리에게는 이제 수녀원장이 없지 않아요, 필리먼 형제님." 그러면서 캐리스는 그를 향해 나섰다. "내가 방금 수녀원장에 선출됐으니까요."
수녀들은 필리먼을 싫어했다. 그들이 일제히 환호성을 질렀다.

"고드윈 수도원장님은 이 선거를 허락하지 않으셨습니다." 필리먼이 말했다.

"너무 늦었어요. 그에게 가서 말해요. 이제 캐리스 수녀원장이 수녀원을 맡고 있으며, 그녀가 당신을 쫓아냈다고요."

필리먼은 주춤하며 물러섰다. "주교의 비준을 받기 전까지는 아직 수녀원장이 아닙니다!"

"나가요!" 캐리스가 말했다.

수녀들이 일제히 합창했다. "나가요! 나가요! 나가요!"

필리먼은 위협을 느꼈다. 그는 공격을 받는 데 익숙지 않았다. 캐리스가 한 발짝 더 내디디자 그는 한 발짝 더 물러섰다. 그는 눈앞에서 벌어지는 사태에 놀라고 겁을 먹은 것 같았다. 수녀들의 합창소리가 더욱 커졌다. 그가 갑자기 몸을 돌려 허둥지둥 나갔다.

수녀들은 웃음을 터뜨리며 환호했다.

그러나 캐리스는 그가 남긴 말이 틀리지 않다는 것을 알았다. 그녀의 선출은 앙리 주교의 비준을 받아야 했다.

그리고 고드윈은 비준을 막기 위해 할 수 있는 모든 짓을 다 할 것이다.

시민 자원자들이 강 건너편 험한 삼림지 1에이커를 개간해놓았다. 지금 고드윈은 새로 마련한 그 부지를 공동묘지로 봉헌하는 의식을 진행하고 있었다. 도시 성벽 내 모든 묘지는 이미 가득찼고, 대성당 묘지에 남아 있던 공간도 빠르게 줄어들고 있었다.

고드윈은 살을 에는 찬바람 속에서 부지 가장자리를 걸으며 성수를 뿌렸는데, 물은 땅바닥에 떨어지자마자 얼어붙었다. 그의 뒤에서 수사들과 수녀들이 성가를 부르며 행렬을 지어 따랐다. 의식이 아직 다 끝나지 않았는데도 무덤 파는 이들은 벌써 작업을 시작했다. 되도록 공간을 줄이기 위해 바싹 붙여서 판 구덩이들 옆에는 새 흙무더기들이 줄지어 쌓여 있었다. 그러나 1에이커의 땅은 얼마 가지도 못할 것이다. 이미 삼림지 바로 옆에서 또다른 부지를 만들기 위한 개간 작업이 진행되고 있었다.

이런 순간이 올 때마다 고드윈은 평정을 유지하기 위해 애를 써야 했다. 전염병은 막을 수 없는 밀물처럼 쇄도해 있는 대로 사람들을 쓸어갔다. 수사들은 성탄절 전주에 백 명이나 되는 시신들을 매장했고, 시간이 흐를수록 그 수가 늘고 있었다. 전날에는 조지프 형제가 죽었고, 다른 두 명의 수사가 병에 걸렸다. 대체 어디까지 갈까? 세상 사람들이 모조리 죽게 될까? 고드윈 자신도 죽게 될까?

그는 겁에 질려 걸음을 멈추고는, 자신이 왜 이걸 들고 있는지 이유를 모르는 사람처럼 황금 성수 그릇을 물끄러미 내려다보았다. 한순간 그는 공황에 빠져 꼼짝도 하지 못했다. 행렬 맨 앞에 있던 필리먼이 뒤에서 그를 살그머니 떠밀었다. 고드윈은 앞으로 넘어질 듯 비틀거리다가 다시 행진을 시작했다. 그는 무시무시한 생각들을 억지로 떨쳐내야 했다.

그는 수녀들의 선거 문제로 생각을 돌렸다. 그는 자신의 설교에 대한 반응이 우호적이어서 엘리자베스의 당선이 확실하다고 믿었었다. 그런데 순식간에 방향이 바뀌어 분통 터지게도 캐리스의 인기가 되살아나며 그를 기습했다. 마지막 희망이었던 필리먼의 개입은 필사적인 노림수였지만 너무 늦어버렸다. 그 생각을 하자 고드윈은 비명이라도 지르고 싶은 심정이 되었다.

하지만 아직 끝난 것은 아니었다. 캐리스는 필리먼을 조롱했지만, 사실상 앙리 주교의 비준이 있기 전까지는 그녀의 지위가 안전하다고 볼 수 없었다.

유감스럽게도 고드윈은 아직 앙리의 환심을 살 기회를 갖지 못했다. 영어라고는 한마디도 할 줄 모르는 이 신임 주교는 지금까지 킹스브리지를 딱 한 차례 방문했다. 주교는 갑자기 등장한 인물이어서 필리먼은 아직 그에게 어떤 중대한 약점이 있는지 파악할 수 없었다. 하지만 주교는 남자이고 사제였으므로 캐리스와 반목하는 고드윈 편을 들 확률이 높았다.

고드윈은 앙리 주교에게, 캐리스가 수녀들을 홀려 자신이 전염병에서 그들을 구할 거라 믿게 하고 있다는 내용의 서한을 보냈다. 그는 그 서한에서, 그녀는 팔 년 전 이단으로 고발당해 재판을 받고 사형선고를 받았다는 것, 그런 그녀를 시실리어 원장이 구제했다는 등 캐리스의 전력을 상세히 썼다. 그는 앙리가 킹스브리지에 올 때쯤에는 캐리스에 대한 반감에 사로잡혀 있기를 바랐다.

그러나 대체 앙리 주교는 언제쯤 올까? 주교가 대성당의 성탄미사에 빠지는 것은 엄청난 일이었다. 능률적이나 상상력이라고는 없는 로이드 부주교는 서한을 보내 앙리 주교가 전염병으로 사망한 성직자들을 대신할 사람들을 임명하느라 분주하다고 해명했다. 로이드는 고드윈의 반대편일 수도 있었다. 그는 윌리엄 백작 쪽 사람으로, 윌리엄의 죽은 형 리처드 덕분에 그 자리에 앉게 된 인물이었고, 윌리엄과 리처드의 아버지인 롤런드 백작은 고드윈을 싫어했다. 그러나 결정을 내리는 사람은 로이드가 아니라 앙리다. 따라서 어떻게 될지는 알 수 없다. 고드윈은 자신이 통제력을 잃었다고 느꼈다. 그의 자리는 캐리스에게 위협당하고 있었고, 그의 목숨은 무자비한 전염병의 위협을 받고 있었다.

봉헌 의식이 끝날 무렵에는 눈발이 약하게 날렸다. 개간된 부지 너머에서는 일곱 건의 장례 행렬이 묘지가 마련되기를 기다리고 있었다. 고드윈이 신호하자 사람들이 움직이기 시작했다. 맨 처음에 온 시신은 관에 들어 있었지만 나머지는 수의에 싸인 채 들것에 실려 왔다. 좋은 시절에도 관은 부자들의 사치품이었지만, 지금은 목재가 너무 비싼데다 관쟁이들의 일이 밀려서 최고로 부유한 사람만 나무관에 들어갈 수 있었다.

첫번째 장례 행렬 선두에는 머딘이 있었다. 붉은 구릿빛 머리와 수염에 눈발이 묻어 있었다. 옆에는 그의 어린 딸이 있었다. 관 속에 누운 부유한 고인은 베시 벨일 거라고 고드윈은 추측했다. 친지 없이 죽은 베시는 여인숙을 머딘에게 남겨줬다. 저 친구에게는 돈이 젖은 나뭇잎처럼 달라붙는군. 고드윈은 씁쓸한 심정으로 생각했다. 머딘은 이미 나환자 섬과 피렌체에서 번 재산이 있었다. 그런데 이제 킹스브리지에서 가장 성업중인 여인숙까지 갖게 된 것이었다.

수도원은 부동산의 가치에 따라 막대한 비율로 상속세를 부과했기 때문에 고드윈은 베시의 유언장 내용을 알고 있었다. 머딘은 상속세를 즉각 플로린 금화로 지불했다.

전염병 때문에 생긴 한 가지 좋은 결과는 갑자기 수도원에 돈이 풍족해졌다는 것이었다.

고드윈은 한꺼번에 일곱 구의 시신을 매장하는 의식을 주관했다. 이것은 새로 정한 규정이었다. 사망자 수에 관계없이 오전과 오후에 각각 한 차례씩 장례미사가 치러졌다. 킹스브리지의 사제들만으로는 한 사람 한 사람을 위해 따로 의식을 진행할 수 없었다.

그 생각에 잊고 있던 공포심이 다시 치밀었다. 무덤 하나에서 자신의 모습을 본 그는 미사를 진행하다 말을 더듬었지만 곧 자신을 추스르고 의식을 이어갔다.

이윽고 미사가 끝나자 고드윈은 수사와 수녀의 행렬을 인도해 대성당으로 향했다. 성당으로 들어간 그들은 회중석에 이르러 행렬을 해산했다. 수사들은 일상적인 일로 돌아갔다. 그때 한 수련수녀가 불안한 얼굴로 고드윈에게 다가왔다. "수도원장님, 구호소로 좀 와주시겠어요?"

고드윈은 수련수녀로부터 그런 건방진 요청을 듣는 것이 마땅치 않았다. "무엇 때문인가?" 그가 딱딱거리며 물어보았다.

"죄송합니다만 저는 잘 모릅니다, 원장님. 그저 말씀을 전하라고 해서요."

"되도록 빨리 가겠네." 그는 짜증스러운 듯이 대꾸했다. 성당에 가서 엘리 형제에게 수도복에 대해 뭐가 일러둘 게 있긴 했지만 특별히 급한 일은 없었다.

잠시 후 그는 클로이스터를 가로질러 구호소로 들어갔다.

수녀들이 제단 앞에 놓인 병상 주위를 에워싸고 있었다. 중요한 환자인 모양이군. 그는 생각했다. 그는 그게 누구인지 궁금했다. 시중을 들던 수녀들 중 하나가 그에게로 고개를 돌렸다. 그녀는 아마포 마스크로 코와 입을 감싸고 있었지만, 그의 집안 공통인 금빛이 도는 녹색 눈을 보고 누구인지 알았다. 캐리스였다. 얼굴이 가려져 조금밖에 보이지 않았지만, 그는 그녀가 묘한 표정을 짓고 있다는 것을 알 수 있었다. 반감과 경멸이 섞인 표정이 아니라 뜻밖에도 동정이 어린 표정이었다.

그는 불안한 마음으로 병상으로 다가갔다. 그가 오는 것을 본 다른 수녀들이 공손하게 길을 비켰다. 잠시 후 그는 환자를 보았다.

그의 어머니였다.

페트라닐라의 커다란 머리가 하얀 베개에 얹혀 있었다. 그녀는 땀을 흘리고 있었고 코피가 조금씩 계속 흘러나오고 있었다. 한 수녀가 옆에서 계속 닦아줬지만 코피는 멈추지 않고 흘러나왔다. 또다른 수녀가 물잔을 입에 대주고 있었다. 페트라닐라의 주름진 목에 자주색 발진이 있었다.

고드윈은 얻어맞기라도 한 것처럼 비명을 질렀다. 그는 겁에 질린 눈으로 어머니를 응시했다. 그의 어머니는 고통이 서린 눈으로 아들을 바라보았다. 의심의 여지가 없었다. 전염병에 걸린 것이었다. "안 돼!" 고드윈이 소리를 질렀다. "안 돼! 안 돼!" 그는 마치 칼에 찔린 사람처럼 가슴에 참을 수 없는 통증을 느꼈다.

옆에서 필리먼의 두려움에 찬 목소리가 들렸다. "진정하세요, 수도원장님." 그러나 고드윈은 도저히 진정할 수 없었다. 그는 비명을 지르려고 입을 벌렸지만 아무 소리도 나지 않았다. 문득 자신이 육신에서 분리되는 느낌이 들었고 아무런 행동도 할 수 없었다. 다음 순간 바닥에서 시커먼 안개가 그를 집어삼킬 듯 피어오르더니 그의 몸을 타고 솟아오르며 코와 입을 덮어 숨을 쉴 수가 없었고, 이어서 눈을 가려 아무것도 볼 수 없었다. 그는 결국 의식을 잃고 말았다.

∽

고드윈은 닷새 동안 침대에 누워 있었다. 음식은 전혀 먹지 못하고 필리먼이 입에 물잔을 대주어 물만 마셨다. 그는 온전히 생각할 수 없었고, 무엇을 해야 할지 판단할 수 없었기에 몸을 움직일 수도 없었다. 그는 흐느껴 울다 잠들었고, 잠에서 깨면 또다시 흐느껴 울었다. 어렴풋이 누군가가 이마를 짚어보고 소변을 채취하고 뇌염이라는 진단을 내리고 피를 뽑는 느낌이 들었다.

그러다 12월의 마지막날, 필리먼이 겁에 질린 표정으로 다가와 그의 어머니가 돌아가셨다는 소식을 알렸다.

고드윈은 자리에서 일어났다. 면도를 하고 새 수도복으로 갈아입고 구호소로 향했다.

수녀들이 시신을 씻기고 옷을 갈아입혀놓았다. 페트라닐라는 머리가 잘 빗겨 있었고, 값비싼 이탈리아산 모직 드레스가 입혀져 있었다. 얼굴에 죽음의 창백한 빛이 어리고 두 눈을 영원히 감아버린 어머니를 보자 그는 전에도 엄습했던 공포가 되살아났지만 이번에는 물리칠 수 있었다. "어머니의 시신을 대성당에 안치하게." 그는 지시를 내렸다. 보통 대성당 안치의 영예를 누릴 수 있는 것은 수사와 수녀, 고위 성직자, 귀족들이었지만, 고드윈은 아무도 감히 자신의 지시에 반박하지 못하리라는 것을 알고 있었다.

시신을 성당으로 옮겨 제단 앞에 안치하자 그는 어머니 옆에서 무릎을 꿇고 기도를 올렸다. 기도 덕분에 공포심이 가라앉자 그는 차츰 자신이 무엇을 해야 하는지 알 수 있었다. 이윽고 자리에서 일어선 그는 필리먼에게 즉시 참사관에서 회의를 소집하도록 지시를 내렸다.

그는 기분이 좋지 않았지만 기운을 차려야 한다고 생각했다. 다행히도 그는 사람들을 설득하는 능력을 지니고 있었다. 이제 그 능력을 최대한으로 발휘할 필요가 있었다.

수사들이 모이자 그는 창세기 한 구절을 읽었다. "그 일 후에 하느님이 아브라함을 시험하시려고 그를 부르시되 아브라함아 하시니 그가 이르되 내가 여기 있나이다. 여호와께서 이르시되 네 아들 네 사랑하는 독자 이삭을 데리고 모리아 땅으로 가서 내가 네게 일러준 한 산 거기서 그를 번제로 드리라. 아브라함이 아침에 일찍이 일어나 나귀에 안장을 지우고 두 종과 그의 아들 이삭을 데리고 번제에 쓸 나무를 쪼개어 가지고 떠나 하느님이 자기에게 일러주신 곳으로 가더니.*"

고드윈이 성서에서 눈을 들었다. 수사들은 열중해서 그를 지켜보고 있었다. 그들 모두 아브라함과 이삭의 이야기를 알고 있었다. 그들은 고드윈에게 더 관심이 있었다. 그들은 잔뜩 긴장한 채 주의깊은 태도로

---

* 「창세기」 22장 1~3절.

다음에 일어날 일을 기다리고 있었다.

"아브라함과 이삭의 이야기가 우리에게 가르쳐주는 것이 무엇입니까?" 고드윈이 과장된 어조로 물었다. "하느님이 아브라함에게 그의 아들을 죽이라 하십니다. 그저 맏아들이 아니라 그의 외아들, 그가 백 살 때 얻은 아들을 말입니다. 아브라함이 이의를 제기했을까요? 자비를 간청했나요? 하느님과 다투기라도 했나요? 이삭을 죽이는 일이 유아 살해라는 끔찍한 죄라고 항변했습니까?" 고드윈은 질문을 던져놓고 대답을 미룬 채 잠시 후 다시 성서를 읽었다. "아브라함이 아침에 일찍이 일어나 나귀에 안장을 지우고……"

그가 다시 시선을 들었다. "하느님은 우리를 시험하실 수도 있습니다. 그분은 우리에게 얼핏 보기에 잘못된 것처럼 보이는 행동을 하라고 명하실 수도 있습니다. 어쩌면 죄악처럼 보이는 일을 하라고 하실 수도 있습니다. 그런 일이 일어나면 우리는 아브라함을 기억해야 합니다."

고드윈은 자신의 가장 설득력 있는 설교 스타일대로, 리드미컬하면서도 대화식으로 말을 잇고 있었다. 그는 팔각형의 조용한 참사관에 흐르는 침묵으로 자신이 청중을 완전히 사로잡았다는 것을 확신했다. 몸을 움직거리거나 소곤대거나 발을 끄는 소리조차 없었다.

"우리는 의문을 품어선 안 됩니다. 입씨름을 벌여서도 안 됩니다. 하느님이 우리를 인도하실 때는 무조건 따라야 합니다. 그분이 바라시는 것이 우리 나약한 인간의 눈에 아무리 어리석고, 죄가 가득하고, 가혹해 보이더라도 따라야 합니다. 우리는 약하고 비천한 존재입니다. 우리가 아는 것은 틀리기 쉽습니다. 판단이나 선택은 우리가 할 일이 아닙니다. 우리가 해야 할 일은 간단합니다. 복종하는 것뿐입니다."

그런 다음 고드윈은 수사들에게 그들이 해야 할 일을 말했다.

∽

주교는 날이 저문 뒤에 도착했다. 주교 일행이 수도원 경내에 들어섰을 때는 자정이 가까운 시각이었다. 그들은 횃불을 들고 말을 달려 그곳에 왔다. 몇 시간 전에 이미 수도자들 대부분이 잠자리에 들었지만 구호소에는 수녀 몇이 남아 있었다. 그중 한 명이 캐리스를 깨우러 왔다. "주교님이 오셨어요."

"어째서 나를 보자고 하시는 걸까요?" 캐리스가 잠이 덜 깬 목소리로 물었다.

"저도 모르겠어요, 수녀원장님."

물론 그녀가 알 리 없었다. 캐리스는 겨우 침대에서 나와 망토를 둘렀다.

그녀는 클로이스터를 걷다가 걸음을 멈췄다. 물을 한 모금 길게 마시고 차가운 밤공기를 깊이 들이마시며 잠이 덜 깬 머리를 맑게 하려 했다. 수녀원장 비준에 문제가 없도록 주교에게 좋은 인상을 주고 싶었다.

로이드 부주교가 구호소에 있었다. 지쳐 보이는 얼굴에 길쭉한 코끝은 추위로 빨갛게 얼어 있었다. "주교님에게 인사드리세요." 그는 마치 그녀가 자지 않고 기다렸어야 했다는 듯이 불퉁한 어조로 말했다.

캐리스는 그를 따라 밖으로 나왔다. 한 하인이 횃불을 든 채 문밖에 서 있었다. 그들은 초지를 가로질러 말을 타고 있는 주교에게 다가갔다.

체구가 작은 주교는 큰 모자를 쓰고 있었는데, 아주 넌더리가 난다는 듯한 표정을 짓고 있었다.

캐리스는 노르망디에서 사용하는 프랑스어로 말했다. "킹스브리지 수도원에 오신 것을 환영합니다, 주교 예하."

앙리는 언짢은 어조로 대꾸했다. "당신은 누굽니까?"

캐리스는 이전에 그를 본 적이 있었지만 직접 대화를 나눈 적은 없었다. "저는 수녀원장으로 선출된 캐리스입니다."

"아, 그 마녀로군."

그녀는 가슴이 철렁 내려앉았다. 고드윈이 벌써 앙리의 머릿속에 그녀에 대한 유해한 편견을 주입해둔 것이 분명했다. 캐리스는 분개했다. "아닙니다, 주교 예하. 이곳에는 마녀가 없습니다." 그녀는 조심성을 잃고 가시 돋친 어조로 말했다. "이곳에는 전염병에 걸린 이 도시를 위해 최선을 다하고 있는 평범한 수녀들이 있을 뿐입니다."

그는 그 말을 무시했다. "고드윈 수도원장은 어디 있소?"

"사택에 계실 겁니다."

"아니, 그곳에 없소!"

로이드 부주교가 설명했다. "이미 가보았습니다. 사택은 비어 있던데요."

"정말인가요?"

"그래요." 부주교가 짜증스러운 듯이 말했다. "정말이오."

그 순간 캐리스의 눈에 꼬리 끝이 하얀 고드윈의 고양이가 보였다. 수련수사들은 그 고양이에게 대주교라는 별명을 붙여 불렀다. 대주교는 성당 서쪽 전면을 가로지르더니 마치 주인을 찾는 듯이 기둥 사이를 빤히 바라보았다.

캐리스는 당황했다. "정말 이상한데요…… 그러면 아마 다른 수사들과 함께 공동 침실에서 주무시는 모양입니다."

"수도원장이 그럴 이유라도 있소? 뭔가 부정한 일을 하는 것이 아닌지 모르겠군."

캐리스는 아니라는 표시로 고개를 저었다. 주교가 불결한 의심을 품었는지는 모르지만, 고드윈은 그런 죄를 저지를 성향이 아니었다. "모친이 전염병에 걸리셔서 큰 충격을 받으셨습니다. 발작을 일으켜 쓰러지기까지 하셨죠. 수도원장의 어머님은 오늘 돌아가셨습니다."

"몸이 좋지 않다면 그럴수록 자신의 침대에 누워 있어야 하는 거 아니오?"

무슨 일인가 일어났을 수도 있었다. 고드윈은 페트라닐라의 병 때문에 혼란스러워했다. 캐리스가 말했다. "주교 예하가 수도원장의 대리인과 이야기를 해보시는 게 어떨까요?"

앙리가 까탈스럽게 대꾸했다. "그 대리인이라는 사람을 찾을 수만 있다면 물론 그러겠소!"

"제가 로이드 부주교님을 공동 침실로 모시고 가서……"

"당장 그렇게 하시오!"

로이드가 하인에게서 횃불을 받아들었다. 캐리스는 빠른 걸음으로 그를 대성당을 거쳐 클로이스터 쪽으로 안내했다. 그곳은 조용했는데, 한밤중 이 시간에는 언제나 그랬다. 공동 침실로 향하는 계단 발치에 이르자 캐리스는 걸음을 멈추고 말했다. "여기서부터는 혼자 올라가시는 게 좋겠습니다. 수녀는 잠든 수사를 봐서는 안 되니까요."

"물론이오." 로이드는 횃불을 들고 계단을 올라갔다. 그녀는 어둠 속에 남아 호기심을 품은 채 기다렸다. 부주교가 외치는 소리가 들렸다. "아무도 없습니까?" 이상하리만큼 조용했다. 잠시 후 부주교가 묘한 어조로 아래에 있는 그녀를 불렀다. "자매님?"

"네?"

"이리 좀 올라와보세요."

그녀는 어리둥절한 채 계단을 올라 침실로 들어갔다. 그녀는 로이드 옆에서 흔들리는 횃불 빛으로 방안을 들여다보았다. 수사들이 쓰는 밀짚 매트들이 방 한쪽에 나란히 놓여 있었지만, 방은 비어 있었다. "아무도 없네요." 캐리스가 말했다.

"한 사람도 없소." 로이드가 동의했다. "대체 무슨 일이 있었던 겁니까?"

"모르겠어요. 하지만 짐작이 가긴 합니다."

"그럼 어서 말해봐요."

"뻔하지 않을까요?" 그녀는 말했다. "그들은 모두 달아났습니다."

(3권으로 이어집니다)

옮긴이 **한기찬**
연세대 국문과를 졸업하고, 『현대문학』을 통해 시인으로 등단한 뒤 번역가로 활동하고 있다. 『대지의 기둥』 『월든』 『축복』 『캐리』 『유빅』 『반지의 제왕』 『지식의 지배』 『카뮈, 지상의 인간』 『톰 고든을 사랑한 소녀』 『자루 속의 뼈』 『인간적인 너무나 인간적인』 등 100여 권의 책을 우리말로 옮겼다.

문학동네 블랙펜 클럽
끝없는 세상 2

초판인쇄 2019년 2월 15일 | 초판발행 2019년 2월 27일

지은이 켄 폴릿 | 옮긴이 한기찬 | 펴낸이 염현숙
책임편집 김혜정 | 편집 강경화 김지연 | 모니터링 이희연
디자인 윤종윤 이원경 | 저작권 한문숙 김지영
마케팅 정민호 정진아 함유지 김혜연 박지영 김수현 | 홍보 김희숙 김상만 이천희
제작 강신은 김동욱 임현식 | 제작처 영신사

펴낸곳 (주)문학동네
출판등록 1993년 10월 22일 제406-2003-000045호
주소 10881 경기도 파주시 회동길 210
전자우편 foret@munhak.com | 대표전화 031) 955-8888 | 팩스 031) 955-8855
문의전화 031) 955-8862(마케팅) 031) 955-1904(편집)
문학동네카페 http://cafe.naver.com/mhdn | 트위터 @munhakdongne
북클럽문학동네 http://bookclubmunhak.com

ISBN 978-89-546-5506-4 04840
978-89-546-5504-0 (세트)

www.munhak.com